Der Fluch von Cöln

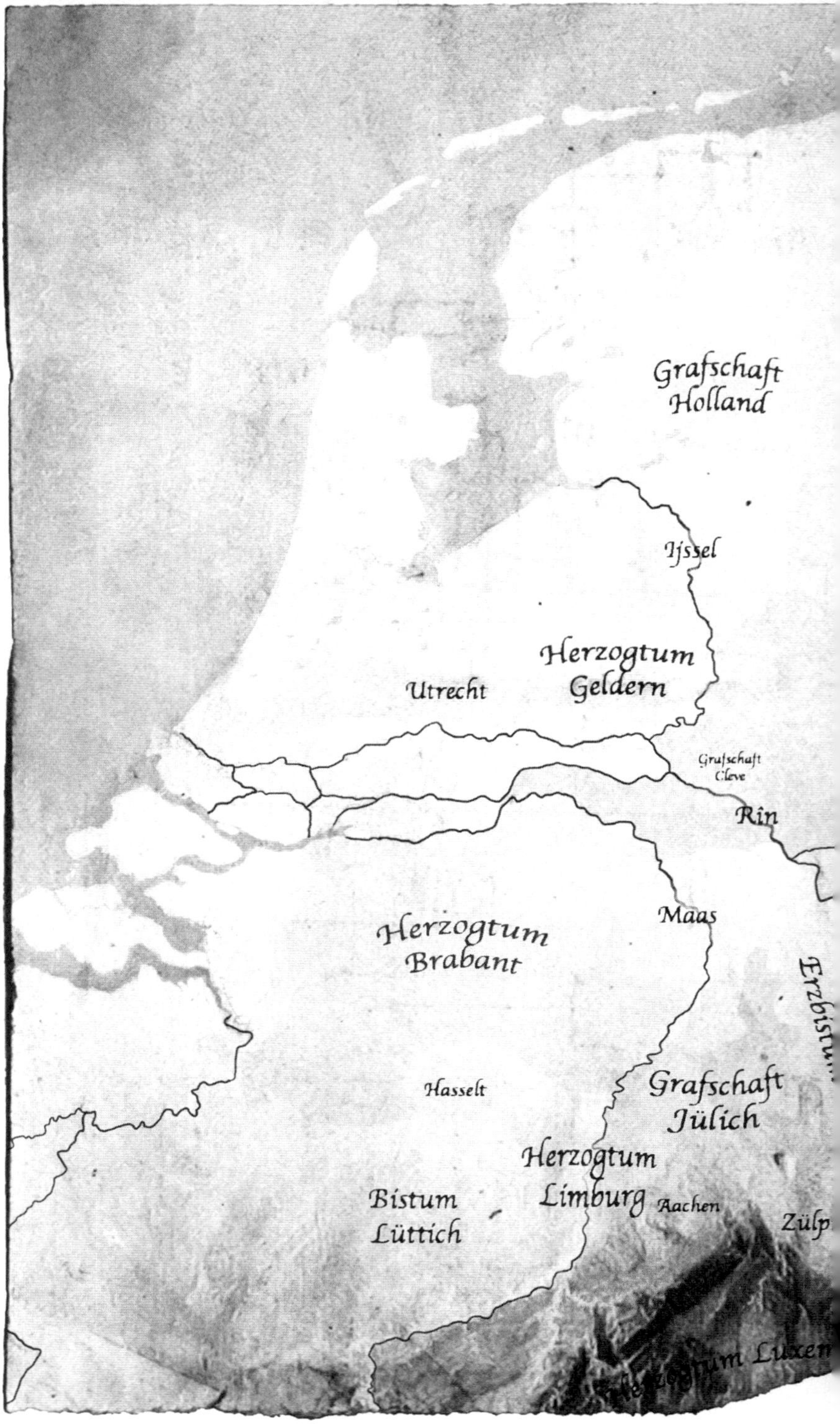
Grafschaft Holland
Ijssel
Herzogtum Geldern
Utrecht
Grafschaft Cleve
Rin
Maas
Herzogtum Brabant
Hasselt
Grafschaft Jülich
Herzogtum Limburg
Aachen
Bistum Lüttich

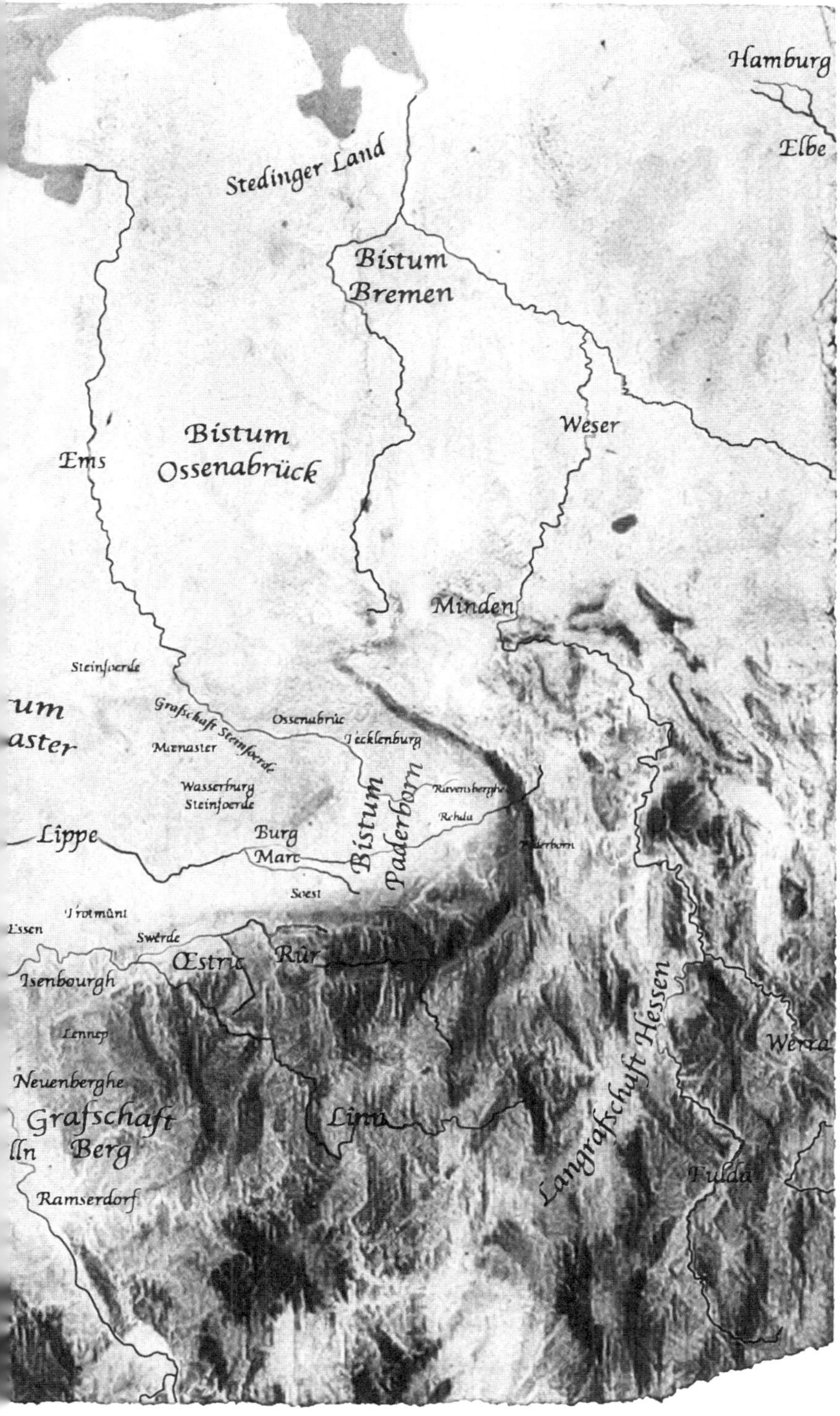

Hamburg
Elbe
Stedinger Land
Bistum
Bremen
Weser
Ems
Bistum
Ossenabrück
Minden
Steinfoerde
um
aster
Grafschaft Steinfoerde
Ossenabrüc
Tecklenburg
Mœnaster
Wasserburg
Steinfoerde
Bistum
Paderborn
Ravensberghe
Rehda
Paderborn
Lippe
Burg
Mart
Soest
Trotmûnt
Essen
Swerde
Œstric
Rûr
Isenbourgh
Lennep
Neuenberghe
Grafschaft
Berg
lln
Ramserdorf
Lima
Langrafschaft Hessen
Werra
Fulda

Henning Isenberg, Jahrgang 1966, wuchs im Sauerland auf. Heute lebt und arbeitet er als Coach und Autor bei Stuttgart. Bereits früh war er entschlossen, mit gut recherchierter Geschichte unserer modernen Welt seelenvolle Geschichten gegenüberzustellen.

Dieses Buch ist ein Roman. Dennoch sind viele Personen nicht frei erfunden, sondern existierten wirklich. Ihre Handlungen beruhen auf einem historischen Hintergrund. Im Anhang befinden sich ein Glossar und ein Personenverzeichnis. Glossar, Personen- und Literaturverzeichnis, der liturgische Kalender ebenso wie die Karten sind im Internet abrufbar unter:
www.henning-isenberg.de./coeln

HENNING ISENBERG

DER FLUCH VON CÖLN

HISTORISCHER ROMAN

emons:

Bibliografische Information der Deutschen Nationalbibliothek
Die Deutsche Nationalbibliothek verzeichnet diese Publikation in der Deutschen Nationalbibliografie; detaillierte bibliografische Daten sind im Internet über http://dnb.d-nb.de abrufbar.

FSC www.fsc.org
MIX
Papier aus verantwortungsvollen Quellen
FSC® C083411

Umschlagmotiv: Nik Keevil/Arcangel Images
Umschlaggestaltung: Nina Schäfer
Gestaltung Innenteil: César Satz & Grafik GmbH, Köln
Druck und Bindung: CPI – Clausen & Bosse, Leck
Printed in Germany 2019
ISBN 978-3-7408-0639-2
Historischer Roman
Originalausgabe

Dieser Roman wurde vermittelt durch die Literaturagentur
Rose Bienia, Tübingen.

»… Sollte ich nicht zurückkehren,
wirst du mir nachfolgen und
unser Land wieder in Besitz nehmen.«
»Aber du wirst doch zurückkommen!«
»Ich sage ja nur, für den Fall.
Wir sehen uns wieder, ganz bestimmt.«

aus: »Das Friedrich-Lied«, 2. Buch, Seite 181

PROLOG

Winter 1226

Theos Vater starb – langsam und unausweichlich. Das rote Rosenbanner an Theos Lanze flatterte in der Winterkälte.

»Steig endlich vom Pferd!«, befahl ihm sein Vaterbruder, Wilhelm, vom Warten zermürbt. »Herzog Heinrich wird Cöln nicht angreifen. Und falls doch, wirst du nicht dabei sein. Du musst leben. Außerdem bist du viel zu jung.«

Doch Theo beachtete Wilhelms Worte nicht. Voll ahnungsvoller Verzweiflung fuhr er in seiner Suche nach Rettung für seinen Vater fort. Lediglich leere wintergraue Felder breiteten sich auf dem Vorfeld von Cöln vor ihm aus. Hinter den Mauern der Stadt sah er die im Novemberlicht matt schimmernden Ziegeldächer, während die Severinstorburg wie ein feindlicher Koloss in den südlichen Wehren drohte. Daneben, rheinseitig, schälte sich der Bayenturm vor den Masten der Handelskoggen aus dem winterlichen Dunst. Landseitig wehte das erzbischöfliche Banner mit dem schwarzen Kreuz auf weißem Grund über der Ulrepforte und den übrigen Stadttoren. Von Theos Auge kaum fassbar, deuteten die vielen Torburgen und Turmpforten das Ausmaß der größten Metropole nördlich der Alpen an. Hinter ihnen schlummerte die Stadt – wohlhabend, empfindlich, fast behütet, wären da nicht die ständigen Unruhen, die die fordernde Herrschaft der jeweiligen Erzbischöfe ihren Bürgern durch immer neue Abgaben aufzwang.

Nun aber lag die Heilige in einem selbst verordneten Dämmerzustand da. Die Krawalle der letzten Tage, nein, des letzten Jahres seit dem Tod Erzbischof Engelbert von Bergs verlangten ihr diese Ruhepause ab. Der neue Erzbischof, Heinrich von Molenark, hatte sich in seinem Stadtpalast verschanzt, während die Bürger und Patrizier sich beschämt in ihre herausgeputzten Fachwerkhäuser mit den steinernen Sockeln verkrochen hatten.

So lange sein Blick auch hin und her schweifte, nichts – weder auf Land- noch auf Rheinseite – berechtigte Theo zu irgendeiner Hoffnung. Er spürte, wie brodelnde Wut nach seinem Herzen griff. Ein Mann, sein Vater, der sich in ihren Dienst gestellt hatte, starb gerade auch für sie, die freien Bürger Cölns, vor ihren Toren; und sie hatten es geschehen lassen.

Allein die verkohlten Häuser der Familie Overstolz und einiger anderer Patrizier in der Rheingasse, deren Anblick Theo an die geschleifte Isenburg erinnerte, störten das Friedensbild. Sie waren der selbstherrlichen Sühne des neuen Stadtherrn Erzbischof Molenark zum Opfer gefallen.

Theos Blick fand den Steinhaufen auf dem gerodeten Vorfeld der Stadt. Daraus ragte ein Pfahl empor, auf dessen Ende ein Rad ruhte, fast unverdächtig, gerade so, als sei die eine Seite eines überbreiten Fuhrwerkes unter dem Steinhaufen begraben, während die andere ein wenig schräg in den schneeschwangeren Himmel wies. Doch Theo wusste es besser. Zwischen den Speichen des Rads formte sich ein dunkler Körper. Der Körper seines Vaters. Niemand durfte zu ihm, außer den schwarzen Raben, die krächzend auf reiche Mahlzeit warteten. Kriegsknechte bewachten die Marterstätte, als hätte ihr Befehlshaber Angst, der Todgeweihte könnte zu alter Kraft erwachen, während er sterbend über ihnen thronte. Zwei Tage und eine Nacht lang hatten die Soldaten die Familie nicht vorgelassen. Dabei drohte ihnen und der Stadt am Horizont ein riesiges Heer.

Doch die Allianz der Vögte war nicht vorgerückt. Weder Theos Oheim, Herzog Heinrich von Limburg-Berg, noch der Bruder seiner Großmutter, Dietrich von Kleve, noch des Vaters engster Vertrauter, Otto von Tecklenburg – sie alle hatten seinen Vater aufgegeben. Dabei hatten sie selbst ihn einst an die Spitze des Vögteaufstands gegen den erzbischöflichen Entvogtungserlass gestellt. Nun ließen sie ihn fallen. Theo barst bald vor tobender Wut.

Am Abend des zweiten Tages ritt der Stadtvogt, Endrich von Eppendorf, gerüstet und mit einem weißen Tuch am Arm, vor die Heeresfront und sprach mit dem Herzog. Es war kaum noch Leben in dem Sterbenden, und der Stadtvogt beschloss, seine Mutter Mathilde sowie seine Söhne, Theo und Friedrich, zu ihm vorzulassen.

Wie in einem wunden Fiebertraum ritt Theo mit nahem Gefolge dem Ort des Martyriums entgegen. Ehrfürchtig wichen uniformierte Stadtbüttel und grobe Brabanter Kriegsknechte trotzig wie zum Spalier vor der kleinen Gruppe zurück. Durch die Speichen des Rades suchte Friedrich Theos Blick. Wie ein junger Adler, der um Fraß aus dem Schnabel der Alten fleht, klammerte sich Theo an Friedrichs sterbendes Augenlicht. Ein unbändiges Drängen, zu seinem Vater hinaufzusteigen und ihn im Leben zu halten, kämpfte in ihm. Ein letztes Schließen und Öffnen der Lider sagte ihm, dass sein Vater jetzt ging, und obwohl Theo keine Bewegung der Lippen sah, war es ihm, als hörte er die Worte: »Wisst, meine Kinder, ich segne euch mit meiner Liebe. Lebt, lebt. Ich werde bei euch sein, auch wenn ich nicht mehr lebe. Immer, immer …«

In Theo schrie es: Geh nicht! Aber er wusste, dies war der letzte Blick. Trotz der zwanzig Ellen, die ihn von seinem Vater trennten, fühlte er sich ihm so nahe wie nie; nicht einmal als er auf seinem Schoß gesessen hatte, hatte er diese Nähe gespürt. Und in diesem letzten Blick verstand Theo alles so, als hätte Friedrich zu ihm gesprochen. So schmiedete er das Band, das ihn stets mit seinem Vater verbinden würde; ein Band, das nur er allein sehen konnte. Damals schwor Theo seinem Vater, das Land um den Isenberg und allen anderen Besitz zurückzugewinnen, wenn er erst erwachsen sei.

Dann starb Friedrich, Graf von Isenberg, Erbvogt des Essener Stifts.

Entkräftet sank Theo auf die Knie. »Ich verfluche Euch, Erzbischof Molenark, und dich, Ado von der Mark, und alle, die ihr damit zu tun habt. Und ich schwöre, ich werde unser Land, auf dem du sitzt, Ado, zurückholen.« Dann wurde es auch um Theo dunkel, und er fiel in einen langen Ohnmachtsschlaf.

ERSTER TEIL

1. KAPITEL

Februar 1227

Theo schaute zum Himmel. Erdrückend. Den ganzen Tag schon hatte er gespürt, dass heute etwas passieren würde. Für ihn war das nichts Ungewöhnliches. Seine Gabe, Dinge vorherzusehen, war ein Geschenk wie ein Fluch. Ahnung beschlich ihn, und dann geschah es; auch jetzt hatte er Gewissheit. Der Findling hatte den Fuß des Altbauern zerschmettert, Theo hatte ihn abgebunden.

Der Wald schimmerte grün und geheimnisvoll, ganz so, als riefe er nach ihm. Weiden, bemerkte Theo und verstand. Er raffte seinen Habit, lief hinüber und schnitt fingerdicke Rindenstreifen vom Stamm. Weiß schimmerte der Bast darunter – wie Knochen. Er blickte sich um und sah den Bauern wimmernd zwischen den erdigen Schollen. Theo stolperte über den Acker zurück zu dem Alten. Er kniete neben ihm nieder, hob das ergraute Haupt an und schob dem Mann einen der Rindenstreifen zwischen die spärlich vorhandenen Zähne. »Kau!«, sagte Theo, und einen Lidschlag lang traf sein kristallklarer Blick den matten Blick des Bauern. Theo bemerkte Ehrfurcht in den Augen des Greises; auch das kannte er. Beruhigend sagte er: »Der Saft der Weide hilft dir gegen die Schmerzen«, und dachte dabei: ein wenig.

Während Theo den Pressverband über dem zerstörten Knöchel, den er aus seiner Kordel und dem Leinen seines Unterkleides hergestellt hatte, lockerte, schenkte er dem Alten ein Lächeln. Neues Blut pulsierte hervor, dort, wo der Knochen zertrümmert war und das Schienbein weiß hervorragte. Der Alte stöhnte auf. Theo ließ ihn.

Die Gedanken an den zerschundenen Leib seines Vaters holten ihn ein, die aus dem Körper getretenen Knochen, das sterbende Fleisch, das fahle, blutige Gesicht, damals vor zwei

Wintern, als Friedrich vor dem Severinstor auf seinen Tod gewartet hatte. Theo spürte sie wieder, die Enge in seiner Kehle und den Abschiedsschmerz, bitter, trauervoll und endgültig. Oh Gott … oh mein Gott. Er verzog das Gesicht. Vor seinem geistigen Auge holperte der Käfigwagen, in dem sein Vater wie ein Tier gefangen saß, während der dumme Pöbel ihn verhöhnte und mit Unrat bewarf, durch die Straßen von Cöln, dann sah er wieder die Szenen der Belagerung, die Flucht, die Nachricht von der Ergreifung seines Vaters und, und, und.

In Theos Kopf dröhnte es. Er musste sich wieder besinnen. Dabei half es ihm, an das Band zu denken – das unzertrennbare Band zwischen ihm und seinem Vater, das sie damals mit Blicken gesponnen hatten. Keiner, kein Einziger, konnte es durchschneiden wie er die Rinde der Weide, wie der Henker die Sehnen und Muskeln seines Vaters.

Mit seinem Vater war aller Besitz, das Land um den Isenberg, die reiche Vogtei Essen, die Burg Nienbrügge mit den Grafschaften Heesen und Hœvel, gegangen. Als willfähriger Scherge des neuen Erzbischofs hatte sein Großonkel Ado von der Mark das Land besetzt.

Trauer und Wut über erfahrenes Unrecht stiegen in Theo auf. Er wischte sich eine Träne von der Wange. Er wollte sich alles zurückholen, so wie er es Vater versprochen hatte. Andererseits wog der Schatten der Schuld schwer. Wenn nicht mehr beim Papst in Rom, so galt seine Familie im Erzbistum immer noch als geächtet – dafür trug Erzbischof Molenark Sorge. Und wie sollte Theo gegen diese Übermacht einen Anspruch erheben?

Er zog die Binde wieder fest und fragte sich, wo nur der Jungbauer blieb. Er schaute in die Ferne. Vor Stunden war der Bauer auf einem schweren Ackergaul davongeritten, um Hilfe zu holen. Theo rieb sich die klammen Hände.

✣

Hermann von Balk war kein Herr, der zu ungnädiger Bestrafung neigte. Doch der Landkomtur über die Ballei an Rhein und Ruhr musste etwas tun. Der Deutschorden war in eine Sinnkrise gerutscht und spaltete sich in engstirnige Glaubensbewahrer und dunkle Schwertbrüder. Einzig bei den Spitalbrüdern herrschte Frieden. Über sie, die Glaubens-, Ritter- und Spitalbrüder, herrschte er – nicht über Land, sondern über ein dicht gewobenes Netz klosterähnlicher Komtureien, gestifteter Rittergüter und Klöster, in denen ein frommes und arbeitsames Miteinander herrschte. Nun, herrschen sollte.

Die Stimme Hermann von Balks hallte im länglichen Kreuzgewölbe von Sankt Katharinen wider. »Name und Herkunft des Limburger Mündels in Euren Reihen müssen im Geheimen bleiben.« Er nahm seine Stimme etwas zurück. »Hört Ihr? Man würde ihm sonst nach dem Leben trachten.«

Über Balks mächtigem Oberkörper, geformt in Dutzenden von Schlachten, und seinem breiten Nacken thronte ein herrisches Antlitz – insgesamt eine gebieterische Erscheinung, geboren für den Kampf im Sattel.

Im Gegensatz dazu war Bruder Paracelsius, der blassgesichtige Vorsteher des Spitals, eher hager. Er musterte den Landmeister einen Moment lang. Theos Haus war dem Niedergang geweiht, seit sein Oberhaupt, Graf Friedrich, für den Mord an Erzbischof Engelbert wegen der Vogtei Essen zur Rechenschaft gezogen worden war. Das wusste jedermann im deutschen Norden. Der Junge hatte Talent, und einen so an den Rand der Gesellschaft Gedrängten konnte man dem Weltlichen leicht gänzlich entwenden. Ein kühler Luftzug ließ die Kerzen wie zum Zeichen, einen Vorstoß zu wagen, aufflackern. Außerdem wartete Hermann von Balk bereits mit hochgezogenen Augenbrauen auf eine Antwort. »Gewiss, Herr, der Junge, von dem Ihr sprecht, legt an Cornelia die Prüfung der Heiler ab.«

»Wie macht er sich?«

»Oh, er ist ein Junge mit wachem Verstand. Er würde sich durchaus zu einem guten Heiler eignen – einem sehr guten sogar.« Hoffnung, den Jungen doch halten zu können, keimte in Paracelsius auf, und schnell ergänzte er: »Im Feld hat er, ohne dass er es vorher hätte üben können, das Blut an einem Bein gestillt. Hätte der junge Bruder nicht abgebunden, geduldig bei dem Verletzten ausgeharrt und die Binde an dem Unterschenkel gelockert und wieder angezogen, wer weiß, mindestens der Unterschenkel wäre verloren gewesen.«

»Gut, gut«, sprach Hermann von Balk, »trotzdem gebt Ihr ihn an die Priesterbrüder ab. Wir haben anderes mit ihm vor.«

In Paracelsius' erneutem Zögern lag dieses Mal Bedauern. Nach kurzem Abwägen gab er den Kampf um den talentierten Jungen auf. »Warum nicht nach Welheim zu Komtur Gerald wie die anderen, Herr?« Konnte er den Jungen schon nicht haben, wollte er doch wenigstens etwas über das Spiel der Mächtigen erfahren. Ihm war zu Ohren gekommen, dass Heinrich von Limburg den Kreuzzug des Kaisers anführen würde, und er fragte sich, ob Balk auf Weisung des Herzogs handelte. Balk schwieg, also hakte Paracelsius nach: »Hat diese Sonderbehandlung mit der Nähe zur Burg Deutz und dem Herzog vom Limburg zu tun?«

Hermann von Balk runzelte die Stirn. »Das lasst mal meine Sorge sein, Bruder. Ich traue Komtur Gerald nicht. Hier, in Cöln, im Schatten des Erzbischofes hingegen, ist der Junge sicherer als in Welheim, oder etwa nicht?«

»Aber ja, Herr, niemand außerhalb unserer Mauern bekommt auch nur einen Novizen zu Gesicht.«

»Außerdem«, gab Hermann nun etwas vertrauensseliger preis, »kommt die Order vom Deutschmeister selbst.«

»Von Hermann von Salza?« Paracelsius konnte sein Erstaunen nicht verbergen. Der Großmeister des Deutschordens war einer der einflussreichsten Männer im Reich, und Heinrich von Limburg schien mit ihm im Bunde.

»Salza vermittelt zwischen Papst und Kaiser, immerhin ist der Kirchenbann gegen Kaiser Friedrich noch nicht wieder aufgehoben. Der Limburger Herzog wurde zum Heerführer der Kreuzfahrer auserwählt.«

»Limburg, der Orden und der Kaiser«, sprach Paracelsius mehr zu sich selbst.

Hermann ging nicht weiter darauf ein. »Lasst uns jetzt über

unseren eigenen Disput sprechen. Für Plaudereien bin ich nicht nach Cöln gekommen. Als sei der Rauswurf des Deutschordens aus Ungarn nicht genug, muss ich mich mit den ständigen Querelen zwischen den Ordenspriestern und Ordensrittern herumschlagen.«

2. KAPITEL

Frühjahr 1227

Ungläubig schaute Aleidis von Wildenberg, die Fürstäbtissin des Essener Stifts, auf das Pergament, das auf dem großen Schreibpult ihres Arbeitsgemaches lag und die Auflistungen der Einnahmen aus dem Handel sowie die Abgaben an den neuen Vogt Ado von der Mark zeigte.

Ihr Blick schweifte ab in ein unbestimmtes Nichts. Seit er Vogt Friedrich von Isenberg nachgefolgt ist, hat er den Tribut dreimal erhöht … Getan hat er dafür nichts, und ich habe um meinen Neffen gebeten, nicht um Ado, diesen Vielfraß, dachte sie und gebot ihrer Schmähung mit einem »Heilige Mutter Gottes, vergib mir meine Flüche« Einhalt. Und trotzdem, dachte sie, Vogt Friedrich hatte wenigstens den Anstand, es beim zehnten Teil unserer Einnahmen zu belassen. Wie kann ich Graf Ado nur loswerden …?

Mit einem erkennenden Blick fuhr ihr Kopf in die Höhe.

Der Märker macht es völlig offen und ohne Scham, ganz so, als fürchte er niemanden – nicht einmal Seine Exzellenz den Erzbischof. Und der ignoriert mein Recht auf Einsetzung eines eigenen Vogtes genau wie Engelbert, der Herr hab ihn selig.

Schnell bekreuzigte sie sich.

»Wie leicht wäre es, wenn ich meinen Neffen einsetzen könnte«, sagte sie laut und seufzte. Wieder flogen ihre Gedanken davon – zu Vogt Friedrich. Die Sünde ihres Lebens kam ihr in den Sinn. Allein um ihren Neffen zum Vogt zu machen, hatte sie sich in die Intrigen des Erzbischofes mit seinem Entvogtungserlass gegen ihren Vogt hineinziehen lassen.

Weil ich die Urkunden habe fälschen lassen, musste Vogt Friedrich sterben. Herr, vergib mir!

Wieder bekreuzigte sie sich.

Nein, so war es nicht, beruhigte sie sich. Das Erzbistum

wusste immer, dass mein Stift eine Erbvogtei ist, also hätte Engelbert sie auch nicht einziehen können. Erst als Vogt Friedrich des Verbrechens bezichtigt wurde, konnte der Familie das Kirchenerbe entrissen werden. Mit oder ohne meine Urkundenfälschung. Seine Überfälle, seine falschen Anschuldigungen – Erzbischof Engelbert hat die Anlässe geschaffen, wie er sie brauchte.

Nun war sie wieder in der Gegenwart angekommen und konnte die Spinnweben der Vergangenheit fortwischen.

Wenn das Essener Stift nun also eine normale Vogtei ist, kann ich als Fürstäbtissin auch den Vogt benennen. Das ist mein gutes Recht … Was hätte Mutter gemacht?

Die Fürstin von Wildenberg, ihre Mutter, hätte ihr Anliegen von ihrem Fürstgatten eingefordert. Ein Selbstverständnis, in dem auch Aleidis aufgewachsen war. Sie hatte keinen hohen Gatten. Ihr Gatte war der Herr im Himmel. Doch auf der Erde war König Heinrich für sie verantwortlich und nicht der Erzbischof. Sollte sie zu ihm gehen? Aber an Seiner Exzellenz dem Erzbischof von Cöln konnte sie nicht einfach vorbeiagieren. An ihm hing der ganze Handel, und den setzte sie um keinen Preis aufs Spiel. Ein neuer Gedanke kam ihr.

Seine Exzellenz hat den Cölnern alle Rechte, Freiheiten und guten Gewohnheiten wiedergegeben, die sie vor Erzbischof Engelbert hatten. Er schmiedet Bündnisse, und dafür muss er den Seinen etwas anbieten. Vielleicht ist gerade jetzt sogar eine gute Zeit, Forderungen zu stellen …

Doch erneut kamen ihr Zweifel, ob der Erzbischof Graf Ado auswechseln würde. Immerhin hatte der die Drecksarbeit gemacht, und der Erzbischof hatte ihn dafür aus den Steinen der geschleiften Isenburg Blankenstein bauen lassen und ihn mit den Isenberger Gütern belehnt.

Ach was, ich gehe zu ihm … und zwar bei der Ankunft König Heinrichs und seiner Gemahlin, Margarethe von Österreich, in Cöln.

Einen besseren Zeitpunkt konnte sie kaum wählen, denn die Anwesenheit König Heinrichs, ihres Lehnsherrn, musste Erzbischof Molenark vor Augen führen, dass er nicht ihr Gebieter war.

Aleidis ballte ihre Faust. Augenblicklich jedoch bemerkte sie ihren kämpferischen Gestus. Schnell verbarg sie ihre Rechte in einer Falte des schwarzen Skapuliers, während ihr Blick im Raum umherschweifte. Wie kindisch, dachte sie. Keiner kann mich hier sehen. Sie erhob sich, ließ die Fingerspitzen über die Tischplatte aus Rotbuche gleiten, ging zum Fenster und öffnete es.

Draußen kämpfte der Frühling noch gegen die winterliche Kälte an, und vom Hof zog der Geruch eines vor Kurzem niedergegangenen Frühjahrsschauers zu ihr herauf. Die Eichenbalken der überdachten Umgänge an den Wirtschaftsgebäuden glänzten noch nass vom Regen. Die Pfützen im Hof hingegen waren fast verschwunden. Der Wind trieb weiter dichte graue Wolkenmeere über den Himmel.

Aleidis zog den feinen grauen Wollschal enger um den Hals. Mit Unbehagen sah sie Barthel auf dem Hof, den Medicus des Deutschordens, den ihr Bruder Paracelsius mit einem Novizen gesandt hatte. Sie zog den Kopf zurück, um nicht von ihm entdeckt zu werden. Es war ihr peinlich, dass ihr Stift dem Fieber, das sich unter den Schwestern ausgebreitet hatte, nicht selbst Herr wurde und sie die Deutschherren hatte um Hilfe bitten müssen.

✝

Der Gestank übler Ausdünstungen verätzte seine Nasenschleimhäute. Werden wir das Fieber besiegen? Bruder Barthel sprach ein stilles Gebet, während er der kranken Nonne die Hand auf die glühende Stirn legte. Er bemerkte, dass der Novize neben ihm in dem stickigen Raum kaum zu atmen wagte. Der ständige prüfende Blick der beaufsichtigenden Nonne namens Gulda trug zu weiterem Unbehagen bei. Können sie uns nicht einfach unsere Arbeit tun lassen?, fragte sich Barthel und erschrak im selben Moment, denn sein junger Gehilfe schnellte plötzlich nach vorn, riss das Fenster auf und schnappte hastig nach Luft. Schwester Gulda wich empört zurück. Augenblicklich, noch bevor sie den Vorwitz maßregeln konnte, befahl ihm Barthel: »Bruder Theo, hol mir Wasser und Wickel. Lauf, sofort!«

Eilig griff der Novize nach der Schale mit dem trüben Wasser und wirbelte nur so aus dem Raum, die Treppen hinunter in den Hof des Klosters. Unten angekommen, prustete er so heftig aus, dass Barthel und Gulda es durch das geöffnete Fenster hören konnten. Nachsichtig ließ Barthel den Blick zur Decke schweifen, während Schwester Gulda nur bärbeißig das Haupt schüttelte.

Mit dem Eimer des Brunnens schöpfte Theo frisches Wasser. Am liebsten hätte er die lästige Nonne mit der ihr eigenen Inbrunst aus dem Fenster geworfen.

Er goss das Wasser in die Schale und stieg vorsichtig, aber zügig die Treppe wieder hinauf in die Krankenstube.

Das dicke Hinterteil der Schwester versperrte ihm den Weg. Zu gern hätte er sie einfach unsanft zur Seite gerempelt. Stattdessen entschied er sich für ein kaum hörbares »Verzeihung«, worauf Schwester Gulda ungelenk Platz machte.

Sie nahm wohl gar nicht wahr, wie ungeschickt sie war. Bei dem Gedanken verflog auch der letzte Rest seiner Bereitschaft, ihr höflich zu begegnen. Theo stellte die Schale auf dem Schemel neben dem Bett ab.

»Wo bekomme ich Wickel, Schwester?«, fragte er, während er den Blick fordernd, aber unbestimmt hob.

Die Nonne fuhr erbost auf und zeigte wieder die Treppe hinunter. »Beim Trappierer«, blaffte sie.

Ein frecher Unterton wollte Theo die Zunge verdrehen. Irgendwie schaffte er es jedoch, ein nur halbwegs leidliches Leiern anzuschlagen. »Wo finde ich ihn?«

»Über den Hof in das erste Gewölbe hinunter«, zischte die Nonne wie eine Viper.

Wortlos lief er wieder in den Hof und kam nach einer kurzen Weile mit dem Mull zurück.

»Du musst aufpassen, Theo«, sprach Barthel durch seinen leinenen Mundschutz, »es ist weithin bekannt, dass die Fürstäbtissin es sich zur Aufgabe gemacht hat, den Glauben vor dem Verfall zu bewahren. Sie meldet dem Erzbischof jeden auch noch so kleinen Anschein von Hochmut. Für einen Adligen nicht das beste Empfehlungsschreiben.«

Theo ließ den Blick zu Boden wandern, nickte und nuschelte eine Entschuldigung. Den Rest der Arbeit verrichteten sie ohne weitere Worte.

Nach der Behandlung streiften Barthel und Theo ihre Leinengewänder ab und hängten sie zusammen mit dem Mundschutz an hölzerne Bolzen in der Rückwand der Remise, wo sie ihr Hab und Gut aufbewahrten und schliefen. Dann machten sie sich auf den Weg zum Stundengebet in die Stiftskirche.

Im Innern des nur spärlich von Kerzen erhellten Gotteshauses rückten sie in eine der freien Bänke, knieten nieder, senkten die Häupter und hielten Einkehr, bis eine Frauenstimme anhob.

Theo merkte auf. Heute las Äbtissin Aleidis selbst die Messe. Er musterte die Nonne. Dies war also die Frau, die seinem Vater das Leben schwer gemacht hatte. Er suchte nach etwas Bösem, Gehässigem oder Gütigem – etwas, das sie von den anderen Schwestern unterschied. Doch so lange er auch forschte, es gelang ihm nicht, irgendetwas zu finden.

Der Gegenstand ihrer Predigt war die christliche Tugend der Demut. Abwesend wanderte Theos Blick mal hierhin, mal dorthin. Es war die Zeit der Vesper.

Wieder eine Nacht in diesem fiebrigen Haus, dachte er. Wie viele würden es noch werden? Hoffentlich werde ich nicht krank bis zur Prüfung.

In der Kirche roch es angenehm – nach kalten Mauerblöcken, Kalk und Mörtel –, doch es war kühl. Die Kälte kroch an ihm herauf. Eine steinerne Grabplatte fesselte Theos Aufmerksamkeit. Etwas ging aus von dieser Platte, das spürte er. Nur ein »A« und ein »I« konnte er im Kerzenlicht entziffern. Er beugte sich weit vor, so weit, dass Barthel ihm fest in die Rippen knuffte.

Theo beschloss, am Morgen zurückzukommen, um die Steinplatte genauer zu begutachten.

✝

»Was machst du hier, Novize? Habt ihr draußen nicht genug zu tun?«

Theo erschrak. In der Nähe des Altars stand die Fürstäbtissin. »D-Doch, hochwürdige Mutter Oberin. Ich … ich wollte nur wissen, wer hier ruht.«

»Was interessiert es dich, wer hier seine letzte Ruhe fand? Komm mal her.«

Theo ging ein paar Schritte auf sie zu, blieb dann stehen.

»Komm her, sagte ich!«

Er machte noch einen Schritt und sprach zögerlich: »Die Inschrift zog mich in einer eigentümlichen Weise an, und ich beschloss, sie mir bei Tageslicht anzusehen.«

»Aha. Wie ist dein Name?«

»Theo.«

»Theo. Und wie weiter?«

Er musste an die Warnung seines Oheims denken, nicht einmal jemandem, dem er vertraute, seinen Namen preiszugeben. Und einem Beutelschneider auf dem Cölner Heumarkt hätte er eher vertraut als dieser Stiftsdame, die bereits bewiesen hatte, dass sie gegen seine Sippe stand. Zu gern hätte er sie am Kragen ihres Habits gepackt und ihr die Schmach seiner Familie, an der sie Schuld trug, ins Gedächtnis gerufen.

Doch Theo versuchte, sich zusammenzureißen, und unterdrückte seinen Gram. »Bruder Theo, weiter nichts, hochwürdigste Äbtissin.«

»Weiter nichts?«

Er wusste, dass Kinder häufig vor Klosterpforten abgelegt wurden, damit sie bei den Geistlichen aufwuchsen. Arglos dreinschauend, hob er die Schultern. Er spürte die Genugtuung, die ihm die Täuschung der Äbtissin bereiten würde, käme er mit seiner Lüge durch. »Meine Eltern sind tot. Ich bin Waise.

Ich wurde dem Orden übergeben. Einen weiteren Namen als den genannten kenne ich nicht, ehrwürdigste Äbtissin.«

Theo bemerkte die prüfenden Blicke und wähnte sich schon durchschaut. Er spürte Angst in sich aufkeimen.

Plötzlich herrschte Aleidis ihn an: »Mach, dass du rauskommst, und geh zurück an die Arbeit! Ich habe anderes zu tun. Und es heißt Fürstäbtissin!«

»Sehr wohl, durchlauchtigste Fürstäbtissin.« Er verbeugte sich kurz und suchte, so schnell er konnte, das Weite.

Als er auf den hellen Klosterhof trat, blendete die tief stehende Sonne sein Auge. Drei Namen hatte er, trotz der jähen Unterbrechung, lesen können: Eberhard I., Arnold und Friedrich. Alle entstammten sie dem Geschlecht derer von Altena.

Dies ist unsere Grablege. Hier liegen alle Erbvögte, mein Großvater und dessen Vater und Großvater. Nur Vater nicht.

Theo vermied es nach der Begegnung mit der Fürstäbtissin zwei weitere Wochen lang, erneut unangenehm aufzufallen, und auch Aleidis vergaß, sich nach dem neugierigen Novizen aus der Kirche zu erkundigen.

Dann war es Bruder Barthels Heilkünsten zu verdanken, dass das Fieber zurückging und der Abschied aus Essen-Werden in greifbare Nähe rückte. Theo trug die schmutzigen Leinengewänder und sonstige verwendete Stoffe zu einem Haufen zusammen. Zur Laudes hatte er sämtliches Tuch zu einem beachtlichen Berg aufgehäuft. Von der steten Arbeit müde, streifte er sein eigenes Leinenhemd ab und warf es zu guter Letzt ebenfalls auf den Haufen. Dann machte er sich auf, die Dankesmesse des Essener Stifts zu empfangen.

Wieder hielt die Fürstäbtissin die Andacht. Mehrere Male war es Theo, als blicke sie zu ihm herüber. Er wollte sich ihrer erneuten Aufmerksamkeit entziehen, verbarg sich hinter den vor ihm Knieenden und linste nur hervor, wenn ihr Blick zur anderen Seite wanderte.

Als sich endlich die Tore des Stifts hinter Barthel und ihm schlossen, drehte sich Theo ein letztes Mal um. Er sah die Fürstäbtissin, wie sie vor dem brennenden Haufen stand und ihnen nachschaute, als wolle sie mit ihren Blicken einer offengebliebenen Frage Antwort erhaschen, bevor es zu spät war.

Theo war, als hörte er die Oberin Barthels Namen rufen. Er trieb den Medicus an, schneller zu gehen. Dann lag das Kloster weit hinter ihnen. Der Geruch fiebrigen Schweißes, verbrannter Kleidung und Haare haftete noch lange in ihren Nasen; die misstrauische Oberin hingegen war Theo fürs Erste los.

✠

»Seit der Hinrichtung der Verschwörer hat sich die Stadt kaum beruhigt, Herr.« Stadtvogt Endrich von Eppendorf lehnte sich an einen der Fenstersimse im Arbeitsgemach der erzbischöflichen Residenz gegenüber dem Hildebold-Dom aus karolingischer Zeit. »Der Pöbel gebärdet sich nicht weniger frech und aufmüpfig als die hochnäsigen Patrizier.«

»Was meint Ihr?«, fragte Erzbischof Heinrich von Molenark.

»Die von der Mühlengasse, Erenpfortens und die Overstolzen, haben bei mir vorgesprochen und Wiedergutmachung für die Häuser, die wir angezündet haben, gefordert. Andernfalls, so drohen sie, bringen sie die Sache vor den Reichstag.«

»Undankbares Pack. War nicht ich es, der die alten Räte wiedereingesetzt und den Zünften alle Rechte verliehen hat, die ihnen Engelbert genommen hatte?«

»Diesen Herren aber nicht, Herr.«

»Sie gehörten ja auch diesem Verschwörerbündnis Sapientis an. Die Weisen, dass ich nicht lache, das wäre ja noch schöner … Und, was ist mit dem Pöbel?«

»Meine Büttel berichten mir von ihren Zuträgern, welcher Art das Laster, der Zerfall und die Verwahrlosung sind und dass sie wie hungrige Wölfe an dem guten Ruf unserer Stadt zehren. Das bringt allerlei Gesindel nach Cöln, nur die ehrenwerten Kaufleute ziehen mittlerweile Lüttich oder Gent uns vor.«

»Das muss aufhören!« Molenark geriet aus der Fassung. Beim

Handel und beim Geld war er empfindlich. »Was gedenkt Ihr zu tun, Eppendorf?«

Der Stadtvogt mit den Gesichtszügen eines Bluthundes und seinem geschorenen Haar räusperte sich. Er wusste, dass der eingesessene Adel auf den Erzbischof, der aus dem niedrigen Ritteradel kam, herabschaute und ihn überheblich Erzbischof Leinenhose nannte. »Mit dem Abschaum werde ich fertig. Allerdings nur, wenn ich mehr Büttel bekomme und mehr Zuträger bezahlen kann.« Erzbischof Molenark wand sich beklommen auf seinem goldenen Lehnstuhl, doch der derbe Stadtvogt sprach weiter: »Schüchtert den Stadtadel ein. Statuiert ein Exempel an den Vögten, Euer Exzellenz. Der Krieg gegen Engelbert hat sie geschwächt, und ihr Anführer ist tot.«

Mit den Vögten meinte der Stadtvogt die Herren von Limburg-Berg, Jülich, Kleve, Brabant und eine Reihe weiterer Adeliger.

»Der Entvogtungserlass besteht weiterhin. Jeder Vogt, der sich erhebt, erhebt sich gegen die Kirche. Engelbert hat Euch förmlich das Instrument der Inquisition hinterlassen, Durchlaucht.«

»Engelbert, Engelbert, Engelbert!«, kreischte der Erzbischof. »Ich kann es nicht mehr hören. Wollt Ihr mir jetzt auch noch weismachen, dass er im Jenseits Gutes tut? Während Ihr, das Domkapitel und sonst jedermann ihn zum Märtyrer macht, muss ich hier seinen Mist aufkehren. Ich bin es, der seine Schulden wettmachen und den widerständigen Adel niederhalten muss! Und glaubt mir, der Schuldenstand übertrifft den Betrag, der in Cöln kursiert, um ein Vielfaches. Allein die Garden aufzustellen und den Zehnten von den eingezogenen Vogteien einzuziehen, kostet mich ein Vermögen. Engelbert hat sich mit seinen Krediten eine starke Stellung im Reich erkauft und das Erzbistum erst in die Krise gestürzt.«

Molenark unterließ nichts, um Engelbert als Schuldigen an der Misere des Erzbistums hinzustellen und dessen untadeligen Nimbus zu schmälern.

»Wie, meint Ihr«, fuhr der Erzbischof mit hochrotem Kopf fort, »soll ich da eine Inquisition betreiben? Ich brauche Truppen. Und Truppen kosten Geld, viel Geld, Stadtvogt!« Er hob den Blick zum hölzernen Himmel der Kassettendecke und rief: »Ein schönes Erbe hast du mir da hinterlassen!«

»Wurde unter Engelbert nicht die Domerweiterung beschlossen, um der Pilgerei zum Schrein der Heiligen Drei Könige mehr Raum zu geben?«

»Eppendorf, jetzt fangt nicht das Spinnen an. Erstens verschlingt der Umbau Unmengen an Geld, und meint Ihr etwa, hätten wir es zusammen, ginge es von jetzt auf gleich?«

Eppendorf blickte über dem großen Platz, auf dem heute nur wenig Treiben zu sehen war, zur Dombauzeche. »Kann nicht Euer Vetter, Henrik von Sayn, aushelfen?«, sprach der Stadtvogt, den Blick nach draußen gewandt. Molenark schwieg und widersprach zumindest nicht, was Eppendorf fortzufahren ermutigte. Er wandte sich wieder seinem Dienstherrn zu: »Wenn Ihr nur einen Vogt niederwerfen könnt, schlagt Ihr zwei Fliegen auf einmal. Der Adel würde Euch Respekt zollen, und Ihr hättet genug Einnahmen, um Truppen zu bezahlen. Nehmt Limburg oder Tecklenburg!«

Eppendorf hatte diese beiden Namen mit Bedacht gewählt, denn sie waren die engsten Vertrauten des Grafen Friedrich, dem Mörder Erzbischof Engelbert von Bergs, gewesen.

»Heinrich von Limburg-Berg wird den Kreuzzug des Kaisers anführen. Bis er zurück ist, kann ich keine seiner Vogteien angreifen. Der Papst würde mich vierteilen«, wiegelte Molenark ab. »Tecklenburg sitzt zu weit in Westfalen, das würde hier niemand mitbekommen. Außerdem zermürbt ihn der Bischof von Osnabrück nach allen Regeln der Kunst … Aber ich könnte mit Jülich beginnen.« Ein Lächeln huschte über sein pockennarbiges Gesicht. »Bevor ich Derartiges betreiben kann, muss ich König Heinrich von Staufen auf meiner Seite wissen. Ich lade mich nach Frankfurt ein.«

»Aber, Herr, der befindet sich mitten in den Krönungsvorbereitungen«, gab Eppendorf zu bedenken.

»Genau, und was hilft da besser als geistlicher Beistand?«

3. KAPITEL

Frühjahr 1227

Bei den Priesterbrüdern von Sankt Katharina zu Cöln folgten Theos Tagesabläufe nun einige Wochen dem immer gleichen Muster: vom monotonen Wechsel der Stundengebete mit der Arbeit in den Gärten und Stallungen, auf dem Feld, im Wald, in der Küche, im Skriptorium, in der Trapperie und in der Wäscherei. Vigil, Arbeit, Laudes, Arbeit, Terz, Lesungshoren in Latein oder Griechisch, Sext, Arbeit, Non, Studium der Algebra, Vesper, Arbeit, Komplet, das große Stillschweigen um Mitternacht, Schlafen, Aufstehen und so weiter und so weiter. Die vierte Stunde war meist die Zeit des ersten Gebets, die um Mitternacht die letzte des Tages.

Jegliches Verhalten war auf die Maßregelung der sieben Todsünden Hochmut, Geiz, Neid, Zorn, Wollust, Völlerei und die Trägheit des Herzens, die Melancholie, gerichtet. Hauptsächlich wurden die Novizen zur Einhaltung der Maze – der Mäßigung – als Gegenstück des Hochmutes angehalten. Alles geschah in gleichmütiger und demütiger Haltung. Geschlagen wurde hier nicht, gelacht aber auch nicht, und Ausgang in die Stadt war ebenso wenig erlaubt.

Von den Heiligen verehrte Theo Maria Magdalena am meisten, denn er vermisste die Herzenswärme und Ansprache, und auch sie – so schien es ihm – war von den Menschen an den Rand der Gemeinschaft geschoben worden. Hierin fühlte er sich ihr nahe, seit ihm der Erzbischof seine Eltern genommen hatte.

Auch den Tod seiner Mutter führte er in seinem Hassbuch gegen Erzbischof Molenark.

Sein innerer Kampf jedoch galt dem Gefühl, als Sohn eines Verurteilten und Hingerichteten von minderem Wert zu sein. Wie einen schwarzen Klumpen trug er diese innere Regung seit jenen grauenhaften Tagen im vergangenen November in seinem Gemüt.

Eines hatte die Zeit in Sankt Katharina für sich: Theo hatte von den Brüdern gelernt, obwohl ihn alle Welt etwas anderes hatte glauben machen wollen, dass auch die Sprösslinge eines Verstoßenen und Verurteilten zu den Kindern Gottes zählten.

Müde von der Arbeit ließ Theo sich nach einem arbeitsreichen Tag auf seine Pritsche fallen und schlief sofort ein. Mitten in der Nacht wachte er vom Schrei einer Eule auf, von da an suchten ihn Gedanken heim, und er wälzte sich unruhig auf der Bettstatt. Stimmen sprachen zu ihm. Er begann, mit ihnen zu streiten. Auf einmal trat Ruhe ein. Sein Atem wollte gerade wieder regelmäßig werden, und er war froh, weiterschlafen zu können, da hörte Theo vertraute Stimmen, die gleichzeitig zu ihm sprachen: »Geh und finde Einhard.« Er wachte auf. Die Nacht schimmerte noch silbrig in seine Kemenate, doch an Schlafen war nicht mehr zu denken. Diesen Satz sollte er im Laufe des nächsten Jahres immer wieder des Nachts hören, bis zum Tag, an dem er seine Glaubensprüfung ablegte.

✝

Mit dem Empfang zu Cöln und der anschließenden Krönung Margarethes von Österreich in Aachen hoffte Erzbischof Heinrich von Molenark, ein enges Band mit dem Stauferkönig zu knüpfen. Er und König Heinrich waren sich einig: Stärkten sie die Städte, schwächte dies die Herren von Kleve, Jülich, Berg, Brabant und besonders Limburg, und sie waren es namentlich, die sein Cöln bedrohten. Zufrieden, dass sein Plan aufging, wartete er scheinbar arglos auf das Schiff mit dem königlichen Paar. Doch Fürstäbtissin Aleidis hatte ihre Augen fest an ihn geheftet.

Das Treiben an den Anlegestellen glich einem Jahrmarkt der Eitelkeiten, kaum ein Platz war am Hafen zu ergattern, so eng stand die Empfangsgesellschaft aus Adligen, Klerikern und Cölner Bürgern. Das Volk hingegen wurde von Eppendorfs

Bütteln ferngehalten. Doch über allem war das laute Schreien der Möwen vernehmbar.

✝

Jetzt, da die wimpelgeschmückte Barkasse des Königs in Sicht kam, musste Aleidis sich beeilen, durch die bunte Menge zum Erzbischof vorzudringen. Doch auch die königliche Gesandtschaft mit dem königlichen Wagen setzte sich in Bewegung und schob sich zwischen sie und den Erzbischof. Eilig drängte sie sich an einigen reich gewandeten Adligen vorbei, um auf die Seite bei den Kais zu gelangen, an der der Erzbischof wartete. Nach einigen Mühen sah sie endlich wieder Molenarks edelsteinbesetzte Mitra wie eine bunte Kogge auf hoher See hin und her wogen. Zielstrebig schlängelte sich Aleidis vor, bis sie die Mitra direkt vor sich hatte.

»Eure Erzbischöfliche Gnaden«, sprach sie in das blatterige Gesicht Erzbischof Heinrichs darunter. »Ich muss Euer Exzellenz' Aufmerksamkeit für einen kurzen Augenblick beanspruchen.« Sie bemerkte ein nervöses Zucken in Molenarks wächsernen Zügen und vernahm ein Raunen, das so ähnlich klang wie »Gott, gütiger!« und an den neben ihm postierten Weihbischof Gerald, den Priesterkomtur von Welheim, gerichtet schien.

Gequält lächelnd, nahm Molenark ihre Hand zum Gruß entgegen und deutete eine Verbeugung an. »Liebe Schwester«, stammelte er, als verlangsamten gewichtige Gedanken seinen Redefluss, »was kann ich für Euch tun an diesem feierlichen Tage?«

»Mein Anliegen ist Euch nur zu bekannt, Exzellenz. Ich muss Euch nicht bitten, aber ich will Euch einbeziehen – zum Erhalt unserer guten Beziehungen.«

Weihbischof Gerald blickte streng. Und Aleidis bemerkte ein überlegenes Lächeln in Molenarks Augen. »Das Stift Essen braucht endlich einen gottergebenen Vogt!«, sprach sie energisch in das Grinsen. »Jetzt, nach den Isenbergern, ist der Moment gekommen, das Stift der Kirche zurückzugeben. Und ich kann Euch versichern, zwischen dem kommissarischen Vogt Ado und Vogt Friedrich von Isenberg besteht so gut wie kein Unterschied. Ich will meinen Neffen dort sehen. Wagt es also ja nicht, dem Märker die Vogtei zu bestätigen!«

Heinrich von Molenark legte seine Hand auf ihren Unterarm. »Liebste Schwester, Fürstäbtissin, droht mir nicht.« Sein Mund lächelte, doch seine braunen Augen blieben kalt. »Dies liegt nicht allein in meiner Hand, aber ich werde mich an richtiger Stelle für Euch verwenden. Und jetzt seht, das königliche Schiff legt bald an. Ich muss mich um meine Gäste kümmern.« Er trat einen Schritt nach vorn. »Ich versichere Euch, wir werden eine Lösung im Sinne der Heiligen Mutter Kirche finden«, sprach er, während er bereits auf die Holzbohlen des breiten Steges trat, wo sich die Bootsleute die Leinen zuwarfen.

Die Rufe wurden lauter. Gerald blickte zum Abschied geringschätzig auf Aleidis herab und folgte dem Erzbischof, der Aufstellung zur Flussseite nahm. Schon wurde die Kogge mit Tauen zu den Pollern herangezogen und die Landungsbohlen ausgefahren.

Aleidis schaute dem Erzbischof unsicher nach. Hatten ihre Worte ihn erreicht? In diesem Schwebezustand sollte sie den Rest des Jahres zubringen, denn Molenark ließ nichts von sich hören.

4. KAPITEL

Frühjahr 1228

Bereits am Morgen nach der Glaubensprüfung hatte sich Theo bei winterlicher Kälte mit einem Kahn nach Deutz bringen lassen. Nun saß er seinem ungeliebten Oheim Heinrich von Limburg gegenüber, der sich im Lehnstuhl seines Arbeitsgemaches in seiner Deutzer Burg zurechtrückte. Die Flammen züngelten in den Kaminen und Feuerschalen.

»Theo«, sprach Heinrich von Limburg, »der Kaiser hat den Kreuzzug auf den Frühsommer verschoben. Ich habe dich, bevor ich die Truppen ins Heilige Land führe, herrufen lassen. Ich will sehen, ob du an der Rückerlangung der Grafschaft teilhaben kannst, denn es heißt, du scheinst recht mutlos und voller Zweifel.«

Theo fühlte sich ob der Worte seines Oheims herausgefordert. Er denkt wohl, dass er mich in irgendeiner seiner Burgen als Höfling am Leben hält, damit ich seine Ansprüche auf mein Land legitimiere, aber ich habe meinem Vater Rache geschworen.

»Wenn du mir sagst, dass du dem Kampf um deine Grafschaft gewachsen bist, schicke ich dich in die Kommende Ramersdorf.«

Erschrocken gab Theo seine Zurückhaltung auf, die er seit dem Zögern seines Oheims vor Cöln in den Novembertagen des Jahres 1226 bewahrt hatte. »Herr, ich kann noch nicht so bald nach Ramersdorf. Ich … ich … Vater und Mutter sind mir in einem Traum erschienen.« Er musterte seinen Oheim unsicher, denn er rechnete damit, umgehend des Raumes verwiesen zu werden.

»In einem Traum?«, wiederholte der Herzog ungläubig. Mit einem Nicken begehrte er, mehr zu wissen.

»Es waren nur die Worte ›Geh und finde Einhard.‹«

»Ein Traum, mehr nicht. Gib nicht zu viel darauf!«

»Herr«, wollte sich Theo rechtfertigen, »in Sankt Katharina …«

»Schon gut, schon gut! Ich will nicht gegen den Orden sprechen, aber was willst du tun?«

»Herausfinden, wer dieser Einhard ist. Wisst Ihr es, Oheim?«

Heinrich dachte kurz nach, bevor er antwortete: »Nein, einen Mann dieses Namens kenne ich nicht.«

Theo spürte verzweifelte Hilflosigkeit in sich aufsteigen.

»Warte!«, sprach der Oheim. »Wenn es um die alte Gefolgschaft Friedrichs geht, weiß ich vielleicht Rat.« Er griff eine Glocke und läutete.

Augenblicklich kam ein Knappe herein. »Ihr wünscht, Herr?«

»Hol mir Cedric.«

Der Mann verschwand ebenso schnell und demütig, wie er gekommen war.

»Es gibt nur ein Problem, mein Junge.«

Theo schaute seinen Oheim aufmerksam an.

»Der Tag für Ramersdorf ist festgeschrieben.«

»Welcher Tag ist es, Herr?«

»Mariä Heimsuchung.«

»Dann muss ich sofort gehen.«

»Ich hätte dich gern eine Zeit hier gehabt, bis ich auf den Kreuzzug gehe, Theo.«

Es klopfte an der Tür. Theo sprang auf und öffnete dem Knappen Cedric.

»Herr, Ihr schickt nach mir.«

»Kennst du einen Mann namens Einhard?«

Cedric schaute erst zu Theo, dann zum Herzog. »Er ist ein alter Einsiedler – ein wirrer Kauz, wenn Ihr mich fragt. Aber mein alter Herr, Euer Schwager, ritt des Öfteren in die Sauerlande. Dann sprach er lange Zeit mit ihm.«

Theo horchte erleichtert auf.

Dann kennt er meinen Vater gut. Ich muss diesen Einhard treffen, dachte er.

»Großartig, Cedric«, dankte der Herzog dem Knappen.

Der nickte kurz. »Herr, kann ich sonst noch etwas tun?«

»Ja, stell einen Conroi zusammen. Für die Sicherheit meines Neffen. Ihr reist in Feindesland.«

»Herr, mit Verlaub«, wandte Cedric ein, »wir müssten mit einem Heer reisen, um ihn zu schützen.« Cedric nickte zu Theo hinüber. »Die Unauffälligkeit sollte in diesem Fall unser Schild sein.«

Herzog Heinrich überlegte kurz. »Also gut. Dann bereite alles vor. Und, Cedric ... du bürgst für ihn mit deinem Kopf.«

»Sehr wohl.« Der erfahrene Knappe verbeugte sich und verließ das Gemach, wobei er Theo mit einem Schmunzeln zuzwinkerte.

Am liebsten hätte Theo mit einem Lächeln geantwortet, doch er war dem Herzog zugewandt und wollte ihm seine Erleichterung nicht zeigen.

✠

»Dieser Einhard hat Friedrich die falschen Ratschläge gegeben. Er und niemand anderes ist an unserem Unglück schuld«, empörte sich Theos Onkel Wilhelm, als ihn Herzog Heinrich zu Deutz über Theos Pläne unterrichtete.

»Auf wessen Seite steht er also? Auf der Ados?«, höhnte Heinrich voll Ironie.

Wilhelm hob die Schultern. »Ich weiß es nicht. Jedenfalls hat er meines Bruders Sinne in die falsche Richtung gelenkt.«

»Unsinn, hätte die Gefangennahme Engelberts geklappt, würde Einhard, oder wie er sich schimpft, jetzt als klug und weise gelten.«

»Das hat sie aber nicht. Es heißt, er sei ein böser Zauberer, der seit Jahren durch die herrenlosen Lande streift und wie ein Gograf Urteil hält.«

»Ihr meint, er erhebt sich über den Adel?«

»Ja, das sagen die Leute, und ich glaube es.«

»Er glaubt es!«, rief Heinrich. »Ihr sucht einen Schuldigen, um Euren Bruder reinzuwaschen.«

»Ich will nicht mit den falschen Leuten im Bunde sein, wenn es gilt, unsere Lande zurückzugewinnen.«

»Was wollt Ihr also tun?«

»Ich werde Theo finden und ihn aufhalten. Man sollte diesem Einhard den Garaus machen.«

Theo und Cedric hatten Burg Altena hinter sich gelassen und waren tiefer in das Land der tausend Berge geritten. Je weiter das Auge blickte, umso schemenhaft heller wurden sie. Kleine Bäche sprudelten unter Eiskristallgewölben die Höhen hinab. Erste Vögel rührten im Gehölz. Mit allen Sinnen nahmen Theo und Cedric die ruhige Stimmung wahr. Gab die Natur den Blick frei, sahen sie unberührte wintermatte Wiesen, die an finstere Tannen und kahle Eichenwälder grenzten. Sie erreichten eine weite Hochebene, auf der, einer Herrscherin über alle Bäume gleich, eine riesige Eiche stand. In ihrem Schutz errichteten sie ihr Lager für die Nacht. Während sich Cedric um das Feuer kümmerte, stellte Theo einen Windschutz aus jungen Erlen her, wie es ihm sein Vater gezeigt hatte.

»Da werden wir eine gute Nacht drin haben«, sagte der Knappe zufrieden, als Theo sein Werk an die Eiche lehnte.

Im Dämmerlicht kauerten sie sich vor das Feuer und aßen das, was sie an Proviant mit sich führten.

»Meinst du, das Feuer verrät uns?«, fragte Theo.

»Wollen wir das nicht – von Einhard gefunden werden?«

»Und wenn es Räuber sind?«

»Hier sind wir sicher. Wahrscheinlich weiß der alte Rabe schon längst, dass wir hier sind, und sieht nach uns. Trotzdem werden wir abwechselnd schlafen und wachen. Ich schlafe so oder so auf meiner Liebsten.« Cedric tippte auf das Heft seines Kurzschwertes.

Pierre entriegelte die Tür und trat ein. Mit dem jungen Mann im Mönchsgewand strich ein kalter Hauch in die warme Stube.

Einhard schaute unwillig von seinem Folianten auf und grummelte: »Pierre.«

Pierre hängte seinen Mantel an einen der hölzernen Zapfen an der Wand und kam näher. Während er die Hände dem warmen Feuer entgegenreckte, sagte er: »Bei der alten Eiche am Hegenscheid habe ich einen jungen Reiter mit seinem Knappen gesehen.«

»Von der Sorte gibt es viele.«

»Sie hätten über die Wolfsegge reiten können. Stattdessen nahmen sie die steinerne Brücke und ritten den Born hinauf. Mir war, als mieden sie die Gegend um die Burg und hielten sich im Verborgenen.«

»Immer noch nichts Besonderes«, befand Einhard, die kantige Nase unbeirrt in die Seiten vertieft.

Pierre lächelte. Dieses Spiel, den Älteren zu überzeugen und dabei Spannung aufzubauen, hatten sie über die Jahre eingeübt, unter anderem, damit die Zweisamkeit gegenüber der Einsamkeit den höheren Wert behielt.

»Ich bin ihnen bis zum Hegenscheid gefolgt, wo sie an der hohen Eiche ihr Nachtlager aufgeschlagen haben.«

Einhard wurde aufmerksam und schlug das Buch zu. »Dummköpfe. Wenn sie wollen, dass ihnen die Kehlen durchgeschnitten werden ... Und, was war jetzt besonders an ihnen?«

Pierre hätte Namen nennen können, denn er kannte Cedric aus alten Tagen. Er tat es nicht. »Die Satteldecken.«

»Wie?«

»Das Wappen.«

Einhard zog die Brauen hoch und schaute auffordernd zu dem Jüngeren herüber.

»Sie trugen den Limburger Löwen.«

Einhard schien kurz nachzudenken, dann beugte er sich vor. »Theo! Das ist Theo! Friedrich hat ihn mir gesandt!« Der Alte bekreuzigte sich und flüsterte: »Nun wird das letzte Lied gesungen.«

»Sollen wir ihn jetzt noch holen?«, erkundigte sich Pierre.

»Wir gehen heute Nacht raus und treffen ihn morgen früh, wenn er ausgeruht ist. Lass uns zu Bett gehen und ein paar Stunden Schlaf nehmen.«

✝

Die Glocke schlug zur Laudes. Wilhelm rüstete sich im Halbdunkel und verließ Burg Deutz. Schweigend grüßte er die Wachen, während die Hufe seines Schlachtrosses auf dem Pflasterstein unter dem Torbogen widerhallten.

Ab dem Helinkiweg, der alten Heerstraße, die sein Bruder Friedrich einst wiederhergerichtet hatte, folgte er der Ennepe bis zur Volme, diese durchritt er, und zwischen Sext und Non sah er Kloster Elsey vor sich liegen. Die Lenne riss träge an seinem Sattel, als er sie durchquerte. Die Mauerzinnen des Klosters waren von Efeu berankt, und anders als vor zwei Jahren reichte das Blätterwerk bis in den Torbogen. Wilhelm ritt durch die Klosterpforte. Er musste schlucken. Hier lagen die Gebeine seines Bruders, hier war seine gestrenge Mutter Herrin. Eine Glocke wurde geschlagen. Die Nonnen im Hof verbeugten sich.

✝

»Als ob ich das nicht selbst wüsste! Wofür bezahle ich Euch? Damit Ihr mir Sachen sagt, die ich längst weiß?«

»Wie Ihr meint, Eure hochwürdigste Exzellenz.« Der bullige Stadtvogt von Cöln, Endrich von Eppendorf, ließ sich seinen Ärger nicht ansehen.

»Was habe ich mir da nur eingebrockt! Ohne Geld keine Macht! Ohne Macht kein Geld!«, presste Erzbischof Heinrich von Molenark mit rot äderigen hervortretenden Augen heraus.

Abgestoßen von dem ewigen Jammern seines Herrn, wandte Endrich von Eppendorf den Blick ab. Er dachte an die Gelder, die er einzutreiben hatte. Zur Verbesserung der Finanzlage überlegten sich das Kapitel und der Rat immer neue Strafen und

Gebühren, um die Bürger, Bauern und Reisenden zur Kasse zu bitten. Falschmünzer wurden zur Abschreckung geschmökert. Für das Umgehen des Torgelds setzte es zwölf Taler und zwei Tage Käfig. Mundraub kostete ein Ohr. Ein Gartendieb wurde ins Wasser getaucht. Ruhestörer oder Flucher verbrachten einen Tag im Halseisen vor dem Rathaus. Kurz, die Menschen fürchteten die Obrigkeit und zahlten.

Doch Geld- und Leibesstrafen waren die eine Sache, die andere Sache blieb die Frage, wie stark Endrich die Daumenschrauben noch anziehen konnte, ohne einen weiteren Aufstand zu riskieren. Mit Schrecken erinnerte er sich der brennenden Häuser und des brandschatzenden Pöbels vor zwei Jahren, als Erzbischof Molenark Friedrich von Isenberg hatte aufs Rad flechten lassen. Endrich hatte die Gassenhauer geschickt, und dann war alles über ihn hereingebrochen. Mit Mühe und Not hatte er den Aufstand niedergeprügelt und wusste doch, welch ein Unrecht er da angeordnet hatte.

✝

Wilhelm klopfte sich den Staub vom Wams, als eine Nonne in den Hof trat.

»Junger Herr!«, rief sie.

Wilhelm staunte über die Freude der Kammerfrau seiner Mutter, als er den Blick von seinen nassen Beinlingen zu ihr hob. Auch er hatte sie immer sehr gemocht, damals, als die Familie noch auf dem Isenberg lebte.

»Isabelle«, antwortete er wie aus fernen Tagen.

Schon hatte sie ihn erreicht, kniete vor ihm nieder und hob die Hände zu ihm hinauf. »Wilhelm, mein kleiner Wilhelm.«

Er zog sie auf die Füße. Am liebsten hätte er die Nonne umarmt; doch das ging nicht.

»Wie groß und stattlich du geworden bist. Und ganz nass bist du. Komm, wir trocknen dir die Kleider, dann bringe ich dich zu deiner Mutter.«

Trotz der vergangenen Zeit stand seine Mutter vor ihm wie eh und je. Er konnte kein Altern in dem vom Schleier und Gebende umrahmten Gesicht erkennen. Auch war Wilhelm, als hätte die Mutter ihre würdevolle, unnahbare Haltung seit ebendem Tag, als sie aus Isenberg ausgezogen war, unverändert beibehalten. Er sah sie noch vor sich, wie sie den langen Zug aus Familie, Besatzung und Gesinde aus der Burg führte. Dank ihr hatte er sein Schwert, sein Pferd und seine Rüstung behalten dürfen – und seine Würde. Seitdem lebte sie mit einigen Frauen in dem Prämonstratenserinnenkloster, ihrer Leibzucht.

Seine drei älteren Brüder bekleideten auskömmliche Kirchenämter. Dafür hatten Dietrich und Engelbert noch in ihrer Zeit als Bischöfe von Münster und Osnabrück sorgen können. Nun, nachdem die Isenburg in Trümmern lag und Erzbischof Heinrich von Molenark die Sippe auszulöschen suchte, hatten sie für ihren jüngsten Bruder Wilhelm kein Kirchenamt mehr finden können. So war er an den Deutschorden gekommen und hätte in Bornhöved fast sein Leben gelassen.

»Mutter.« Wilhelm trat näher.

Mathilde hielt ihrem Sohn die Hand mit dem Ordensring zum Kuss hin. An der anderen sah er den goldenen Ring, den Vater ihr zu ihrer Vermählung angesteckt hatte. Es beruhigte Wilhelm. Immerhin hat sie ihre Wurzeln nicht vergessen, dachte er, nahm die vor ihm schwebende Hand und beugte das Haupt zum Kuss.

»Mein Junge«, sagte sie milde lächelnd, trat einen Schritt zurück und betrachtete ihn von oben bis unten. »Wie geht es dir? Gut siehst du aus.«

»Bis auf ein paar Blessuren im Dänenkrieg ganz gut. Der Orden bekommt mir. Ich genieße viele Freiheiten unter Hermann von Balk. Und dir? Wie geht es dir, Mutter?«

»Es herrscht Frieden hier in Elsey. Ich glaube, das erste Mal in meinem Leben. Um endlich dieses Leben führen zu dürfen, musste ich wohl erst alles verlieren.«

»Du hast ja noch uns, Mutter«, erwiderte Wilhelm gekränkt.

Doch auch wenn Mathilde ihr Ungeschick bemerkt hatte, überging sie seine Bemerkung. »Was führt dich zu mir?«

»Theo ist von Burg Deutz fortgegangen. Heinrich sagt, er hatte eine Eingebung, diesen Einsiedler aufzusuchen.«

»Einhard, diese Unglückskrähe?« In Mathildes Miene zeichnete sich Sorge ab. »Will Theo denn die Lande zurückholen?«

»Es ist dir doch klar, dass wir unseren Besitz zurückfordern müssen, Mutter!«

»Das Blutvergießen muss doch einmal aufhören.«

»Molenark ist ein grober Klotz und eine ritterbürtige Leinenhose dazu. Er ist ein Emporkömmling, der den Adel im Rheinland und in Westfalen demütigen will. Mit Sicherheit ist er kein Kirchenfürst, unter dem an Blut gespart wird. Und auf unsere Sippe hat er es ohnehin abgesehen.«

Mathilde senkte den Kopf, und Wilhelm hatte beinahe den Eindruck, als weine sie stumme Tränen.

»Mutter«, fragte er vorsichtig, »wo finde ich diesen dunklen Gesellen?«

»Was willst du denn von ihm?«, entgegnete sie, als wollte sie ihn abhalten, den alten Einsiedler zu suchen.

»Theo holen, natürlich! Ich muss Theo vor seinen Einflüstereien bewahren. Vor ein Inquisitionsgericht gehört Einhard.«

»Aber ich weiß nicht, wo er zu finden ist … Doch, warte …« Ihre Stirn lag in Sorgenfalten. Sie dachte nach, dann hellten sich ihre Züge auf. »Oben, auf der anderen Seite der Lenne, haben ein paar von Friedrichs Knappen ein Haus errichtet. Reite dorthin! Sie wissen sicher, wie du Einhard findest.«

✝

»Cedric, sieh dort!« Theo zeigte auf einen riesenhaften Wolf, der auf sie zugestürmt kam.

Augenblicklich schnellte Cedric aus der Hocke empor und versuchte, seinen Bogen zu erreichen.

»Fenrir, halt!«, donnerte eine gewaltige Stimme vom anderen Waldsaum.

Dann sahen Theo und Cedric zwei wie Mönche gewandete Gestalten herüberkommen.

Der Knappe atmete tief durch und warf den Bogen zurück auf sein Bündel. »Die Suche hat ein Ende, junger Herr. Er hat uns gefunden.« Mit seinem stoppelgrauen Kinn deutete Cedric über die Wiese.

»Ist das Einhard?«, fragte Theo.

»Das ist Einhard. Er hatte schon immer eine Vorliebe für eindrucksvolle Auftritte. Früher umschwirrte ihn ein riesiger Uhu. Außerdem sprach er mit Vögeln und streichelte Rehe, ganz so wie der heilige Franz. Aber so einen«, damit zeigte er auf den Wolf, der auf zehn Schritt Entfernung verharrte und sie nicht aus den Augen ließ, »habe ich auch noch nicht erlebt.«

Als Einhard und Pierre den Wolf erreicht hatten, tippte Einhard ihn leicht am Schulterblatt an, und das Tier folgte ihm.

»Cedric, sei gegrüßt!«, rief Einhard. »Ich hoffe, ihr wolltet gefunden werden und habt diesen Platz nicht aus reiner Unbedachtheit gewählt.«

»Einhard, Pierre, ich grüße euch ebenfalls«, erwiderte Cedric leichthin, als hätte ihn der Wolf nicht weiter beeindruckt, und wandte sich wieder dem Ausbessern eines Lederriemens zu. Einhards Bemerkung ließ er unbeantwortet.

»Theo, mein Junge. Du bist fast schon ein Mann.«

»Was erschreckt Ihr uns so mit diesem grauenhaften Viech?«, fauchte Theo als Antwort.

»Du meinst Fenrir?«, antwortete der Greis ungerührt. »Weil er Teil der Geschichte ist, wollte ich ihn euch gleich einmal vorstellen. Seit den schrecklichen Tagen vor dem Severinstor ist er uns gefolgt. Damals war mir danach, ihn Fenrir zu nennen.«

Theo blickte ihn unverständig an.

»Nach dem germanischen Endzeitwolf. Das alte Wissen scheint völlig an dir vorbeizugehen ... Als er zu uns kam, hatte er vielleicht zwei oder drei Winter erlebt. Schau ihn dir jetzt an.« Stolz wies er auf den Wolf. »Muskeln wie ein Bär. Zahm wie ein Lamm gegen uns.« Einhard ließ seine Hand auf den riesigen Kopf des Tieres gleiten und streichelte es, wie man einen Hund streichelt.

»Auch gegen mich?«, fragte Theo.

»Das hängt davon ab, wie ihr euch versteht. Gut wäre es schon, wenn ihr zueinanderfindet.«

Cedric und Theo schauten sich fragend an. Kopfschüttelnd machte sich Cedric sodann daran, die restlichen Sachen auf dem Packpferd fest zu verzurren.

Einhard aber führte den Wolf zu Theo. »Knie dich hin und beuge dein Haupt. Tue dabei so, als interessiere Fenrir dich nicht, schau einfach zu Boden – bloß nicht in seine Augen.«

»Das tue ich bestimmt nicht!«, entrüstete sich Theo.

»Hab Vertrauen.«

Zögernd ging Theo in die Hocke. Einhard kniete sich daneben und legte dem Wolf den Arm über die Schultern. Mit der freien Hand nestelte er einen dreckigen Stofffetzen von seinem Gürtel. Dann flüsterte er dem Tier beschwörende Formeln zu. Das Stück Stoff hielt er ihm vor die Schnauze. Nach einer Weile stand er auf und hob Theo auf die Beine. »Es wird schneller gehen, als du denkst«, sagte er nur.

Der Wolf setzte sich auf die Hinterläufe und winselte.

»Jetzt sieh ihn an.«

Einhard gab Theo den Stoff und bedeutete ihm, sich langsam zu nähern.

Theo hielt dem Wolf den Fetzen entgegen. »So?«, fragte er unsicher.

»Ja, das ist gut.« Wieder sprach Einhard eine seiner Formeln. Bald robbte der Wolf zu Theo herüber.

»Streichle ihn am Kopf.«

Theo tat abermals, wie ihm geheißen, und das Tier ließ ihn gewähren.

»Fenrir wird dich beschützen, wenn ich nicht bei dir sein kann.«

»Warum willst du mich beschützen?«

»Das ist meine Aufgabe.« Einhard schaute Theo in die Augen.

»Ich brauche keinen Schutz.«

»Das sehe ich anders. Es gibt viele Dinge, die auch ich nicht gesehen habe, als ich jung war.«

»Und du hast es bis hierher geschafft«, spottete Theo, doch Einhard ging nicht darauf ein.

»Ja, nur dein Stern steht unter anderen Vorzeichen. Du hast eine große Aufgabe vor dir und noch größere Feinde gegen dich. Fenrir, Pierre, ich und deine Verwandten sind dein einziger Rückhalt. Und glaube mir, du wirst ihn brauchen.«

Einhard saß am knisternden Kamin, der den Duft brennender Buche verströmte. Eine große Eule kauerte still auf dem Sims des Kamins. Ab und an schlug sie die Augenlider auf und zu, so als sei sie über irgendetwas empört. Theo betrachtete das Stück Stoff in seiner Hand.

»Was ist das für ein alter Fetzen, Einsiedler?«

Einhard sah kurz auf und raunte: »Das? Ach, das ist nur ein Stück vom letzten Gewand deines Vaters.«

Theo erschrak und betrachtete den Fetzen nun mit Andacht. Er hob ihn vors Gesicht und roch. Dem menschlichen Sinn jedoch entzog sich jeglicher Geruch. Achtsam faltete Theo das Tuch und steckte es in den ledernen Beutel an seinem Gürtel, als wäre es ein Schatz. Sie schwiegen eine Weile, und Theo machte sich daran, in dem Zimmer, welches Pierre und er sich teilen würden, heimisch zu werden. Seine wenigen Habseligkeiten legte er auf ein Brett über seiner Schlafstelle. Als er wieder in die Wohnstube trat, fiel sein Blick auf den ledernen Rücken eines mächtigen Folianten, der zuvor durch die große Eule verdeckt gewesen war.

Einhard war Theos Blick gefolgt. »Das, mein Junge, ist die Aufzeichnung vom Wirken deines Vaters, damit seine Taten und sein Andenken niemals in Vergessenheit geraten mögen.«

»Darf ich sie lesen?«

»Sie ist für dich geschrieben.«

»Oh, so viel Ehre für mich«, sagte Theo staunend. »Hast du es aufgeschrieben?«

Die Tür knarrte, und Cedric kam herein.

»Ich habe sehr viel mit deinem Vater gesprochen. Er hat mir über seine Begegnungen im Südreich erzählt, über den Papst, den Kaiser, seinen Vetter, die Heilslehren der Häretiker, über Franz von Assisi, über Zarastro, über Benoit. Alle diese großen oder weisen Menschen hat er selbst getroffen, und wir haben viele Abende damit verbracht zu disputieren, welche Erfahrungen daraus zu ziehen waren. Er war ein sehr kluger Mann, dein Vater – nicht nur im Geiste, sondern auch im Herzen, weil er die Welt gesehen und gelernt hat, sie bewusst und mit offenen Augen in sich aufzunehmen.«

»Und das alles steht hier drinnen?« Theo ließ die Hand auf den Deckel des ledernen Einbandes fallen. Muffiger Staub stob hervor.

»Das, und das, was ich selbst mit ihm erlebte oder was er mir bis zu seinem Tod berichtete.«

Theo machte große Augen. »Einhard, damit machst du mir das größte Geschenk, das ich mir erdenken kann.«

»Ich bezeuge das Schicksal deiner Familie seit vielen Jahren. Ich war schon mit deinen Großvätern auf dem Kreuzzug –«

»Auf welchem?«, unterbrach ihn Theo. »Dem dritten von 1198?«

»Ja, der muss es wohl gewesen sein. Als ich wiederkam, legte ich das Schwert aus der Hand und begann, diesen Stab zu schnitzen.« Einhard zeigte auf seinen an der Wand lehnenden Wanderstab mit dem Wolfskopf.

Die Eule darüber blinkte mit ihren großen runden Augen.

»Warum der Wolfskopf?«

»Die Einsiedelei steht auf dem Gebiet der Wulfsegge.«

Theo schaute auf die funkelnden grünen Gemmen, die die Augen des Wolfes darstellten. Plötzlich, so als hätten die Gemmen einen tiefen Blick in seine Seele getan, schreckte er zurück. Dann fiel sein staunender Blick auf die unzähligen in den Stab geschnitzten Tiere und Runen. »Was bedeuten die Drachen, Schlangen und Ungeheuer?«

»Jedes Tier steht für eine gewonnene oder verlorene innere Schlacht. Schau, diese hier steht für den Kampf und den Tod deines Vaters.« Einhard zeigte auf die Rose, die in den Trümmern einer Burg blühte.

»Und die Runen?«

»Sie stehen für eine Erkenntnis aus den inneren Schlachten, die ich zu schlagen habe.«

»Viel Platz ist nicht mehr auf dem Stab, Einhard.«

»Genug für das, was ich noch zu erledigen habe.«

»Was wird dort stehen?«

Einhard zuckte mit den Schultern. »Das hängt von uns beiden und vielen anderen Dingen ab.«

Theo schwieg eine kurze Zeit des Nachdenkens. Dann meinte er: »Zu gern würde ich Vater und Mutter wiedersehen … Im Traum oder mitten am helllichten Tage, wenn ich nicht damit rechne, oft aber, wenn Hilfe geboten ist, erscheinen sie mir seit Kurzem und sprechen mit mir.«

»Das ist mehr, als ein anderer erwarten kann, Junge. Die Träume sind die Pforten zu unserem Unbewussten. Folge deinen Träumen und Eingebungen, statt dich von Menschen abhängig zu machen. Dann erkennst du, dass du imstande bist, Dinge von wirklicher Bedeutung zu schaffen.«

»Aber es ist so viel Wissen abgelegt in einem Kloster, in einer Burg oder in einem anderen Menschen«, entgegnete Theo.

»Richtig! Und Macht, Interessen und vieles mehr auch. Vergiss das nicht. Wer sagt dir, dass das, was dir ein Erzbischof, dein Oheim, ich oder deine Liebste erzählt, nicht durch ihr eigenes kleines Spiel verdreht ist?«

»Da hast du recht.«

»Also, glaube an deine eigene Größe. Niemals ausschließlich an die eines anderen. Denn nicht ein anderer lebt dein Leben, sondern nur du selbst.«

Theo schlug die Augen nieder.

»Was ist?«, begehrte der Alte zu wissen.

»Letzte Nacht hatte ich einen Traum. Ich ritt mit einem Mädchen, das umgeben von tumben Freunden zu mir kam, zu unbekannten Gestaden. Dort waren Knechte mit der Befestigung eines Dammes beschäftigt, und die raue Gischt der See schlug gegen das Land. Ich kletterte über grobe Steinblöcke auf die andere Seite des Dammes und sah dort eine Küste von hellstem, feinstem Sand und blaues Wasser. Das Mädchen folgte mir, während die rauen Gesellen zurückblieben, und ich spürte Glück.«

»Die Welt des Schlafes offenbart dir neue Ideen, und die Freude, die Nöte und die Aufregung zeigen dir ein Erkennen jenseits der Menschen. Die raue Seite könnte für das Außen stehen, die Härte, der du dich erwehren solltest, willst du nicht zerrieben werden. Das Helle, das Lichte der anderen Seite könnte ein Symbol für das Paradiesische, Göttliche im Inneren sein, das es zu hegen und pflegen gilt. Die tumben Freunde des Mädchens könnten seine unbewussten Seiten zeigen – das, was es nicht sieht. Vielleicht denkt das Mädchen, diese Seite verteidigen zu müssen, und du kannst dann trefflich mit ihm streiten, weil du den Teil an ihm zu ändern suchst. Oder du kannst dir deines größeren Wesens bewusst sein, das die Idee des Ganzen im Blick hat, und du nimmst den Menschen bewusst mit oder lässt ihn bewusst zurück, weil er etwas anderes in seinem Leben vorhat. Aber von größerem Interesse als das Verstehen des Traumes scheint mir zu sein, warum du diesen Traum gerade jetzt hast«, sagte Einhard und dachte bei sich: Wird er bald einem Mädchen begegnen? Wie soll er, wenn er erst in Ramersdorf ist? Wird er frei wählen dürfen? Wer weiß, ob Herzog Heinrich nicht schon eine gute Partie in den Sinn gekommen ist?

✝

»Ja, Herr, ich kann Euch zeigen, wo Ihr den Einsiedler findet.«

»Dann zeig es mir«, befahl Wilhelm von Isenberg dem alten Knappen.

Ortliv machte sich auf, sein Pferd zu satteln. Eine kurze Weile später trabten sie zu dritt aus dem Tor der Palisaden, die das feste Haus schützten. Sie ritten mehrere Stunden zum Hegenscheid hinauf.

»Hier, Herr, müsst Ihr bleiben. Wo der Einsiedler sein Haus hat, weiß ich nicht. Aber er wird Euch bald finden.«

»Was soll das heißen, du weißt nicht, wo sein Haus ist? Du sagtest, du könntest mich zu ihm bringen!«

»Das habe ich, Herr. Niemand aber kann sein Haus finden. Es heißt, es sei durch einen Zauber im tiefsten Gehölz verborgen, und wer es suche, finde den Tod.«

»Wieder so eine von seinen Gaukeleien. Abergläubisches Gerede!«

»Herr, mehr kann ich nicht für Euch tun. Es war immer so, dass Einhard Euren Bruder gefunden hat, wenn er hierherkam. Ganz sicher wird er sich zu erkennen geben, wenn er es für recht hält.«

Ortlivs Pferd begann unruhig zu tänzeln, und er schien es nicht daran hindern zu wollen.

Wilhelm sagte: »Er kennt dich, nehme ich an. Ich zahle dir einen Schilling Cöln, wenn du mit uns bis morgen früh hier wartest.«

Ortliv überlegte einen Augenblick lang, dann willigte er ein. »Gut, Herr. Ich werde bleiben.«

»Mach mal Platz, meine Liebe.«

Mit einem unwilligen Schrei rückte die große Eule auf dem Kaminsims zur Seite, als Einhard nach dem schweren Folianten griff, der dort stand.

»Hier, Theo, ist ein weiteres Manuskript für dich. Dein Vater gab es mir einst. Er bekam es von einem Katharerfürsten. Es ist ein Gegenentwurf zur Kirchenlehre. Dein Vater war sehr angetan davon und hat versucht, Dinge daraus zu übernehmen. Aber höre«, Einhard hielt den Folianten noch zurück, »sei vorsichtig. Es stehen ein paar Dinge darin, die niemand erfahren darf, da du ansonsten zu leicht Opfer der Inquisition werden könntest. Daher vertraue nicht zu schnell und überprüfe, wann du sprichst und wann du besser schweigst über die Dinge, die du hier erfährst. Dazu gehören die Gabe deiner Wahrnehmung, dieser Ort hier und vorerst dein Name.«

Theo überlegte, warum der Einsiedler das verlangte. Will er mich lenken? »Warum dein Heim?«

»Seit jeher verberge ich es, und das ist gut so. Mir werden schlechte Dinge nachgesagt, besonders seit dem Tod deines Vaters – von Freund und Feind. Du wirst sie erfahren aus anderen Mündern. Ich kann sie nicht alle wiedergeben noch wissen. Es kommen immer neue hinzu. Urteilen musst du also selbst, ob du sie glauben willst oder nicht.«

»Sag mir, in welche Richtung sie gehen.«

»Nun, ich sei ein schlechter Berater gewesen. Deine Großmutter hat mich Unglücksrabe genannt. Solche Dinge, weißt du?«

»Und, ist es so?«

»Höre diese Verse.« Einhard begann einen Reim zu sprechen:

»Der Wind streicht über Trümmer hin
und singt das Friedrich-Lied.
Lang, da gab dem Lied die feste Form
und der stolze Mann hielt der Kirche Gier im Bann.
Als uneinnehmbar sie galt,
die Rose ihre Wimpel zierte.
Doch Kirchengier und Vetternneid
das schöne Lied verdarb.
Nun stehen wir in der Elden Hall,
nun stehen wir vorm Weltenthron.
Da wird wahr, was uns zu diesen Kriegern zwang.
Nun wird sein unser Herzen Wunsch.
Nicht des Gier'gen Sehnen
und des Lügners Wort nun gelte,
da wir das Knie wohl beugen vor Allvatergott
und halten hoch, was euch verborgen.«

Theo schwieg, und Cedric blickte traurig zu Boden.

»Warum sprechen die Verse von Kirchengier, Einhard?«

»Im Jahre 1216 wurde Engelbert Erzbischof, und der Papst in Rom, Innozenz III., befahl den unseligen Entvogtungserlass.«

»Was besagt er?«

»Die Kirche schob vor, die Vögte würden ihr Amt raffgierig und grausam versehen. Deshalb wolle die Kirche den Schutz und die Verwaltung ihrer Klostergebiete wieder selbst übernehmen. Innozenz ging es um das Geld. Er wollte die Kirchenmacht gegenüber dem Kaiser stärken. Engelbert ging es um die Entschuldung des Cölner Erzbistums und um seinen eigenen Ruhm. Der Adel hatte große Einnahmen aus den Vogteien – für deine Familie war das Essener Stift die größte Einnahmequelle, und zudem war es, wie du weißt, seit mehr als vier Generationen an den nächsten Grafen vererbt worden. Es konnte also gar nicht entvogtet werden, weil es über die Generationen zur Erbvogtei geworden war.« Einhard machte eine Pause, bevor er weitersprach: »Du kannst dir vorstellen, was in deutschen Landen nach dem Erlass los war. Allerorten brannten die Feuer des Hasses gegen die Bischöfe. Der Adel revoltierte, und dein Vater wurde sein Anführer …«

Während Theo die Augen zu Boden schlug, vollendete er: »… und lud alle Schuld auf sich.«

Einhard stöhnte auf und warf Theo einen besorgten Blick zu. »Lies das Manuskript, Theo! Dann wirst du erfahren, wie es war. Bilde dir dein eigenes Urteil.«

»Gut, ich werde es lesen, Einhard. Aber sag, warum soll mein Name im Verborgenen bleiben?«

»Kannst du es dir nicht selbst denken?«

»Die Feinde meines Vaters werden mich gefangen nehmen.«

»Eher Schlimmeres, Theo, eher Schlimmeres.«

»Mein Onkel Ado?«

»Der und viele andere.«

»Wer sind die Feinde meines Vaters? Wer hat ihn ermordet, und auf welche Namen muss ich achten?«

»Viele, Theo, viele. Da ist als Erstes natürlich der Erzbischof, der Mörder deines Vaters. Er will eure gesamte Sippschaft auslöschen. Seine rechte Hand ist der Cölner Stadtvogt Endrich von Eppendorf. Gerhard von Geldern ist sein Verbündeter und hat Friedrich übergeben. Unter ihm gibt es Namen wie Balduin von Gennep, den Häscher deines Vaters, die Freiherren von Randerrat, Benrath, um nur einige in Gelderns Diensten zu nennen. Das größte Interesse aber, sich in Molenarks Wind zu stellen, hat dein Großonkel Ado von der Mark. Er schickte winters seinen Feldmarschall, Ludolf von Bönen, um die Isenburg einzunehmen. Der versuchte, sie auszuhungern. Fast hätte er aufgegeben, da hat deine Großmutter Mathilde begonnen zu verhandeln. Schließlich zog sie mit deinen Onkeln Wilhelm und Gotfried in Waffen an der Spitze in einem stolzen Zug aus. Dann schliff Ludolf Isenberg und errichtete aus den Steinen ein paar Bogenschuss entfernt eine Feste auf dem Blankenstein. Ado belehnte ihn zum Dank mit ihr.«

»Und wer folgte meinem Vater?«

»Ebenso viele, Theo. Es gab eine Bruderschaft, die sich Sapientis, die Weisen, nannte. Ihr gehörten alle Erbvögte, fast alle Vögte, Cölner Kaufleute und wichtige Pfaffen aus dem Domkapitel an. Allen voran dein Großvater Waleran von Limburg, der Bruder deiner Großmutter Dietrich von Kleve sowie Friedrichs Oheim, nach dem du benannt bist, der Herzog von Brabant. All diese wurden im Rheinland von Erzbischof Engelbert niedergeworfen und zur Gefolgschaft verpflichtet, an die sie sich natürlich nur äußerlich hielten. Dein Vater aber musste von da an das Bündnis anführen.«

»Hätte es nicht mein Oheim Heinrich anführen können?«

Einhard schüttelte den Kopf. »Nein, er war ein Limburger und außerdem noch unter Walerans Fittiche. Wohl aber hat er den Verräter Randerat getötet. Zum Bündnis gehörten dann noch deine bischöflichen Onkel Dietrich und Engelbert. Dietrich starb, und Engelbert wurde seines Amtes enthoben. Otto von Tecklenburg nicht zu vergessen, der beste Freund deines Vaters. Zu ihm seid ihr geflohen. Weißt du noch?«

»Ja, es ist noch immer wie gestern für mich.« Seine eigenen Worte versetzten Theo einen Stoß. Die Angst, auf der Flucht ergriffen zu werden, die Schmach, der Spott, die Nachrede und der Verlust des Heims; all das war augenblicklich wieder da. Doch auch, wie schlau sein Vater damals gewesen war! Die Hufeisen hatte er den Pferden falsch herum schlagen lassen, damit die Spuren im nassen Schnee des Februars 1226 die Märker in die Irre führten. So waren sie zur Tecklenburg entkommen.

»Aber … ich bin der Sohn eines Geächteten. Darf ein Ausgestoßener, der ich bin, aufbegehren und Anspruch auf das Land erheben?«

»Wer hat dir denn diesen Gedanken ins Ohr gesetzt, Theo?«

»Alle sagen das. Aber vor allem denke ich das. Ich fühle mich wie in Ketten gelegt; so schwer lastet es auf meiner Seele.«

»Theo, erinnerst du dich nicht an Cöln, an den Fluch, den du dort am Severinstor herausgebrüllt hast, den Schwur, den du deinem Vater gegeben hast? Wo ist all das hin?« Einhard legte die Hand auf das Manuskript. »Lies, dann sprechen wir weiter.«

5. KAPITEL

Frühjahr 1228

Am nächsten Morgen fanden Einhard und Cedric Theo schlafend in Einhards großem Lehnstuhl. Sein schulterlanges braunes Haar bedeckte halb sein Gesicht. Der große Foliant lag neben ihm und war schon ein gutes Stück gelesen, während die Kerzen neben ihm fast gänzlich niedergebrannt waren.

»Armer Junge, hatte Vater und Mutter nur so kurze Zeit«, sprach Cedric.

»Nun, er saugt alles auf, was er jetzt bekommt. Das ist gut. Es ist gut, dass ihr zu uns gekommen seid, Cedric. Hier bekommt er alle Kraft und allen Glauben, alles, was er in den nächsten Jahren braucht.«

»Herzog Heinrich bereitet ihn ebenfalls auf das vor, was kommen mag, Herr.«

»Und wie bereitet der Herzog Theo vor?«

»Er lässt ihn durch die Schule der Deutschmeister laufen, Herr.«

»Der Deutschorden«, wiederholte Einhard, »wo war er schon überall?«

»Bei den Spittlern und den Glaubensbrüdern in Sankt Katharina zu Cöln.«

»Und was kommt noch?«

»Der Herzog sagte dem jungen Herrn, dass er an Mariä Heimsuchung nach Ramersdorf gehen wird.«

»Ramersdorf.« Einhard schien wenig begeistert. »Soll ein schlimmer Ort sein, wie ich hörte. Aber so soll es sein: Hier bei uns lernt er den Sinn und durch Heinrich äußere Härte und Wappentreue.«

In diesem Moment kam Pierre von draußen herein. »Vier Männer auf dem Hegenscheid! Ein Ritter vom Deutschen Orden ist dabei.«

»Weck den Jungen, Cedric. Sie suchen ihn. Wir schauen nach und überlegen, was wir machen.«

✝

Etwa eine Stunde später näherten sich die vier dem Waldesrand. Theo spähte zu dem kleinen Trupp hinüber. Wilhelm saß, während Ortliv und der Knappe standen. Ein Feuer rauchte in ihrer Mitte.

»Das ist Wilhelm, mein Vaterbruder.«

»Der im Deutschordensgewand?«, fragte Pierre, und Theo nickte.

»Was sollen wir tun? Willst du ihn etwa zum Haus vorlassen?«, fragte Pierre, dieses Mal an Einhard gewandt.

»Ich will erst einmal wissen, was er vorhat.«

»Es ist klar, was er will. Er will mich mitnehmen«, antwortete Theo.

»Also schicken wir ihn wieder weg?«, fragte Pierre.

»Das wird er kaum mit sich machen lassen«, entgegnete Theo.

»Komm, wir treiben einen Schabernack mit ihm«, schlug Pierre vor.

»Nein, das ginge nur, wenn er allein wäre.«

»Also gehen wir rüber?«

Theo schaute auf Fenrir. »Sie werden …«

Doch Einhard legte den Finger auf die Lippen. »Ich gehe allein. Auf mein Zeichen kommt ihr nach.«

Damit wandte Einhard sich um und verschwand in der Tiefe des Waldes. Nach einer Ewigkeit, Cedric und Theo hatten sich an einen Baum gesetzt und warteten, merkte Pierre auf. »Schaut her, gleich ist es so weit.«

Und tatsächlich. Ortliv fuhr herum, und sie sahen Einhard hinter ihm stehen.

»Graf Wilhelm«, sprach Einhard, »was führt Euch in dieses entlegene Land?«

»Schwarze Krähe! Gib den Jungen heraus!«

Wilhelm sprang auf die Beine und zog sein Schwert. Theo wollte schreien, doch Pierre hielt ihm die Hand vor den Mund.

»Still!«, zischte er.

Einen Bogenschuss entfernt hob Einhard drohend seinen Stab, während Wilhelm vorstürmte, um den Einsiedler niederzumetzeln. In diesem Moment – es sah mühelos leicht aus – streckte Einhard ihm seinen Stab entgegen und traf Wilhelm direkt im Dreieck von Stirn und Augen. Im selben Augenblick ging Wilhelm wie vom Blitz getroffen zu Boden. Der Knappe zog sein Kurzschwert, doch Ortliv war aufgesprungen und streckte ihm die Hirschfänger entgegen.

Einhard wandte sich zum Waldrand und gab Theo, Cedric und Pierre mit der Hand das Zeichen herüberzukommen. Sie verließen ihre Deckung.

Ortlivs Augen blitzten, wohl noch aus Ärger darüber, dass der Alte sich ihm unbemerkt hatte nähern können. »Gut gelungen, Einhard«, spottete er. »Was machen wir jetzt mit ihm?«

Pierre ging zu Wilhelms Satteltasche und zurrte einen ledernen Trinkbeutel los. »Nimm ihn hoch«, sagte er, und der Knappe stützte Wilhelms Oberkörper. Pierre zog den Korken und spritzte Wilhelm Wasser ins Gesicht. Der bewegte wirr den Kopf. Pierre spritzte erneut, und mit einem Ruck kam Wilhelm benommen ins Diesseits zurück.

✝

»Du bist ein Scharlatan und träufelst dem Jungen nur dein Gift ein, was ihn verderben soll«, rief Wilhelm, die Hand am Schwertknauf, Einhard zu, der auf der anderen Seite des Feuers saß.

»Wer sagt, dass ich den Jungen verderben will?«, wollte Einhard wissen.

»Jeder weiß, dass du ein Unfriedenstifter, ein Hetzer und Ketzer bist, und du warst es, der den Blick meines Bruders getrübt hat. Auf den Scheiterhaufen gehörst du, Zauberer!«, schimpfte Wilhelm über die Flammen hinweg.

»Dein Bruder hat in vollem Bewusstsein gehandelt, und Ihr

solltet das, was er getan hat, hochhalten, anstatt darüber wie von einer umnachteten Tat zu sprechen.«

»Wilhelm, lass uns vernünftig miteinander reden, bevor du die Lanze über ihn brichst, und hört alle auf von ›dem Jungen‹ zu sprechen.«

Alle schauten Theo beeindruckt an.

»Also, was soll ich mir anhören? Dass er es gut meint mit dir?«

Theo berichtete Wilhelm, was er erfahren hatte und dass Einhard Friedrichs Geschichte niedergeschrieben hatte und er dabei war, sie zu lesen.

Wilhelm erkannte Dinge in den Erzählungen, die er selbst von Friedrich wusste, und allmählich wurde er milder. »Ich sage dir, Krähe, ich werde Theo befragen, und wenn ich deinen falschen Zungenschlag erahne, werde ich mit der Inquisition wiederkommen.«

»Wilhelm, dein Misstrauen ist fehl am Platze. Einhard ist auf unserer Seite. Er ist nicht schuld an dem, was passiert ist. Er ist vielleicht klug, aber kein Zauberer, sonst wäre alles anders ausgegangen. Ist das nicht Beweis genug? Lass mich hier und verbreite derweil gut Zeugnis über unseren treuen Freund. Ich vertraue ihm.«

✝

Als Wilhelm sein Pferd bestieg und fortreiten wollte, nahm ihn Einhard beiseite.

»Graf Wilhelm, auf ein Wort, bitte.«

»Was willst du noch, Krähe?«

»Ich sorge mich um des Jungen Vertrauen in sich selbst.«

Interessiert neigte Wilhelm den Kopf.

»Er glaubt, er sei ein Verstoßener und Eure Sippe habe ihr Recht an der Grafschaft verwirkt.«

»Warum das?«

»Er denkt, Friedrich sei für seine Tat zu Recht gerichtet worden, weil er sich an der Kirche versündigt habe.«

»Wenn er seine Lande zurückerobern will, hat so etwas keinen Platz.«

»Da sind wir einer Meinung.«

»Treib ihm das aus, Einsiedler. Das ist das Mindeste, was du uns schuldest.«

Einhard seufzte, doch sprach er: »Das werde ich, Euer Hochgeboren.«

Wilhelm nickte bestimmt, gab seinem Pferd die Sporen und ritt davon. Die vier schauten ihm nach, bis er und sein Begleiter ihrem Blickfeld entschwanden.

»Was wird er nun tun?«

Einhard zuckte mit den Schultern. »Kommt, wir gehen zurück zum Haus.«

Sie schlugen den Weg ein.

»Wer hat dir eigentlich von mir erzählt, also wie kommt es, dass du mich gesucht hast?«, fragte er nach einer Weile Theo.

»M… meine Eltern. Sie haben in einem Traum mit mir gesprochen«, gab Theo schließlich zu.

»Und, was haben sie gesagt?«

»Geh und finde Einhard.«

»Und Cedric wusste, wo du mich findest.«

Theo nickte, während sie nebeneinander herschritten. »Und woher wusstest du, dass ich dich suchen würde?«

»Auch ich hatte einen Traum, der mir sagte, dass ein Knabe auf einem Pferd kommen würde. Da wusste ich, dass du den gleichen Traum hattest und dass du in nicht allzu ferner Zeit kommen würdest. Sind dir deine Eltern oder einer von beiden seither wieder einmal erschienen?«

»Nein, leider nicht.«

»Hm, ich glaube schon, dass du sie hast.«

»Dass ich was habe?«

»Die Gabe.«

Theo schaute verstört. »Welche Gabe?«

»Mit den Altvorderen zu sprechen und manches früher zu spüren als andere.«

»Hast du sie denn?« Theo klang nicht überzeugt.

»Nicht von jeher, aber ich habe schon oft Dinge vorausgesehen, die tatsächlich eingetroffen sind.«

»Warum hast du nicht vorausgesehen, dass der Erzbischof sterben würde?«

»Das habe ich mich auch oft gefragt. Weißt du, es ist eine Kunst, die Träume zu lesen; und es ist eine andere, den reinen Traum von den Einfärbungen deines eigenen kleinen Geistes, der immerzu irgendetwas will, zu unterscheiden. Vielleicht war ich zu unbedacht, nicht bewusst genug, als ich die Gefangennahme guthieß.«

»Wie bist du an die Gabe gekommen?«

»Durch lange Jahre der Stille und Einsamkeit.«

»Aber du bist doch nicht allein.«

»Du meinst Pierre? Er ist erst vor sieben oder acht Wintern zu mir gekommen, nicht wahr, Pierre?«

»Ja, so ist es. Ich erzähle es dir später einmal. Es dürfte dich interessieren, denn dein Vater fand mich und brachte mich zu Einhard.«

»Aber wenn du Jahre dafür gebraucht hast, wie soll ich die Gabe dann schon besitzen, Einhard?«

»Der Unterschied ist vielleicht der, dass sie dir in die Wiege gelegt wurde.«

»So etwas gibt es?«

»Ja, vielleicht auch in dem Sinne, dass dir deine Eltern viel mit auf den Weg gegeben haben. Und möglicherweise hat dein genaues Hören dich zusätzlich geübt.«

»Du meinst, es hat auch seine gute Seite, dass ich so oft an mir gezweifelt habe?«

»Ja, sicherlich. Alles hat einen Sinn. Auch unsere fehlgeleiteten Glaubenssätze. Es ist gut, wenn wir sie entlarven und uns von ihnen befreien. Dann können wir unsere ganze Großartigkeit zeigen ...«

»Aber was gibt es Schlimmeres, als der Sohn eines Verstoßenen zu sein? Wie soll ich frei von der Angst sein, überall, wo man meinen Vater kannte, als geächtet zu gelten?«

»Dein Vater hat sich sein Bewusstsein erarbeiten müssen.

Aber er stand dir nicht weit nach. Du wächst auf seiner Saat. Deine Gabe hast du ihm zu verdanken.«

»Sein zweifelhaftes Erbe auch?«

»Dein Vater war alles andere als der Schuft, zu dem ihn die Kirche macht. Er war ein guter Mensch. Anstatt ein Zwiegespräch zwischen zwei Geächteten zu führen, solltest du eine Unterhaltung zwischen Meister und Schüler führen. Dann wirst du deinen Auftrag empfangen. Aber gib acht. Wenn andere erfahren, dass du mit den Ahnen redest, dann nennen sie dich bald einen Hexer und liefern dich an die heilige Inquisition aus, wie sie heutzutage überall durch die Lande streift, um das Christentum rein zu erhalten. Oder auch hier und da mal einem Erzbischof, Bischof oder Abt hilfreich unter die Arme zu greifen.«

✠

»Warum habt Ihr den Jungen nicht mitgebracht?«, fragte Herzog Heinrich, als Wilhelm ihn ohne Theo auf Burg Deutz aufsuchte. Auf Heinrichs großem Arbeitstisch war eine Karte von den wendischen Landen ausgebreitet. Diese war kaum mehr auszumachen, denn Listen über Listen waren darüber verteilt.

Wilhelm tat so, als wisse er nicht, wovon der Herzog sprach.

Heinrich ließ die Liste mit den Unterführern seines bevorstehenden Kreuzzuges aus der Hand gleiten und schaute forschend zu dem Jüngeren. »Ihr habt Einhard als Unglücksraben und Theos Verderbnis bezeichnet. Wo ist der Junge jetzt?«

»Noch bei ihm.« Wilhelm schaute beschämt, während Heinrich missbilligend die Augenbrauen hochzog, eine andere Liste aufnahm und diese beiläufig studierte. »Etwas vermisse ich in Theos Augen.« Er blickte Wilhelm kurz über die Liste hinweg an. »Etwas, was ich in denen seines jüngeren Bruders sehe.«

»Und das wäre?«

»Trauer. Trauer um Friedrich, seinen Vater.«

»Oh, er trauert, Herr, nur anders als sein Bruder.«

»Was ich sehe, ist Wut.«

»Mag sein. Ich denke, sein Zorn gilt seiner eigenen Unentschiedenheit. Er schämt sich, eines Mörders Spross zu sein. Der Einsiedler hat dies erkannt. Er scheint ihm seine Zweifel nehmen zu wollen.«

»Das ist doch schon mal etwas. Dann kann Theo in Ramersdorf die nötige Kampfeshärte bekommen.« Der Herzog warf Wilhelm einen forschenden Blick zu.

»Ramersdorf?« Wilhelm verschluckte sich an seinem Wein und hustete.

»Ja, ich mache einen Krieger aus Theo, wie ihn weder das Rheinland noch Westfalen je gesehen haben. Schwertkämpfer, Lanzenstecher, Bogenschütze, Unterwanderer, mit allen Wassern gewaschen.«

»Ich hoffe nur, dass sich das Schwert, das Ihr da schmiedet, nicht irgendwann gegen Euch richtet.«

»Deshalb will ich ihn unter meiner Obhut wissen, werter Wilhelm.«

»Und wenn er umkommt? Er wäre nicht der Erste.«

»Ich habe vor einem Jahr Cedrics Sohn dorthin gegeben. Er wird Theos Schatten sein. Ohne dass irgendjemand davon weiß – außer Komtur Geradus. Der Junge weiß, was zu tun ist.«

Wilhelm schwieg. Er gehörte selbst dem Deutschorden an, doch Ramersdorf? Konnte es nicht ein anderer Ort sein?

»Was ist? Was schaut Ihr so … so mürrisch, Wilhelm?«

»Heinrich«, druckste Wilhelm herum, »wenn er mit Eurer Hilfe gegen die Mark zieht, was verlangt Ihr dafür als Gegenleistung?«

»Berg und Isenberg werden eins. Was sonst? Meine Truppen werden es sein, die Isenberg zurückgewinnen müssen, oder zeigt Ihr mir ein anderes Heer?«

»Meine Sippe ist nicht zur Fron geboren. Wir sind der Freiheit und Wahrheit verpflichtet.«

»Wer seid Ihr denn jetzt, da alles weg ist? Heimatlos seid Ihr Wilhelm von Isenberg zu …?«

»… zu Styrum! Wir haben immer noch Möglichkeiten! Ich

hätte auch nach Holte, Burg Altendorf, nach Horst, Östrich oder Elsey gehen können.«

»Pah«, stieß der Herzog hervor.

»Auf unserer Seite stehen meine Brüder, Kleve, Tecklenburg, Arnsberg, Steinfurt, Wiedenbrück, Hildesheim –«

Heinrich wollte Wilhelm gerade vor die Wahl stellen und fiel ihm in Wort: »Dann benötigt Ihr meiner –«

Doch Wilhelm unterbrach ihn seinerseits: »Und Ihr, wie ich hoffe.«

»Natürlich stehe ich zu meinem Mündel, nur wird es an mir liegen. Kleve, Tecklenburg, Arnsberg, Steinfurt, Engelbert; sie sind nach Molenarks Inquisition alle geschwächt. Ihr geht unter, wenn Ihr auf Limburg verzichtet – und ich bin es meiner Schwester schuldig.«

»Der Jahre währende Kampf Eures Vaters hat Limburg ebenfalls geschwächt. Luxemburg geht an Ermesindes Sohn Henri. Der Erzbischof trachtet nach Deutz, Siegburg und Bensberg. Macht Euch nicht stärker, als Ihr seid. Denn Hochmut kommt vor dem Fall, edler Herr. Und an einem unfreien Theo werdet Ihr wenig Freude haben, das verspreche ich Euch.«

»Unter wessen Decke sich wer wärmt, nach der muss er sich strecken«, wandte Heinrich ein. »Und außerdem seid Ihr nicht Theos Oheim und Vormund. Das bin ich!«

»… und mein Bruder Engelbert.«

»Gut, gut, lassen wir das. Wir müssen zusammenstehen. Aber wie will Eure Familie mich entgelten, wenn nicht durch Gefolgschaft?«

✝

»Erhebe deine Schwingen, junger Falke, und flieg«, sagte eine Stimme.

»Ich kann nicht fliegen, mir wurden die Schwingen gebrochen.«

»Dir wurden die Schwingen gebrochen«, wiederholte die

Stimme spöttisch. »Das nimmst du als Entschuldigung, nicht fliegen zu müssen. Denn du könntest ja abstürzen.«

Er schaute sich um, wer da zu ihm sprach. Aber er sah nur einen alten weißen Raben, der um ihn herumflog und mal auf einem Stein oder auf einem Baum hockte.

»Hör auf zu jammern und flieg«, sagte der Rabe.

»Ich kann nicht fliegen«, behauptete er weiterhin.

»Woher willst du das wissen? Du wirst eingehen, wenn du nicht fliegst.«

»Woher weißt du das?«

»Ein Wesen muss seiner Bestimmung folgen. Die Bestimmung eines Vogels ist die zu fliegen und zu erkunden, um sich zu nähren.«

»Hilf mir.«

»Das tue ich.«

»Wie? Heilst du meine Flügel?«

»Nein, du musst verstehen, dass deine Flügel heil sind. Ich helfe dir zu verstehen.«

»Wie? Du, ein weißer Rabe? Bist du wirklich einer?«

»Träumst du wirklich? Alles gehört zur Welt dazu. Das Nichts und das Ganze. Ein Rabe und ein Traum. Mach die Augen auf und verstehe es.«

Er begann zu weinen wie ein kleines Kind.

»Das nützt dir nichts. Hör auf. Versuche lieber zu fliegen.«

»Ich werde immer wieder enttäuscht. Immer wieder heißt man mich den Bastard eines Ausgestoßenen.«

»Was ist deine Sippe für dich? Eine Horde von Ausgestoßenen? Was ist dein Vater in deinen Augen, deine Mutter, deine Großmutter? Waren sie nur schlecht für dich? Was ist in dir? Nur Schlechtes oder genug Gutes, um zu fliegen, um in dieser Welt zu bestehen?«

Er spürte einen warmen, weichen Druck auf seiner Stirn und auf den Schläfen.

»Das musst du in dir finden. Fülle die schwarze Leere mit Licht und Quell, Theo.«

Er sah den weißen Raben vor sich ganz verschwommen.

»Theo.« Er streckte seine Flügel immer wieder aus. »Theo!«
Theo schlug die Augen auf.

»Du hast im Traum gesprochen«, sagte Einhard. »Du hast Fieber.« Er ging zu der Kanne mit heißem Wasser und goss einen Sud auf. Das Tuch, mit dem er Theo den Schweiß von der Stirn getupft hatte, legte er auf den Tisch daneben.

6. KAPITEL

Frühsommer 1228

Wochen vergingen. Die Sonnenstrahlen waren warm geworden, die Zapfen an den Tannen bereits voll, und der Tag der Heimsuchung Mariæ war nicht mehr weit.

Theos Gedanken kehrten in diesen Tagen oft zu der zerstörerischen Zeit zurück, die sein Leben für immer verändert hatte. Schließlich handelte der dicke Foliant von nichts anderem als den Taten seines Vaters. Eines Tages kam er zu Einhard und teilte ihm seine Erkenntnis voller Empörung mit: »Diese ganze Entvogtung war ein ausgemachtes Unrecht an den Erbvögten.«

Einhard schaute in Theos ärgerliches Antlitz, und mit einem kurzen »Ja« stimmte er ihm zu. »Dann glaubst du dem, was da drinsteht.«

»Es ist, als füge sich nun alles zu einem vollständigen Bild.«

»Gut. Und, Theo, bist du nun weiterhin der Sohn eines zu Recht Gemarterten?«

»Nein … nein, natürlich nicht. Wie dumm war ich, so zu denken.«

Einhard atmete auf. »Ich danke Gott, dass du dich entschieden hast, von diesen unguten Geistern Abschied zu nehmen. Weißt du nun, was du zu tun hast?«

»Ich sehe Blut, ich sehe schlimme Fehde. Aber ob ich mein Ziel erreichen kann, das habe ich noch nicht gesehen.«

»Ihr werdet siegen! Es ist dein Schicksal, spür in dich hinein. Mit deiner Gabe dürfte dir das nicht allzu schwerfallen.«

»Einhard, wie soll ich so etwas Großes schaffen? Ich bin nicht in der Lage dazu. Mein Oheim Heinrich zieht ins Heilige Land. Und … mein Oheim Engelbert …«

»Warte noch eine Weile ab. Geh nach Ramersdorf. Gib dir die Zeit.«

Theo schwieg eine Weile, während der er spürte, wie Einhard ihn aufmerksam beobachtete. Dann fragte er: »Alles Land und die Vogtei sind dahin. Was hat er eigentlich außer Ruinen hinterlassen?«

»Dein Vater?«, fragte Einhard, und Theo nickte. »Mehr als Mauern und Erde dauert sein Andenken an. Noch in tausend Jahren wird man Friedrich von Isenberg für seine Standhaftigkeit und Rechtschaffenheit in Erinnerung haben, während die Feiglinge nicht einmal mehr eine Fußnote der Geschichte sein werden. Das ist seine Hinterlassenschaft, und du stammst von diesem Mann ab.«

Theo schwieg. Dann fragte er: »Kommt es darauf an, seinen Platz in den Büchern zu haben? Ist das Leben nicht wichtiger?«

»Eine sehr gute Frage. Aber erinnere dich der beiden anderen Fragen, die die Maid in meinen Aufzeichnungen Friedrich neben der Hinterlassenschaftsfrage einst stellte.«

Theo überlegte kurz, dann antwortete er: »Wozu suchst du, und was ist der Schlüssel zum Glück?«

»Genau.« Einhard schaute listig.

»Und«, fragte Theo trotzig, »hat er es gefunden?«

Einhard zuckte mit den Schultern und tippte lediglich mit dem Finger auf den Wälzer vor ihnen. »Da steht es drin. Und für dich werden die Antworten wiederum ganz eigene sein.«

Theo stöhnte. Konnte ihm die alte Krähe die Antworten nicht einfach sagen?

✝

»Was bringt Ihr heute gegen die Ritterbrüder vor, Bruder Gerald?«

Wilhelm saß zur Rechten Hermann von Balks, der den Vorsitz an der langen Tafel im kleinen Saal des Welheimer Ordenshauses hatte. Er warf dem ihm gegenübersitzenden Komtur Gerald, der ungeduldig darauf zu warten schien, dass Hermann ihm endlich das Wort erteilte, einen verächtlichen Blick zu. Der Streit zwischen Glaubens- und Ritterbrüdern über eine gottgefällige Haltung schwelte unverändert.

Wilhelm wandte sich von seinem Gegenüber ab, verschränkte die Arme vor der Brust und schlug ein Bein über das andere. Dabei rutschte sein Stuhl über die Sandsteinplatten und gab ein unangenehmes Geräusch von sich. Metallen raschelte sein Kettenhemd unter dem weißen Surcot. Sein mürrischer Blick wartete angestrengt auf die Anklage Bruder Geralds, während sich dieser, all seinen Mut zusammennehmend, in Positur brachte.

»In zwei Punkten verstoßen sie gegen die Regeln unseres Ordens, Bruder, und auch wenn wir sie auffordern, kommen sie ihnen nicht nach«, begann Gerald und schien versucht, seiner Gestalt die Größe hinzuzufügen, die sie nicht besaß.

»Ihre Sitten sind verroht, Herr.« Mit leidenschaftlichem Eifer flogen seine Augen mehrmals von Hermann zu Wilhelm und wieder zurück. »Erstens beten sie in ihrem Hochmut im Stehen, als seien sie in Eile. Zweitens halten sie sich nicht an die liturgischen Rituale. So kommen sie zum Beispiel zum Gebet äußerst selten zusammen. Für die Matutin halten sie nicht die dreizehn Vaterunser ein, für die Horen nicht die sieben und für die Vesper nicht die neun. Und drittens widersetzen sie sich dem Befehl des Erzbischofs, den Frieden im Erzbistum zu bewahren. Ein ordensgerechtes Zusammenleben unter einem Dach ist daher gänzlich unmöglich geworden.«

Landkomtur Hermann wandte sich Wilhelm zu. »Was sagt Ihr zu den Anschuldigungen?«

Mit seinem getrimmten Haar und dem gestutzten Kinnbart glich Wilhelm dem Stauferkaiser Friedrich. Doch statt rot war sein Schopf dunkelbraun, fast schwarz. In zwei Schlachten – zuletzt gegen die Dänen – hatte sich Wilhelm die Achtung seines Landkomturs verdient. Er hatte einen gewissen Vorschub. »Der Erzbischof bedroht mit unserer Hilfe die Burg Deutz und befiehlt die Belagerung von Bensberg«, sprach er, um Beherrschung bemüht. Um nicht in Rage zu geraten, würdigte er Gerald keines Blickes.

»Familiäre Bande verbinden Euch mit dem Herzog, das ist es doch«, entrüstete sich Gerald.

Wilhelm überging die Unterstellung. »Wir schützen dadurch nicht den Glauben, dem wir uns verschrieben haben, sondern stützen die Macht des Erzbischofs von Cöln. Das verstößt gegen unser Streben nach ewiger Wahrheit.« Er hob zwei Finger zum Zeichen, nun den nächsten Vorwurf anzusprechen: »Zur Liturgie habe ich zu sagen, wir sind Krieger.« Aus dunklen Augen blickte er vom einen zum anderen. »Daher richten wir uns nach den Templerregeln. Sie stehen einem Krieger besser. Wir bluten im Felde, und wir beten im Felde. Wir knien nicht wie Ihr in warmen Kirchen!« Nun warf Wilhelm Gerald doch einen wütenden Blick zu »Und zur von Euch angesprochenen Matutin nenne ich die achtzehnte Templerregel. Sie besagt: Erschöpfte brauchen nicht zur Matutin aufstehen, sondern dürfen mit Erlaubnis des Meisters liegen bleiben.«

»Was erschöpft Euch denn derart, dass Ihr diese Eure Schwäche zugebt?«, fragte Gerald listig.

»Lächerlich. Wo sind wir hier, Herr?« Wilhelm atmete heftig aus, um sich zu beruhigen. »Wenn Ihr es als Schwäche bezeichnet, wenn man bis zu den Laudes ruht, Bruder, und wenn Ihr uns des Hochmutes bezichtigt, scheint es mir bei dieser Eurer soeben gestellten Frage eher Eure Untugend als unsere.« Wilhelm bedachte Gerald mit einem verächtlichen Blick, worauf er die Hände in den Schoß legte, den Kopf senkte und damit bedeutete, dass er nichts weiter hinzufügen wollte.

»Pah«, machte Gerald und eiferte erneut: »Johannes! Ich bin nicht gekommen, meinen Willen zu tun, sondern dessen, der mich gesandt hat. Der Deutschorden ist das Werkzeug Go–«

Hermann hob die Hand. Gerald nicht beachtend, stellte er fest: »Genug! Bruder Wilhelm, ich möchte, dass Ihr die Liturgien einhaltet, wenn Ihr in den Kommenden seid, und den Frieden wahrt. Sagt das Euren Leuten.«

»Sehr wohl, Herr.«

»Zur Gefolgschaft über die Befehle des Erzbischofs erwarte ich, wo möglich, eine Abstimmung mit mir.«

Wilhelm nickte erneut.

»Aber wir sind dem Erzbischof zur bedingungslosen Gefolgschaft verpflichtet«, protestierte Bruder Gerald erneut.

»Nein!« Hermann schlug mit der flachen Hand auf den Tisch und sprach mit einer Bestimmtheit, die jegliche Gegenrede unterband. »Es ist eben nicht so, dass der Orden dem Erzbistum in jeder Hinsicht Folge zu leisten hat.«

Wilhelms Blick fiel auf die kräftigen Hände seines Landkomturs. Schwielig, hart und spröde glichen sie den seinen, nicht denen Geralds mit seinen schlanken, langen Fingern und den sauberen Fingernägeln.

»Wir sind dem Papst direkt unterstellt und lassen uns nicht willkürlich vor jeden Karren der Erzbischöfe spannen. Die Order, der wir folgen, ist abgestimmt zwischen dem Großmeister und Seiner Heiligkeit.«

»Die Order, von der Ihr sprecht, kenne ich nicht.« Schweißperlen hatten sich auf Geralds roter Stirn gebildet, während die Haut bei seiner Tonsur eigentümlich weiß schimmerte. Sein Mund zitterte, als er hervorstieß: »Wir sind das Schwert der Christenheit und der Kirche!«

Wie verbohrt. Du musst glauben, was du da von dir gibst. Einen guten Inquisitor würdest du abgeben, dachte Wilhelm. Er wusste, dass dieses Duell an die Ritterbrüder gegangen war.

»Seit Hermann von Salza sich dem Kaiser als weltlichen Herrscher anvertraut hat, ist das so. Der Erzbischof braucht ein Gegengewicht in deutschen Landen. Limburg ist ein Herzog des Reiches. Wir schwächen nicht unsere Ritterschaft, um die kirchliche Macht zu stärken. So lautet die Order!«, entgegnete Hermann bestimmt. »Hat noch jemand etwas beizutragen, oder können wir jetzt an die Arbeit gehen?«

✠

»Herr«, fragte Wilhelm Hermann von Balk, als sie die Unterredung verlassen hatten, »ist es wahr, dass sich der Großmeister dem Kaiser anvertraut hat?«

Die beiden Männer mit dem Wolfsfell auf den Schultern

der langen weißen Surcots schritten durch den Kreuzgang der Kommende. Bemüht, sich dem Oberen zuzuwenden, überragte Wilhelm den Älteren sichtbar.

»Wohl eher andersherum. Wenn Salza nicht auf den Kaiser aufpasst, gerät der fast zwangsläufig in Streitereien mit dem Heiligen Stuhl. Er lässt kaum eine Gelegenheit aus.«

»Und ... was heißt das für den Orden?«

»Der Großmeister gilt beim Papst als geschätzter Vermittler, ebenso beim Kaiser.«

»Heißt das, der Orden stellt sich zwischen Kaiser und Papst?«

Hermann öffnete die Tür zu seinen Gemächern, die er für die Zeit seiner Anwesenheit in Welheim bezogen hatte. »Im besten Sinne. Er steht insofern dazwischen, als er dem Reich als Mittelsmann zur Kirche dient und der Kirche zur Befestigung des katholischen Glaubens im Ostreich.«

Sie traten ein.

»Dienen wir denn jetzt auch der Inquisition?«

»Du meinst, weil wir für den Bremer Erzbischof die aufmüpfigen Bauern im Stedinger Land hinmetzeln sollen?«

»Zum Beispiel.«

»Nach Möglichkeit nicht ... Nach dem Rauswurf aus Siebenbürgen geht es um unsere Zukunft, und Salza will unser Wohl durch neue Aufgaben sichern. Vielleicht kann er damit auch gleich diesen ewigen Richtungsstreit aus der Welt schaffen. Er ermüdet mich über Gebühr.«

Wilhelm nickte schuldbewusst, weil er sich als Teil des Streites wusste, während Hermann ihm einen Stuhl anbot.

»Wie mir zugetragen wurde, soll der Deutschorden vom Kaiser neue Aufgaben für den Nordosten erhalten und sich dort ausbreiten«, fuhr Hermann fort.

»Glaube und Handel. Wir stehen also weiterhin dazwischen. Kann das gut gehen, Meister?«

»Nicht so schwarzseherisch, Wilhelm. Im Osten liegen große Möglichkeiten.«

»Und wie wird es hier weitergehen? Der Erzbischof betreibt

unbeirrt die Entvogtung zur Schwächung des Adels. Wie verhält sich der Deutschorden?«

»Ganz unter uns: Dieser Heinrich von Molenark ist ein grober Bauer, außerdem ist er sündig. Über kurz oder lang wird er sich mit dem Papst überwerfen, weil sein Lebenswandel und seine Machtgier ein Hindernis sein werden. Glaub mir. Wir werden nicht jeden Unsinn dieses Einfaltspinsels mitmachen.«

Wilhelm blickte, als wollte er Genaueres wissen.

Der Landkomtur ließ sich darauf ein. »Die Erzbischöfe müssen ihre eigenen Heere finanzieren und aussenden, um die Entvogtung voranzubringen. Wir sind nicht Molenarks Eintreiber.«

Griesgrämig verzog Wilhelm das Gesicht.

»Herzog Heinrich von Limburg wird das Kreuzfahrerheer des Kaisers befehligen. Salza hat mir Anweisung gegeben, dass der Orden alles tut, um die Limburger Lande während des Kreuzzuges vor Molenarks Übergriffen zu schützen. Das sage ich dir im Vertrauen, verstehst du?«

Wilhelm nickte, und seine Miene hellte sich ein wenig auf.

»Nicht dass mir an dieser unseligen Entvogtung zur Erhebung der Kirche über die Welt gelegen ist. Nur wird es zum Schwur kommen, wenn der Kreuzzug vorüber ist.«

Wilhelm wandte sich dem Fenster zu und beobachtete abwesend die Mönche im Klostergarten.

»Es ist eine Schande, was man deiner Familie angetan hat. Und es ist ein großer Verlust für das Reich, dass Erzbischof Molenark deinen Bruder hingerichtet hat. Ich kenne Friedrich seit der Schlacht von Bouvines, und ich habe nie einen Besseren gesehen.«

»Friedrich ist nun nicht mehr. Er hat auf verlorenem Posten gekämpft, jetzt liegt es an uns, unser Land zurückzuholen.« Die Worte entkamen Wilhelms Mund schroffer als gewollt.

»Das sehe ich anders. Dein Bruder hat das getan, wozu anderen der Mut fehlte. Er hat das getan, was dringend gefordert war. Er ist ein großer Mann. Selbst im Tode, den er nicht gescheut hat.«

»Pah, und jetzt, Bruder Hermann? Wir brauchen Truppen, die wir nicht haben. Ich muss Limburg bitten, uns zur Seite zu stehen – und zu welchem Preis?«

Hermann schaute Wilhelm erwartungsvoll an.

»Herzog Heinrich wird sich zum Lehnsherrn über uns aufschwingen!«

»Wir werden sehen – nach dem Kreuzzug, Wilhelm.«

7. KAPITEL

Frühsommer 1228

Das Fieber war überwunden und Theos Zeit bei Einhard zu Ende gegangen. Schweren Herzens hatte er sich von dem Einsiedler verabschiedet. Pierre begleitete Cedric und Theo noch ein Stück des Weges.

»Stimmt es, Pierre, dass du aus dem Midi hierhergeflohen bist?«

»Ja, ich wollte eigentlich an den Hof des Welfenkaisers Otto nach Braunschweig. Aber dein Vater und Cedric haben mich aus der Macht märkischer Soldaten befreit …« Pierre begann, seine Geschichte zu erzählen. Nach einer langen Weile hob er den Arm und wies zu der träge dahinfließenden Lenne. »Dort trennen sich unsere Wege. Reitet dem Fluss nach, und ihr werdet in nicht ganz einem halben Tag zum Kloster Elsey gelangen.«

»Hab Dank, Pierre, und lebe wohl.«

»Lebt wohl, Brüder.«

Sie ritten entlang des rauschenden Wassers durch die aufblühende Natur. In einer Biegung der Lenne leuchteten ihnen zwei riesige Felsbrocken entgegen. Das mussten Pater und Nonne sein, wie sie die Menschen der Gegend nannten. Darüber thronte auf einem Grat eine Festung. Von den Wehren aus spähten Wachen zu ihnen herunter. Cedric war sich nicht sicher, wer Herr in dem Haus war, aber einer Befragung, vor allem durch Märker, mussten sie entgehen. Eilig zogen sie weiter. Wenig später erreichten sie das Kloster Elsey, wie Pierre es ihnen beschrieben hatte.

Bei ihrem Empfang wunderte sich Cedric nicht schlecht, als Mathilde ihren Enkel Theo mit seliger Güte in die Arme schloss. So hatte er sie ihren eigenen Kindern gegenüber nie erlebt. Einstmals hatte Theos Vater Friedrich das Fehlen von Mutternähe angedeutet. Nun erdrückte Mathilde ihren Enkel schier, als wollte sie ihm das Gefühl der Geborgenheit geben, das sein Vater von ihr nicht bekommen hatte. Und auf Theo, der die Augen schloss, schien es zu wirken. Cedric sah, wie beide mit den Tränen kämpften. Von den Kräuterbeeten her wehte ein frischer Luftzug den Duft von Erde und Lauch herüber.

Mathilde fand als Erste ihre Sprache wieder. »Wie geht es dir, mein armes Kind? Wie schön, dich in den Armen zu halten, nach all der Zeit.«

Cedric traute seinen Ohren kaum. Solche Worte vor ihm, einem minderen Manne. Das hätte sie sich früher nie erlaubt, dachte er. Sie ist weicher geworden, die alte Herrin.

»Gut, Großmutter. Und dir, wie geht es dir?«

Sie stöhnte leicht. »Ach gut, mein Junge. Ich bin so froh, dich wieder bei mir zu haben. So wie früher.« Doch dann kehrte sie zu ihrer gewohnten Manier zurück. »Wie lange kannst du bleiben?«

»Eine Nacht sicher, wenn du uns ein Bett bieten kannst.«

Sie lächelte. »Meine Familie hat immer ein Bett in meinem Hause, Theo … Komm, hast du Hunger?«

»Ja, Großmutter.«

Sie gingen hinunter in Richtung der Lenne in das Klosterhaus, in dem sich die Gemächer der Äbtissin befanden. Cedric stand da, kratzte sich am Kopf und schaute den beiden nach. Dann schlug er den Weg zur Gesindeküche ein.

✝

»Du warst bei diesem Einsiedler?«, bemerkte Mathilde, als sie allein waren.

»Woher weißt du das?«

»Von Wilhelm. Halte dich von diesem Teufel fern, Theo. Er hat uns alles erdenkliche Unglück gebracht.«

»Großmutter! Das hat Wilhelm auch gesagt. Ich habe bei Einhard sehr viel Heimat gespürt. Er ist uns verbunden wie kein Zweiter.«

Mathilde ging nicht darauf ein. »Was ist mit Wilhelm, wo ist er jetzt?«

Theo zuckte mit den Schultern.

»Hat der Einsiedler ihn beschwatzt und umgedreht?«

»Großmutter, Einhard beschwatzt niemanden. Durch ihn weiß ich nun, wie alles war.«

»Und wie, bitte schön, war alles?«

»Denkst du, dass mein Vater ein Mörder war?«

»Dein Vater hat wie sein Vater vor ihm versucht, die Dinge mit Gewalt zu lösen. Und Gewalt ist nicht die Lösung, wie wir alle bitterlich erfahren mussten.«

»Welche Wahl hatte er denn in einer Welt von Intrigen und Gewalt?«

Beschwörend fasste sie ihn am Arm. »Man muss mit der Kirche im Bunde sein, Theo!«

»Erzbischof Engelbert hat wie ein Fürst, nicht wie ein Erzbischof gehandelt und Vater unter schlimmsten Druck gesetzt.«

»Aber er war mächtig und hat die Geschicke beeinflusst.«

»Vater wollte frei bleiben«, Theo spürte, wie seine Kehle eng wurde, »und er ist für das Recht eingestanden … und gestorben«, fügte er mit erstickender Stimme hinzu. Eine Träne rann ihm über die Wange. Schnell senkte er den Kopf, doch schon spürte er Mathildes Hand auf seinem Haupt. »Wo soll ich denn hin, Großmutter?«, schluchzte er und begann, heftig zu weinen.

Mathilde schloss ihn in die Arme. »Kannst du nicht am Limburger oder am Bergischen Hofe leben?«

»Und das, was sich Ado von der Mark unter den Nagel gerissen hat, bei ihm lassen?«

»Er wird es dir nicht einfach so zurückgeben, Theo.«

✠

Voller Gedanken ritt Theo mit Cedric am nächsten Morgen zum Isenberg – zum ersten Mal seit er mit Vater, Mutter und seinen Geschwistern bei Nacht und Nebel durch den matschigen Frühjahrsschnee vor zwei Jahren von hier geflohen war. Hier hatte er als Kind gespielt, hier hatte er Glück und Geborgenheit empfunden. Doch nun, als Erwachsener, betrat er statt seiner Heimatburg eine einzige Steinwüste. Im langen Oval der geborstenen Grundmauern spross das Gras zwischen den Trümmern. Der Bergfried schaute wie ein hoher Stumpf über die Reste der Burg. Der Palas war völlig niedergerissen.

Theo stand an der Stelle, wo er früher gegen Gerulf, einen von Vaters Knappen, mit Holzschwertern angetreten war. Wo sich einst die Wehrgänge befanden, blickte er in den blauen Himmel, auch dort, wo seine Schwester hinuntergefallen war und sich fast den Hals gebrochen hätte. Weit weg, all das war weit weg. Die Geschwister, die Eltern, sein Vertrauen in die Welt, sein Leben hier. Theo spürte eine große Leere in sich.

Wo ist jetzt Heimat für mich?

Das Grauen von damals holte ihn ein. Seine Schultern begannen zu zittern, ohne dass er es hätte ändern können. Er sank auf einen zertrümmerten Fries und verbarg das Gesicht. Cedric sollte nicht sehen, dass er weinte. Doch nach einer Weile spürte er, wie der Knappe eine Decke um seine Schultern legte. Es dauerte eine kleine Ewigkeit, bis sich Theo wieder beruhigt hatte. Und nach einer weiteren Weile bemerkte er, wie in einem tiefen Winkel seines Gemüts so etwas wie Mut und Wille aufkeimte. Erstaunt erkannte er, dass sich eine Vorstellung in ihm formte, die all sein bisheriges Denken umkehrte.

Erst wenn ich dich besiegt habe, wird meine verwundete Seele heil!

Theo stieg auf die Trümmer des unteren Torturmes und schaute hinab in die Winz, die frühere große Pferdekoppel im Knick der Ruhr. Dort hatte ihm Vater das Reiten beigebracht, dort, in dem großen steinernen Stall, hatte Bönen für die Belagerung Quartier bezogen. Die Bilder jeden erwachenden Tages, jeden Blicks, ob die Belagerer noch da waren, erschienen ihm, und wütende Gedanken über das Unrecht stiegen in sein junges Herz. Theo stand nun wieder ganz aufrecht, als er dachte: Ich werde mich in allen Waffenkünsten ausbilden, für meinen Kampf. Ich werde unser Land zurückerobern, komme, was wolle. Und ich werde die Mörder meines Vaters einzeln aufknüpfen.

Der steife Wind zerrte an seinen Kleidern, und in das Brausen wiederholte er den Fluch, den er vor den Toren Cölns ausgesprochen hatte, stärker als Stahl aus Damast, schärfer als Fenrirs Fänge, gellender als seines Vaters Tod: »Ich werde dich besiegen, du Schlange aus der Mark!«

Theo winkte Cedric zu sich. Dann sprach er Einhards Verse. Als er geendet hatte, schaute er den Knappen an und fuhr eindringlich mit einem neuen Vers fort:

»Der Wind streicht über Trümmer her.
Mag wenden sich das Blatt,
denn die letzte Schlacht ist nicht geschlagen heut.«

Im selben Moment wurde Cedric zum Mitverschworenen des Plans, der ab jetzt ihre Tage bestimmen würde. Noch saß Theos Onkel Ado ahnungslos auf der Markburg und wusste nichts davon, dass Theo beschlossen hatte, sich das zurückzuholen, was Ado ihm genommen hatte.

Schweigend ritten sie den alten Burgberg hinunter Richtung der nahen Burg Altendorf, dem Sitz Oheim Engelberts, seines Zeichens abgesetzter Bischof von Osnabrück.

✝

Im Arbeitsgemach seines Oheims roch es nach frischem Sellerie oder Fenchel, genau konnte Theo das nicht ausmachen. Engelbert hielt eine Kapsel in der Hand, als sie nun den kleinen Burghof betraten. Theo betrachtete die Bäumchen, die aus großen Töpfen ragten, das kleine Kräuterbeet und den Brunnen. Das Eindrücklichste an diesem engen Burggarten war das schöne Taubenhaus, aus dem Theo leises Gurren vernahm.

»So, du bist einfach ausgerissen und musstest zu diesem Einsiedler?«

Er weiß es. Woher?, dachte Theo. Ist Wilhelm hier gewesen, oder haben seine Tauben es ihm zugeflüstert. Hat Großmutter etwa …?

»Du hast deinen Vater im Traum gesehen, und der hat dich dorthin geschickt, natürlich.« Kopfschüttelnd nahm Engelbert eine schöne Taube aus dem Verschlag. »Ruhig, meine Kleine«, sagte er fast liebevoll zu dem schönen Vogel.

Wenn er zu Menschen doch auch so wäre. Theo betrachtete das früh ergrauende Haar seines Oheims, durch das noch immer das Braun schimmerte, das so war wie das seines Vaters und sein eigenes. Er ist verbittert, dachte er.

Engelbert wies durch den Hof. »Wenn ich mir das hier nicht angelegt hätte, würde ich in diesem Steinhaufen verrückt.«

Theo hoffte schon, Engelbert würde von seinen Vorhaltungen ablassen, doch der kehrte zurück.

»Was glaubst du, was der Einsiedler ist?« Engelbert schaute ihn kurz an, bevor er sich wieder der Taube widmete.

»Ein Ratgeber, der meines Vaters.«

»Ein schlechter. Er hat unserer Familie nur Verlust und Tod beschert. Dein Oheim Heinrich, Wilhelm und ich – wir gehören auf diese Seite der Welt … er nicht. Ich frage dich: Wohin gehörst du, Junge?«

Sein Oheim befestigte die Kapsel am Bein des zarten Tieres. Theo betrachtete den weiß-grünen Halsfleck und die aufgeregten schwarzen Augen des Vogels.

»Ich weiß es nicht.«

»Er weiß es nicht«, echote Engelbert spöttisch und warf die Taube mit einem Ruck in die Luft. Emsig flatterte sie davon. »Mit deinem unsteten Mut, mit deinen ewigen Fragen, ob wir recht handeln, wenn wir unsere Lande und Vogteien zurückfordern … Dieses ewige Schwatzen mit diesem Pelzbock führt zu nichts. Es hat Friedrich nicht geholfen, und es wird dir nicht helfen. Du musst fest stehen, wenn der Sturm losbricht, verstehst du?«

»Ja, Oheim. Doch auch dieser Pelzbock, wie Ihr Einhard nennt, hat mir meinen Zweifel genommen und in Mut verwandelt. Ich werde der fünfte Vogt über die Erbvogtei Essen sein.« Theo bemerkte das Staunen, das sich auf Engelberts Gesicht legte, doch sein Oheim fing sich schnell wieder.

»Falls du sie zurückgewinnst«, wandte er ein. »Meinst du, Ado von der Mark sitzt untätig in seiner hübschen Wasserburg und wartet, bis du an sein Tor klopfst? Geldern, Ravensberg, Loen, Cappenberg, der Erzbischof, das westfälische Hinterland – er hat mindestens sechs Burgen und Dutzende feste Häuser. Weißt du, was er gerade für eine Streitmacht sammelt? Ich möchte es mir nicht ausmalen. Was ich dir aber sagen kann, mein Junge, ist, dass du allein unsere Lande nicht zurückgewinnen wirst.« Engelbert schwieg eine Weile, dann sagte er in einem schnarrenden Ton: »Man kann von Herzog Heinrich sagen, was man will, aber du brauchst ihn.«

Theo folgte ihm auf dem Weg zurück in sein Arbeitsgemach.

»Glaubst du, Einhard weiß besser als wir, wie ein Adliger, wie unser Verwandter Ado von der Mark denkt und handelt? Ich weiß, wie missgünstig und neidisch diese Sippe ist. Heinrich kannst du vertrauen, nicht diesem geschwätzigen Greis. Dein Oheim ist der Marschall des Kaisers. Der Krieg ist sein Geschäft, und ich mit meinem Netz von Zuträgern kenne jeden Würdenträger in Westfalen und das ganze Cölner Domkapitel. Ein besseres Gespann als uns kannst du dir kaum wünschen.«

Du Spinne, dachte Theo. Trotzdem, von dieser Seite hatte er die Angelegenheit noch nicht betrachtet.

Engelbert nahm einen Stängel Sellerie aus einem Becher auf dem Tisch und biss ein Stück davon ab. »Und was soll dieses Vieh von einem Wolf? Was soll er ausrichten? Sag es mir.«

Woher weiß der alte Drache von Fenrir? Theo war abermals verdutzt.

»Will der Einsiedler ihn in den Krieg schicken? Oha, da wird Ado sich aber fürchten, einen Bogen nehmen, ihm einen Pfeil durchs Herzelein schießen, und erledigt ist das Hündchen.« Engelbert sammelte sich einen Moment, dann quoll eine neue Belehrung aus ihm heraus. »Heinrich schickt dich nach Ramersdorf, um dich an den Waffen auszubilden. Er weiß, was er tut. Er beachtet Dinge, an die ein normaler Mensch nicht einmal im Traum denken würde … Wenn du in Ramersdorf fertig bist, wird eine Streitmacht ausreiten, wie Westfalen sie noch nicht gesehen hat.« Er zeigte mit dem Stummel Sellerie auf Theo. »Ich möchte nicht jeden Morgen aufwachen und mich fragen, ob du wieder zu diesem Ohrenbläser gerannt bist und dir seine absurden Hirngespinste hast einsäuseln lassen. Ich weiß, auf welcher Seite ich stehe. Auf welcher Seite stehst du, Theoderich? Wirst du alles geben, um zu siegen, oder bist du ein Maulheld wie dieser alte Unglücksrabe und wirst am Ende mit leeren Händen dastehen?«

»Ich weiß durch Einhard, dass ich kämpfen muss, und ich werde meinen Mann stehen, Oheim.«

Theo sah, wie Engelbert die Stirn in Falten legte. Er spürte dessen Zweifel und war froh, dass der Oheim nicht nachhakte. Stattdessen hob Engelbert wie beiläufig den beringten Zeigefinger seiner Rechten und deutete erst auf seinen und dann auf Theos Becher, woraufhin sein Leibdiener vom würzigen Wein nachschenkte. Es war wenige Tage vor Mariä Heimsuchung, und die Tage von Ramersdorf rückten näher.

Etwa eine Woche später brachen Wilhelm und Theo von Burg Deutz rheinabwärts zu den Deutschherren nach Ramersdorf auf.

✝

Zeitgleich führten wichtige Geschäfte einen anderen Herrn von Süden her rheinaufwärts nach Cöln – Johann von Sayn. Seine Frau war der ewigen Fahrten überdrüssig, weswegen er Adelheyd, das jüngste seiner fünf Kinder, mit in die große Stadt nahm. Adelheyd liebte die Fahrt über den Rhein und die umtriebige Stadt. Ihr Vater Johann hoffte sehr, dass Godfrey, sein einziger Sohn, ihm als Nachfolger erhalten bliebe. Adelheyd aber war Vaters Liebling – und sie wusste es.

8. KAPITEL

Frühsommer 1228

Wilhelm schaute mitleidig auf seinen jungen Schützling.

»Was ist? Du schaust, als hättest du dir den Magen verdorben.«

Statt einer Antwort gab er Theo einen Hieb auf den Hinterkopf. »Tue ich das?«

Ihrem Ritual folgend, blockte Theo Wilhelms zweiten Schlag, der dem Hals galt, mit dem Unterarm.

»Manchmal«, sprach Wilhelm, als wolle er ihn nicht beunruhigen, »könnte einem übel sein, auch wenn man nichts gegessen hat.«

Sie verließen das Bergische Land in südwestliche Richtung und gelangten dort, wo Agger und Sieg ineinanderfließen, in eine flache Ebene. Zu ihrer Rechten erhob sich die Siegburg. Nach nicht allzu langem Ritt durch Wiesenland schlängelte sich vor ihren Augen Gevatter Rhein durch weite Auen, und auf einem sanften Hügel sahen sie die Kommende Ramersdorf. Sie stiegen einen waldigen Hügel hinauf und erblickten den Torbogen, in dem junge Kerle Wache standen, die braune Arbeitskleidung unter ihrem ledernen Wams mit dem Ordenswappen auf der rechten Brust trugen. Als sie sich näherten, erkannte Theo, dass die Wachen nicht viel älter waren als er selbst. Er wollte in Ehrfurcht erstarren, als er sie genauer betrachtete. Ihre Haut war bleich, ihr Haar kurz geschoren, sie wirkten einschüchternd auf ihn, und er fragte sich: Werde ich jemals solche Schultern, solche Arme haben?

Er bemerkte, dass Wilhelm einige Pferdelängen zurückgeblieben war, und drehte sich um.

»Leb wohl, Theo, wir sehen uns bald wieder«, rief Wilhelm und hob die Hand.

Als Theo den Blick wieder nach vorn richtete, sah er, wie

ein Mann in einem langen weißen Surcot mit dem schwarzen Adelindiskreuz darauf zum Tor herüberkam.

»Lebe wohl, Wilhelm«, rief Theo nach hinten.

Der Deutschherr hatte gewartet, bis Theo sich verabschiedet hatte. »Ich bin Meister Teyvas. Sei gegrüßt.« Die Worte trugen einen starken wendischen Akzent. Des Mannes Züge wirkten wie die der Asketen in Sankt Katharina, doch seine Wange trug eine Narbe, und Theo schaute in Augen wie klares Licht und harter Stahl zugleich.

In der Ferne verklang der Hufschlag von Wilhelms Pferd.

»Komm, Junge, ich bringe dich zum Komtur.« Meister Teyvas wandte sich um und ging dem großen, steinernen Haus entgegen.

Theo bemerkte eine hohe Mauer mit Wehrgängen, die den alten Rittersitz umgab. Das breite Kommendengebäude und die Erdgeschosse der Gebäude links und rechts davon, in denen Theo die Wirtschaftskaten vermutete, waren aus demselben Sandstein, die zwei Mannslängen darüber aus Fachwerk. Vom Haupthaus bis zum Tor war der Hof gartenartig gepflegt. Was jenseits des festen Kommendenhauses lag, konnte Theo nicht sehen.

Als sie über den Hof schritten, kamen sie an Jungen vorbei. Einige fegten den Hof, andere jäteten Unkraut in den Beeten, und wieder andere hackten Holz an einem großen Schuppen. Theos Blick fiel auf einen schlaksigen Jungen, der in seinem Alter sein musste. Einen Wimpernschlag lang trafen sich ihre Blicke.

Sie erreichten den Eingang zu dem großen Querhaus, in dem alles untergebracht zu sein schien, was nicht Tier war. Drinnen war es dunkel. Als sich Theos Augen an das Licht gewöhnt hatten, öffnete Meister Teyvas eine Tür, und sie betraten eine Kammer.

»Seid gegrüßt, Theoderich von Isenberg«, kam es ihm aus dem Inneren entgegen. »Ich bin Komtur Geradus.«

Theo blinzelte gegen den Kerzenschein. »Herr.« Er verbeugte sich.

»Dieser Name sei nun ein letztes Mal ausgesprochen«, sagte

der weißhaarige kurz geschorene Komtur von Ramersdorf. »Du hast keine Eltern und keinen Namen mehr. Du gehörst jetzt dem Orden wie jeder andere Junge. Für dich gilt das im Besonderen. Kein Junge hier darf deine Herkunft erfahren. Sie ist nichts Erhebendes, sondern eher ein Fluch.«

Theo senkte das Haupt.

»Meister Teyvas wird von jetzt an deine Mutter und dein Vater sein, die nächsten Jahre tust und lässt du das, was er dir sagt. Egal, was es ist, du tust es!«

Theo nickte und wusste doch, dass ihm genau dies schwerfallen würde.

»Jetzt geht. Meister Teyvas zeigt dir deinen Schlafplatz.«

Sie stiegen hinauf bis unter das Dach der Kommende. Meister Teyvas öffnete die Tür zu einem Schlafgemach, das sich über den ganzen Dachstock erstreckte. Dann ließ er Theo allein.

Von den zwölf Pritschen waren nur fünf mit Laken und Bettzeug bezogen, registrierte Theo, und an einem der Kopfenden lehnte eine Laute. Von den anderen sieben starrten Theo nur fahle Brettergestelle entgegen. Vereinzeltes Licht drang von den Fensteröffnungen in den Dachgauben herein und brach sich im schwebenden Staub. Er setzte sich auf einen Schemel und wartete. Beinahe wäre er in einen Schlaf gefallen, doch der Junge, den er zuvor im Garten gesehen hatte, trat ein. Theo schreckte auf.

»Ich bin Ante«, sprach der Schlacks mit dem länglichen Gesicht, wischte sich mit dem Ärmel den Schweiß von der blassen Stirn, begrüßte Theo mit einem Handschlag und ging zu dem Bett, an dem die Laute lehnte. »Der Meister sagt, ich soll mit dir das Bettzeug holen.«

Ante zeigte Theo den Weg in die Trappierei im rechten Flügel der Kommende. Dies war das Reich Meister Tidericus'.

»Ah, wen bringst du mir da, Ante?«

»Er heißt Theo, Meister. Wir bitten höflichst um das Bett für ihn.«

Meister Tidericus war ein beleibter Mann, der sich behäbig in seinem weißen Ordenssurcot bewegte. Ansonsten schien er nicht die strenge Unterkühltheit an den Tag zu legen, mit der Meister Teyvas Theo bedacht hatte. Als Tidericus sie folgen hieß, bemerkte Theo, dass er hinkte. Er schaute Ante mit hochgezogenen Augenbrauen an, doch der blinzelte nur eigenartig mit den Augen.

»Ich gebe dir gleich auch deinen neuen Rock, den du ab jetzt trägst.«

Mit dem Bettzeug und dem gebrauchten, ärmellosen Lederwams überquerten sie den Hof.

»Das Bein hat er sich auf dem letzten Kreuzzug geholt«, bemerkte Ante.

»Woher weißt du das?«

»Ein Älterer hat es mir gesagt. Er riet mir auch, mir nichts anmerken zu lassen. Tuscheln mögen sie hier nicht.« Ante schaute ihn dabei so aus seinen graublauen Augen an, als erstrecke sich der Rat über Meister Tidericus' Bereich hinaus.

»Aha«, machte Theo.

Sie stiegen die Stufen hinauf. Ante vorne, Theo hinter ihm.

»Du spielst Laute?«

»Ja«, gab der Schlacks knapp zurück.

»Spielst du mir etwas?«

»Am Abend werden wir Zeit finden, denke ich.«

Keuchend erreichten sie die Kammer unter dem Dach. Fünf weitere Jungen hatten sich dort eingefunden, von denen offensichtlich einer auch erst gerade angekommen war.

Ein schlanker Kerl mit blondem Haar, der eine gewisse Noblesse ausstrahlte, kam als Erster auf Theo zu. »Ich bin Lamot.«

»Ich heiße Theo.«

»Und ich bin Hannes«, rief ein massiger Junge von seiner Bettstatt aus.

»Und ich Bartosch.« Der Junge, der aussah, als hätte er einen ewigen Schnupfen, schüttelte Theo die Hand.

»Das da drüben ist Merten.« Hannes zeigte auf einen bulligen Jungen, der aus dem Fenster geschaut hatte und nun herüberkam.

»Sei gegrüßt, Theo«, formten die fetten Lippen unter vollen Wangen.

»Ich bin Prigge.« Der kleine, drahtige Spund nahm Theos Hand und schüttelte sie heftig mit einem freudigen Grinsen im Gesicht. »Setz dich.« Prigge zeigte in eine Ecke des Raumes, die Theo noch nicht bemerkt hatte. Um einen Schemel herum lagen Büschel schwarzer, blonder und brauner Haare. Theo schaute die kahlen Köpfe seiner neuen Mitbrüder an. Natürlich, ging es ihm durch den Sinn, sie sind alle geschoren.

Er war es noch nicht, und jetzt verstand er das irre Grinsen Prigges, der nun mit einer mittelgroßen Bügelschere auf ihn wartete. Büschel für Büschel fiel Prigges forschem Schnitt zum Opfer, und Theo sah sein langes dunkelbraunes Haar zu Boden fallen. Als Prigge fertig war, strich sich Theo über seinen kahlen Kopf. Kühl fühlte es sich an. Er verzog das Gesicht.

»Es ist Essenszeit«, rief Hannes, dessen Statur erahnen ließ, dass ihm nicht wenig daran lag, pünktlich beim Abendmahl zu erscheinen.

Als sie in die hohe Halle des Refektoriums kamen, sah Theo zum ersten Mal den gesamten Orden versammelt. Quer zu den übrigen Reihen an der erhöhten Haupttafel an der Kopfseite des Speisesaals saß der Komtur mit seinen zwölf weißen Meistern. Jeweils Tischgruppen von zwölf Eleven standen darunter, den Altersstufen folgend. Sie selbst saßen ganz hinten. Theo zählte die Tische und rechnete. Sechsundneunzig Brüder und die Meister, überschlug er. Er stutzte: Nicht alle Plätze bei den Älteren waren besetzt.

Einer der älteren Brüder erhob sich und sprach laut ein Tischgebet:

»Vater, wir leben von deinen Gaben.
Segne das Haus, segne das Brot.
Gib uns die Kraft von dem, was wir haben,
denen zu geben, die leiden Hunger und Not.
Amen.«

Dann schlug er das Kreuz und setzte sich.

Theo schaute sich verdutzt um. Ein ohrenbetäubender Lärm

hob an. Anders als in den beiden anderen Ordenshäusern, die er kannte, herrschte hier während des Essens ein lautes Durcheinander, und keiner der Meister schien daran Anstoß zu nehmen. Hannes schnalzte sogar mit der Zunge, als die Suppe aufgetischt wurde. »Lauchsuppe mit Speck, hmm!«

Theo kostete und war erstaunt. Ein feiner süßlich-bitterer Geschmack erfreute seinen Gaumen. Nicht überwürzt wie an den Höfen. Er schmeckte Liebstöckel.

Krüge mit dünnem Wein wurden, von frechen Sprüchen begleitet, herumgereicht. Theo goss sich einen Schoppen ein. Die Jungen aßen und tranken hastig. Welch ein Spaß!

»Da lässt es sich leben«, rief Theo.

»Warte ab«, raunte Bartosch.

»Wieso?«

»Holz hacken, Unkraut jäten, Ställe misten. Der Braten will verdient sein.«

In den nächsten Tagen sah Theo bei den Arbeiten in der Kommende einen Jungen nach dem anderen ankommen, bis elf Betten mit weißen Leinen bezogen waren.

Theo hatte sein Bett zwischen Lamot und Köbe, einem der Neuankömmlinge. Außerdem war da noch Grull. Dieser hatte Theo bei seinem ersten Gang über den Hof in der Weise angeglotzt, wie Theo selbst wohl Ante bei seiner Ankunft gemustert hatte. Dann waren da noch Glander, der sich auffällig oft mit der Hand durch sein blondes Haar fuhr, bis auch er es einbüßte, sowie Mogrod, ein Junge mit blasser Haut.

Eines Abends, die Jungen waren die Treppen der Kommende vom Abendmahl zurück in ihr Nest unter dem Dach geklettert, fand auch der zwölfte Novize seinen Weg nach Ramersdorf. Er war ein kräftiger Bursche mit vollem schwarzem Haarschopf, dunkelblauen Augen und nicht eben feinen Gesichtszügen.

»Ich bin Raven«, sprach er mit dem Akzent, der bei den Franken gesprochen wurde. Der Junge, der sein Bündel auf Theos Schemel abgelegt hatte, sprang behände von Theos Bett auf, wo er auf die Brüder gewartet hatte. Unbeschwert und frei kam er auf einen jeden zu und begrüßte ihn mit einem kräftigen Handschlag.

Als Theo an der Reihe war, sprach er: »Sei gegrüßt, Raven. Doch sag mir, warum du dich auf meinem Bett breitmachst und nicht dein eigenes beziehst.«

»Weil es mir zu lästig ist, das Stroh von unten heraufzuholen, und dieses Bett ist gemacht.«

»Ich zeige dir gerne, woher du das Stroh bekommst, und helfe dir, die Betten hochzutragen.«

»Nicht nötig. Ich schlafe außerdem gerne mit dem Himmel über mir, und dort drüben«, dabei zeigte Raven auf das letzte freie Bettgestell, »ist keine Luke, von wo ich den Himmel sehen kann.«

Theo schaute die anderen ungläubig an. Sie schienen ebenso fassungslos wie er selbst. Doch spürte Theo, dass sich jeder Einzelne schon mehr als einmal überlegt hatte, ob er ihm gegen den Derbling beistehen wollte. Niemand vermochte wohl einzuschätzen, wie die anderen sich verhalten würden. So überließen sie es Theo, sein Problem selbst zu lösen. Einen Moment lang überlegte er, Raven die Faust in den Magen zu rammen, da erklang in seinem Inneren die Stimme seiner Mutter: »Weiche wie das Wasser.«

Theo wandte sich abrupt ab. »Köbe, hilfst du mir?«

Wortlos trat der schmächtige Junge zu ihm, und auch Mogrod trat einen Schritt vor. Theo ging hinüber zu den gefalteten Leinentüchern und nahm sie auf. Schweigend stiegen sie die Stufen hinunter.

Als sie unten das Leinen mit Stroh füllten, fragte Mogrod: »Warum lässt du dir das gefallen?«

Doch Theo gab sich den Anschein von Gelassenheit. »Tue ich das? Nur weil ich jetzt nichts gegen diesen Bauerntropf unternehme?«

Später kam Meister Teyvas auf die Stube und forderte sie auf, ihm zu folgen. Er führte sie in die Kapelle der Komturei. Fackeln an den Wänden tauchten den stillen Ort in ein feierliches

Licht. Zwölf Männer in weißen Roben mit dem schwarzen Tatzenkreuz erwarteten sie auf der Erhöhung zum Altarraum. Komtur Geradus stand in der Mitte der Meister. Teyvas hieß sie, in einer Reihe vor den Stufen niederknien, schritt diese wortlos hinauf und reihte sich ein.

Geradus erwachte aus der Stille des Wartenden und sprach mit ruhiger, aber über jeden Zweifel erhabener Stimme zu den Neuankömmlingen. »Ihr seid Freie, wie es eure Väter waren oder sind. Einige tragen große Namen, andere nicht. Ihr kommt aus armen wie auch reichen Häusern. Einige sind von hoher Geburt, einige sind Bastarde oder noch darunter. Doch all das ist von nun an ohne Belang. Außer euren Rufnamen habt ihr keinen Namen mehr. Ihr habt keine Väter mehr, ihr habt keine Mütter mehr. Ihr habt eure Familien hinter euch gelassen. Für die Zeit hier gehört ihr uns. Und wenn ihr im Orden bleibt, wird das auch immer so sein. Keiner von euch ist besser als jeder Knecht, der hier seine Arbeit tut, egal, ob ihr aus ritterfreien oder herabgefallenen Adelshäusern kommt. Denn ihr habt nichts geschafft bisher. Hochmut ist also nicht das, was wir von euch erwarten. Wir werden befehlen, und ihr werdet gehorchen. Wir werden euch entsenden, und ihr werdet gehen. Diese zwölf Meister«, dabei zeigte er auf die Reihe der Männer, »werden eure Herren sein, und ihr werdet tun, was sie euch befehlen, ohne Murren oder Jammern. Und hütet euch, sie jemals gering zu schätzen, weil ihr etwa denkt, nach Herkunft über ihnen zu stehen. Auch sie haben einst einem Komtur den Eid gegeben und die gleichen Worte vernommen wie ihr. Sie sind aus demselben Holz wie ihr. Merkt euch das gut. Ob ihr aber so hart seid wie sie oder ob ihr gehen müsst, das werden wir sehen. Wenn einer von euch noch einen Zweifel hat, ob er bleiben möchte, dann soll er sich jetzt erheben und sein Bündel nehmen. Es wird seiner Achtung keinen Abbruch tun.« Meister Geradus ließ seine Worte einen Moment lang wirken, bis er sicher war, dass keiner der Jungen gehen würde. »Wenn ihr also nun aufgenommen werden wollt, dann sprecht mir nach …«

9. KAPITEL

Erste Jahreshälfte 1229

Bis zum Jahresende und den Winter hindurch wurden sie zu niedrigen Arbeiten auf dem Hof, auf den Feldern und zum Schlagen von Holz in den Wäldern herangezogen. Es war eine Geduldsübung. Denn täglich sahen sie, wie die Älteren die Pferde sattelten und mit ihren Meistern ausritten oder wie sie in der Geschicklichkeit zu Pferd geschliffen wurden, sich mit dem Schwert üben durften und vieles mehr.

Allerdings sahen sie auch, dass die fortgeschritteneren Brüder verschmutzt und erschöpft zurückkamen, vom Schwertkampf gezeichnet aus dem kleinen Hospital hinkten, vom Ringkampf einen Arm in der Schlinge trugen. Trotzdem blickten sie neidisch und voller Anerkennung zu den Älteren auf.

»Neid ist eine Eigenschaft des Ungeduldigen und Niederen.« Meister Eigil schien zu wissen, was in den jungen Brüdern vorging, als er sich ihrer im Frühsommer annahm. »Nie glaubt er, dass er dies auch haben wird. Geduld hingegen ist das Vertrauen darin, dass ein Erfolg sich einstellt, wenn die Zeit reif dafür ist.« Meister Eigil war ein stattlicher Mann, nicht groß und nicht klein, doch ließ der gestählte, sehnige Körper ihn größer erscheinen, als er war. Zumindest konnte Theo, wenn der Meister neben ihn trat, um seine Haltung zu korrigieren, kaum einen Größenunterschied ausmachen.

Eigil zeigte ihnen, wo sie die kleinen Messer in ihren Kleidern versteckten, sodass sie sie schnell greifen konnten, bevor sie in einer blitzartigen Bewegung ihre Wurfhand verließen. Er brachte ihnen bei, mit der schwachen Hand zu werfen, und jedes Mal, wenn ein Messer aus einer nachlässigen Spannung des Körpers flog, schmerzte das Stöckchen eines Haselnussstrauches auf dem Körperteil, das es anzuspannen gegolten hatte. Er schien weder Bedauern noch Verachtung für einen der Jungen zu hegen. Auch nicht für Mogrod, dessen Messer am längsten brauchte, sein Ziel zu finden. So wie ihm sein Stock Respekt verschaffte, so brachte Meister Eigil sein Gleichmut große Achtung bei seinen Schülern ein.

Darin versuchte Theo, ihm nachzueifern. Ebenso wie in den Wurfübungen, wobei er nicht viel weniger gut war als Ante. Der Beste unter den Werfern aber war Hannes. Auch Raven machte seine Sache nicht schlecht; doch übertrieb er gern und tat so, als sei er der Beste in der einen oder anderen Disziplin. Andererseits passte sein Auftreten nicht zu seinen abgekauten Fingernägeln. Deswegen und wegen ihrer ersten unschönen Begegnung hatte Theo beschlossen, Abstand von dem derben Franken zu halten. Andere, allen voran Grull, schienen ihn hingegen zu bewundern.

Den wochenlangen Wurfübungen schloss sich der Kampf Mann gegen Mann an. Meister Xaver war es, der sie besonders darin unterwies, mit wachen Augen den Gegner zu beobachten, um herauszufinden, wie er sein Gewicht lagerte. Stand er auf dem Vorderfuß, galt es, ihn mit einem Tritt von den Beinen zu holen. Stand er auf dem hinteren Fuß, galt es, ihn zu locken, bis sich die Gelegenheit zum Angriff bot. Schnellte einer mit dem Arm gerade vor, griffen sie mit beiden Händen Faust und Gelenk und drehten es in der Weise, dass der Gegner auf dem Gesicht landete.

Theo musste Meister Xaver mit einem beidhändigen Knüppelhieb, den er von oben nach unten ausführte, angreifen, worauf Xaver auswich und ihn mit einem Tritt in den Bauch empfing. Fast gleichzeitig traf Theo ein heftiger Schlag am Hinterkopf, und er landete derart auf dem Rücken, dass ihm die Luft ausblieb. Die schmerzhafte Erschütterung war so heftig, dass er eine kurze Weile außer Gefecht gesetzt war. Eine Zeit, die im Ernstfall reichte, ihm gänzlich den Garaus zu machen oder sich einem anderen zuzuwenden, um auch diesen zu bekämpfen.

Xaver benötigte keinen Stock. Jede Unachtsamkeit war ihm eine Einladung, den nächsten Handgriff an dem betreffenden Jungen zu demonstrieren.

Theo, der nicht so kräftig wie Raven, Mogrod, Merten oder Hannes gebaut war, hatte schnell begriffen, dass er einen Stärkeren dennoch niederringen konnte. Er musste nur aufmerksam genug die Bewegungen seines Gegenübers studieren. Hatte er das Muster erkannt, konnte es sogar gelingen, jeden Schlag vorauszusehen. Hierin entwickelte Theo seine Meisterschaft.

✝

Voller Unwohlsein zog Erzbischof Heinrich von Molenark in seinem Schlafgemach an der Schleife seines Kragenbandes. Der Tag war schon lange hell, und ebenso lange gingen ihm ungute Gedanken durch den Kopf. »Limburg-Berg, diese Seuche des Erzbistums, engt mich von Süden her ein!«, sagte er endlich. In einer leidenschaftlichen Bewegung fuhr er sich mit der Hand durch das pockennarbige Gesicht. Fahrig griff er nach dem Becher Wein von seinem Nachttisch und stürzte ihn so hastig hinunter, dass die Tropfen rosa Flecken auf dem weißen Leinen seines Nachthemdes bildeten. Die Dirne neben ihm versuchte, ihn durch Streicheln der Brust aus seiner Verzweiflung zu befreien, doch er stieß sie unsanft von sich und sprang aus dem Bett. »Scher dich zum Teufel, du ungeschicktes Weib!«

In seinem wehenden Schlafmantel eilte er, gehetzt dreinblickend, zu seinem Arbeitstisch. Er beugte sich über die große Karte, die den überwiegenden Teil der Eichenplatte bedeckte. Fast beiläufig griff er nach einer Münze in der Schatulle nahe der Tischkante, ließ sie in Richtung des Bettes springen und sank in seinen Armstuhl. »Verschwinde jetzt! Und sag der Wache, der Domprobst soll zu mir kommen!«

Molenarks Blick wanderte über die Karte. Das schwarze Kreuz auf weißem Schild kennzeichnete seine Burgen, rundherum standen die Jülicher und Limburger Löwen und nun auch der Bergische. Burg Hülchrath, Notberg, Nideggen, Nörvenich, die Tomburg, Bensberg, Neuenberg, Lennep, die Siegburg – und unmittelbar vor seiner Stadt Burg Deutz! Verzweifelt raufte sich der Erzbischof die Haare. »Ich werde verrückt!«

Die Ellenbogen auf den Tisch gestützt, starrte er auf einen Wandteppich. Geld! Siegburg ist der Schlüssel zu mehr Geld. Ich muss den päpstlichen Entvogtungserlass benutzen, um Herzog Heinrich Siegburg wegzunehmen. Ich muss herausfinden, ob er schon auf dem Rückweg ist.

✝

Die Zeit bei Meister Xaver endete nicht an dem Tag, als Meister Eigil wieder vor sie trat. Zusammen brachten Xaver und Eigil ihnen die vollendete Verbindung zwischen Zweikampf und Messerwurf bei. Ringen, Werfen, Schlagen oder Treten wurde stets mit einem Wurf begonnen oder beendet.

In diesen Wochen bemerkte Theo, wie sich sein Körper straffte und sein Wams nicht mehr schlaff an ihm herunterhing. Sein Gang war aufrecht geworden, und seine Brust hatte sich gehoben. Auch bei den anderen bemerkte er diese Veränderung.

Die vollendete Spannung seines Körpers aber brachte der Kampf mit den Stangen. Glander rümpfte die Nase, weil diese Art des Kampfes dem Bäuerlichen entspringe und ihm als nicht angemessen erschien. War es ihm jedoch, als sei Meister Godvyn sein Hochmut entgangen, so wurde er kurze Zeit später eines Besseren belehrt. Als er den Kampfplatz in Richtung von Meister Ägidijus' Spital verließ, zierte seine Stirn eine Beule, einem Einhorn mit rotem Horn gleich.

Die Zeit der Stangen war die Zeit, in der Theo Ruf und Ehre wiederherstellen wollte. Als Gegner der Duelle, die einer Vorprüfung glichen, wählte er Raven. Allen war klar, warum er dies tat, und auch Raven wusste es. Ein anderer hätte sich vielleicht sein Ungemach anmerken lassen. Nicht so Raven. Sicher lächelnd trat er Theo entgegen. Beide waren entschlossen, den anderen zu demütigen, um der Gleve zu zeigen, wer das Sagen hatte. Selbst Meister Godvyn bemerkte, dass es sich hier nicht nur um eine Übung handelte.

Zäh und unnachgiebig wie ein jagender Wolf, schwor sich Theo, und fasste den größeren und kräftigeren Bruder ins Auge. Mit mächtigen Schlägen begann Raven, Theo zu bearbeiten. Theo hatte seine Mühe, ihm standzuhalten. Die anderen Brüder verfolgten den Kampf wie gebannt und kommentierten ihn mal raunend, mal rufend. Mit zunehmender Dauer wurden Ravens Attacken berechenbar und weniger heftig. Für die anderen sah Theo jedoch weiterhin wie der Verlierer aus. Ein harter Holzklang hallte von der Ringmauer wider. Immer und immer wieder krachte Ravens Stab auf Theos. Dann griff Raven seinen Stab lang, und Theo parierte ihn, während Ravens Stab nach jedem Schlag in dessen Hand erzitterte. Zudem brauchte seine Wucht nun lange, bis sie in Theos Paraden endete. Theo wartete noch ein wenig. Sein erster und einziger echter Angriff musste sitzen.

Dann war er sich sicher. Ravens langes Ende sauste nieder. Theo ließ es an sich vorbeischnellen. Der Stock traf dumpf den Boden. Die Wucht und der späte Aufprall seiner Waffe zerrten Raven aus dem Gleichgewicht. Er stolperte vornüber. Hart wie Eisen, sagte Theo sich, dann schnellte er um die eigene Achse und hieb dem Taumelnden seinen Stock mit aller Kraft in den unteren Rücken. Raven drehte sich im Straucheln und rang sich in seine Kampfposition zurück. Da schlug Theo erneut zu.

Die Brüder schrien auf, als sie das Brechen des Unterarms hörten. Ravens Stab lag am Boden, während er selbst kniete und sich ungläubig den Arm hielt. Der schwellende Muskel presste, einem rasch wachsenden roten Apfel gleich, unter dem ledernen Armschutz hervor.

Theo beugte sich zu Raven hinunter, während ihm der Bruder seine schmerzverzerrte Fratze zuwandte. Das Weiß seiner Augäpfel hatte sich rot gefärbt, und Ravens Pupillen starrten Theo wie tote Kiesel entgegen.

»Hart wie Eisen werde ich zu dir sein oder gut wie ein Bruder. Du hast die Wahl.« Damit wandte sich Theo ab.

Raven wusste, dass der Bruch seines Arms das Ende von

Ramersdorf bedeuten konnte, ebenso wusste er, warum er dieser Lektion leibhaftig geworden war und dass er aus seinem Eigendünkel lernen musste.

✢

»Der Deutschorden muss sich endlich finden«, sprach der Komtur von Siersdorf auf dem Landtag des Ritterordens in Sankt Katharina zu Cöln. »In den Landen an Rhein, Emscher, Ruhr und der Lippe herrschen der Adel und der Erzbischof von Cöln.«

»Wir haben diesen Konflikt stets zu meistern gewusst«, sprach Hermann von Balk.

»Doch jetzt kommen die aufstrebenden Städter dazu, die ihre Söhne durch die Ritterschaften in den Adelsstand erheben wollen«, warf der Komtur von Alden Biesen ein.

Wilhelm spürte die Müdigkeit. Der Landtag zog sich schon bis tief in die Nacht. Gleich musste die Glocke zur Komplet schlagen.

»Der Kaiser selbst hat Salza den Auftrag gegeben, das Erzbistum Bremen gegen die Dänen und die Bauern zu sichern, ebenso den Nordosten, um dort neue Gebiete zu erschließen. In Böhmen und unter den wendischen Völkern geht das Gerücht eines Kriegszuges der Tataren, und die Nachfahren der Hunnen haben das Abendland schon einmal halb verwüstet«, wandte der Siersdorfer Komtur ein, um gleich zu fragen: »Wo sollte der Orden eine solch große Zahl von Kriegern herbekommen?«

Ein Raunen ging durch die Reihen der Abgesandten.

»Aus dem niedrigen Landadel«, antwortete Hermann von Balk. »Die Zweit- und Nachgeborenen gehören in den deutschen Ritterorden.«

»Und was ist mit den Städtern?«

»Die Frage ist nicht entschieden. Solange halten auch wir uns zurück.«

»Das wird nicht reichen, Hermann«, rief der Komtur von Siersdorf.

»Habt Ihr Zahlen?«, fragte Hermann zurück, doch der Komtur schwieg.

»Die brauchen wir. Lasst in jeder Komturei Gutsherren, Junker, Ritter, Freiherren und deren Söhne zählen.«

Die Horenglocke ertönte, und der Konvent wurde für die Mitternachtsmesse unterbrochen. Wilhelm wischte sich die Müdigkeit aus den Augen. Von Sankt Katharinen drang der Lobgesang Nunc dimittis zu ihnen herüber.

»Nun lässt du, Herr, deinen Knecht,
wie du gesagt hast, in Frieden scheiden.«

✠

Als sie nach dem Morgenessen auf den Übungsplatz traten, begrüßte sie Meister Teyvas ohne irgendeine Regung. Er stand hinter einer Reihe langer, glatter Hölzer und erwartete sie in seiner gewohnt schweigsamen Art. Kurz wies er auf die zwölf Knüppel und bedeutete ihnen, dahinter Aufstellung zu nehmen. Teyvas benötigte keine Rute wie andere Meister, um sie tun zu heißen, was er wollte. Kein Bruder hätte es je gewagt, gegen ihn aufzubegehren. »Heute beginnt die Zeit des Bloßfechtens.«

Die jungen Brüder merkten erfreut auf. Diesen Tag hatten sie herbeigesehnt, seit sie in den Orden eingetreten waren. Endlich standen sie den älteren Brüdern nicht mehr in der wichtigsten Kampfkunst nach.

»Doch«, fuhr der Meister fort, »frage ich mich, ob es auch nur einer von euch verdient, diesem Orden anzugehören.«

Die Jungen verstanden nicht.

»Bruder Glander, der der Meinung ist, das Stangenfechten sei etwas für den niedrigen Stand, Bruder Theo, der Bruder Raven den Ausbildungsrückstand bringt, Bruder Raven, der Bruder Theo in einen Ehrenstreit zieht …« Der Meister zählte allen Brüdern ihre Verfehlungen auf, um abschließend hinzuzufügen: »Meint ihr Brüder, die ihr euren Hochmut und Stolz trotz aller Warnungen frei ausgelebt habt, es verdient zu haben, Teil unserer Gemeinschaft zu sein, geschweige denn das ritterliche Schwert zu führen?«

Die zwölf kahlen Köpfe waren nun alle gen Boden gerichtet, als suchten sie die staubige Erde nach einer Antwort ab.

»Es ist keine Selbstverständlichkeit, dem Deutschorden anzugehören, und ihr kennt die Regeln nicht oder habt sie vergessen.« Teyvas ließ die Stille einen ewigen Moment wirken. »Es ist eine Schande«, fuhr er fort. »Wenn ihr mit diesem Verhalten außerhalb des Ordens auffällig werdet, ist sein Ruf auf ewig besudelt und unser Stern im Sinken begriffen. Bevor wir also mit dem Schwert beginnen können, lauft ihr vierzigmal entlang der Kommendenmauer und denkt darüber nach, was es bedeutet, sich derart zu zeigen.«

Langsam setzten sich alle zwölf Brüder in Bewegung.

»Los, los«, rief Teyvas, »oder wollt ihr nicht mit dem Schwert üben?«

Nach vierundzwanzig Runden brach der schwere Hannes zusammen, ihm folgte Grull, dann ging Köbe in die Knie.

Noch beim Mittagsmahl tropfte den Brüdern der Schweiß von der Stirn in die Rote Bete und die Bohnen mit Speck. Im Saal war es laut, aber nicht so laut wie sonst. Theo blickte sich müde um. Die älteren Brüder am Nachbartisch schienen amüsiert und schauten ab und zu verstohlen zu ihnen herüber.

Theos Blick glitt weiter zu den Tischen der Zweitältesten. Zwei Tage waren ihre Tische leer gewesen. Schweigend saßen sie jetzt wieder geradezu betreten dort und aßen stumm in sich hinein. Theo wunderte sich über ihre Veränderung. Sie sahen völlig erschöpft und auf eine befremdliche Art niedergeschlagen und traurig aus. Ja, »traurig« war das richtige Wort. Sicher wieder so eine Quälerei der Meister, dachte Theo trotzig und bemerkte gleichzeitig, dass ihre Reihen zudem nicht mehr vollständig waren.

Er blickte wieder zu den Meistern hinüber und sah, dass Meister Teyvas ihn musterte. Er hatte keine Lust mehr, dass sie mit ihnen ihre Spiele spielten, keine Lust mehr, alles zu tun, was sie wollten, alles zu ertragen, was sie sagten und verlangten.

Die anderen gehorchen vielleicht, dachte er, doch ich werde vor niemandem das Haupt beugen. Obwohl seine Gedanken Theos Trotz nur noch verstärkten, musste er ihn unterdrücken. Die Furcht vor Strafen war ihre Münze, und was bekam er dafür? Ärgerlich, wie er war, wich er Teyvas' Blick aus und wandte sich wieder seinem Essen zu.

10. KAPITEL

Zweite Jahreshälfte 1229

Je sicherer sich die Brüder mit Fortschreiten der Zeit in den minderen Waffen fühlten, umso selbstsicherer gebärdeten sie sich. Doch Meister Teyvas wusste ein Mittel gegen Hochfahrenheit. Eine Woche ließ er die jungen Brüder die Jauchegrube ausheben. Dann war die Zeit der Strafe vorbei, und endlich begann die Zeit des Schwertes. In höchster Ungeduld trat die Gleve, wie schon vor Tagen, hinter die Reihe der schlanken Hölzer.

»Alles, was ich sage, sage ich nur einmal. Deshalb hört zu! Nehmt die Stäbe in die rechte Hand«, befahl Teyvas, »und streckt den Arm zur Seite. Der rechte Mann streckt den linken Arm zu dem Knüppel und sieht, dass er diesen nicht berührt. Dann nehmt den Knüppel in die Linke und bringt den Nebenmann zur Linken erneut auf Abstand. Dann formt einen Halbkreis. So muss ich weniger brüllen. Dies ist die Art Reihe, die wir stets einnehmen, wenn wir Einzelübungen machen. Merkt euch das!«

Die Jungen taten, wie ihnen befohlen, und warteten, was Meister Teyvas nun tun würde.

»Hier haben wir schon die erste Lektion! So viel Platz habt ihr nur, wenn ihr allein kämpft. Kämpft ihr gemeinsam, stellt euch nahe genug, um der Zahl der Gegner begegnen zu können, und achtet vor allem darauf, dass ihr euren Nebenmann nicht verletzt. Zweite Lektion: Vermeidet große Ausholbewegungen, und zwar zum Schutz eurer eigenen und der Mitkämpfer Unversehrtheit – aber vor allem ist eine lange Ausholbewegung vom Gegner leicht zu parieren. Eure erste Pflicht ist es, einen Kampf mit allen Mitteln zu vermeiden. Es kämpft nur der, der sich selbst bewusst oder äußerst dumm ist. Ihr seid hoffentlich Ersteres. Dritte Lektion: Wenn ihr kämpfen müsst, gebt ihr eure Deckung preis. Denn ein jeder wird sehen, dass ihr ausgebildet wurdet. Vierte Lektion: Seid ihr getroffen, ist es die erste und vielleicht tödliche Schwächung, die ihr euch selbst zufügt. Also trefft, statt getroffen zu werden. Merkt der Gegner, welcher Güte ihr seid, wird er Verstärkung herbeirufen.«

Mit einem Stab malte Teyvas einen Kreis in den Staub, in den er die Umrisse eines Körpers zeichnete.

»Der Gegner kann aus jeder erdenklichen Richtung bekämpft werden. Seht, die Hiebe kann man von oben und von unten schräg führen.« Meister Teyvas machte ein Kreuz durch den Mann. »Außerdem kann man ihn teilen«, dabei zog er einen Strich in Hüfthöhe, »oder man kann ihn teilen wie ein Schwein, und auch das von unten und oben.« Dabei teilte er seine Skizze senkrecht. »Der seitlich geführte Schlag nennt sich ›Zwerg‹. Holt nicht zu weit aus.« Er führte den kurz angesetzten seitlichen Hieb aus. »Der Schlag, der in die Schulter eintritt und an der entgegengesetzten Hüfte austritt, heißt ›Ochs‹; in umgekehrter Richtung geführt ist er ein ›Eber‹.« Auch diesen Schlag führte er vor. »Zuletzt kommt das Dach. Wie Ochs und Eber kann es von oben«, dabei führte er die Bewegung aus, »und von unten angesetzt werden.«

Zur Anschauung aller Formen führte der Meister eine Folge von Bewegungen vor, bei denen der sonst so harte Mann wie in eine Welt leichterer und geschmeidigerer Beschaffenheit eintauchte, während er sich selbst völlig mit ihren Gesetzmäßigkeiten zu vereinen schien. Gebannt verfolgten die Jungen Teyvas' Bewegungen.

»Nun seid ihr an der Reihe«, sprach der Meister.

»Armiger«, hielt Meister Teyvas Theo nach den Übungen einen Moment zurück, während die anderen gierig dem Brunnen zustrebten.

»Meister?« Theo hatte sich ihm zugewandt.

Teyvas musterte den jungen Burschen, dann sprach er: »Ich warne dich. Hüte deinen Ärger und bilde dir nicht ein, Richter über Recht und Unrecht zu sein, wenn es nicht deiner Position entspricht. Weder hier drinnen noch dort draußen. Hast du verstanden, Bruder?«

»Ja, Herr.« Theo nickte, doch Teyvas fasste ihn scharf ins Auge.

»Wirklich? Was habe ich denn gemeint?«

»Vor ein paar Tagen beim Abendmahl, der Blick.«

»Und …?«

»Da draußen kann ein einziger Blick des Aufbegehrens mit dem Tod enden.«

»Gut, er hat verstanden«, murmelte Teyvas und ließ ihn stehen.

Eine Woche lang waren Teyvas' Augen ohne Unterlass auf sie gerichtet. Ein junger Ordensritter brüllte die immer gleichen Kommandos aus Zwerg, Ochs, Eber oder Dach, bis er diese Befehle zu einer Bewegungsabfolge verband und die Jungen die Streiche zunehmend geschmeidig vollzogen.

»Die Kunst des Schwertes ist die eines Zweidings«, rief der Meister zu Beginn der zweiten Schwertwoche. Die Brüder schauten sich fragend an.

»Vor und nach. Angreifen und abwehren. Niemals aber lasse den Gegner dir den Kampf aufzwingen. Immer bist du derjenige, der das Spiel nach deinen Regeln bestimmt.«

Theo wusste, dass dieser Satz zu den wichtigen gehörte – untrüglich. Mit jedem Schlag prägte er ihn sich ein.

»Wir haben die Grundhiebe gelernt – den Angriff. Nun lernen wir die Grundparaden – die Abwehr.« Meister Teyvas ließ die Worte wirken und musterte die Jungen, wohl um zu sehen, wer verstand und wer nicht. »Dazu stelle ein rechter Mann sich seinem linken gegenüber.«

In den nächsten zwei Wochen vollführten sie die Paraden zu einem jeden Hieb. Ihre Rücken und Arme schmerzten fürchterlich, doch dies war das Wachsen ihrer Muskeln.

»Merkt euch, dass ihr den Gegner immer im Auge behaltet. Lasst nicht den geringsten Hauch eines Momentes in eurer Aufmerksamkeit nach, nicht einmal, wenn ihr gesiegt habt. Denn es kann leicht ein nächstes Ereignis auf euch einstürzen. Das heißt, ihr benötigt bis hierher nicht nur einen aufmerksamen

Geist, sondern auch Ausdauer. Die nächsten Tage werden den Bewegungen gelten.«

Wiederum schauten sich die Jungen fragend an, doch erneut beantwortete Meister Teyvas ihre Fragen auf seine Art.

»Vor dem eigentlichen Schlagabtausch müsst ihr versuchen, in eine günstige Mensur zu kommen, damit ihr dem Gegenüber immer voraus seid. Einen schlechten Krieger erkennt ihr daran, dass er große Schritte macht und Zeit braucht, bis er wieder einen festen Stand hat. Ihr aber macht kleine Schritte und Sprünge, lockt ihn mit Finten, sodass er möglichst einen Fehler macht. Wenn er euren Verlockungen erlegen ist, dann ist euer Moment gekommen.«

Der Beinarbeit, Kraft und Ausdauer waren also die nächsten Tage gewidmet.

»Es ist aber nicht so, dass ihr wie ein Hofnarr ein Tänzchen aufführen müsst. Geduld, Ruhe und Abwarten gehören genauso dazu.«

Teyvas hieß jeweils einen Jungen mit dem Dach angreifen, den anderen lange warten und mit nur einem Schritt ausweichen. Derart übten sie das Spiel der Bewegung und des Wartens.

Dann kam der Tag des Eisens. Nach den Übungen versammelte Teyvas sie und sprach: »Nun, ihr könnt nicht ewig mit Holz kämpfen. Damit ihr wisst, wie das Ding beschaffen ist, werdet ihr euch am Tage nach den Übungen Schritt für Schritt unter Meister Vitgars Anleitung ein gutes Schwert erarbeiten.«

Damit führte er die keuchenden und schwitzenden Jungen hinunter in die heiße Schmiede.

Meister Vitgar, dessen Arme Baumstämmen glichen und die narbigen Fäuste Felsbrocken, die Hammer und Zange fest umklammert hielten, war ein schweigsamer Mann. Über seinem nackten Oberkörper trug er einen Lederschurz. Sein Haar hatte er zu einem ergrauten Zopf zusammengebunden.

Indem sie drei heiße, dünne Stangen ineinander verdrehten, schlugen sie am ersten Tag einen dickeren Eisenbarren. Als die Tage des Schildes kamen, waren die drei in sich gedrehten Eisen zu glatten Riegeln verarbeitet und so ineinandergeschmiedet, dass sie ein flaches, ebenmäßiges Stück ergaben. Dann hieß Meister Vitgar sie, die beiden schmalen Eisen herunterzubiegen. So entstanden Parierstange und Herz ihres Schwertrohlings.

Bei den Schwertübungen wählte Teyvas nun immer häufiger einen Knaben aus, um das eine oder andere Ereignis, das ein Kampf mit sich bringen konnte, zu zeigen. An Theo führte er den Schildschatten vor. Theo hielt sich gut und parierte einige Schläge des Meisters. Doch war ihm, als fange der Meister einfache Schläge mit seinem Schild ab. Die Schläge wurden härter, und der Meister ließ Theo auch auf sein Schild einschlagen. Theo wunderte sich noch darüber, als der Meister zu einem mächtigen Dach ausholte – das Schwert sauste derart auf Theos Schild nieder, dass er unter dessen Wucht fast in die Knie ging. Er taumelte. Meister Teyvas blickte Theo ungerührt in die Augen und bearbeitete ihn weiter. Warum sucht er meinen Blick?, dachte Theo.

Dann holte Teyvas wieder zu einem Dach aus. Theo hob den Schild und erwartete den Schlag wie der Amboss den Hammer. Doch urplötzlich durchzuckte ihn ein Schmerz wie ein Schlangenbiss in der Seite. Theo blieb die Luft weg, und er sank zu Boden. Die anderen Brüder waren sofort bei ihm. Doch Teyvas schien wenig bekümmert.

»Das sei dir eine Lehre, Bruder Theo. Hebe nie den Schild, sodass er dir die Sicht nimmt.«

Meister Teyvas brachte ihnen viele Finten bei, und die Brüder übten sich aneinander – tänzelten, warteten ab, parierten, stießen vor, stießen mit dem Schild, wechselten abrupt von einem Schlag in den anderen, rollten sich ab und standen, machten Hiebe und Stiche aus dem Sprung und der Drehung. Sie wurden schneller und kräftiger, und sie wurden sich ihrer bewusst.

Besonders tat sich Glander hervor. Doch es schien, als fand auch er seine Grenze, über die ihm sein wütendes Anstürmen nicht hinweghelfen konnte. »Ich muss es schaffen, ich muss es schaffen«, wiederholte er stets verbissen. Woher sein Druck kam, konnten die Brüder nur ahnen. Er war der Sohn eines reichen Patriziers, und ihm war eingegeben, durch den Ritterschlag zu Adel zu kommen.

Obwohl Theo besser war als alle anderen, blieb auch er unzufrieden mit seiner Kunst. Teyvas bemerkte das und kam eines Abends zu ihm, bevor die Übungen zu Pferd begannen.

»Bruder Theo, du machst den Eindruck, als bedrücke dich etwas. Ist es der Schwertkampf oder etwas, was mich nichts angeht? Dann will ich es nicht wissen.«

Es war das erste Mal, dass ihn der Meister mit freundlichem Interesse ansprach. Theo hatte schon angenommen, der Meister schätze ihn nicht, obwohl er wusste, dass er ein gutes Schwert führte.

»Mir ist, als fehlte etwas in meinem Schwertkampf.«

Teyvas horchte auf. »Und was ist es?«

Theo zuckte mit den Schultern, »Ich weiß es nicht, Herr.« Er bemerkte in Teyvas' Blick die Art von Missbilligung, wie sie Ältere häufig Jüngeren entgegensetzen. Während er dies wahrnahm, hörte er den Meister sagen: »Theo, du brauchst dem Ding nicht auf den Grund zu gehen.«

Theo stutzte.

»Außer du willst ein besserer, ein herausragender Schwertkämpfer werden. Und ich denke, dein Haus braucht ein Schwert, das besser als gut ist!«

Mit diesen Worten ließ Teyvas ihn stehen, während Theo sich fühlte, als hätte ihn ein Pferdetritt allen Denkvermögens beraubt.

✝

»Nun nehmt die Feilen und hobelt reichlich grobe Späne von den Schneiden.«

»Meister, ich soll mein Schwert zerstören?«, rief Merten entsetzt.

»Nein, nicht zerstören.« Vitgar nannte nie einen Jungen beim Namen.

Argwöhnisch vermutete Theo, dass er sie gar nicht kannte.

Wahrscheinlich war sein Kopf aus Eisen, wie sein Hirn und seine Knochen.

»Härter machen werdet ihr sie. Fangt die Späne auf und gebt sie in dieses Gemisch.«

»Entendreck!«, rief Mogrod angeekelt, indem er in einen scharf riechenden Bottich aus weiß durchzogener grünbrauner Masse starrte.

»Gänsemist«, erwiderte der Schmied, und zum ersten Mal hatten die Burschen den Eindruck, ein Grinsen in Vitgars Gesichtsfalten zu sehen. »Und ihr geht jetzt raus und holt euch einen Bottich voll, denn das hier«, er wies mit seinem kräftigen Zeigefinger auf den kleinen Eimer, »ist meiner!«

Unter lautem Stöhnen und dem Gehänsel der älteren Brüder machten sich die Jungen auf den Weg zum Gänseweiher.

Als sie wieder in die Schmiede kamen, mischte Meister Vitgar die Späne mit dem Kot. »Aus dem Mist steigt ein Stoff in das flüssige Eisen.« Er goss das Gemisch auf seine Klinge und schmiedete das erhärtende Eisen unter Funken in die Schneide. »So macht ihr die härteste Schneide weit und breit.«

✣

»Meister, ich habe nachgedacht.«

An Teyvas schneller Kopfbewegung bemerkte Theo des Meisters Bereitschaft, ihn anzuhören.

»Es ist, als wäre da noch mehr zu lernen. Ich kann den nächsten Schritt des Gegners voraussehen. Aber wie übernehme ich die Führung im Kampf?«

»Hm, es ist gut, dass du mir Hinweise gibst. Damit kann ich etwas anfangen. Mit Schweigen nicht.«

Am nächsten Tag brachte Grull auf Teyvas' Geheiß einen Korb mit Äpfeln. Je zwei Jungen mussten sich je einen Apfel gleichzeitig oder abwechselnd zuwerfen. Später gab einer von beiden Kommandos, und bei jedem Befehl war festgelegt, ob der Apfel mit der Rechten oder der Linken, mit Ober- oder Untergriff gefangen werden musste.

Das Wichtigste aber war, dass Bruder Lieven an den Übungen der Gleve teilnahm. Öfter als die anderen, jedoch so, dass sie es nicht merkten, fochten der ältere Bruder und Theo miteinander. Lieven war so schnell, dass die Jüngeren keine Zeit fanden, auch nur einen Moment zwischen dem einen oder anderen Hieb zu wählen. Sie mussten sich entscheiden, wollten sie nicht den Schmerz eines von Lievens Hieben oder Stichen spüren. So vollführten sie täglich mehr Ketten von Bewegungen, die ihnen mit der Zeit in Fleisch und Blut übergingen.

11. KAPITEL

Erste Jahreshälfte 1230

»Warum schüttelst du den Kopf?«, wollte Lieven von Theo wissen, als sie über den Hof gingen.

»Meister Vitgar. Er ist so ein seltsamer Kauz.«

»Ja, mag sein.«

»Weißt du mehr über ihn?«

»Du weißt doch, dass es verboten ist, eitle Ruhmesgeschichten auszutratschen.«

»Komm schon, Lieven!«

Der Bruder zog Theo mit sich in den Stall und versicherte sich, dass niemand sonst anwesend war. Sie stiegen eine Leiter zum Heuboden hinauf und ließen sich dort nieder, den Eingang stets im Auge.

»Es heißt, er sei der Sohn Völunds, der beim berühmten Mimir die Schmiedekunst lernte.«

Theo hob gewichtig die Brauen, als wüsste er, wer Völund und Mimir waren. Lieven musterte Theo der Geste wegen einen Lidschlag lang.

»Irgendwann kehrte er Mimir den Rücken und ging zu seinen Brüdern Eigil und Schlagfidr, wo er auch mit drei Schwanenjungfrauen zusammenlebte. Als die Walküren den Schlachten nachziehen wollten, zog Völund weiter und fand eine Lehrstelle in den Sauerlanden bei den Zwergen in dem Felsen Ballova. Dort wurde er zum kunstfertigsten aller Schmiede. Als Völund weiterziehen wollte, ließen ihn die Zwerge nicht gehen. In einem Einbaum gelang ihm eines Nachts die Flucht über die Ruhr, und er trieb entkräftet in den Gevatter Rhein, wo ihn Schwäne davonzogen. Er erwachte erst in Jütland, dem Reich von König Nidung. Schnell fiel ihm Völunds scharfes Messer auf, und er bat ihn, sein Schmied zu werden. Völund schmiedete das Schwert Mimung. Dieses wollte Nidung besitzen, aber Völund nahm es, schmiedete Mimungs Ebenbild und gab dieses dem König. Doch es hatte weniger Kraft. Nach einem großen Streit wollte Nidung verhindern, dass Völund fortging, und er ließ ihm die Achillessehne durchtrennen. Völund rächte sich, indem er des Königs Tochter Bardhild verführte, die hierauf Vitgar gebar. Die Schwäne und sein Bruder Eigil, der berühmteste Bogenschütze und Jäger in den Reichen des Nordens, erfuhren davon und befreiten Völund, der Vitgar und das Schwert Mimung mit sich nahm.«

»Meister Eigil ist Vitgars Oheim?«, zweifelte Theo, denn er fand, dass zwischen beiden kein Altersunterschied auszumachen war. »Woher weißt du das?«

Doch Lieven legte nur den Zeigefinger an den Mund.

»Aber sag mir wenigstens, Lieven, was ist das für ein Tor in der Mauer hinten zu den Wiesen, welches immerzu verschlossen ist? Keiner konnte es mir sagen.«

Lieven schien die Frage wenig zu begeistern, denn er schaute bitter. »Ich könnte schon für Vitgars Geschichte ausgepeitscht werden. Außerdem … Still!«

Von draußen hörten sie Schreie. Lieven erhob sich und lauschte. »Komm jetzt«, mahnte er eilig.

Sie stiegen die Leiter hinunter und verließen den Stall durch unterschiedliche Tore. Wieder drang ein Schrei an ihre Ohren. Er kam vom Übungsplatz. Sie gingen hin. Ein älterer Bruder versperrte ihnen den Weg, doch aus der Ferne erfassten sie, dass ein Armiger auf den nackten Rücken eines Mitbruders einpeitschte. Meister Eigil und die Gleve standen dabei und schauten zu.

»Was hat er gemacht, Lieven?«

»Sieht nach vierzig Hieben aus. Wahrscheinlich einen Bruder bestohlen. So steht es im Ordensbuch.«

»Wir richten uns gegenseitig?«

»Immer.«

»Auch Hinrichtungen?«

»Auch Hinrichtungen.«

»Und die gibt es wofür?«

»Zum Beispiel, wenn du einem Bruder in Not nicht zur Hilfe kommst. Aber du musst es absichtlich tun.«

»Na, dann ist es nicht so schlimm.« Theo lächelte beklommen.

Lieven schaute ihn nur verständnislos an. Verstand er den Scherz nicht?

✝

Zur selben Zeit klopfte ein Ordensritter zu Cöln an die Tore der Kommende von Welheim und bat um Kost und Logis. Beim Mahl fragte Komtur Gerald seinen Gast: »Bruder, warum erhebt Ihr die Zahl der Rittersitze?«

»Wir brauchen Krieger im Osten. Die Tataren bedrohen das Nordreich.«

»Die Erstgeborenen werdet Ihr wohl schwerlich bekommen.«

»Wir wollen die Nachgeborenen.«

»Aha.« Gerald tat so, als sei er nicht weiter interessiert, innerlich jedoch wäre er am liebsten geplatzt. Warum war er davon nicht unterrichtet worden?

✝

Wieder einmal wollte sich Hochmut breitmachen, als der Meister mit dem Rossfechten begann, denn statt Pferde dienten ihnen gesattelte hölzerne Böcke als Reittiere. Meister Herbordus begann nicht einmal mit dem Kampf Ross gegen Ross, sondern mit Ross- gegen Bloßfechter.

Mit einer Lanze machte er vor, wie ein Pferd zu Fall zu bringen war und wie sich die Burschen gleichzeitig gegen den Hieb des Reiters stellten.

»Die Stange nie vor die Läufe. Die Rosse treten sie euch um die Ohren. Immer zwischen die Läufe. Und wegducken und die Stange zwischen euch und den Schwerthieb. So! Seht! Und jetzt ihr!«

Wollten sie den Reiter abwerfen und dessen Pferd für den eigenen Kampf übernehmen, lehrte er sie, die Lanze gegen Hals und Kopf des Reittieres zu schlagen, sodass es stieg und den Reiter abwarf.

Wie gewöhnlich vertrieben blaue Flecken und Schädelbrummen jeden Dünkel bei den jungen Kriegern. War dies geschafft, so wussten sie mittlerweile, würden die Meister in der Lehre voranschreiten.

Also bestiegen sie bald echte Pferde und lernten den Kampf mit dem Schwert hoch zu Ross, mit dem Schwert gegen einen Lanzenreiter zu bestehen und mit Schild und Lanze ineinanderzustürmen.

Theo gewann nicht nur bei den Meistern an Ansehen, auch die Brüder zollten ihm Respekt, denn nach dem Schwert zu Fuß beherrschte er auch das Rossfechten wie kein Zweiter, außer vielleicht Lamot, der zudem besser mit dem Bogen zu Pferde war. Aber niemand, nicht einmal Lieven, bestand gegen Theo Lanze gegen Lanze.

Bis in den Sommer hinein hatten sie das Rossfechten in all seinen Ausprägungen erlernt und manche fast zur Vollkommenheit entwickelt. Ebenso waren die Schwerter vollendet, und als sich das Laub zu färben begann, rückte die Zeit der Prüfungen heran.

12. KAPITEL

Herbst 1230

»Heinrich von Limburg ist vom Kreuzzug zurück«, sprach Geradus. »Der junge Isenberger soll zu ihm auf die Burg Deutz kommen.«

Teyvas verzog das Gesicht. »Aber die Prüfungen, Herr.«

Doch ein kurzer Blick von Geradus bedeutete ihm, dass die Order unabänderlich war. »Wir müssen allen eine freie Zeit geben, damit es nicht auffällt.«

Und so machte sich Teyvas auf zu den Jungen.

»Brüder, ihr habt eure Klingen vollendet. Damit tragt ihr ein Ordensgeheimnis. Ihr konntet nicht glauben, dass Dreck vom Federvieh noch einen Wert haben kann. Ihr müsst wissen: In jedem Ding steckt eine Lehre. Aus jedem Ding kann etwas gemacht werden. Aus der unmöglichsten Lage könnt ihr euch befreien, sofern Ihr Euer Wissen anzuwenden wisst. Das Wissen, wie Stahl hart werden kann, gehört dem Orden. Es darf nicht aus diesen Mauern hinausgelangen. Der, der es dennoch verrät, wird von seinem eigenen Bruder gerichtet. Ihr gehört dem Orden, und ihr gehorcht ihm.« Teyvas hielt inne und versicherte sich, dass ein jeder Novize ihn verstanden hatte. »Ihr habt gut gearbeitet, Brüder. Die nächsten Wochen und Monate werden härter werden als alles, was ihr zuvor erlebt habt. Deshalb hat der Komtur entschieden, euch bis zur Vesper am kommenden Sonntag freien Ausgang zu geben. Aber macht mir keine Scherereien.«

✠

Theo hing seinen Gedanken nach, während er sich in Begleitung der Brüder auf den Weg zu Herzog Heinrich auf die Burg Deutz machte.

Was mag er jetzt schon von mir wollen? Die Zeit in Ramersdorf ist lange nicht vorbei.

Im Geiste sah er den Herzog vor sich in seinem roten Surcot mit dem goldenen, doppelschwänzigen Löwen auf der Brust. Er spürte förmlich den Blick der grünen Augen, die versuchten, seine Gedanken zu erkunden. Unbehagen machte sich in Theo breit. Er traute ihm nicht, obwohl er sein Mutterbruder war.

Viel lieber wäre er mit nach Cöln geritten. Die Brüder hatten ihn bekniet mitzukommen.

Doch Theo hatte keine Wahl. Am Morgen schlug er auf Ramersdorfer Seite den Weg zur Burg Deutz ein, während die Brüder über den Rhein setzten und frohgemut Cöln entgegenstrebten.

✝

Cöln roch anders – dicht, vielschichtig und anrüchig. Die Brüder drängten sich durch das bunte Menschengemisch, das von lumpig arm bis reichlich pompös, von städtisch bis ländlich und von heimisch bis fremd reichte. Ihnen begegneten Soldaten mit dem Löwenwappen, die alles, was sich ihnen in den Weg stellte, zur Seite schoben, um Platz zu machen für einen Edelmann mit Gefolge, der seine Tochter, ein hübsches Mädchen mit auffallend blauen Augen, an der Hand führte. Einen Moment schauten sie ihnen nach, um gleich darauf eine Schenke aufzusuchen.

Das Wirtshaus dampfte vom Gegarten und bierschwangerem Dunst. Warm und voll war es hier drinnen. Doch im hinteren Teil fanden sie noch einen freien Tisch.

Im Vorbeigehen erkannte Merten ein Gesicht, das er schon einmal irgendwo gesehen hatte. Sie setzten sich, und ein Mädchen kam herbei.

»Die jungen Herren – was bringe ich Euch?«

Den Brüdern sprangen beinahe die Augen über, als sie in den prallen Spalt der vom Mieder zusammengepressten Brüste starrten.

»Mehr von deiner Sorte«, rief Lamot.

Die Jungen lachten laut.
Das Mädchen grinste jedoch nur gelangweilt, so als hätte es diese Worte nicht zum ersten Mal gehört.
»Bier, Schönheit«, rief Hannes, während es durchzählte und verschwand.
Bartosch schaute sich um. »Da ist einer der Knechte aus der Kommende.«
»Wie heißt er noch?«, fragte Grull, kratzte sich hinter dem Ohr und überlegte.
Ante drehte sich um, und sein Blick traf den des Mannes.
Dieser war aufmerksam geworden und ließ vom Plausch mit seinem Gegenüber ab. Er winkte und kam herüber. »Ah, die Junchherren.«
Die Jungen nickten etwas schüchtern, sich dennoch der Sicherheit der Gruppe gewiss.
»Erlaubt Ihr?«, fragte der Knecht, wobei er sich schon neben Raven in die Bank geschoben hatte.
Hannes bot ihm trotzdem mit einer Geste der Höflichkeit den bereits eingenommenen Platz an. »Wenn du uns deinen Namen verrätst.«
»Aber natürlich. Man nennt mich Fuchs Severin, weil ich am Severinstor Dienst tat, bevor ich in Ramersdorf Anstellung nahm.«
Die Jungen nickten.
»Wo steht Ihr in der Ausbildung, meine Herren?«
»Reiten liegt hinter uns«, sagte Hannes.
»Was kommt dann als Nächstes?«
»Die Prüfungen«, antwortete Lamot.
»Ihr seid also bald so weit. Dann sagt mir, wer ist wer von Euch angehenden Rittern des Ordens?«
»Raven«, gab Raven nur seinen Vornamen preis.
»Und das Haus? Aus welchem edlen Geschlecht stammt Ihr?«
»Raven von Ravenstein.«
Fuchs nickte zum Nächsten.
»Hannes von Dyre.«

»Grull von Lynn.«

»Ante von Forsbach.«

»Bartosch Landemert.«

»Glander Speersnyder.«

»Köbe von Eitorf.«

»Prigge Pasel.«

»Merten von Vittinghoff.«

»Lamot de Are.«

»Du fehlst noch!«, sprach Fuchs zu Mogrod, dem das Unbehagen anzusehen war.

»Mogrod.«

»Und weiter?«

»Nichts weiter.«

»Lauter edle Herren also«, überging Fuchs Mogrods Zurückweisung gewollt heiter. »Aber fehlt da nicht einer? Ein Junge mit braunem Haar, Elfengesicht und grünen Augen?«

»Theo meinst du«, rief Merten. »Der ...« Doch er stockte, als Mogrod ihm unter dem Tisch einen Tritt gab. Merten begriff. »Der ist heim.«

»Heim? Ja woher kommt er denn? Er wird doch einen Namen haben!«

»Das musst du ihn selbst fragen. Du solltest wissen, dass wir nicht über unsere Herkunft sprechen dürfen.« Köbe schaute misstrauisch und sah sich um.

»Schon gut, junge Herren. Ich kenne alle, die ich im Orden bewirte. So wollte ich es auch mit Euch halten.«

Statt weitere Frage zu stellen, erzählte Fuchs, was er alles mit den älteren Jahrgängen erlebt hatte. Unterhaltsames, aber belangloses Zeug. Als das Gespräch endgültig ermüdete, empfahl er sich, und die Jungen fuhren in ihrer Geselligkeit fort, einzig Köbe rutschte aus seiner Bank.

»Wohin willst du?«, fragte Lamot.

»Ihm nach. Da ist was faul.«

✝

»Vater«, sprach Gerald zu Engelbert von Falkenburg, dem Landkomtur der Glaubensbrüder, »der Ritterorden nimmt uns die Zweit- und Nachgeborenen aller edelfreien Sitze weg!«

»Bruder Gerald, das ist eine schwere Beschuldigung. Habt Ihr Beweise dafür?«

»Ein Ordensritter hat es mir erzählt. Salza hat dem Kaiser einen Auftrag im Osten abgerungen. Jetzt brauchen sie dort Krieger.«

✝

Mit dem ersten Blick wusste Endrich von Eppendorf, dass es sich um Gesinde handelte und dass sein Gegenüber willens war, einen Gewinn aus dieser Anhörung zu schlagen. »Wer bist du, und was willst du, Mann?«

»Man nennt mich Fuchs Severin. Ich diente in der Zeit der Hinrichtung Friedrichs von Isenberg unter Euch als Wachmann am Severinstor, Herr.«

Endrich blickte misstrauisch auf, und die beiden Falten von den Nasenflügeln zu den Mundwinkeln abwärts wirkten umso mehr wie die Lefzen eines Bluthundes. »Kann mich nicht an dich erinnern. Was willst du?«

»Ich diene nun einem Orden und dachte mir, da Euch Geldern den Isenberger ausgeliefert hat, könnte Euch interessieren, was ich weiß.«

»Wie viel?«

»Wenn Ihr Euch meinen wirklich gewichtigen Hinweis fünf Cölnische Mark kosten lasst, würde ich sprechen, edler Herr.«

»Fünf Cölnische Mark!«, bellte der Stadtvogt. »Soll ich dir gleich den Hals durchschneiden? Was aus deinem Mund kann so wichtig sein, dass ich es mich fünf Mark kosten lasse?«

»Kommen wir ins Geschäft, Herr?«

»Drei und eine drauf, wenn deine Rede was kann.«

»Abgemacht.«

»Nun sprich! Ich habe nicht den ganzen Tag Zeit für einen wie dich.«

Die Miene des derart Abgewerteten verfinsterte sich kurz. Doch schien er seinen Ärger über die Grobheit in Aussicht des winkenden Zasters hinunterschlucken zu können. »Ich weiß, wo der Sohn Friedrichs von Isenberg sich aufhält.«

»Friedrichs Sohn?« Endrich war in der Tat erstaunt. Schnell überlegte er, wem und vor allem für wie viel er diese Nachricht überbringen könnte. »Du kriegst die Münze, wenn du mir sagst, wo er ist!«

Fuchs streckte seine Hand schweigend aus.

»Gut, gut«, murrte Endrich, ging zu seinem Tisch und öffnete einen Kasten aus mattem Eisen. Aus einem ledernen Säckchen zählte er vier silberne Taler ab, die der erzbischöfliche Eindruck zierte. Dann kam er zurück, hob das Geld über Fuchs geöffnete Hand und hielt seinerseits inne. »Keine weiteren Forderungen mehr! Ich finde auch so heraus, wo du dienst, und dann weiß ich, wo ich suchen muss.«

Fuchs zögerte noch, woraufhin Endrich zwei Geldstücke in die offene Hand fallen ließ.

»Der Junge heißt Theoderich …«

Mit einem Lächeln ließ Endrich eine weitere Münze in Fuchs' Hand fallen.

»Ihr findet ihn in der Kommende Ramersdorf, edler Herr.«

Und damit fiel der letzte Taler.

»Herr, ich habe bereits einen Plan für Euch entworfen.«

Endrich schaute auffordernd aus seinen Doggenaugen.

»Der könnte einen weiteren Taler wert sein.« Fuchs hob die Rechte, in der die erste Zahlung ruhte, ein wenig in die Höhe. »Unmittelbar in der Nähe des Jungen hätte ich einen Spion, der ein wahrhaftes Interesse hat, für Euch gegen die Isenberger zu arbeiten.«

»Einen Taler sagst du?« Eppendorfs Hand griff in die Kassette. Dann schlug er mit der flachen Hand eine weitere Silbermark Cöln auf die Eichenplatte seines Tisches, dass es nur so krachte.

»Der Sohn eines Freiherrn, dem Graf Friedrich den Garaus gemacht hat, ist in derselben Gleve wie der Junge.«

»Was sagst du?« Endrich überlegte. Dann beugte er sich verschwörerisch vor. »Wir machen es so …«

Köbe sah, wie Fuchs leichten Fußes die Stufen des Rathauses heruntergesprungen kam. Er wollte ihm schon nachgehen, da sah er, wie ein edel gewandeter Herr die Vogtei verließ. Einem inneren Gefühl folgend, änderte Köbe die Richtung und heftete sich an dessen Fersen. Der brachte ihn zum Domplatz. Lauter werdendes Klingen und Trommeln drang an Köbes Ohren. Singen und Rufen mischten sich mit Klängen der Fiedeln und Trommeln, bunte Gestalten strömten auf den Platz. Der Edelmann mischte sich in den lauten Haufen. Köbe folgte ihm dichtauf. Der Mann wandte sich einem Stadtpalast zu und drängte die Menge mit seinen lederbewehrten Unterarmen zur Seite. Köbe sah, wie der edle Herr an das Tor schlug. Ein Mönch öffnete ihm, und der Mann verschwand in dem Stadtpalast.

Köbes Blick fiel auf einen Bettler, der neben dem Tor des Palastes kauerte. »Wer war der Mann, der gerade in den Palast gelassen wurde?«

»Wer das war? Der Stadtvogt.«

»Wie heißt er?«

»Endrich von Eppendorf.«

»Hab Dank.« Köbe warf dem Alten einen Pfennig hin.

»Einen Pfennig? Schert Euch zum Teufel!«

Doch Köbe war schon um das Haus gelaufen. Der Lärm des Markttreibens nahm ab. Der Garten war von einer hohen Mauer umgeben. Köbe suchte sie ab. Irgendwo musste doch ein Vorsprung sein, an dem er hinaufklettern konnte. Da! Unter einer Efeuranke fand er in Brusthöhe eine Einbuchtung, die ein herausgebrochener Ziegel hinterlassen hatte. Er rammte eines seiner Messer in einen Mauerspalt und zog sich an der Ranke hoch.

»Nun, da sich Frankreich von Rom entfernt hat, ist die Gelegenheit da, näher an den Papst heranzurücken. Seine römische Heiligkeit selbst hat mir mitgeteilt, dass die Zeit reif sei, das Heilige Römische Reich zur Herrscherin über die Mitte und den Osten des Abendlandes zu machen. Der Papst versteht sich mit dem Kaiser schon schlecht genug, dass wir uns besser an des Kaisers Sohn, König Heinrich, halten, bis wir mächtig genug sind, den Glaubensstaat unter Papst Gregor zu errichten. Die Ritter des Ordens sind mir sowieso ein Dorn im Auge. Deutschmeister Salza hält mit Mühen den Frieden zwischen Papst und Kaiser, und der Kaiser dankt es ihm mit Privilegien. Der Orden zieht uns den Nachwuchs ab, um seine Siedlung im Osten voranzutreiben, und er verbündet sich mit meinen Feinden.«

»Mehr noch, Herr. In Ramersdorf lässt der Limburger Herzog ein Schwert schmieden, was Euch und Euren Verbündeten zur Gefahr werden kann.«

»Kleine Fische. Wir werden in Ramersdorf aufräumen, dann kümmere ich mich um Jülich und Lim...« Heinrich von Molenark stoppte und bedeutete Eppendorf, aufmerksam zu sein. »Da, da ist jemand bei der Mauer, da ... Wache, Wache!«

✝

Adelheyd langweilte sich zu Tode. Die Männer, die ihre Verheiratung zu beschließen hatten, standen beisammen und sprachen laut über die Großpolitik – von Heirat war nicht die Rede. Zum Glück. »Der Infant von Frankreich, Louis IX.«, hörte sie Gerhard von Geldern sagen, »ist seinem Vater Philip August nachgefolgt. Dort ist Besserung in Sicht, denn Louis hat das unermessliche Leid, das sein Vater den Albigensern angetan hat, wahrgenommen und den Feldzügen gegen die Ketzer endlich ein Ende gemacht. Rom gefällt das gar nicht, doch der französische Norden und das Midi können nun zueinanderfinden.«

Langsam zupfte sich Adelheyd eine Blume nach der anderen aus dem Haar. Derjenige, der es sehen wollte, hätte es wahrnehmen können. Einzig ihre Mutter warf ihr strenge Blicke zu. Geldern und sein einfältiger Sohn führten lieber das große Wort im Munde.

Wie auf ein Stichwort ergänzte der junge Geldern: »Hier im Heiligen Römischen Reich hingegen tut der junge König Heinrich so, als sei er seinem Vater ergeben. Starke Städte und weniger Privilegien den Fürsten stärken die kaiserliche Familie gegenüber dem alten Adel. Doch das ist nur Blendwerk, in Wirklichkeit intrigiert er gegen den Kaiser, um die deutschen Lande von seinem Vater zu lösen.«

»Die Zeiten sind im Wandel«, stellte der Graf von Sponheim-Sayn fest. »Entweder schätzt der Kaiser den deutschen Adel falsch ein, oder er hat vergessen, zu welchem Sturm die Deutschen in der Hochzeit der Entvogtung imstande waren.«

»Zudem bedrohte der Dänenkönig Waldemar den Norden«, sprach der Graf von Geldern, »bei Bornhöved konnte die Stadt Lübeck nur durch die Heere der Fürsten und des Deutschordens von den Dänen befreit werden.«

Adelheyds Mutter hatte sich zu ihr vorgearbeitet. »Adelheyd, was tust du?«, raunte sie ihr für die Männer unhörbar zu. »Lass das. Ich bitte dich. Wahre wenigstens das Gesicht.«

»Die Staufer sind alles andere als unabhängig vom deutschen Adel. Schließlich verfügen immer noch die Fürsten über Truppen und nicht die Städte«, hörte Adelheyd eine Männerstimme. »Erzbischof Heinrich von Molenark«, Geldern wies zu der gegenüberliegenden Residenz, »zählt zu den Vertrauten des Königs, während Heinrich von Limburg, der Feldmarschall des Kaisers, wieder auf Berg, Siegburg, Bensberg oder Deutz ist.«

Adelheyd verließ den Raum und schlenderte gelangweilt durch das Stadthaus derer von Geldern.

13. KAPITEL

Herbst 1230

»Es wurde kein Tropfen Blut vergossen im Heiligen Land«, berichtete Heinrich von Limburg auf Deutz. »Dieser Kaiser hat ein unheimliches Charisma. Ich sage Euch, er wird zu Recht ›Stupor Mundi‹ genannt.«

»Welche Ehre für Euch, einen solchen Kreuzzug anzuführen, Heinrich«, schmeichelte ihm Theos anderer Vormund, Engelbert.

Theo sah zu Wilhelm, der ihm einen kurzen, musternden Blick zuwarf. Heinrich bemerkte die Schmeichelei in seiner Eitelkeit offenbar nicht, und Theo ging auf, dass sie seines herzöglichen Oheims Schwäche war. Heinrich fehlte, wie vielen seines Standes, was man in Ramersdorf lernte – die Maze, die Demut.

»Ich hätte mich schon gern im Feld gezeigt. Doch allein die Hitze hat genug Männern das Leben gekostet. Auch ohne dies stehe ich nun beim Kaiser und bei Salza gleichermaßen in der Gunst.«

»Das ist gut zu hören«, meinte Engelbert, »denn Molenark hat von Ravensberg und Sayn Kredit erhalten, wie ich erfahren habe.«

»Molenark, dieser Emporkömmling.« Heinrich lachte auf. »Legt sich mit Jülich an. Dieser Pfurz von einem Esel denkt wohl, er nimmt ein anderes Schicksal als sein Vorgänger Erzbischof Engelbert, wenn er die Entvogtung weiterbetreibt. Bald hat er jede Grafschaft um Cöln gegen sich. Von mir will er Siegburg? Genau das Gleiche wie bei Friedrich. Auch wenn er jetzt Geld in seinen Händen hält – er hat nicht die Klasse seines Vorgängers.«

Während Heinrich mit großer Rede prahlte, saßen Engelbert und Wilhelm da wie geduldige Schafe.

Endlich unterbrach Engelbert ihn. »Heinrich, dürfen wir erfahren, warum Ihr uns zu Euch gebeten habt?«

»Der Junge ist bald so weit, und ich will mit Euch einen Plan besprechen, wann wir uns die Isenberger Lande zurückholen.«

Engelbert und Wilhelm schauten sich an. Dann fragte Engelbert: »Wie meint Ihr das?«

»Wollt Ihr das selbst machen?«, fragte der Herzog spöttisch.

»Ich habe bereits mit Heinrich darüber gesprochen, Bruder«, sprach Wilhelm zu Engelbert. »Wenn wir ehrlich sind, muss Heinrich uns mit seiner Streitmacht zu Hilfe kommen.«

»Und was ist der Lohn dafür, Heinrich?«

»Isenberg und Limburg werden eins.«

»Werden eins«, wiederholte Engelbert höhnisch. »Friedrich ist für Euch Vögte gestorben, und was macht Ihr? Ihr dankt es ihm mit Raffgier. Euch geht es doch nur um die Essener Vogtei!«

»Und Euch nicht um den Rest Eurer ehemaligen Lande?«, sprach Herzog Heinrich kühl.

Theo beobachtete Engelbert, der nachdenklich dasaß. Er denkt wohl, ich verstehe nicht, was hier gerade gespielt wird, oder er denkt, wenn ich nicht wäre, wäre er der legitime Nachfolger. In der Tat empfand Theo das hitziger werdende Gerede weder als interessant noch als ergiebig. Heinrichs ermüdende Selbstsucht hatte ihn auf Limburg schon auf Distanz zu ihm gebracht. Ihn interessierte viel mehr die vor ihm liegende Prüfung. Warum hieß sie »Anrufung des Schicksalspfades«?

»Theo«, riss Heinrich ihn aus seinen Gedanken. »Wie geht es in Ramersdorf? Wie kommst du voran?«

Theo fühlte sich ertappt und straffte sich. Er stammelte etwas daher, dann fasste er sich und erzählte von der Ausbildung, den Meistern und Kameraden. Er spürte sogar die Anerkennung der Älteren.

Als er geendet hatte, wechselte Heinrich unversehens zurück zum Ausgangspunkt. »Ich würde Euch jetzt gern meinen Plan vorstellen und welche Rolle Ihr und insbesondere Theo darin spielt.«

Die Zeit wogte zwischen Leidenschaft und Jähzorn dahin, es wurde getrunken, gezetert und gestritten. Übervoll von der feucht-schweren Hitzigkeit, empfahl Theo sich irgendwann und stieg die Stufen zu den Gemächern empor.

✝

Es war wie die Suche nach der Nadel im Heuhaufen. Fuchs war ihr einziger Anhaltspunkt, um Köbe zu finden. Seit Stunden suchten Raven, Hannes, Bartosch, Glander und Grull auf dem Domplatz inmitten der Menschen nach ihrem Bruder, während Ante, Lamot, Merten, Mogrod und Prigge die Leute auf dem Alter Markt befragten.

Vor dem Haus der Bürger entdeckte Grull Fuchs' Kumpanen aus der Wirtschaft. Vorsichtig hefteten sie sich an seine Fersen.

Sie schlichen ihm durch den Lintgraben hinterher bis hinunter zu den Anlegestellen am Rhein. Als der Kerl die Hafenzeile fast erreicht hatte, verschwand er in einem Hof. Schnell luden die Jungen herumliegendes Packzeug auf ihre Schultern und folgten ihm geschäftig. Im dreckigen Hof spielten Kinder mit jungen Katzen, die sich ihrerseits um das knorpelige Skelett eines Fisches balgten. Hannes hieb als Letzter eines der Wurfmesser als Hinweis für die anderen in ein Fachwerk, während Raven vorn sah, wie eine Tür zuschlug. Rasch stellten sie ihre Tarnung ab und entschwanden durch die Tür vom Hof.

✝

»Da werden wir wohl schwerlich etwas finden«, rief Raven in seiner fränkischen Mundart und winkte den Brüdern, sich auf den Stufen des Bischofspalastes zu sammeln.

»Es ist sinnlos, hier zu suchen«, konstatierte Bartosch. »Kommt, wir versuchen, die anderen wiederzufinden.«

»Zum Alter Markt!«, rief Raven, und die Jungen drückten

sich an der Mauer des Bischofspalastes entlang und in die dahinterliegende Gasse.

»Seht!« Glander blieb stehen, fuhr sich durch seinen nicht vorhandenen Haarschopf und rief: »Hier steckt eines unserer Wurfmessern in der Mauer.«

»Köbe hat uns ein Zeichen gegeben!«, rief Bartosch. »Aber was wollte er hier?«

»Das ist die Rückseite des Bischofspalastes«, sagte Grull.

»Meinst du, er hat sich in den Palast gestohlen?«, fragte Bartosch.

»Gut möglich.«

»Was machen wir jetzt?«, murmelte Raven.

✝

Köbe kauerte im Winkel eines modrigen Kellers. In den Ecken türmten sich leere Weinamphoren in ihrem Korbgeflecht. Seine Arme schmerzten. Ebenso wie seine Knöchel waren seine Hände an den Gelenken zusammengebunden, das grobe Tau scheuerte bei jeder Bewegung. Einzelne Staubteilchen gleißten in den Sonnenstrahlen, die durch die Gitter der Lichtschächte drangen. Aber nicht nur das Licht, sondern auch die Kälte fiel durch die Öffnungen unterhalb der Deckengewölbe.

»Da ist der Junge«, vernahm Köbe eine Stimme, und ein Waffenknecht im schwarz-weißen Wappenrock der erzbischöflichen Garde betrat den Keller. Hinter ihm folgte Fuchs in das Kellerloch und schnitt das Seil an Köbes Füßen durch. Dann packte er ihn am Arm und zog ihn auf die Beine.

»Gut, Ehrhard, was zahlt mir seine Exzellenz?«

Köbe horchte auf. Der Waffenknecht holte ein paar Münzen hervor.

»Das wird reichen«, sagte Fuchs und nahm sie entgegen. »Komm!« Unsanft zerrte er Köbe mit sich.

»Es darf keiner sehen, und keiner darf ihn finden«, mahnte ihn der Waffenknecht noch.

»Meinst du, der hier ist der Erste, den wir verschwinden

lassen?«, sprach Fuchs leichthin und verschwand mit Köbe in einem langen Gang.

☩

Lamot wies auf ein Wurfmesser, welches in dem Eckbalken eines Fachwerkhauses am Alter Markt steckte. »Da seht, es weist zum Hafen.«

Sie rannten die Gasse hinunter, bis Masten und geraffte Segel vor ihren Augen auftauchten. Unten an den Kais angekommen, schauten sie sich ratlos um.

Dann sprangen sie die Stufen zu den Verladekais hinunter. Seeleute dösten auf Säcken, und Hafenarbeiter schafften Waren unter die großen Steinbögen, andere trugen Waren heraus.

»He, was macht ihr hier? Haut ab!«, riefen sie.

Doch die Jungen ließen sich nicht beeindrucken und steckten ihre Nasen in jeden Bogen. Holz, Stoffballen, Salzsäcke, Säcke mit Gewürzen, die nach einem Gemisch aus Curry, Zimt und Muskat dufteten.

Während Prigge lauschte, verschwanden Merten und Lamot in einem der Gänge. »Still!«, rief Prigge. Er hob die Hand, als wolle er den Lärm abhalten, und schritt vor in eine der Laibungen.

☩

Die Brüder, Raven und Bartosch voran, liefen durch einen langen Gang. Sie mussten bereits unter dem Fischmarkt sein. Hier waren die Katakomben, wo die Waren der Schiffe umgeschlagen und gelagert wurden.

Der Gang verzweigte sich. Bartosch hob die Hand, und die Jungen verharrten. Intensive Gerüche drangen in ihre Nasen. Gewürze auf der einen, Räucherei auf der anderen Seite. Feuer, Verbrennung. Bartosch überlegte. Es roch nach Unfriede. Dann tastete er sich in Richtung des Räuchergeruches vor. Licht tauchte vor seinen Augen auf.

Bartosch und Raven pirschten dem Licht entgegen. Höchstens zwei Mann hatten hier nebeneinander Platz. Hannes bildete den Abschluss. Sie hörten Stimmen und ein Stöhnen. Mit einer flinken Bewegung warf Raven einen Blick in das erhellte Gewölbe. Die vier anderen blickten ihn erwartungsvoll an. Er hob die Hand und zeigte fünf Finger.

Raven zog eines der kleinen Wurfmesser hervor und bedeutete den anderen, damit anzugreifen. Dann zog er seinen Dolch und machte Zeichen, dass dieser für den Mann an der Wand direkt um die Ecke bestimmt war.

✝

Aus einem der Gänge erhob sich Kampfeslärm. In einer Bewegung zog Prigge Dolch und Wurfmesser und tastete sich, gefolgt von Lamot, den Geräuschen entgegen. Bald sahen sie Licht und erreichten das Gewölbe, aus dem der Lärm drang. Darin tobte die Hölle. Raven, Bartosch, Grull und Hannes waren im Messerkampf mit vier Kerlen. Hannes kämpfte gegen Fuchs. Dessen Kumpan aus dem Wirtshaus, dem sie vom Alter Markt gefolgt waren, war auch da. Glander lag am Boden, den Kopf blutverschmiert.

Lamot und Prigge schleuderten ihre Messer. Lamots Messer fuhr in die Stirn von Fuchs' schmierigem Kumpan, Prigges in Fuchs' Hals.

Gewonnen war nichts, mit ihren langen Packmessern blieben die übrigen zwei gefährliche Gegner. Die Brüder, die im Zweikampf mit ihnen waren, bluteten allesamt. Da wurde Raven von einem am Arm erwischt. Ein Schrei. Blut schoss aus der tiefen Wunde. Der Bulligere von beiden stieß Raven beiseite und flüchtete in den Gang. Augenblicklich hallten von dort Schreie und Stöhnen zurück.

In dem Keller fielen die Brüder über den Letzten her.

Ein Ächzen kam von einer Bank, die vor einer großen Ofenöffnung stand, in der ein fauchendes Feuer stob.

»Köbe!« Hannes sprang als Erster zu ihm und löste den

Knebel, dann die Lederriemen, mit denen ihr Bruder auf die Pritsche gezwungen war.

»Sie wollten mich in Stücke schneiden, diese Schweine«, fluchte Köbe und warf die Fesseln ärgerlich von sich. »Und dann wollten sie mich da drin verbrennen.« Er zeigte auf den Ofen und trat wütend gegen einen der Toten.

»Du warst unvorsichtig, Bruder!«, schimpfte Hannes. »Wären wir nicht gekommen, wäre es jetzt aus mit dir.«

»Was machen wir jetzt mit denen?«, fragte Prigge, bevor sich Köbe weiter aufregen konnte.

Grull wischte seinen Dolch am Wams eines der Kerle ab.

Raven stöhnte und hielt sich den Arm. Die Wunde blutete stark.

»Das Gleiche, was sie mit Köbe machen wollten.«

»Wir sollen diese Kolosse in den Ofen hieven?«

»So werden keine Fragen gestellt.«

»Hier ist überall Blut.« Lamot zog sein Messer aus dem Schädel von Fuchs' Kumpan. »Die Kerle lassen wir hier liegen.«

Bartosch, der beim verletzten Glander kniete, schaute auf. »Wir müssen Glander und Raven zu einem Heiler bringen.«

»Nein, man wird auf uns kommen. Der Stadtvogt weiß von Fuchs, und der Erzbischof und der Stadtvogt haben mich gesehen und festsetzen lassen«, sagte Köbe.

»Ich werde verrückt«, rief Bartosch. »Was hast du gemacht, Köbe? Bist du wahnsinnig?«

»Wo sind Mogrod, Ante und Merten?«, fragte Hannes.

»Ich muss dem Meister berichten«, sagte Köbe. »Das wird uns beschützen. Es ist Schlimmes im Gange.«

Aus dem Gang torkelte Mogrod benommen in den dunklen Raum.

»Mogrod, was ist?«, fragte Prigge entsetzt. »Wo sind Ante und Merten? Und ist der Kerl entkommen?«

Mogrod nickte. »Irgendwo steckt ein Messer in ihm, aber er ist weitergelaufen.«

»Wir brauchen einen Medicus.«

Währenddessen kam auch Merten aus dem Gang herein. »Wir

müssen hier schnellstens raus, bevor uns jemand entdeckt und wir am Ende noch im Kerker landen.«

»Ich weiß, wohin wir Glander bringen können. Wir müssen ihn verbergen, damit niemand Verdacht schöpft.« Mogrod wandte sich an Raven: »Kannst du laufen, Bru…?« Doch im selben Moment sank dieser bewusstlos auf den Boden. »Na, wunderbar.«

»Was machen wir jetzt?«, fragte Bartosch.

In dem Moment kam Ante in den Raum und schlug sich den Staub von seinem Lederwams.

»Wir müssen Raven und Glander hier wegbringen. Ohne Aufsehen zu erregen am besten«, sprach Mogrod.

»Kommt mit, Hannes, Bartosch, Grull«, befahl Ante augenblicklich und verschwand wieder in dem Gang. Offensichtlich hatte er eine Idee.

Nach einer kurzen Weile kamen die vier mit zwei Leitern zurück, auf denen jeweils zwei große Fässer ruhten. In den Händen hielten sie Leinensäcke und Seil. Die übrigen Jungen guckten sich fragend an.

»Schnell, legt sie mit dem Kopf zuerst in ein Fass«, wies Ante sie an, »winkelt die Beine an und legt die in das zweite Fass.«

Wenig später verließ ein merkwürdiger Warentransport das Hafenviertel.

»Wohin gehen wir, Mogrod?«

»Mein Vater hat mich einmal zu den Minoriten von Sankt Mariä mitgenommen. Er kannte den Abt dort. Ich werde ihn fragen, ob er uns hilft.«

Sie bogen in die Sayner Gasse ein. Soldaten mit dem Sayner Löwen versperrten ihnen den Weg, als sie vor das in einen großen steinernen Bogen gefasste Tor traten.

»Was wollt Ihr, junge Herren?«

»Wir bringen Waren für den Orden«, sprach Ante. Seine Augen blinzelten.

Prigge spürte, wie der andere Wachmann misstrauisch das frische Blut auf Antes' Wams betrachtete.

»Warum blutet Ihr, junger Herr?« Die Blicke des Wachmanns suchten auch die anderen Brüder ab.

Sein Kumpan hieb den Schaft seiner Halmbarte gegen das Fass, in dem Glander lag, und hob die Augenbrauen, als es ein schepperndes, hohles Geräusch von sich gab. »In dem Fass ist weder Wein noch Bier.«

»Wir sind vom Deutschorden in Ramersdorf«, entschied sich Mogrod für die Wahrheit. »Wir kommen in großer Not um Heil und Entdeckung. Lasst uns wenigstens beim Abt vorsprechen.«

»Kennt Ihr den Abt? Nennt mir seinen Namen, wenn Ihr könnt.«

Wäre ich doch damals aufmerksam gewesen, statt widerspenstig nebendrein zu trotten, dachte Mogrod. Auch Ante schwieg.

Lamot kam ihm zu Hilfe. »Hendrik der Große von Sayn ist auch der Lehnsherr unserer Kommende.«

»Könnt Ihr beweisen, dass Ihr von Ramersdorf kommt?«

»Lass sie in den Hof, Wellpot.« Offenbar hatten den anderen Wachmann die Jahre unzähliger Wachen gelehrt, Wahrheit von Lüge zu unterscheiden.

»Ich rufe eine Mannschaft.« Damit wandte sich Wellpot um und verschwand durch das Mannloch in dem Tor.

Nach einer kurzen Weile hörten sie hinter dem Tor die Geräusche von schwer besohltem Schuhwerk, und die beiden Flügel teilten sich.

»Los, vorwärts!«, befahl ihnen die draußen verbliebene Wache einzutreten.

Die Brüder gehorchten und schleppten die Fässer in den Hof, wo sie sich endlich der Last entledigen konnten. Hier hatten sich gelb-schwarze Waffenröcke, Helme und Spieße zu einem Rechteck aufgebaut, in das sie eintraten. Scheppernd schloss sich das Tor.

Lamot zog seinen Dolch und durchtrennte die Seile, mit denen sie die Fässer an den Leitern befestigt hatten. Schnell befreiten die Jungen ihre Brüder. Entspannung wurde spürbar.

Ein Sergeant teilte die Reihe der Soldaten und trat, von einem Mönch gefolgt, in die Mitte.

Ohne Worte zu verlieren, kniete sich der Mönch neben Glander. Dessen Schädelknochen ragte weiß wie eine kleine Eisscholle, die zur einen Hälfte unter Wasser gedrückt war, aus dem blutigen Haupt. Ein weiterer Knochensplitter war eingedrückt. Die Jungen starrten entsetzt auf das von Blut gefüllte Loch.

»Er ist mit einem spitzen Gegenstand geschlagen worden«, gab der Mönch seine Einschätzung ab.

»Mit einem Schürhaken«, verlautbarte Grull.

»Aha«, meinte der Mönch und ging voraus in den Stiftsteil des Hofes. »Nehmt ihn mit. Den anderen auch.«

Als sie angekommen waren, sagte er: »Legt die beiden dorthin.« Der Mönch zeigte auf zwei dicke, Tausende Male blank gewetzte Tischplatten. Der Raum war weiß getüncht und rein wie das Weiß eines Schwans. »Der Abt und Meister Gerhard kommen gleich«, sagte der Mönch, während er das Instrumentarium für die Operationen bereitlegte. »Geht zum Brunnen, wascht euch und versorgt eure Wunden. Dann schickt ihr mir zwei von euch, die der Medizin am besten kundig sind. Der Rest bekommt bei Meister Cellarius Speis und Trank.«

Abt Werner ließ die Gefährten die Tür passieren, bevor er selbst in Begleitung eines in einfaches Schwarz gekleideten Mannes und eines weiteren Bruders eintrat. Der schwarz gekleidete Mann kam schnell herüber, als er Glanders Verletzung sah.

»Habt Ihr eine saubere Silbermünze, Bruder Wilhelm?«

»Habe ich, Graf Gerhard«, antwortete dieser.

Mogrod, der gerade zusammen mit Lamot eintrat, wunderte sich. War der Medicus ein Adliger?

Bruder Wilhelm zeigte auf mehrere Silbermünzen, die bei den blank polierten Instrumenten lagen. Der Abt schaute nach Raven, der stöhnend auf dem zweiten Tisch lag. Dann sprach er zu Graf Gerhard: »Ihr nehmt den da, ich diesen.« Mit einem Kopfnicken bedeutete er dem Mönch, ihm zu Hilfe zu kommen. »Wir müssen die Wunde säubern und die Ader nähen, Bruder Wilhelm. Er hat viel Blut verloren. Bereite das Eisen vor, während ich die Wunde säubere.«

Bruder Wilhelm nahm Lamot zu sich und wies Mogrod dem anderen Tisch zu. Graf Gerhard machte sich mit dem gleichnamigen Bruder daran, Glander für den Eingriff vorzubereiten. Mit einem Schaber und einer scharfen, dreieckigen Klinge kratzte Medicus Gerhard die Haut um die Wunde weg. Bruder Gerhard hatte ein eigenartiges eisernes Gerät mit einem Gewinde gegriffen, das wie eine winzige Weinpresse mit einem Dreifuß aussah. Er tauschte es mit dem heilkundigen Adligen, als ihm dieser eines der Skalpelle reichte.

Der Medicus setzte den Dreifuß über der Kopfwunde an und schob einen mit dem Gewinde verbundenen platten Haken in das Loch. Als er den Haken unter die schollenartige Knochenabsplitterung gebracht hatte, drehte er vorsichtig an dem Ende des aus der Apparatur herausstehenden Gewindes. Das Schädelstück hob sich.

Von der anderen Bank kam ein Schrei. Abt Werner hantierte mit Nadel und Faden an Ravens Arm, während Bruder Wilhelm einen eisernen, dampfenden Eimer mit glühender Kohle bereithielt, in dem ein Eisen steckte. Raven starrte mit weit aufgerissenen Augen auf seinen Arm.

»HAAAAHHH!« Raven brüllte wie am Spieß. Dampf stob aus der Wunde, und Ravens gewundener Körper erschlaffte. Das Schreien ging in Wimmern über. Lamot hielt Ravens Kopf und streichelte ihn unglücklich.

»Jetzt weiß ich, wer du bist!« Graf Gerhard hatte zu Mogrod aufgeschaut. »Wisst Ihr, wer das ist?«, fragte er seinen Assistenten.

»Nein, Herr, aber Ihr werdet es mir gleich sagen.«

»Das ist Mogrod von Wied, der Sohn mein Freundes Conrad.«

»Conrad von Wied?«, entfuhr es Bruder Gerhard, als sei ihm der Name ein Begriff.

Graf Gerhard nahm eine Münze von dem Tisch und legte sie auf den blutverschmierten Schädel, dessen Decke nun weitgehend geschlossen war. Dann nahm er einen Teil der Kopfhaut, den er zuvor zurückgeschabt hatte, und zog ihn über Wunde und Münze. »In was bist du da nur hineingeraten?«

Mogrod reichte dem Medicus Nadel und Faden. Gerhard nahm beides und begann zu nähen.

»Ihr seid Chirurg geworden, Herr?«, wollte Mogrod mit einer Frage ausweichen.

»Ja, das Schwert war nichts mehr für mich, aber ich habe genug Wunden und Wundheilungen gesehen, sodass ich Verletzungen und ihre jeweilige Art von Grund auf kenne. Eine gute Voraussetzung für dieses Handwerk.«

»Aber Ihr seid ein Adliger«, stellte Mogrod mit Unglauben in der Stimme fest.

»Na und, sag mir lieber, wie ihr auf das Kloster gekommen seid«, sagte Gerhard und schaute zu seinem Namensvetter hinüber.

Sich die Hände an einem Tuch abputzend und Mogrod fixierend, trat Abt Werner an den Tisch.

Mogrod wusste nicht, ob er eine Geschichte erfinden oder gleich mit der Wahrheit herausrücken sollte. »Wir, wir … Ich, ich …«

»Ihr seid in eine dubiose Angelegenheit verstrickt und wollt uns nicht sagen, was passiert ist.«

»Ich war einmal mit meinem Vater hier, hochwürdiger Herr, als ich vielleicht sieben Jahre alt war. Das Kloster ist der einzige Ort, der mir für die Wundheilung in Cöln bekannt ist.«

Abt Werner nickte. »Ja, es stimmt. Er war schon einmal hier.«

»Mogrod, du kannst uns die Wahrheit sagen. Bei uns ist euer Geheimnis sicher. Abt Werner und die Pröbste Gerhard und Wilhelm hier sind, wie ich auch, Teil einer Bruderschaft, der auch dein Vater bis zu seinem Tod angehörte.«

Mogrod verbeugte sich ehrfürchtig. »Nun, Ihr Herren, einer unserer Brüder –«

»Aus welchem Kloster kommt ihr denn?«, unterbrach ihn Abt Werner.

»Sie sind aus Ramersdorf«, warf Bruder Gerhard ein.

»Dann ist Bruder Geradus euer Komtur, nicht wahr?«

»Ihr kennt Meister Geradus?«

»Aber ja doch«, sagte der Abt.

»Einer unserer Brüder wurde entführt und zum Hafen verschleppt. Als wir ihn aufspürten, brach ein Handgemenge aus. Glander und Raven wurden verletzt.« Mogrod deutete auf die Tische.

»So, so, und was ist mit den Entführern?«

»Einer ist entkommen.«

»Einer ist entkommen?«, echote Bruder Wilhelm.

Betreten senkte Mogrod den Blick, und alle verstanden, dass die übrigen nicht mehr lebten. Die Brüder nickten sich vielsagend zu.

»Wie viele Entführer waren es denn?«

»Fünf«, flüsterte Mogrod unsicher.

»Das ist Ramersdorf, meine Freunde.« Graf Gerhard schüttelte den Kopf.

»Aber ihr seid doch noch halbwüchsig«, stellte Bruder Gerhard ungläubig fest.

Doch Mogrod schwieg lieber, als seine Ausführungen noch zu vertiefen.

»Warum wurde euer Bruder denn entführt?«, fragte Abt Werner.

Mogrod wand sich. »Ich nehme an, er ist einer Spur gefolgt. Ein Knecht aus unserer Kommende hat uns ausgehorcht. Köbe ist ihm nach, weil er misstrauisch geworden war, und dann war er plötzlich verschwunden.«

»Und wie habt ihr ihn aufgespürt?«

Mogrod war froh, dass er von einem unblutigen Teil ihrer Ausbildung berichten konnte. »Meister Eigil hat uns alles beigebracht, was es über das Fährtenlegen und -lesen zu wissen gibt, und etwas Glück ist uns auch zu Hilfe gekommen.«

Glander und Raven mussten im Konvent bleiben, während sich die anderen auf den Weg zurück nach Ramersdorf machten. Raven würde es schaffen, so viel war sicher, ob aber Glander durchkam, konnte niemand sagen. Einen Abend vor Ende ihres Ausgangs erreichten neun Gefährten die Tore von Ramersdorf. Meister Teyvas wunderte sich, als er die zerschnittenen Ärmel ihrer Leinenhemden und die leeren Plätze beim Abendmahl bemerkte.

Als sie den Speisesaal verließen, spürte Ante plötzlich einen Griff wie einen Schraubstock am Handgelenk. Teyvas schob das Leinen über seinem Arm hoch, und sein stechender Blick drang in ihn.

»Au!«, stieß Ante hervor.

»Was sind das für Schnitte, und wo sind Raven und Glander?«

»Köbe!«, rief Ante hilfesuchend unter heftigem Augenblinzeln.

Mit einem Ruck fuhren alle Jungen herum. Teyvas zog die Augenbrauen hoch.

Köbe kam herbeigeeilt. »Meister, wir wollten nach dem Abendmahl zu Euch kommen.«

Teyvas blickte in die Runde. »Ihr beiden reicht mir. Mitkommen!«, befahl er.

✝

Meister Geradus drang mit seinem Blick derart in Köbes Sinne ein, als wollte er die Wahrheit mit dem eisigen Blau seiner Augen in seiner Seele lesen. Der Meister witterte eine Gefahr, die durch das Handeln der Novizen nur sichtbarer geworden war.

Anders Teyvas. Er drängte die Jungen und fasste Köbe bei der Schulter, als er sprach: »Meister, zehn Brüder haben im Cölner Hafenviertel fünf Mann getötet, wie sie sagen, um diesen hier zu befreien.« Er machte eine kurze Pause. »Dabei wurden zwei Brüder schwer verletzt. Sie befinden sich jetzt in Sankt Mariä.«

»Warum bist du gefangen worden?«, fragte Geradus.

»Berichte dem Komtur, was du mir erzählt hast«, wies Meister Teyvas Köbe hart an.

Geradus hob die Hand, um Teyvas zu beschwichtigen.

Köbe schaute von Ante zum Komtur, dann wieder zu Teyvas und begann mit seinem Bericht.

Als er zu dem Gespräch Molenarks mit seinem Stadtvogt

kam, unterbrach ihn Meister Teyvas. »Jetzt erzähl, was der Erzbischof zum Stadtvogt gesagt hat.«

»Der hohe Herr sprach, dass Rom seit König Louis nun wohl nicht mehr auf Frankreich zählen kann. Dass er näher an den Papst und den deutschen König heranrücken will, gegen den Kaiser, und dass er ein Reich des Glaubens errichten und mit allen anderen aufräumen will.«

»Hat er gesagt, wen er mit ›allen anderen‹ meint?«, fragte Geradus.

Köbe dachte nach. »Er sagte, dass der Großmeister unter Mühen den Frieden zwischen Papst und Kaiser vermittelt und dafür vom Kaiser bevorzugte Behandlung erhält. Dann sagte er, die Ordensritter zögen den Glaubensbrüdern den Nachwuchs ab und dass die Ritterkommenden ihm ein Dorn im Auge seien, da sie sich mit seinen Feinden verbrüderten.«

»Noch was?«

»Er will mit Limburg-Berg und Jülich abrechnen.«

»Ich danke dir, Bruder. Es wird keine Strafe für euch geben. Doch lass es dir eine Lehre sein, auf eigene Faust zu handeln. Und dass ihr noch einmal Ausgang bekommen werdet, bezweifle ich.«

»Ja, Herr.« Köbe verbeugte sich. »Danke, Herr.«

»Geht jetzt«, befahl Geradus und wartete, bis sich die Tür hinter den Jungen geschlossen hatte. »Was denkt Ihr, Teyvas?«, fragte er dann seinen Schwertmeister.

»Es wird Krieg geben in kurzer Frist.«

Geradus nickte. »Mir macht mehr Sorge, dass der Erzbischof gegen uns vorgehen und uns beim König in Misskredit bringen könnte. Der gesamte Orden könnte gespalten werden. Ich muss mit Hermann von Balk sprechen.«

»Herr«, bat Meister Teyvas ums Wort, worauf Komtur Geradus es ihm erteilte, »wenn nicht von Eppendorf, wo bekommen wir jetzt so kurz vor der Anrufung des Schicksalspfades Todgeweihte her?«

Komtur Geradus schaute nachdenklich. »Ihr meint, weil Eppendorf Molenarks Mann ist und nun gegen uns spielt?«

Teyvas nickte.

»Wir müssen sie ihm sogar abnehmen«, erlöste der Komtur Teyvas, »alles andere würde Eppendorfs Verdacht erregen.«

✝

Fenrir streifte durch die Höhenzüge der Bergwelt. Hier war er fern seiner Heimat. Sein Herr hatte ihn auf die Fährte des Jungen angesetzt, und Pierre hatte ihn in diesen Landstrich gebracht. Der Duft des Jungen lag in seiner Nase. Er würde ihn unter tausend anderen Gerüchen finden.

Ab und an hielt er die Nase in die Höhe und versuchte, eine Witterung zu erkennen. Menschen streunten hier herum. Er trottete weiter. Gleichmütig, nicht mit der Sorge, wie sie Menschen befallen konnte, wenn sie etwas suchten und nicht fanden, zog er dahin, markierte sein neues Revier.

14. KAPITEL

Winter 1230

Ado von der Mark saß im erzbischöflichen Arbeitsgemach und rieb sich seine fleischigen Hände. Vor ihm lag eine Urkunde, die von Sayn, Ravensberg und Eppendorf gesiegelt war. Geschafft! Das Essener Stift ist mein, dachte er.

Erzbischof Heinrich von Molenark kam zurück an den riesigen Eichentisch, setzte sich Ado gegenüber und sprach. »Auf Ravensberg könnt Ihr zählen.«

»Das Spiel von Sayn durchschaue ich nicht ganz, obwohl er mein Verwandter ist.«

»Er hat mitgesiegelt, was wollt Ihr noch? Wie dem auch sei«, fuhr Molenark fort, »ich bat Euch, noch zu bleiben, denn ich glaube, auf uns wartet ein einträgliches Geschäft, werter Graf.«

»Ich bin gespannt, Hochwürden.«

»Ich will meinen, ich habe einen Fisch an der Angel, der Euch gut schmecken dürfte.«

»Lasst hören, Eminenz.«

»Natürlich müsstet Ihr Euch diese Informationen etwas kosten lassen. Ihr wisst sicher um die Finanzen des Erzbistums.«

»An welche Summe denkt Ihr, Hochwürden?«

»Meine Botschaft ist mindestens zehn Cölnische Mark wert.«

»Ihr haltet mich für einen reichen Mann, ehrwürdiger Erzbischof.«

»Wenn Ihr nicht wollt, gut.« Molenark stand auf, ging zum Fenster und öffnete es. Eisige Kälte zog in den Raum.

Ado fuhr sich mit der Hand über die spärlichen hellen Bartstoppeln und überlegte. Er vernahm das schabende Geräusch und spürte den angenehmen Widerstand der Borsten auf seiner vom vielen Essen gespannten Haut. Er atmete tief, zog den Fellkragen enger um seinen Hals und sagte: »Gut, aber nur, wenn Ihr märkische Münze akzeptiert.«

»Ihr Weltlichen mit eurer Münzprägerei macht die Cölnische Mark noch völlig kaputt.«

»Gemacht oder nicht, Eminenz?«

»Vier Mark Cöln und sechs Märkische.«

»Drei zu sieben!«

»Sei's drum«, seufzte Molenark, »Ihr seid ein unerbittlicher Hund.«

Ado grinste. »Da habt Ihr recht, Hochwürden. Also, was soll mir zehn Goldmünzen wert sein? Meine Ohren sind offen wie die Schenkel eines willigen Weibsbildes.«

Molenark zog die Brauen empor. Doch versöhnlich sagte er: »Keine Indiskretionen, Herr Graf. Hört Ihr?«

Wäre dieser Hurenbock sicher, würde er mich scharf ermahnen, dachte Ado. Es scheint etwas dran zu sein an den Gerüchten.

»Es ist so: Wir beide haben sozusagen unabhängig voneinander denselben Auftrag.«

Ado schaute Molenark fragend an.

»Euer größter Feind ist tot. Ihr habt seine Essener Vogtei empfangen und seine Lande besetzt. Man könnte denken, Ihr habt Eure Schäflein im Trockenen.«

»Es geht um meinen Vetter.«

»Eher um Euren Großneffen.«

»Theoderich? Wenn es um ein Kind geht, ist es mir um mein Geld zu schade.«

Molenark blickte Ado fragend an. »Seid Ihr da sicher?«

»Ganz sicher, Exzellenz.« Ado erhob sich zum Gehen.

»Nun gut, ich werde mich nicht weiter darum kümmern. Die Sippe ist eh erledigt und kann *mir* nicht mehr gefährlich werden. Euch hingegen schon.«

»Wie meint Ihr das?«

»Wenn ich Euch meine Befürchtung mitteile, würde ich Euch zu viel verraten und leer ausgehen. Ihr würdet augenblicklich alle Hebel in Bewegung setzen, ihn zu finden und aus dem Weg zu räumen.«

»Euch kann schon einer gefährlich werden – Heinrich von Limburg.«

»Das stimmt, aber nicht der isenbergische Spross. Der kann eher Euch gefährlich werden, und ich kann Euch sagen, wo Ihr ihn findet.«

Ado beschlichen finstere Gedanken. Vier Jahre war es ruhig gewesen. Wollte der Erzbischof eine Gefahr heraufbeschwören, die es gar nicht gab? Den Blick zur Tür gewandt, hörte er Molenark weitersprechen.

»Unser Bündnis war bei der Beseitigung Eures Konkurrenten Friedrich doch sehr erfolgreich. Es hat mir den Sitz des Erzbischofs eingebracht und Euch die gesamten Grafschaften und Vogteien Eures Vetters. Wollen wir nicht mit Ravensberg, Sayn und Geldern Limburg-Berg und Jülich in Schach halten? Ich habe ein päpstliches Mandat, jeden Verschwörer vogelfrei zu sprechen. Stellt Euch vor, dass auch Berg Euch irgendwann zufallen könnte, wenn Heinrich von Limburg-Berg besiegt ist.«

Ado drehte seinen Hals und kam zurück. Mit gestreckten Armen stützte er sich auf die Lehnen seines Stuhls und fragte: »Wo ist er?«

»Ramersdorf.«

»Und was soll so besonders sein an diesem Ramersdorf?«

»Das wisst Ihr nicht, armer Graf?« Der Erzbischof hielt einen Moment inne, dann beugte er sich mit drohendem Blick vor. »Die Deutschordensritter von Ramersdorf sind die härtesten Ausbilder im Reich. Ihr Ruf ist gar dem Kaiser geläufig. Euer Großneffe wird dort ausgebildet. Was meint Ihr, warum Heinrich von Limburg den Jungen dorthin geschickt hat? Damit er eines Tages an Eure Pforte klopft und höflich fragt, ob Ihr ihm sein Land zurückgebt? Sagt mir bitte, dass Ihr nicht so einfältig seid, denn dann könnte ich nicht länger mit Euch im Bunde sein!« Offensichtlich sprach Molenark aus, was er dachte, und schien zum einen verärgert darüber, dass Ado ihn zwang, derart aus sich herauszumüssen, zum anderen, dass Ado nichts zu ahnen schien. Aufgebracht rückte er sich in seinem Lehnstuhl zurück in die Haltung, die einem Erzbischof entsprach.

Ados Gesichtshaut hingegen färbte sich schamrot. »Ihr habt völlig recht, ehrwürdiger Vater. Die Isenberger Sippe und ihr

Bündnis müssen mit Stumpf und Stiel ausgerissen werden. Wir sollten nicht auf drei Viertel des Wegs haltmachen.«

»Was habt Ihr also vor, wenn Ihr mir das Geld gegeben habt, Herr Graf?«, fragte Molenark barsch.

Ado löste seinen Geldbeutel vom Gürtel. »Ich werde mir etwas ganz Besonderes einfallen lassen für meinen Neffen.«

»Wie auch immer – wir beide wollen uns wohl nicht die Hände schmutzig machen. In diesem Jahr passiert nichts mehr. Am Tag der vierzig Märtyrer findet eine Prüfung in Ramersdorf statt. Schickt Euren besten Mann an Felicitas nach Cöln. Er soll sich mit meinem Stadtvogt besprechen, wie die Teufelsbrut am besten zu beseitigen ist.«

✝

Glander lag noch immer im Marienstift zu Cöln. Raven hingegen saß wieder unter den Brüdern im finsteren Wittich, einem Wald zwischen Deutz und Ramersdorf, um ein kleines Feuer, und auch Theo war dabei. Von abgestorbenen Ästen hingen Fäden alter Spinnweben herab. Kein Lufthauch zog durch das modrige Dickicht dieses unheimlichen Ortes. Ihre Worte hallten dumpf von den Bäumen wider.

»Ich habe überlegt, warum die Prüfung ›Anrufung des Schicksalspfades‹ heißt.« Theo erkundete die Runde. »Wisst ihr etwas? Habt ihr mit den Älteren darüber gesprochen?«

»Sie sind wortkarg, wenn die Rede darauf kommt«, antwortete Merten.

»Ich habe mit Lieven darüber sprechen wollen. Er sagte, er dürfe nichts sagen.« Bartosch zuckte die Achseln.

»Und was ist hinter dem Tor in der Mauer? Darüber wird genauso geschwiegen wie über den Schicksalspfad.«

»Lieven nannte das, was hinter dem Tor liegt, den ewigen Garten.«

Sie vernahmen ein tiefes Einatmen und warteten gespannt darauf, was Lamot zu sagen hatte. »Ich glaube, es ist gefährlich. Wir müssen besonders auf der Hut sein.«

»Wie kommst du darauf?«, fragte Grull nervös und fuhr mit seinem Zeigefinger über eine Kratzwunde an seinem Hals.

»Allein das Wort ›Schicksalspfad‹. Auf ihm wird sich dein Schicksal entscheiden. Links oder rechts. Ordensritter oder gemeiner Ritter oder gar Lebender oder Toter.«

»Was redet ihr da?«, kam eine Stimme aus dem Dunklen.

Teyvas! Die Jungen drehten sich ruckartig um, doch Theo sprach ihr Begehr aus: »Herr, wir fragen uns, was uns auf dem Schicksalspfad erwartet.«

»Redet nicht so viel. Das werdet ihr noch erfahren. Kommt jetzt.«

Meister Teyvas führte sie tief in den Wittich hinein. Nach einiger Zeit hielt er an.

»Geht von hier eine Weile auf diesem Hirschpfad weiter. Wenn ihr Feuer riecht, pirscht ab da leise voran. Wenn ihr das Feuer seht, tut, was ich euch heute Nachmittag gesagt habe, dann findet euren Weg zurück zur Kommende.«

Er nickte ihnen zu, ging den Weg zurück und überließ sie ihrer Aufgabe.

✝

Um Glander herum schärfte sich alle Wahrnehmung, und er konnte sogar alles Geschehen gleichzeitig erfassen. Er nahm jede winzige Einzelheit im Raum wahr. Gerade war Bruder Gerhard hereingekommen, und trotz der geschlossenen Augen wusste er, dass der mindere Bruder seinen Habit trug und sich an einer Tinktur zu schaffen machte. Auch spürte Glander, dass Bruder Gerhard ihn bereits aufgegeben hatte. Wie gern hätte er auf sich aufmerksam gemacht, aber seine Worte blieben stumm. Gerhard machte weiter, ohne von ihm und seiner Unruhe Notiz zu nehmen.

Es war, als wäre er von der Welt abgeschnitten. Seine Wunde spürte er nicht einmal, als Gerhard begann, sie zu untersuchen. Wie aus der Ferne blickte er auf seinen leblosen Körper herab, der ihm fremd und unbedeutend schien. Er selbst hingegen fühlte sich großartig und schwerelos, wie ein Vogel. Zum ersten Mal spürte Glander, was Freiheit wirklich war. Und es kam ihm völlig normal vor, dass er Theo sah, der wissen wollte, wie es ihm ging. Er sah einen Geistlichen auf einem Thron und wusste, dass dessen Tage gezählt waren. Er spürte einen Adligen, der wusste, dass Theo ihn bedrohte; nicht in der Welt wusste er das, sondern hier. Er spürte einen Toten, der Theo nach dem Leben trachtete, dann einen weiteren, dem ein Bruder in den Arm hieb, anstatt ihn zu töten. Wie ging das? Doch Zeit, Körper und Raum gab es hier nicht, alles existierte gleichzeitig; und alles schien ein vollständiges Bild zu ergeben.

Seine Anhaftung an die Welt fiel von Glander ab, und er war von etwas umgeben, das ihn sicher umschloss, als er die Welt losließ. Er fühlte sich ganz eins mit sich selbst. Er sah sein Leben wie einen Faden unter vielen in alle hineingewoben. Im großen Ganzen ergab sein Leben in dem Weltengeflecht einen klaren Sinn.

Glander flog über einen farbenprächtigen Teppich seinem Faden nach. Er sah den Faden des Kerls in dem Keller, wie er mit seinem Schürhaken ausholte, bevor er ihm in den Kopf hieb. Ein anderer Seelenfaden wob sich ihm entgegen. Vater! In der Welt hatte er ihm nicht nahegestanden; mit Druck hatte sein Vater ihn klein- und mit seiner kalten Strenge auf Abstand gehalten. Jetzt, zum ersten Mal in seinem Leben, fühlte Glander sich in der Gegenwart seines Vaters gesehen und geschätzt; nicht für Leistung oder für die Ritterschaft, sondern weil er er war. Die Gewissheit, dass er alles ummaß, erfüllte ihn mit einer Klarheit, die absolut war. Es gab weder Mörder noch Heilige.

War dieses Wissen Gott, Luzifer, Allah? Nein, diese Namen waren menschengemacht. Ihm wurde klar, dass dieses Wesen ein Seins-Zustand war. Der Zustand, in dem er sich befand. Glander weinte: Warum bin ich nicht meinem wissenden Herzen gefolgt? Warum dem verzerrten Streben meiner Sippe? Warum erkennen wir das nicht, solange wir in unserem engen Körper stecken? Er sah die Seele von Theos Vater, wie sie sich mit einer Katharer-Seele austauschte.

»Die Kirche«, sagte der Katharer, »klagt uns an, dass wir predigen, den Körper überwinden zu müssen, um frei zu sein. Dabei weisen wir ihnen den Weg zu reiner göttlicher Seele.«

»Diese Sicht schon auf Erden zu haben«, vernahm Glander von Friedrichs Seele, »verdient Anerkennung, statt bekämpft zu werden.«

Das, was beide wussten, war die Wahrheit des Seins, die letztendliche Verbindung mit allen Geschöpfen, Bergen, Seen, Pflanzen, ja mit der ganzen Welt. Glanders Verwundung folgte einer Bestimmung, die sich in jedem Moment hätte auch anders und dennoch richtig ausbreiten können. Bestimmung war flüchtig, und im nächsten Moment konnte sich das inhaltslose Nichts ereignen – in seegrünen Blitzen und kirschrotem Blinken oder Lavendelblau und Zitronengelb, in leiser Schrillheit und lauter Stille. Er begriff, dass das, was er bisher für die Wirklichkeit gehalten hatte, nicht mehr war als ein kleines Fünkchen von dem, was sich hier im Kosmos vor ihm ereignete. Er spürte, dass er sich von seinem Körper löste. Ein Gefühl staunender Ehrfurcht ergriff ihn. Er fragte in die Unendlichkeit: »Was ist dann?«

»Wenn du loslässt«, hörte er eine Stimme, »kannst du nicht mehr zurück.«

Da sah Glander wieder den Schlag des Bruders und wusste, er musste zurück in die Welt. Er musste ihn daran hindern, dem Mann in den Arm zu schlagen. Wissend, dass der einzige Lebenssinn darin bestand, man selbst zu sein, kehrte er ins Diesseits zurück.

15. KAPITEL

Frühjahr 1231

Seit Ludolf von Bönen Herr auf Blankenstein war, war der Weg zu seinem Herrn, Ado von der Mark, länger geworden. Doch ihm machte das Reiten nichts aus. Im Gegenteil, er liebte es, durch die Niederungen der Ruhr und Lippe in die Mark zu reiten, selbst wenn die Schneeschmelze die Wege und Straßen in schlammige braune Schlangen verwandelt hatte. Doch diesen Despoten hatte er satt – mit seinen Bloßstellungen, cholerischen Ausbrüchen und tyrannischen Aufträgen.

Mit seinen sechsunddreißig Jahren wusste Ludolf allerdings, dass er sich die Stellung, die er als Heerführer der Mark und Burgmann von Blankenstein hatte, andernorts würde mühsam neu erarbeiten müssen. So beruhigte er sich damit, dass Ado ihn nicht mehr so oft kommen ließ. Gleichzeitig empfand er Scham darüber, wie er seine Situation schönredete.

Ludolf ritt über die Brücke in die Vorburg von Ados Wasserfeste ein. Auf dem Vorplatz ließ er sich aus dem Sattel gleiten und übergab die Zügel seines Pferdes seinem Knappen. Das Burgvolk neigte die Häupter. Nun war er wieder der schwarze Marschall der Mark.

»Ludolf«, begrüßte ihn Graf Ado, als er durch die Torbrücke in die Hauptburg schritt, »endlich besucht Ihr mich wieder. Es ist lange her.«

Ado begutachtete ein letztes Mal einen Rosenstock und wandte sich seinem Feldherrn zu.

Ludolf betrachtete seinerseits die roten Blüten.

»Frühjahrsrosen, sehr robust und sehr früh dran dieses Jahr. Es ist jedes Mal, als koste ich von Neuem den Sieg über meinen Vetter aus, wenn ich an ihnen rieche.« Ado strahlte freudig.

Doch Ludolf erinnerte sich des stolzen Zuges, der damals von der Isenburg heruntergekommen war, bevor er sie geschliffen hatte. Dort hatte ein Rosenstock ebendieser Art gestanden. Über ein halbes Jahr war die Burg nicht zu nehmen gewesen, und als die Isenberger auszogen, sah die Besatzung wie ein Festzug aus.

Damals hatte er seinen erstgeborenen Sohn Lupert herbeigerufen und gesagt: »Wenn dir ein Volk nach dieser Zeit der Belagerung mit solchem Stolz begegnet, zeige ihm deinen Respekt.«

Seinem Sohn hatte Ludolf alles beigebracht. Er war nicht so ein Höfling wie die Söhne seines Herrn. Reichtum an Hab und Gut verdirbt so manches begabte Wesen. Er selbst hatte sich dem falschen Herrn verdingt. Was wäre, wenn ich zu Friedrich übergelaufen wäre? Im Gegensatz zu seinem eigenen Herrn zollte Friedrich seinem geschlagenen Gegner Respekt. Einem Menschen wie Graf Ado, der sich über Jahre am Leid eines Unterlegenen suhlte, konnte Ludolf kein Jota Achtung entgegenbringen. Und dann diese Wutausbrüche. Er schaute zum Himmel und machte seinem engen Brustkorb mit einem Seufzer Luft.

»Mein Heermeister«, fuhr Ado begeistert fort, »ich habe einen höchst brisanten Auftrag für meinen besten Mann.«

Er bedeutete Ludolf, mit ihm zu kommen, und ging voraus durch die Pforte zu seinem pfalzartigen Palas. Ihre Schritte hallten auf der Treppe zum oberen Stockwerk wider. In seinen Gemächern angekommen, schloss der Graf verschwörerisch die Tür.

»Die Deutschmeister ziehen in Ramersdorf Friedrichs Sohn Theoderich zum Krieger heran. Ich will, dass Ihr die Brut aus dem Wege räumt, bevor sie zu mächtig wird.«

»Gibt es mehr zu erfahren? Wohin müssen wir gehen, um ihn zu finden?«

»Ihr werdet Euch an Felicitas zu Cöln in einen Zug zum Tode verurteilter Mörder einreihen. Ihr werdet dann von den Deutschmeistern entlang eines Pfades irgendwo im Siebengebirge ausgesetzt, wie mir mein Zuträger sagt.«

»Wohin muss ich in Cöln, um mich diesem Zug anzuschließen?«

»Geht zum Stadtvogt und sagt ihm, dass ich Euch sende. Er weiß, was zu tun ist.«

»Ist das alles, Herr?« Ludolf wollte sich verbeugen, um Ados Empfangssaal zu verlassen, doch der Graf hob den Atem, um zu sprechen. Der Heermeister stockte in seiner Abschiedsgeste.

»Ich will, dass Ihr Eberhard mitnehmt. Der Junge ist mir zu weich. Er muss an Härte zulegen, Ihr versteht?«

Ludolf zog die Augenbrauen in die Höhe. »Herr, das wird eine heikle Mission, die Ihr mir da auftragt. Ich will nicht dafür herhalten, wenn etwas schiefgeht.«

»Macht Euch darüber keine Sorgen. Ich habe genug Maneskraft gezeugt. Von meinem jüngsten Sohn halte ich eh am meisten.«

»Ein dummer Ausrutscher könnte alles gefährden.«

»Schluss jetzt! Ihr nehmt ja auch Euren Sohn Lupert mit auf Eure Unternehmungen. Warum nicht meinen Sohn?«

»Sehr wohl, Herr«, gehorchte Ludolf notgedrungen.

»Es ist eine gute Probe für sie beide. Und nun seid mein Gast und speist mit mir, bevor Ihr wieder nach Blankenstein reitet.«

✝

Die Brüder konnten ihr Glück kaum fassen, als Glander vollends genesen nach Ramersdorf zurückkehrte. Doch der Bruder war nicht mehr der Alte. Weniger aufschneiderisch war er und verschlossener als zuvor. Was die Ausbildung anging, brauchte es etwas Anlaufzeit, obwohl er wie besessen versuchte, seinen Rückstand wettzumachen.

Die wunde Stelle hinter Grulls Ohr war stets blutig, Ravens Fingernägel bis auf die Haut abgekaut, und auch Antes Augenblinzeln nahm stark zu, denn die Anspannung stieg, während die Anrufung des Schicksalspfades näher rückte. Bei den Übungen machten sie leichte Fehler, bei Tisch schauten sie mit fahrigen Blicken und schlangen die Mahlzeiten eilig in sich hinein. Es würde gefährlich, das wussten alle, aber aus keinem der Älteren war etwas herauszubringen.

Wenige Abende vor der Anrufung des Schicksalspfades, die Jungen lagen bereits in den Betten und starrten schlaflos das Gebälk über ihnen an, entzündete Theo eine Kerze. »Brüder, ich will, dass wir einen Schwur auf unsere Bruderschaft und unser ungewisses Schicksal leisten.«

Die Jungen kamen herbei und setzten sich auf Grulls und Theos Pritschen, Glander zog einen Schemel heran. So bildeten sie ein verschworenes Rund.

»Was soll das bringen, Theo?«, fragte Prigge.

»Brüder, eines ist sicher«, antwortete Bartosch. »Einer oder mehrere werden gehen müssen.«

Ein Schauer lief den Jungen über den Rücken. Spätestens jetzt war auch Prigge aufgegangen, dass gegenseitiger Beistand nottat.

»Jeder ist auf sich gestellt. Wir haben nur uns. Was bald kommt, wird einen Reigen von Schicksalen bringen. Aber jeder soll wissen, dass er in unserem Bruderkreise Geborgenheit findet.« Alle schwiegen, und Theo bemerkte, dass seine Worte Wirkung zeigten.

»Also«, wollte Hannes wissen, »was wollen wir schwören?«

»Ich habe mir etwas überlegt. Steht alle auf!« Theo wartete, bis sich alle erhoben hatten, dann legte er beide Arme auf Mogrods und Ravens Schultern. Das Kerzenlicht flackerte in ihrer Mitte. Nachdem ein jeder es ihm gleichgetan hatte, begann er: »Sprecht mir nach … Wir sind eine eingeschworene Gemeinschaft. Niemand kann uns im Herzen trennen. Unsere Bruderliebe ist unser Lebensband. Bruder für Bruder in Gemeinschaft, in Trennung, auf Leben und auf Tod.«

»… auf Leben und auf Tod«, wiederholte die Schicksalsgemeinschaft in schaurigem Chor.

✝

Theo sog den modrigen Geruch von Wasser, welches auf Uferschlamm trifft, ein. Der Nachen wurde abgestoßen und setzte sich träge in Bewegung. Für Meister Teyvas und den Rheinschiffer, einen Bär von einem Mann, schien die Begegnung der Beginn eines viele Male vollzogenen Rituals. Der Kahn brachte die Jungen flussaufwärts. Nur das stete Plätschern des Wassers gegen die Bordwand und das Einstechen der Ruder waren zu hören, ansonsten war es gespenstisch still. Über ihnen strebten Vögel derart beflissen dahin, als brächten sie wichtige Kunde an ein fernes Ziel.

In einem jeden Schüler war die Frage, was ihn erwartete. Der Schicksalspfad unterschied sich von den anderen Prüfungen, das hatten die Jungen im Gespür und bangten dem Unguten entgegen. Boote begegneten ihnen, während hinter ihnen kein Schiff schneller war als sie. Nach Stunden des Ruderns machte sich Erschöpfung breit, und dem ängstlichen Sinnen nach der Prüfung war jenem das an die schmerzenden Arme gewichen.

✝

Gedankenverloren blickte Adelheyd in den vorbeifließenden Strom. Ihr Vater hatte ihr wieder erlaubt, für ein wichtiges Handelsgeschäft mit nach Cöln zu kommen. So saß sie an den mächtigen Bordplanken der väterlichen Barke, hörte das gleichmäßige Eintauchen der vielen Ruder, sah dem Wasser zu, bis ein ihnen entgegenkommender Kahn mit einer Schar rudernder Jungen mit ärmellosen Lederwämsen und grauen Leinenärmeln ihre Aufmerksamkeit auf sich zog.

Aus seinen erschöpften blaugrünen Augen schaute einer der Jünglinge aus dreißig Fuß Entfernung zu ihr herüber. Ihre Blicke trafen sich einen Wimpernschlag lang. Er heftete seine Augen noch an ihr helles Blau, indem er den Kopf drehte, und sie tat dasselbe. Dann hatten die ungleichen Boote einander passiert und strebten ihren Bestimmungen zu.

Adelheyd sprang auf und lief zum Bug des Schiffes. »Vater«, rief sie und zeigte zu der ärmlichen Lomme, »was ist das für ein Boot da drüben?«

Der Graf schaute sich um. »Das, mein Engel, sind wahrscheinlich Ramersdorfer Armige. Godfrey gehört auch zu ihnen.«

✝

Am Mittag türmten sich steile Bergklüften über ihnen auf. Ab und an sahen die Jungen kleine Inseln und Sandbänke mitten in dem breiten Strom. Bei jedem Werder gab Meister Teyvas dem Fährmann ein Zeichen, dann steuerte er dem angezeigten Inselstrand zu, und sie setzten einen der zwölf Jungen ab, der allein zurück nach Ramersdorf finden musste. Beim Abschied übergab der Meister jedem einen Brief, der das Siegel der Kommende trug.

Theo war der Vorletzte. Vor ihm kam Köbe. Nur Bartosch musste einen längeren Weg zurück zur Kommende finden als Theo. Traut der Meister ihm mehr zu als mir?, fragte er sich. Stets war es so: Denen wurde mehr zugemutet, denen mehr zugetraut wurde.

Theo betrachtete das Wappensiegel. Er brach es, entrollte das Pergament und las:

Schwimme zum gegenüberliegenden Ufer und finde den höchsten Punkt des Bergkamms. Dort ist eine Botschaft in einem Stein verborgen. Du kannst nicht ohne sie zurückkehren. Kommst Du ohne, wirst Du mit der goldenen Kröte in der Hand fortgeschickt. Ebenso ist es, kehrst du als Letzter heim.

Theo entledigte sich seiner Kleider und band sie um Köcher und Bogen zu einem Bündel zusammen. Dann schwamm er, das Bündel über Wasser haltend, zur anderen Rheinseite hinüber. Nachdem er sich getrocknet und wieder angekleidet hatte, machte er sich an den beschwerlichen Aufstieg.

✝

Etwa zur gleichen Zeit erreichte Conrad von Marburg mit den päpstlichen Ketzergesetzen im Gepäck Cöln. Den kantigen, hageren Mönch quälten schlimme Erinnerungen. War es doch seinem Wirken zu verdanken, dass der untadelige Hermann und die edle Mechthild von Thüringen ihr Leben der Heiligen Mutter Kirche geopfert hatten. Er selbst tat dies, seit Papst Innozenz 1215 die heilige Inquisition ausgerufen hatte.

Damals auf dem Konzil war die Erleuchtung durch die Öffnung der großen Rosettenöffnung des Petersdoms direkt auf ihn hinabgestrahlt. Die Masse war zurückgetreten, und er, er ganz allein, hatte in dem göttlichen Lichtkegel gestanden. Seit jenem großen Tag setzte er sein Leben für die heilige Inquisition aufs Spiel – voll und ganz, mit Haut und Haar, Tag für Tag.

Das kann ich von allen verlangen, versuchte er sich zu beruhigen.

Zwei schwerwiegende Sachverhalte führten ihn, den Großinquisitor des Nordreiches, nun in das erzbischöfliche Cöln. Zum einen Erzbischof Heinrich von Molenark selbst, zum anderen einer seiner Verwandten – Graf Henrik III., genannt der Große, von Sayn. Letzterer hatte wohl an nächtlichen Zusammenkünften ketzerischer Art teilgenommen und zudem in den Jahren um 1222 ein Kloster für Mindere Brüder aus dem Midi, die mit dem Makel der Ketzerei behaftet waren, in den Mauern von Cöln gestiftet. Ebendiese Brüder hatten sich verdächtig gemacht, an dem Komplott gegen den seligen Erzbischof Engelbert von Berg beteiligt gewesen zu sein. Unfassbar! Doch der Verdacht gegen den Erzbischof war selbst davon kaum zu überbieten. Sollte sich bestätigen, was Conrad zu Ohren gekommen war, waren die vorbildliche Eigenschaft aller römisch-katholischen Würdenträger und die Kirche selbst in Gefahr.

✝

Theo hatte einen Stofffetzen in einem hohlen Stein gefunden. Er trug das schwarze Kreuz und die Zahl Elf. Schleunigst machte er sich von der Höhe auf den Weg. Er folgte einem Hirschpfad entlang des Höhenrückens, den er hinaufgekommen war. Unter sich sah er ab und an den Rhein, den die Dunkelheit bereits in ein breites, glitzerndes Band verwandelt hatte. Das Licht der Sonne entzog sich langsam der Welt. Dann war sie fort, und kaltes silbriges Mondlicht gleißte in den Wald. Über dem laubigen Pfad sah Theo immerzu erst den einen Fuß, dann den anderen vorstreben. Er rannte Stunde um Stunde. Ihm wurde mulmig zumute: Was, wenn jetzt etwas passierte? Er würde es erst mitbekommen, wenn es zu spät war. Theo zog eines der Messer und versuchte, seine Sinne zu schärfen.

Plötzlich hörte Theo vielleicht drei Mannslängen entfernt ein Geräusch im Wald. Das Wurfmesser schnellte aus seiner Hand und traf etwas. Ein Körper! Es musste so sein. Ein einzigartig schauriges Geräusch, das so verschieden von allen anderen bisher gekannten war. Doch mehr konnte er nicht wahrnehmen, denn urplötzlich brach aus dem Gebüsch ein schwarzer Schatten hervor und stürzte sich auf ihn.

»Ah!« Theo hob den linken Arm zur Abwehr, während er den Dolch zog. Er fuhr mit der Doppelklinge nach vorn und erhielt seinerseits einen Schlag. Er rollte sich ab. Doch ein riesiger Schmerz pochte in seiner Schulter.

Da plötzlich schoss ein weiterer Schatten vor, groß wie ein Bär, und riss den Angreifer am Hals, suchte mit forschen Bewegungen die Gurgel, fand sie und presste sie dem Manne mit einem Biss zu. Blut glänzte feucht. Theo lag nur eine Bogenläge entfernt. Die Bestie ließ nicht eher von dem Mann ab, bis dieser schlaff niedersank. Theo wich ängstlich zurück. Im Unterholz hörte er brechende Äste.

✝

Lupert und Eberhard rannten wie von einem bösen Dämon verfolgt durch das Unterholz. Das Grauen war ihnen in die Gesichter geschrieben. Diese Geburt eines Teufels hatte Luperts Vater Ludolf mit einem einfachen Wurf getötet! Und dieses Scheusal – ein schwarzer Schatten wie ein Bär – hatte Engelbert von Altena die Kehle zerfetzt. Nach einem schier endlosen Lauf ließen sie sich in das moosige Bett eines Bachlaufs fallen.

»Wer war dieses Schwein, das wir töten sollten?« Luperts Augen glühten hasserfüllt.

»Das war mein Großvetter Theo.«

»Du hast ihn gekannt?«

Eberhard nickte. »Ja.«

»Das war der Sohn von Friedrich von Isenberg, diesem Schurken?«

»Er war kein Schurke, Lupert. Er wollte –«

Doch Lupert unterbrach ihn. »Es interessiert mich nicht, was er wollte. Er hat meinen Vater ermordet!«

»Weil wir ihm ans Leben wollten. Was hättest du an seiner Stelle gemacht? Was ist mein Vater doch für ein Sippenschänder.«

»Sippenschänder? Hast du gesehen, was der Isenberger im Kampfen zustande bringt? Wie schnell er ist? Dein Vater will ihn zu Recht aus dem Weg räumen, bevor er ein Heer hinter sich bringen kann.«

Eberhard schien ihm gar nicht zuzuhören, eher kam es Lupert vor, als fasele er irres Zeug.

»Und was war das für eine Bestie?«, fragte Eberhard.

»Ich weiß es nicht!«, spie Lupert mit Wut und Tränen, »aber eines weiß ich: Ich werde erst ruhen, wenn ich meinen Vater gerächt habe und dein Vetter tot am Boden liegt!«

✝

Theo lag auf dem Rücken und atmete schwer. Die Enge in Kehle und Brustkorb und gleichsam der Schmerz in seiner Schulter nahmen ihm schier jede Möglichkeit, die eisige Waldluft einzuatmen. Er rappelte sich auf. Den Dolch streckte er zum Schutz von sich. »Fenrir?«, wisperte er in die Dunkelheit.

Zwei wie glühende Kohlestücke leuchtende Augen blinkten einen kurzen Moment auf, bevor schwarze Finsternis wieder von dem Ort Besitz ergriff.

Im Stillen dankte Theo seinem Schutzengel. Seine Todesangst legte sich, niemand schien ihm mehr ans Leben zu wollen. Erst jetzt schaute er auf den toten Mann, der quer über dem Hirschpfad lag. Er tastete an den Hals des Toten, das Messer zum Stoß in dessen Rücken bereit.

Glitschige Wärme legte sich über seine Fingerspitzen. Er zog die Hand zurück und sah sie von Blut genässt vor sich. Der Wolf hatte den Hals vollends zerfetzt, selbst Lippen und Kinn hingen schlaff hinunter.

Theo versuchte, die Züge des Angreifers zu erkennen. Er schien jenseits der dreißig. Doch Theo kannte diesen Menschen nicht. Er forschte nach einem Wappen und durchsuchte die Kleider nach einem anderen Erkennungszeichen. Doch nichts deutete auf seine Herkunft hin. Eigenartig, dachte Theo und schaute sich um.

Den anderen hatte er mit dem Wurfmesser getroffen. Vielleicht lag er noch irgendwo. Theo suchte den Ort ab, und richtig: Hier lag er. Das Messer steckte in seinem Schädel, seine Augen standen offen. Etwas wollte Theo bekannt vorkommen. Er versuchte, sich zu erinnern, doch zuordnen konnte er das Gesicht nicht. Auch ihn durchsuchte Theo. Nichts, kein Erkennungszeichen! Hatten sie sich in Erwartung eines Fehlschlages aller Zeichen entledigt?

Theo schnallte den beiden Toten die Gürtel ab. Dann begann er, blutbeschmierte Leinenstücke aus den Krägen der regungslosen Krieger zu schneiden. Seine Schulter schmerzte. Ich darf keine weitere Zeit verlieren, schoss es ihm durch den Kopf.

✝

Als Meister Teyvas, der die Strecke abritt, die die Jungen zurückzulegen hatten, zum vorletzten Abschnitt kam, fand er zwei Tote vor, aber der Junge war Gott sei Dank nicht unter ihnen. Als er aber zum drittletzten Abschnitt, der Nummer zehn, kam, wurde er des Schreckens ansichtig, den er Dutzende

Male durchlebt hatte und der ihn doch jedes Mal wie ein vernichtender Schmerz traf. Er fand einen seiner Jungen tot. »Oh, nein!« stieß Teyvas die Worte in die kalte Nacht und sein Atem wurde sichtbar.

Köbes schmächtiger Körper lehnte mit der Brust an einem Baumstamm, als wollte er an ihm hinaufklettern, eine massige Gestalt lag quer auf ihm. Die blutige Klinge des Mörders lag auf dem Boden. Er hatte es noch geschafft, dem Jungen den Hals durchzuschneiden, bevor er selbst starb. Teyvas wälzte den schweren Körper von dem Jungen. Köbes Dolch ragte dem Angreifer aus der Brust.

Beinahe wie ein Vater nahm Teyvas Köbe auf, legte ihn auf den Rücken und kniete voll tiefster Gram neben dem scheinbar schlafenden Knaben.

16. KAPITEL

Frühjahr 1231

Als sich das Tor der Ramersdorfer Kommende hinter Theo schützend schloss, sank er auf dem großen Gartenplatz in die Knie. Am liebsten hätte er sich der Länge nach auf dem kalten Erdboden ausgestreckt und wäre dort liegen geblieben, doch er straffte sich.

Unter den Wachburschen war Lieven. Wortlos wies er zum Dach.

Theo wankte in das steinerne Haus und erklomm die Treppen zum Dachstock. Dort angekommen, stieß er die Tür zur Stube auf und sah Ante und Raven, Merten und Mogrod, Glander und Grull – müde und erschöpft wie er. Hannes, Bartosch, Köbe und Prigge fehlten noch.

✢

Draußen am Tor schauten Meister Teyvas und Lieven in die graue Dämmerung hinaus. »Zwei haben es nicht geschafft.«

»Wer, Meister?«

»Köbe und Prigge.«

»Ah«, versuchte Lieven, Bedauern auszudrücken, doch eigentlich war er nur froh, dass Theo schon angekommen war. »Und wer wird gehen müssen?«

»Hannes oder Bartosch.«

✢

Die Dunkelheit brach herein, und oben unter dem Dach starrten die Jungen mit scheuem Entsetzen auf die weißen Laken von Köbes und Prigges Betten. Zwischen Hannes' Füßen, der auf seiner Bettstatt saß, lag ein goldenes Medaillon mit einer Kröte auf der einen und dem Adelindiskreuz des Ordens auf der anderen Seite. Tränen liefen über Hannes' Gesicht. Lamot hatte sich zu dem Freund gesetzt und den Arm um seine Schulter gelegt. Außer Hannes' Schluchzen war kein Laut unter dem Dach der Kommende zu hören. Es war, als hätten die Vorfälle den jungen Burschen die Sprache verschlagen.

Zum Nachtessen trotteten sie matt zum Refektorium, wo sie still ihren Brei in sich hineinlöffelten. Zurück auf der Stube und in der Dunkelheit der Nacht war die unerträgliche Stille förmlich mit Händen zu greifen. Zehn Augenpaare starrten in das Deckengebälk, und wenn die vorüberziehenden Wolken den Mond freigaben, sah ein jedes, wie die Brüder mit offenen Augen dalagen.

✠

Einer Trauerprozession gleich machte sich die Gleve am zweiten Morgen nach der Schicksalsprüfung daran, die Betten der ausgebliebenen Brüder abzuziehen. Bartosch und Theo schüttelten gerade das Stroh aus einer Matratze auf den Misthaufen, als zwei Fuhrwerke auf den Hof rumpelten. Beide waren leidlich mit Planen bedeckt.

»Sieh, sie bringen Prigge und Köbe«, flüsterte Bartosch.

»Und die Angreifer«, sagte Theo, worauf er mit schmerzverzerrtem Gesicht seinen Arm in der Schlinge zurechtrückte.

Unauffällig schlenderten sie zu den Ochsenkarren hinüber. »Theo, siehst du das?« Bartosch zeigte auf einen Arm, der schlaff durch die Sprossen des Wagens ragte.

Theo musste schlucken. Gern wäre er fortgelaufen, doch es zog ihn zu dem zweiten Karren mit den Angreifern hin. Er musste wissen, wer ihm nach dem Leben getrachtet hatte.

»Theo, Bartosch!« Meister Teyvas eilte aus der Kommende herüber und versperrte ihnen den Weg.

»Meister«, sagte Theo, »es sind drei Männer auf dem Wagen. Von zweien davon wurde ich angegriffen.«

Teyvas wurde verlegen. »Komm.«

Theo ging mit ihm, während Bartosch neugierig hinter ihnen herschlenderte. Die älteren Brüder, die den Wagen geführt hatten, traten gebeugten Hauptes zurück. Meister Teyvas ging zu dem zweiten Wagen, schlug die Plane zurück und bedeutete Theo rüberzukommen. »Das ist derjenige, der Köbe getötet hat, die beiden anderen sind deine Angreifer.« Teyvas zeigte auf die blau angelaufenen Wundränder am Hals des einen. »Wie hast du das gemacht?«

Theo starrte stumm auf die Wunde.

»Drucks nicht herum, Junge!«

»Meister, ich hätte es wahrscheinlich nicht geschafft, wenn mir nicht ...«

»Sprich, Theo!«

»... wenn mir nicht ein Wolf geholfen hätte.«

»Ein Wolf?« Der Meister schaute Theo ungläubig an. Dann betrachtete er die Wunde von Nahem.

»Wurden alle Brüder von mehreren Männern angegriffen, Herr?«

Teyvas, der sich über den Toten gebeugt hatte, hob den Kopf. »Nein. Und ich befehle euch, dass zu niemandem auch nur ein Sterbenswörtchen dringt. Ist das klar?«

✝

»Theo wurde von zwei Männern angegriffen. Eppendorf hat uns zwölf zum Tode Verurteilte überlassen. Jeder der Jungen ist von einem angegriffen worden. Ich habe alle einzeln befragt: Es war ein Mann zu viel. Das stinkt, Herr.«

»Was vermutet Ihr, Bruder Teyvas?«, fragte Meister Geradus.

»Jemand wollte sichergehen, dass der Junge stirbt.«

»Ihr meint, Eppendorf hat einen weiteren Mann eingeschleust?«

Teyvas zuckte mit den Schultern. »Ich habe die Mörder selbst abgeholt. Es waren zwölf.«

»Also muss sich ein weiterer in den Bergwäldern verborgen

haben. Wie aber konnten die Angreifer wissen, in welcher Reihenfolge die Armigen abgesetzt wurden?«

»Ich kann es nicht sagen, Herr.«

»Jemand muss Euren Plan weitergegeben haben.«

»Vielleicht kann Eppendorf uns dazu etwas sagen.«

»Der ist für die Beerdigung der Leichen zuständig. Wir bringen sie morgen nach Cöln.«

✝

Am nächsten Morgen trugen Theo, Bartosch, Mogrod und Raven Köbes Bahre zum ewigen Garten. Ante, Glander, Lamot und Merten trugen Prigge. Während Grull ein großes hölzernes Kreuz vor dem Zug vorwegtrug, folgte Hannes verschämt am Ende des Zuges. Die Meister und Geradus erwarteten die Gleve vor dem Tor, dessen Flügel jetzt weit geöffnet waren. Als der Zug der Brüder den Meistern in den Garten folgte, sahen sie ein Meer von Kreuzen. Die Jungen schluckten. Sie schauten sich um, als ob sie eine Anderswelt beträten hätten. Es war ein Friedhof! Wie viele Gräber!

Geradus machte vor zwei ausgehobenen Gruben halt und bedeutete den Jungen, die Bahren davor abzusetzen.

Theo blickte auf die eng in weißes Tuch gehüllten Bündel. Auf ihre Rümpfe hatte jemand sorgfältig das schwarze Prankenkreuz des Deutschordens gemalt. An jedem Ende der Erdlöcher lagen Seile. Die Armigen traten zurück.

»Dies ist der ewige Garten, der Garten der Toten. Hier finden alle, die in unseren Diensten ehrenvoll gestorben sind, ihre letzte Ruhe. Dies ist ein heiliger Ort. Denn unser Leben und unsere Ausbildung sind hart. Ein jeder, der hier liegt, ist rein und hat sich Ehre erworben, unabhängig davon, ob er versucht hat, in die Ritterschaft des Ordens aufzusteigen, oder ob er bei einem Auftrag gestorben ist. Bruder Prigge und Bruder Köbe haben sich das Recht erworben, hier ihren ewigen Frieden zu finden. Möge der Herr sie aufnehmen und ihnen sagen, dass sie dort, wohin sie gehen, Freiheit und Leichtigkeit ohne Anhaftung erwartet.«

Als der Komtur nach langem Schweigen wieder aufschaute, traten acht Meister vor, führten die Seile unter Köbe und Prigge hindurch und hoben sie über die Gruben. Geradus machte mit seiner Rechten eine auffordernde Handbewegung, und die Meister ließen die Körper in die Gräber sinken. Dann traten sie zurück, und Geradus bedeutete den jungen Armigen, von ihren Brüdern Abschied zu nehmen.

So taten sie es und verließen den Garten, während die Meister um Geradus, der zwischen den Gräbern stand, einen Kreis bildeten. Was sie dort machten, blieb den jungen Brüdern verborgen, denn ein älterer Bruder schloss hinter ihnen die Pforten.

✠

»Spiel mir ein letztes Lied«, bat Hannes, und Ante spielte das Lied vom Lüderich. Während Hannes mit weit geöffneten, in die Ferne starrenden Augen lauschte, rannen ihm wieder Tränen die Wangen hinunter. Von seinem Kinn tropften sie auf sein Wams und färbten das Leder dunkel.

Als Ante geendet hatte, stand Hannes auf, löste die Schnallen seines Wamses, zog es über den Kopf und gab es Bartosch. Zu guter Letzt umarmte er alle Brüder der Reihe nach, und sie begleiteten ihn zum großen Tor.

»Sei froh, Hannes. Du lebst.«

»Wie soll ich mit der Schande leben?«

»Möchtest du mit Köbe oder Prigge tauschen?«

»Sie sind Helden, und was bin ich?«

»Sie sind tote Helden, und du musst einfach weniger essen, dann hättest du es auch geschafft.« Raven schlug Hannes auf die Schultern, und die Jungen lachten, aber das wollte ihn nicht aufheitern. »Draußen kannst du auch die Ritterschaft erlangen.«

»Hm«, machte Hannes, denn er wäre gern ein Deutschherr geworden, doch daraus wurde nun nichts mehr.

»Die Schinderei hat jetzt ein Ende. Du kannst in die Freiheit, und du hast das da.« Ante zeigte auf die Goldkröte in Hannes' Hand.

»Pah, und was fange ich damit an?«

»Es ist bare Münze wert.«

»Eine Schande vor jedem Münzherrn.«

»Ein kurzer Moment gegen das Pferd und die Rüstung, die du davon kaufen kannst.«

So gut sie ihm auch zuredeten, keiner konnte ihm ein frohes Wort entlocken, und schließlich sagte Hannes: »Macht's gut, Brüder, und behaltet mich in euren Herzen.« Dann wandte er sich um und schritt durch das Tor, vorbei an den Brüdern der Wache, und ging in die Freiheit.

Die verbliebenen Armigen standen unter dem Torbogen und schauten Hannes nach, bis er außer Sichtweite war.

Am Nachmittag sahen die Jungen, wie Komtur Geradus und Meister Teyvas, umgeben von einer Eskorte von acht Juvenes des Ordens und dem Ochsenkarren, die Komturei verließen.

»Wo reiten die hin?«, fragte Merten, doch alle zuckten mit den Schultern. Sie wendeten sich den Ställen zu, wo Meister Herbordus auf sie wartete.

✠

»Was habt Ihr für ein Spiel mit uns getrieben, Endrich?«, fuhr Geradus den Stadtvogt von Cöln an.

Eppendorf wirkte verlegen. »Was meint Ihr, Meister Geradus?«

»Ihr wollt mir nicht weismachen, dass Ihr nicht von dem Betrug wisst, der an uns begangen wurde!«

»Waren die Männer nicht gut? Habt Ihr zu viele Jungen verloren?«

»Wir haben zwei Jungen verloren. Und ein Junge wurde von zwei Männern angegriffen«, ließ Geradus Eppendorf im Glauben, einer der toten Anwärter sei unter den Händen der zwei Totschläger gestorben.

»Hat sich vielleicht einer der Männer vertan?« Eppendorf öffnete die Handflächen gen die hölzerne Kassettendecke seiner Amtsstube, als sei er unschuldig.

»Nein, alle Anwärter wurden angegriffen. Aber einer von zwei Männern!«, zischte Teyvas. »Wir wollen wissen, um wen es sich bei den Männern dort draußen handelt, Stadtvogt!«

»Sehr wohl. Aber sagt, was lässt Euch so ärgerlich und misstrauisch gegen mich sein?«

Teyvas und Geradus schauten sich ungläubig an. »Irgendjemand wollte wohl sichergehen, dass einer unserer Jungen den Schicksalspfad nicht überlebt. Das macht uns misstrauisch.«

»Aber welches Interesse sollte ich daran haben, dass einer Eurer Brüder stirbt?«

»Das fragen wir Euch. Ihr seid der Stadtvogt des Erzbischofs.«

»Ihr vermutet, dass …?« Eppendorf ließ den Satz unvollendet.

»Schluss mit den Spielchen, Endrich. Wir wollen wissen, wer die Toten sind. Ich erwarte von Euch bis zum Tag der vierzig Märtyrer zwei Namen. Verstehen wir uns?«, sagte Geradus scharf und beendete die Unterredung, indem er ohne ein weiteres Wort ging.

Teyvas folgte ihm.

✝

Lieven stand bei den Ställen, während Theo eines der Pferde striegelte. »Bereit zum Rossfechten, was?«

»Ja, bald.«

»Wie geht es der Schulter?«

»Geht schon«, log Theo, denn der Schmerz saß tief und war hartnäckig. »Bruder, von wie vielen Männern wurdest du auf dem Schicksalspfad angegriffen?«

Lieven stutzte, als verstünde er die Frage nicht. »Von einem.«

»Hast du schon mal von einem Bruder gehört, der von zweien angegriffen wurde?«

»Nein«, sagte Lieven und schüttelte den Kopf.

»Merkwürdig, findest du nicht?«

»Ich verstehe die Frage nicht.«

»Ich wurde von zweien angegriffen, und ein oder zwei weitere Männer sind durchs Unterholz davongekommen. Aber, Bruder, behalte das für dich.«

✝

Beim Nachtmahl gab es Petersilienwurzelsuppe. Die Plätze von Teyvas und Geradus waren frei. Meister Tidericus stand an diesem Abend der Tafel vor. Die Älteren blickten herüber zu ihrem Tisch, und Theo hatte den Eindruck, als starrten sie ihn an. Bartosch hat ausgeplaudert, dass ich von zweien angegriffen wurde, dachte er. Lieven hat mit Sicherheit nicht geredet.

»Theo, du hattest zwei Angreifer?«, fragte Raven.

Theo blickte Bartosch vorwurfsvoll an, während dieser mit Unschuldsmiene sagte: »Erzähl, wie war es?«

»Das seht Ihr doch.« Theo deutete auf seinen Arm in der Schlinge. »Lasst mich einfach in Ruhe.«

✝

»Meint Ihr, der Erzbischof steckt dahinter?«, fragte Meister Geradus Teyvas auf dem Rückweg von Cöln in die Kommende.

»Wer kann Bruder Theos Tod wünschen?«

»Geldern?«

»Was verspricht er sich davon?«

»Er will die isenbergische Kirchenmördersippe vernichten, in Molenarks Auftrag.«

»Nein, ich glaube, dass Ado von der Mark dahintersteckt. Er hat Theos Land besetzt und will die Essener Vogtei.«

»Aber woher hat er die ganzen Informationen?«

»Von diesem Fuchs?«

»Nein, der ist schon länger tot.«

»Fragt sich nur, wer dann noch bei uns spioniert.«

✝

Zurück am Stammsitz in der Mark stand Eberhard mit gebeugtem Haupt vor seinem Vater. Lupert hatte neben ihm Aufstellung genommen.

»Ich wusste, dass du es nicht hinbekommst.«

»Es ging alles so schnell. Wir konnten gar nichts machen. Die beiden waren sofort tot.«

»Herr, ich werde –«, begann Lupert.

»Schweig!«, brüllte Ado den Sohn seines toten Heermeisters an. »Und ihr hättet nicht eingreifen können?«

Den Wolf wollte Eberhard gar nicht erst ins Spiel bringen, sonst erklärte ihn sein Vater für komplett verrückt.

»Daneben gestanden und zugeguckt habt ihr wie kleine Bürschchen.« Ado drehte sich um und schaute in das Kaminfeuer. »Seid ihr erkannt worden?«

»Nein, Vater.«

Lupert schüttelte unterstützend den Kopf. »Herr, ich bitte ums Wort.«

Ado drehte sich erwartungsvoll um. »Sprich!«

»Ich werde meinen Vater rächen.«

»Ja, ja«, sagte Ado kurz und hieß sie mit der Rechten zu verschwinden. Weichling, dachte er und meinte Eberhard.

17. KAPITEL

Frühjahr 1231

Heinrich von Molenark saß griesgrämig im Arbeitsgemach seines Palastes. Die Bürger rüttelten an der Souveränität des Stadtherrn, der Adel an den weltlichen Wehren des Erzbistums, und um die Einigkeit mit dem Papst war es schlecht bestellt. Wahrscheinlich hat dieser Hermann von Salza, diese Ausgeburt eines staufischen Einflüsterers, dem Papst den deutschen Glaubensstaat madiggemacht, weil dieser Schwächling von Papst die Uneinigkeit mit dem Kaiser fürchtet. In den Arsch gekrochen ist er ihm mit dem Kreuzzug. Einem unblutigen noch dazu – ganz im Sinne des Klerus. Nun, damit kann ich mich nicht brüsten, dachte er und lachte bitter auf.

Nicht unzufrieden ließ er seinen Blick über die Karte mit den limburgischen, Jülicher und erzcölnischen Burgen gleiten. Zwei von fünf Jülicher Burgen – Jülich-Altenburg und die Jülicher Grenzfeste zu Aachen –, dazu mehrere Ortschaften und Flecken an der Grenze der Jülicher Grafschaft hatte er niedergeworfen.

Erzbischof Molenark ging zum Fenster seines Gemaches, öffnete es und ließ frische Luft herein. Es war kalt. Das ist nicht gut, dachte er. Im deutschen Süden zeigte sich König Heinrichs wahre Politik. Städte wie Würzburg oder Wimpfen hatte er gestärkt, ihnen das Stapelrecht verliehen und Straßen gebaut, wodurch sich die Handelsrouten und -zentren verlagerten. Den Aderlass der reichsunmittelbaren Grafen und Herzöge würde sein Vater, Kaiser Friedrich, nicht ungestraft hinnehmen.

Kalter Regen fiel auf das Pflaster des Domhofs. Molenark begann zu frieren, und der trübe Himmel verdross ihn. Er schloss das Fenster und ging zum prasselnden Feuer des wuchtigen Kamins. Die Wärme tat gut.

Molenark warf ein weiteres Holzscheit hinein und dachte: Im Frühjahr ziehe ich gegen Bensberg und hole mir die Siegburger Vogtei. Unruhig ging er zu seinem Arbeitstisch. Seine Finger berührten das päpstliche Siegel, das an dem Pergament angebracht war.

Ach, Herr im Himmel, wie vertrackt ist doch alles, dachte er und sank in seinen gepolsterten Lehnstuhl. Papst Gregor IX. schickte Gregor von Sankt Eustachio, den Kanonikus zu Sankt Peter in Rom, nach Paderborn und hatte ihn mit Pfründen und Residenzrecht begütert. Bischof Bernhard von Paderborn war Molenarks Mann – er witterte, dass Papst Gregor den Kanonikus aus Misstrauen in den Norden geschickt hatte.

Ich muss mehr in Rom sein, aber diese ewig drängenden Grafen und Herzöge halten mich hier, wie kann ich da in Rom Politik machen?

Wütend schlug Molenark mit der Faust auf den Tisch.

✝

Großinquisitor Conrad von Marburg war fündig geworden. Abt Werner, den er eigentlich über ketzerische Vergehen im Stift des Grafen von Sayn zu Cöln hatte befragen wollen, hatte den Erzbischof belastet. Das Stift verwaltete die Finanzen des Grafen, und Abt Werner hatte Conrad auf eine Leihe von eintausendzweihundert Mark aus dem Vermögen des Grafen für die Kriegsführung des Erzbischofs aufmerksam gemacht. Vom Ravensberger, der gegen Tecklenburg Krieg führte, so der Tressler, solle er zweihundert Mark bekommen haben.

Warum erlaubt sich der werte Stiftsherr diese Indiskretion?, fragte sich der Großinquisitor kurz, doch es hatte sich gar bis zu ihm herumgesprochen, wem Molenark feindselig gesinnt war: Limburg und Jülich.

Der Großinquisitor öffnete eine lederne Kladde, worin er Pergament aufbewahrte. Wie auch immer, dachte er, tauchte die Feder in das Tintenfass und begann mit seinen Notizen. Vorerst wollte er kein Schreiben nach Rom senden. Nein, dieser Hinweis war ein viel zu wertvolles Druckmittel gegen den Erzbischof.

✝

In Abständen eines Mondes folgten nun die weiteren Prüfungen. Die Bogen- und Wurfprüfungen lagen bereits hinter den Jungen. Hier schied nur der aus, der das Ziel verfehlte. Und keiner der Brüder hatte sein Ziel verfehlt. Gefreut hatten sie sich miteinander, ebenso wie sie zuvor um die Brüder getrauert hatten. Doch dies sollte sich in den nächsten Tagen ändern.

In der Nacht vor dem Tjost wälzte sich Theo unruhig auf seinem Lager. Die ganze Zeit spürte er in seine Schulter hinein. Wird sie die Schläge aushalten?, dachte er. Soll ich die Lanze auf der anderen Seite einlegen? Er versuchte, den Schmerz zu besiegen, indem er über die Narbe an seinem Unterarm rieb. Er warf einen schrägen Blick zu einer der Dachluken. Wolken trieben vor dem abnehmenden Mond dahin.

Erst tief in der Nacht war ihm, als hörte er eine Stimme: »Nur der Dumme fängt die Lanze mit voller Wucht, Theo. Schütze dein Leben. Hebe den Schild und leite damit die Lanze ab, wenn sie kommt. Das war meine beste Finte beim Lanzenstechen. Mache es so spät wie unauffällig, dann kannst du es mehrfach wiederholen, und die anderen merken es nicht. Beobachte deinen Gegner und greife deine Lanze kürzer als er. Gleitet die Lanze erst einmal ab, dann steht es gut, dass deine trifft.«

Theo schreckte auf. Die Brüder schliefen noch, und der schwache Mondschein erhellte die Nacht in silbrigem Schimmer. Vater! Friedrich sprach wieder zu ihm im Traum.

Drei Pritschen weiter wälzte sich Glander unruhig hin und her. Eine lange Weile badete Theo, vom Glück beseelt, in dem Traum, und dankbar durchwachte er die Stunden, bis draußen die Dämmerung aufzog.

Der Tag des Lanzenstechens brach an und mit ihm der Kampf Bruder gegen Bruder. Wieder würde einer von ihnen gehen müssen. Hart malten sich Trauer und Sorge in die bleichen Gesichter der Jungen.

Von der Tribüne rief Meister Herbordus über den Platz: »Haben am Ende die beiden Schwächsten gleich wenige Treffer für sich verbucht, so wird unter ihnen entschieden, bis der Unterlegene sich zeigt.«

Friedrichs Finte war Gold wert. Die Lanzen rutschten an Theos Schild ab, die Schulter hielt, und er entschied alle Treffen für sich. Doch der Wettstreit wollte es, dass zwei Brüder gleich wenige Kämpfe gewonnen hatten. Lamot gegen Bartosch, hieß es am Ende des Tages.

Das Unglück der Freunde war mit Händen zu greifen. Merten, der besonders eng mit Bartosch war, hatte sich gar mit Glander, Lamots bestem Gefährten, geschlagen, sodass sie je die folgende Nacht in einer Arrestzelle des Wehrturms verbrachten. Am nächsten Morgen musste Bartosch die Goldkröte schlucken, was Merten Lamot auf ewig anlastete, obwohl dieser das Dilemma selbst nur hätte überwinden können, indem er sich absichtlich von Bartosch aus dem Sattel hätte stoßen lassen.

Bei der Stangenprüfung verhielt es sich wie bei den ersten Prüfungen. Auch kämpften die zähen Krieger, zu denen sie geworden waren – ein jeder trug irgendwo am Körper mehr als eine Narbe –, nicht gegeneinander.

Auf dem Übungsplatz war ein massiver Zaun in einem nicht zu großen Quadrat gezogen worden. In Abstand eines Schrittes um das hölzerne Geviert standen tribünenartige Holzgerüste. Nun hielten die steilen, prall gefüllten Ränge die Kälte in diesem März des Jahres 1231 ein wenig ab.

Die beiden jüngeren Jahrgänge fehlten. So wie sie damals selbst bekamen diese nicht mit, was in den Tagen der Prüfungen in der Kommende ablief. Umso mehr wurden sie von den Meistern, Gästen, den älteren Brüdern und gegürteten Rittern des Ordens gewogen und gemessen. Die jungen Burschen fürchteten den Schmerz, den aufeinandertreffende Stangen und zerquetschte Finger hinterlassen würden. Ihre Gegner wurden aus dem weniger kalten Kellergewölbe der Kommende auf den

Platz geführt. Es handelte sich um je drei straffällige Soldaten oder Wachmannschaften, die sich in einer Art Gottesurteil ihrer Schuld entledigen konnten, sollten sie gewinnen.

Theo blickte auf Mertens nach dem beendeten Kampf blutende Finger und ließ den Blick zu seiner gebrochenen Nase hinaufgleiten. Doch das ramponierte Gesicht des Bruders zeigte ein erleichtertes Lächeln.

Theos Gedanken wanderten zu seiner Schulter. Furcht vor Verletzungen, dachte er, ist ein schlechter Ratgeber. Er schob den Ärmel seines Lederwamses ein Stück nach oben und fuhr sich über die wulstige Narbe auf seinem Unterarm. Er spürte die Taubheit auf der alten Verletzung. »So wird sich jeder Schmerz anfühlen«, flüsterte er. Von der Narbe aus ließ er das Gefühl im Geiste über Haut und Muskeln zu seiner Schulter hinaufströmen, um den Schmerz auszublenden.

Die johlende Menge riss Theo aus seinen Gedanken. Lamot hatte seine Widersacher besiegt.

»Theo, du bist der Nächste.« Mogrod legte ihm die Hand auf die Schulter und schüttelte ihn sanft. »Alles Gute, Bruder.«

Fast mechanisch stand Theo auf. Er blickte zur Haupttribüne hinüber. Neben Meister Geradus saß ein hoher Herr, den er nicht kannte. Lamot kam ihm mit dem Lächeln des Siegers entgegen. Sie schlugen ein.

Theo trat in den Ring. An der gegenüberliegenden Seite waren seinen Gegnern die Ketten abgenommen worden. Nun hielten sie mannslange Stangen in den Händen.

Theo spürte, dies würde ein Kampf auf Leben und Tod. Keine umwickelten Stangenenden mehr, nur der gepolsterte Gambeson und sein Können waren sein Schutz gegen drei erfahrene Soldaten. Wahrscheinlich kannten sie sich mit Halmbarten aus. Der Schwarzhaarige, der Theo am nächsten war, hatte eine lange Narbe im Gesicht. Ein langhaariger blonder Hüne mit einem ledernen Haarband hielt sich im Hintergrund. Der Dritte – offensichtlich hatte er einst die Ehe gebrochen, denn ihm fehlte die Nase – machte auf Theo den schwächsten Eindruck.

Immer bist du derjenige, der das Spiel nach seinen Regeln bestimmt, rief er sich in Gedanken. Der Schwarzhaarige bewegte sich vor. Theo wartete nicht lang. Er ließ den Stab vorschnellen, als wolle er ihn dem Narbengesicht vor die Nasenwurzel rammen. Kurz vor dessen Stirn stockte der Stab unversehens, Theo wirbelte herum, und seine Stange zielte auf den blonden Hünen. Doch dieser war schnell.

✝

Bischof Bernhard von Paderborn kannte Kardinal Hugo von Segni noch aus seiner Zeit in Cöln, wo er als päpstlicher Legat den Filz im Erzbistum und den untergeordneten Bistümern mit Ekel beäugt und Missstände nach Rom gemeldet hatte. Und ausgerechnet dieser Herr war zum Oberhaupt der römischen Kirche auserkoren worden. Nun hielt Bernhard, ein paar Tage später als Erzbischof Molenark, den Brief Papst Gregors in den Händen.

»Was soll das denn?«, rief er wütend in die Leere seines Arbeitsgemaches. »Das ist ein Anschlag auf meine Freiheit, mein Bistum zu führen, so wie ich es für richtig halte! Außerdem übergeht der Heilige Vater den Erzbischof, ich muss nach Cöln reisen und mich mit Erzbischof Heinrich beraten.«

✝

Theo stand zwischen dem Mittleren und dem Hünen. Was ist mit dir?, fragte er sich selbstsicher. Er hatte die Gegner studiert. Wieder zielte Theo auf die Stirn des Hünen.

In einem Reflex riss dieser den Stab hoch, drehte sich zur Seite weg und entblößte dabei für den Bruchteil eines Augenblicks die rechte Seite seines Brustkorbs. Mit aufgerissenen Augen bemerkte er seinen Fehler. Doch zu spät. Theos Stecken traf mit voller Wucht. Der Riese schrie auf. Er hielt seinen Stab noch in der rechten Hand, doch die Linke war augenblicklich unter die Achselhöhle geschnellt. Mit dem nächsten Schlag sauste Theos Stange dem großen Sträfling mit solcher Wucht auf den

Hinterkopf, dass dieser wie gefällt zu Boden ging. Die Menge schrie wie im Rausch.

Keine Atempause lassen, das Spiel spielen, dachte Theo. Beide Verbliebenen waren Rechtshänder. Er nahm den Nasenlosen zwischen sich und den Narbigen und schlug nach seiner linken Hand. Reaktionsschnell zog sein Gegner sie zurück, doch für einen kurzen Moment lag der Stab nicht mehr stabil in seinen Händen.

Eine schnelle, aber kraftlose Antwort blockte Theo mit einer Senkrechten, und mit aller Kraft hieb er das linke Ende seiner Waffe auf den Scheitel des Kleineren. Das Holz krachte auf den Schädel. Ein übles Geräusch war zu vernehmen, während der Soldat wegkippte.

Mit einem Satz sprang Theo über ihn hinweg – eine gute Mannslänge vor den letzten Widersacher, der nervös wirkte. Sie wechselten einige Standardparaden. Rechts, links, rechts, links … Der Gegner versuchte zu übernehmen und drückte Theo zurück. Dieser ließ es geschehen. Wieder zwei Schlagparaden. Der Narbige schob Theo erneut durch die Arena. Einmal, zweimal. Jetzt heftiger. Ein drittes Mal, und jetzt hielt Theo dagegen, zog dann schnell die Rechte zurück, die gegnerische Stange rutschte an Theos Holz entlang, und der Mann rannte ins Leere. Er war nicht ganz an Theo vorbei, da traf ihn das Ende von Theos Knüppel im Nacken. Er stürzte, wollte sich drehen, doch der Junge war bereits bei ihm und rammte ihm das Ende wie ein Schwert von oben mitten gegen das Brustbein. Dem Mann blieb die Luft weg. Ein Röcheln erstarb in seiner Kehle.

Die Menge feierte, doch Theo empfand Trauer über das grauenvolle Sterben der todgeweihten Kreaturen. Da war es ein Trost, dass keiner der Jungen an diesem Tag die Münze nehmen musste.

✝

Die letzte und wichtigste aller Prüfungen rückte näher: Der Schwertkampf fand im Sommer in der Landkomturei Alden-

Biesen statt. Alle zehn Kommenden schickten ihren Prüfungsjahrgang. Einige auswärtige hohe Herren und alle Komture waren anwesend. Doch Komtur Geradus wäre auch ohne das Spektakel gekommen. Ihn trieb das Zerwürfnis mit den Glaubensbrüdern an, das er bei Hermann von Balk ansprechen wollte, und so erreichten Meister Geradus, Meister Teyvas und seine neun Eleven die Ballei am Rolandstag.

»Ihr, Geradus, seid nicht der einzige Komtur, mit dem ich in diesen Tagen hierüber spreche. Siersdorf und Jungen-Biesen berichten Gleiches«, sprach Hermann von Balk. »Tut Euch zusammen, bis Ihr es mit meinem Nachfolger besprechen könnt.«

Geradus stutzte. »Mit Eurem Nachfolger, Bruder?«

»Ja, Ihr habt richtig gehört. Ich bin mit der sogenannten Heidenmission in Prußen betraut.«

Die Goldene Bulle von Rimini, erinnerte Geradus sich an den Erlass Kaiser Friedrichs von 1226. Damals hatte der Kaiser Großmeister Hermann von Salza mit der Eroberung des Prußen-Landes betraut. Nun ging das Unternehmen also los, und der Deutschorden war das Werkzeug der Obrigkeit. »Und das sagt Ihr mir so nebenher?«

»Ich werde heute Abend alle Komture informieren. Ihr seid der Erste, der es erfährt. Bitte haltet solange noch Stillschweigen.«

Geradus nickte förmlich. »Dann meinen Glückwunsch, Hermann. Wann werdet Ihr abreisen, und wo werdet Ihr Euren Sitz nehmen?«

»Der Markgraf von Brandenburg hat eine neue Stadt auf einer Insel an dem Flusse Spreva begründet. Dorthin werde ich Anfang des kommenden Jahres reisen. Alles Weitere werde ich dann sehen.«

»Wer wird Euer Nachfolger?«

Hermann hob die Schultern. »Habt Ihr Interesse? Die Wahlen finden erst an Dreikönig statt.«

»An und für sich nicht. Aber habt Dank, ich werde es mir überlegen. Vielleicht ist es jetzt sogar meine Pflicht, wo Erzbischof Molenark und Komtur Gerald ihre Ränke gegen uns schmieden.«

»Ich werde Hermann von Salza jedenfalls berichten, was hier vorgeht, Bruder. Nun lasst uns schauen, ob Ramersdorf auch in diesem Jahr das Schwert des Ordens stellt.«

»Wisst Ihr, was bei uns vorgefallen ist?« Geradus legte seinen Mantel an. Auf den Tribünen war es bitterkalt. »Bei unserer Schicksalsprüfung wurde ein Kommando eingeschleust. Es sollte einen unserer Jungen töten.«

»Galt der Anschlag dem Orden oder dem Jungen?«

»Wohl eher nicht uns, vermuten wir.«

»War es ein besonderer Bursche?«

»Das ist er zum Glück noch immer, Herr. Es geht um Theo von Isenberg. Der Herzog von Limburg würde mich einen Kopf kürzer machen, überlebte der Junge Ramersdorf nicht. Wir vermuten den Erzbischof oder seinen Großonkel hinter dem Anschlag.«

»Das Mündel Herzog Heinrichs? Weiß er Bescheid?«

»Nicht von uns. Es gab noch keine Gelegenheit.«

Sie verließen das Haus der Kommende und strebten dem Turnierplatz zu.

»Unsere Schwertkämpfer jedenfalls sind sauber«, sagte Hermann von Balk.

»Woher nehmt Ihr sie? Wir werden nach dem Zwischenfall auf dem Schicksalspfad keine mehr aus Cöln nutzen können.«

»Mörder aus Flandern, Brabant und Holland.«

»Soldaten?«

Hermann nickte. »Und Söldner. Ehrloses Pack. Nur sich selbst verpflichtet. Sie kleben an ihren jämmerlichen Leben wie Ratten. Die ehrlichste Prüfung für unsere jungen Brüder.«

Sie stiegen die Stufen der Tribüne hinauf. Die Kämpfe waren bereits im Gange.

Theo saß auf der Tribüne weit unten und fühlte sich, wie wohl jeder seiner Brüder, hundeelend. Diese wichtigste aller Prüfungen zerrte besonders an seinen Nerven. Die Menschenmenge machte den Ort unruhig und laut. Irgendwann in diesen Tagen würden Theo zwei Mörder zugleich gegenüberstehen. War ein Kampf vorüber, trat ein neues Mörderpaar aus den Katakomben der Kommende auf den Streitplatz. Dann griff der Herold, der oben neben Hermann von Balk stand, in ein leeres Weinfass auf einem Schemel und zog einen von etwa neunzig Namenszetteln heraus, den er laut verlas. Kein Ordensbruder wusste also, wann er an der Reihe war. Die Prüflinge übertrugen Anspannung und Ängste untereinander.

Theos Augen suchten die Gegentribüne ab. Sein Oheim Heinrich von Limburg war da. Er sah, wie sich Landkomtur Hermann von Balk neben ihn setzte, Komtur Geradus setzte sich etwas weiter entfernt neben Meister Teyvas. Und wieder war da dieser Herr, der bei den Prüfungen in Ramersdorf zugegen gewesen war.

Theo durchforstete die Reihen weiter. Seit dem Angriff auf dem Schicksalspfad war er misstrauisch. Ist vielleicht ein Spion hier, oder hat die Mark ihren besten Kämpfer geschickt?, dachte er. Zu seinem Erstaunen entdeckte er seine Onkel Engelbert und Wilhelm, jedoch nichts Verdächtiges. Aber wie auch? Und außerdem, sagte er sich, wird ja gelost, wie soll da geschummelt werden? Vielleicht ist der Herold gekauft …

Er schüttelte den Kopf und maßregelte sich im selben Moment: Sei nicht unaufmerksam! Augenblicklich konzentrierte er sich wieder auf die Kämpfe.

Der erste Tag ging vorbei. Etwa dreißig Kämpfe hatte Theo gesehen, etliche Finten studiert. Fünf der jungen Aspiranten hatten mit ihrem Leben bezahlt. Aus Ramersdorf war einzig Glander aufgerufen worden. Sein Kampf war kurz gewesen. Einen kleinen Schnitt, der mit zehn Stichen genäht werden konnte, hatte er davongetragen. Die Heilerbrüder verstanden sich auf ihr Handwerk. Das beruhigte Theo, anders als der Umstand des Wartens.

»Unsere Gegner müssen so lange warten wie wir«, meinte Mogrod. »Für sie geht es um ebenso viel wie für uns. Sie haben genauso die Hosen voll.«

Seit dem Lanzenstechen war ihm Mogrod der Liebste geworden. Wie Theo hatte er eine dunkle Seite, und es schien, als trüge er ein Geheimnis. Die anderen – selbst Raven – mochte Theo kaum weniger, und er hoffte, dass sie bald alle Gewissheit hatten.

Am zweiten Tag waren Merten, Ante, Lamot und Raven an der Reihe. Auch sie siegten, wobei Merten zwei Finger abgeschlagen wurden und Ante ein blutiger Schnitt über die Wange ging, der erst am Hals endete und später eine Delle in seinem Kieferknochen zeigte.

Am dritten Tag waren nur noch Grull, Mogrod und Theo übrig. Mogrod wurde als Erster gezogen.

»Komm bloß wieder!«, rief Grull ihm hinterher, und Mogrod gehorchte. Einen langen und zähen Kampf hatte er durchstehen müssen. Das Wissen, dass sein Leben ernsthaft bedroht worden war, war ihm danach ins Gesicht geschrieben. Kein Zeichen von Triumph, noch nicht einmal Erleichterung.

Grull knibbelte immer wieder an der Stelle an seinem Hals und ruckelte nervös hin und her. Theo und er hatten sich bisher Mut zugesprochen, doch jetzt stand Theo auf und setzte sich woandershin, während Ante seinen Platz einnahm, um Grulls Zuversicht zu stärken.

Theo wollte in seinem Gleichmut bleiben, sich von keiner Aufregung anstecken lassen, und davon gab es unter den dreißig verbliebenen Halbwüchsigen genug. Schließlich war ihr Name mehr als sechzigmal nicht aufgerufen worden. Jedes Mal, wenn ein Name ertönte, erhob sich dessen Träger, als könne er es kaum erwarten, und stob hektisch vor.

Würde Theo aufgerufen, würde er ebenso gleichmütig aufstehen, wie er in den Ring steigen würde. So hatte er es in Teyvas Verhalten gesehen, so hatte Einhard es ihm von seinem Vater berichtet, so wollte auch er es handhaben.

Ein großer, kräftiger Soldat trat in den Ring. Eine kriegerisch wirkende Tätowierung zierte seinen kahlen Kopf. Ihm folgte ein verschlagen aussehender, nicht weniger kräftiger, aber kleinerer Kerl. Der Herold griff in das Fass und verlas: »Aus der Kommende Ramersdorf, Bruder Theo!«

Theo schlug das Kreuz, erhob sich, ging zur Haupttribüne und verbeugte sich vor Hermann von Balk, wie alle vor ihm, dann schaute er seinem Oheim ruhig in die Augen und schwang sich in den Ring.

✝

»Das ist er, Hermann«, raunte Herzog Heinrich von Limburg, doch der schien den Blick Theos auf seinen Oheim schon bemerkt zu haben und schaute interessiert zu dem Jungen hinüber.

»Wisst Ihr, dass auf ihn ein Anschlag bei der Schicksalsprüfung verübt wurde?«

»Warum wurde ich davon nicht in Kenntnis gesetzt?« Heinrich suchte auf der Tribüne mit wütenden Blicken nach Meister Geradus.

»Hat der Junge Euch denn nicht davon berichtet?«, fragte Landkomtur Hermann von Balk.

»Es geht los.« Heinrich überging die Frage, weil er nicht zugeben wollte, dass Theo ihn nicht ins Vertrauen gezogen hatte. Er wies mit dem Haupt in Richtung des Kampfplatzes, wo die Krieger ihre Eisenhauben aufgezogen hatten, sich zu umkreisen begannen und sich mit einzelnen Hieben abtasteten.

Heinrich studierte Theos Gegner. Beide waren kräftig. Der große Glatzkopf verfügte über einen mächtigen Hebel. Schweißperlen traten ihm auf die Stirn. Theo durfte sich auf keinen Schlagabtausch einlassen, allenfalls um Finten vorzubereiten. Ein einziger Hieb konnte ihn dem anderen zum Fraß vorwerfen.

»Also, was war?«, fragte Heinrich, während seine Augen weiter dem Kampf folgten.

Hermann berichtete von den Angreifern, Theos Wurfmesser im Schädel des einen und der wie von einem Tier zerfetzten Kehle des anderen. »Wahrscheinlich sind noch weitere Attentäter geflohen«, endete er seinen Bericht.

Theo bewegte sich stets so, dass immer einer der beiden Kämpfer zwischen ihm und dem anderen war.

»Das kostest zu viel Kraft, Junge!«, sagte Heinrich erregt und knüpfte dann wieder an das laufende Gespräch an. »Wie zerfetzt?«

Hermann zuckte mit den Schultern. »Man weiß es nicht.«

»Woher kamen die Verurteilten?«

»Vom Stadtvogt in Cöln.«

»Wie dumm seid Ihr eigentlich?« Heinrich schaute ärgerlich zu Hermann. »Eppendorf hat meinen Schwager eingekerkert. Er ist ein Mann des Erzbischofs. Also steckt Molenark dahinter.«

»Oder die Mark.«

»Das ist einerlei. Die stecken alle unter einer Decke. Ado hat sofort nach Erzbischof Engelberts Tod Friedrichs ganzen Besitz an sich gerissen. Und der neue Erzbischof Molenark hat ihn mit der Essener Vogtei belehnt.«

»Wollt Ihr die Lande zurückholen?«

»Da könnt Ihr Gift drauf nehmen. Deshalb müsst Ihr auch dafür sorgen, dass der Junge das hier überlebt! Sind die Toten bekannt?«

Der Landkomtur straffte sich auf seinem mit Fellen ausgelegten Sessel und betete, dass die Ausbildung in Ramersdorf ihrem Ruf gerecht werde und der Junge jetzt nicht sein Leben ließ. »Geradus sagt, Stadtvogt Eppendorf habe ihm in einem Brief mitgeteilt, die Attentäter seien unbekannte Raufbolde aus Cöln.«

»Blödsinn! Das glaubt er ihm hoffentlich nicht.« Heinrich beugte sich nach vorn und sah dem Kampf angestrengt zu. »Das Abtasten dauert zu lange!«

Tatsächlich klirrten die Klingen selten gegeneinander. Und wenn, hielt Theo so dagegen, dass die Schwerter an seinem abrutschten. Warum dauert dieser Kampf länger als bei den anderen, sie sind doch nicht besser als andere Verbrecher? Es muss etwas passieren, dachte Heinrich und begriff nicht, zu welchem inneren Warten sein Schützling imstande war. Die drei waren in der Art, wie sie sich in Beziehung zueinander stellten und sich umkreisten, Teile eines Stückes geworden.

Langsam begriffen die Zuschauer, dass dieser Kampf etwas Besonderes war. Auf den Rängen war es so still geworden, dass man jedes einzelne Husten oder Räuspern hörte.

Als Erster wurde der Bullige nervös. Theo sah ihn wild vor- und zurückspringen, und der Mann hörte auch nicht auf, als die Zuschauer murrend kundtaten, dass es genug des Guten sei. Theo sah, wie der Mann bei jedem Sprung zurück sein Gewicht auf das vordere Bein verlagerte, um sich abzudrücken. Der Große mit der enormen Reichweite stand zu seiner Linken, zum Hieb bereit. Theo studierte die Sprünge und witterte eine Angriffsmöglichkeit, wenn sich der Kerl mit dem vom Hünen abgewandten Bein abdrückte und den Oberkörper zurücknahm. Gerade wollte Theo vorstoßen, da nahm er über sich einen Schatten wahr.

✝

Zur selben Zeit saß Bischof Bernhard von Paderborn bei Erzbischof Molenark. Die päpstliche Aufforderung, Kanonikus Gregor Residenzrecht und Einkommen zu Paderborn zu gewähren, lag zwischen ihnen auf der großen Karte des Rheinlandes und Westfalens.

»Ihr habt recht, Bruder. Ich will diesen Schnüffler auch nicht in meinem Erzbistum haben«, sagte Molenark.

»Hinterher bekommt er noch den Bischofssitz.«

»Utrecht wäre frei. Wollt Ihr Bischof von Utrecht werden?«

»Wollt Ihr mich verhöhnen?« Bischof Bernhard war empört. »Ihr bietet mir ein Bistum an, das Ihr zur Finanzierung Eures Krieges gegen Jülich und Limburg flügellahm gemacht habt.«

»Zuerst muss das Erzbistum gesichert werden.«

Bernhard winkte ab. »In Paderborn sichere ich Euch das Herzogtum Westfalen, vergesst das nicht. Und das ist schwer genug gegen die eigene Stadt und den Adel im Umland.«

»Ich komme in große Schwierigkeiten, wenn ich Euch nicht vor den Augen des Papstes und der Welt ermahne, wenn Ihr Euch weigert, dem Kanonikus das Wohnrecht und den Zutritt zu Eurem Haus zu gewähren, was ihm vom Papst zugesichert wurde.«

»Damit würdet Ihr allerdings der Welt und dem Papst zeigen, dass er in Eurem Erzbistum herumspionieren kann, wie er will. Wollt Ihr das zulassen? Wenn dieser Gregor erst einmal in Paderborn ist, wissen wir nicht, welches Unheil er dort anrichten wird. Unsere Freiheiten in Westfalen stehen auf dem Spiel. Wir haben Euch nicht gewählt, damit Ihr jedem Eindringling Tür und Tor öffnet, Heinrich.«

✣

Der Rabe, der sich gerade auf einem Pfahl niedergelassen hatte, flog krächzend auf, als sich das Kampfgeschehen auf ihn zubewegte. Erneut sprang der kleinere der Angreifer nach vorn und wollte wieder zurückspringen. Doch dieses Mal schnellte Theos Schwert blitzartig vor und hieb ihm in den Unterschenkel. Augenblicklich zeigte sich eine rote Kerbe. Der Getroffene hüpfte mit schmerzverzerrtem Gesicht zurück und gab seine Phalanx auf.

Nur kurz blickte sich der Hüne nach seinem Kampfgefährten um, doch dieser Augenblick reichte Theo, um den Knienden zwischen sich und den Recken zu bringen. Kurze Zeit nur hatte er so einen Vorteil, und er musste achtgeben, nicht getroffen zu werden. Schon versuchte der Kleinere, wieder auf die Beine zu kommen. Der Riese erkannte die Schwachstelle. Er schickte sich an, seinem Kameraden Deckung zu geben.

Wieder reichte Theo der Bruchteil eines Wimpernschlags. »Hole nie zu weit aus«, hörte er eine Stimme in sich. Mit einem vorhändigen Streich traf seine Klinge den Kleinen am Hals, als dieser aufstehen wollte.

Theos Schulter wirkte dem großen Kerl jetzt wie eine Einladung. Er schnellte vor. Doch in dem Moment fuhr Theo dem Hünen mit einem rückhändigen Streich durch den Bauch. Ungläubig ließ der Große sein Schwert fallen und hielt sich die blutende Wunde, während der andere röchelnd starb.

Als Theo unter dem Jubel der Menge den Ring verließ, fand sein Blick Herzog Heinrich, dem die Erleichterung anzusehen war. Der hochstehende Deutschherr neben ihm sprach heiter auf Heinrich, der die Augenbrauen hochzog, ein.

Doch Theo ergriff die vormalige Trauer. Erneut wusste sein Kriegerherz, dass er in diesem Töten niemals Befriedigung finden würde. Die Menge schrie und frohlockte, es widerte ihn an. Nur seine Gefährten freuten sich, weil er lebte. Zu ihnen ging er.

18. KAPITEL

Sommer und Herbst 1231

Zurück in Ramersdorf dampfte der Kohl vor Theos Gesicht. Er nahm einen Löffel. Der intensive Geschmack von Liebstöckel breitete sich in ihm aus. Meister Hildebrand hatte zu ihren Ehren ein Festessen bereitet. Doch alle Gefährten waren sehr still. So wie damals, als Theo die gedrückte Stimmung am Tisch der älteren Brüder wahrgenommen hatte.

Selbst Lamot starrte auf die leeren Plätze an ihrer Tafel. »Nun wissen wir, warum bei den Älteren die Plätze frei waren.«

Einen Augenblick nur hielten die Jungen inne. Theo schnitt den Braten mit seinem Messer, schob das Stück zusammen mit etwas Weißkohl auf seinen Holzlöffel und blieb in Gedanken.

Zum ersten Mal seit drei Jahren waren sie von dem täglichen Ablauf der Ordensregeln und dem Drill ausgenommen. Zum ersten Mal seit drei Jahren fühlte Theo sich frei von dem Druck des Ordenslebens. Er dachte zurück an die Zeit nach dem Tod seiner Eltern. Wie unreif hatte er sich damals gefühlt, wie erwachsen war er geworden. Viel zu schnell.

Wer hat in meinem Alter schon drei Männer getötet und zwei verstümmelt? Wer wird da schon zum Ritter geschlagen? Nur Jungen aus dem Orden. Hätte ich mich aus freien Stücken entschieden hierherzukommen? Menschen töten zu lernen? Was für ein edles Handwerk, dachte er verächtlich.

Theo schaute zu Ante zu seiner Rechten, sah die verblasste Narbe und die Delle am Kiefer des Bruders. Er wandte den Kopf zu Mogrod und nahm den spärlichen Bartwuchs vereinzelter schwarzer Haare an Kinn und Wange auf blässlich grüner Haut wahr. Jeder von ihnen teilte Theos Schicksal – jeder von ihnen hatte schon mindestens zwei Menschen auf dem Gewissen. Er ließ den Löffel in seine Schale sinken und schob sie von sich.

Am Nachmittag hatten sie im Hof der Kommende Aufstellung genommen. Dieser war erfüllt von den Rauchschwaden Weihrauch schwenkender Ministranten. Meister Gerald, seines Zeichens auch Weihbischof des Cölner Domkapitels, war gekommen, um die Schwertleite der jungen Brüder zu begehen. Doch Theos Blick hatte dem übergroßen Herrn im gelb-schwarzen Wappenrock gegolten, der heute mit hohem Gefolge gekommen war. Wahrscheinlich mit seiner Familie. Ihm als Schirmherrn der Kommende war es genehmigt, der Zeremonie der Schwertleite beizuwohnen.

Seine Gefolgschaft und die Meister der Kommende bildeten den Rahmen um den Herrn und den vom heiligen Nebel umgebenen hageren Gerald. Ein Bild, das kontrastreicher nicht hätte sein können.

»Wir danken Euch, erlauchter Graf, für die Stiftung Eures Besitzes für unsere Kommende. Wir haben uns dank der Voraussetzung, der Fürsprache, die Ihr gebt, und des Schutzes, den Ihr uns gewährt, den besten Ruf im Deutschorden nördlich der Alpen errungen«, sprach Meister Geradus, »und auch in diesem Jahr haben wir das Schwert des Deutschordens in unseren Reihen. Dieses und alle anderen vorzüglichen Kämpfer, die in den letzten Monaten den übermenschlichen Belastungen unseres Schliffs und unserer Prüfung standgehalten haben, werden nun in Eurer Stiftung durch unsere Glaubensbrüder gegürtet.«

Das ist also der Stifter der Kommende, der legendäre Henrik von Sayn, erkannte Theo, während sich die Weihrauchschwenker in Bewegung setzten – in ihrer Mitte der streng blickende Gerald, Sayn neben ihm. Die Ehre auskostend, schlug Gerald vor jedem Jüngling das Kreuz und tippte den Jungen anschließend mit dem Weiheschwert auf die Schultern.

Theo hob den Kopf, und sein kurzer Blick kreuzte die blauen Augen eines Mädchens im Gefolge des Grafen. Er stockte. Es stand vor einem Edelmann im Sayner Wappenrock. Offensichtlich handelte es sich bei dem Mann um seinen Vater, denn der hatte die Hände vor der Brust des Mädchens zusammengelegt, und ebendieses blinzelte zu Theo herüber, als wolle es ihn necken.

Ich kenne sie. Im Moment ebenjenes Gedankens bemerkte Theo, dass sie den Blick wieder von ihm abwandte und beobachtete, wie Weihbischof Gerald nun Glander vom Armiger zum Ritter beförderte. Wenig später umhüllte auch ihn die nach Weihrauch riechende Wolke, und Theo vernahm die Stimme des Weihbischofs: »Schwert des Deutschordens, zu Gottes und Mariä Ehr, nimm diesen Schlag und sonst keinen mehr.«

✠

Wieder hatte er eine Horde junger Ritter hervorgebracht. Meister Teyvas war stolz auf die Jungen, auch wenn er es niemandem zeigte. Ihm kamen die Bilder seiner eigenen Schwertleite im fernen Land der Magyaren – seiner Wiege – in den Sinn.

»Teyvas.« Meister Geradus berührte ihn väterlich an der Schulter. »So versonnen, Bruder?«

Teyvas schaute den Komtur an. Ein kurzes Lächeln entsprang seinen Mundwinkeln. »Wieder ein Jahrgang«, sagte er.

Geradus nickte, doch zögerte er einen Augenblick, bevor er weitersprach. »Bruder, ich habe Euch etwas zu sagen.«

Meister Teyvas erschrak, denn er wusste, dass sich Schicksalhaftes ankündigte.

»Ich werde mich um die Landkomturei bewerben. Es muss sich jemand diesen Eiferern wie Bruder Gerald und dem Erzbischof entgegenstellen.«

»Wann wird das sein, Herr?«

»Schon bald werde ich mich dem Deutschmeister vorstellen.«

»Dann trennen sich unsere Wege nach all den Jahren, Geradus.«

»Ja, leider, Teyvas. Es war eine gute Zeit.«

»Ja, Herr, das war sie.«

»Und ich muss Euch noch etwas sagen.«

Teyvas horchte erneut auf.

»Hermann von Balk wird Deutschmeister für das Prußenland, er braucht Euch dort und bittet mich, ihm Euch zu überstellen. Ihr sollt einer neuen Kommende vorstehen und die Ausbildung dort leiten.«

Teyvas nickte ergeben. »Ich gehe, wohin mich der Orden sendet, Herr.«

✝

»Im Schwertkampf trägt Raven seine ganze Bedrohlichkeit zur Schau«, raunte Ante, während er und Theo am nächsten Tag den Brüdern beim Üben zuschauten.

Theo nahm eine Kelle Wasser, trank und gab sie an seinen Bruder weiter. Außerhalb des Kampfplatzes zeigte Raven jetzt Zucht und Benehmen. Insgeheim war er aber immer noch derselbe wie am Anfang, das wusste Theo. Jemanden wie ihn hatte man besser auf seiner Seite denn als Feind. Was aber, wenn er sich irgendwann gegen ihn wendete? War es ein Spiel mit dem Feuer, Raven zu fragen, ob er ihn unterstützen würde? Hatte er womöglich mit den Geschehnissen auf dem Schicksalspfad zu tun? Theo würde sich später mit ihm beschäftigen. »Ante«, sagte er, »was wirst du jetzt tun?«

»Ich bleibe im Orden. Was denkst du denn?«

»Warum?«

»Was soll ich daheim?«, entgegnete der Bruder düster.

Theo machte eine Pause, bevor er sprach: »Willst du nicht mit mir kommen?«

»Mit dir kommen?« Ante schaute ihn fragend an. »Bleibst du denn nicht im Orden?«

»Nein, mein Oheim holt mich zu sich zurück.«

»Und was wirst du machen?«

»Ein Verwandter hält meine Lande besetzt. Ich werde sie mir zurückholen. Lieven kommt mit mir, hat er gesagt.«

»Lieven?«

»Überleg es dir.« Theo nickte und schaute zu den kämpfenden Brüdern. Raven, so dachte er, trägt zwar seine ganze Bedrohlichkeit zur Schau, doch Lamot verbirgt seinen todbringenden

Hieb ebenso gut wie seine Dolche. Und allein mit seiner Zunge kann er töten. Lamot muss ich gewinnen.

✝

Es war bereits hoher Sommer, als der päpstliche Kardinal-Legat, Otto von Sankt Nicolaus, Erzbischof Heinrich von Molenark ermahnte, keine weitere Pfründe aus dem Lütticher Bistum zu vergeben. Und das in seinem eigenen Haus.

Wütend brüllte Molenark den Legaten an: »Was denkt Ihr, was das hier ist, eine Kinderei? Das Erzbistum war bankrott, als ich es übernommen habe. Wie stehe ich nun da?«

Der Kardinal-Legat hörte den Erzbischof regungslos an.

»Ich habe Geld dafür bekommen. Wie soll ich das jetzt zurückzahlen?« Molenarks gelbes Weiß um die braune Iris trat sichtlich hervor.

Der Legat hob die Schultern. »Ich verstehe Euch, Exzellenz. Doch seine Heiligkeit wird alles zurücknehmen, was der Kirche schadet.«

»Wie stellt Ihr Euch das vor? Ihr vergesst, was hier noch vor fünf Jahren los war! Der rheinische und der westfälische Adel bedrängen das Erzbistum. Ich muss Heerscharen bezahlen! Sagt das dem Bischof von Rom!«

Doch je ärger Erzbischof Molenark die Sorge um Geld trieb, desto größer erwies sich sein Erfindungsreichtum. Und die gefundene Lösung sollte ihm in zweierlei Hinsicht helfen. Indem er die Deutzer Zünfte mit den gleichen Handelsrechten wie die Zünfte von Cöln ausstattete, nahm er die Stadt auf der anderen Rheinseite unter seinen Schutz. Dafür allerdings ließ er sich fürstlich entlohnen. Gleichzeitig bereitete er damit den ersten Stoß auf Heinrich von Limburg vor. Zum Schutz des Handels in diesen unruhigen Zeiten, wie er in seiner Urkunde vom ersten August des Jahres schrieb, durften die Deutzer nun eine Stadtmauer um ihre Stadt errichten. Damit war die limburgische Burg Deutz von der Stadt getrennt. Dann bemühte Heinrich sich bei Otto, dem Pfalzgrafen bei Rhein, und Hermann, Markgraf von

Baden, gegen Verpfändung der Erzstifte Bacharach, Diebach, Guntersblum und Bretzenheim um weitere eintausendvierhundert Mark Cöln. Im Oktober belagerte er Burg Deutz und zerstörte sie, woraufhin er sich gegen die limburgische Burg Bensberg wendete. Der limburgische Krieg war ausgebrochen.

✝

Theo vermochte es, die verbliebenen Brüder für sein großes Vorhaben zu gewinnen. Einzig Raven und Merten sagten nur bis zum Christusfest zu. Theo drang auf seinen Oheim ein, sie aus dem Orden freizubekommen. Doch Herzog Heinrich antwortete Theo auf sein Begehr mit einem Handel. Denn diese Klasse konnte er gut für seine eigenen Zwecke gebrauchen.

»Bis zum Christusfest«, konterte Theo seinen Oheim. »Dann darf ich mich meinen Landen zuwenden.«

»Ich lasse mich doch von dir nicht unter Druck setzen«, erwiderte Heinrich, »was ist, wenn ich Nein sage? Erinnere dich, wer deine Ausbildung bezahlt hat.«

»Du betraust uns mit einer wichtigen Mission. Wenn wir die bestehen, sind wir frei, nach Westfalen zu ziehen.«

»Und wenn du stirbst?«

»Wozu hast du mich nach Ramersdorf geschickt, wenn ich nicht kämpfen soll?«

»Gut gesprochen.« Heinrich lachte anerkennend. »Also gut, wenn ihr mir die Burg Zülpich bringt, könnt ihr gehen, und du hast meine Unterstützung in deiner Heimat, wenn das hier gut endet.«

So zahlte der Herzog die Ablösezahlung an die Kommende und den Sold an die Familien der Gefährten. Doch für Theo stellte sich die Vereinbarung mit seinem Oheim im Angesicht des feindlichen Heeres, das vor den Toren von Bensberg stand, schnell als Problem heraus. Denn auf den Wehren bot sich den Brüdern ein Bild, wie es für sie verwirrender nicht hätte sein können.

»Theo, wenn ich gewusst hätte, dass du gegen Henrik von

Sayn, den Herrn, der uns gegürtet hat, kämpfen willst, wäre ich dir nicht gefolgt!«, rief Glander aufgebracht.

»Das hättest du uns vorher sagen müssen!«, pflichtete Raven Glander bei.

Alle umringten Theo im Halbkreis, während sie hinunter auf den goldenen Löwen auf rotem Schild blickten.

»Brüder, ich konnte nicht wissen, dass Graf Henrik aufseiten des Erzbischofs steht. Mein Oheim hat es mir nicht gesagt. Es ist sein Krieg. Wenn er mich hier freigibt, reiten wir in meine Heimat.«

»Dann sorge dafür, dass das bald ist«, murrte Raven.

»Das tun wir. Mein Oheim will die Belagerungstruppen von Bensberg ablenken. Wir reiten morgen nach Zülpich.«

»Was wollen wir in Zülpich?«, fragte Raven.

»Die Belagerung dort kommt nicht voran. Wir sollen in die Stadt eindringen.«

»Und dann?«, fragte Merten skeptisch.

Theo schaute den Gefährten an. Mertens Nase verheilte schlecht. Er hob die Schultern. »Wir werden sehen. Auf jeden Fall kämpfen wir dann nicht gegen Sayn.«

Lamot setze eine seiner Schmähmienen auf und sog die Abendluft ein. »Schwüre, Schwüre und noch mal Schwüre.« Die Brüder blickten verwirrt drein. »Der Graf von Sayn mag uns die Ritterwürde gegeben haben. Doch geschworen haben wir, unserem Bruder beizustehen, oder etwa nicht? Was interessiert mich da der Graf da unten?« Er zeigte ins feindliche Lager.

»Und was, wenn er dich in die Finger kriegt?«, wollte Merten wissen, und Grull meinte: »Dann giltst du als Verräter?«

»Kopf ab«, sagte Glander. Statt über die Haarstoppel fuhr er sich dieses Mal mit der Rechten vor seiner Gurgel entlang.

»Und den möchte ich behalten. Deshalb merke«, merkte Lamot leichthin an, »der erste Hieb, der dich trifft, kann der Anfang vom Ende sein, also wisse ihn zu verhindern.«

Die Freunde starrten ihn an.

»Glotzt nicht wie Rindviecher. Man kann nicht jedem die

Treue schwören. Oder habt ihr schon mal eine Dirne gesehen, die ihr Häutchen noch hatte? Manchmal muss man seinen Kopf gebrauchen.«

Merten schwoll der Kamm, und sein Gesicht wurde feuerrot. »Ich bin aber keine Hure!«

»Besser lebendig als tot. Lamot hat recht«, sagte Glander, während er sich mit dem Gedanken anzufreunden schien.

»Du tust dich vielleicht einfach mit der Hurerei«, rief Merten. Die Freunde zogen die Köpfe ein, denn sie kannten Mertens Ausbrüche, wenn seine Ehre in Frage gestellt wurde. »Ich nicht!«

»Merten, mäßige dich!«, ging Ante dazwischen.

»Eine Hure mit der Nase«, höhnte Raven.

Merten wollte zuschlagen, doch Grull griff ihm rechtzeitig in den Arm.

»Niemand sagt«, fuhr Ante fort und blitzte Raven dabei böse an, »dass irgendwer von uns irgendetwas leichtnimmt. Lamot rät uns nur, zum letzten Schwur zu stehen. Auf seine Art. Und er rät dir, mal deinen Dickschädel zum Denken zu gebrauchen.«

»Das stimmt nicht.« Die Worte entwichen Glander wie ein leises Züngeln. »Merten sagt, ich täte mich leicht mit der Hurerei.«

»Das gibt es doch nicht!«, griff Theo nun ein.

Im selben Moment schoss Glanders Faust an Mertens Kinn. Augenblicklich packten die Brüder die beiden Streithähne und drückten sie mit den Köpfen gegen den Stein des Wehrgangs.

»Das tust du ja auch!«, presste Merten mit rotem Kopf hervor.

»Schluss jetzt!«, schimpfte Theo. »Was habt ihr eigentlich in den letzten drei Jahren gemacht? Ramersdorf liegt noch keine zwei Tage hinter uns, und ihr werft alle Regeln über Bord? Ihr alten Marktweiber. So was kann ich nicht gebrauchen. Wer zu seinem Schwur steht, ist heute Nacht dabei. Wer nicht, kann die Seite wechseln oder sonst wohin gehen.«

✣

Graf Johann von Sponheim-Sayn hatte in Cöln gute Geschäfte gemacht. Während er die Stadt mit seiner Tochter Adelheyd gen Zülpich verließ, erkannte Erzbischof Heinrich von Molenark, dass Paderborn für ihn zu einem schweren Problem werden würde. Er hatte viel Zeit einfach verstreichen lassen, ohne Bischof Bernhard vor aller Welt zu ermahnen, Gregor von Sankt Eustachio in die Stadt zu lassen und ihm die versprochene Pfründe und ein Heim zu bieten. Dieser hatte beim Papst insistiert. Im September dann drohte Gregor IX. dem Erzbischof harte Strafen an. Vor Bensberg stockte die Belagerung, und statt sich um seinen Krieg gegen Limburg und Jülich zu kümmern, musste Erzbischof Molenark den Papst beschwichtigen.

✝

Tief in der Nacht verließen neun dunkle Gestalten Burg Bensberg. Ein jeder stand zu seinem Schwur. Und für sie war es ein Leichtes, die müden Wachen der Belagerer hinter sich zu lassen. In Forsbach versorgten sie sich mit Pferden und ritten die Nacht durch, bis sie am Morgen den Belagerungsring um Zülpich erreichten.

Heinrichs Bruder Graf Waleran, Herr von Monjoe und Poilvache, war froh, als er am Morgen die jungen Krieger um seinen Neffen begrüßte. Ein schweigsamer Mann hielt sich einem Schatten gleich im Hintergrund.

»Es ist aussichtslos, Theo«, sprach Waleran mit einer Miene, die Hilflosigkeit verriet. »Wir haben sogar versucht, über die Mauer am Weihertor«, dabei zeigte er Richtung Nordwesten, »in die Stadt zu kommen.«

»Wie ist die Bewachung im Norden der Stadt, Herr?«, fragte Ante.

»Kommt«, sagte der Graf mit einer Handbewegung und ging in sein Zelt, in dessen Mitte ein großer Tisch stand, auf dem die Karte des belagerten Zülpich ausgebreitet lag.

Die Jungen schauten sich um. Die Ausstattung hätte dem Hause eines reichen Mannes gut zu Gesicht gestanden. Die

Zeltwände waren mit grüner Seide abgehängt, das Zeltgestänge mit goldenen Intarsien beschlagen, der Bretterboden gänzlich mit wertvollen Orientteppichen bedeckt, hinter einem Schleier lugte ein Badezuber hervor, und hinter einem weiteren stand ein großes Himmelbett. Der Truhenkasten war aufgestellt, und durch eine halb geöffnete Tür funkelten ihnen goldbesetzte Tuniken entgegen, auf einem Ständer hing das feine Kettenhemd des Grafen, und sein roter mit Brokat und goldenen Borten besetzter Surcot glänzte auf einer weiteren Kleiderpuppe.

Die Jungen schauten sich an und zogen die Augenbrauen in die Höhe. Doch Waleran sprach, ohne dass er die Gesten bemerkte, weiter: »Harlev, mein oberster Kundschafter«, dabei wies er auf den Mann, der schweigend hinter ihm stand, »sagt, die Stadtseite sei die Schwachstelle der Festung.« Er zeigte mit dem Finger auf die dem Ort zugewandte Seite der Zeichnung von Burg und Stadt. »Sie ist spärlich besetzt. Wir haben gestern zwei Tore angegriffen, doch die Ausmaße sind so klein, dass sie die Truppen schnell von einer Seite zur anderen verlegen können.«

✠

»Habt ihr gesehen, wie der Graf während der Belagerung wohnt?«, fragte Grull in die Runde, während sie zur Stadtmauer spähten.

»Welch eine Bequemlichkeit«, schwärmte Lamot.

»Wenn ich es so bequem hätte«, meinte Merten, »würde ich mir auch keine Gedanken machen, wie ich diesen Ort möglichst schnell hinter mir lasse.«

»Keinen Hochmut«, ermahnte sie Lieven, den die Jungen immer noch als Älteren achteten, obwohl er nun ebenfalls in Theos Diensten stand. Der spärliche Gebrauch seiner Worte verlieh ihnen Gewicht, und so verstand er es, sich bei den Jüngeren Gehör zu verschaffen, was sich für Theo zu einem unschätzbaren Wert entwickelte.

Theo tat so, als hätte er die Unterhaltung gar nicht verfolgt.

»Lasst uns später um die Stadt reiten und mit den Sergeants sprechen. Mal sehen, was sie wissen.«

Den Nachmittag verbrachten die Brüder damit, eine Schwachstelle im Ringwall Zülpichs zu finden und mit Anführern zu reden. Ermutigend war ihre Ausbeute nicht. Keine Lücke war in der Verteidigung auszumachen, und eine Idee, wie die Stadt zu knacken war, hatte auch niemand äußern können.

Die Dämmerung zog herauf, und während die Herbstsonne über den Tag die Kälte mit ihren schwachen Strahlen noch zurückzuhalten vermochte, wurden die Nächte bereits bedenklich kalt. Rund um die Stadt brannten die Feuerkörbe, an denen sich die Belagerungstruppen wärmten und in gedämpfte Gespräche vertieften. Eines hatte Theo ihnen auf ihrem Rundritt angesehen. »Die Männer verzagen, je weiter der Herbst voranschreitet, je kälter es wird.«

»Sie fürchten, den Winter hier verbringen zu müssen«, sprach Raven, indem er die Hände in Richtung des vom kalten Wind entfachten glutroten Holzes streckte.

»Ja, der Herzog von Limburg kann nicht warten, sonst nimmt der Graf …«, Theo brach seine Rede ab, um den Grafen von Sayn unerwähnt zu lassen, »sonst fällt Bensberg womöglich. Die Zeit spielt Zülpich und dem Erzbischof in die Karten.«

Ab und an knackte das Feuer, und Funken stoben in die Dunkelheit. Sie liebten diese Stimmung der Gemeinsamkeit mehr, als Kälte und bevorstehende Ungewissheit ihnen anhaben konnten. Sie waren Brüder, in jedem Sturm geeint, das fühlte ein jeder. Sie waren glücklich in diesem Moment.

»Hast du eine Idee, Theo?«

Theo nickte der Glut zu. »Feuer. Ich habe alles durchdacht. Was bleibt und zu welchem Schluss ich immer wieder komme, ist ein Handstreich.«

»Wie willst du das anstellen?«, wollte Grull wissen.

»Jetzt wird sich zeigen, ob du in Ramersdorf aufgepasst hast.« Theo wandte sich zum Gehen und gab Grull dabei einen Klaps auf die Schulter. »Geht schlafen. Morgen haben wir einiges vorzubereiten.«

Doch Theo selbst schlug den Weg zu Walerans Zelt ein. »Oheim, ich muss mit Euch sprechen. Habt Ihr Zeit?«

»Komm her, Junge. Was kann ich tun?«

»Euer Heer muss übermorgen einen Angriff auf alle Tore reiten.«

Waleran zog zweifelnd die Augenbrauen hoch. »Dafür ist mein Heer zu klein.«

»Es soll eine Ablenkung sein. Ihr greift sehr früh an und zieht Euch auch recht bald wieder zurück.«

»Gut.« Waleran zeigte sich erleichtert. »Sprich weiter.«

Und Theo legte ihm seinen Plan dar.

✝

Am Nachmittag des nächsten Tages teilten sich die zehn Freunde in Zweiergruppen auf. Den Abend des heiligen Koloman, den 13. Oktober, verbrachten Merten und der Anführer der Kundschafter namens Harlev am Weihertor mit den Truppen, Lamot und Glander am Bachtor im Westen, Raven und Grull am Cölntor, Ante und Mogrod am Münstertor im Osten.

Als sich die limburgischen Truppen mit dem ersten Hahnenschrei bei den vier Stadttoren zum Sturm aufstellten, drückten sich die zehn Gefährten bereits irgendwo zwischen den Toren gegen die Stadtmauer, bedeckt von ziegelroten Decken, auf die sie mit Pech das Fugenmuster der Mauer aufgebracht hatten. Einzig die Wülste der langen Seile, die sie um ihren Rumpf gewickelt hatten, zeichneten sich verdächtig ab. Unweit von Ante und Mogrod schmiegten sich auch Theo und Lieven an die kühlen Ziegel.

Als der Lärm beim Sturm auf die Stadt entbrannte, eilten die Mannschaften auf den Wehren zum nächsten umkämpften Tor. Augenblicklich hieben die vorderen Burschen ihre kurzen Messer mit umwickelten Hämmern in die Mauerfugen und hatten die vier Mannslängen im Nu überwunden, während die jeweils folgenden Brüder die Eisen aus dem Mörtel zogen, sobald sie ihren Fuß zum nächsten Tritt hoben. In der Ferne vernahmen sie das Hämmern der Rammböcke gegen die Tore. Ihre mächtige Wucht ließ die Mauern selbst hier, zwei-, dreihundert Schritt entfernt, erzittern.

Vorsichtig glitten die Brüder zwischen den verbliebenen Wachen in die Wehrgänge, stiegen die Treppen hinunter, sprangen auf Dächer oder in Heuhaufen. Zu ebener Erde suchten sie schnell Verstecke, in denen sie bei Tageslicht ausharren konnten.

Lamot und Glander hatten ihr Schlupfloch in einem verlassenen Dachstock eines alten Schuppens beim Bachtor bezogen. Nach einiger Zeit des Wartens flüsterte Glander. »Einer von uns wird einen großen Fehler machen.«

»Einen Fehler? Was meinst du?«

»Einer von uns wird einen Mann in den Arm schlagen.«

»Ja, und?«

»Dieser Mann sollte sterben, statt verletzt zu werden.«

»Ja, wenn er nur verletzt ist, dann machen wir ihn eben noch einen Kopf kürzer.«

»Du kennst Theo, er würde nie einen Wehrlosen töten.«

»Ich verstehe nichts, Glander. Warum Theo?«

»Weil es um ihn geht. Ich habe gesehen, wie ein feindlicher Krieger Theo attackiert und einer von uns den Angreifer mit dem Schwert in den Arm schlägt.«

»Und wo hast du das gesehen?«

»In den Wochen, als ich im Sayner Stift lag, war ich im Jenseits.«

»Im Jenseits. Du spinnst. Ich wusste es, ich hätte mich nie mit einem Patrizier einlassen sollen«, spottete Lamot, doch Glander verzog das Gesicht.

»Ehrlich, Lamot. Dort habe ich das genauso gesehen.«

Es war um die Mittagszeit. Hörner erschollen, und die Stadtbüttel riefen allerorten: »Entwarnung, Leute. Entwarnung!« Die Bürger Zülpichs steckten ihre Köpfe vorsichtig aus ihren Häusern, und die gespannte Ruhe der letzten Wochen kehrte zurück.

✝

Theo und Lieven hatten sich in der Nähe des Münstertores auf einem Heuboden versteckt. Besser hätten sie ihren Unterschlupf nicht wählen können. Von hier oben konnten sie sehen, wie die Mägde Vorräte aus Speichern holten oder mit gefüllten Körben vorbeikamen. Die Stadt auszuhungern hätte sicherlich den Winter über gedauert. So wie damals vor nunmehr fünf Wintern auf Isenberg, dachte Theo. Ado hätte sich den Hintern abgefroren. Da fiel ihm auf, dass er seinen Großonkel, den er so hasste, noch nie von Angesicht zu Angesicht gesehen hatte.

Er verwarf den Gedanken und sah seltsam gekleidete und ungelenke Bewaffnete, die durch die Gassen patrouillierten. Mitleidig beobachteten sie die Bürgermiliz – alte Männer und junge Kerle, bewaffnet allenfalls mit Halmbarten, ansonsten mit Heuforken, Mistgabeln und Dreschflegeln. Andererseits verlangten ihnen diese Menschen Respekt ab, denn sie schienen bereit, ihre Leben für die Stadt, in der sie lebten und die sie augenscheinlich liebten, zu geben. Frauen huschten ab und an herbei und brachten den Männern zu trinken und zu essen. Sie sprachen miteinander und gingen dann wieder zu ihren Häusern, um irgendwann später erneut vorbeizukommen. Das kleine brave Treiben in der Stadt gefiel Theo, wobei ihm ein in der Art behütetes Leben vollends unbekannt, ja fremd war.

Als es am Nachmittag dunkelte, verließen Theo und Lieven ihr Versteck und machten sich zur Burg auf. Das Tor war verschlossen. Nur durch das Mannloch verließ hin und wieder jemand die Burg oder kam zurück. Jeden, der hindurchschritt, beobachteten die Brüder genauestens. Schließlich verließ ein Adliger die Burg.

Lieven stieß Theo an. »Schau, den kennen wir doch.«

»Der war im Gefolge des Herrn von Sayn!« Theo erinnerte sich. Der Mann hatte ihrer Schwertleite zugesehen und dabei die Arme um das Mädchen mit dem frechen Blick gelegt.

Bis zum Abend heckten sie ihren Plan weiter aus. Jeder Schritt musste sitzen. Vor allem musste Theo das Mitleid für die Menschen der Stadt zurückstellen, wenn es darum ging, die

Stadttore zu öffnen, denn er hatte Zweifel, ob sein Oheim den Truppen die Plünderung untersagen würde, wie es abgesprochen war.

Als der Tag sich neigte, wurde es still. Die Fenster erhellten die Cöln- und Martinsstraße in spärlichem Licht, ansonsten stieg Dunkelheit in die Stadt. Im Schein ihrer Laternen schimmerten den Jungen das Horn und die Halmbarte der Nachtwächter im Norden, im Süden, im Westen oder Osten der Stadt entgegen. Sie mussten sich hüten, nicht von ihnen oder den Wachen auf den Wehren entdeckt zu werden, als sie leise aus ihren Deckungen krochen. Einige Lichter in den Häusern erloschen bereits.

Theo und Lieven hatten die Treppe zum Wehrgang erreicht, die der Burg am nächsten war. Lieven, der den Bogen nahezu perfekt beherrschte, kauerte unten an der hölzernen Stiege, während Theo sich an ihrer Unterseite nach oben arbeitete.

Nun war Theo im Schatten des Wehrgangs angekommen, hatte sich an die Unterseite der Treppe gehängt und gab Lieven das Zeichen. Dieser kam aus seiner Deckung und zeigte sich den drei Wachen. Als sie sich umdrehten, zischte dem hintersten Mann ein Pfeil in die Brust, während dem zweiten eines von Theos Wurfmessern in den Schädel fuhr. Und bevor der dritte Mann Hilfe herbeirufen konnte, fuhr ihm ein weiterer Pfeil durch den Hals.

Lieven kam herauf. In Windeseile schleiften sie die Toten in einen nahen Wehrturm, entkleideten sie und zogen ihre Überkleider mit dem schwarzen Kreuz des Erzbischofs und den zwei gekreuzten gelben Schlüsseln auf rotem Schild an. Die Leichen ließen sie im Wehrturm zurück. Aus dessen Deckungsschatten blickten sie hinauf zum Burgwehr, das die Stadtmauer um etwa zwei Mannslängen überragte und aus massiven Steinquadern bestand. Die Wachen dort oben kreuzten einander und kehrten nach einer kurzen Zeit wieder zurück, um sich erneut zu begegnen. Theo und Lieven schauten sich an, während Lieven ein Seilende mittig um einen der Speere der Wachen knotete.

»Zu kurz«, flüsterte Lieven und meinte nicht etwa die Seile, sondern die verbleibende Zeit. Vorsichtig spannten sie in stiller Übereinkunft ihre Bögen.

Die Wachen kamen sich näher und blieben voreinander stehen. Gedämpftes Sprechen drang zu den Brüdern herüber. Ihre Halsbergen waren verschlossen, doch dies war kein Hindernis für die Pfeile, die den Männern seitlich in die Hälse zischten.

Sofort nahm Lieven den Speer auf und warf ihn mit beiden Händen hinauf über die Zinnen des Wehrs. Die Brüder schauten sich um. Unten in der Stadt war keine Menschenseele zu sehen. Lieven zog an dem Seil, und behände kletterten sie im Schutz der Dunkelheit die Burgmauer hinauf. Dort fanden sie die Wachen am Boden tot. Sie hievten sie hoch und lehnten sie gegen zwei etwas voneinander entfernte Zinnen. Erst einen, dann den anderen. Ihre Speere nahmen die Brüder zum Abstützen der Köpfe. So standen die Wachen da, als spähten sie hinunter in die Stadt.

Lieven lugte über die Mauer in das limburgische Lager. Da war es! Er legte einen Pfeil in seinen Bogen, zielte in Richtung des großen Feuers am Rande des Lagers und schoss.

Sie warteten und schauten angestrengt zu den Limburgern hinüber. Dann bemerkten sie kleine, wimmelnde Lichtpunkte, und wenige Augenblicke später erhob sich ein Schwarm Unheil bringender kleiner Feuer in den Himmel über Zülpich. Die Brandpfeile schlugen in die Dachstöcke der Burg ein, setzten das Stroh im Burghof in Brand und bohrten sich ins Fachwerk. Sofort entstand ein riesiger Tumult. Gleichzeitig stiegen die leuchtenden Schwärme über allen vier Toren der Stadt auf.

Aus ihrer Deckung schossen Merten und Harlev Dutzende Pfeile auf die wirr umherlaufenden Mannschaften am Weihertor. Lamot und Glander taten es ihnen am Bachtor gleich, dann gaben sie ihre Deckungen auf und liefen auf das Tor zu, während sie jeweils ein halbes Dutzend Wurfmesser warfen. Am Cölntor zogen Raven und Grull ihre Schwerter und kämpften den letzten Widerstand nieder. Am Münstertor schoben Ante und

Mogrod die schweren Riegel beiseite und öffneten die großen Flügel. Das limburgische Heer strömte aus allen vier Himmelsrichtungen in die Stadt. Schreie und Rennen entbrannten – ein heilloser Wirrwarr.

Theo und Lieven hatten die Schwerter der toten Wachmänner aufgenommen und das Wehr verlassen. Sie stürmten durch die Flure und Hallen der Burg, bespritzten die riesigen Vorhänge mit Öl aus ledernen Feldflaschen und setzten sie in Brand. Gleiches taten sie mit den Betten in den Kemenaten. Aus den Fenstern der Burg loderten die Flammen.

Aus vielen Schlafgemächern kamen ihnen weiß gewandete Menschen fliehend entgegengelaufen, worauf die Brüder in die Zimmer stürmten und dort ihr Brandwerk fortführten. Schreiende Frauen und Kinder ließen sie links liegen, Männern, die wehrhafte Anstalten machten, flogen Wurfmesser entgegen, oder Schwerthiebe streckten sie nieder. Blut klebte an den Schwertern und bedeckte die Surcots. Als ein brennender Ring die Burg rundum säumte, rannten sie in den Hof. Aufgerissene Münder und Augen, Schreien, Keuchen und Durcheinander, wohin sie nur schauten. Die Burg war ein einziges flammendes Inferno. Soldaten und Bewohner stoben durcheinander dem Tor zu. Die Brüder schlugen die hilflosen Wachen nieder und kurbelten das ächzende Falltor herauf.

In diesem Augenblick spürte Theo einen Blick. Er schaute in die Richtung, aus der er sich beobachtet fühlte, und sah dieses Mädchen, die Tochter des Sayner Edelmannes, der Theos Schwertleite beigewohnt hatte. Als stünde die Zeit still, tauchten die grünen Kristalle in ihre blauen Seen. Ihr Gesicht zeigt keine Regung, und Theo war, als wüsste sie ihn nicht mit dem Unheil Zülpichs in Verbindung zu bringen. Einzig wusste er, dass er sich zu ihr hingezogen fühlte. Dann verloren sich ihre Blicke, denn ihr Vater zog sie fort.

Theo und Lieven verließen die Burg und streiften die cölnischen Surcots ab. »Wie viele wehrlose Männer haben wir heute abgeschlachtet, Lieven?«

Der Freund schaute zu Theo hinüber und schien bei seinem Anblick zu erschrecken. »Für einen unbeugsamen Geist«, sprach er wohl, um tröstende Worte zu finden, »ist Kummer nur ein Wetzstein, an dem er sich härtet.«

Die Zülpicher rannten klagend und schreiend durcheinander. Die limburgischen Truppen trieben die Menschen auf dem Markt zusammen und versuchten, Stadt- und Burgvolk zu trennen. Doch dies war nicht mehr Sache der zehn Gefährten. Als sie dem Weihertor zustrebten, schaute Theo sich um. Die Truppen schienen sich mit Verwüstungen zurückgehalten zu haben, und während die Burg brannte, waren die Feuer an den Toren gelöscht worden. Graf Waleran war noch nicht in der Stadt erschienen. Anscheinend wollte er erst einziehen, wenn das Chaos beherrscht und er mit aller Deutlichkeit als Eroberer Zülpichs zu erkennen war.

19. KAPITEL

Herbst 1231

Die kahlen Bäume kündigten die kalte Jahreszeit an, und Theo wusste, dass er sich den Winter über noch in Geduld üben musste. Bei ihrem Abschied schwor er die Gefährten darauf ein, dass sie sich an Mariä Lichtmess des kommenden Jahres auf Heinrichs Burg Berg wiedervereinen würden. Grull war der Erste, der aufbrach. Er schien es eiliger zu haben als die anderen. Doch nach und nach zog es einen jeden zu seiner Familie, um das Weihnachtsfest daheim zu verbringen; einzig Lamot blieb missmutig im Lager zurück.

Theo sehnte sich nach Limburg. Nach seinen Geschwistern, seiner Großmutter und allen, die seiner Mutter je nahe gewesen waren. Nach den harten Ramersdorfer Jahren konnte er endlich einmal wieder ein empfindsames Gefühl in sich ausmachen. So beschlich ihn auf dem Ritt nach Limburg der traurige Gedanke, dass die kommende Zeit mit seinen Geschwistern und der Familie das letzte Treffen für lange Zeit oder für immer sein konnte, denn er wusste nicht, was ihn im nächsten Jahr erwartete.

In Zülpich hatte der Erzbischof seine erste große Niederlage im Krieg mit Jülich und Limburg erlitten. Denn die cölnischen Truppen, die den Zülpichern zu Hilfe geeilt waren, wurden von den Limburgern aus Bensberg verfolgt und nach Cöln zurückgetrieben. Otto Pfalzgraf bei Rhein und der Markgraf Hermann von Baden, Hauptgläubiger Erzbischof Heinrichs von Molenark, waren sehr ungehalten, denn sie fürchteten um ihre Kredite. Zum Winteranfang des Jahres 1231 luden sie den Erzbischof also nach Boppard vor und forderten ihr Geld zurück. Für den Erzbischof hätte die Schmach nicht größer sein können. Gequält und um Haltung ringend, musste Molenark geloben, die erhaltenen eintausendvierhundert Mark für die

Hilfe im Krieg gegen Heinrich von Limburg bis Weihnachten zurückzuzahlen.

✝

Wilhelm von Richzemulenheim war ein reicher Mann. Lange Jahre schon stand seine Sippe in Diensten der Erzbischöfe von Cöln. Sein Ururgroßvater hatte einen Hof, auf dem ergiebige Fluss- und Bachläufe und alte römische Leitungen zusammenliefen, befestigen dürfen. Zu dem Hof war eine Burg gekommen und zu der Burg Ländereien sowie Vasallen und andere Abhängige. Zum Schutz des Wassers und ihrer Sippe hatten schon seine Vorfahren eine zwei Mannslängen hohe Mauer und einen Wassergraben um das Dorf Hermülheim bauen dürfen. Ebenso zierte ein Bergfried sein festes Haus. Am wichtigsten jedoch war, dass er für seine Söhne zahlreiche Kirchenämter gekauft hatte. Er stellte sich gut mit dem Erzbistum.

Für seine Lande mitten im Jülicher Land war das überlebenswichtig. Auf sich gestellt, wäre er leichte Beute für Limburg und Jülich. Dem Erdboden würden sie Hermülheim gleichmachen. Trotz der Streitsucht der Erzbischöfe war Wilhelm bisher mit Erfolg jeglicher Verwicklung in die Streitereien mit Jülich und Limburg aus dem Weg gegangen, und das sollte auch so bleiben.

Zufrieden blickte er durch die bleigefassten Butzen in das bunte Durcheinander in seinem Burghof. Heute sollte das Ernte- und Zehntfest stattfinden. Dann würde es in seinem Münzkasten klingeln. Und damit seine Hörigen ohne Murren ihren Zehnten verrichteten, wollte er sie zumindest heute mit Völlerei und Musik entschädigen.

Doch Wilhelm von Richzemulenheim stutzte, als er einen jungen Reiter mit einem ärmellosen Lederwams, einem Langschwert im Gehenk und einem grauen Umhang durch das Tor in den Hof reiten sah. Er mochte keine ungebetenen bewaffneten Gäste. Meist brachten sie Ungemach. Ein Diener trat ein und verkündete das Eintreffen Grull von Lynns. Mit Unbehagen machte Wilhelm sich auf den Empfang des Reiters gefasst.

✝

»Wohin reitest du eigentlich, Lieven? Nach Ramersdorf?«

»Nein, ich habe denselben Weg wie du.«

Theo stutzte. Sie ritten einige Stunden durch den Zülpichgau. Als es dunkelte, hatten sie den Hürtgenwald durchritten und fragten am Hofe Lammersdorf nach Unterkunft. Nach Zahlung einiger Kupferpfennige gewährte ihnen der Bauer diese in einer großen Scheune.

Am nächsten Morgen hatte der Frost die Landschaft mit einem dünnen weißen Tuch überzogen. Sie streckten ihre steifen Glieder, wuschen sich im eisigen Brunnenwasser und setzten ihren Weg fort. Gegen Mittag erreichten sie das Ritanwerk von Roetgen an der Kreuzung zweier alter Römerstraßen. Von hier aus war es weniger als ein halber Tagesritt bis zur Limburg, und Theo fragte erneut: »Also, Bruder, hier trennen sich wohl unsere Wege, richtig?«

Lieven grinste nur verlegen.

»Nicht?«, entgegnete Theo mit forschender Miene. Sie ritten in den Vennwald ein, während er überlegte. »Wohin reitest du?«, stieß er nach einer Weile erneut hervor.

»Nach Limburg wie du«, sprach Lieven und schaute wieder geradeaus, dem leichten Schneefall entgegen.

»Du bist aus Limburg?«

Lieven stand wieder dieses Grinsen im Gesicht.

»Und wir haben nie darüber gesprochen?«

Lieven schaute herüber und bekam einen Schlag mitten ins Gesicht. Bevor er reagieren konnte, war Theo auch schon aus dem Sattel herübergesprungen. Beide stürzten zu Boden, wo ihre Körper übereinanderrollten und sie sich mit den Fäusten bearbeiteten, um nach einer Weile außer Atem auf dem harschig beschneiten Boden liegen zu bleiben.

»Du Schwein! Du hast es die ganze Zeit gewusst!«

»Ich durfte nichts sagen.«

»Du bist nicht mehr mein Bruder!«

»Ich durfte nichts sagen«, flehte Lieven.

»Wieso?«, schrie Theo wütend.

»Dein Oheim schickte mich zwei Jahre vor dir nach Ramersdorf. Er wusste, dass du mir folgen würdest.« Lieven fasste sich an die blutende Lippe. »Er wollte, dass dort jemand ein Auge auf dich wirft.«

»Warst du sein Spion?«

»Nein, Gott bewahre.«

»Hast du ihm jemals über mich berichtet?«

»Nein, Theo! Wo denkst du hin?«

»Du warst mein Aufpasser«, stellte Theo gekränkt fest.

Lieven schwieg beklommen.

»Wussten der Komtur und der Meister davon?«

Der Ältere nickte. »Beide.«

Theo betastete seine Schwellung am Kopf. Dann sprach er: »Du hast einen mächtigen Schlag, Bruder!« Dann lachte er.

Lieven schaute erleichtert herüber. Dann lachten sie gemeinsam, bestiegen die Pferde und setzten die restliche Wegstrecke nach Limburg fort.

»Du hättest es nicht besser treffen können.«

»Wieso?«

»Wir sind am selben Stein geschliffen. Wir wissen, was der andere denkt. Wir haben beide unsere Wurzeln im Limburger Land. Einen besseren Knappen kannst du nicht bekommen.«

»Du bist nicht mein Knappe, Lieven. Du bist mein Bruder.«

Sie grinsten sich zu. »Dann lass uns hier rasten.«

✝

»Ein Bastard feiert das Christusfest nicht bei Hofe. Ein Bastard feiert bei seiner Bastardmutter mit ihren Bälgern und dem Gesinde. Ein Bastard trägt einen schwarzen Balken im Schild, weshalb er zu den Deutschmeistern geht, damit er ein schwarzes Kreuz im Schild tragen kann. Ein Bastard erbt weder Land noch

Titel. Ein Bastard muss sich seinen Titel verdienen«, sprach Lamot in den schneidenden Regen auf der alten Römerstraße nach Cöln und schlug mürrisch seinen Mantel über die Brust, um die zugige Kälte von sich fernzuhalten.

Eine Nacht war er noch im Lager Graf Walerans geblieben, hatte sich die Zeit mit Harlevs Kundschaftern bei Würfelspiel und Glühwein vertrieben und überlegt, ob er nach Ramersdorf zurückreiten sollte.

Seine Heimat war Gymnich, ein befestigtes Dorf mit einer Turmhügelburg. Er hasste es. Seine grauen Schemen konnte er bereits in der Ferne erkennen. Doch er ließ es rechter Hand liegen. Seine Mutter diente auf der Kerpener Burg als Kammerdienerin. Seinen Vater, Lothar von Are-Hochstaden, hatte er nie kennengelernt. Eines Tages hatte seine Mutter Lamot erzählt, dass er gestorben sei. Dann hatte sie hinzugefügt, er habe ihr bei Lamots Geburt einen Brief für die Aufnahme bei den Deutschherren und einige Goldstücke für seine Erziehung überbringen lassen. Als Lamot de Are gab er sich nur weit weg von daheim aus. Innerhalb der Mauern von Gymnich oder Kerpen lebte er als Lamot, Sohn einer Kammerdienerin.

So wie beim Adel üblich, das hatte er sich abgeschaut, konnte er große Reden führen und mit einer an Überheblichkeit grenzenden Großmäuligkeit auftreten, wenn es sein musste. War der Hof mit seinen Ministraten anwesend, konnte Lamot die Rolle des unterwürfigen Bediensteten spielen. Ebenso wie die Barden und Schausteller auf den Jahrmärkten zauberte er das Bild von sich, das das Publikum sehen wollte. Ein richtiger Adliger, auch wenn er alles sein konnte, würde er jedoch nie werden. Daran änderte auch der Ritterschlag nichts. Ich werde keiner Schicht angehören, ich werde immer anders sein – und einsam. Das war Lamots Schmerz und seine Rollenwechsel sein Schild. Der Wind blies, der Eisregen schnitt in sein Gesicht und verwandelte die marode Straße in einen Strom matschigen silbernen Graus.

✝

Lieven zog seinen Pfeil aus dem Fasan, als er Geräusche hörte. Aufmerksam hob er den Kopf. Sie kamen aus Theos Richtung. Eilig zurrte er den Hals des Tieres unter seinen Gürtel und pirschte leise den Geräuschen entgegen. Bei ihrem Feuer sah er Theo, umringt von cölnischen Soldaten. Lieven duckte sich tief ins Gestrüpp und fragte sich, wie er seinem Bruder gegen zwölf Mann und einen Ritter helfen konnte. Doch tatenlos sah er mit an, wie sie Theo fesselten und auf sein Pferd setzten, während andere Soldaten wohl nach ihm die Gegend durchkämmten. Leise schlich Lieven tiefer ins Dickicht zurück und verbarg sich unter einer Schicht Laub in einem welken Brombeergebüsch.

✣

Lamot erreichte Kerpen am späten Nachmittag. Die Stadt wimmelte nur so von cölnischen Truppen, die sich nach der Flucht vor Herzog Heinrich von Limburgs Männern in den unter erzbischöflichem Schutz stehenden, befestigten Städten verschanzten. Die Cölner Straße glich einer Schlammwüste, und an den Häuserwänden lagerten Soldaten im kalten Regen auf matschigem Boden. Einige hatten ihre Schilde untergeschoben, andere Mäntel oder Pferdedecken an den Hausdächern befestigt und mit Lanzen zu Schutzdächern aufgespannt. Die Stimmung in der Stadt war verheerend. Hunderte dumpfer Augenpaare verfolgten Lamot, als er die breite Gasse zur Burg hinaufritt.

Bei einem Stall stieg er ab, watete durch den Matsch zu einem Stallburschen, der offensichtlich so viel Zeit wie Pickel im Gesicht hatte, gab ihm einen Kupferpfennig und sein Pferd. Dann machte Lamot sich auf zum Roten Ochsen. Er kannte den Wirt von früher. In seiner Schenke wollte er sich zunächst aufwärmen und vielleicht Neuigkeiten aufschnappen, bevor er zur Burg ging.

Ein riesiger Kamin wärmte die gesamte Schankstube. Der Dunst von Bier, Schweiß und nassem Stoff waberte in dem Raum. Wer es sich leisten konnte, fristete hier die Stunden des Wartens, zumeist waren es Sergeants und Ritter aus dem Cölner Heer.

Lamot ging zum Tresen. »He, Bertelt, hast du einen heißen Wein für mich?«

»Lamot, was zum Teufel treibt dich nach all den Jahren hierher? Wo warst du die ganze Zeit? Kommt rein und verlangt einen heißen Wein, gerade so, als sei er gestern erst hier gewesen!« Der Wirt lachte, während er ihn staunend beäugte und einen Becher für ihn eingoss. »Bist groß und kräftig geworden, Junge.«

»Ebenso wie du.« Lamot kniff dem Wirt ein Auge, während dieser an ihm herabschaute.

»Bist im Orden.« Bertelt nickte in Richtung des in das Lederwams eingestanzten und auf den Mantel aufgenähten Kreuzes. Der Deutschorden stand im Ruf, dem Erzbistum ergeben zu sein, so war Lamot hier sicher. Der Wirt stellte die Kanne ab und griff sich an seinen Bauch. »Was soll ich machen? Meine Rennstrecke sind diese vier Wände.« Er wies mit einer Armbewegung durch den dampfenden Raum und stellte den glühenden Wein vor Lamot auf den Tresen.

»Die Limburger haben die Erzbischöflichen kräftig verprügelt, wie mir scheint.«

Ein Sergeant drehte sich ihnen zu. »Ach was, mit Hinterlist haben sie Zülpich genommen. Burschen, so alt wie du, heißt es, haben ein Feuer gelegt, worauf die Burgtore geöffnet wurden. Als wir in Zülpich ankamen, war die Stadt schon gefallen.«

Ein anderer schaltete sich ein. »Die Limburger haben uns von Bensberg verfolgt, aber verhauen? Nicht gekriegt haben sie uns!«

»Als wir sie kommen sahen, hat der Marschall die Teilung befohlen. Geordnet hat sich unser Heer dann in die erzbischöflichen Städte zurückgezogen.«

»Zurückgezogen. So kann man es auch nennen, Sergeant Held vom schnellen Ritt.« Lamot grinste ihn frech an, worauf der Mann das Gesicht verzog. »Sagt, was waren es für Knaben, die Zülpich angezündet haben?«

»Weiß nicht«, sagte der Soldat und betrachtete das Adelindiskreuz auf seiner Brust. »Habe gehört, dass sie einen fangen wollen.«

»Wie wollt Ihr einen fangen, wenn sie unter Eurer Nase ein Feuer legen konnten?«

»Pass auf, Junge, dass ich dir nicht gleich eine Schelle verpasse.«

»Spart Euch Eure Kräfte und sagt mir lieber, was es mit der Gefangennahme auf sich hat.«

»Ein edler Herr kam und hat unserem Marschall eine Depesche überbracht. Daraufhin ist ein Zug nach Südwesten ausgerückt.«

Der andere Soldat stieß seinen Kumpanen an, was wohl ein Zeichen sollte, den Mund zu halten.

»Mehr weiß ich nicht, und jetzt scher dich zum Teufel.«

»Der muss noch auf mich warten, edle Herren«, sprach Lamot und verbeugte sich mit einer ausladenden Geste.

Die Männer blickten einander in einer Mischung aus Argwohn und Unsicherheit an. Lamot ließ sie stehen und kämpfte sich mit seinem dampfenden Wein zum Kamin vor. Seinen Mantel hängte er an einen eisernen Haken beim Feuer, bevor er sich gegen das Sims lehnte. Die Wärme zog seine Beine und seinen nassen Rücken hinauf.

✝

Lieven war der Verzweiflung nahe. Was sollte er tun? Er folgte dem Zug auf zwei Bogenschuss Entfernung. Die dummen Kerle hatten sein Pferd und alle Ausrüstung zurückgelassen. Bei einem Weiler hatten sie Theo in einen wartenden, geschlossenen Wagen geladen. Düren hatten sie bereits hinter sich gelassen und furchten über die matschige alte Römerstraße dem festen Ort Kerpen zu. Einzig die verwitterten Randsteine und die Erhöhung in der Straßenmitte aus der Römerzeit sorgten dafür, dass sich der Weg nicht völlig auflöste.

✝

»Aus der unmöglichsten Lage könnt ihr euch befreien, sofern ihr euer Wissen anzuwenden wisst«, flüsterte Theo die Worte

Meister Teyvas' in die Dunkelheit seines rollenden Gefängnisses.

Trübes Licht fiel durch einen schmalen Schlitz in den klammen Kasten, in dem er seit Stunden dahinholperte. Immerhin wurde er nicht nass wie die da draußen. Dies war aber auch der einzige Trost, den er seiner Lage abringen konnte. Weder wusste er, auf welcher Straße sie fuhren, noch wohin. Die Männer trugen erzbischöfliche Surcots. Alte Bilder tauchten vor Theos geistigem Auge auf. Wahrscheinlich bringen sie mich nach Cöln – wie Vater damals.

Der Wagen hielt. Der Ritter, der den Zug begleitete, sprach mit einem anderen Mann. Dann setzte sich der Wagen wieder in Bewegung. Stadtgeräusche, das Flackern von Fackeln – sie mussten einen größeren Ort erreicht haben, überlegte Theo. Aber Cöln war das nicht. Kein knirschender Stein war unter den schweren Wagenrädern zu hören, und anders klangen die Geräusche hier. Als die Hufe des Gespanns auf Stein trafen, hörte das Prasseln des Regens auf das Dach des Kastenwagens auf. Eine Burg, dachte Theo. Er versuchte, durch den Schlitz zu gucken. Die Ketten klirrten und zogen an. Er mühte sich, doch für einen Blick blieb er zu weit von dem einzigen Weg zur Außenwelt entfernt.

✠

Lamot diente wieder in der Burg des Kerpener Stadtvogts als Knappe. Der Vogt hatte einen Ritter namens Klemens von Richzemulenheim als Gast, und Lamot und sein Halbbruder Joren bedienten die beiden Herren am zweiten Abend seiner Rückkehr beim höfischen Gelage bei Tische.

»Der Brief trug das Siegel des Stadtgrafen.«

»Eppendorf?«, stellte der Vogt fest.

Klemens von Richzemulenheim nickte.

Der Stadtvogt bedeutete dem Knappen, Wein nachzuschenken, und Lamot kam herbei.

»Der Sohn Friedrich von Isenbergs, sagt Ihr?«

Klemens nickte abermals, während Lamot beinahe die Kanne fallen ließ.

»Meinem Bruder war es höchst unangenehm. Er hatte gehofft, in derlei Komplotte nicht mehr verwickelt zu werden. Wenn Wilhelm von Jülich, Waleran von Monjoe oder gar Herzog Heinrich von Limburg davon Wind bekommen, dass er den Jungen entführen soll, gnade uns Gott.«

»Was wird ihm zur Last gelegt?«, fragte der Vogt.

»Dem Jungen?« Klemens zuckte mit den Schultern. »Es heißt, er habe Zülpich angezündet.«

Mit einer Handbewegung schickte der Vogt Lamot fort, um das Essen zu holen.

»Es ist nicht meine Sache, das zu wissen. Morgen bringe ich ihn nach Cöln.«

Ein Bote trat in den Saal und forschte unter den vielen Gesichtern nach seinem Ritter. Lamot sah den suchenden Blick des Ankömmlings. Schnell nahm er eine Fleischplatte auf und traf kurz nach dem Mann beim Vogt und dem Ritter von Richzemulenheim ein. Der Bote beugte sich zu seinem Herrn hinunter und flüsterte ihm etwas ins Ohr, woraufhin Klemens sprach: »Sie kommen. Soll er die Nacht im Wagen bleiben, oder habt Ihr in Eurem Kerker noch ein Plätzchen für den Isenberger?«

✝

Aus der unmöglichsten Lage könnt ihr euch befreien, wenn ihr euer Wissen anzuwenden versteht. Lieven dachte die Worte immer und immer wieder. Vor ihm war der Wagen mit Theo durch die Tore gerollt.

»Was ist Euer Begehr?«, rief ihn die Wache an.

»Ich besuche meine Muhme in der Burg, um ihr vom Tod meiner geliebten Mutter, ihrer Schwester, Kunde zu bringen«, log Lieven.

Der Wachmann musterte ihn argwöhnisch, doch hob er nach kurzer Überlegung den Arm.

»Hast du eine Bleibe?«, rief er ihm nach, doch Lieven kümmerte sich nicht mehr darum. Er war in der Stadt!

✝

Die Luke, durch die sie Theo in den Wagen gestoßen hatten, öffnete sich. Von außen wurde die Kette, die ihn auf den Boden band, gelöst.

»Raus mit dir!«, hörte er eine Stimme. Grobe Hände zogen an den Ketten seiner Beinfesseln und zerrten ihn dem Loch entgegen. Holzsplitter rissen ihm die Haut auf.

Theo blinzelte, als er seine Füße auf den Steinboden setzte. Fünf cölnische Wachen und zwei Kerkermeister begrüßten ihn. Der, der an seinen Ketten gezerrt hatte, zog ihn auf die Beine. Theo überlegte, ob er ihm die Handketten um die Gurgel legen und zuziehen sollte. Er ließ es. Widerstand war zwecklos. Und selbst wenn er sich befreien konnte, wie wollte er hier rauskommen? Er musste eine bessere Möglichkeit abwarten. Welche Gelegenheit aber würde besser sein als diese? Er bekam einen kräftigen Stoß.

»Hier, er gehört euch!«

Die Kerkerknechte nahmen Theo in Empfang, und er bekam sofort einen Schlag auf den Kopf. »Damit du keine Mätzchen machst.«

Sie zerrten ihn fort in das Untergeschoss des Kerkerturms.

✝

Der Vogt und sein Gast lallten nur noch vor sich hin. Lamot war ihnen nicht von der Seite gewichen. Außerdem hatte er den Wein mit einem Pulver seiner Mutter veredelt.

»Joren, du musst mir helfen, die beiden Kerle in ihre Gemächer zu schaffen«, raunte er seinem Halbbruder zu. »Stell keine Fragen und hol noch ein paar Knappen herbei, um alles zu erledigen. Lauf!«

Joren schaute argwöhnisch drein.

Er bangt um seine Stellung, dachte Lamot. Also griff er in seine Börse und schnippte ihm einen Kupfertaler zu. »Jeder, der mithilft und verschwiegen ist, bekommt einen.«

Während Joren in der Burg mit sich rang, hatte Lieven den Wagen, in dem Theo gefangen gehalten wurde, bis zum Fallgatter über der Gräfte verfolgt. Irgendwie musste er dort hineingelangen. Doch erst ging er zurück zum Stall, wo er sein Pferd, das Gepäck und die Schwerter zurückgelassen hatte.

Der picklige Knecht von vorhin kam ihm entgegen. »Ihr?« Offenbar wunderte er sich, Lieven bereits wiederzusehen. Neugierig begann er ein Gespräch: »Ein Juncherr wie Ihr hat vor Tagen sein Pferd ebenfalls hier untergestellt.« Der Stallbursche zeigte auf das Brandzeichen seines Reittiers.

»Aha«, machte Lieven, ohne sich etwas dabei zu denken. »Was bekommst du für die Nacht?«

»Zwei Kupferpfennig, Juncherr.«

»Ich bin Ritter.« Plötzlich kam Lieven ein Gedanke. »Was hast du gesagt? Ein Bruder war hier? Wie sah er aus?«

»Blondes Haar, hübsch anzuschauen«, der Bursche hielt die Hand in die Höhe, um die Größe anzuzeigen, »kräftig wie Ihr und ebenso groß.«

Lamot!, schoss es Lieven durch den Kopf. »Danke, Junge.« Er drückte dem Burschen die zwei Pfennige in die Hand und legte noch zwei dazu. »Ich brauche mein Ross schnell. Wenn ich zurückkomme – es kann Stunden dauern –, brauche ich es gesattelt, und halte die Ausrüstung bereit.« Er ließ den Jungen stehen und eilte in den Regen hinaus, zur Kerpener Burg.

»Was willst du?«, fragte der triefend nasse Wachposten.

»Zu Lamot von Are.«

»Den gibt's hier nicht.« Der Mann senkte gefährlich den Speer. »Und jetzt troll dich, oder zeig mir einen Passierschein oder sonstige Papiere.«

Lieven gab kopfschüttelnd auf, wandte sich ab und schlenderte über die Brücke zurück in den Ort. Was Lamot wohl gerade machte?

✝

Lamot stieg hinunter in den Kerker zu den Wachen. »Ich soll den Neuen holen.« Lamot spielte den Überheblichen.

»Jetzt, um diese Zeit? Wer hat das befohlen?« Der Wachmann erhob sich von seinem Schemel.

Die andere Wache kam aus einem Gang. »Was ist?«

»Der hier will den Gefangenen mitnehmen.« Der erste Mann zeigte auf eines der Verliese.

Lamot unterdrückte ein Zucken. »Kannst du lesen?«

Der Mann glotzte ihn an, während Lamot ein Stück Papier aus seinem Kerpener Waffenrock zog.

»Aber das hier kennst du, oder nicht?« Lamot entfaltete das Papier und hielt Theos Bewachern die beiden Siegel des Stadtvogts und Klemens von Richzemulenheims unter die Nase, woraufhin die Wachen sich ungläubig anschauten.

»Ich lese vor«, sprach Lamot knapp und las, sodass sie keine Zeit zum Nachdenken bekamen. »Reicht euch das, oder soll ich euch noch die Ahnentafel des Vogtes bringen?«

Der erste Wachmann nestelte seinen Ring mit den Schlüsseln vom Bund seines Gürtels los, doch der andere rief: »Warte, Genten.« Und an Lamot gerichtet fragte er herausfordernd: »Wohin bringt Ihr den Gefangenen?«

»Das geht dich nichts an.«

»Dann –«

»Auch wenn es dich nichts angeht, sage ich es dir, damit du besser schlafen kannst. Der Marschall will ihn zu den Vorgängen in Zülpich befragen. Und nun mach auf!«

Genten steckte den Schlüssel ins Schloss von Theos Zelle.

✝

Theo hörte, wie das Gitter seiner Zelle sich öffnete. Er drehte den Kopf. Schmerzen durchfuhren seinen Körper. Ein Ritter des Vogtes stand hinter dem, der ihm den Schmerz zugefügt hatte, und der anderen Wache.

»Macht ihm die Ketten los«, befahl der Ritter.

Theo merkte auf. Er kannte die Stimme.

Eine der Wachen schloss den Ring an der Wand auf und wollte dem Ritter das Ende der Kette geben; doch der nahm es nur und warf es auf den Boden. Es klirrte. »Fuß- und Handfesseln!«

Jetzt sah Theo das Gesicht des Ritters. Lamot!

»Nein, Herr. Das dürfen wir nicht.«

»Ich bürge dafür.« Lamot legte die Hand auf den Schwertknauf.

»Nein, Herr.«

»Dann gebt mir die Schlüssel. Ich bürge dafür, dass ich ihm die Fesseln abnehme, wenn er vor den Marschall tritt, und ihr ihn in Fesseln zurückbekommt.«

Der Mann zögerte. Blitzschnell riss Lamot ihm den Ring aus der Hand. Der andere wollte nach vorn schnellen, doch augenblicklich hatte er Lamots Dolch an der Kehle des ersten.

»Berühr mich, und dein Freund hier lässt sein Leben.« Lamot bannte ihn mit einem stählernen Blick.

»Herr Ritter, bitte.«

Lamot steckte den Dolch weg und öffnete den Ring. »Welche sind es?« Er streckte dem Wächter den Ring hin.

Dieser nahm ihn und zog zwei Schlüssel ab.

»Zeig mir, ob sie passen! Ich möchte mir vor unserem Marschall nicht die Blöße geben, von dir aufs Kreuz gelegt worden zu sein.«

Der Mann drehte die Schlüssel in den Schlössern.

»Gut, hoch mit dir.« Lamot zog Theo auf die Beine, während dieser einen noch immer benebelten Geist zur Schau stellte. Sie stiegen die Stufen hinauf.

»Wohin bringt Ihr den Gefangenen?«, fragte der Wachmann Lamot, der Theo grob nach vorn stieß.

Lamot tat entnervt. »Muss ich denn jedem hier erklären, wann ich den Abort aufsuche, eine Frau besteige oder einen Gefangenen zum Marschall nach Mödrath bringe?«

»Aber, Herr, der Marschall weilt nicht in Mödrath, sondern außerhalb, auf der Lörsfelder Burg.«

»Was ist da los?« Der Hauptmann der Torwache trat unter den Torbogen.

»Dieser Herr will den Gefangenen zum Marschall bringen, allein.« Um seinem Vorgesetzten zu bedeuten, dass er dies für ausgeschlossen hielt, zog der Mann zweifelnd die Augenbrauen und Mundwinkel in die Höhe.

Der Hauptmann schaute auf den Gefangenen. »So?« Bevor er fortfahren konnte, fluchte Lamot.

»Dieser ... Jetzt weiß ich, warum er mir den Auftrag gegeben hat.«

»Hol den Wagen und zwei Pferde«, sprach der Hauptmann zu dem Wachmann. »Wir begleiten ihn.« Er wandte sich um, ging zurück in die trockene und warme Wachstube und ließ Lamot und Theo in dem Torbogen warten.

Lamot blickte sich mehrmals nervös um. Was, wenn das eine Falle war?

Aus dem Schutz der Häuser beobachtete Lieven, wie Lamot und der Wachmann sich mit Theo in Bewegung setzten. Er folgte der kleinen Gruppe die schlammige Cölner Straße hinab. Viele Soldaten schliefen, doch ebenso viele Augen waren auf sie gerichtet. Er musste abwarten!

Die kleine Kolonne bewegte sich nach Norden. Lieven lief zu den Ställen und bestieg sein Pferd. Dann sah er, wie der Wagen auf das Cölner Tor zuholperte. Der Hauptmann sprach kurz mit den Wachen, machte einen Scherz, und das Falltor wurde heraufgezogen.

Lieven ritt eilig zum Westtor, um keine Aufmerksamkeit zu erregen. Für gewöhnlich war es ein Problem, eine Stadt nach der Schließstunde zu betreten, jedoch nicht, sie zu verlassen, vor allem wenn sie überfüllt war wie Kerpen.

»Ich muss in einer eiligen Sache nach Düren. Öffne das Tor!«

Der Wachmann tat, wie ihm geheißen.

»Hab Dank!« Lieven grüßte und trieb sein Pferd an. Auf der Sindorfer Straße sprengte er Lörsfeld entgegen.

Es hatte aufgehört zu regnen, jetzt, zur Dämmerstunde. Der Wagen rumpelte über die Steinstraße Richtung Lörsfeld. Lamot sann fieberhaft nach, wie er die zwei Begleiter loswerden konnte. Schlitzte er dem einen die Kehle auf, war da immer noch der Zweite, und ob cölnische Truppen irgendwo in den Wäldern lagerten, wusste er nicht.

Da plötzlich tat es wie aus heiterem Himmel einen zischenden Schlag. Der Hauptmann, der eben noch aufrecht neben ihm geritten war, kippte im Sattel nach hinten und rutschte seitlich vom Pferd. Lamot sah den Schaft eines Pfeiles, der ihm aus der Kehle ragte. Augenblicklich ließ er sich aus dem Sattel fallen und traf unsanft auf der alten Römerstraße auf. Gehetzt blickte er sich um. Dann hörte er den Schrei einer Eule und kurz darauf den eines Käuzchens. Ein Lächeln erhellte Lamots Züge. Trotzdem verschanzte er sich hinter dem Wagen und rief dem Wachmann auf dem Kutschbock zu: »Komm her!«

Verängstigt flüchtete sich der Waffenknecht zu Lamot hinter das massive Rad des Karrens, wo er sich sicher glaubte, denn Lamot streckte ihm den Arm entgegen. Der Mann ließ sich zu dem jungen Ritter niedersinken. Beinahe sanft nahm ihn Lamot in den Arm und schnitt ihm die Kehle durch. Das Herz konnte er nicht erreichen, denn es war durch die Ketten geschützt. So starrte ihn der Sterbende nun aus großen, starren Augen an. Lamot schenkte ihm ein letztes Lächeln: »Ich bin bei dir, Freund. Gleich, gleich bist du daheim bei der Mutter. Du hattest ein gutes Leben.«

Ein Röcheln quoll aus dem offenen Hals, als die Atemluft erstarb.

»Lamot?«

»Hier.«

Lieven zeigte sich seinem Ordensbruder. Lamot schaute kurz auf, während er den toten Soldaten nach den Schlüsseln durchsuchte.

Lieven sprang zu dem immer noch im Steigbügel hängenden Hauptmann. Das Pferd stand still und regungslos über seinem toten Reiter. Er tastete den Mann ebenfalls ab, wurde offenbar fündig und lief hinter den Wagen.

»Wo geht der auf?«

»Gib her!« Lamot nahm Lieven den Schlüsselbund aus der Hand und steckte ihn in das Schloss zu der Luke. Dann löste er die Kette an der Seite, die Theo auf den Bogen zwang. »Theo?«

»Lieven, Lamot?« Theo kroch aus der Luke.

Lamot griff nach den Fußfesseln und zog die Schlüssel, die ihm der Kerkermeister überlassen hatte, hervor. Einer passte.

Theo kletterte aus dem Wagen und hielt Lamot die Hände mit den Fesseln hin. Nach kurzer Zeit schüttelte er auch diese ab. Gemeinsam schoben sie die Toten durch die Luke in den dunklen Schlund des Kastens.

»Brüder, ihr seid zur rechten Zeit gekommen. Morgen hätten sie mich nach Cöln gebracht. Ich hätte zwar gern gesehen, zu wem, aber das hätte mich teuer zu stehen kommen können.«

»Wahrscheinlich hättest du den höchsten Preis zahlen müssen, den du zahlen kannst. Man lebt nur einmal, mein Lieber.« Lamot tat, als prüfe er, ob seine Fingernägel der Pflege bedürften. »Hast du dir schon überlegt, wie du uns, deine Aufpasser, entlohnen willst?«

»Hört auf jetzt. Ein Schwätzchen können wir später halten. Hier ist ein Pferd, Theo.« Lieven übergab Theo die Zügel seines Pferdes. »Ich setze mich auf den Bock und schaffe den Wagen von der Straße.«

»Das wird nicht reichen, mein lieber Lieven. Wir sind auf cölnischem Boden.« Lamot stieg auf das Pferd des toten Hauptmanns und wartete, bis Lieven auf dem Kutschbock saß. »Mir nach.«

»Kennst du dich hier aus, Lamot?«, wollte Theo wissen.

»Ja, das erzähle ich später! Mir nach! Wir haben keine Zeit.«

Er trieb die anderen an und lenkte sein Pferd auf einen kleinen Weg nach Westen.

»Wohin, Lamot?«

»Auf Jülicher Gebiet.«

Sie preschten vor, bis sie auf eine größere Straße kamen. Dort wendete sich Lamot nach Norden. Nach einer Weile ritten sie wieder in westliche Richtung. An einer Kreuzung sah Theo einen Wegweiser. Geradeaus ging es nach Aachen. In südlicher Richtung stand »Düren« geschrieben, in nördlicher Richtung »Jülich«.

»Wir sind im Jülichgau«, rief Lamot. »Hier sind wir sicher.« Er zeigte auf einen Wald, und Lieven steuerte den Wagen von der Straße weg in das Gehölz hinein.

Sie zogen die Leichen aus dem Wagen, schnitten ihnen die Wappenröcke vom Leib und verscharrten sie eilig im weichen Waldboden. Dann spannten sie die Pferde aus und nahmen sie als Reittiere.

»Habt Dank, Brüder.« Theo wischte sich den Schweiß von der Stirn.

»In der Tat, dankbar solltest du sein, und noch mehr solltest du dich erkenntlich zeigen. Denn zurück zu meiner Mutter kann ich wohl nun nicht mehr, so viel steht fest.« Einen Moment lang hielt Lamot Theos Blick. »Sie würde mir den Hosenboden versohlen, wenn der Vogt ihr nicht zuvorkommt.«

»Wird er auf dich kommen?«, fragte Lieven.

»Womöglich.«

»Und deine Mutter?«

»Mein Bruder Joren wird das schon richten.«

»Wenn er so gerissen ist wie sein Bruder.«

»Halbbruder.« Lamot zwinkerte Lieven zu. »Also werde ich unter einem Baum den Winter verbringen.«

»Reite nach Ramersdorf«, empfahl Lieven, der Lamots Scherze nie verstand.

Doch Theo hatte begriffen. »Du kommst mit uns nach Limburg. Wir feiern am Hofe meiner Familie, Brüder!«

»Mit uns?«, fragte Lamot nun verwundert. »Hat dich Lieven vor mir schon einmal befreien müssen?«

Theo grinste schief. »Das ist eine Geschichte fürs Nachtmahl. Jetzt lasst uns hier fortkommen und ein gemütliches Quartier für die Nacht finden.«

✝

Zu Cöln tobte Erzbischof Heinrich von Molenark in seiner Residenz. »Bin ich denn nur von nichtsnutzigen Schwachköpfen und Hornochsen umgeben?«

»Euer Gnaden, es war eine hinterhältige List, zwei unserer Männer sind spurlos verschwunden, wahrscheinlich wurden auch sie hinterrücks gemeuchelt.«

»Das interessiert mich nicht!« Heinrich von Molenark schlug mit der Faust auf seinen Tisch. »Mich interessiert mehr, warum aller Verrat, den dieser Ordensbursche einfädelt, scheitert!« Er starrte Eppendorf zornig an. Dann ließ er sich wütend gegen die Rücklehne seines thronartigen Sessels plumpsen. Ich hätte den Jungen dem Grafen von der Mark so schön auf dem Silbertablett servieren können, hing der Erzbischof seinem Plan nach, während Eppendorf beklommen schwieg.

»Ihr tragt die Verantwortung für diesen Rotzlöffel. Schickt nach Lynn und macht ihm Beine!«

»Sehr wohl, Eure Exzellenz.«

20. KAPITEL

Dezember 1231

Als die drei Gefährten einige Tage später den Limburger Burgberg hinaufritten und das Nordtor passierten, staunte Lamot trotz des Schnees nicht schlecht. Vor den Augen der Brüder tat sich ein geschäftiges, qualmendes Markttreiben auf. Kaum bogen sie rechter Hand in die Burg ein, da hörten sie auch schon die Begrüßungsrufe des alte Gilberts.

»Lieven, Theo!«

»Gilbert!«, erwiderte Lieven freudig. »Ärgerst du immer noch die Knappen so, wie du mich gequält hast?«

»Gelernt hast du etwas bei mir. Sag, dass es anders ist, und ich leg dich übers Knie, Bürschchen!«

»Schon gut, das möchte ich mir lieber ersparen.«

Theo und Lamot glitten lachend aus ihren Sätteln. Der alte Gilbert schien ernsthaft der Meinung zu sein, er könne die Burschen immer noch züchtigen.

Aus den Ställen kam Cedric herüber. »Sei gegrüßt, Vater«, begrüßte ihn Lieven, während der Knappe seinen Sohn stolz betrachtete.

»Lieven, mein Junge.«

Theo warf den beiden einen verstohlenen bis mürrischen Blick zu, den Cedric zurückgab, während er seinen Sohn umarmte.

Doch Gilbert fasste Theo bei den Schultern. »Theo, meiner kleinen Sophie Spross. Lass dich anschauen. Was hat Ramersdorf aus dir gemacht?« Er betrachtete ihn genau. »Immer noch ihr Gesicht, ihre Haut, ganz ihr Blut bist du, aber auch dein Vater irgendwie …« Er schaute an ihm hinunter. »Ach, Junge, hätte er nur besser achtgegeben auf meine kleine Sophie. Aber gut hat es dir getan, dieses Ramersdorf.«

Theo fasste den Alten seinerseits bei den Armen, schaute

ihm in die Augen und fragte: »Gilbert, sag, wie geht es dir, und wie geht es dem Hof?«

Redselig, wie er geworden war, begann der alte Haushofmeister zu berichten. »Du solltest Agnes und Sophie sehen – sie sind deiner Mutter ganz wie aus dem Gesicht geschnitten.«

Theos jüngste Schwester Agnes war im Unglücksjahr 1226 geboren und hatte weder Mutter noch Vater kennengelernt.

»Es ist eine Wonne für uns, sie hier zu haben. Das Haus ist ein Hort der Jugend. Neun kleine Geister den ganzen Tag um die Beine, das hält jung, das kannst du mir glauben.«

»Das tue –«

»Theo«, schallte eine helle Knabenstimme aus einem der Wendelsteine, und schon kam sein Bruder Friedrich zum Vorschein. »Theo, da bist du endlich!«

»Friedrich!« Die beiden fielen sich in die Arme, während ihre vier Schwestern Agnes, Sophie, Elisabeth und Mechthild, von lautem Krakeelen begleitet, den Innenhof stürmten. Alle umringten sie ihren großen Bruder, hüpften hoch und versuchten, sich an ihn zu hängen. Theo zog Agnes aus dem Knäuel, hielt sie im Arm und betrachtete sie. Gilbert hatte recht: sie war Mutter wie aus dem Gesicht geschnitten. In sich spürte Theo das Gefühl, dass er diesen Schatz behüten musste.

Der alte Gilbert und Femke, die Kammerdienerin Sophies, waren in den letzten Jahren so etwas wie die Ersatzeltern Friedrichs und der vier Mädchen geworden, umso mehr, seit Theo in die Knappschaft gegangen war. Die beiden saßen sogar mit an der Familientafel. Ungewöhnlich, dachte Theo.

Er beobachtete seine Großmutter Ermesinde. Genau genommen war sie nicht die leibliche Mutter seiner Mutter. Diese war gestorben, bevor Theo das Licht der Welt erblickte. Ermesinde war da bereits die Frau seines Großvaters, des mächtigen Herzogs Waleran von Limburg, gewesen. So war sie für ihn die Großmutter, die nun auf ihn zukam und ihn in den Arm nahm, während Lamot alles um ihn herum bestaunte.

»Mein lieber Theo.« Ermesinde war klug und spürte sofort, dass Theo öffentlich gemachte Zuneigung nur schwer geschehen lassen konnte. »Ja, du bist kein Kind mehr, ich weiß. Erzähle mir, wen hast du uns da mitgebracht?« Während sie fragte, lächelte sie Lamot an, der augenblicklich das Knie beugte und derart verharrte.

»Dies hier ist Lamot de Are.«

»Ich kannte deinen Vater. Sein Tod muss ein großer Verlust gewesen sein.«

Der sonst so beredte Lamot schwieg, und Theo wunderte sich.

»Großmutter, du musst mir eine Bitte gewähren. Wir gerieten in einen Hinterhalt, aus dem Lamot uns befreite. Nun kann er nicht mehr zurück zu seiner Mutter. Gewähr mir den Wunsch, dass er das Christusfest mit uns verbringt, bitte.«

»Aber ja doch …« Und an Lamot gerichtet, sprach sie: »Du bist herzlich willkommen auf Limburg.«

Erneut senkte Lamot das Haupt.

»Kann er nicht sprechen, Theo?«

»Oh doch, du solltest ihn erleben. Aber heute scheint er in einem sonderbaren Bann zu stehen.« Theo versetzte Lamot einen Schlag auf die Schulter. »Sag was! Bist doch sonst nicht auf den Mund gefallen.«

»Werte Herzogin …«, begann Lamot verlegen, »mir verschlägt es die Sprache bei der Geborgenheit, die Ihr und Euer Hof ausstrahlt. Ich kenne das nicht von dort, wo ich herkomme.«

Ermesinde schaute verwundert. »Woher kommst du denn?«

»Meine Mutter dient am Hofe von Kerpen.«

Ermesinde verstand sofort: Die Gräfin von Are war nicht Lamots Mutter. »Armer Junge.« Sie strich ihm über die Schulter, die Theo gerade noch mit einem derben Hieb bedacht hatte. »Gilbert«, rief sie. »Teile Lamot«, dabei fasste sie ihn bei der Hand und zeigte mit der freien Hand auf den Palas, »eine Unterkunft zu.«

»Zu gütig, Herrin.« Erneut verbeugte Lamot sich.

»Geh mit Gilbert, Lamot de Are. Was für ein schöner Name, findest du nicht, Theo? Er zeigt dir alles. Und frag, wenn es an etwas mangelt.« Dann hakte sie sich wieder bei Theo ein und nahm ihn mit sich. »Sag, wie ist es dir ergangen? Und was war das für ein Hinterhalt, wegen dem Lamot nicht mehr nach Kerpen zurückkann? Erzähl mir alles«, bat sie und blickte ihn mit ihren schönen, klug funkelnden Augen an.

»Das will ich gerne tun«, sagte Theo und erzählte aus den vier Jahren, in denen sie sich nur ein- oder zweimal gesehen hatten.

Als am 18. Dezember, dem Tage der heiligen Luise, Herzog Heinrich und seine Frau Irmgard mit ihren beiden Jungen in Limburg eintrafen, war die Familiensippe mit neunzehn Mitgliedern komplett; fünf Erwachsenen standen vierzehn Kinder gegenüber. Von diesen war Theo der Zweitälteste. Die Ereignisse von Zülpich waren ihm natürlich vorausgeeilt, und die Jungen der Familie scharrten sich um die Jungritter aus Ramersdorf, um auch ja kein Wort ihrer neuen Vorbilder zu verpassen.

Lamot hielt sich zunächst beschämt staunend abseits, doch die Kinder ließen auch ihm keine Ruhe – schließlich war er Teil der Zülpicher Heldentat.

»Vater hat mir alles erzählt. Aber wie habt ihr es geschafft, über die Mauer zu kommen, Theo?«, fragte Waleran, der Sohn Walerans II. von Limburg-Monjoe.

»Wir haben diese kleinen Wurfmesser«, Theo zeigte die Länge mit den beiden Zeigefingern an, »die wir sie selbst schmieden, und sie sind sehr vielseitig. Wir haben sie in den Mauermörtel geschlagen und sind daran hochgestiegen.«

»Ehrlich? Hast du so ein Messer dabei?«, rief der strohblonde Henri, Ermesindes ältester Sohn aus der Ehe mit Theos Großvater.

»Ja, in unserer Kemenate.«

»Zeig, komm, lass uns gehen!«, rief Adolf, Heinrichs und Irmgards Zweitgeborener, und zog Theo am Ärmel mit sich.

Augenblicklich erhoben sich die acht Jungen vom großen Kamin und strebten Theos und Friedrichs Kemenate zu. Sie fühlten sich wie eine Bande wilder Buben, und auch Theo spürte dieses alte Gefühl kindlicher Umtriebigkeit wieder in sich.

In den nächsten Tagen zeigten Theo und Lamot, wie sie die kleinen Messer als Steigeisen in die Fugen des Mauerwerks getrieben hatten und wie man die Wurfmesser ins Ziel brachte. Natürlich wollten Friedrich, die beiden Walerans, Henri und Gerhard alles ausprobieren, und der Innenhof der Limburger Burg verwandelte sich in einen Übungshof.

Seinem Oheim war Theo bisher ausgewichen. Heinrich war dies nicht entgangen, und er stellte Theo in einem stillen Moment zur Rede. »Was ist mit dir, Theo? Was grämt dich?«

Theo zögerte. Es war ihm unangenehm, mit dem Oheim einen Händel anzufangen. Doch dann nahm er allen Mut zusammen: »Hast du mir Lieven nach Ramersdorf vorausgeschickt?«

»Ah, daher weht der Wind. Hatte ich doch den richtigen Riecher ... Ich weiß, was du meinst, Theo. Du musstest Ramersdorf überleben. Das war für mich oberstes Gebot.«

»Ich habe auf mich selbst aufgepasst.« Theo musste, während er sprach, etwas schamvoll an den Wolf denken, der ihm zu Hilfe gekommen war. »Ich brauchte niemanden, der auf mich aufpasst«, sagte er in abgemilderter Rage.

»Das weiß ich auch, seitdem ich dich in Alden-Biesen gesehen habe. Mein Gott, mir schaudert jetzt noch, wenn ich daran denke. Und das weiß ich jetzt, wo du mir Zülpich gebracht hast ... Weißt du, welchen Namen du bei den Mannschaften meines Bruders hast?«

Theo schaute in die wärmende Glut einer Kohleschale. Ich brauche keine Namen. Ich weiß, wer ich bin. Er behielt den Gedanken für sich.

»Sie nennen dich die ›Flamme von Zülpich‹.«

»So etwas schmeichelt mir nicht. Die Menschen können sagen, was sie wollen.«

»Theo, sie halten große Stücke auf dich. Als Krieger wirst du bereits mit deinem Vater verglichen.«

»Es ist gut, Oheim. Ich bin ein Ritter des Ordens, mehr nicht. Ich will mein Land zurück, mehr nicht.«

»Du bist das Schwert des Ordens«, berichtigte ihn Heinrich.

»Und die Rückgewinnung von Isenberg wirst du jetzt angehen, und ich werde dir helfen. Wir wollen die nächsten Wochen nutzen, alles zu besprechen. Doch nun komm mit mir auf die Jagd. Schließlich wollen wir den Christen gebührend feiern.«

Theo schaute Heinrich unverständig an. So legt er also einen Streit bei, dachte er mit Verdruss, doch er entschied, einzulenken. »Gern, Oheim.«

»Sag den Großen Bescheid. Sie sollen sich fertig machen. Ich weise Gilbert an, die Knechte zu informieren.«

✝

Wenn auch nicht so reichlich und erlesen, wurde auf Burg Lynn ebenfalls ein weihnachtliches Gelage vorbereitet. Grulls Oheim, der jüngere Bruder seines Vaters, und seine Mutter, deren Hass gegen den Mörder seines Vaters kein Jota verebbt war, geboten seither über die Freiheit Lynn.

»Grull, ich wurde nach Cöln einbestellt.«

Grull blickte seinen Oheim fragend an.

»Schon wieder ist dieser Junge, dieser Isenberg, dem Tod von der Klinge gesprungen.«

Erleichtert atmete Grull auf.

»Man fragt sich, warum alle Anschläge scheitern. Und man fragt sich, ob du ein verlässlicher Bote bist.«

Er meint Verräter, dachte Grull und antwortete: »Ich habe den Brief an den Herrn von Richzemulenheim überbracht, wie mir befohlen wurde. Ich habe Theo nicht gewarnt, Oheim ... Aber ich bin froh, dass er entkommen ist.«

»Man wird uns den Sold entziehen, wenn du den Isenberger warnst, Grull«, mahnte seine Mutter.

»Ich mache es nur wegen euch. Theo von Isenberg ist mein Bruder. Es ist nicht recht und auch nicht ritterlich, ihn auszukundschaften. Ich habe dennoch alle meine Dienste erbracht. Wenn andere scheitern, liegt es nicht an mir.«

»Weißt du, was unserem Haus durch den Tod deines Vaters für ein Verdienst entgangen ist? Dieser Theo – wie kannst du ihn Bruder nennen? – kann nicht lange und hoch genug für diesen Verlust bezahlen«, belehrte ihn sein Oheim.

»Weißt du, wie es ist, der Sohn eines Verräters zu sein, Mutter?«

»Wie kannst du das sagen!«, fuhr die Freiherrin von Lynn ihren Ältesten an. »Dein Vater stand auf der Seite der heiligen Mutter Kirche. Siehst du überhaupt deine eigenen Brüder, die Verzicht leisten, weil wir dir Ramersdorf ermöglichten?«

Grull blickte beschämt zu Boden. »Verzeih meine Unmäßigkeit, Mutter.«

»Durch deine Informationen machst du wieder gut, was der Deutschorden von uns bekommen hat, Grull«, versuchte sein Oheim, ihn zu umgarnen.

Zum Preis einer hinterhältigen Sache, ließ Grull sich sein Bedenken nicht nehmen.

»Du tust es für deine Familie. Und jetzt vergessen wir die Welt da draußen. Du bist hier bei uns, wo du hingehörst – im Schoße deiner Familie –, und wir feiern gemeinsam das Fest des Herrn.«

✝

Bei Dunkelheit kamen Herzog Heinrich und sein Bruder Waleran, die acht Heranwachsenden sowie die Knechtschaft mit vier großen Ebern von der Jagd zurück. Nach dem Nachtessen am Vorabend des Weihnachtsfestes saß die ganze Familie um den riesigen Kamin im großen Saal beisammen, und Heinrich wandte sich an seinen Schützling.

»Weißt du, Theo, die Menschen sind dumm und einfältig. Sie schauen nur nach sich. Es braucht Leute wie uns, die herrschen.«

Theo schaute seinen Oheim an, schwieg jedoch und hörte ihm weiter zu.

»Die Freiheit dort oben ist unermesslich, größer als das Joch der Einfachen und Armen.«

»Ich denke, Oheim, es gibt immer noch einen, der obendrüber sitzt, und die Messer dort oben sind schnell und tödlich, fällt man in Ungnade.«

»Da hast du nicht unrecht. Doch unten ist es der Hunger, der tötet. Genauso unerbittlich, und er ist eine siechende Qual.«

Während er sprach, dachte Heinrich über die Worte Theos nach. Er denkt, ich säße über ihm und dass ich für ihn genauso eine Gefahr sei wie der König oder ein Reichskanzler, also diejenigen, die über mich gebieten.

»Die Willkür der Oberen ist verantwortlich für das Leid der Armen und für ihre vermeintliche Dummheit. Das ist es, was ich beobachtet habe, Herr.«

»Interessant«, tat Heinrich nachdenklich. »Hältst du es denn mit dem Pöbel? Du, der du zum Herrschen geboren bist, den ich zum Krieger habe ausbilden lassen?«

Theo schlug die Augen zu Boden. Er schien sich seiner Worte zu schämen. »Verzeiht, Herr. Ich möchte nicht maßlos und ungerecht erscheinen. Ich achte Euren Bruder Waleran sehr dafür, dass er seine Männer nach Zülpich bezahlt und nicht hat plündern lassen. Ich denke, als Krieger oder als Gebieter über Menschen hat man eine Verantwortung.«

»Hat man dir das im Orden beigebracht?«

Theo schaute Heinrich ruhig an und schwieg abermals. Heinrich stand auf und ging im Saal auf und ab. Theo folgte ihm.

»Dafür habe ich dich nicht dorthin geschickt, dass sie dir den Kopf verdrehen. Manchmal muss man alles auslöschen, um sicher zu sein, und auch nicht vor dem Volk haltmachen, sonst achtet es einen nicht mehr.«

»Ich weiß um die Gunst, da Ihr mich in den Orden gegeben habt«, mit einem Nicken zeigte Theo dem Oheim seinen Dank, »und ich werde im kommenden Krieg einen Preis dafür zu zahlen haben.«

»Du wirst für dich und deine Sippe kämpfen, Junge – nicht für mich.«

»Wenn Ihr mir das versiegelt und verbrieft.«

Heinrich wich den ernsten und eingehenden Worten seines Zöglings aus. »Von welchem Preis redest du, Theo? Wir werden kämpfen und den Sieg zusammen feiern. Wir sind eine Sippe. Wir holen uns, was uns gehört, Junge. Du bist immer so ernst.

Lass uns feiern. Schließlich sind dies die Tage, da uns der Heiland geboren wurde.«

Irmgard und Ermesinde kamen zu den beiden Männern herüber.

»Ach, Heinrich, immer musst du über Politik und Kriege sprechen. Lass den Jungen, er hat –«

»Das tue ich doch gar nicht«, unterbrach Heinrich seine Gemahlin. »Ich habe gerade über das Feiern gesprochen.« Er schlug seinem Neffen kräftig auf das Schulterblatt. »Stimmt es, Theo?«

Ermesinde warf Heinrich einen vorwurfsvollen Blick zu, hakte sich bei Theo ein und führte ihn weg von seinem Oheim, der ihnen nachschaute, aber von Irmgard umschmeichelt wurde. »Liebster, du vernachlässigst Waleran, Adolf und vor allem mich.«

Ich hätte Theo nicht zu diesen Rittern schicken sollen, die sich nur wenig vom niederen Volk unterscheiden und von unten denken – gegen die Obrigkeit des geborenen, gottgegebenen Adels. Mit diesem Gedanken folgte Heinrich Irmgard in den kleinen Saal.

✣

»Heinrich unterstützt mich in Luxemburg, Arlon und Echternach nach Kräften. Er steht für die Seinen ein – das ist seine Stärke. Er sagt, er werde dich in Isenberg ebenso unterstützen und dass du deinem Großonkel Ado bald den Krieg erklären werdest.«

Theo nickte. »So geht das wohl.« Er schaute Ermesinde hilflos an.

»Wie jung du doch noch bist. Alle sprechen sie von dir, als seist du schon ein großer Krieger. Theo, mein lieber Theo«, sie streichelte ihm über das nachwachsende Haar, »versprich mir, dass du dein Glück findest.«

Theo schaute irritiert.

»Versprich mir, dass du nicht blindwütig mordest. Die Menschen in den Landen können nichts dafür, dass sie ausgerechnet die Felder deiner Gegner bestellen. Sie sind dort geboren. Mach sie dir zu Freunden.«

»Ich bin kein Mörder, Großmutter.«

»Ein Krieg hat seine eigenen Gesetze. Und Heinrich ist gegen den Feind nicht zimperlich. Wenn du Isenberg zurückhaben willst, erkläre den Bauern nicht, dass sie für deinen Krieg den Zehnten zu entrichten und außerdem ihre Söhne zu opfern haben. Lehre sie den Kampf für die Speisen, die von deinen Äckern und Wäldern kommen. Und wenn du dein Land zurückhast, dann denke an die Lage deiner Untertanen, wie es dein Vater getan hat. Seine Hörigen haben deine Eltern geliebt, weil sich mit ihnen und ihrer Aura ihre Lage und ihre Umstände besserten.«

Sie setzten sich. »Großmutter, ich weiß, dass Vater ein Recht hatte zu tun, was er getan hat. Ein Eremit hat seine Geschichte in einem Buch, das er das Friedrich-Lied nennt, aufgeschrieben. Aber von Mutter weiß ich so wenig, erzähl mir von ihr. Bitte.« Theo nahm unbeholfen ihre Hand.

Ermesinde überlegte einen Moment, bevor sie begann. »Als ich nach Limburg kam, war ich in meinem siebenundzwanzigsten Jahr. Ich hatte gerade Agnes und davor Renaud zu Grabe getragen. Ich kam an diesen Hof, und dein Großvater Waleran sorgte sich um seine Sophie. Sie war unglücklich über eine zerronnene Liebschaft und den Tod ihrer Mutter. Ich konnte fühlen wie sie, denn mir war Gleiches geschehen. Ich half ihr, und sie half mir, mein Leid hintanzustellen, und über sie fand ich Aufnahme in die Familie, denn Heinrich wollte es mir zuerst schwer machen. Dann kam dein Vater, er war ein paar Jahre älter als du jetzt und ein strahlender Held.« Mit dem Rücken ihrer schönen Hand streichelte sie Theos Wange. »Sie wies ihn ab, wie es eine Frau tut. Doch als er erneut kam, legte Sophie ihr Schwarz ab und erblühte von Neuem. Sie war reifer und schöner als zuvor, aber noch nicht so weit, dass sie das limburgische Ungestüme verlassen hätte. Friedrich gewann das große Turnier und ihr Herz. In der großen Schlacht gegen den französischen König bei Bouvines wurde Friedrich schwer verwundet. Als die Kunde kam, eilte Sophie ihm entgegen und pflegte ihn. Deine Mutter sprang in ein neues vielversprechendes Leben. Deines Großvaters und meine Hochzeit geriet fast zur Nebensache, denn deine Eltern hielten den ganzen Hof in Atem. Von da an sahen wir uns seltener. Waleran, Heinrich und Friedrich lagen in Fehde mit eurem Verwandten Engelbert von Berg, dem Erzbischof. Sie waren oft in Cöln. Sophie war einige Male dabei, und bei diesen Gelegenheiten haben wir uns gesehen.«

»Und dann?«

»Du warst dabei, Theo. Ihr kamt völlig geschunden und von Angst ausgezehrt hier in Limburg an. Deine Mutter trug Agnes unter ihrem Herzen, aber Sophie war zu schwach und hatte den Glauben verloren. Eine alte Sache hatte ihr zu viel Kraft genommen. Als dein Vater seine Augen schloss, schloss auch sie die ihren.«

»Was war das für eine alte Sache, Großmutter?«

Ermesinde hob die Schultern. »Ich weiß es nicht, Theo.« Sie umarmte ihn, stand auf und fasste ihren Enkel bei den Händen. »Komm, mein Großer, wir wollen uns für die Heilige Messe festlich aufmachen.«

✠

Als Grull an diesem Abend müde vom Wein zu Bett ging, fühlte er sich von seiner Mutter und seinem Vaterbruder wie von einem Erdrutsch überrollt. Zu gern hätte er noch einmal mit seinem Vater gesprochen und dessen Meinung zu dieser schändlichen Wiederholung des Verrats gekannt. Er beklagte seine Maskerade. Einerseits spielte er Grull, den Deutschherrn, andererseits war er durch einen dunklen Herrn, den er nicht kannte, zum Verrat verdammt. Welch mieses Doppelspiel.

Grull streifte sein wollenes Nachthemd über und sank auf seine Bettstatt. Er führte Daumen und Zeigefinger zum Mund und befeuchtete sie. Der Ärmel seines Nachthemdes wies eine Naht auf. Seine Mutter hatte ihn wohl verlängern müssen, weil für ein neues kein Geld im Hause war. Er nahm den brennenden

Docht zwischen die feuchten Finger und drückte sie zusammen. Mit einem Zischen erlosch das spärliche Licht. Er verzog das Gesicht, als nicht der Duft von Bienenwachs in seine Nase zog, sondern von Schweinetalg.

Im Halbdunklen starrte Grull zur Decke, und ihm war, als läge er in Ramersdorf neben seinen Brüdern, so wie sie oft dalagen, bevor sie einschliefen, über das sinnierend, was am Tag geschehen war, das verarbeitend, was sie prägen würde. So hatten sie auch an dem Tag nach Cöln nebeneinandergelegen, als sie die fünf Mistkerle getötet hatten. Seinem Gegner hatte Grull erst in den Arm gestochen, dann in den Hals. Das Blut war ihm entgegengeschossen.

Warum hat dein Vater nur meinen getötet?, klagte er bei sich. Er versuchte, sich zu erinnern. Den Kampfeslärm, die Schreie seiner Mutter draußen vor der Kemenate und das Wimmern und Weinen seiner kleinen Geschwister im Inneren hatte er gehört damals. Er erinnerte sich an den Geruch des Holzes und des Strohs unter seinem Bett, unter das er sich geflüchtet hatte.

»Die Schlacht von Bouvines ist an allem schuld«, hatte sein Vater einmal zu ihm gesagt. Bouvines war ein Dorf in Flandern. In Grulls Familie aber war der Name dieses Dorfes wie ein Fluch, und ihn auszusprechen wurde tunlichst vermieden. Das Jahr der großen Schlacht zwischen dem französischen König und dem deutschen Kaiser war das Jahr seiner Geburt – 1214. In Bouvines war sein Vater in französische Gefangenschaft geraten und hatte gegen Lösegeld freigekauft werden müssen. Der Kredit, den seine Familie dafür aufnehmen musste, hatte sie in den Ruin gestürzt. Grull und seine Geschwister waren mehr wie Bauern aufgewachsen denn als Edelfreie. Geld war seither immer zu wenig da gewesen.

Wie eine Bauernmagd war seine Mutter oft von den Feldern heimgekehrt. Abends, wenn die Kinder zu Bett gingen, saß sie gesenkten Hauptes mit Vater und Grulls Oheim beisammen. Mit seinen abgestoßenen Gewändern war Vater dann meist von irgendeinem Geschäft zurückgekehrt. War ein Handel gelungen, redete er seiner Frau Mut zu. War der Ertrag des Tages kärglich ausgefallen – und das war er meistens –, ertränkte er die Schmach in einem oder mehreren Bechern billigen Weins.

Manchmal stritten Grulls Vater und sein Oheim miteinander. Hörten die Kinder dann die Schreie in ihren Betten, presste Grull das Leinen seines Kopfkissens gegen beide Ohren, sodass das Knistern des Strohs die Zankerei übertönte. Dann ballte er die Fäuste zusammen, bis er einschlief.

Nach seines Vaters Tod aber wurde es noch unerträglicher. Das Viehzeug wurde in den engen Burghof gelassen, das Burgtor blieb offen. Der Dreck, der Gestank, das Geflatter und die Laute drangen in jeden Winkel und erinnerten Grull stets an seine Wenigkeit. Er musste acht Jahre alt gewesen sein, als Theos Vater den seinen tötete.

»Warum musste Vater sterben?«, hatte Grull gefragt.

»Weil er Nachrichten an den Herrn von Geldern verkauft hat«, hatte seine Mutter mit unschuldiger Miene damals gesagt.

Nun verkaufte Grull selbst Nachrichten. Welchen Tod würde er finden? Er sah sich in Meister Teyvas Gemach schleichen. Er sah sich, wie er die Liste gelesen hatte mit der Reihenfolge und den Stellen, an denen er und seine Brüder am Schicksalspfad ausgesetzt würden. Er sah sich, wie er dem Knecht die Abschrift zugesteckt hatte und wie er gespielt heiter wieder in die Runde seiner Freunde getreten war. Er hasste sich für das, was er getan hatte. Wenn er nun mit seinen Brüdern gegen die Mark ritt, welchen Verrat würde er dann üben müssen? Er hasste sich für das, was er noch tun würde. Aber kündige ich Theo die Gefolgschaft, dann wird der dunkle Herr mit Gewalt gegen meine Familie antworten.

✠

In der großen Halle von Limburg duftete es nach Kerzenwachs, Nelken, Zimt und Braten. Vor ihren Augen türmten sich Speisen aller Art auf. Es war der Heilige Abend, dem ein zweitägiges Gelage folgen sollte. Der Hof saß an der unteren Tafel, bezeugte das Zeremoniell der Feierlichkeiten und fraß nach Kräften, während die Herrschaft über ihnen thronte und sich Messern und Löffeln mit Griffen aus Perlmutt bediente. Für die Sprösslinge war es vor allem eine Schule des Anstands und der Repräsentation. Wer sich die fettigen Finger an der Kleidung abwischte, hastig aß oder trank, erntete von den Erwachsenen eine Ermahnung: »Du verstößt nicht nur gegen die guten Sitten, sondern es kann ein jeder auf deine Wesensart und deinen Stand schließen.«

So nahm das Weihnachtsfest des Jahres 1231 seinen Lauf. Friedrich klammerte sich an seinen großen Bruder, wo er nur konnte. Theo ließ es geschehen. So gern er in großer Runde war, so gern verbrachte er Zeit mit Friedrich, und ebenso spürte er Sorge um den jüngeren Bruder, der sich in scheinbar endlosem Suchen erging.

»Hast du wieder mit unseren Eltern gesprochen, Theo?«

Theo überlegte einen Moment. »Nein, Friedrich, das habe ich nicht. Und du?«

»Ich auch nicht.«

»Wir müssen unser Leben hier leben. Mutter und Vater haben uns genug mitgegeben. Wir schaffen das schon.«

»Mutter und Vater haben mich verlassen, da war ich acht!«

»Und jetzt möchtest du dein altes Leben zurück, das du als Achtjähriger hattest?«

»Ja, das hätte ich am liebsten, aber es geht nicht, und sie sprechen nicht einmal zu mir wie zu dir.«

»Weißt du, wie ich es immer mache, wenn mir die Eltern fehlen?«

Friedrich schaute ihn gespannt an.

»Ich gehe zu unserem letzten Augenblick zurück. Weißt du noch damals, als wir Vater das letzte Mal sahen?«

Friedrich nickte und verzog das Gesicht. »Auf dem Rad?«

Anders als Friedrich hatte Theo damals gesehen, dass ihr Vater sie beide mit einem Abschiedsblick bedacht hatte. Theo hatte er Kraft gegeben.

»Der letzte Blick. Dahin gehe ich immer wieder zurück. Vater hat uns all seine Liebe, all sein Vertrauen und all seinen Mut gegeben. Ich habe es gesehen, damals.«

»Ich kann nicht, Theo. Nicht dorthin zurück.«

Sie schwiegen. Obwohl er selbst erst elf gewesen war, hätte Theo dieser Abschied zerbrechen können. Doch Theo wusste: Bei Friedrich war es anders. Dieser Abschied und auch Mutters Tod hatten in seine Seele gestochen.

Nach einer Weile versuchte Theo erneut, seinem Bruder eine Tür zu seiner Erinnerung zu öffnen. »Schau mal, Friedrich, was waren die Dinge, die sie dir mit auf den Weg gegeben haben?«

»Mutter ihre Wärme, Liebe und Fröhlichkeit.«

»Und Vater?«

»Seinen Mut … seine Zuversicht, die Sicherheit, die er mir gab.«

»Und diese Sachen nimmst du und nutzt sie für den Friedrich, der du jetzt oder nächstes Jahr oder in zehn Jahren bist. Tag für Tag. So mache ich es.«

»Ich will es versuchen.« Sein Bruder machte eine Pause, dann fragte er nach etwas anderem. »Du willst mit Herzog Heinrich unser Land zurückerobern?«

Theo nickte. »Wir werden Ende Januar reiten.«

»So schnell … Ich will mit.«

»Hast du schon einmal gekämpft?«

Friedrich zögerte. Theo lachte und fasste ihn bei der Schulter. »Dann lass dich erst einmal ausbilden. Oder willst du in den Kirchdienst eintreten?«

»Um Gottes willen, nein, nur das nicht.«

»Hast du schon mit Großmutter gesprochen?«

»Ja, sie weiß, dass mir die Kirche zuwider ist.«

»Ich hole dich nach, sobald du dich ausreichend in den Waffen geübt hast.«

»Versprochen?«

»Versprochen, Friedrich.«

21. KAPITEL

Neujahr 1232

Der kurze Moment, in dem sie dem jungen Krieger Aug in Aug gegenüberstand, schlich sich wieder in ihr Bewusstsein. Seit Wochen ging das nun so. Je mehr Adelheyd sich dem Gedanken entgegenstemmte, umso öfter drängte er sich in ihren Tag. Langsam dämmerte ihr, dass sie den Krieger schon vor dem Brand von Zülpich gesehen hatte – ein- oder zweimal bestimmt.

Auf dem Jahrmarkt zu Boppard hatte sie lange nach dem Stein gesucht, den sie jetzt zwischen zwei Fingern und dem Daumen rieb. Endlich hatte sie ihn gefunden. Er war rund und flach und fühlte sich samtweich an. Seine Farbe war wie die smaragdgrünen Sprenkel in seinen Augen. Sie war wie gebannt gewesen – inmitten eines Meeres von Flammen hatten sie gestanden, die sich in ihren Augen spiegelten, bis Vater sie mit sich fortzog.

Adelheyd vernahm ein Geräusch und schaute auf. »Mutter?« Sicher wird sie wieder auf die Verlobung mit Geldern kommen, dachte sie. Sie spricht über nichts anderes mehr.

»Kind, was sitzt du wieder hier und starrst in die Ferne?« Mit sorgenvollem Blick legte die Gräfin von Sayn-Sponheim ihrer Tochter eine Decke über die Schultern.

»Wann reisen wir heim, Mutter?«

»Du weißt doch, dass Großvater und Vater die Grafen von Geldern erwarten.«

»Lieber gehe ich in ein Kloster, als diesen –«

»Aber warum? In deinem Alter ist Hinrich und ein hübscher Kerl noch dazu.«

»Mutter!«, entrüstete sich Adelheyd, so als müsse die Gräfin die Schwäche des besagten Hinrich von Gelderns kennen. Und sie kannte sie. Bei ihrer Begegnung in Cöln hatte Hinrich sein Desinteresse nicht verborgen, und als er sich zum Handkuss vorbeugte, hatte die Ausdunstung von Bier Adelheyd beinahe ohnmächtig werden lassen. Nein, dieser Herr war nichts für sie.

»Aber dein Vater besteht darauf. Eine –«

»Ja, ja, eine Verbindung der beiden Häuser wird uns guttun«, unterbrach nun Adelheyd ihre Mutter.

»Er will doch nur, dass es dir gut geht. Er sorgt sich um dein Wohl.«

»Nein, Mutter, es geht immer nur um die Häuser.« Adelheyd betonte das letzte Wort. »Wenn er für mich sorgen will, verschone er mich mit diesem Hurenbock.«

»Adelheyd!«, wies ihre Mutter sie zurecht.

»Die gefährliche Reise hierher sollte sich der Herr lieber sparen.«

»Jetzt gebärde dich doch nicht so. Vielleicht ist es dieses Mal anders.«

Doch Adelheyd schwieg mit schmollender Miene und schaute auf die Sieg, die sich unterhalb der großväterlichen Blankenburg dahinschlängelte.

✝

Der Tag der Verabredung rückte näher. Auf der Reise ins Bergische Land war Herzog Heinrich gesprächig und gut gelaunt. Während Irmgard mit den Söhnen und ihrer Zofe im Reisewagen über den unter Knirschen nachgebenden eisig-trockenen Schnee holperte, eskortierten die Männer den Wagen zu Pferd, in dicke Felle gehüllt. Bald nach ihrer Ankunft kam Oheim Engelbert von Burg Altendorf nach Berg.

Seine beiden Paten Heinrich und Engelbert, Wilhelm, Lamot und Theo nutzten die folgenden Tage, um die hinterlassenen Dokumente Friedrichs zu studieren und, soweit möglich, einen Plan zur Rückgewinnung der Grafschaften zu schmieden.

»Wir brauchen jemanden, der in Isenberg bekannt ist und Theo dort einführt«, sagte Heinrich.

»Das mache ich«, sagte Engelbert.

»Gut. Dann müssen wir versuchen, die westfälische Bruderschaft Sapientis wieder zusammenzurufen, und uns ihrer Gefolgschaft versichern.«

»Wilhelm, hilfst du Theo dabei?«

»Wer ist Teil dieses Bündnisses?«, fragte Wilhelm statt einer Antwort.

»Tecklenburg, die Hildesheimer Ritterschaft, Steinfurt, Lippe, Wiedenbrück, die Bürger Paderborns und Wildenberg. Habe ich noch einen vergessen?«

»Gotfryd von Arnsberg.«

»Aber Godfryd ist alt und seine Nachfolge offen.«

»Was ist mit Dietrich von Kleve, Friedrichs Oheim?«

»Schwierig, würde ich sagen. Er würde uns sicherlich gern helfen, aber ob er kann? Das Problem ist der Kettenhund des Erzbischofs, Gerhard von Geldern.«

»Derselbe, der Vater an den Erzbischof ausgeliefert hat?«, fragte nun Theo.

»Ebender. Dietrich ist im Krieg mit Erzbischof Engelbert derart geschwächt worden, dass er sich zu einem Schutz- und Trutzbündnis mit Gerhard von Geldern verpflichten musste. Geldern ist Erzbischof Molenarks Mann, und sein Gebiet liegt in unmittelbarer Nachbarschaft zu Kleve. Außerdem besteht ein Band zwischen Geldern und der Mark – Ado war mit Ottos Schwester verheiratet. Ein Fehltritt, und Geldern steht im Klever Land, verstehst du, mein Junge?«, sprach Engelbert.

Theo verzog das Gesicht. »Ich verstehe, Oheim.«

»Vielleicht schickt er Geld oder Truppen zum Schutz des Klosters in Schwerte. Mehr ist, denke ich, nicht von ihm zu erwarten.«

✝

Während sich die Limburger und Isenberger schon aufgemacht hatten, war der Winter für viele noch nicht zu Ende, war es doch die Zeit des Wundenleckens, der Pflege am warmen Kamin und des Ränkeschmiedens. Ludwig von Ravensberg hatte im vergangenen Jahr auf Geheiß Erzbischof Molenarks gegen Otto von

Tecklenburg Krieg um dessen Cölner Vogteien geführt. Tecklenburg war ein Mitverschwörer und der engste Freund Friedrich von Isenbergs gewesen, und es galt auch ihn auszulöschen.

»Eine reine Fortführung der Entvogtung«, empörte sich der Adel.

So schlichtete König Heinrich VII. ein letztes Mal eine Fehde, bevor sein Vater, der Kaiser, in deutsche Lande kam und ihn entmachtete. Er bestimmte, dass Ludwig von Ravensberg Otto von Tecklenburg die Vogteien zurückgeben müsse, während Otto die Erbvogtei an die Cölner Kirche überschreiben musste und sie als gewöhnliches Lehen zurückempfing. Damit war die Erblichkeit aufgehoben und die Kirche wieder Herr der Vogtei.

Heinrich von Molenark rieb sich die Hände. Sollte es dem Tecklenburger nicht ergehen wie seinem toten Freund, musste er sich fügen. Mit Wut im Bauch tat Otto von Tecklenburg das auch.

Gegenüber den Fürsten hatte der König zuletzt die Städte gestärkt. Ein zweischneidiges Schwert, das ihn genauso selbst treffen konnte. Und es traf ihn.

Nun forderte der aufgebrachte Adel König Heinrich das »Statutum in favorem principium« ab. Darin verzichtete der König auf die Ausübung seiner Rechte an Gerichten, Geleit, Zoll, Münze und Befestigung im Gebiet fürstlicher Landesherren. Erzbischof Molenarks fürstlicher Favorit war geschwächt, ebenso die Städte gegenüber den Adelssitzen.

✝

»Wann kommen sie denn?« Herzog Heinrich war ungeduldig.

Theo schaute kurz zu ihm herüber und widmete sich dann wieder der Karte, auf der das Gebiet um Arnsberg, Menden, Iserlohn und Schwerte zu sehen war. Dann wanderte sein Blick nach Blankenstein und zur Isenburg hinauf. Stumm starrte er auf den Punkt und dachte: Die Burg wurde mit Feuer geschleift. Die Fundamente und viele Steine sind geborsten. Es wird schwer sein, Isenberg wiederaufzubauen.

Laut fragte er: »Oheim, was ist mit diesem Ort Östrich?«

Heinrich zuckte mit den Schultern. »Hör auf mit diesem ›Oheim‹. Du bist alt genug. Wir sind nun Waffenbrüder. Du nennst mich Heinrich, verstanden?«

»Gut, Heinrich.« Theo lachte. »Und wie steht es mit Östrich?«

Wilhelm kam herein. »Die Ersten kommen.«

»Endlich. Jetzt geht es los.« Heinrich straffte sich.

»Wilhelm, weißt du, was in Östrich ist?«, fragte Theo.

»Dort herrscht Rydenkasten, ein übler Bursche. Früher war er ein vogelfreier Räuberanführer. Damit er in Eintracht mit den Nachbarn lebe, hat ihn Friedrich zum Burgmann gemacht.« Wilhelm kam näher. Mit dem Finger zeigte er auf eine Markierung unweit des Klosters Elsey. »Hier ist eine Wallburg, die von Friedrichs Knappen Ortliv und vielleicht vierzig Soldaten gebaut wurde. Dort sollten wir beginnen.«

»Das ist doch viel zu eng«, mokierte sich der Herzog.

»Was ist das?« Theo zeigte auf einen weiteren Punkt zwischen Östrich und dem Kloster.

»Das ist das feste Haus Letmathe.«

»Könnten wir nicht dort …?«

Wilhelm schüttelte den Kopf. »Zu klein und ungünstig gelegen.«

»Ich will, dass wir unerkannt in einer Burg unterkommen«, sagte Theo.

»Warum das? Du wirst Ado doch deinen Anspruch kundtun. Warum willst du dich verstecken?«, fragte Heinrich.

»Sie werden anfangen, sich zu rüsten.«

»Das wird eh passieren. Spätestens, wenn sich herumspricht, dass du zurückgekommen bist. Und es wird sich herumsprechen, glaube mir.«

»Angst sollen sie haben!« Wilhelm schnaubte lachend auf und schlug Theo auf die Schulter. »Vielleicht gibt Ado dir Isenberg ohne Blutvergießen heraus.«

Die Pforten des Saales schwangen auf.

»Herr, hier sind einige der Juncherren, die Ihr erwartet«, ließ der Hauptmann der Wache verlauten.

»Sie sollen reinkommen.« Heinrich stieg schnellen Schrittes die Stufen zu seinem Thron hinauf, nahm Platz und straffte sich.

Angeführt von Lieven kamen Lamot, Glander und Ante herein. Theo beobachtete seinen freudig aufgeregten Oheim und beschloss, den Moment zu feiern. Er trat neben den Thron und stellte seine Brüder mit ihren besonderen Fähigkeiten vor.

Am Nachmittag trafen Grull und Mogrod ein. Nun fehlten noch Raven und Merten. Das Nachtmahl verbrachten die Brüder mit Heinrich, Engelbert und Wilhelm beim derben Gelage und hofften, dass die fehlenden Kameraden einträfen. Theo schaute in die Runde. Glanders Narbe lugte unter dem nachwachsenden Haar hervor. Und überhaupt fiel ihm auf, dass auf den einst geschorenen Köpfen wieder Haare wuchsen. Mogrods glatt und schwarz. Glanders glänzend blond. Lamots und Antes dunkelblond, wobei Antes eher aschfarben war. Grulls und Lievens dunkelbraun wie Theos.

Grull beißt sich weniger auf die Lippe, und seine Wunde am Hals ist verschorft, stellte Theo zufrieden fest. Ante blinzelt weniger, er scheint fast fröhlich. Mit seiner Laute und den zur Abwechslung einmal leichteren Liedern erwarb sich der blasse Jüngling sogar das Ansehen des Herzogs. Theo strich sich über den Kopf. Er erinnerte sich, wie sie aussahen, als sie in Ramersdorf zusammengefunden hatten. Einer lang, einer kurz, einer zottelig, einer zerzaust. Nun waren sie alle kurz geschoren, passend für Brünne und Haube. Ein jeder dieser Freunde ist bereit für die große Unternehmung, dachte er stolz. Jeder ist bereit, für meine Sache zu sterben. Als ihm dies bewusst wurde, mischte sich ein anderes Gefühl in seinen Stolz. War es so etwas wie Verpflichtung oder Verantwortung? Theo verbrachte eine unruhige Nacht.

Am nächsten Morgen waren weder Raven noch Merten eingetroffen. Herzog Heinrich hinterließ Weisung beim Burgmann, falls die beiden noch kämen. Dann war es so weit. Der Marsch in die verlorene Grafschaft begann.

ZWEITER TEIL

1. KAPITEL

Frühjahr 1232

Die Lande schimmerten silberweiß vom Raureif in der Morgensonne. Doch in diesem Jahr verdrängte der Frühling den Winter bereits Ende Februar. Das Zizibü der Meisen erfüllte die Luft, während die Sonne das gefrorene Weiß der Eiskristalle in tropfendes Glitzern verwandelte.

Wilhelm führte den Trupp auf dem gleichen Weg, den er damals nach Elsey geritten war. Als Theo nach Stunden einen Blick zurück tat, zierte im Westen ein gold-rosafarbenes Band den Abendhimmel. Bei der Brunsbecke war es bereits dunkel, und die winterliche Kälte kroch in sie hinein. Ab hier mussten sie in östliche Richtung ansteigen und sich mühsam über eine lange Anhöhe vorarbeiten, die von mehreren Bachläufen unterbrochen wurde.

Sie waren eine Weile geritten, als sie plötzlich den Schrei einer Eule vernahmen. Augenblicklich glitten die Gefährten aus den Sätteln und bildeten einen Kreis aus Pferden um sich, Engelbert und Wilhelm.

Engelbert schaute verängstigt und stieg vom Pferd. »Was ist, Theo?«, flüsterte er.

Schwerter zischten aus den Scheiden. »Das war kein Käuzchen«, raunte Ante an Theos Stelle, der ernst in die Dunkelheit starrte.

Theo rief in die aufgekommene Stille: »Wer seid Ihr? Zeigt Euch!«

»Wer seid Ihr, und was wollte Ihr in unserem Wald?«, entgegnete eine Stimme.

»Euer Wald?«, rief Wilhelm. »Dann seid Ihr Männer des Grafen Friedrich.«

Für einen Moment legte sich wieder Stille über die Dunkelheit, dann vernahmen sie die Stimme erneut. »Wo lebt Ihr? Graf

Friedrich ist seit sechs Wintern tot. Wer seid Ihr, dass Ihr so einfältig seid, hierherzukommen und das nicht zu wissen?«

»Das beantwortet meine Frage nicht. Wenn das hier Euer Wald ist, wer seid Ihr?«

»Wir sind freie Männer und verteidigen unseren Wald gegen jedermann.«

Theo blickte zu Wilhelm. Es wurde brenzlig. Sie mussten einlenken, ohne ihre Partei erkennen zu geben.

»Wir reisen in friedlicher Absicht. Wir wollen zu einem Mann, der uns zu Einhard, dem Einsiedler, führt«, rief Theo. »Wenn Ihr mit ihm gutsteht, dann seid Ihr auch unsere Freunde.«

Nun klang die Stimme im Wald entspannter. »Wie heißt der Mann?«

»Ortliv wird er genannt.«

»Und was wollt Ihr von ihm?«

»Das sagen wir ihm selbst. Euch sollte unser ritterliches Wort reichen, dass wir friedliche Leute sind.«

»Pfff, Ritter! Davon gibt es solche und solche. Zum letzten Mal: Wer seid Ihr?«

»Männer, die dieses Land einst ihr Zuhause nannten, so wie Ihr.«

Da schwang sich ein Mann auf den Weg und rief: »Dann habt Ihr Glück, mit dem Leben davonzukommen.«

»Ortliv!«, rief Wilhelm erleichtert.

»Herr, ich dachte schon, Ihr wäret Erzbischöfliche vom Volmarstein oder gar Märker.«

Um sie raschelte und knackte es im Wald, und eine Gleve von Bogenschützen trat auf den Weg. Einer der Vorposten bestieg ein Pferd und galoppierte davon, die anderen ritten hinterher. Eine Weile folgten sie einem Pfad, bis hoch über ihren Köpfen an einem Bogen aus geschälten Baumstämmen das Weiß eines Bärenschädels schimmerte, während die seitlichen Pfeiler von zwei Wolfsschädeln geziert wurden.

»Jetzt ist es nicht mehr weit«, sprach Ortliv, und tatsächlich kamen sie nach wenigen hundert Schritten zu einem Palisadenwehr. Durch ein hölzernes Tor ritten sie in den ersten engen

Graben ein. Dieser war beiderseits von Palisaden gesäumt. Fünf Tore durchschritten sie und folgten jeweils einem Graben um einen schmaler werdenden Ring. Dann endlich standen sie im engen Vorhof eines großen Langhauses.

Gefolgt von den anderen, trat Theo in eine Dunkelheit ein, in der alle Männer beieinanderwohnten. Alles war überaus bescheiden. Ein Feuer in einer ummauerten Kochstelle erhellte den Raum. Nur über eine hölzerne Esse konnte der Qualm nach oben ziehen. Beißender Rauch stieg in Theos Nase, und es roch nach erkalteter Asche. Fenster gab es keine. Um die Feuerstelle waren lange Bänke aufgestellt. Außerhalb des Feuerscheines war es weitgehend dunkel. An den Wänden waren gerade noch zwei- und dreistöckige Schlafnischen zu erkennen.

»Wir hätten nach Burg Altendorf gehen sollen«, entkam es Engelbert entgeistert.

Ortliv schaute ihn gekränkt an.

Theo bemerkte es. »Ich möchte, dass wir uns mit Einhard besprechen. Deshalb ist dieser Ort richtig, Oheim. Zu ihm ist es von hier nicht weit.«

»Wie du meinst.« Pikiert streifte sich Engelbert die Reithandschuhe ab. Das Abendmahl jedoch stimmte ihn mehr als zufrieden. Wild wurde über dem Feuer gebraten, und gutes Bier floss in Strömen, sodass sich selbst Engelberts düstere Stimmung aufhellte.

✝

Am nächsten Morgen machten sich die Gefährten mit Engelbert und Wilhelm auf, Einhard in den Tiefen der Sauerlande zu finden. Wie immer fand man nicht ihn, sondern wurde von ihm gefunden.

Während Einhard ein Fell auf den Wurzeln der großen Eiche ausbreitete, um darauf Platz zu nehmen, sammelten die Männer Holz für ein Feuer. Theo bemerkte, dass Engelbert nachdachte.

»Theo«, sagte sein Oheim, »der Boden ist kalt, und meine

Knochen schmerzen. Kannst du mir etwas Erhöhtes zum Sitzen beschaffen?«

Da wusste Theo, was der Anlass des Grübelns war: Engelbert beanspruchte den Vorsitz für sich, und der beste Platz dafür war nun einmal am Stamm der Eiche.

Theo antwortete: »Aber ja, Oheim.« Dann ging er zu einem der Packtiere, zerrte ein dickes Bündel herunter und kam damit zurück.

»Stell es dahin, dem Eremiten und seinem Wolf gegenüber.«

Als Ante das Feuer in Gang gebracht hatte, begann er, auf seiner Laute zu spielen. Nach und nach setzten sich die Gefährten, Wilhelm, Pierre und Ortliv im Kreis zu Einhard und Engelbert. Einhards Hand lag wie auf einer bequemen Lehne auf Fenrirs Rücken. Theo beobachtete den Wolf, und der Wolf beobachtete ihn.

»Dein Vater hat die große Vogteirolle angefertigt, die er damals deiner Mutter gab, als sie mit euch nach Limburg floh. Es gibt Abschriften davon. Ich habe eine dieser Kopien. Diese Rolle ist die Grundlage, auf der du deine Ansprüche gegenüber Ado und Erzbischof Molenark erklären kannst, Theo.«

»Wir haben darüber hinaus bereits eine Urkunde, auf welcher der Herzog von Limburg und ich mitsiegeln, ausgefertigt«, erwiderte Engelbert.

»Umso besser. Bezieht Ihr Euch darin denn auch auf die große Vogteirolle?«

Lapidar streckte Engelbert, der Herr über alles geheime Wissen, die Hand in Wilhelms Richtung aus. »Natürlich tun wir das«, sprach er, während Wilhelm seine neben ihm liegende Satteltasche öffnete, eine gesiegelte Pergamentrolle hervorholte und sie in die wartende Hand seines Bruders legte. »Und hier ist eine weitere Kopie für Graf Ado, damit er uns nichts vorenthalten kann.« Engelbert lächelte überlegen.

»Wie werdet Ihr den Anspruch erklären? Werdet Ihr einen Boten schicken?«, fragte Einhard schlicht.

»Ich werde gehen und meinem Großonkel das Schreiben verlesen«, antwortete Theo.

»Und du hast auch bedacht, dass dabei dein Leben in Gefahr kommen könnte?«

»Ja, das habe ich. Daher werde ich meine Brüder hier mitnehmen.« Theo wies mit dem Arm in die Runde seiner Gefährten.

»Viel zu gefährlich. Ich rate dir, sammle all deine Truppen. Wisse, wer und wie viele dir folgen, und zieh mit deiner Streitmacht vor Ados Tore. Das, wonach er strebt, vermag ihn zu beeindrucken.«

»Und das wäre?«, fragte Lamot.

»Prunk und Macht. Er ist ein kleiner Junge geblieben. Aber hütet euch: Er ist zudem gefährlich.«

✝

Über unzählige Hügel verließen sie die Bergwälder der Sauerlande. Der Himmel war klar und die Luft kalt. Im Grünen Tal überquerten sie einen breiten Bach. Dann zeigte Einhard auf einen Bergfried, der über ihnen auf einem Felsvorsprung thronte. »Dort hinauf müssen wir.«

Sie stiegen zwischen schroffen, waldigen Flanken eine Klamm hinauf. Als sie auf einer Wiesenhöhe ankamen, leuchtete ihnen eine lang gezogene Bruchsteinmauer entgegen, die die Umfriedung des Festungsdorfes darstellte. Davor schlängelte sich ein ausgetretener Pfad zum Burgtor.

✝

»Herr, eine Gruppe Reiter naht«, rief eine der Torwachen hinunter in den Innenhof.

Gerulf, der Wachhabende, erhob sich von seiner Pritsche, legte sein Gehenk um und kam auf den Wehrgang. Er hob die Rechte an seine Stirn, um die Mittagssonne abzuhalten. »Ich traue meinen Augen nicht«, sagte er zu sich selbst und dann lauter zu einem anderen Wachmann: »Lauf und sag Rydenkasten Bescheid!«

»Wen melde ich, Herr?«

»Die Herrschaft ist zurück.«

»Gerulf«, rief Theo, als er den Mann, der mit seinem Bart aussah wie einer der großen graubraunen Wolfshunde, die im Hofinneren herumliefen, unter dem Torbogen erkannte.

»Juncherr Theoderich.« Gerulf verbeugte sich ungelenk.

Theo winkte ab. »Ach, lass das Getue, du hast mir mein erstes Holzschwert gemacht und mir den Hintern mit deinem versohlt.« Er sprang ab und ging auf Gerulf zu. Im selben Moment sah er einen großen, groben Krieger mit einem mächtigen geteilten Bart aus dem festen Haus unter dem großen Wehrturm kommen.

Rydenkasten! Das muss Rydenkasten sein, dachte Theo. Er hielt inne und schaute über den matschigen Hof zu dem Mann hinüber, der auf einem Brettersteg auf sie zukam. Ein stattliches Weib hielt sich an seiner Seite.

Andere Männer traten aus Häusern oder ließen von ihrer Arbeit ab, in der Schmiede, der Zimmerei, der Töpferei, dem Back- oder dem Waschhaus, die wie in einem dieser alten Kastelle aus der Römerzeit in der Mitte der Mauern gruppiert waren. Der Conroi war mittlerweile gänzlich in den Hof eingezogen, und Kinder strichen prüfend über das Fell der Pferde oder beäugten die Ankömmlinge mit neugierigen Blicken. Sowieso schien es, dass ein jeder Mann ein Weib oder Kinder um sich scharte, an diesem Flecken, der mehr einem Dorf denn einer Burg glich.

»Gerulf«, rief Ortliv.

»Ortliv!« Die alten Knappen Friedrichs umarmten sich derart herzlich, als einte sie ein starkes Band.

Einhard raunte Theo zu: »Und der, der da kommt, das ist Rydenkasten.« Laut sagte er: »Rydenkasten, sei gegrüßt. Ich habe hohen Besuch mitgebracht und viel Arbeit.«

»Sei gegrüßt, Einhard, alter Rabe. Es geht also los«, stellte der Mann mit dem geteilten Bart fest. Der raue Krieger beugte das Haupt in einer langen Geste. Sein Weib tat es ihm gleich, auch wenn es nicht den untertänigsten Eindruck machte. Die Jungen im großen Conroi stiegen ab.

»Lasst die Pferde versorgen«, rief Rydenkasten seinen Männern zu, und an Theo gerichtet sagte er: »Ihr hohen Herren, wollt Ihr mir bitte ins Innere folgen, damit Ihr Euch erfrischen und wir uns besprechen können?«

»Die Knappen deines Vaters sind wieder vereint«, sagte Einhard zu Theo, während sie zum Haus schritten. »Ein Haufen wie der deine waren sie damals – hartgesotten, schlachtenerprobt und treu bis in den Tod. Die musst du für dich gewinnen. Sie können dir eines Tages wertvolle Dienste leisten.«

»Solche Krieger brauchen wir«, brachte Engelbert hervor. »Doch seid ihr lange nicht genug an Zahl.«

Theo wurde bei der doppeldeutigen Rede und dem Tonfall seines Oheims kalt. »Wir brauchen mehr von Eurer Sorte, das stimmt. Könnt Ihr uns helfen, treuer Mann?«, fragte er schnell.

Rydenkasten schaute zu Engelbert, dann zu Theo. »Wenn Ihr ein Mann wie Euer Vater seid, werden wir Berge für Euch versetzen.« Als wolle er den Satz mit einem »Aber« fortsetzen, blickte er zu Engelbert.

»Das ist Dona, Theo.« Einhard hatte den Blick ebenfalls bemerkt. »Rydenkastens Weib. Und sie hat einen Hieb wie ein Kerl, versichere ich dir.«

»Dona, ich habe die Ehre«, bemühte sich Theo um einen höfischen Ton.

»Oh, seid ebenfalls gegrüßt, junger Herr«, machte die Frau sich über Theos Versuch lustig.

»Dona!«, zischte Rydenkasten.

Doch ohne Scham über die Zurechtweisung zeigte sie, dass sie auf Östrich mindestens ebenso viel zu sagen hatte wie ihr Mann. »Ich werde Euch zeigen, wo Ihr unterkommt. Essen gibt es nachher auch.«

Die große Halle auf Östrich war ein karger Raum. Eine Treppe führte hinauf zum Oberstock, wo man die Kemenaten über einen Umlauf erreichen konnte. Die alles überragenden Dinge in dem Saal waren die lange Eichentafel und ein Kamin, in dem ein Mann bequem stehen konnte. Über dem Kamin und an der gegenüberliegenden Stirnseite prangten Waffen, Helme und Schilde mit Verzierungen, die Wolfsköpfe zeigten. Theo musste an Fenrir denken.

Das Abendmahl bestand aus Wild und einem derben Bier. Engelbert verlangte lieber nach Wein, doch der schmeckte ebenso sauer wie das Bier bitter. Mit beleidigter Miene hielt er sich daraufhin an Wasser.

Theo sah, wie Engelberts Gehabe Rydenkastens Zorn erregte. Jedem minderen Manne hätte er wahrscheinlich die Meinung gesagt, doch bemerkte Theo, dass Rydenkasten sich bei dem ehemaligen Bischof von Osnabrück mit aller Macht zügelte.

»Die Zeiten ändern sich, Herr«, konnte er sich einen Seitenhieb nicht verkneifen, »dass Ihr Herrschaft uns heutzutage um Herberge ersucht.«

Engelberts Miene versteifte sich daraufhin.

Ihre Worte und Blicke beobachtend, dachte Theo: Die beiden werden wohl keine Freunde mehr. »Die Brüder von Letmathe und Hörde waren Getreue meines Vaters«, zog er das Gespräch, an Rydenkasten gewandt, auf sich. »Verkehrt Ihr mit ihnen, und … haben sie die Seiten gewechselt?«

»Mit unsereins sprechen sie nicht«, empörte sich Rydenkasten, doch Gerulf fiel ihm ins Wort.

»Wir sind ab und an dort, junger Herr, aus alter Tage Gewohnheit. Sie werden sich nie unter Ados Knute fügen. Die Wunden sind zu tief, aber hütet Euch. Sie sind stolz geworden und kennen den Wert ihrer Gefolgschaft.«

»Aber Iserlohn ist märkisch?«, fragte Theo.

»Da könnt Ihr Gift drauf nehmen, Juncherr«, stimmte Rydenkasten zu.

»Der Graf hat Merchgardis, die Tochter Heinrich von Loens, zu seinem Weib genommen und seinen Schwager Hermann zum Heermeister der Südmark gemacht«, antwortete Gerulf.

»Dann wollen wir morgen die Freiherren von Letmathe als Erste aufsuchen«, beschied Theo.

✠

Auf dem Weg von Letmathe nach Hörde ritten Theo, Mogrod und Lieven den Conroi ab und musterten Rydenkastens Reiter. Damit ihre Inspektion nicht zu auffällig wurde, riefen sie den Männern aufmunternde Worte zu, erkundigten sich nach ihren Namen oder hielten ein kurzes Schwätzchen. Doch Theo wunderte sich über die merkwürdigen Pferde, auf denen die Männer wie Mehlsäcke hingen. Er schaute sich zu Lieven und Mogrod um und war sicher, dass sie auch ohne Worte einer Meinung waren.

»Die Märsche bekommen meinen Männern gut.« Rydenkasten war neben Theo geritten, doch Theo kommentierte nur kurz mit »Hmhm« und schwieg dann wieder.

Er ließ die Frühjahrssonne weiter wohlig sein Gesicht und seine narbigen Hände, die die ledernen Zügel hielten, wärmen. Bei jedem Schritt hörte er das Knarzen der Sättel. Rydenkastens Störung hatte seine Gedanken zerstreut. Er blickte zu dessen Männern und fragte sich, wie es sein würde, wenn es hart auf hart käme. Würden sie immer noch voller Begeisterung schnelle, gestreckte Märsche mitmachen? In der Kälte schlafen?

»Ihr seid ein verschlossener junger Mann«, bemerkte Rydenkasten nach einer Weile.

Engelbert blickte kurz herüber, dann wieder geradeaus. Dennoch versuchte er weiterhin, eine jede Regung der beiden mitzubekommen.

Das Land erstreckte sich in lang gezogenen Wellen aus matten Mustern von Wegen, Feldern, Hecken und Waldsäumen. Unter ihnen immer das gleiche Bild: der Rücken des Pferdes über dem dahinziehenden Weg. Theo kehrte wieder zu seinen Gedanken zurück. Ich beleidige Rydenkasten wohl, wenn ich ihm sage, dass seine Männer in einem schlechten Zustand sind.

»Theo, Rydenkasten ist ein rauer Geselle, aber er verdankt mir alles, und er hasst Ado. Also mach ihn zu deinem Freund.«

Endlich Vater, du sprichst wieder zu mir. Theo war erleichtert über die Stimme in seinem Kopf. Dann fragte er Rydenkasten: »Woher habt Ihr die Gäule?«

»Das sind Wildpferde, wir haben einige gefangen, jetzt züchten wir sie«, antwortete der stolz.

»Habt Ihr schon mal eine Schlacht geschlagen, Herr von Rydenkasten?«

Dieser schaute verdutzt und ungläubig zu Engelbert und Wilhelm hinüber. Dann lachte er laut. So laut, dass es Theo unangenehm durchfuhr. »Ich bin weder Ritter noch von hoher Geburt, junger Herr.«

»Dann eben: hast du?«, beharrte Theo.

Rydenkasten beruhigte sich wieder. »Unser Kampf ist eher der Kampf aus dem Hinterhalt. Mit Pfeil und Bogen oder gern auch mit Fallen, Netzen und Schlingen.«

Theo schaute interessiert zu Rydenkasten. Das also ist seine Stärke, dachte er.

»Meine Männer und ich waren Wilddiebe und haben die Bauern in strengen Wintern um ihr Vieh erleichtert. Euer Vater hat mir Östrich angeboten, im Gegenzug mussten wir Wiedergutmachung leisten und mit der Wilderei aufhören.«

»Und hat es geklappt?«

»Wir waren in jener unseligen Nacht dabei.«

»Dann hat er euch vertraut?«

»Das hätte er besser nicht. Eure Mutter übergab mir einen Brief, den ich zu Erzbischof Engelbert bringen sollte. Danach ging alles schief.«

Theo schaute zu dem wilden Mann hinüber und schwieg, was Rydenkasten sichtlich unruhig werden ließ. Doch Theo kannte die Geschichte aus Einhards Aufzeichnungen, während weder Wilhelm noch Engelbert eine Reaktion darauf zeigten.

»Mit den Freien und den Bauern«, begann Rydenkasten wiederum, um Gesprächsfluss bemüht, »leben wir mittlerweile in Frieden. Ein wenig Misstrauen herrscht aber immer noch.«

»Wenn ich euch in einer Schlacht bräuchte, würde es keinen Sinn ergeben, Euch und Eure Männer ins Feld zu führen?«

Rydenkasten betrachtete Theo abschätzig. »Die ehemaligen Knappen Eures Vaters haben Männer herangezogen, für den Fall, dass Ihr wiederkommt. Sie können besser mit dem Bogen umgehen als jeder andere hier.« Er drehte sich stolz zu dem Trupp hinter sich um und wischte mit dem Arm durch die frische Frühjahrsluft.

Theo wandte sich zu Mogrod und Lamot hinter ihm. Offensichtlich hatten sie die große Rede Rydenkastens mit angehört und grinsten ihn an.

»Hüte dich, Theo. Rydenkasten ist ungestüm. Überheblichkeit würde ihn beleidigen«, sprach die Stimme seines Vaters wieder zu ihm.

Ich werde ihn seine Schwächen trotzdem wissen lassen, so wie man es mich wissen ließ.

»Das wirst du, mein Junge.«

✣

Von Hörde aus begleiteten sie Engelbert nach Burg Altendorf. Die Höhenwasserburg bestand aus einem Vorwerk und einem hohen Bergfried, Vor- und Hauptburg wurden von einer Gräfte getrennt. Wollte man von der einen in die andere Festung gelangen, war die Zugbrücke die einzige Verbindung. Engelbert war sichtlich zufrieden, wieder gewohntes Terrain unter den Füßen zu haben, und kostete den Abstand zum gemeinen Volk aus. Während sich die hohen Herren im Wohnturm einrichteten, lagerte Rydenkasten mit seinen Gefährten in der Vorburg.

»Damit die Männer wissen«, sprach Engelbert zu Wennemar, dem alten Burgmann aus Friedrichs Zeiten, und wies zum anderen Burgteil hinüber, »dass es auch trinkbares Bier gibt, bring ihnen zwei Fass. Ihr Gebräu war lausig.«

Dann schritt Engelbert zum großen Saal, wo Mägde bereits Speisen auftrugen und die Gefährten lebhafte Gespräche führten.

»Haben sie auch die Ausbildung, die wir brauchen? Habt ihr gesehen, wie sie reiten?«, fragte Theo gerade in die Runde.

»Gut, gut, mein Junge.« Engelbert lächelte, als er hereinkam, am Kopfende der Tafel zwischen seinem Mündel und Wilhelm Platz nahm und sich die Kissen seines Armsessels zu seinem Gefallen zurechtrückte, »du bist noch minderjährig und erkennst schon, worauf es ankommt.«

»Das ist wahr. Bauern, die auf Pferde gestiegen sind«, meinte Wilhelm und lachte. »Was können wir tun, bis es losgeht?«

»Wir müssen die Truppen, die wir jetzt schon haben, besser machen, vor allem in den richtigen Waffen«, sprach Lamot, und die Gefährten nickten.

»In den richtigen Waffen?«, fragte Engelbert.

»Bogen, Kampf mit der Lanze und mit dem Schwert, reiten«, sprach Mogrod knapp.

»Wer sagt es Rydenkasten?«, fragte Wilhelm.

»Das mache ich.« Theo ließ keinen Zweifel an seiner Rolle aufkommen.

»Juncherr«, meinte Gerulf und nahm einen Schluck des guten Bieres, »Friedrich, ich meine, Euer Vater war ein guter Herr und beliebt bei seinen Lehensleuten, Freien und Hörigen. Werdet Ihr sie aufsuchen?«

Engelbert sprach hastig dazwischen. »Die haben wir alle zusammengetragen.«

Nun drängte sich wieder Gerulf in das Gespräch, fast so, als wetteifere er mit Engelbert. Offensichtlich hatten beide ihren Anteil beigetragen und wollten ihn herausstellen. »Als Friedrichs Notarius habe ich sie in der kleinen Rolle vermerkt.«

»Was denkst du, sollen wir sie alle aufsuchen? Wie viele, schätzt du, sind es überhaupt?«, erkundigte sich Theo.

»Mehr als fünfzig Ritter, ein paar hörige Berittene. Eine hübsche Hausmacht, würde ich sagen. Sechshundert Krieger. Morgen auf Östrich kann ich es genauer sagen.«

✝

Wieder zurück auf Östrich machten sie sich an die Arbeit. Gerulf zeigte Theo das Pergament, in dem Friedrich mit seiner Hilfe beschrieben hatte, wie die Grafschaft zu verteidigen sei. Einhard nahm ihm die Rolle aus der Hand.

»Es ist die Nebenschrift zur großen Vogteirolle. Friedrich

und ich haben sie mit Gerulfs Hilfe verfasst«, stellte er seinen und Gerulfs Verdienst klar. Er entrollte das riesige Pergament und legte Gewichte, die er von einer Waage genommen hatte, auf die Ecken. »Dein Vater hat die Möglichkeiten der Verteidigung ebenfalls beschrieben.« Einhard fuhr mit dem Finger nach unten. »Darin findest du alle Ministerialen und Vasallen.«

Theos Blick fiel auf eine stattliche Zahl von Lehnsleuten und deren Pflichten, während Einhard seinen dampfenden Becher nahm und einen warmen Sud daraus zu schlürfen begann. Sie lehnten sich über die Schrift und gingen die über sechzig Namen von Freiherren und Rittern durch. Unter ihnen fanden sie auch Mertens Vater.

»Die können wir nicht alle aufsuchen«, meinte Theo.

»Wir fordern sie schriftlich zu ihrem Waffeneid auf«, sprach Gerulf.

»Wir sollten sie einladen«, widersprach Einhard.

Theo, Einhard und Gerulf verbrachten weitere Stunden über Urkunden und Karten, doch auch das Gespräch mit Rydenkasten stand noch aus.

Theo verließ die große Halle. Das helle Licht blendete ihn. »Wo ist Rydenkasten?«, fragte er Gerulfs Bruder, der in der Nähe der Schmiede dabei war, ein Bogenholz zu schälen.

»Draußen«, er wies mit dem Messer aus der Burg, »mit Lieven nach den Wolfsangeln sehen.«

Gut, sie finden zusammen, stellte Theo zufrieden fest, während er neben Fenrir, der am Eingang des Haupthauses lag, in die Knie ging und ihm vorsichtig die narbige Hand entgegenstreckte. Der Wolf hob die Nase und begann in halb unterwürfiger, halb stolzer Gebärde zu schnuppern.

»Ich werde warten, bis er zurückkommt.« Theo sah dem älteren Knappen bei der Arbeit zu, während Fenrir eine erste Berührung zuließ.

Dieser hatte kräftige Hände, und die Arme unter dem Nidderkleit versprachen von gleicher Kraft zu sein, auch wenn sein langes Haar bereits zu ergrauen schien. Wie alt mag er sein?, fragte Theo sich. Wie alt wäre Vater jetzt? Achtunddreißig?

Waren sie eine Gemeinschaft wie wir jetzt? Laut Einhard muss es so gewesen sein.

»Hast du mich gerettet?«, flüsterte er dem Wolf zu. Vertrauter als zuvor durfte Theo Fenrirs Schulter kraulen. Plötzlich jedoch wurde das Tier unruhig und schaute zum Burgtor. Auch das Geheul der Hunde in den Zwingern hob an.

»Ritter Zweibart ist zurück«, sprach Theo, als verstünde ihn der Wolf, und erhob sich. »Rydenkasten!«, rief er und ging hinüber zum Burgtor.

Einhard und Gerulf kamen, vom Gebell der Hunde aufgeschreckt, aus dem festen Haus, während Fenrir sich erhob und neben Einhard hertrottete. Rydenkasten hielt eines der zottigen Pferde am Zaumzeug, das einen Karren zog. Theo blickte auf die Pritsche, wo zwei tote Wölfe und zwei blutige Wolfsangeln lagen. Die Hunde in den Zwingern jaulten, als sie Fenrir bemerkten. Sie mochten ihn nicht. Doch den Wolf kümmerte das wenig. Er hatte Witterung aufgenommen und roch an dem Karren.

»Nur zwei Stück heute Nacht. Sie sind wohl tiefer in die Wälder gezogen. Der Frühling wird dieses Jahr früh kommen«, sprach Rydenkasten.

»Kann ich dich sprechen?«, frage Theo.

Rydenkasten übergab das Fuhrwerk. »Gerulf, kümmerst du dich um die Wölfe?«

»Komm, wir gehen ein Stück.« Theo nahm Rydenkasten mit aus der Burg hinaus auf die weite Wiese, die nur durch den Weg zur Burg geteilt wurde. »Es geht um deine Männer«, sprach er vorsichtig, sein Gegenüber beobachtend.

»Ich weiß, was Ihr sagen wollt. Es ist ein grober Sauhaufen«, setzte Rydenkasten zu einer Rechtfertigung an.

»Wir brauchen unterschiedliche Fähigkeiten. Mit dem Bogen sind deine Männer gut, denke ich, wie aber steht es um den Schwertkampf? In einer Schlacht brauche ich Männer, die darüber hinaus mit Schwert und besser noch mit der Lanze kämpfen können.«

»Da habt Ihr wohl recht.«

»Dann werden meine Leute und ich deine Männer anleiten. Bist du damit einverstanden?«

»Wir kennen uns von Kindesbeinen auf. Ich schicke sie nicht in eine Schlacht, damit sie abgestochen werden.«

Theo fasste Rydenkasten am Arm. »Da ist noch etwas ... Wir brauchen in den nächsten Wochen deine und Gerulfs Männer. Sage es ihnen bitte.«

»Wofür, Herr?«

»Ich will alle Vasallen meines Vaters versammeln. Ich brauche sie als Boten.«

»Wo wollt Ihr den ganzen Haufen unterbringen?«

»Hier.« Theo deutete auf den Boden unter seinen Füßen.

»Das wird ein Fest geben«, sprach Rydenkasten und ging zum Tor zurück.

Theo blickte ihm erleichtert nach.

2. KAPITEL

Frühjahr 1232

In den folgenden Tagen waren Theo und Gerulf mit der Ausfertigung der Einladungsurkunden beschäftigt, während die Gefährten um Lieven mit der Ausbildung von Rydenkastens Männern begannen. Gerulfs Männer waren wochenweise auf Botenritten unterwegs.

Als alle Einladungen überbracht waren, trat ein wenig Ruhe ein, und die Gefährten nutzten die Zeit, das kleine Land um Östrich zu erkunden. Theo schlug Lieven einen Familienbesuch vor.

»Ich dachte, ihr seid alle vertrieben worden«, wunderte sich Lieven.

»Nicht meine Großmutter. Die kann man nicht so einfach vertreiben – nicht einmal Ado von der Mark.«

Sie benötigten keine Stunde, um das Kloster von Elsey zu erreichen.

✠

Nicht mehr als drei Wegstunden östlich lagen zur selben Zeit die Mauern von Iserlohn friedlich zu Füßen Mechgardis'. Die Herrin der Mark, deren spitzes Kinn, die weiße ebenmäßige Haut und die kleinen Knopfaugen ihr das Aussehen eines Hermelins verliehen, ließ den Blick über ihre Stadt schweifen. Sie blickte auf die Bilsteiner Burg mit der schönen Kapelle und einem massiven Bergfried. Ein Schatten huschte durch ihren Geist, als sie den dicken Turm, der im Volksmund der Königsturm hieß, sah. Königsturm, dachte sie trotzig. Wie ein König hat Vater, der Stadtgraf von Iserlohn, hier nicht gelebt, und gestorben ist er ebenso wenig wie ein König.

Etwa eine Stunde später ritt sie durch das Westertor unter

dem vergoldeten Wappenstein ihrer Familien – ein aus einem gekrönten Helm steigendes Einhorn – in die Burg. Sie freute sich auf Hermann von Loen, ihren Bruder. Schließlich war er der Letzte, der ihr aus ihrer Familie geblieben war. Und die blutigen Ereignisse von damals, als sie Kinder waren, verbanden sie untrennbar. Sooft sie konnte, kam sie hierher, jetzt, wo es ihr wieder möglich war, und versuchte, sich eine unversehrte Kindheit in diesen Mauern zurückzuerträumen. Burg Krickenbeck im fernen Nettetal, das Haus von Ados Mutter, ihrer Schwiegermutter, in dem sie hatte aufwachsen müssen, war nach dem Verlust Iserlohns nicht mehr als ein seelenarmes Asyl für sie gewesen. Schon ihr Großvater war als Burgmann von den Altenaer Grafen hergeholt worden. Iserlohn, das war ihre Heimat. Nach der Erbteilung zwischen Ados und Friedrichs Vätern gehörte es zu Friedrichs Grafschaft. Doch ihr Vater Heinrich war ein gottgefälliger und kirchentreuer Mann gewesen. Er hatte sich nicht an der Verschwörung gegen Erzbischof Engelbert beteiligen wollen, und so hatte ihn Friedrich nach der blutigen Belagerung des Bilsteins gefangen gesetzt – im Dicken Turm. Mit einem Schaudern schob sich der rote Alptraum ihrer Kindheit in Mechgardis' Geist. Graf Friedrich galt ihr seit damals als Henker und Räuber ihres Glücks und ihrer Geborgenheit. Trotzdem oder gerade deshalb hielt sie an ihrer Geburtsstadt fest. »Ich werde Iserlohn nicht mehr hergeben. Niemals!«, flüsterte sie, als sie den Burghof erreichte.

✠

Als Theo und Lieven in den Hof einritten, war Mathilde im Gespräch mit einer Ordensschwester. »Dann mach es so, wie du willst, ich habe dir gesagt, wie ich es möchte, Aurora … Theo!«, rief sie erfreut aus und ließ die Schwester stehen. Sie legte keinen Wert auf Selbstbeschneidung, sie kannte kein anderes Verhalten. Ein elegantes Selbstverständnis, das ihr niemand je streitig zu machen gewagt hatte und das sie stets an die Spitze einer Gesellschaft stellte. Ohne es zu beabsichtigen, verschaffte ihr diese Haltung die Achtung ihrer Gemeinschaft – und nicht nur dieser.

»Mein Junge, mein lieber Theo.«

Theo war vom Pferd gesprungen und seiner Großmutter in die Arme gelaufen.

Lieven spitzte die Lippen zu einem kaum vernehmbaren Pfiff, wohl verwundert darüber, weil er Theo als den Bezwinger von Zülpich und einer Vielzahl erwachsener Männer kannte.

»Großmutter, das ist Lieven, mein Bruder und Cedrics Sohn.«

»Dein Bruder? Du meinst aus diesem schrecklichen Ramersdorf?«

»Ganz recht, Großmutter.«

»Seid gegrüßt, Mutter Äbtissin.« Lieven verbeugte sich tief und züchtig.

Gott sei Dank, dachte Theo, so mag es Großmutter.

Auch Mathilde neigte das Haupt. »Schön, dass du da bist, Lieven. Habt ihr Hunger?«

»Nein, danke … Großmutter, ich habe eine Bitte an dich.«

Mathilde horchte auf und schaute Theo aufmerksam in die Augen.

»Wenn es zum Krieg mit der Mark kommt, wirst du …?«

»Ich habe es mir gedacht!« Mathilde ließ sich erschöpft auf eine Bank sinken und hielt sich die Stirn. »Wird mich der Krieg denn nie loslassen? – Dein Urgroßvater fiel in Kleve, dein Großvater im Heiligen Land und dein Vater gegen den Erzbischof. Der ewige Krieg macht die Seele traurig.«

Theo und Lieven setzten sich ihr gegenüber. »Ich weiß, Großmutter. Ich hätte es auch lieber anders, aber du verstehst, dass Ado nicht freiwillig herausgeben wird, was er sich genommen hat. Wenn es also zum Krieg kommt, wird es Verwundete geben.«

»Natürlich wird es das, und es wird Tote geben, und das nicht zu knapp!«

»Ja.« Theo ließ sich nicht abbringen. »Und deshalb brauchen

wir deine Hilfe. Hast du je überlegt, warum du hier in unseren Landen geblieben bist? Du wusstest, dass es unser Land ist und wir es uns wiederholen würden. Dein Sein hat doch eine Bedeutung, Großmutter.« Theo hatte ihre Hand, die schlaff auf dem Tisch lag, ergriffen.

Mechthild entzog sie ihm und kehrte zu ihrer gewohnt gefürchteten Strenge zurück. »Ja, hier Gott zu dienen.«

Theo erkannte die Großmutter von damals wieder. Die feine Stirn und der Blick, der über jeden Zweifel erhaben schien.

Lieven schreckte förmlich zurück.

»Dieses Land ist meine Heimat geworden. Die einzige Habe und Zuflucht, die mir blieb, ist dieses Kloster. Ich habe Frauen um mich geschart, die so wie ich des Krieges überdrüssig sind und Frieden suchen. Meine Aufgabe auf dieser Erde ist der Frieden.«

»Ist es nicht ein Werk des Friedens zu heilen?«

»Weil ihr euch erst die Köpfe einschlagt, ihr Männerpack?«

Langsam sank Lieven unter den Tisch.

Theo versetzte ihm einen Tritt. Er wusste, dass ihm von seiner Großmutter nichts drohte. Er war Friedrichs Sohn, der erste Sohn ihres Erstgeborenen. Er war der Einzige, der so mit ihr sprechen konnte. »Bist du wirklich der Meinung, dass Ado unsere Lande besitzen sollte?«

»Ja, der Meinung bin ich. Wenn Blutvergießen vermieden werden kann, dann ist es recht so.«

»Großmutter!« Theo bedachte sie mit einem bohrenden Blick. Dann schaute er Lieven an und beschloss, sie vorerst bei ihrem Trotz gegen die männliche Gewalt zu lassen.

Mathilde ihrerseits schüttelte ärgerlich den Kopf und sagte: »Niemand kann mich so entwaffnen wie du.«

»Können wir etwas für euch tun? Habt ihr Fisch, Fleisch und derartige Vorräte? Sollen wir für euch jagen gehen?«

»Nein, wir kommen auch so gut zurecht.«

»Ein schöner Braten zum Abendessen, wäre das nicht was?«

»Wie ich sagte, Theo.« Da war sie wieder, die stolze Gräfin.

Theo schmunzelte. Er liebte seine Großmutter. Schon früher – auf Isenberg – hatte sie ihn herausgefordert, mit seiner Gabe ihren weichen Kern zu erblicken.

Als Mathilde sich wieder ihrem Tagewerk zuwandte, sah sich Theo suchend im Klosterhof um.

»Wonach guckst du?«

»Nach den Vorratskammern. Sie waren, meine ich … da!« Theo ging, gefolgt von Lieven, geradewegs auf eines der Wirtschaftsgebäude zu, die sich entlang der Lenne aufreihten. Den beiden lief das Wasser im Mund zusammen, als ihnen der Duft vieler verschiedener Vorräte entgegenströmte. »Schwester Spindaria?«, rief Theo.

»Was wünscht Ihr, Herr?«, erklang eine Frauenstimme aus dem Dunklen.

»Oh, Schwester, verzeiht unser Eindringen. Ich bin der Enkel von Oberin Mathilde.«

»Ich weiß, Herr.«

Theo schaute Lieven verblüfft an. »Wir … wir möchten Euch fragen, ob Ihr genug an Fleisch habt. Meine Großmutter, ich meine, Mutter Mathilde wollte uns nicht beanspruchen, und trotzdem bieten wir uns an, Eure Kammern mit Wild zu füllen, sollte es daran mangeln.«

»Sehr wohl, Herr, an so etwas mangelt es stets, da wir uns auf die Jagd nicht verstehen und Mutter Mathilde keine Hilfen außer den Abgaben der Bauern annimmt.«

»Sodann, was sollen wir bringen?«

»Fasane, Enten, Hasen, Reh, Wildschwein?«, schlug die Nonne abwägend vor.

»Gut, wir werden Eure Speicher nach besten Kräften füllen.«

Theo wollte eifrig zur Tat schreiten, doch Lieven hielt ihn zurück. »Sagt, Schwester, könnt Ihr uns sagen«, er zeigte mit dem Daumen über die Schulter nach draußen, wo ihre Rösser standen, »wohin wir unsere Sachen bringen können?«

»Ich bringe Euch zum Hospital«, entgegnete die Nonne leichthin, schritt an ihnen vorbei und brachte sie zurück zur Pforte. Dort gingen sie durch eine kleine Tür in ein großes Gebäude. »Schwester Eularia!«, rief sie.

Im Obergeschoss hörten sie Schritte, dann klapperten hölzerne Pantinen eine Treppe herunter, und zum Vorschein kam eine füllige, dickbusige Nonne.

»Schwester Eularia, dies ist der Enkel unserer Schwester Mutter.«

»Oh, der kleine Theoderich!«, rief sie erfreut. »Ich kannte dich schon, da warst du noch so klein.« Sie deutete seine damalige Größe an, indem sie die Luft zwischen Boden und Handfläche maß. »Kommt, kommt«, rief sie herzlich, »ich zeige euch, wo ihr schlaft und eure Sachen ablegen könnt – ihr bleibt doch über Nacht, oder?«

Theo und Lieven schauten sich an. »Ja«, sagte Theo schließlich.

»Dann kommt.« Sie ging voran und wies ihnen eine Kammer zu, die einzige abseits vom allgemeinen Schlafsaal. »Hier, unsere Hochwohlgeborenen-Kemenate.« Sie lachte mit ihrem ganzen Körper. »Also, ich lasse euch allein.« Herzlich griff sie nach Theos Wange und kniff zu. »Mein Theo«, sagte sie, während sie flugs aus dem Raum ging. Wenig später hörten sie wieder das Klappern der Holzschuhe auf der Treppe.

Staunend und übertölpelt schaute Theo zu Lieven, der sich lachend auf eines der Betten fallen ließ.

»Oh, mein Theolein«, rief Lieven, »so klein warst du damals, hoch wie ein Schwein. Schau, so.« Er streckte die Hand von der Liege und hielt sie über die mit Teppich und Stroh bedeckten tönernen Fliesen.

Theo lächelte. »Dennoch, ob du es glaubst oder nicht, es ist wie Heimkommen.«

✝

Am nächsten Tag blickte Theo hinauf zum gerodeten Schleipenberg. »Von den Sieben Gräben aus hat man das ganze Tal nach zwei Seiten im Blick. Das ist kein schlechter Platz.«

»Du hast recht, fast besser als Östrich, auch wenn du da schon eine Befestigung hast«, bestätigte Lieven.

»Komm!«, rief Theo und stieß seinem Schwarzen die Steigbügel in die Flanken. »Wer als Erster oben ist!«

Sie preschten bergan. Doch Lieven konnte Theos Vorsprung nicht mehr wettmachen. Als er oben eintraf, befand sich Theo bereits im Gespräch mit Ortliv.

»Warum habt ihr den Schleipenberg für euer Haus ausgewählt?«

Friedrichs alter Knappe grüßte Lieven beiläufig. »Wir haben gedacht, es ist nahe bei Eurer Großmutter, Herr. Und wenn Ihr wiederkämet, wäre dies der beste Ort für eine Festung, denn schaut, Ihr Herren.« Ortliv stieg auf einen Aussichtsturm außerhalb der sieben Wälle, und die Freunde folgten ihm. »Wenn Ihr nach Osten schaut, habt Ihr das Tal der Lenne vor Augen. Wenn Ihr Euch nach Norden wendet, könnt Ihr bis zu den Auen der Ruhr sehen. Ihr habt das ganze Land im Blick. Und Garenfeld, Berchem, Östrich und Letmathe sind ebenfalls nahe. Einen besseren Ort werdet Ihr schwerlich finden.«

Nachdem Theo und Lieven sich verabschiedet hatten, machten sie sich auf Jagd, um die versprochenen Vorräte aufzutreiben. Am Abend holperten sie mit einem geliehenen Fuhrwerk, beladen mit zwei Wildschweinen, zwei Hirschen, sieben Fasanen und etliche Hasen, in den Klosterhof. Schwester Culinaria nahm sich mit Freuden des Wildes an. Am Abend wurde den achtzehn Schwestern des Konvents ein Festessen aufgetragen, während Mathilde den Verstoß ihres Enkels großzügig zur Kenntnis nahm.

Später kam sie sogar von selbst auf Theos Frage vom Morgen zurück. Kurz nur legte sie ihre Hand auf seinen Unterarm und sprach: »Natürlich helfe ich euch. Könnte ich dich bluten sehen, mein Kind?«

»Hab Dank, Großmutter.«

»Wäre Friedrich nur nicht so starrsinnig gewesen und hätte mehr an seine Familie gedacht.«

»Das hat er, Großmutter, glaube mir. Ich habe die Chronik gelesen.«

»Die Chronik gelesen?«, wiederholte sie.

»Ja, Einhard der Einsiedler hat …«

»Ach, hör mir auf mit der Unglückskrähe. Was er aufschreibt, hat für mich keinen Wert.«

»Großmutter, sprich mit Wilhelm. Er kennt ihn nun auch und hat seine Meinung geändert. Einhard tut alles zum Schutz unserer Familie, welcher Geist ihn auch immer dazu veranlasst hat.«

Sie winkte ab. »Deinem Vater wollte er auch helfen. Was dabei herausgekommen ist, weißt du ja. Und jetzt will er dir helfen. Halte dich von ihm fern!« Sie beendeten das Mahl ohne ein weiteres Wort. Mit einem Tuch wischte sich Mathilde dann über den Mund, faltete es, legte es ab und sagte kurz: »Komm mit mir, Theo!« Sie erhob sich, während sich Theo beeilte, einen letzten Bissen in den Mund zu schieben und seiner Großmutter zu folgen.

Mathildes Gemächer waren geräumig, doch karg eingerichtet. Theo erkannte den großen Schreibtisch wieder. »Ist das Vaters Arbeitstisch?«

Während sie zu der eichenen Stollentruhe, die quer am Ende ihres Bettes aufgestellt war, ging, gab sie ihm Antwort. »Ja, Theo, und der deines Großvaters Arnold und seines Vaters Friedrich. Und diese Truhe«, dabei nahm sie die samtene Decke von dem über und über mit kleinen Rosen verzierten Deckel und legte sie bedacht auf ihr Bett, »ist ebenfalls von der Isenburg.«

Mathilde hob den Deckel an und lehnte ihn gegen die hohen Bettpfosten, die den Baldachin über der Bettstatt trugen. Sie legte einige Kleidungsstücke zur Seite, bis sie fand, was sie suchte, und es herausnahm. »Hier, Theo, das ist«, sie ließ das gefaltete Kleidungsstück auseinanderfallen, »der Prunksurcot deines Vaters.« Zum Vorschein kam ein rotes mit brokatenen Rosen besetztes Überkleid. Sie reichte es Theo und kramte wieder in der Truhe. »Und das hier sind zwei weitere Surcots, die er im Feld anzog.« Sie waren ebenfalls rot, doch einfacher gehalten. Auf dem Brustteil zierte sie das Rosenwappen. »Die sollst du tragen, damit Ado sieht, dass unsere Familie ihre Strahlkraft nicht verloren hat. Er wird denken, der wiedergeborene Friedrich komme über ihn.«

Theo schaute ihr in die graublauen Augen.

»Komm mit. Es gibt noch etwas.« Seine Großmutter warf den Surcot, den sie noch in den Händen hielt, auf ihr Bett und wies Theo die Tür, um ihm nachzufolgen. Von ihren Gemächern aus gingen sie hinauf zur Klosterkirche, einer romanischen Kreuzbasilika. Mathilde schritt zielstrebig voran. Theo folgte. Vor einer großen Steinplatte im Innern blieb sie stehen. »Lies!«, befahl sie knapp.

»Frederico I. de Isenbergis«, entzifferte er die gemeißelten Lettern. »Liegt er hier wirklich, Großmutter?«

»Seine Gebeine und sein Herz.«

Augenblicklich sprach Trauer aus Theos Herz, und Mathilde sah, was ihn bewegte.

»Deine Mutter ist in ihrer Heimaterde begraben, doch in ihrer Welt sind sie vereint.«

»Meinst du?«

»Wie sollten sie sonst gemeinsam zu dir sprechen? Nun …« Sie hielt inne, und Theo merkte, dass nun seiner Großmutter das Sprechen schwerfiel. »Mein … mein Sohn ist tot. Er liegt hier, und du bist seine Wiedergeburt. Es ist deine Aufgabe, sein Land zurückzugewinnen. Gott schenkt uns kleine Gaben, damit wir sie erkennen und Tag für Tag unser Werk mit ihnen vollbringen können. Wenn wir nur unser Bestes geben, kann jeder Tag ein Gebet sein. Doch wenn du zweifelst, ist hier der Ort, an dem du in schweren Stunden Kraft sammeln kannst. Und sie werden sicher kommen, die Zweifel.« Mit diesen Worten ließ Mathilde ihren Enkel an Friedrichs Grabmal zurück.

✝

Theo schlief wie einst im Schoße seiner Mutter. Nach dem gemeinsamen Frühstück aus Milchreis mit Granatapfel verabschiedeten sich Theo und Lieven von Mathilde und ritten in die Sauerlande, um Einhard und Pierre aufzusuchen. Fröhlich und leicht ritten sie die Lenne entlang, trieben ausgelassen Späße oder schwiegen und genossen die erwachende Landschaft. Bei Pragpaul stiegen sie an einem plätschernden Bachlauf ein Gehölz hinauf, bis sie waldige Höhen erreichten. Oben angekommen, suchten sie die Schleife der Lenne. Als sie den grau glitzernden Fluss unter sich sahen, wussten sie sich auf dem richtigen Weg, denn von hier aus mussten sie nur der Nase folgen, und sie erreichten die große Eiche am Hegenscheid. Pierre und Fenrir erleichterten ihnen jedoch den Weg. Als Theo und Lieven den Linscheider Bach überquerten, schreckten beide zusammen, denn ein riesenhafter Wolf stand plötzlich vor ihnen. Fenrir!

»Müsst ihr uns immer so erschrecken, Pierre?«

Pierre lächelte. »Schön, dass wir uns so schnell wiedersehen, junger Herr.« Dann wandte er sich um und führte sie zu Einhards Haus im tiefsten Wald.

Auch Einhard war über ihr Kommen erfreut, doch erkannte er nach dem ersten Gespräch, dass es Zeit war, mit nach Östrich zu kommen.

»Sattle die Klepper, Pierre«, und an Theo gewandt sprach er: »Pierre, Fenrir und ich werden mitkommen. Ich muss dir etwas geben, jetzt, wo du die alten Kämpen um dich scharst.«

Auf dem Weg fragte Theo den Alten: »Meinst du, Rydenkasten hätte etwas dagegen, wenn –?«

»Das kann er nicht. Du bist der Herr«, unterbrach Einhard.

»Du hast recht, aber er ist ein Mann, der von seinen Gefühlen geleitet wird, und die könnten ihm sagen, dass seine Freiheit bedroht ist. Deshalb frage ich dich, was deine Augen gesehen und deine Ohren gehört haben.«

»Wenn du als Herrscher anerkannt werden willst, darfst du dir wegen Rydenkasten nicht so viel Gedanken machen. Zu deiner Frage, wie auch immer sie genau lautet, würde ich sagen: Du musst mit ihm sprechen. Doch zu deiner Gabe möchte ich dir sagen: Du bist so wach, dass sie dich leicht überfordern könnte, Theo. Seit unserer letzten Begegnung und meinen sonstigen Beobachtungen bewegt mich Folgendes: Deine Gabe könnte man als ein übergroßes Bewusstsein bezeichnen, von daher ist es wichtig, dass du eines über das Führen dieser zweischneidigen Klinge weißt.«

Theo schaute bedrückt, denn er fühlte sich ertappt.

»Es ist eine wichtige Unterscheidung zu treffen zwischen dem bewussten Wahrnehmen und Handeln und der übergroßen Empfindsamkeit, die deine Seele angreifbar macht. Denn was jemand zu dir sagt oder wie er sich dir gegenüber verhält, entspringt seiner eigenen, häufig begrenzteren Meinung. Es sagt wenig über dich aus. Umso mehr gibt es Einblick in das Denken und Wesen des Gegenübers. Er öffnet also ein Tor, durch das du ruhig und gelassen eintreten kannst. Wenn du ihn jedoch eintreten lässt und er will dir arg, dann richten seine Worte Verwüstung und Chaos in deiner Burg an. Also ist es wichtig, stets Herr der Lage zu sein und zu entscheiden, wessen Wort du an deine Seele lässt.«

»Soll das heißen, meine Gabe kann zerstörerisch gegen mich selbst wirken ... oder mich in die Lage versetzen, mehr und schneller zu sehen als andere und dementsprechend eher und bewusst zu handeln?«

»Fliege nicht zu hoch, mein Freund. Auch das, was du von der Welt und der Wirklichkeit wahrnimmst, ist nicht alles, was existiert. Und es kommt noch etwas dazu: Der Geist der Wahrnehmung kommt in immer anderen Formen in deine Gedanken. Er ist nicht vorgeformt und immer gleich. Fest ist nur, dass es den großen und den kleinen Geist gibt. Das musst du verstehen. Wenn der kleine Geist anfängt, sich zu wenden und zu wiegen, sich zu passen und zu genügen, dann ist es ein sicheres Zeichen, dass er zum großen Geist will und den Schutz von dessen Erhabenheit braucht. Dann schließe die Tore so weit, dass die Bedürftigkeit des kleinen Geistes geheilt werden kann.«

»Wie soll das gehen?«

»Suche einen Ankerpunkt, der dir Selbstsicherheit und Vertrauen gibt.«

»Was meinst du damit?«

»Ein Erlebnis, ein Erbe, eine Situation, in der du vertraut hast. Als Friedrich dich in seinen Armen hielt oder Sophie dir ihre Liebe geschenkt hat. Oder nimm eine Allegorie, einen Stein oder einen Baum als Zeichen der Festigkeit und Beständigkeit. Entwickle sie zu Quellen deiner Kraft.«

»Ah«, machte Theo und zeigte, dass er verstanden hatte.

»Letztlich ist es der kleine Geist, der im Außen handelt. Und wenn er nicht Herr der Lage ist, bist du verletzlich. Aber schließe die Tore nicht in der Art, dass das Gegenüber dies als Angriff empfindet. Schließe die Tore, aber erkläre, was du tust, denn Sprache ist mächtiger als ein Schwert.«

Herr der Lage – wie im Schwertkampf, dachte Theo.

3. KAPITEL

Frühjahr 1232

In seiner Kemenate im Cölner Stift Sankt Gereon lehnte sich der Großinquisitor, Conrad von Magdeburg, auf dem Holzstuhl, dem einzigen Sitzmöbel der spärlichen Einrichtung, zurück. Nur wenig Tageslicht erhellte die Zelle, weshalb er den Antwortbrief von Papst Gregors Secretarius aus Rom unter Kerzenlicht gelesen hatte. Vor Wochen hatte er dem Papst in Rom mitgeteilt, dass der Erzbischof das Bistum Utrecht wirtschaftlich ausgehöhlt hatte, um seine Kriege zu führen. Er kratzte sich an seiner Tonsur. Der Papst forderte ihn auf, Erzbischof Heinrich von Molenark von nun an genauestens auf die Finger zu schauen.

»Aber ich kann nicht länger in Cöln verweilen. Der Erzbischof von Bremen bittet mich um Hilfe gegen die Stedinger Bauern. Was soll ich nur tun?«, sprach er in die kalte Dunkelheit.

Nach einer Weile nahm Conrad ein Blatt aus seiner ledernen Mappe und schrieb eine weitere Depesche nach Rom. In dieser forderte er eine Kommission an; schließlich ging es um die inneren Angelegenheiten der Kirche und nicht um Ketzerei, der er sich nun einmal verschrieben hatte.

✠

»Rydenkasten, lass Dona in Ruhe und komm zu mir«, rief Einhard und schlug den Weg zu Theo und seinen Gefährten in der Nähe des Backhauses ein.

Rydenkasten gab seiner Frau einen Klaps auf den Hintern und folgte dem Einsiedler, während Dona lachte und mit ihrem Korb voll brauner, gesprenkelter und weißer Eier zur Küche der Östricher Burg ging.

»Wir wollen in den Berg gehen!«

Rydenkasten schaute Theo bedeutungsvoll an, während

der schulterzuckend in die fragenden Gesichter seiner Brüder schaute. Neugierig bestieg er mit seinem Gefolge die Pferde und ritt den engen Weg zur Lenne hinunter, den sie seinerzeit heraufgekommen waren. An zwei mächtigen Felsensäulen machten sie halt.

»Vertreibt euch hier die Zeit«, sprach Einhard, an die Gefährten gerichtet.

Theo nahm Fackeln aus Rydenkastens Hand entgegen und reichte Einhard eine davon, während Fenrir im Dickicht um die Felsen verschwand. Rydenkasten folgte ihm, ebenso Theo und Einhard.

»Pater und Nonne nennen sich diese Felsen«, erzählte Rydenkasten, »und Nonne ist der Eingang zu den Höhlen unter der Burg.«

Unter dem zittrigen Fackelschein lief Theo hinter Rydenkasten und gefolgt von Einhard tiefer in die Stollenwelt hinein. Fenrir hastete voraus und wandte sich ab und an Rydenkasten zu, um dann weiterzuhecheln, bis sich im spärlichen Fackelschein ein riesenhaftes Gewölbe auftat.

»Was ist das?«, rief Theo überwältigt.

Die Decke der Kuppel glänzte feucht, und gelb, rosa und wie goldenes Geschmeide reckten sich hoch über ihren Köpfen Stalaktiten zum Höhlengrund hinab, während ihnen vom Boden ihre bizarren Geschwister entgegenwuchsen. Theo hielt die Fackel weit nach vorn, um besser zu sehen, während Rydenkasten bis zum Ende der großen Halle voranging. Theo bemerkte dort etwas, das aussah wie eine kleine Kapelle.

Neben dem Haus zog Rydenkasten an einem Stein. Einhard und Theo kamen hinüber, während Rydenkasten die Fackel in ein Loch in der Wand steckte. Den Schlüssel, den er plötzlich in der Hand hielt, steckte er in die Tür, schloss sie auf und trat zurück.

Einhard ging ins Innere und steckte seine Fackel in einen Felsspalt. Der Raum erhellte sich in goldenem Gelb. »Geh hinein, Theo, und nimm dir vom Schrein deines Vaters und deiner Familie, was dir zusteht.«

Theo sah ins Innere. Dort war an der schimmernden Felswand ein Altar, auf dem etwas Verhülltes lag. Er schaute zu Einhard und Rydenkasten. Fenrir hechelte, als erwarte auch er, dass Theo handelte, wie ihm geheißen.

Theo enthüllte zaghaft einen großen Schild, nahm ihn auf und betrachtete ihn. Die isenbergische Rose! Wie oft hatte er seinen Vater damit kommen und gehen sehen, unglaublich stolz war er stets bei seinem Anblick gewesen. Er stellte den Schild beiseite und begann den länglichen Gegenstand auszuwickeln, der auf dem Altar lag. Zum Vorschein kam der mit Edelsteinen besetzte goldene Knauf eines Schwertes, das er als Kind viele Mal bestaunt und berührt hatte. »Klingsor!« Vaters Schwert! Er schob den Rest des wächsernen Tuches zurück, und die reich verzierte Scheide zeigte sich.

Theo zog das Schwert ehrfürchtig heraus. Matt glänzte ihm der von der Zeit beschlagene damaszierte Stahl entgegen. Still und andächtig bestaunte er die Klinge. Die Scharten, die sie zeigte, waren nicht tief. Er wusste um die Härte des Stahls seinen Vaters Schwert.

✝

Theos Ankunft in Westfalen war nicht im Verborgenen geblieben. Es war Hermann von Loen, Heermeister der Südmark, der Ado von der Mark die Kunde überbrachte.

»Was sagt Ihr?«, fragte Ado, ohne den Blick von der neuen Karte seiner Gebiete auf seinem Arbeitstisch zu nehmen. »Auf Östrich? Wann?«

»Das weiß ich nicht, Schwager. Februar, länger kann er noch nicht zurück sein.«

»Zurück!«, brüllte Ado. »Er hat hier nichts verloren! Was machen wir jetzt?«

»Er war bei den Herren von Letmathe. Soll ich es niederbrennen?«

»Nein, um Gottes willen.« Ado überlegte. »Wir müssen Männer werben, uns unserer Lehensleute versichern und herausfinden, was er treibt.« Ados Gesicht rötete sich. Hätte Ludolf ihn doch einfach beseitigt. »Schickt nach Lupert und dem Kastellan. Wir müssen uns beraten.«

✣

Im Essener Stift konnte Aleidis von Wildenberg kaum fassen, was sie las. Es war der 24. März, der Tag der Verkündigung des Herrn. Wieder und wieder tasteten sich ihre Augen durch das Schreiben des Erzbischofs.

Ich soll meinem Vogt zur Seite stehen und die Kosten aus meinem Stift bestreiten? Jetzt verkehrt sich die Welt aber vollends!

Aleidis war in ihre Gedanken vertieft, als es klopfte und eine Nonne eintrat.

»Mutter Oberin, die neuen Novizinnen sind bereit.«

»Ich komme.« Sie wollte die Schwester schon entlassen, da traf sie eine Entscheidung. »Ach, Gulda, lass den Wagen vorbereiten. Wir fahren nach Cöln. Ich habe mit dem Erzbischof ein Hühnchen zu rupfen.«

Adelheyd betrachtete die anderen Novizinnen. Diesen schien es genauso wie ihr zu gehen. Das Leinen kratzte an den Armen und das Kopfgebinde unterm Kinn. Mit gequälter Miene zog sie daran, um ihrer gereizten Haut Luft zu verschaffen.

»Lass die Finger davon, Kind«, befahl die Nonne Adda, die bei ihnen stand. »Es reibt umso mehr, und deine Haut wird wund. Du musst es ertragen. Das haben wir alle.«

Plötzlich verneigte sich Adda. Adelheyd schaute auf, um den Grund zu erfahren.

Die Mutter Oberin, wie Adelheyd annahm, hatte sich bereits imposant vor ihr und den anderen aufgebaut und redete nun streng auf sie ein. »Ihr edlen Fräulein, die Ihr seid, ich heiße Euch im Stift Essen und Werden willkommen. Schneller als erwartet, werdet Ihr mit der Härte des Lebens vertraut werden. Die nächsten Monate, vielleicht sind es nur Wochen, werden wir

Euch im Dienst der Kranken und Bedürftigen schulen müssen, da unseren Orden ein wichtiger Auftrag im Osten Westfalens erwartet. Die Einweisung übernehmen Schwester Gulda und Schwester Adda.« Ihre Rechte schnellte aus dem linken Ärmel hervor und wies kurz auf die beiden Nonnen. »Ich werde mich bald eingehend mit Euch beschäftigen, doch führt mich heute eine wichtige Angelegenheit nach Cöln.« Damit übergab sie die Novizinnen den beiden Nonnen und bestieg den Reisewagen.

✝

Großinquisitor Conrad von Marburg trat entschieden mit einigen sorgsam vorbereiteten Dokumenten unter dem Arm bei Komtur Gerald in Welheim ein. Indem er in den Krieg, den Erzbischof Heinrich von Molenark und der Graf von Oldenburg gegen die säumigen und widerständigen Bauern in der Wesermarsch führte, eingriff, konnte er eine größere Wirkung erzielen, als wenn er weiter dem Erzbischof hinterherschnüffelte. Er hatte alle Vorarbeit geleistet. Den Rest sollten die französischen Kommissare erledigen, die der Papst ihm zugesagt hatte. Wenn sie doch nur endlich kommen würden, dachte er ungeduldig. Ketzer verfolgen, öffentlich stäupen, sie anschließend mit dem gelben Andreaskreuz auf dem Kittel bloßstellen, bekehren oder hängen – das waren die Begleitklänge seines ureigensten Auftrags aus den Tagen des größten aller gewesenen Päpste – Innozenz des Dritten. Gregor hingegen, pah, was wusste der schon von Macht und Stärke?

»Bruder Gerald«, eröffnete Conrad nun das Gespräch, »der Erzbischof von Bremen fleht mich um Hilfe gegen die Stedinger an, und Papst Gregor hat seinen Segen gegeben.« Wie zum Beweis klappte Conrad kurz seine Mappe auf, sodass Gerald den Brief mit dem päpstlichen Siegel erblicken konnte. »Ich allein jedoch kann wenig ausrichten. Ich bitte Euch daher, gebt mir Ritter des Deutschordens.«

»Ordensritter …«, sprach Komtur Gerald abwesend, »nein, das ist keine gute Idee, Großinquisitor.«

Als hätte er etwas anzubieten, hob Conrad seine Ledermappe. Und wie beabsichtigt fing er, wie Licht Mücken anlockt, den Blick des Komturs.

»Ich ... ich werde sehen, ob ich Euch einen Herrn oder ein bis zwei Ritterschaften der freien Städte vermitteln kann.«

»Wann könnt Ihr mir Bescheid geben, wann und wo ich sie einschwören kann?«, fragte Conrad.

»Sobald die Boten zurück sind, großer Inquisitor. Gebt mir eine Woche.«

»Die Ordenskommenden liegen rund um Cöln. Warum also keine Ordensritter und warum braucht Ihr eine Woche?«

»Die Ritterbrüder verhalten sich widrig.«

»Widrig! Was tun oder lassen sie?«, fragte Conrad.

»Also ... Aber Herr, um Gottes willen«, verlieh Gerald der Sache höchste Brisanz, »verschweigt gegen jedermann, dass Ihr den Verdacht von mir habt, denn es ist nur ein Verdacht, mehr nicht. Bei meinem Leib.«

»Seid ohne Furcht, Bruder. Aber sprecht endlich.«

»Die Ritterbrüder vieler Kommenden stellen sich unter den kaiserlichen Auftrag.«

»Nun, solange sie im Dienste der Mission handeln ...«

»Ihre Frömmigkeit ist verwässert. Völlig, Herr.«

»Ich verstehe nicht. Welches ist das Wasser im Weine?«

»Der Verfall der heiligen Riten und Sitten unseres Ordens, Herr ... Sie nehmen Abstand vom Gebet, der Treue gegen unseren Erzbischof und die Keuschheit. Der Herr von Sayn soll sich gar an okkulten Zeremonien beteiligen.«

Conrad hatte einen Riecher für verschlagene Kleriker, und hier hatte er einen vor sich. Das wusste er nicht erst seit heute. Der Komtur schien die Ordensritter in den Verdacht der Ketzerei bringen zu wollen. Mal sehen, wen die Schlange anschwärzen will und wen sie schützt. »Es soll auch hohe Geistliche hier in Cöln geben, die der Unkeuschheit bezichtigt werden.«

Komtur Gerald sah verlegen zur Seite. Anscheinend wusste er, worauf der Großinquisitor hinauswollte. Er wiegelte ab, während Conrad in seinem Mienenspiel las. »Das ist ja schrecklich. Meint Ihr …? Mir ist nichts dergleichen bekannt. Aber selbstredend werde ich dem während Eurer Abwesenheit nachgehen.«

Siehe da, dachte Conrad, du bist ein Mann des Erzbischofs und deckst ihn. Versöhnlichkeit vortäuschend, schaute er ihn wieder an. »Das beruhigt mich, Bruder. So kann ich frei gehen.«

»Allerdings gibt es da den Fall des Komturs Wilhelm und des abgesetzten Bischofs Engelbert von Osnabrück. Sie entspringen dem in Ungnade gefallenen Haus Isenberg.«

»Sprecht, was führen diese Herren im Schilde?«

»Sie wollen verlustig gegangene Lande zurückgewinnen.«

»Das ist heutzutage nichts Ungewöhnliches.«

»Nein, ist es nicht, Herr, aber sie verletzen dabei die Hoheit des Cölner Erzbistums, indem sie erzbistümliche Lehen und treue cölnische Verbündete angreifen.«

»Wen?« Jetzt schwärzt er die Gegner des Erzbischofs an, vermutete Conrad.

»Den Grafen Adovon der Mark und Ludwig von Ravensberg. Damit gefährden die Isenberger unsere Idee vom Glaubensstaat im Nordreich erheblich.«

»Diese Namen werde ich mir merken«, sprach Conrad langsam, als lege er Buchstabe für Buchstabe in seinem Gedächtnis ab, dann schloss er so schroff wie unmissverständlich: »Also gut. Gebt mir die Ritterschaften.«

»Zu Euren Diensten, Herr. Ich eile mich, um der Verfolgung der Ketzerei ein dienliches Werkzeug zu sein.«

»Gut.« Conrad nahm die Kladde aus Geralds Blickfeld und klemmte sie sich geschäftsmäßig unter den Arm.

Geralds Augen folgten dem ledernen Einband, als versänke dort gerade der Nibelungenschatz im Gevatter Rhein. »Herr, wolltet Ihr mir etwas übergeben?« Gerald nickte den Dokumenten zu.

»Nein, nein, vielleicht später.« Mit diesen Worten ließ der Großinquisitor Komtur Gerald stehen.

Zurück im Stift Sankt Gereon notierte Conrad die Namen Wilhelm und Engelbert von Isenberg sowie die der Grafen von der Mark und Ravensberg in sein Inquisitionsbüchlein mit dem schwarzen ledernen Einband. Wie er es gemeinhin zu tun pflegte, wenn er ihm ein merkwürdiges Ding anvertraut hatte, legte er das Büchlein behutsam in ein schmuckes Kästchen, das er alsbald achtsam verschloss.

Nun wusste er, wem er die Unterlagen seiner Untersuchungen anvertrauen konnte – Probst Godfrey von Sankt Gereon. Er war kein Mann Molenarks. Conrad nahm die wertvollen Dokumente auf, verließ das Scriptorium und ging zu den Arbeitsgemächern Probst Godfreys, um ihm seinen Bericht samt aller Unterlagen zu überreichen. Zur Absicherung, damit auch kein Stück seiner wertvollen Arbeit verloren ginge, diktierte er Scholaster Henricus einen Bericht an die Kurie in Rom. Nun konnte er endlich nach Bremen aufbrechen.

4. KAPITEL

Spätes Frühjahr 1232

Auf der Burgwiese von Östrich hatten sich gut sechzig Ritter, Edle, Freiherren oder kleine Grafen und Ministrale der alten Grafschaft Isenberg versammelt. Der Platz glich einer einzigen platt getretenen Schlammwüste. Im Saal der Östricher Burg saß der Rat und empfing die heimischen Edelfreien, während Gerulf draußen als Herold von Zelt zu Zelt zog.

Merten saß im Zelt seines Vaters und fegte unruhig sein Schwert. Ihm war unwohl in seiner Haut. Er brannte darauf, wieder mit den Brüdern vereint zu sein – an Mariä Lichtmess nach Berg zu reiten, hatte sein Vater ihm noch untersagt. Und nun hatte er mitbekommen, dass dem Ritter von Botberg, dessen Freiheit bei Werl im Land der Mark lag, wegen übermäßiger Forderungen von Herzog Heinrich und Graf Engelbert die Tür gewiesen worden war. Nun kannte er seinen Vater, und gerne hätte er ihn noch eindringlicher zu Bescheidenheit gemahnt. Sein Land lag auf Isenberger Gebiet und war daher weniger bedroht als das Botberger Land. Doch Merten war nicht der Herr von Vittinghof, und drängte er zu arg, setzte es eher etwas hinter die Ohren, als dass seine Rede Wirkung erzielte. So blickte er ab und an ängstlich zu seinem Vater hinüber.

Merten hörte ein Klopfen auf den Schild am Zelteingang. Ein isenbergischer Knappe. Er rief: »Der Herr von Vittinghof mache sich bereit.«

Eberhard von Vittinghof raffte seinen schweren Körper auf.

»Vater, überleg es dir noch einmal. Es hilft deiner Gunst, wenn du verzichtest.«

»Halt den Mund und komm mit, Junge. Ich werde dir zeigen, wie ein freier Mann mit Herrschaften umgeht.«

Mit einem Ächzen erhob sich Merten von seinem Platz und schob sein Schwert in die Scheide.

Als er und sein Vater sich in die erste Reihe der Wartenden drängten, hatten die Herren auf Letmathe gerade ihr Siegel auf einem Pergament angebracht.

Ricbertus von Schwerte, Friedrichs alter Waffenschmied, wurde aufgerufen. Der bärtige Ritter mit dem schwarzen Schopf ähnelte in seinem schwarzen Wams aus gehärtetem Leder mit den schwarz schimmernden Platten darauf eher einem der furchterregenden nordischen Arsen denn einem Ritter.

»Seid gegrüßt, Ricbertus. Wem schwört Ihr die Treue?«

»Ich bin ein Mann Friedrichs und seines Sohnes.« Der schwarze Ritter nickte Theo zu.

»Sagt«, wollte Wilhelm wissen, »wenn Ihr die Treue schwört, warum nicht auch Euer Bruder Giselher?«

»Erlauchter Graf, das ist nicht meine Angelegenheit. Auch Giselher war ein Getreuer Friedrichs, doch wie ich wurde er mit allerlei Unbill bedrängt und als Verschwörer verfolgt. Als uns nichts nachgewiesen werden konnte, hat uns der Graf von der Mark an seinen Hof befohlen und uns den Schwur abgenommen.«

»Und Münze geboten?«, sprach Heinrich, woraufhin Giselher nickte. »Und warum seid Ihr trotzdem heute hier? Wollt Ihr doppelten Eid schwören?«

Mit trotzigem Stolz blickte Ricbertus zu ihnen hinüber. Aus seinen bernsteinfarbenen Augen schien er Flammen zu werfen, als er in eine der Feuerschalen neben ihm spie. Der Zischlaut war bis zu Merten vernehmbar. »Weil ich ein Mann Friedrichs bin«, donnerte er. »Der Graf und ich haben dem Kaiser das Gnadgott gebracht, ich habe mit ihm in Bouvines gekämpft, ich habe den Entvogtungskrieg mit ihm gefochten, ich war im Hohlweg von Schwelm dabei!«

»Das hat Euer Bruder, soweit ich mich erinnern kann, auch alles mitgemacht«, sagte Engelbert aufreizend ruhig und spielte dabei Nachdenklichkeit.

»Die Kröte aus der Mark macht freie Männer zu Hörigen, und so schnell, wie meine Galle in der Glut da verdampft, gefällt es ihm, einen treuen Mann fallen zu lassen. Ihr könnt also ohne Sorge sein, dass ich wanken würde.« Den letzten Satz hatte er nicht ohne leidenschaftlichen Spott in der Stimme ausgesprochen.

»Um Euch machen wir uns auch keine Sorgen.« Engelbert fuhr sich durch den ergrauenden Bart. »Doch was werdet Ihr tun, wenn Ihr Eurem Bruder im Blute auf dem Schlachtfeld gegenübersteht oder Euren Neffen? Werdet Ihr ihnen das Haupt vom Rumpf holen, als wäre es die märkische Kröte?«

»Das … das wird nicht geschehen, Euer Hochwohlgeboren«, entgegnete Ricbertus.

»Möge Gott es verhüten, denn ich sehe, Ihr habt keine Antwort auf die Frage.«

Engelbert nickte zu Wilhelm hinüber, und dieser griff in eine eisenbeschlagene Truhe am Boden. Mit dem Wort »hier« flog dem Ritter von Schwerte ein Säckchen entgegen.

Ricbertus fing es mit einem scheppernden Geräusch. »Ich danke, erlauchte Herren, aber ich wäre auch ohne das bei Euch. Treue ist etwas, was man nicht kaufen kann. Aber die Münze nehme ich als Sold für meinen erlittenen Schmerz.«

Wilhelm und Heinrich schauten sich an und schienen ähnliche Gedanken zu hegen.

»So müsst Ihr es sehen, Ricbertus«, erklang Theos junge Stimme, doch was sie sagte, ließ selbst die Alten aufhorchen, »es ist für die geleistete Treue meinem Haus gegenüber und für den entstandenen Schaden durch die Kirche und meinen Großonkel. Die Entscheidung für Euer oder gegen Euer Blut wird vor Eurem inneren Richter entschieden. Dennoch steht das Haus Isenberg für Gerechtigkeit und Aufrichtigkeit, und keiner von uns hier wird vor Eurem Blut haltmachen, sei es in der Schlacht oder in der Vergeltung des Verrats. Das müsst Ihr wissen, wenn Ihr morgen zum Schwur kommt.«

Engelbert hatte Theo von Ricbertus und dem Streit um den Wechsel zu Ado erzählt. Ricbertus blickte Theo ernst in die Augen. Theo merkte, dass der schwarze Schmied Respekt zeigte. Theo wollte eine eindeutige Entscheidung: für ihn und gegen Ricbertus' Brüder.

Der Schmied unterbracht den Blickkontakt durch eine Verbeugung und verließ die große Halle mit nachdenklicher Miene.

»Eberhard und Merten von Vittinghof«, kündigte Gerulf die nächsten Herren an.

Theo blickte offen zu seinem Gefährten hinüber.

»Eberhard, schwört Ihr dem Hause Isenberg die Treue?«, fragte Engelbert.

»Ich will nicht lange mit der Wahrheit hinterm Berg halten, Herr Graf. Ado von der Mark bietet mir für die Gefolgschaft einhundert Mark märkische Münze in Gold.«

»Und das sollen wir überbieten, meint Ihr?«, rief Heinrich drohend.

Vor Furcht und Schrecken färbte sich Mertens Gesicht kalkweiß.

»Meint Ihr, Euer Sohn würde das Schwert gegen seinen Ordensbruder erheben?«, ergänzte Wilhelm.

»Er ist mein Sohn, und ich bin der Herr von Vittinghof. Wenn es zum Schwur käme, müsste er mir folgen.« Die Haut unter dem Kinn des massigen Kopfes Mertens Vaters zitterte, während seine Miene gefror. Für einen Moment rührte sich niemand. Doch dann sagte Eberhard: »Das wäre in der Tat nicht günstig, und ich mache keinen Hehl aus meiner Treue zu Friedrich. Mir wäre die Gefolgschaft mit Eurem Hause lieb, doch –«

»Empfangt Ihr Euer Lehen von der Mark?«, wollte Heinrich wissen.

»Da Graf Ado nun die Lande besitzt, ist das bei jedem alten Lehnsmann so. Doch die Münze steht noch aus.«

Engelbert schnurrte die nächsten Worte regelrecht: »Würden, werter Eberhard, Euch hundertzwanzig Limburgische Mark die Entscheidung für unser Haus erleichtern?«

Theo sah, wie der Edelherr von Vittinghof ihm ins Auge blickte. Erst dann schaute er zu Herzog Heinrich, daraufhin zu Wilhelm, und als Eberhard die lange Liste der Siegel vor diesem bemerkte, beendete er seine Verhandlungen: »Erlauchte Herren, mit Freuden gewinnen mein Sohn und ich die alten Isenbergischen Lande zurück.«

Die Runde atmete auf. Merten prustete fast vor Freude.

Die Rolle mit den Siegeln füllte sich weiter, es waren nur wenige Ritter, die es in die Mark zog oder die am heutigen Tag die Tür gewiesen bekamen.

✠

Komtur Gerald war der Ärger ins Gesicht geschrieben. Bereits früh am Morgen war er zum erzbischöflichen Palast geeilt. In den Straßen von Cöln war es kalt gewesen, und nun musste der Komtur vor dem Audienzsaal des Erzbischofs ausharren. Er rieb sich die Arme, damit die Wärme endlich zurückkam, denn auch im Vorraum war es kühl. Nun gut, ich bin unangemeldet, dachte er, woher soll seine Exzellenz wissen, wie wichtig mein Anliegen ist? Er schaute auf. Unverrückbar versperrten die Wachen die großen Flügeltüren. Als Gerald aufstand, um sich die Füße zu vertreten, vernahm er den Klang des sich entriegelnden Türschlosses. Er fuhr herum.

»Hochwürdigster Komtur, Eure durchlauchtigste Exzellenz bittet Euch herein.« Der Hofdiener verbeugte sich tief, während der Komtur an ihm vorbeischritt.

»Bruder Gerald, welch freudige Überraschung! Warum habt Ihr Euch nicht angemeldet?«, begrüßte ihn der Erzbischof.

»Hochwürden, dafür war keine Zeit.« Gerald beugte geschäftsmäßig das Haupt.

Mit einem Wink der Rechten gebot Heinrich von Molenark ihm zu sprechen.

»Der Großinquisitor bittet uns um Truppen für die Heilige Inquisition gegen die Stedinger Bauern.«

»Aber nicht von mir. Ich brauche meine Männer hier«, begann sich Molenark zu entrüsten.

Doch Gerald sprach in eine Atempause, der todsicher einer der berüchtigten Ausbrüche seines Dienstherrn gefolgt wäre, hinein. »Exzellenz, das wird nicht nötig sein. Der Kreuzzug ist die einmalige Gelegenheit, unliebsame Bündnisse zu schwächen und unsere Gegner im Namen Christi an die Nordküste zu senden.«

Der Erzbischof begriff und beruhigte sich augenblicklich. »Da habt Ihr wohl recht, Bruder.« Lächelnd rieb er sich die Hände. »Habt Dank, Weihbischof. Habt Dank.«

✠

In seiner Kemenate starrte Henricus von Sankt Gereon, Scholaster der Domprobstei zu Cöln, des abends seine Zellendecke an. Seit Wochen wartete er nun schon auf die päpstlichen Untersuchungskommissare.

Diese Franzosen, nie sind sie zur Stelle, wenn man sie braucht, dachte er ärgerlich. Schließlich ging es nicht nur um die Verweigerung von Paderborn; Untreue und fleischliches Vergehen standen im Raum und wogen nicht weniger schwer. Der Papst persönlich hatte seinem Herrn Probst Godfrey aufgetragen, die Kommissare aufzunehmen, nachdem Conrad in die Wesermarsch abgereist war. Seither war die Lücke, die Conrad hinterlassen hatte, leer, und niemand hinderte den Cölner Erzbischof, der Ado von der Mark gegen Friedrichs Sohn nach Kräften stärkte, daran, seine Intrigen zu spinnen. Wann endlich kommen die französischen Inquisitoren?

✠

An der Ostmauer der Östricher Burg hatten Rydenkastens Männer ein Podest gezimmert. Davor erstreckten sich die Zelte der Vasallen über die dunstige Aue. Angeführt von Herzog Heinrich, stieg der Rat auf die hölzerne Konstruktion.

Theo war aufgeregt. Wie er gegen einen Älteren im Kampf bestehen konnte, das wusste er. Was jedoch sollte er sagen, um das Vertrauen der über sechzig verdienten Ritter und ihrer Gefolgschaft zu erlangen? Die Bilder tanzten vor seinen Augen, er begann zu sprechen: »Ob Ihr mir oder der Mark Gefolgschaft leisten wollt, ist nicht meine Entscheidung. Unter meinem Vater wart Ihr treue Fahrensleute. Wer jetzt zur Mark wechselt, wird kaum ein Geheimnis ausplaudern können und kann ungestraft seine Wahl treffen.« Theo machte eine Pause und schaute in die Gesichter der Ritterschaft vor der Bühne. »Es kann zum Krieg kommen! Wenn nicht in diesem, dann im nächsten Jahr. Um dies zu verhüten, müssen wir eine Kriegerschaft hinter uns wissen, die den Märker in Schach hält. Ihr seid ein wichtiger Teil dieses Plans. Nicht nur Eure Zahl … Ihr seid hier zu Hause und kennt die Gegend. Warum ich Euch hier zusammengerufen habe? Ich will Euch wie zu Zeiten meines Vaters an der Seite unserer Sippe wissen.«

»Juncherr Theoderich«, rief ein Ritter, »der Graf von der Mark besitzt nun mein Land. Was ist mit Treue, Verbundenheit und Eurem fraglos besten Ruf als Krieger, obwohl Ihr noch nicht volljährig seid«, der Ritter schwieg einen Moment, »wenn Ihr uns nicht zum Sieg führen könnt?«

Herzog Heinrich bedeutete Theo, dass er sprechen würde. »Ein jeder Ritter erhält für jeden Monat seines Dienstes eine Goldmark Limburgischer Münze. Ich weiß, dass das mehr ist, als die Mark Euch zahlt. Aber wir wollen Euch nicht als Söldner, wir wollen, dass Ihr Euch die Sache zu eigen macht. Ihr entscheidet mit Eurer Waffenkraft, ob wir siegen. Und Ihr entscheidet, ob Ihr Euer Schicksal unter der Mark oder«, Heinrich legte Theo die Hand auf die Schulter, als wolle er ihm den Rücken stärken, »unter der Regentschaft des Grafen von Isenberg glücklicher gestalten könnt. Welchem Mann traut Ihr mehr, einem kaltherzigen, groben Ado von der Mark oder einem jungen, aufstrebenden Theoderich von Isenberg, dessen Sippe ohne rechtskräftiges Urteil zu Unrecht von seinem Verwandten aus dem eigenen Land vertrieben wurde? Und ich frage Euch: Haben die Märker nur die Isenburg und Burg Nienbrügge geschliffen, oder haben sie auch Euer Land und Eure Höfe geplündert – vor fünf Jahren?« Wieder machte Heinrich eine Pause, um dann seinen Schlusspunkt vorzubereiten: »Es ist nicht die Frage, ob

Theo gewinnt. Es ist die Frage, ob Ihr gewinnt.« Er schaute in die Runde und ließ die Worte wirken. »Und falls es Euch beruhigen sollte: Ich und unsere Verbündeten stellen jetzt schon ein Heer von mehr als zweitausend Mann. Also entscheidet«, rief er lauter. »Wollt Ihr mit der Mark in den Krieg ziehen?« In der Menge rumorte es. Doch Heinrich ließ sich nicht beirren und setzte zum großen Finale an: »Oder wollt Ihr mit uns den Krieg gewinnen?« Die Stimmung war zum Bersten gespannt. »Dann ruft DE ISENBERGE!«

Darauf brach die Menge das unruhige Schweigen, und wie aus einem Munde hallten die Bergwälder vom Schlachtruf Isenbergs wider, und die Erde bebte.

»Du siehst, dass dein Vater kein allzu schlechter Mann gewesen sein kann«, raunte Einhard Theo über die Schulter zu.

Nachdem die Lehnsleute abgezogen waren und die kalte Dämmerung aufstieg, glich der Wiesengrund vor der Östricher Burg einem Schlachtfeld. Doch diese Schlacht hatte Theo mit Heinrichs Hilfe gewonnen.

Frohen Mutes saß der Kreis um Theo und Herzog Heinrich in der großen Halle beisammen. Sie hatten die durchnässten Kleider gewechselt, und das Kaminfeuer wärmte die durchgefrorenen Glieder. Theo war seinem Oheim dankbar. Gemeinsam hatten sie die alten Fahrensleute gewonnen. Er hätte sich gern einen kurzen Moment lang in das Wohlgefühl nach dem gelungenen Tag fallen lassen. Wie immer jedoch tat Heinrich geschäftig und merkte an, dass er nicht lange bleiben könne. Er schien zu glauben, mit Ungeduld seinen Willen gegen den seiner Brüder durchsetzen zu können.

Theo gefiel dieser Zug gar nicht. So hatte er stets den Eindruck, es gäbe etwas Wichtigeres. Seine innere Stimme begehrte gegen den Oheim auf. Verärgert und unverblümt sagte er: »Ich halte nichts davon, die Markburg zu belagern.«

»Wir sind eine Übermacht von tausend Mann. Wir haben die Burg im Nu genommen«, sprach Herzog Heinrich.

»Und wenn Ado das voraussieht und nicht dort weilt, während wir angreifen?«

»Theo hat nicht unrecht«, mischte sich Wilhelm ein. »Ado hat bestimmt fünf Burgen, mit Ravensberg sechs, auf die er sich flüchten kann.«

»Ihr habt die Markburg gesehen. Sie ist schwer einzunehmen. Welches Belagerungsgerät nehmen wir?«, fragte Grull.

Worauf Lamot antwortete: »Aushungern.«

»Dann müssen wir vor der Ernte angreifen«, sagte Glander.

»Das ist zu früh«, fiel Ante in das Gespräch mit ein.

Heinrich schaute in Antes lang gezogenes Gesicht mit der kantigen Nase, der blassen Haut und der roten Narbe, die es nur länger erscheinen ließ.

Theo spürte, dass sein Oheim nichts auf die Meinung der Jungen gab, als Heinrich sagte: »Nein, wir greifen im nächsten Frühjahr an. Da haben sie nichts mehr zu fressen. Wo wollt ihr eigentlich überwintern?«

Theo und die Gefährten blickten sich an.

»Hier«, klang es aus dem Hintergrund. Rydenkasten saß ruhig auf einem Sims und hörte der Beratung, die eher einer Verhandlung glich, gelassen zu. »Bis zum Winter erweitern wir Östrich um fünf Häuser. So können zwei Mann in einer Stube wohnen.«

Theo war dem groben Kerl dankbar. Das war nicht abgesprochen, und Rydenkasten bot es von selbst an.

»Gut, gut, wir haben noch Zeit«, sprach Heinrich. »Ich komme im Winter mit einem Vorschlag wieder und will dann euren hören – und zwar von Theo, ich habe keine Lust, gegen die ganze Meute anreden zu müssen, verstanden?«

»Gut, Oheim«, erwiderte Theo und meinte, Heinrich damit Genüge getan zu haben, doch der setzte erneut an: »Nein, nicht gut, ich will einen kleineren Rat.«

Theo warf Heinrich einen kurzen Blick zu, während die jungen Gefährten, Rydenkasten und die alten Knappen untereinander Blicke austauschten. »Wie klein?«

»Engelbert, Wilhelm, du und ich.«

»Wenn du darauf bestehst, möchte ich noch Einhard darin wissen.«

Der Herzog schien widersprechen zu wollen, hielt jedoch inne. »Sei es drum.«

»Und ich will einen großen Rat mit den hier Anwesenden und je einem Ritter für unsere Verbündeten.«

»Wozu das?«

»Die Pläne, die wir machen, sollten dem Rat zu dessen Meinungsbildung und zur Verteilung der Befehle bekannt gemacht werden.« Theo schaute entschlossen.

»Dazu müssen wir erst einmal die übrigen Verbündeten gewinnen.« Heinrich überlegte. »Aber es ist nicht falsch, dieses Instrument zu nutzen, um die Nachrichten weiterzutragen. Also einverstanden.«

Die anderen Anwesenden nickten zustimmend. Ihnen passte das angespannte Hin und Her mit Herzog Heinrich ebenso wenig. Sie gingen lieber dem praktischen Handwerk nach, als sich bei ihm in die Nesseln zu setzen.

Heinrich schien nichts von dem Groll zu spüren, sondern bereitete den Kampf weiter vor. »Findet heraus, wie viele Burgen die Mark hat, wie stark die Besatzungen sind, wie viele Ritter und Reiter sich vor Ort aufhalten, ob ihre Waffen gut gepflegt sind, in welchen Waffen sie geübt sind und solche Dinge. Wenn ihr in Ramersdorf erzogen worden seid, solltet ihr wissen, worauf es im Krieg ankommt.«

»Das wird uns den Sommer über beschäftigen. Ebenso müssen wir euer altes Bündnis zusammenrufen«, erwiderte Theo.

»Sapientis?«, fragte der Herzog.

»Ja.«

»Ich werde dir ein Schreiben mitgeben.«

»Du wirst bei der Werbung nicht dabei sein?«

»Nein, Engelbert wird eure Verhandlungen führen müssen. Der Erzbischof führt etwas im Schilde. Ich muss nach Neuenberg.«

5. KAPITEL

Frühsommer 1232

Die Tage wärmten nun die Luft auf Östrich. Wie so oft saßen die Brüder und alten Knappen am Abend am Feuer vor ihren Katen beisammen. Glander warf zwei große Holzscheite in die Flammen, die sofort den rauchigen Duft brennenden Eichenholzes verbreiteten. Ante schlug die Laute, ab und an sang er dazu. In seine Klänge wob sich das schleifende Geräusch von Theos Wetzstein. Das Feuer knisterte, und Stimmen murmelten dazu. Zwischendurch nahm Theo ein feines Leinen zur Hand und fegte Klingsor damit. Einige Male wiederholte er die Prozedur, bis die in die Blutrinne eingeschlagenen Lettern funkelnd hervortraten. »Mit Liebe, Treue, Demut und Tapferkeit führe mich für eine gute Sache, und in deiner einsamsten Stunde werde ich dein treuer Gefährte sein.«

Ein Zischen und der Geruch verbrannten Leders ließen Theo aufblicken. Er sah, wie Mogrod zufrieden das Rosenwappen betrachtete, das er gerade auf sein rotes Wams aus gehärtetem Leder geprägt hatte.

»Kommt her, Brüder, seht euch das an. Das Eisen macht eine schöne Rose«, sprach Mogrod in die Runde, während Theo sich fragte, wie viele Weiber nach der Schlacht ihren toten Mann in den Armen halten würden. Wie viele Kinder verlieren ihre Väter? Wie viele Alte verhungern, wenn es Krieg gibt?

Er sprach: »Es wurde uns gesagt«, die Gefährten, die Mogrods Eisen oder seine Prägung begutachteten, blickten herüber, »es sei unsere Pflicht, jeden Kampf zu vermeiden, um einen unblutigen Weg zu unserem Ziel zu finden.«

»Herzog Heinrich und Graf Engelbert würden Schwerter kaufen«, sagte Lieven, wobei er sich versicherte, dass kein falscher Zuhörer sein Ohr nach seinen Worten streckte. Und Lamot merkte an: »Billiger, als zu kämpfen, wäre, deinem Großonkel das Geld zu bieten, das dein Oheim für Truppen, Waffen und Gerätschaften ausgibt.«

»Und unblutiger auch«, ergänzte Glander.

»Es gibt etwas«, sprach Theo mehr ins Feuer als zu den Gefährten, »was nicht käuflich ist.«

»Was?«, fragte Ante, und Theo entgegnete: »Treue … Ich will freie Männer anführen. Sei es in der Schlacht oder um Ado einen Handel aufzuzwingen.«

»Keiner hier wurde in der Weise aneinandergebunden, wie wir es sind. Verbunden über den Tod hinaus.«

»In den Zeiten meines Vaters gab es eine Bruderschaft.«

»Das Bündnis kannst du vielleicht gewinnen, aber finden deine eigenen Lehnsleute genug Kriegsvolk? Die Menschen hier haben die Verheerung durch die Mark, Plünderung und Brandschatzung erlebt. Wollen sie so etwas wieder erleben, Theo?«, fragte Ante.

»Die Brüder des Bündnisses wurden verfolgt und gerichtet – zum Teil jedenfalls. Sie hätten allen Grund davonzulaufen. Wir werden sehen, ob sie Ehre im Leib haben oder ob sie wieder die Schwänze einziehen wie damals. Die Menschen hier jedoch müssen wissen, ob sie die Mark meiner Sippe vorziehen.«

»Das glaube ich kaum.« Aus dem Schatten trat Gerulf in den Lichtkreis des Feuers. Die Jungen zuckten zusammen. »Euer Vater hat die Grafschaft zu neuer Blüte geführt und stets weise zu Gericht gesessen.«

Lamot sog die Abendluft ein. »Die Frage ist nur, edler Knappe, ist sein Volk ebenso aufrecht, wie sein früherer Herr gut war?«

Gerulf warf Lamot einen abschätzigen Blick zu. »Wäre ich edel, wäre ich so geboren, Großmaul. Soweit ich mich aber erinnere, grüner Jungspund, bin ich hier geboren, während Ihr neu in diesen Gefilden seid.«

»Autsch«, rief Ante und griff in seine Laute, während ein Aufschrei der Erheiterung durch die Runde ging.

Lamot tauschte mit Gerulf einen Blick wie ein Gefecht. Doch Lamot wäre nicht Lamot, wenn er nicht schnell wieder Herr seiner selbst gewesen wäre. »Ihr wollt sagen, dass Ihr in die Köpfe der Lehnsleute und Bauern hineingucken könnt?« Er machte eine Pause. »Wir werden es ja sehen. Ich bin gespannt, Gerulf Kurzschwert.«

»Wie wir wissen, dass wir uns treu bis in den Tod sind«, unterbrach Theo, »so muss jeder Mann wissen, dass er mir folgt, weil er für meinen Schutz und den Acker kämpft, aus dem er seine Frucht erhält. Mir wäre es recht, wenn Gerulf die Lage richtig einschätzt. Ich brauche die Vasallen und das Bündnis. Am wichtigsten aber ist mir, dass wir zusammenstehen, Bruder. Die Gefährten meines Vaters und wir.« Theo schaute von Lamot zu Gerulf und wieder zurück. »Morgen und in den folgenden Wochen werden wir sehen, ob es Sapientis noch gibt oder ob wir Blendwerk vor Ados Toren aufbauen müssen.«

Damit stand Theo auf und legte sich in seiner Kate schlafen. Doch er verbrachte eine unruhige Nacht, denn ein Alptraum suchte ihn heim. Darin lief er, wie durch eine fremde Macht gehalten, über fremde Äcker und durch ferne Wälder. Ihm war, als liefe er nach Osten in ein unbekanntes Land. Plötzlich sah er in der Ferne helle Zelte schimmern. Er erreichte den Rand des Lagers und lief, bis er sich einem großen Zelt in der Mitte des Platzes näherte. Doch was sah er? Unter dem geschlossenen Zelteingang lief ein Teppich dicken Bluts hindurch. Wie benommen starrte Theo auf das rote Tuch. Er hob den Blick. Und sah das Gesicht des Mädchens, das er auch in Zülpich gesehen hatte. Kaum hatte er in sich aufgenommen, wer vor ihm stand, sprang von der Seite ein großer Wolf herbei und zerriss dem Mädchen das Gesicht mit einem gewaltigen Biss. Theo schrie: »Fenrir!«, doch es war nicht Fenrir.

Theo stob mit einem Schreck von seiner Liege hoch. Er hatte Sorge, Lieven geweckt zu haben. Doch dieser schlief. Theo schaute hinaus. Es dämmerte bereits. Leise nahm er die Holzschuhe auf, seine Kleider dazu, und zog behutsam die Tür nach draußen hinter sich zu. Verschlafen trottete er zum offenen Unterstand, in dem der Waschbrunnen war.

Wenig später erschien auch Rydenkasten dort. »Auch schon

auf den Beinen?« Schweigend wuschen sie sich. Nach einer Weile sagte Rydenkasten: »Ich habe nachgedacht.«

»Hm«, machte Theo.

»Ich will, dass meine Männer in Eurem Heer mit Stolz dienen. Wie ich das sehe, sind wir neben all diesen Edlen nur das Fußvolk. Meine Männer jedoch sind gute Männer. Wir wurden einst von jedermann gefürchtet.«

»Aha.« Theo trocknete sich ab.

»Wisst Ihr, wie uns Hörde, Garenfeld, Berchum, Letmathe und andere nannten, bevor uns Euer Vater Östrich gab?«

Theo verneinte.

»Wir waren die Wolfsmänner. Und es hat Euren Vater und Einhard einiges gekosten, dass wir unser Leben in den Wäldern aufgaben.«

»Ich habe Vater und Mutter darüber reden hören. Dann wart ihr es, die auf der Isenburg Treue und Frieden geschworen haben? Jetzt erinnere ich mich daran.«

»Ja, es war an einem sonnigen Tag. Eure Großmutter und Eltern haben uns draußen in der Oberburg bewirtet.«

Theo erinnerte sich. Er hatte mit seinem Bruder Friedrich auf den Wehren herumgetobt, und als die Gesandtschaft kam, hatten sie sich herangeschlichen und aus ihrem hohen Versteck gelauscht. »Die Helme in der Halle, habt ihr sie getragen?«

Rydenkasten nickte stolz.

»Aber ihr wart gefürchtet und unbeliebt. Ist es klug, die Wolfsmänner wiederzubeleben?«

»Das ist mehr als zehn Jahre her. Wir sind wie eine Legende bei den Bauern. Großväter erzählen ihren Enkeln von uns. Und dieses Mal können wir Geschichte schreiben für die Bauern und freien Herren. Wir können vollends frei von Schuld werden. Nehmt diesen letzten Schatten, der uns noch anhaftet, von uns, Herr.«

»Gut, gut, überzeugt«, lenkte Theo ein.

Im Friedrich-Lied hatte er gelesen, dass Ado Rydenkasten und seine Männer jagte, weil sie in der verlassenen Grafschaft Altena seinem Wild nachgestellt hatten. Wie Ado, der sich zur

Markburg verlegt hatte, trug auch seine Sippe Schuld am Hunger der Menschen, als sie Altena verließ und nach Isenberg zog. Kein Köhler wurde von da an mehr gebraucht, kein Töpfer, kein Vieh- oder Kornbauer, kein Müller, kein Vogler, kein Schmied, kein Waldknecht, kein Bäcker, kein Koch und auch keine Küchenmagd mehr. Was geblieben war, war der Hunger.

Theo schwieg nachdenklich und kämpfte sich in sein Lederwams, während Rydenkasten abwartend langsam in seine Beinlinge stieg.

Schließlich sagte Theo: »Ihr werdet unser Auge am Feind sein, und ihr seid unsere Truppe für Hinterhalte, Überfälle von kleinen Lagern und für schnelle Rückzüge. Ihr untersteht direkt mir und meinen Gefährten.«

Rydenkasten war sichtlich ergriffen. »Herr, das ist das, wovon wir oft an den Feuern geträumt haben und worüber wir Lieder der Sehnsucht singen – keine misstrauischen Blicke mehr, wieder ganz dazuzugehören, das ist unser tiefster Wunsch.«

Theo dachte über die Helme und Sturmhauben nach. Sie waren angsteinflößend. So etwas brauchte er.

✝

Mit dem anbrechenden Tag begann die Werbung um das Bündnis Sapientis. Ihr erster Weg führte die Gefährten nach Burg Altendorf. Graf Engelbert empfing sie mit einer schlechten Nachricht. »Ich war bei Dietrich von Kleve, mein Junge.«

Ich bin nicht dein Junge, dachte Theo, doch sagte: »Was sagt der Oheim meines Vaters? Wird er uns unterstützen?«

Die Lippen aufeinandergepresst, schüttelte Engelbert den Kopf. Der erste Rückschlag – und das Werben hatte noch nicht einmal begonnen. Theo musste sich selbst Mut zusprechen, von seinem Oheim konnte er Ähnliches nicht erwarten.

»Aufschlussreich daran ist der Grund.«

»Wie lautet er?«

»Der Erzbischof hat Dietrich verpflichtet, ihn im Kampf gegen die Stedinger Bauern zu unterstützen.«

»Und was ist so aufschlussreich daran?«

»Nun, die Gegenseite schläft nicht. Der Erzbischof ist mit der Mark im Bunde und unterstützt Ado nach Kräften, indem er uns die Verbündeten abgräbt.«

Mit diesem Dämpfer machte Theo sich, um seine Zuversicht ringend, auf nach Steinfurt. Er war gespannt, was sie noch alles erwartete. Der Freiherr von Steinfurt lag mit seinem Nachbarn, Ludwig von Ravensberg, in ständiger Vogteienfehde. Und auch Ludwig wurde unterstützt von Erzbischof Molenark, denn der Freiherr von Steinfurt gehörte zu dem Verschwörerbündnis von 1225. Zudem war Ravensberg Ados wichtigster Verbündeter. Mehr als deutlich wurde klar: Der Wettlauf um Gefolgschaften war in vollem Gange.

In der Hoffnung, in seinem Krieg gestärkt zu werden, sagte Steinfurt Theo und Engelbert mehr eigennützig als freimütig und gegen bare Münze seine Unterstützung gegen Ado von der Mark zu.

Am Morgen des nächsten Tages ihres Werbefeldzuges zogen die Gefährten in nördlicher Richtung nach Tecklenburg. Auf dem Ritt erzählte Engelbert Theo von Graf Otto, Friedrichs engstem Freund. »In einer der vielen Schlachten gegen Ravensberg gewann sein Vater Simon die Ravensberger Vogteilehen der Erzbischöfe von Cöln, Bremen und die der Bischöfe von Paderborn. In derselben Schlacht aber fiel er. Oda, Ottos Mutter, die übrigens deine Urgroßtante ist, übernahm die Verhandlungen und regierte, bis ihr Sohn die Geschäfte übernehmen konnte. Durch seine Mitverschwörung im Bündnis Sapientis verlor Otto im Cölner Rachezug die Iburg und vor allem seine Vogtei Osnabrück an die Ravensberger, die von Molenark angestachelt worden waren. Aber bisher hat er sich nicht unterkriegen lassen. Er ist ein harter Knochen, kämpfte auf dem Kreuzzug in Damiette für die Staufer und hielt mit deinem Vater gegen Cöln. Einzig sein Beitritt zum Städtebund rettete ihm seine Lande. Jetzt steht er gegen Ravensberg, Münster und Cöln, während Graf Ludwig es mit Ado und dem Erzbischof hält. Otto ist dein stärkster Verbündeter, und er ist im Feld erfahren.« Engelbert legte eine Pause ein. »Friedrich hat viele Abende mit ihm vor dem Kamin verbracht. Der alte Fuchs weiß, wie dein Land zu sichern ist.«

Nun stand ebendieser Otto von Tecklenburg vor Theo und betrachtete ihn eingehend. »Theo, Friedrichs Sohn. Du bist ihm sehr ähnlich, mein Junge, nicht nur im Aussehen.«

Ich bin niemandes Junge, dachte Theo, doch er hörte Friedrichs mahnende Stimme: »Ruhig, Theo.«

»Bist kräftig geworden seit damals.« Otto kam näher. Zu aller Entsetzen und vor aller Augen legte Otto die Hand auf Theos Haar und schloss die Augen.

Theo wollte zurückweichen wie ein junges Pferd, das vor einer zu schnellen Annäherung scheut. Doch er spürte, wie sich ein dreieiniger Kreis aus Otto, Friedrich und ihm selbst schloss. Andächtig bestaunten Engelbert, Wilhelm, Rydenkasten und die Gefährten die Szene, während Einhard sie zufrieden beobachtete.

Später folgte ein Gelage. Theo und seine Gefährten hielten sich mit Bier und Wein zurück. Sich zu betrinken entsprach nicht ihrer Erziehung und dem Codex von Ramersdorf. Dennoch wusste Theo, dass die Geselligkeit der Leim im Treuebündnis zu den alten Fahrensmännern seines Vaters war. Er gab sich alle Mühe, trotz seines klaren Kopfes einen guten Gesellschafter zu geben.

»Theo, wenn ihr durch das Herzogtum Westfalen und zur Lippe reitet, dann ist dein Heerzug zu groß«, sprach Otto, der eigentlich als kriegslustig galt. »Er wird Aufsehen erregen und Befürchtungen schüren.«

»Wir machen Eindruck«, rief Wilhelm.

»Lass, Wilhelm, der Graf wird recht haben, wir sollten den Zug teilen und Rydenkastens Leute zurück nach Östrich schicken. Nur Gerulf mit den beiden Gleven behalten wir bei uns.«

»Wie viele seid ihr dann?«, fragte Otto.

»Achtundzwanzig.«

»Das wird gehen«, meinte Otto. »Versucht, den Grafen von Wiedenbrück, die Hildesheimer Ritterschaft und die Herren von der Lippe an ihre Bündnistreue zu erinnern.« Er bedachte Wilhelm mit einem geringschätzigen Blick, als wolle er sagen: Wer nicht Teil von Sapientis war, kann nicht wissen, wie unsere gegenseitige Verpflichtung lautet. Dann sprach er aus, was er mit Blicken andeutete: »Ich werde mit dem Herrn von Steinfurt reden, auf dass er ohne Sold seinen Eid erfüllt. Ein Unding, dass er den Lohn nicht von Anfang an abgelehnt hat.«

Engelbert hatte verstanden und schaute auf die Tafel. Geistesgegenwärtig ergriff er das Wort, und mit seiner diplomatischen Gabe, die er zumindest unter seinesgleichen einsetzte, nahm er Graf Otto für sich ein. »Dass Ihr den Bischof von Münster nun gegen Euch habt, ist bedauerlich. Wir alle haben viel verloren. Ich meine Würde und Ihr Osnabrück.«

»Ihr strebt die Rückgewinnung des Bistums Osnabrück an?«

»Münster oder Osnabrück. Seht, wenn wir die Isenbergischen Lande und Vogteien zurückgewinnen und sie uns in einer großen Schlichtung wieder zugesprochen werden, dann muss der Schuldspruch gegen Friedrich und alle Vögte zurückgenommen werden. Ebenso müssen alle, die enthoben wurden, wieder in ihre Ämter eingesetzt werden. Der Papst«, Engelbert hob den Finger und schaute in die Runde aus Otto, Theo, Wilhelm, Lieven und Mogrod, »hat den Kirchenbann und dann den Schuldspruch zurückgenommen. Es wäre nur recht, auch die Besitzungen und Privilegien zurückzugeben. Gegen Ravensberg, lieber Graf, würden wir dann eine belastbare Phalanx bilden.«

Im Raum war nur das Knistern des Holzes im Kamin zu hören. Dann hob Otto den Becher. »Es lebe Sapientis!«

Alle stimmten ein.

»Wir sollten jemanden zu seiner Heiligkeit entsenden und den Papst ersuchen, Molenark zu befehlen, uns die Essener Vogtei zurückzugeben«, fiel Wilhelm ein, während er beiläufig das Eisen vom Haken nahm und das Feuer schürte. »Würdest du nach Rom reisen, Engelbert, um unsere Bitte vorzutragen?« Die Flammen loderten hell und groß auf.

»Ihr könntet dann auch Eure Wiedereinsetzung erlangen«, fügte Otto hinzu.

»Wäre es gut«, wog Engelbert ab, »wenn wir selbst für uns sprechen?«

»Wenn nicht wir, wer könnte an unserer statt beim Papst ein gutes Wort für uns einlegen?«, überlegte Wilhelm.

Engelberts Blick wanderte zu dem Wandteppich mit Jagdszenen ihm gegenüber. »Der Domprobst von Sankt Gereon oder Abt Werner wären eine Möglichkeit«, sprach er, als hätte er die beiden Erwähnten in der Vielzahl bunter Fäden gefunden.

»Und wenn es vorher zum Krieg mit Ado und seinen Verbündeten kommt?«, wandte Otto ein.

»Das müssen wir verhindern.«

Alle schauten auf Theo, als bäten sie ihn, das Ausgesprochene wieder zurückzunehmen.

Doch Lieven brach das Schweigen und traute sich, trotz seines niedrigen Standes in die adlige Runde zu fragen: »Wer sind Ados Verbündete?«

Theo sah die Bestürzung in Engelberts Miene und stärkte seinem Knappen den Rücken. »Das ist eine gute Frage. Kennt Ihr sie, Otto?«

»Der Erzbischof, Ravensberg, Geldern und seine westfälischen Lehnsmänner.«

»Also nicht viele.«

»Nicht viele, aber bestens ausgebildet. Überheblichkeit kann den Sieg kosten.«

Theo hörte die Worte wohl und dachte an seinen Oheim Heinrich, den er nicht eben für besonnen hielt, und an Rydenkasten, dessen Ungestüm jederzeit aus ihm herausbrechen konnte.

✝

Der nächste Morgen dämmerte mit einem zugezogenen Himmel. Lange Wolkenschleier hingen vor bleiernem Grau. Mit schwerem Kopf und schläfrigen Gedanken trat Theo zusammen mit Engelbert auf das Vorfeld der Burg, wo die Männer in ihren einfachen Zelten lagerten.

»Rydenkasten«, hob Engelbert unerwartet an, »wir haben gestern beraten, dass ihr heute nach Östrich zurückreitet. Wir werden nur Gerulf mitnehmen.«

»Wie Ihr meint, Herr«, gab Rydenkasten zurück.

Sein Ungemach konnte Theo ihm ansehen. Ihm, dem seine Freiheit so wichtig war. Theo blickte zu Engelbert. Er sollte nicht so überheblich mit Rydenkasten sein. Er weiß nicht, wie er mit den Männern sprechen muss, dachte er. »Deine Zeit wird kommen, Rydenkasten«, beschwichtigte Theo. »Es ist im Moment wichtig, dass wir keine Unruhe über das Land bringen, was wir nur tun, wenn wir mit einem kleinen Heer reisen. Der Herr hat recht.« Ab jetzt werde ich die Anordnungen geben, nahm er sich vor.

Von Tecklenburg aus suchten sie im äußersten Norden Westfalens die Hildesheimer Ritterschaft auf. Hier sollten sie die nächste Überraschung erleben.

✠

Gottschalk von Pyrmont war der Komtur des Ritterordens und führte die Verhandlungen für die Ritterschaft. Die anderen sechs anwesenden Ritter hatten auf der Fensterseite des Stadthauses des Ordens Platz genommen. Engelbert war mit Gottschalk aus seiner Zeit als Bischof von Osnabrück bekannt und führte deshalb die Verhandlungen. Theo, Wilhelm und Lamot saßen neben ihm.

»Es tut mir sehr leid, Graf Engelbert, das könnt Ihr mir glauben. Die Ritterschaft hat einen Auftrag, der uns sicherlich länger bindet, vom Erzbischof annehmen müssen. Wir können Sapientis daher schwer Waffenhilfe leisten.«

Die Abordnung schaute sich verblüfft an. »Aus Cöln, vom Erzbischof?«, fragte Engelbert mit einer Vorahnung in der Stimme.

»Ja, gegen die Stedinger Bauern.«

»Der Kreuzzug ist Sache des Deutschordens«, flüsterte Wilhelm Engelbert zu.

»Ihr meint, Wilhelm«, Gottschalk erriet das Geraune, »die Stedinger Bauern müssten von Euch bekämpft werden, da es ein heiliger Krieg sei?«

»Genau«, entgegnete Wilhelm.

»Wir haben uns auch gewundert, dass wir gefragt wurden.«

»Der Erzbischof weiß, wer Teil von Sapientis war, und er nimmt unsere Verbündeten mit voller Absicht zur Unterstützung der Mark in die Pflicht«, ergänzte Engelbert.

✝

Nach der erfolglosen Anfrage in Hildesheim ritten die Männer nach Rheda.

»Das Haus Lippe hat unter Bernhard an Bedeutung gewonnen«, berichtete Engelbert. »Sie stellten einst die Bischöfe von Utrecht, Paderborn und den Erzbischof von Bremen. Bernhard gründete das Kloster Marienwerder. Seit seinem Tod vor zwei Jahren hat sein Sohn die Grafschaft übernommen. Bernhard III. hat offenbar kein gutes Händchen. Die Lipper sind von jeher gegen Ravensberg, gerade gegen das eigene Lippstadt – ein streitbarer Haufen.«

Gibt es etwas, was Engelbert nicht weiß über die Häuser und Zusammenhänge?, dachte Theo nicht ohne Anerkennung, als sie Rheda erreichten.

Diesmal nahm Engelbert den Herrn auf Rheda in die Pflicht und erinnerte ihn an seinen Bündnisschwur zum gegenseitigen Beistand, anstatt ihm gleich Geld, das er nicht besaß, anzubieten. Bei allen Unvollkommenheiten war Bernhard ein Ehrenmann und willigte ein.

»Und wann werdet Ihr uns rufen?«, wollte der Freiherr wissen.

Engelbert setzte zu sprechen an, doch schnell kam ihm Theo zuvor. »Das wissen wir nicht, Herr. Wir versuchen, die Sache noch im Frieden zu einem guten Ende zu bringen.«

»Na, ob Euch das gelingen wird.«

»Warum zweifelt Ihr, Herr?«, fragte Theo höflich.

»Ado von der Mark ist machthungrig und ehrgeizig. Er ist keiner für einen billigen Kuhhandel. Außerdem weiß er den Erzbischof hinter sich.«

»Wenn er weniger Mann aufbietet, wird er sich überlegen, ob er hart bleiben kann.«

»Und wer ist in Eurem Bündnis?«

»Limburg, Steinfurt, Tecklenburg.«

»Bis jetzt«, fügte Wilhelm hinzu.

»Und Ihr?«, drängte Engelbert den Freiherrn.

Bernhard überging die Frage. »Wird das reichen?«

»Wir werden die Herren von Wildenberg noch aufsuchen, außerdem Paderborn und Schwalenberg.«

»Dann wäre da noch der Graf von Arnsberg«, ergänzte Wilhelm wieder.

»Gotfryd ist ein alter Mann und des Kämpfens müde. Zählt besser nicht auf ihn … Mit wie viel Mann rechnet Ihr am Ende?«

»Allein Limburg wird tausend aufbieten, Otto von Tecklenburg hat fünfhundert zugesagt.«

»Engelbert und ich werden dreihundert aufbringen«, sprach Wilhelm.

Der Freiherr ritzte Striche in eine Wachstafel, während er zuhörte.

»Volkwyn von Schwalenberg dreihundertfünfzig, Ludolf von Steinfurt sechs-, siebenhundert, und Gerald von Wildenberg ist gut für hundertfünfzig, schätze ich. Und unsere Hausmacht umfasst sechshundert Mann.«

Bernhard rechnete. »Ergibt mehr als dreitausendfünfhundert.« Zufriedenheit machte sich im Raum breit.

»Was, schätzt Ihr, wird die Mark zusammenbringen?«, fragte Theo.

»Zweitausend, zweitausendfünfhundert, mehr nicht, denke ich.«

Engelbert, Wilhelm und Theo schauten sich an. Bernhards Schätzung entsprach der Otto von Tecklenburgs.

»Aber es ist bekannt, dass es gute Männer sind«, sprach der Freiherr.

In Schwalenberg und Wildenberg schlossen sie ihren Werbefeldzug ab, und die Herren sagten siebenhundert Mann zu. Der von Molenark verpflichtete Dietrich von Kleve, Friedrichs Oheim, bot, wie der alte Gotfryd von Arnsberg, seine Lande und Flecken als Rückzugsräume an, ebenso einen Hof in dem Flecken Schwerte, den er der Kirche hatte übereignen müssen und nun als Lehen empfing.

6. KAPITEL

Frühsommer 1232

Auf Östrich platzte Wilhelm freudig in die Halle. In den Händen hielt er eine Liste. »Wenn alle zu ihrem Schwur stehen, Theo, haben wir mindestens um die dreitausendsiebenhundert Mann beisammen.«

»Hm«, machte Theo nur. Was Otto und Bernhard über die märkischen Ritter berichtet hatten, bedrückte ihn.

»Was ist? Unsere Befürchtungen sind nicht eingetreten, und unsere Erwartungen wurden übertroffen.« Wilhelm forschte in Theos nachdenklichem Blick und fügte hinzu: »Das wird Ado nie aufbieten können.«

»Wenn es nur um Masse ginge. Hast du Otto und Bernhard nicht gehört?«

»Du meinst, weil die märkischen Ritter die besten weit und breit sein sollen?«

»Genau.« Doch bevor Wilhelm etwas erwidern konnte, kam Theo ein Gedanke. »Wir werden unsere Männer ausbilden ... lassen. Ich habe auch schon eine Idee, wo. Aber erst werden wir unserem lieben Onkel den Fehdebrief bringen. Sag Rydenkasten, er soll Boten zu den heimischen Vasallen aussenden.«

✠

Am übernächsten Morgen zogen etwa hundert waffenfähige Männer den Östricher Burgberg hinunter. An der Spitze ritten Theo, Heinrich, Engelbert und Wilhelm. Theos Brüder waren dicht hinter ihnen. Dahinter wiederum kamen die Reiter Rydenkastens und Gerulfs. In den Ruhrauen vereinigten sie sich mit den sechshundert Kriegern der heimischen Lehnsleute. Theo trug Friedrichs Prunkgewand und seine Verwandten die beiden anderen Wappenröcke. Und nicht nur sie waren herausgeputzt, nein, es war, als wolle ein jeder – vom limburgischen Löwen bis hinunter zum einfachen Stallburschen – Ado mit seinem Glanz blenden, und so zog eine kleine, entschlossene Streitmacht in die Mark vor die auf zwei Inseln gelegene Wasserburg.

✢

Gegen Mittag wurde Graf Ado die Ankunft eines Heeres gemeldet. Es war ein denkbar ungelegener Zeitpunkt, denn die Familie saß bei Tisch, als ein Knappe aufgeregt hereinkam. Ado, der, eifrig nagend, hinter seiner Entenkeule auf und ab wippte, stoppte und blickte ungnädig zu dem Dienstboten hinüber.

»Herr, vor den Toren verlangen einige Herren Einlass. Sie haben ... sie haben ... ein Heer mitgebracht.«

»Was?«, brüllte der Hausherr. »Wer ist es? Sprich schnell!« Ado wischte sich mit einem Tuch fahrig über den Mund.

Eberhard, der älteste Sohn, versuchte noch zu schlucken, als er verstand. »Der Isenberger!«, spuckte er aus, und Stücke eines Gemischs aus Ente und Fenchelgemüse versprühten sich über der Tafel, sodass Ados Frau Mechgardis angewidert zurückwich.

Ado verzog sein Gesicht, als hätte er in eine wurmstichige Pflaume gebissen, und warf das Tuch ärgerlich von sich. Mit einem kratzenden Geräusch fuhr sein Stuhl nach hinten, und Ado stapfte aus dem Saal. Eberhard sprang ebenfalls auf.

Die beiden stiegen auf das Wehr der Hauptburg. Seitlich neben der Zugbrücke sahen sie auf einen kleinen Heerhaufen hinab. Ados Augen suchten die Front ab. Er sah fünf Männer, die sich von den Reihen abhoben.

»Vater, Vater«, Eberhard fasste Ado am Arm, »das ist der Junge aus dem Wald. Das ist Theoderich.« Er zeigte hinüber.

Augenblicklich drückte Ado den Arm seines Sohnes hinunter.

✢

Theo hörte nur, wie Ado rief: »Ha, dass ich nicht lache! Ein Heer haben sie mitgebracht!« Er sah, wie Ado ihn abschätzig musterte. Dem Blick standhaltend, hob Theo den Arm, und augenblicklich zogen auf einer breiten Anhöhe Reiterei samt Kriegsvolk auf. Drohend reckten sich an die sechshundert Spieße in den wolkengrauen Himmel. Theo registrierte zufrieden, wie Ado schlucken musste.

»Was wollt ihr?«, rief Ado.

Wortlos hielt Theo die Rolle mit dem Fehdebrief in die Höhe, worauf Ado das Wehr verließ und Theos Blickfeld entschwand. Eberhard folgte seinem Vater schnell, doch Theo war der Blick aufgefallen, mit dem er Fenrir an Einhards Seite bedacht hatte. Theo meinte, in Eberhards Gesicht ein kurzes Erkennen aufblitzen gesehen zu haben.

Plötzlich ertönte das Rasseln der schweren Ketten der Zugbrücke, die sich über der Gräfte senkte.

»Die fünf Herren dürfen eintreten«, rief ihnen eine Wache zu.

Während sie ihre Pferde durch das Tor in die Vorburg lenkten, sahen sie Ado und Eberhard, flankiert von einem Dutzend Lanzenträger mit Schilden.

»Welch eine Ehre, die Herren Cousins und der kleine Großneffe«, rief Ado gedehnt. »Wir hatten schon lange nicht mehr das Vergnügen.« Und an Theo gewandt sagte er: »Und wir noch gar nicht, junger Herr. Was kann ich für Euch tun?«

Theo nahm sich einen Moment, bevor er antwortete. Das also war der Mann, dem seine Familie so viel Leid zu verdanken hatte. »Ado von der Mark«, sprach er, »ich bin Theoderich von Isenberg, und ich fordere mein Land im Frieden zurück oder erkläre Euch die Fehde.«

»Du forderst dein Land zurück!«, ahmte Ado ihn spöttisch lachend nach. »Du kannst nichts fordern, was dir nicht gehört, Bürschchen.«

»Ich übergebe Euch hier meinen Fehdebrief mit der Liste unserer Güter, angefertigt durch meinen Vater und meinen Oheim, zu der Zeit Bischof von Osnabrück«, dabei wies er mit der Rolle auf Engelbert, »mitgesiegelt von meinem Oheim Herzog Heinrich von Limburg und Graf von Berg, dem verstorbenen Dietrich, zu der Zeit Bischof von Münster, meinem von Euch beraubten Vater Friedrich und Graf Wilhelm von Isenberg, damit Ihr haargenau wisst, worum es geht, Großonkel.«

Theo trieb sein Pferd nach vorn, ritt nah an Ado und Eberhard heran, worauf der Sergeant nach seinem Schwert griff und sich die Lanzen und Schilde an Ados Seite unruhig zu bewegen begannen. Aus dem Augenwinkel sah Theo, wie Eberhard gebannt zu ihm aufschaute.

»Hier, nehmt!«, forderte Theo nun Ado auf.

Mit einem brüsken Nicken wies Ado den Sergeanten an, die beiden Schriftrollen zu nehmen. »Sodann, Ihr wollt fordern, was mir gehört und bestätigt wurde, durch den Herzog von Westfalen, seine Exzellenz den Erzbischof?«

»Es gab keine Verhandlung –«, setzte Theo an.

»Wir diskutieren nicht, Ado!«, erschallte es aus dem Hintergrund. »Nimm es zur Kenntnis und schick uns deinen Bescheid.« Hart hallten Engelberts Worte von den Burgmauern zurück.

»Nun gut. Am Tag des heiligen Josefs von Arimathäa werdet Ihr von mir hören.«

»Gut, so soll es sein. Zu Östrich, Ado.«

»Zu Östrich, verehrter Großneffe«, gab Ado bissig zurück.

Theo schaute Heinrich und Engelbert an. Wird es wirklich zum Äußersten kommen? Kurz zögerte er, dann gab er sich einen Ruck. »Werter Großonkel, Ihr werdet es mir als Schwäche auslegen …«

Engelbert wollte heftig protestieren, doch Einhard hob seinen Stab. Die Gemmen funkelten in der Sonne auf, als leuchte ein Feuer aus ihnen, dann tat es einen Schlag. Einhard hatte den Stab auf eine Steinplatte niedersausen lassen und gebot mit fester Stimme: »Hört den Juncherrn an, alle, die ein Blutbad verhindern wollen!«

»Wir sind stark. Stark an Zahl und Waffen«, fuhr Theo fort, bestärkt durch Einhards Worte.

»Stark? Wie stark?«, wollte Ado wissen, doch Theo ließ sich nicht beirren.

»Findet es besser nicht heraus, Großonkel, und hört mein Angebot. Ihr wisst besser als ich, was meinem Vater widerfahren ist und wie die Dinge kamen. Versteht mich nicht falsch, ich bin voller Gram über seinen Tod und Eure Landnahme. Und auch wenn ich davon überzeugt bin, dass ein Gottesurteil durch Kampf zu meinen Gunsten ausfallen wird, und ich der rechtmäßige Herr über die Lande meines Vaters bin, biete ich Euch einen Handel an.«

»Du willst mit mir handeln?«, höhnte Ado, während Wilhelm die Augen verdrehte und Engelbert ein Stoßgebet gen Himmel zu schicken schien.

»Ja, Herr, das will ich. Ein Krieg wird große Summen verschlingen, viele Leben kosten und Felder verwüsten. Wenn Ihr auf den Krieg verzichtet, erhaltet Ihr auf zehn Jahre die Einnahmen aus den Grafschaften Hövel und Heessen, dazu aus dem Oberhof Hombruch und den Städten Rhyten und Unna.«

Engelbert schnappte nach Luft, und auch Ado schien beeindruckt. Theo zog den Zügel seines Schlachtrosses an. »Bis Ende Juli zu Östrich gilt mein Angebot, Herr Graf.« Mit diesen Worten wendete er sein Pferd, und ebenso taten es Wilhelm, Engelbert und die anderen.

Ado löste seine Starre und stieß den gefangenen Atem vor sich in den Staub. »Du bietest mir etwas, was ich besitze!«, hörte Theo ihn in seinem Rücken rufen, doch er reagierte nicht darauf.

Als sie die Burg einen Bogenschuss weit hinter sich gelassen hatten, wendete sich auch das Heer nach Westen. Auf dem Rückweg sah sich Theo von Wilhelm und Engelbert heftig ins Gebet genommen.

✝

Während der Tross um seinen jungen Heerführer fürchtete, hatte Erzbischof Heinrich von Molenark in seinem Lehnstuhl sein feistes Kinn in Falten gelegt und dachte nach. König Heinrich hat sich mit den lombardischen Kaisergegnern verbündet. Das wird der Kaiser nicht mit sich machen lassen. Ich muss mich vom König distanzieren. Aber was wird dann aus dem Glaubensreich?

Der Erzbischof sah seinen Traum zerplatzen wie eine zu volle Schweinsblase. Es klopfte.

»Herein«, rief Molenark.

Ein Mönch steckte ängstlich den Kopf durch den Türspalt. »Herr, hier ist ein Bote aus der Mark.«

»Schick ihn rein«, sprach der Erzbischof und rückte sich in seinem Sessel zurecht.

Der Ritter hinkte stark, als er eintrat. Molenark schaute interessiert. Armer Tropf ... bei irgendeiner Dummheit verkrüppelt worden. »Was hinkt Ihr?«

»Das war einer der Männer des Grafen von Isenberg.«

»Schon länger her?«

Der Mann nickte. »Noch unter Graf Friedrich. Ich war ...« Doch plötzlich schwieg er.

»Was?«, forderte der Erzbischof.

»Ich diente unter dem Burgmann Rinkerode auf Nienbrügge, als es passierte.«

»Und jetzt steht Ihr im märkischen Lager?«

Der Bote nickte abermals. »Ich fordere Wiedergutmachung von dem Mann, der das getan hat.«

»Gut, gut, dann hat Graf Ado ja einen gnadenlosen Mitstreiter.« Molenark hob die Hand und hüstelte spöttisch. »Nun, was bringt Ihr mir?«

Der Bote ging zwei Schritt vor und übergab Molenark die Rolle, die er bei sich trug. »Mein Herr hat mich mit den Befugnissen eines Unterhändlers ausgestattet, weil ihn die Bedrängnis durch den Isenberger in der Mark bindet. Er bittet Euch, mir an seiner statt Eure Pläne mitzuteilen.«

Der Erzbischof nahm das Siegel, brach es, entrollte das Papyrus und las. »Also, was wird Euer Herr tun?«

»Der Fehdebrief wurde übergeben und verlangt eine Antwort. Was er nun tun wird, das weiß nur er.«

»Es wird Krieg geben. Auf wann hat er sich zu erklären?«

»Auf den Tag des heiligen Josef von Arimathäa.«

Erzbischof Heinrich fuhr sich über das Kinn.

»Exzellenz, darf ich meinem Herrn ausrichten, dass er Eure Unterstützung hat?«

»Natürlich hat er die! Aber Truppen kann ich nicht schicken.« Und Geld auch nicht, dachte er. »Ado hat die Isenburg geschleift, also wird er es auch dieses Mal schaffen. Ravensberg wird Truppen schicken. Ich habe dem Isenberger das Leben auf andere Art schwer gemacht. Sagt ihm das.«

»Hochwürden, darf ich meinem Herrn übermitteln, welcher Art Ihr Isenberg das Leben schwer gemacht habt?«

Der Erzbischof steckte seine Nase wieder in das Schreiben. »Sagt Eurem Herrn, dass ich die Verschwörer aus dem feigen Mord an meinem seligen Vorgänger Engelbert zur Unterstützung des Erzbischofs von Bremen gegen die Stedinger Bauern in den Norden geschickt habe. Der Isenberger muss Truppen werben, und so kriegt er keine schlagkräftige Streitmacht zusammen.«

»Habt Dank, Hochwürden, für diese gute Nachricht. Ich werde sofort in die Mark eilen, um –« Noch bevor er ausgesprochen hatte, entließ ihn Molenark mit einer abschätzigen Handbewegung, woraufhin der Bote schwieg, sich verbeugte und hinaushinkte.

Molenark blickte ihm hintendrein. Will er Mitleid, oder warum schickt Ado mir diesen Krüppel?

✝

Ein lauer Wind wehte durch die Fluren und Auen und trieb die Gefährten in die Lande Godfreys von Arnsberg. Theo wollte auf das Angebot des Grafen zurückkommen und Truppen bei ihm ausbilden lassen.

»Sag, Ante, das Lied vom Lüderich …« Theo schaute zu dem Bruder auf dem Pferd neben ihm.

»Was ist damit?«, entgegnete Ante.

»Der Hirsch, der in die Höhle lief, die Jäger, die ihm folgten, als der Stollen einbrach. Du kanntest die Jäger, nicht wahr?«

Ante schluckte und musste sich sammeln, bevor er antwortete: »Mein ältester Bruder, mein Vater und mein Onkel waren darunter.«

Sie ritten schweigend nebeneinanderher, dann fragte Theo erneut nach: »Wirst du dein Haus nun anführen?«

Doch Ante schüttelte den Kopf. »Ich wäre froh. Doch die Zucht gehört dem Kloster Prüm, und der Abt hat nach Vaters Tod einen anderen Verwalter bestellt.«

»Und da lässt sich nichts mehr machen?«

»Der Graf von Berg hat dem zugestimmt.«

»Ihr empfangt das Lehen von Heinrich von Berg? Der Graf ist doch mein Oheim.«

»Nein, vom Abt. Es war zu Zeiten von Erzbischof Engelbert, als er auch über Berg gebot.« Antes Augenlider zuckten. »Ich war zu jung, um Vater nachzufolgen. Der Abt von Prüm hat mir deshalb eine Leibrente zugeschrieben und das Lehen einem anderen gegeben. Meine Muhme gibt mir nun die Schuld daran, dass wir das Privileg gegen meine Rente hergeben mussten.«

»Wer hat das Lied gedichtet?«

»Ich«, brachte Ante hervor, und Theo sah, wie die sonst so zittrigen Lider das Blau seiner traurigen Augen verdunkelten.

Ohne Ante ein Wort der Hoffnung zu schenken, beschloss Theo, den Fall bei Heinrich anzusprechen. Doch bald erreichten sie Burg Arnsberg, und seine eigenen Angelegenheiten ließen ihn Antes Fall aufschieben.

Godfrey von Arnsberg war ein Greis. Dass er des Kämpfens müde war und Furcht hatte, zu sehr in den Konflikt hineingezogen zu werden, bestätigte sich. Doch Theo wusste von der Deutschordenskommende Molinheim, die verwaist war, seit die Ordensritter nach Neu-Cöln verlegt worden waren und nur noch ein paar alternde Meister das Ordenshaus hielten. Es gab ein großes Ach und Weh und ein zähes Hin und Her.

Als Theo wieder ins Freie trat, erwarteten ihn die Freunde gespannt. »Und, Theo, was ist? Macht er es?«

Theo legte eine betrübte Miene auf.

Enttäuscht ließen sie die Arme sinken.

Theo blickte aus tiefen Augen um sich, dann sagte er lachend: »Kann man mir etwas abschlagen?«

✝

Nachdem sein Bote Steven ihm berichtet hatte, wie der Erzbischof auf sein Unterstützungsgesuch reagiert hatte, war Graf Ado in Toben ausgebrochen. Für seinen Geschmack verhielt sich Molenark zweideutig. Also war er kurzerhand selbst nach Cöln gereist, um zu sehen, was sein wichtigster Fürsprecher wirklich trieb.

Doch als Ado vorstellig wurde, gab sich Molenark geschmeidig und lenkte ab.

»Immerhin habe ich die Truppen Eurer Feinde um die Heere aus Kleve und andere Herren verkleinert. Das ist so gut, als wenn ich Truppen gesandt hätte. Ich kann Euch keine bischöflichen Heere geben, weder aus Lüttich, Soest, Osnabrück oder Münster, geschweige denn aus Paderborn oder Cöln, während wir im Norden einen heiligen Kreuzzug führen. Was würden Gregors Schnüffler nach Rom berichten?« Molenark betrachtete Ado eine Weile und ließ seine Worte wirken. »Wäret Ihr nicht bedroht, würde ich Euch ebenfalls gern im Stedinger Land sehen. Und, Graf Ado, es gibt nicht nur Euch. Ich habe noch andere Probleme, wie Ihr Euch denken könnt.«

»Möglicherweise sind die Truppen schneller als gewünscht zurück, Hochwürden, und ergreifen dann Partei für Limburg und Isenberg.«

Molenark hob die Augenbrauen. »Das bezweifle ich. Den Ketzern soll dieses Mal der Garaus gemacht werden. Außerdem habe ich mit Dietrich von Kleve ein Schutz-und-Trutz-Abkommen.«

»Limburg hat dieses auch gebrochen.«

Molenark machte eine verächtliche Geste. »Deshalb führe ich ja auch Krieg gegen ihn. Wenn Kleve es wagt, werde ich ihn vernichten. Er hat im Vogteikrieg zu viele Federn gelassen.«

Ado wusste nichts mehr zu entgegnen und musste fürs Erste einlenken.

»Da ist noch etwas Erfreuliches, Graf Ado. Die Äbtissin, Eurer Essener Vogtei, Aleidis von Wildenberg, wird Schwestern für Euren Krieg gegen Isenberg senden …«

Ado blickte den Erzbischof böse an. »Das war ja wohl nicht anders zu erwarten!«

»Unter einer Bedingung«, bemerkte der Erzbischof leichthin.

Ado glotzte in einer Mischung aus Ärger und Überraschung. »Sie stellt Bedingungen? Welche wären das?«

»Dass Kost, Logis in ordentlichen Räumen und alle Mittel für Verletzte und Kranke von Euch bezahlt werden.«

»Unerhört, was bildet sich das Weib ein?«

»Und dass sie mehr bekommt, wenn sie weiteres Material benötigt – wie Mull, Leinen, Betten und so weiter. Ihr wisst schon.«

In Ados Kopfschütteln lag Missbilligung. »Ihr habt Euch das abtrotzen lassen?«

»Ihr könnt gern erneut mit ihr verhandeln.« Erzbischof Heinrich setzte eine Miene auf, als wolle er Ado die schmerzhafte Erinnerung an sein Leiden unter dem energischen Hall ihrer Stimme vorführen. »Empfehlen allerdings kann ich Euch das beim besten Willen nicht.«

✝

Während Theo die ersten hundert Männer nach Arnsberg gebracht hatte und auf dem Rückweg nach Östrich war, traf auf der Markburg eine kleine Delegation aus dem Stift Essen-Werden ein. Lupert von Bönen betrachtete die Wagen, die langsam über die Zugbrücke in die Vorburg holperten. Eine Nonne stieg in aufrechter und würdiger Haltung vom Bock des ersten Wagens.

Wollen die etwa mit den Männern zusammen hier lagern?, dachte Lupert. Nicht mein Problem.

Er wandte sich ab und ließ die kräftigere Sonne, die sich nach dem gestrigen Regen nun wieder Bahn brach, auf sein blasses

Gesicht scheinen. Auch den Händen auf dem Wehr schmeichelten die wohligen Strahlen. Er blickte über grüne Wiesen und Felder und schloss die Augen.

Alles, was ich von der Kriegskunst kenne, hat mir Vater beigebracht. Trotzdem, womöglich weiß und kann dieser Theo Dinge, von denen ich keinen blassen Schimmer habe. Der Gedanke plagte Lupert. Und seine Zweifel mehrten sich noch, als er über seinen Lehnsherrn nachdachte. Wie soll ich mit Ado von der Mark umgehen? Er ist älter, viel älter, und sogar Vater hat oft auf ihn geschimpft wegen seiner Unmäßigkeit.

Unten im Hof der Hauptburg sah er Ados Sohn Eberhard. Er ging den Ankömmlingen über die Verbindungsbrücke entgegen. Die Nonne sprach mit dem Sergeanten der Wache. Der zeigte zum Tor der Zugbrücke, als Eberhard den Platz betrat. Die Nonne ging auf ihn zu, Worte drangen zu Lupert herauf, und Eberhard brachte sie in den gräflichen Palas der Hauptburg. Lupert überlegte. Nach einer Weile kam Eberhard wieder aus dem Palas und betrat den Platz der Oberburg.

»Eberhard«, rief Lupert und winkte ihm, während sich die Miene des anderen nicht eben aufhellen wollte. »Ich muss mit dir sprechen.« Er stieg die Stufen vom Wehr hinunter und ging zu dem Juncherrn von der Mark. »Wer ist das?« Über die Schulter zeigte er in Richtung Vorburg.

»Die Spittlerinnen vom Essener Stift.«

»Ah«, machte Lupert und wechselte zu seinem eigentlichen Anliegen. »Eberhard, du musst mir beistehen.«

»Das sind mal neue Worte aus deinem Mund.« Eberhard zog die Augenbrauen empor. »Was kann ich«, er zog das »Ich« verächtlich in die Länge, »schon für so einen harten Kerl wie dich tun?«

Luperts Ärger über die Schranze wollte ihm in der Brust schwellen. Eberhard jedoch war alles andere als dumm und einfältig. Lupert unterdrückte die Unbill, die Eberhards herablassende Art bei ihm hervorgerufen hatte. Häufig hatte er den Juncherrn der Mark gekränkt, und er kannte Eberhards Schwäche. Ihm war in Wahrheit daran gelegen, sich nützlich zu machen, um möglicherweise einmal, nur einmal, ein Lob von seinem Vater zu bekommen.

»Also«, fragte Eberhard, »du meintest ›beistehen‹. Um was handelt es sich, Heermeister?«

»Du hast weder Mut noch eine hervorzuhebende Waffenfähigkeit.«

Bei dieser Taktlosigkeit Luperts stockte Eberhard der Atem.

»Aber du hast gelernt zu rechnen, zu schreiben, und du bist der Sohn des Grafen.«

Eberhard wollte nicht verstehen. »Ein Sohn, der nur Schelte von seinem Vater bekommt«, bekannte er schwach und offenherzig, ganz im Gegensatz zu der Empörung, von der Lupert wusste, dass sie in ihm lag.

Wie weich er doch ist, dachte Lupert. In die Schranken hätte er mich weisen müssen. »Ich verhelfe dir zu Ansehen, indem du die Geschäfte des Krieges, so er kommt, lenkst, während ich den Krieg an sich übernehme.«

»Wie soll das gehen?«

»Wir müssen Quartiere schaffen, Waffen und Gerät fertigen, unsere Truppen unter Waffen bringen, den Nachschub organisieren. Das alles muss bezahlt werden.«

»Oh nein, nein, nein, das werde ich auf keinen Fall tun, Lupert. Mein Vater wird mir Vorschrift um Vorschrift machen. Er wird hier kürzen und da kürzen. Es wird ein Fiasko geben.«

»Quatsch. Das ist deine Möglichkeit, ihm zu zeigen, was du kannst. Jetzt sei einmal ein Mann!«

Lupert sah, dass Eberhard angestrengt überlegte.

»Nun gut«, willigte er schließlich ein. »Was hast du als Erstes vor?«

»Ich will mir eine Garde zusammenstellen, und die muss bezahlt werden.«

»Ich werde darüber nachdenken. Vielleicht fangen wir erst einmal klein an«, vertröstete Eberhard Lupert.

✠

Eberhard war froh, nun eine Schwäche von Lupert zu kennen – die Angst, Theo unterlegen zu sein, und die Einbildung, mit ihm durch eine eigene Garde gleichziehen zu können. Außerdem sah er seine Bestimmung vor Augen, und dafür musste er nicht einmal Kopf und Kragen riskieren.

Sein eigenes mangelndes Talent für das grobe Kriegshandwerk war Eberhard nur zu bewusst und auch, dass er mit an Sicherheit grenzender Wahrscheinlichkeit sein Leben auf dem Schlachtfeld lassen würde.

In einem günstigen Moment, so dachte er, werde ich mit Vater sprechen; über seine Pläne und meine Verwendung. Und dieser Moment kam schneller als erwartet – auf der Jagd.

Etwas vorhalten, vielleicht läuft der Hase rein, dachte Eberhard und ließ den Pfeil von der Bogensehne gleiten.

Ado von der Mark hatte seinen ältesten Sohn missmutig beobachtet und staunte nicht schlecht, als sich der Hase, von Eberhards Pfeil getroffen, im jäh endenden Lauf mehrfach überschlug und liegen blieb. »Mein Gott, wer hat deine Hand geführt, mein Junge? So etwas habe ich mein Lebtag noch nicht gesehen!« Sein Gesicht strahlte freudig.

Eberhard schaute verblüfft zu seinem Vater. Und sah dessen stolzes Staunen.

»Die meisten treffen das Hinterteil und müssen das Tier dann totschlagen.«

Ein Jagdknecht hielt den Hasen wie zum Beweis des vortrefflichen Schusses an den Läufen in die Höhe.

»Aber guck, dein Pfeil hat ihn sauber durch den Hals getroffen. Wahrscheinlich hast du ihm sogar das Genick gebrochen. Ein wahrhaft meisterlicher Schuss.«

Eberhards Herz machte einen Sprung.

Als die Jagdgehilfen die gesamte Strecke fein säuberlich auf einer Lichtung im Wald ausgelegt hatten, brachte Graf Ado sogar ein Hoch auf Eberhard aus.

So leicht ist er also zu beeindrucken, dachte Eberhard und nutzte auf dem Ritt zurück zur Markburg die Gelegenheit, seinem Vater Luperts Vorhaben zu unterbreiten. »Ihr werdet die Fehde mit den Isenbergern eröffnen …«

»Nein, Eberhard, das werde ich genau nicht. Das ist wichtig. Nicht wir sind die Kriegstreiber. Wir nehmen die Isenberger Bedingungen nicht an. Damit erklärt Theo die Fehde, nicht wir.«

»Aber Ihr wisst, was es bedeutet, wenn wir die Bedingungen nicht annehmen: Krieg.«

»Siehst du, mein Sohn, das ist die Kunst der Diplomatie. Wir werden das niemandem auf die Nase binden. Allerorten werden wir verbreiten, dass Theo die Fehde erklärt hat.«

Eberhard tat, als sei ihm eine Erkenntnis gekommen. Ado schaukelte zufrieden auf seinem schwarzen Friesen dahin.

»Vater, wann wird der Isenberger uns angreifen?«

Ado schaute in den Himmel und fuhr mit einer großen Geste durch die frische Luft. »Ich denke, in diesem Jahr wird das nichts mehr. Aber ich kann mich irren.«

»Warum nicht?«

»Er muss sich erst einfinden. Stützpunkte erschließen, Kriegsvolk werben, Geld auftreiben. All das, was wir auch machen. So ein Krieg will vorbereitet sein. Deshalb glaube ich, dass es nächstes Jahr wird.«

»Du sprichst von vielen Dingen, die getan werden müssen. Welche Rolle könnte ich dabei einnehmen?« Am Blick seines Vater erkannte Eberhard, dass Ado daran noch keinen Gedanken verschwendet hatte, und schlug genau in diese Kerbe. »Vater, dann mache ich Euch einen Vorschlag. Ich will mein Wissen, das mir der Scholast unter Mühen beigebracht hat, in unseren Gewinn ummünzen. Ich kann lesen, schreiben, rechnen. In einem Krieg gibt es Aufgaben für Krieger, Feldherren und Aufgaben für Trappiere und Tressler. Ein Krieg will gut vorbereitet sein.« Eberhard schmunzelte vor sich hin.

»Du meinst, du willst dich um das Wesen kümmern, den Krieg ins Werk zu setzen, willst der Kämmerer dieses Krieges sein?«

»Genau das, Vater.«

»Ja, willst du dir nicht die Sporen der Ehre im ritterlichen Kampf verdienen?«

»Schon«, heuchelte Eberhard, »doch es ist genauso wichtig, dass diese Dinge selbstlos erledigt werden, und Ehre gebührt auch dem, der den Krieg gewinnt, der gut vorbereitet war. Da möchte ich Euch helfen.«

»Wohl gesprochen, mein Sohn«, sagte Ado und schwieg nachdenklich.

Eberhard spürte, dass sein misstrauischer Vater das Für und Wider abwog, ihm diese Aufgabe zu übertragen.

Die Markburg kam schon in Sicht, da brach Ado endlich das Schweigen. »Gut, mein Sohn, wir probieren es ... Hast du schon einen Plan im Kopf?«

»Den lege ich Euch dar, sobald wir daheim sind, Vater.«

✝

Im eifrigen Palaver der Novizinnen schrubbte Adelheyd mit einer drahtigen Bürste alle Spuren einer Amputation von einer Kurzknochensäge. Zwei mit Blut befleckte gekrümmte Amputationsmesser und eine lang gebogene Zange lagen neben ihr auf der Bank, auf der sie mit zwei der anderen fünf Novizinnen saß. Die gereinigten Instrumente lagen fein säuberlich auf dem ausgebreiteten Leinen auf dem Tisch. So lebhaft nahm Adelheyd an dem Getratsche teil, dass ihr dunkelblondes Haar immerzu unter ihrer Haube hervorrutschen wollte. Mit dem Unterarm versuchte sie einige Male, es wieder unter den Schleier zu schieben. Doch es hielt nicht.

✝

Die Tür des Spitals öffnete sich, und Schwester Gulda trat zusammen mit dem Juncherrn der Mark ins Freie.

»Nein, Herr, wir hatten gesagt, dass wir hundert und nicht fünfzig Leinentücher und zweihundert Schalen und nicht nur hundertfünfzig benötigen.«

»Und woher wollt Ihr wissen, dass es hundert und zweihundert sein müssen? Ihr habt doch das Haus noch gar nicht belegt.«

»Erfahrung!«, sagte Gulda knapp.

»Können wir die restlichen Leinen und Schalen nicht später beibringen?«

Gulda schaute ihn durchdringend an und schwieg.

Das kann ja was werden, dachte Eberhard. Gleichzeitig nahmen seine Ohren das Geschnatter am Tisch der Novizinnen wahr. Neugierig wandte er den Blick dorthin.

In diesem Moment trocknete sich eine der Novizinnen die Hände an einem Tuch und nahm kurz ihre Haube ab, um sich das Haar zu richten. Eberhard beobachtete sie interessiert.

Das schien Schwester Gulda überhaupt nicht zu gefallen, denn sie packte ihn energisch am Arm und zog ihn mit sich zum Tor des Spittels. »Herr Graf, die Ausrüstungen und Mengen wurden zwischen Eurem Vater und meiner Mutter Oberin ausgehandelt. Also erwarten wir die Dinge jetzt und nicht irgendwann. Und nun möchten wir Euch«, sie hob die Brauen und deutete mit dem Kopf hinüber zu den jungen Schwestern, »nicht länger von Eurer Arbeit abhalten.«

Eberhard bestieg sein Pferd und wagte einen weiteren Blick zu der schönen Novizin, während er spürte, wie Gulda ihm ein böses Funkeln aus ihren Augen hinterherschleuderte.

Mit einem Lächeln im Gesicht ritt er das Stück zurück zur Markburg. In der Vorburg gab er sein Pferd einem Stallburschen und wollte über die Brücke zur Hauptburg gehen, als Lupert ihm den Weg verstellte.

»Und Eberhard, wie sieht es aus? Du hast mit deinem Vater gesprochen, hörte ich. Wirst du unser Tressler?«

»Trappier und Tressler in einem. Aber ein Vergnügen ist das nicht, kann ich dir sagen. Ich komme gerade von den Schwestern. Eine Marienkapelle wollen sie zur Andacht, Unmengen an Stoff und Gerätschaften.«

»Also hast du schon begonnen.«

»Lupert«, sagte Eberhard bestimmt, »ich übernehme das Amt

des Kämmerers in dem Krieg meines Vaters – und für dich nur unter einer Bedingung.«

»Lass hören«, forderte Lupert skeptisch.

»Ich will Respekt von dir. Hörst du?«

»Pah, Respekt. Respekt muss man sich verdienen.«

»Dann, mein Lieber, kümmere dich selbst um deine Wünsche.«

»Warte, Eberhard.«

Eberhard, der schon auf dem Absatz kehrtgemacht hatte, wendete sich Lupert wieder zu.

»Du kriegst einen Vorschuss an Respekt von mir.«

»Einen Vorschuss? Wie soll das gehen?«

»Ich werde nichts sagen, was dir Respektlosigkeit zeigen könnte. Und wenn ich es doch tue, mache ich mich schuldig an unserer Abmachung – bei meiner Ritterehre.«

Bei seiner Ritterehre, dachte Eberhard, aber besser als nichts. »Ich werde mein Bestes geben, um den Vorschuss mit gutem Plan und reifer Tat wettzumachen.«

Eberhard hielt Lupert die Hand hin, und dieser schlug ein. Mit dem Ineinanderklatschen der Handflächen brandete helle Freude und überschwänglicher Stolz in Eberhards Herzen auf. Ich bin auf einem guten Weg, endlich!

7. KAPITEL

Sommer 1232

Der Sommer war heiß. Trotz Guldas Warnungen war Adelheyd heute in die Herringer Heide gewandert. Immerhin begleiteten sie zwei Soldaten, die ihr Eberhard, der Sohn Ados von der Mark, zum Schutz mitgegeben hatte. Faul lagen die Kerle nun im kühlen Buchenwald, während sie auf den Wiesen der Herringer Heide bei einem nahen, lang gezogenen Gebüsch nach Schierlingskraut suchte.

Aus Eberhard von der Mark werde ich nicht schlau, dachte sie, er ist äußerst hilfsbereit, das muss ich zugeben, und dennoch, irgendetwas ist eigenartig an ihm.

✝

Theo, Mogrod und Lieven waren schon seit Stunden auf ihrem Erkundungsritt. Es roch nach Staub, und derselbe Staub hatte ihre Münder und Kehlen ausgetrocknet. In den Dörfern Bönen und Pelkum hatten sie märkische Truppen gesehen. Auch in Herringen lag eine Besatzung. Sie befanden sich bereits auf dem Rückweg im Schutz eines Waldes, als sie zwei märkische Soldaten sahen, die mit Pfeil und Bogen Jagd auf Rebhühner machten. Die Rufe der aufgescheuchten Tiere waren nicht zu überhören.

An einem weit entfernten Gebüsch banden die Brüder ihre Renner an. Während Lieven bei den Pferden zurückblieb, näherten sich Mogrod und Theo den Märkern im Schutze der Hecke. Sie krochen unter einen dichten Schlehenbusch. Dutzende leerer Schneckenhäuser lagen dort im Laub. Der Boden verströmte einen modrigen Geruch.

Plötzlich hielten Theo und Mogrod den Atem an. Sie hörten das Gras von Schritten knistern und knicken. Einer der Soldaten näherte sich ihnen. Noch fünf Schritte, noch vier Schritte. Zerdrückte nur einer von ihnen eines der Schneckenhäuser, würde es einen Laut geben, und sie wären enttarnt.

Während der Kriegsknecht an seiner Hose nestelte, machte er noch einen Schritt. Dann öffnete er den Hosenladen und entleerte seine Blase vor ihren Augen. Der Strahl ging auf dem Blattwerk vor und über ihnen nieder. Einzelne Sprenkel drangen durch und spritzten ihnen in die Gesichter. Mogrod schloss die Augen. Er hätte schreien können, doch er verkniff es sich.

»Komm hierher!«, hörten sie den Ruf aus der Ferne.

Rasch beendete der Soldat sein Geschäft und ging zurück in Richtung des Rufenden.

Theo und Mogrod atmeten erleichtert auf. Voller Ekel robbten sie rückwärts aus dem Gebüsch. »Na, das hat sich gelohnt«, entrüstete sich Mogrod, wischte sich mit dem Ärmel durchs Gesicht und ächzte angewidert. Dann machten sie sich auf den Rückweg zu Lieven.

»Was ist das denn?«, rief Mogrod, als sie sich ihm näherten.

»Das kleine Kätzchen ist mir geradezu in die Arme gelaufen«, sagte Lieven und grinste. »Sie sagt, sie sammele Kräuter für Medizin.«

»Stimmt das?«, fragte Mogrod schroff, denn er erkannte den Ernst der Lage.

Das Mädchen nickte.

»Wo ist –?«

»Kommt gleich«, erwiderte Mogrod hastig, bevor Lieven weitersprach, und deutete zu dem Gebüsch. »Was machen wir jetzt mit ihr?«

»Töten«, meinte Lieven trocken.

Mogrod sah, wie das Mädchen erschrak. »Bist du allein?«, fragte er, und die Novizin schüttelte ängstlich den Kopf.

Da kam Theo hinzu. Ihm stockte der Atem. »Um Gottes willen, was ist …?« Für einen Moment schien Theo sprachlos, doch dann fing er sich wieder. »Geht, passt auf, dass die Soldaten uns nicht finden.«

Mogrod und Lieven schauten sich verdutzt an. Dann blickten sie zu Theo und dem Mädchen.

»Geht!« Theo scheuchte sie mit einer Handbewegung fort.

Mogrod und Lieven stoben davon.

✝

»Ich kenne dich«, sagte Theo, als die beiden fort waren.

»Was machst du hier, du Scheusal?« Trotz der angriffslustigen Worte hockte das Mädchen, vor Angst bebend, in der Wiese.

»Dir wird nichts geschehen. Hör auf zu weinen.«

»Immer, wenn ich dich sehe, sind Angst und Schrecken um dich herum.«

»Wer bist du?«

»Ich bin Novizin vom Orden der Zisterze.«

»Und in welchem Kloster bist du?«

»In keinem«, sprach sie, »sondern im Spital auf dem Hamm.«

Sie steht in Diensten Ados von der Mark? Theo streckte die Hand nach ihr aus und wischte ihr sanft eine Träne von der Wange. Starr ließ sie es über sich ergehen. »Wie heißt du?«

»Adelheyd.«

»Adelheyd«, wiederholte er. »Was machst du hier?«

»Schierling sammeln.«

»Was macht man damit?« Sie sah so verletzlich aus. Am liebsten hätte er sie in die Arme geschlossen.

»Ein Extrakt, das in den Schlafschwamm kommt.«

»Schlafschwamm?«

»Wenn wir amputieren oder Wunden nähen, halten wir sie vor die Nase. Dann schläft der Verletzte und spürt keinen Schmerz.« Ihre Angst schien sich etwas zu legen, und Theo setzte sich zu ihr ins Gras. Ihre Blicke trafen sich.

»Und das macht Ihr für wen?«

»Wie ich sagte, für Verwundete.« Adelheyd schien ihre Fassung zurückzugewinnen.

»Für welchen Herrn, meine ich. Wer ist dein Herr?«

»Wir stehen im Dienste des Herrn von der Mark.«

Theo dachte nach.

Adelheyd wagte sich ein weiteres Stück hervor. »Wie heißt du?«

»Das kann ich dir nicht sagen.«

»Warum nicht?«

Theo schwieg und schaute sie an.

»Ich kenne dich«, sagte sie fast flüsternd, »aus Zülpich ... und aus Ramersdorf. Du wurdest Schwert des Ordens genannt.«

»Ach so?« Theo spielte den Überraschten.

»Bist du ein Ritter aus der Mark?«, wollte sie wissen.

Theo schwieg abermals, doch dann sagte er: »Hör zu, Adelheyd. Ich binde dich hier an und stecke dir einen Knebel in den Mund. Die Soldaten werden dich finden. Und wir haben genug Zeit zu verschwinden.«

»Dann bist du kein Märker?«

Theo schaute sie ernst an, und seine Augen sagten: Nein, während sein Herz sagte: Ich möchte dich wiedersehen.

»Theo!« Es war Lieven.

Theo fuhr herum und legte den Finger auf den Mund.

»Die Soldaten suchen nach ihr.«

»Also Theo heißt du«, sagte Adelheyd in einem Anflug kessen Übermuts, während Theo entwaffnet die Schultern sinken ließ.

»Jetzt muss ich dich töten«, sprach er ernst.

Adelheyd fuhr zusammen.

Theo wusste um seinen stechenden Blick, der es aus grünen Kristallen vermochte, sein Gegenüber zu bannen, und jetzt, da er Angst in Adelheyds blauen Augen las, bemerkte er es. Einen Moment noch hielt er das Mädchen in seinem Bann, dann erlöste er es mit einem ebenso frechen Grinsen, wie sie es damals bei seiner Schwertleite getan hatte.

Vor Erleichterung sank Adelheyd ins Gras und schien erneut mit den Tränen zu kämpfen.

»Nicht?«, fragte Lieven.

Theo schüttelte den Kopf. »Ich töte keine Frau, und eine Nonne schon gar nicht. Schnell, ich binde sie an. Hol du ...«

Er zeigte in Mogrods Richtung, um nicht einen weiteren Namen auszuplaudern. Dann fesselte er Adelheyd, woraufhin er ein Stück Stoff von seinem Überkleid schnitt, um es ihr in den Mund zu stopfen.

»Nein, bitte nicht«, flehte sie.

»Kann ich dir vertrauen?«

Adelheyd nickte.

Theo lächelte und kniete nieder. Dann drückte er ihr mit Daumen und Zeigefinger die Wangen zusammen, stopfte ihr das Stück Tuch in den Mund und knotete ihr den anderen Fetzen hinter dem Kopf zusammen. Er sog ihren Duft ein und schloss die Augen. »Sicher ist sicher«, sagte er, als er aufstand und sie angrinste.

Adelheyd jedoch prustete etwas, was Theo nicht verstand.

»Der Knebel sitzt«, befand er, und allein durch die Blitze, die sie ihm aus ihren blauen Augen entgegenschleuderte, verstand Theo, dass er früher schon mit schmeichelhafteren Zuweisungen bedacht worden war. Er musste erneut grinsen, während sie die Brauen ärgerlich zusammenzog, vor sich hin stöhnte und sich zu befreien suchte. Die Wut und Entschlossenheit, mit der sie sich gegen ihre Geißel stellte, zog ihn an.

Während sein Blick auf Adelheyd ruhte, kamen Mogrod und Lieven zurück. Die beiden schauten ungläubig auf die Gefesselte. »Willst du sie so hierlassen?«, fragte Mogrod zweifelnd.

Theo nickte nur.

»Sie wird uns verraten.«

»Das würde sie auch, wenn sie tot wäre. Wir lassen sie hier. Und zwar so. Und jetzt kommt, wir müssen weg!«

Sie bestiegen die Pferde.

»Auf Wiedersehen, Adelheyd«, grüßte Theo, doch das Mädchen wendete sich erbost ab.

Dann sprengten die drei davon, machten weite Bögen um Dörfer, mieden Straßen und Wege. Sie lachten miteinander, und Theos Herz war berührt von der Begegnung.

8. KAPITEL

Ende Juli 1232

Natürlich überbrachte Ado am Tage des heiligen Josefs die Botschaft nicht selbst. Es war wohl kein Zeichen der Feigheit, nein, vielmehr wollte er seine Geringschätzung gegenüber Theo zum Ausdruck bringen, denn er erkannte ihn nicht an.

Ein Jüngling kam an der Spitze einer Gleve den Weg zur Feste herauf. Die Übungen im Hof erstarben, als das Horn laut über dem Land ertönte.

»Keiner aus der Familie«, raunte Einhard auf dem Wehr am Tor zu Theo.

»Ich werde sie draußen empfangen.« Leichtfüßig sprang Theo die Treppen hinunter. »Kommt, wir wollen sehen, was er sagt!« Damit wandte sich Theo an seine Brüder. Die halbwüchsigen Krieger kamen herbei, das Tor wurde geöffnet, und sie traten dem Trupp entgegen.

Lupert von Bönen hob die Hand zum Zeichen für seine Leute. In heldischer Pose ließ er sein Pferd vor Theo steigen und hielt eine Pergamentrolle in den blauen Himmel. »Ich bin Lupert von Bönen, der Heermeister der Mark.«

Das ist also der Sohn des Mannes, der Isenberg dem Erdboden gleichgemacht hat. Theo musterte Lupert und die Männer in seinem Gefolge. Sein Blick blieb an einem schwarzen Krieger haften, der den rechten Fuß statt in einem Steigbügel in einem eisernen Halbschuh hatte. Theo wunderte sich. Der würde ohne zu zögern töten – mich oder einen meiner Brüder. Das gilt aber nicht für Lupert, dachte Theo, denn in seinen Augen sah er eine Art wirrer Angst.

»Mein Herr schickt mich, um Euch seine Antwort zu überbringen. Wem übergebe ich sie?«

Theo ging auf Lupert zu, um die Rolle entgegenzunehmen, und augenblicklich zischten acht Schwerter aus ihren Scheiden.

»Mach dir keine Hoffnung auf eine kampflose Aufgabe meines Herrn«, sagte Lupert verächtlich. »Blut wird fließen! Und ich werde mir das deine holen.«

»Und warum dürstet dich nach meinem Blut?«

Lupert starrte Theo hasserfüllt in die Augen, brachte jedoch nichts hervor. Urplötzlich wendete er sein Pferd und sprengte davon.

Vor den Toren von Östrich drehte sich Theo zu den Freunden um und sah, dass alle Augen ehrfürchtig und bangend auf ihn gerichtet waren. Zorn brandete in ihm auf. Durch die Schmähung fühlte er sich an den Rand seiner eigenen Gruppe gestellt. Beschämt und gesenkten Blickes schritt er in den Kreis seiner Brüder zurück und spürte, wie entfernt sie waren.

✝

Am Abend war Lupert für einen Bericht zu Ado gerufen worden. Als er aus Ados Arbeitsgemach heraustrat, drückte sich Eberhard vor der Tür herum.

»Wie hat er sich verhalten, Lupert?«, wollte Eberhard sofort wissen.

Lupert zuckte mit den Schultern. »Was soll er schon gemacht haben? Er kam mit seinen Kriegern heraus. Ich habe ihm die Rolle gegeben, und wir sind weggeritten.« Lupert schaute Eberhard etwas verächtlich an.

»Hast du ihn wiedererkannt?«

»Es war damals so dunkel, wahrscheinlich war er es. Er wollte wissen, warum ich nach seinem Blut dürste.«

»Und hast du es ihm gesagt?«

Lupert schaute wütend zu Boden und schüttelte den Kopf.

»Hast du die Bestie gesehen?«

»Nein, das habe ich nicht!«, sagte Lupert wütend und ließ Eberhard stehen. Verdammt, dieser weichliche Narr. Bestie, Bestie! Angsthase, Hasenfuß.

Lupert ging in die Schreiberei, um die Urkunden in Auftrag zu geben, die Ravensberg und Erzbischof Molenark über die aktuelle Lage im Streit mit der Isenberger Sippe informieren sollte.

In dieser Nacht sah Lupert den Schatten seines Vaters. Wie der Kopf einen Ruck zurücktat, sein Körper daraufhin einfach nach hinten kippte und dumpf ins welke Laub fiel. In Gedanken starrte Lupert auf den reglosen Körper. So hatte er es in dieser unseligen Nacht getan; so hatte er es in unzähligen Nächten und in ebenso vielen Tagträumen getan. Dieser Junge, der vielleicht zwei Jahre jünger als er selbst war, hatte ihm mit einem einzigen Wurf den Vater genommen. Den größten Kriegsherrn, den die Mark je besessen hatte, hatte er in der Kürze, die ein einziger Flügelschlag dauert, niedergestreckt. Ein Halbstarker einen Ritter. Die Fußstapfen des Vaters waren groß. Lupert spürte die Last, die ihm sein Erbe auferlegte. Aber er hasste genug, um sich dem Isenberger zu stellen. Wenn ich ihn erst einmal zu greifen kriege, wird er sich wünschen, nie geboren worden zu sein, sinnierte er im Halbschlaf.

Er erinnerte sich an die Rückgabe des Fehdebriefes. Theo war selbst gekommen und hatte die Rolle entgegengenommen. Lupert hasste die Selbstsicherheit der Sprösslinge aus dem hohen Adel. Man sah ihnen die Furcht, etwas zu verlieren, nicht an. Nur deshalb hatte er sich zu diesem ungehörigen Auftritt hinreißen lassen. Er schämte sich. Worauf bildet sich dieses Kindergesicht etwas ein? Was hat er schon? Er hat nichts zu verlieren – er sah die grünen Kristallaugen des Jungen vor sich –, nur zu gewinnen!

Lupert stand auf, ging zum Fenster und blickte auf die fernen Hügel der Sauerlande. Er wehrte sich gegen das Schaudern, das ihn erfasste. Ich werde es allen zeigen! Er legte sich wieder hin und starrte die Decke an. Müdigkeit legte sich erneut auf seine Augen, und unruhig dämmerte er den Rest der Nacht vor sich hin.

Am Morgen erhob sich Lupert von seinem Lager, geschunden vom nächtlichen Grübeln. Er zog sein durchgeschwitztes Leinen aus, ging nackt zu einem Tischchen in seiner Kammer, schüttete Wasser aus einem Krug in eine Schale, hob sie an und goss sich einen Schwall über das Gesicht. Das kühle Nass rann über seine muskulösen Schultern, die Brust und die Arme.

✝

Die Sonne hatte das Land verbrannt, und zwei päpstliche Bullen erreichten das Erzbistum. Der Befall durch eine Plage hätte Heinrich von Molenark und Bernhard von Paderborn nicht schlimmer treffen können, und auch auf Ado hatten die päpstlichen Sendungen ihre Auswirkungen.

Mit dem Brief, der Paderborn erreichte, stellte Papst Gregor Bischof Bernhard in den Kirchenbann, mit dem Brief, der Cöln erreichte, suspendierte er Erzbischof Heinrich von Molenark und eröffnete den Prozess gegen das Kirchenoberhaupt im Nordreich. Mehrerer schwerer Vergehen bezichtigte der Papst Erzbischof Heinrich. Zum Ersten legte er ihm die Abweisung des Kanonikus Eustachio zur Last. Dann warf er ihm die Aushöhlung der Autorität des Bistums Utrecht durch die Plünderung der dortigen Privilegien und Bischofsrechte sowie die Veruntreuung von Kirchengut für seine persönlichen Fehden vor. Ebenso kritisierte er die Finanzierung der Fehde gegen Jülich und Limburg durch die Kredite aus Sayn und Ravensberg, die Molenark aus den Abgaben der Cölner Bürger und den erzbistümlichen Klöstern zurückzahlte. Dann jedoch – und dies war die schwerste Anschuldigung – klagte der Papst Molenark der fleischlichen Unzucht mit der Frau eines Ritters an. Der Bestand der Christenheit in deutschen Landen sei durch ein derart schlechtes Vorbild seines obersten Hirten bedroht. Für die Zeit seiner Suspendierung sollte eine Kommission ermitteln.

✝

Der Klang der Jagdhörner hallte in den Wäldern. Allerorten qualmten die Räucherhäuser, und ein würziger Duft lag über dem kleinen Festungsdorf. Es wurde gesalzen, gepökelt und eingelegt. Doch die Ernten des Jahres 1232 fielen karg aus. Das wenige Kraut, Obst und Gemüse wurden für die kalte Jahreszeit eingemacht.

Dona legte die Stirn in Falten, denn sie wusste, dass das Mehl für die vielen Mäuler auf Östrich kaum bis zum Frühjahr reichen würde. Sie hörte das Hämmern vom Fluss. Bald würden die Lachse heraufziehen, um ihre Laichplätze zu finden. Die Flussfischer legten mit Brettern Wehre und lange Fischschlachten in die Lenne. Vielleicht bringt uns das ins Frühjahr, dachte Dona, während sie auf das Treiben der Männer in der Burg blickte.

An Waffen würde es nicht mangeln. Eifrig verarbeiteten die Männer Felle und Leder, schnitzten Bögen für den Krieg, machten Sehnen, fiederten Pfeile, stapelten Fässer, deckten die neuen Häuser mit Stroh und richteten sie ein. Es roch nach frisch geschlagener Tanne. Aus der Schmiede sprühten bis in die Abendstunden rotgoldene Feuerfunken. Und auch das Schmieden eines Kriegsplans ruhte zu keiner Zeit. Für einen Krieg war das Jahr bereits weit vorangeschritten, und Ado mochte sich wohl fragen, wann das Heer der Allianz in seine Stammlande einfallen würde, überlegte Dona.

✝

In der Mark hatten die Handwerker auf dem Flurstück Hamm zwischen dem Bach Arse und dem Fluss Lippe unweit der Wasserburg ein Palisadendorf errichtet. Das größte der sechs festen Häuser stand in der Mitte und war von fünf flachen Langhäusern und einer Kapelle mit steinernem Fundament umstanden. Die Oberaufsicht über das Spital oblag Schwester Gulda. Fürstäbtissin Aleidis war schnell wieder nach Essen abgereist, nachdem sie alle Einzelheiten mit ihrem ungeliebten Vogt besprochen hatte. Die Provinz war ihr ein Graus und Ado ebenfalls.

Das Spital war Eberhards erstes Unternehmen als Kämmerer der Grafschaft gewesen. Und auch ein weiteres Unterfangen hatte er ins Werk gesetzt – Lupert hatte seine Leibgarde bekommen. Auf der Brust der schwarzen Reiter prangte der rot-weiß geschachte Balken, und daraus hervor wuchs halb der schwarze Löwe von Altena.

Auch die folgenden Aufgaben versah Eberhard mit Gewissenhaftigkeit und vor allem mit Geschick. Sein Ansehen stieg nicht nur bei Lupert, sondern auch bei seinem Vater. Ebenso schätzte Gulda den Junggrafen. Anders als Graf Ado sprach er mit den edelfreien Nonnen in ruhigem, sachlichem Ton. Er schrie nicht und versuchte aufrichtig und ehrlich, alle zwischen Ado und Aleidis getroffenen Absprachen umzusetzen.

Manches Mal kürzte Ado ihm die Mittel – sei es aus reiner Willkür, sei es, weil er Waffen oder Gerät beauftragt hatte oder weil er eine beträchtliche Summe mit der Kutsche nach Ravensberg hatte senden müssen –, dann versuchte Eberhard, für Verständnis im Gesamtgebilde der Kriegsvorbereitungen zu werben. Kurz, der Umgang und das Wohlergehen im Spitalbezirk entsprachen ganz den Vorstellungen der fünfzehn Schwestern des Ordens aus Essen-Werden. Die fünf Novizinnen konnten sich in der Mark sogar in der Schule des Heilens üben. Sozusagen als Probe für den großen Ernstfall hatte Graf Ado auf Anraten Eberhards das Spital für jeden seiner Untertanen geöffnet.

✝

So etwas hatte es in der Mark noch nie gegeben.

Doch die seit der Schneeschmelze lagernden Truppen waren nicht ausgefüllt und bedrängten die Schwestern aus dem Essener Stift. Jeden Tag kamen übermütige Krieger und ließen sich unter einem Vorwand behandeln. Mal war es ein Schnupfen, mal ein Schnitt. Immer häufiger kamen welche mit Prellungen und Blutergüssen. Die Prügeleien unter den Kriegern mehrten sich. Der Übermut und die Kampfeslust brachten das Lager beinahe zum Bersten. Ernsthafte Kampfverletzungen, die den Kriegstaumel dämpften, standen ihnen erst noch bevor.

Einige Schwestern fieberten der ersten Einlieferung schwer

Verwunderter entgegen. Einzig Gulda, Adda und Adelheyd wollten dieser Art Arbeit so bald nicht begegnen. Auch Eberhard ließ sich häufiger, als Adelheyd lieb war, blicken. Und war sie gerade zufällig in der Nähe, suchte er in seiner sonderlichen Art das Gespräch mit ihr.

Häufig am Tag, wenn es nichts tun gab, holte Adelheyd das Leinen hervor, welches Theo einst als Knebel gedient hatte. Für gewöhnlich betrachtete sie es dann und steckte es nach einer Weile wieder zurück. Doch heute bemerkte sie, dass Gebera, eine der Novizinnen, sie beobachtete.

Aufgebracht sagte die junge Mitschwester: »Lass das Gulda nicht sehen. Sie wird denken, du hast dich in jemand anderen als unseren Herrgott verliebt.«

»Wenn du es für dich behalten kannst, Gebera«, wollte Adelheyd sie schweigen machen, »wird es niemand erfahren.«

Doch würde Gulda es erfahren? Adelheyd blieb im Unsicheren.

9. KAPITEL

Sommer 1232

Wozu die Unruhe? Alles war gut gelaufen bisher. Aus Rom engte der Papst Erzbischof Molenarks Entscheidungsspielräume derart ein, dass er nichts mehr tun konnte, und die Kommissare, so hieß es, waren auf dem Weg nach Cöln. Dies berichtete Engelbert von Isenberg, Theos Oheim, gut gelaunt, als er und Herzog Heinrich im Sommer auf Östrich eintrafen.

»Nun, Theo, sprich, wie sieht dein Plan aus?« Heinrich zog an den Fingern seiner schwarzen hirschledernen Handschuhe, dann löste er die Schließe seines Umhangs. Heinrich wartete, bis jeder im Raum seiner Anwesenheit Aufmerksamkeit geschenkt hatte. Seelenruhig übergab er Cerdric das Kleidungsstück und erkundete aus seinen grünen Augen die Halle samt dem Treiben darin.

Theo entrollte die Karte auf der großen Tafel. Die Brüder und die alten Knappen versammelten sich um den Tisch. Manche setzten sich auf Schemel, manche ragten hinter ihnen hervor und beugten sich nach vorn, um Theos Erklärungen zu folgen. Während Theo sprach, zeigte er auf Burgen und Städte und nannte ungefähre Besatzungszahlen. Dann kam er zum Punkt. »Wir haben gründlich abgewogen, Heinrich.« Er wandte sich zum Herzog, der noch etwas außerhalb des Kreises blieb. »Belagerung der Markburg, Feldschlacht oder Zerstörung der Städte und kleinen Burgen.«

»Zu welchem Schluss bist du gekommen?«

»Niederwerfung der Städte und Burgen, bis die Markburg allein dasteht – nach dem Winter.«

»Unsinn, wir müssen die Markburg sofort nehmen. Das spart Zeit«, sagte Heinrich schroff wie ein schneidender Dezemberwind. Unruhe kam in der großen Halle auf. Sie alle hatten an dem Plan mitgearbeitet, und jetzt wollte der Herzog mit seiner

Sprunghaftigkeit ihre Gedanken, unzähliger Ritte und Gefahren Mühe mit einem Federstrich tilgen?

»Du selbst hast vom Frühjahr gesprochen –«

»Nenn mir die Gründe, Theo«, unterbrach Heinrich ihn.

»Es wird zwar länger dauern. Doch wenn Ado sieht, dass seine Truppen ihm nicht mehr zur Seite stehen und keine Burg ihm mehr Zuflucht bieten kann, dann wird er mit den acht-, neunhundert Mann, die er auf der Markburg und der Halbinsel Hamm hat«, Theo zeigte auf die Landzunge zwischen Arse und Lippe, »nicht mehr gegen unsere knapp viertausend Mann zu Felde ziehen und kann sich ausrechnen, wie lange er seine Truppen und seine Familie durch den Winter füttern kann.«

»Und wenn wir die Städte und Burgen nicht vor dem Winter genommen haben?« Heinrich machte eine unschuldige und dennoch wissende Geste. »Alles schon da gewesen.«

»Wenn du überzeugt bist, stell deinen Plan dar und lass dich nicht beirren«, hörte Theo Friedrichs Stimme in sich. Heinrich hatte nicht unrecht. In drei Monaten könnten die Nächte bereits bitterkalt sein. Doch durch seines Vaters Eingabe gestärkt, zeigte Theo auf die Orte rund um die Markburg. »Diese Orte Pelkum, Herringen, Flierich, Bönen, Rhynern und Braam werden wir zuerst nehmen und jeweils mit hundertfünfzig Mann ständig besetzen.«

Heinrich schaute skeptisch drein und flüsterte etwas zu Cedric.

»Den gesamten Westen mit Lünen, Ergste und Schwerte werden wir durch schnelle Kundschafter und zwei Stützpunkte bei Unna und Bönen mit je zweihundert Berittenen sichern.«

»Dann hast du tausendzweihundert Mann in den Orten gebunden. Wie willst du die Markburg angreifen?«

»Ja, und tausend Mann werden in Heessen, Dasbeck und Heidfeld nördlich der Lippe gegen Ravensberg bleiben.«

»Mit tausendzweihundert Mann, Gefallene nicht eingerechnet, willst du die Markburg belagern?«

»Warum nicht? Unser Vorteil ist, dass wir die Belagerungstruppen auswechseln können, sodass sie sich in den festen Orten erholen können.«

»Theo, was du vorhast, kostet mich jeden Monat ein Vermögen. Also werde ich dir zeigen, wie wir es kurz und schmerzlos halten.« Heinrich hielt die Rechte nach hinten offen, und der Knappe legte seinem Herrn eine Pergamentrolle hinein. Heinrich rollte seine Karte über die von Theo. Doch sein Arm reichte nicht bis zum Ende der Karte, um sie mit einem Gegenstand zu beschweren. Auffordernd blickte Heinrich zu Mogrod. Dieser jedoch machte keine Anstalten, ihm zur Hilfe zu kommen. Heinrichs Augen verfinsterten sich zu zwei dunklen, schwarz-grünen Punkten, und er fixierte Mogrod.

Ein Schlag! Alle erstarrten. Heinrich blickte staunend zu Lamot und dann zu dem Dolch, dessen Griff über der Ecke der Karte zitterte. Stille! Eine Mischung aus Entsetzen und Furcht erfüllte die Runde. Lamot jedoch atmete voller Vertrauen, die Situation zu retten, ein. »Mein Bruder Mogrod hier ist beizeiten etwas langsam im Kopf, Herzog, und er wusste sicher nicht, ob er Euch nun erst lauschen oder helfen sollte.« Lamot lächelte entwaffnend, während der Herzog ihn noch verdutzter anschaute, bevor er, ohne Mogrod weiter zu tadeln, fortfuhr.

»Es ist wie im Schach ... Hast du den König, gewinnst du das Spiel.« Die Umstehenden schauten sich erleichtert an, und Heinrich fand seine gewohnt herrische Selbstsicherheit wieder. »Ihr denkt zu viel. Fünfhundert Mann hat Ado in dem Flecken Hamm, vierhundert auf der Burg, richtig?«

Ein bestätigendes Nicken machte die Runde.

»Also greifen wir die fünfhundert hier«, er zeigte auf die Landzunge zwischen Arse und Lippe, »an und legen zur selben Zeit einen Belagerungsring um seine Burg. Die Burg nehmen wir mit Stegen vom Ufer hinauf zur Mauer oder den Dächern. Das Ganze haben wir innerhalb eines Tages, höchstens einer Woche erledigt.«

Ein Raunen ging durch die Gefährten und Rydenkastens Sergeants.

»Die Burg hat eine doppelte Gräfte, Durchlaucht«, wandte Ante ein.

Theo entrollte eine Zeichnung der Markburg. »Er hat recht. Sie schlachten uns auf dem Mittelwall ab. Dort finden nicht genug Männer Platz.«

»Nicht, wenn wir es machen, wie ich es sage«, entschärfte der Herzog die Einwände, und die Gefährten blickten ihn erwartungsvoll an. »Wir bauen Schilde, die wir über Brücken nach vorn schieben. Die ersten Brücken legen wir des Nachts. Der erste Graben wird bei Tag fast vollends mit Brücken überbaut, und auf dem Wall werden die Schilde baumhoch sein. Einige werden so stark sein, dass sie uns als Stege dienen, die wir auf das Wehr fallen lassen. Ist das erst geschafft, können Reihen von zehn Mann die Wehre stürmen.« Die Zuhörer zeigten sich beeindruckt von der Erfahrung vieler Belagerungen. Und bevor Zweifel laut werden konnten, lobte der alte Fuchs den Plan seines Mündels. »Deine Idee, die Orte nördlich der Lippe zu nehmen, gefällt mir gut, besonders gegen Ravensberg müssen wir im Norden gut tausend Mann abstellen. So einfach ist manchmal der Krieg«, wollte er schließen.

»Ravensberg hat mindestens tausendfünfhundert Mann unter Waffen, Oheim. Da müssen wir schnell ein weiteres Tausend hin verlegen können.«

»Der Plan mit den schnellen Kundschaftern ist besser, als sich auf Tauben zu verlassen. Wir bauen ein Netz aus Boten zwischen den Heeren auf. Guter Austausch wird uns den Sieg bringen, glaub mir, Junge.« Heinrich gab Theo einen Klaps auf die Schulter und lachte laut. Dann reckte er sich. »Habe ich einen Hunger, gibt es denn hier nichts zu essen?«

Als die Karten beiseitegeräumt und Essen und Wein aufgetragen waren, begann Heinrich bester Laune vom Kreuzzug zu erzählen. Er bediente sich reichlich von den Speisen, trank und redete: »Als wir mit unserem Heer vor der Heiligen Stadt auftauchten und Saladin uns sah, brauchte der Kaiser nur noch in die Stadt zu gehen und mit dem Sultan zu verhandeln. Manchmal ist es besser, seine ganze Größe zu zeigen, um den Gegner das Fürchten zu lehren. Das hier dagegen ist ein Klacks.«

»Wie du meinst, Oheim.« Theo widersprach nicht, doch zweifelte er an dem Plan. Vielmehr noch fühlte er sich schlecht, weil er sich von Heinrich mit seiner Erfahrung abbürsten ließ – mit seiner zwar versteckten, aber ständigen Drohung, ihn fallen zu lassen, mit seinen wechselnden Launen und mit seiner Münze. Doch Theo blieb dabei: Eine Belagerung, ohne die umliegenden Nester auszunehmen, war ein unberechenbares Wagnis. Und dass er nichts sagte, ärgerte ihn am meisten.

»Ich habe einen guten Standort nahe dem Kloster meiner Großmutter«, gab er stattdessen später bemüht von sich, »für die neue Burg gefunden, Oheim.«

»So?« Heinrich biss ein Stück von einem Gänsebein ab. »Sehr schön, dann schauen wir uns das morgen einmal an.«

✝

Vom Bergfried auf Östrich – die Sommersonne stand hoch am Himmel – sah Theo das tausend Mann starke Heer Heinrichs. Die Zelte erstreckten sich im Tal der Lenne fast bis Letmathe. Glänzende Helme, Kettenhemden und Waffen funkelten von den Spalieren im gleißenden Licht zu ihm hinauf. Die Anspannung der Männer auf der Burg war in den letzten Tagen bis zum Bersten gestiegen. Es wurde Zeit. Rydenkasten sandte seine Boten zu Theos Vasallen, um ihnen Tag und Ort ihres Aufmarsches mitzuteilen. Heinrich und Theo reisten nach Steinfurt, wo sich die acht Heerführer des Bündnisses versammelten. Am Tag des heiligen Quentin dann rückten alle Truppen in die Stammlande des Grafen von der Mark vor. Theo und Heinrich lagerten zwischen den Dörfern Flierich und Bönen.

»Da, schau!« Mogrod deute zu einem Trupp, der zu ihnen herüberschaute. Lupert und sein schwarzer Conroi hatten sich dem Lager mit dem Limburger Löwen auf weniger als tausend Fuß genähert.

»Als er die Fehde erklärte, hatte er nicht so ein Gefolge.«

Ante wischte sich über seine kantige Nase. »Er meint wohl, wenn er neun Mann um sich schart, hat er die Waffenkraft wie wir.«

»Keine Überheblichkeit, Ante«, mahnte Lieven.

Doch Theo dachte, vielleicht hat er es uns tatsächlich nachgemacht. Er erinnerte sich seiner Scham bei ihrer letzten Begegnung. Er lehnte diesen Kerl ab.

✠

An Zachäus meldeten die Tauben, dass Steinfurt, Tecklenburg und der Freiherr von der Lippe die festen Orte Heessen, Dasbeck und Heidfeld nördlich des Flusses besetzt hatten. Den Tag über hatten sie den Kampfeslärm und Hörner vernommen und die Rauchschwaden gesehen. Am Abend drang ein Bote zum Limburger Lager durch, um den Anführern Bericht zu erstatten.

»Keine Angriffe aus Ravensberg?«, fragte Heinrich.

»Nein, Herr«, antwortete der Bote.

»Lässt er Ado im Stich?«, fragte der Herzog in die Runde.

»Nein, ich denke, sie haben keine Verbindung. Unsere Späher haben ganze Arbeit geleistet«, lobte Theo Rydenkastens Männer.

»Morgen früh rücken wir vor die Markburg«, sprach Heinrich, und auch der große Rat gab sich zuversichtlich.

✠

Theo ging in sein schmuckloses Zelt. Außer dem Holzboden und den mit dem Windschutz verschnürten Wänden war es weit von der Ausstattung Walerans in Zülpich entfernt. Ein Tisch, auf dem die Karte lag, eine Bank, ein paar Schemel – das war alles. Verweilen wollte Theo hier nicht. Theo legte sich auf sein Feldbett. Doch ruhen konnte er nicht.

All die Jahre seit dem Tod seiner Eltern, all die Jahre seiner Vorbereitung, all das Streben auf diesen Tag zu – nun war er fast da. Nur eine lange Nacht trennte Theo noch von ihm.

Der Tag des heiligen Bartholomäus, dachte Theo, ob das ein guter Tag ist? Warum nicht? Er wollte zwar nicht, dass ihm, wie dem Apostel, die Haut durch folternde Schergen der Obrigkeit mit dem Schindermesser abgezogen wurde. Doch der Märtyrer war gemeinhin als guter Mensch bekannt, bezeichnete Jesus selbst ihn doch als Mann ohne Falschheit, der im Heiligen Land das Christentum verkündet hatte. Sich selbst empfand Theo nicht als jemanden, der bekehren und aufdrängen wollte, als aufrichtig hingegen schon, denn er wollte seine Heimat zurückerobern.

Bartholomäus ist dein Schicksalstag, kam es ihm. Bei den Bauern heißt es: Wie Barthel sich verhält, ist der ganze Herbst bestellt.

Er setzte sich auf und flüsterte den Vers, den er Einhards Vers auf den Trümmern der Isenburg angehängt hatte. »Mag wenden sich das Blatt, denn die letzte Schlacht ist nicht geschlagen heut.«

Theo dachte an seinen Schwur. Wie lange wird die Belagerung dauern? Bis zum Abend, Wochen von Scharmützeln, Monate, gar Jahre? Sein Gesicht glühte, während sein Körper fror. Zweifel ergriffen ihn, und Enge breitete sich in seinem Kopf aus. Ein kalter Schauer lief über seinen Rücken, obwohl draußen die laue Nacht die Grillen zirpen ließ. Bis hierher hatte er immer nur sein eigenes Leben schützen müssen, nun ging es um Tausende andere. Hätte ich doch nur meinen Plan durchgesetzt. Vater, sprich zu mir!

Theo schob den Ärmel hoch und tastete nach der Narbe. Da, er hatte sie gefunden, und es beruhigte ihn ein wenig. Er wollte die innere Kaltblütigkeit, die ihn bisher in jedem Kampf geschützt hatte, in sich heraufbeschwören, neben die unruhige Leere stellen und beide den Sieger untereinander ausmachen lassen. In der Ferne hörte er das Heulen eines Wolfes. Für die Unruhe gib es keinen Grund, sagte er sich, als plötzlich die Plane des Zelteingangs zur Seite geschlagen wurde. Es war Lieven.

»Komm schnell, Theo. Das Dorf brennt!«

Im Inneren der Markburg hielt Ados Frau Mechgardis ihren Bruder am Arm und schaute ihm mit flehendem Blick in die blauen Augen seines kühnen Ottergesichts. »Hermann, versprich mir, was immer auch passiert, halte Iserlohn und gib es keiner Gefahr und keinem Handel preis. Wir haben es schon einmal verloren.«

Hermann strich ihr eine ihrer braunen Locken, die er so an ihr mochte, aus dem Gesicht. »Schwesterlein, sorge dich nicht«, versuchte er, sie zu beschwichtigen.

Doch sie ergriff auch seinen anderen Arm und sprach eindringlich. »Ado ist unberechenbar. Er hat die Seele eines fahrenden Krämers, er nimmt Land des Landes willen, Geschichte und Seele sind ihm einerlei.«

»Es liegt eher in deiner als in meiner Hand. Er ist mein Lehnsherr, du bist seine Gemahlin. Natürlich tue ich mein Bestes, wir teilen das gleiche Schicksal, und mir ist ebenso wie dir an Iserlohn gelegen.« Er machte eine Pause. »Ich muss jetzt zu ihm gehen, Mechgardis. Wenn wir den Isenberger besiegen, dann ist uns Iserlohn sicher.«

Hermann entwand sich ihrem Griff und verließ ihr Privatgemach.

✠

Lupert zog seine Reithandschuhe aus und stampfte in den Palas der Markburg. Hermann von Loen, der Bruder seiner Herrin, hatte gerade den Saal, der ihnen als Befehlsstab diente, betreten und Lupert, ohne ihn absichtlich aussperren zu wollen, die Tür vor der Nase zugezogen. Ottergesichtiger Trottel, dachte er und klopfte.

Ein Knappe öffnete. Graf Hermann nahm gerade Platz, während Ado aufstand und Lupert in kampffertigem Lederaufzug empfing, der ihn eher wie eine gedrungene Wurst erscheinen ließ denn wie einen furchteinflößenden Lehnsherrn. Lupert blickte zu Eberhard, dessen Blick hilfesuchend auf der großen Tafel herumwanderte. Feigling, Bratengans, Osterlamm, dachte er und setzte sich.

»Habt Ihr Nachricht aus Ravensberge, Heermeister?«

Lupert schüttelte den Kopf. »Die Limburger lagern bei Flierich.«

»Was ist mit den Truppen von der Rodenburg?«

»Mit ihren dreihundert Mann wären sie verrückt, ein Tausendmannheer anzugreifen, und der Erzbischof wird nicht mit eigenen Truppen in die Fehde eingreifen«, sprach Hermann. »Nein, nein, unsere neunhundert hier und die sechshundert aus der Südmark … Wir müssen das Heer vereinen.«

»Unsere Leute in den Flecken nördlich der Lippe haben, als sie eingeschlossen wurden, mit Booten über den Fluss gesetzt. Es sind also jetzt mehr als vierhundert im Hamm«, berichtete der Hauptmann der Truppen aus Rhynern, um einen Funken Hoffnung zu stiften.

»Geflohene. Die sind nicht zu gebrauchen und jagen den Männern im Hamm nur Furcht ein.« Schweiß hatte sich auf Ados Stirn gebildet. Keiner wusste einen Rat. Verzweiflung machte sich breit.

»Morgen früh werden sie die Belagerung beginnen. Was machen wir?«

»Wir müssen heute noch zu unseren Truppen zurück«, meinte der Hauptmann aus Braam, da wurde plötzlich die Eichentür zu dem Saal aufgestoßen, und Steven stürmte herein.

»Verzeiht, Herr! Bönen steht in Flammen. Schwere Kämpfe sind entbrannt!«

Die Runde starrte den Ritter an.

»Was?«, schrie Ado.

Lupert fand seine Fassung als Erster wieder. Das war seine Gelegenheit zur Bewährung. »Ausfall!«, rief er. »Welch ein Glück!«

Ado, Hermann, die älteren Sergeants, Hauptmänner und Ritter starrten ihren jungen Heermeister an, als wollten sie dies lieber aus dem Munde seines erfahreneren Vaters hören.

»Heermeister, was …?«

»Wie ich es sage, ich reite rüber nach Hamm und nehme die Truppen dort. Herr, reitet mit den vierhundert von hier nach

Bönen. Wir werden uns dort vereinen und mit tausend Mann einfallen wie eine flammende Feuersbrunst!« Lupert stand auf, und auch Ado erhob sich, von der Entschlossenheit seines Heermeisters aus seiner Verzweiflung gerissen.

✝

»Das Dorf brennt!«, rief Lieven. »Komm, Theo, schnell, wir müssen retten, was zu retten ist.«

Theo sprang von seinem Lager auf und griff sein Schwert. »Blast zum Sammeln!«

Ein Horn erklang über dem Lager. Theo, Lieven und Mogrod eilten auf die Wiesen hinaus. Vor einem Meer aus Flammen sahen sie die Kämpfe.

»Sie sind auf Märker gestoßen, diese Dummköpfe!«, rief Mogrod.

Die anderen Gefährten kamen herbei.

»Wo ist Grull?«, rief Mogrod.

Die Freunde schauten sich um. Grull war nicht da.

»Die Pferde, schnell!«, brüllte Theo.

»Das Lager abbrechen! Macht schnell!«

Im Nu hatten die Gefährten ihre Habe gepackt und waren aufgesessen. Als Theo in Heinrichs Zelt kam, hatte dieser seinen Surcot bereits übergezogen und gürtete sich mit seinem Schwert. »Was hat das zu bedeuten, Theo?«, herrschte er ihn an, als hätte Theo das Durcheinander verursacht.

»Wir müssen ins Dorf. Dort verhauen sie unsere Männer.«

»Warum sind unsere Männer überhaupt in dem Dorf?«

»Wir werden das klären. Jetzt gilt es, den Schaden zu begrenzen.« Wütend rannte Theo aus dem Zelt und saß auf.

Die Gruppe sprengte mit Gerulfs und Rydenkastens Männern nach Bönen. Als sie den Rand des Dorfes erreichten, wurden die Plünderer von den Märkern bereits aus dem Dorf geschlagen. Tote und Verwundete lagen umher, und mitten unter den Kämpfenden sah Theo Grull. »Grull!«, rief er.

Mogrod hatte ihn auch gesehen. Er tat einen gellenden Pfiff

und hielt die Zügel seines Pferdes zum Zeichen, er solle herkommen, in die Höhe.

Grull streckte noch einen Gegner nieder und rannte herbei.

»Was machst du hier?«

»Ich habe unsere Truppen gesehen, als sie zum Dorf zogen. Da bin ich hinterher, um sie aufzuhalten«, rief er.

Ein Horn ertönte. Theos Pferd stieg, und er reckte sein Schwert hoch in den dämmrigen Morgenhimmel. »Rückzug!« Theos Männer ließen vom Feind ab und suchten das Weite. Nur wenige Längen trennten sie, und schon zischte ein Pfeilhagel in die Märker, die sofort die Verfolgung aufgaben. Doch in seinem Rücken hörte Theo laute Rufe. Er blickte sich um. Bönen brannte. Heinrichs Truppen flohen in wilder Hatz. Noch wollte er sich wundern, da sah er im Feuerschein zwei Heerscharen der Märker herbeistürmen.

»Zur Ruhr!«

»Nach Westen!« Das Limburger Heer, obwohl größer an Zahl, war in heillosem Aufruhr. »Sie überrollen uns!«

Wilde Flucht setzte ein, und Theo sah, wie die Märker sein Heer einholten. Reiter fielen, Fußvolk wurde niedergemacht. Schmerz keimte in seiner Brust, und viele Gefangene wurden gemacht an diesem Morgen des heiligen Bartholomäus.

✝

Sie hatten Stockum hinter sich gelassen. Hohe Pappeln säumten die Lippe zu beiden Seiten. Reiher fischten in dem aufsteigenden Nebel kalter Morgenluft. Achthundert Mann folgten dem Ufer ostwärts. Vor dem matten Grau der Dämmerung standen Heessen und Dasbeck in Flammen, während Reiter und Fußvolk daraus zu fliehen schienen. Im Süden stand eine hohe Rauchsäule. Über die Brücke bei Heessen stürmte das geschachte Banner der Mark. Truppen setzten auf Flößen über die Lippe. Graf Ludwig von Ravensberg traute seinen Augen nicht. Schnell sandte er einen Boten aus und befahl seinen Männern, in den Trab zu fallen.

Weiter südlich teilten Theo und Heinrich vor der Ruhr ihre

fliehenden Horden. Während Theo nach Süden floh, trieb Heinrich sein Heer westwärts.

Theo wollte vor Schwerte über die Ruhrbrücke. Doch waren die Truppen Hermann von Loens bereits in die Ruhrauen eingedrungen. So hielten sie nördlich von Schwerte auf Ergste zu. Dort endlich gelang es ihnen, über den Fluss zu setzen.

Im Norden rettete sich die Allianz um Otto von Tecklenburg vor dem Herrn von Ravensberg nach Steinfurt. Volkwyn von Schwalenberg und Bernhard von der Lippe entkamen von Heidfeld aus nach Rheda.

»Herr«, Bernhards Knappe kam an die Spitze des Zuges, »ein Mann sagt, er sei der Knappe des Freiherrn Bock von Iburg.«

»Und …?«, rief Bernhard ihm zu.

»Er sagt, sein Herr sei gefangen genommen worden und zwischen Ahlen und Steinfurt schlage das Ravensberger Heer auf das fliehende Heer von Steinfurt und Tecklenburg ein.«

Bernhard wandte sich an Volkwyn. »Wir müssen ihnen zu Hilfe eilen.«

Im Süden hatten Theos und Heinrichs Truppen über die Ruhr gesetzt, während Lupert am anderen Ufer die Verfolgung stoppte. Beide Heerhaufen standen sich gegenüber.

»Wir müssen nach Norden, Theo. Ein Teil der Märker hat sich gen Norden gewendet«, sagte Heinrich.

»Hast du es gesehen?«, fragte Theo, sein schäumendes Streitross zügelnd.

»Natürlich habe ich es gesehen!«, brüllte Heinrich, »sonst würde ich es nicht sagen!«

Lüge! Wut brandete in Theo auf. Das traut sein Oheim sich vor allen Männern!

»Bleib ruhig, Theo«, meldete sich Friedrichs Stimme, »alle Wut schmälert deinen Wert bei seinen und deinen Männern.«

»Wir teilen uns. Ich reite nach Osten, du nach Westen.«

»Gut!«, rief Heinrich, und seine Truppen stoben hinter ihm her.

»Mir nach!«, schrie Theo, wendete sein Pferd und ritt mit seinen sechshundert nach Osten.

Lupert sah das Manöver. Es dauerte einen Moment, bis auch er seine Schar geteilt hatte.

Das Wasser war kalt und drang durch das Kettenhemd, das Leder und das Leinen hafteten sich an seine Haut. Doch Theo suchte weiter Halt auf den glitschigen Steinen des Flussbettes. Er war bereits in der Mitte des Flusses, und das Wasser reichte ihm bis zur Hüfte. Ante, Mogrod und Lieven waren dicht hinter ihm, da plötzlich erschienen Spieße und Helme am anderen Ufer. Märkische Surcots! Wie vom Blitz getroffen, hielten die Brüder inne.

»Theo von Isenberg, ich werde dich töten!«, rief Lupert und zeigte mit gezogenem Schwert auf ihn, als wolle er einen ewigen Schwur leisten.

In dem Moment kam sich Theo – in dem Strom watend – niedrig, nass und verloren vor.

»Umkehren!«, flüsterte Mogrod.

Auf der märkischen Seite zischten Pfeile aus den Köchern, und augenblicklich knarrten auch auf der südlichen Flussseite die Bögen.

Den Kampf nach meinen Regeln spielen, durchschoss es Theo. Achtsam wie ein Wolf. Theo bannte die ihm Gegenüberstehenden mit seinem Blick.

Einige Märker blickten ihm direkt in die Augen und stolperten bang zurück.

Lupert hob die Hand. »Halt! Ich will ihn haben.«

Vorsichtig tasteten sich Theo und die anderen rückwärts aus den Fluten, den Feind im Auge behaltend. Kein Pfeil wurde abgeschossen. Doch während sich die Krieger zurückzogen, maßen sich Theo und Lupert eine Weile Aug in Aug.

✠

Im Westen versuchte Heinrich mit wütenden Anläufen, zurück über den Fluss zu kommen, um die Truppen im Norden zu unterstützen. Doch auch ihm blieb der Übergang verwehrt.

Ihre Toten und Verwundeten mussten sie auf der anderen

Flussseite zurücklassen, während märkische Kriegsknechte in der Dämmerung die Opfer dieses sinnlosen Blutvergießens bargen.

✝

Auf Östrich angekommen, bekam Theo das Bild des Schreckens nicht aus dem Sinn. So viele Leben. Eine verheerende Niederlage. Er stützte seinen Kopf in die Hände. Wie konnten unsere Krieger in Bönen einfallen? Es waren Leute von uns – keine Limburger. Disziplinlosigkeit passt nicht zu ihnen. Und warum war Grull bei ihnen?

✝

»Wie konnte das passieren?«, brüllte Heinrich.

Theo und Rydenkasten saßen kleinlaut am Tisch der großen Halle. »Meine Männer machen so etwas nicht aus eigenem Antrieb. An der Sache ist etwas faul – so wahr ich hier sitze.«

»Ach, finde einen, den wir dafür aufknüpfen, du Bauer!«, fluchte Heinrich wütend.

»Halt, halt«, wandte Theo ein, »keine Bauernopfer. Wenn es jemanden aufzuknüpfen gibt, knüpfen wir ihn auf, wenn nicht, nicht. Ich kümmere mich darum. Jetzt müssen wir schauen, wie hoch unsere Verluste sind, und wir müssen herausfinden, was im Norden passiert ist.«

»Lasst die Heere antreten und zählt durch«, befahl Theo.

»Ich werde Späher in den Norden schicken«, schlug Rydenkasten vor.

»Nein, ich werde selbst hinreiten. Kümmere du dich um deine Leute. Und lass herumfragen, ob es einen gibt, der über den Hergang von Bönen Bescheid weiß.«

Heinrich schaute Theo herausfordernd an.

Doch Theo wich dem Blick seines Oheims aus.

✝

Auf seiner Kammer tat Grull, als sei er erschöpft, und schaute zu Boden. Mogrod fasste Grull scharf ins Auge und sprach aus, worüber Theo sich den Kopf zerbrach. »Grull, wie kommt es, dass unsere Truppen in das Dorf eingefallen sind?«

Grull kratzte sich am Hals und zuckte mit den Schultern. »Woher soll ich das wissen?«

»Wir haben ihnen den Plan gesagt, wir haben ihnen Disziplin eingebläut, und sie wandern rüber in das Dorf, plündern und zünden Häuser an, dass man es im ganzen Land sieht? Eigenartig, findest du nicht?«

»Sind eben doch dumme Bauern.«

»Befragen können wir ja keinen mehr. Sind ja alle tot!«, sagte Mogrod vorwurfsvoll.

✝

Noch in der Nacht rumpelten Karren von Hamm nach Bönen. Den Schwestern bot sich ein Bild des Grauens. So sieht also der Krieg aus, dachte Adelheyd. In den Gassen der verkohlten Häuser lagen Tote, sterbende und stöhnende Krieger. Die fünf Novizinnen erstarrten vor dem Bild des Todes. »Jetzt kommt schon!«, forderten sie Adda und Gulda auf. Den ganzen Vormittag über bargen sie verletzte Soldaten. Gulda forderte die Krieger, die zu ihrem Schutz abgestellt waren, auf, zur Markburg zu reiten und weitere Fuhrwerke und Spaten für die Gräber zu holen, während die Verbliebenen die Toten von den Lebenden zu trennen hatten.

✝

Die Nebel der Nacht gaben die Sicht auf die kalte Pracht der nassen Wiesen frei. Das Licht der Sonne brach die Schattengeister des Mondlichts. Die bangen Träume des dunklen Schlafs wichen dem Licht des hellen Tages. Früh verließen Theo und seine Gefährten Östrich. Die dichten Wälder der Sauerlande lagen hinter ihnen und vorbei an der freien Reichsstadt Dortmund, aus der fünf stolze Kirchen zu ihnen herüberlugten, trotteten sie nach Norden. Ab dort ritten sie Stunde um Stunde durch flaches Bördeland, dessen stoppelige Felder auf den Pflug warteten. In der Abenddämmerung sahen sie die Zelte der lagernden Truppen unter den Wappen der tecklenburgischen Seerose und dem Steinfurter Schwan um die Aa-Insel der Steinfurter Wasserburg. Finster dreinblickende Wachen ließen sie passieren.

»Sie haben uns überrumpelt in der Nacht«, rief Otto.

»Es war ein Unheil, und wir sind schuld an dem Blutzoll«, gab Theo zu.

»Warum das?«, wollte Ludolf wissen.

»Ein wilder Trupp wollte in der Nacht ein Dorf plündern, in dem Märker lagen. Das Durcheinander hat Ado für einen Ausfall genutzt. Wir wurden genauso überrollt wie ihr.«

»Verdammt!« Otto hieb die Faust auf den Eichentisch im Rittersaal zu Steinfurt.

»Ich verstehe euch ja. Trotzdem müssen wir nach vorn schauen. Lasst uns die neue Lage besprechen«, drängte Theo.

»Wie steht es um Bernhard und Volkwyn?«, erkundigte sich Mogrod.

Theo beobachtete Grull, der sich im Hintergrund hielt, während die anderen hier und da das Wort ergriffen. Er bemerkte, dass auch Mogrod immer wieder Grulls Verhalten zu beobachten schien.

»Unsere Späher berichten, dass Bernhard und Volkwyn umgekehrt sind, angeblich, weil wir von den Märkern eingeholt und geschlagen wurden«, sagte Otto ärgerlich.

»Zwischen Oelde und Wiedenbrück wurden sie von einem Ravensberger Heer angegriffen. Es soll viele Gefangene gegeben haben.«

Theo wandte den Blick ärgerlich zu Boden. »Wir müssen nach Wiedenbrück.«

»Und was machen wir?«, fragte Otto.

»Es ändert sich nichts«, sagte Theo, »wir werden weiter versuchen, die Mark einzunehmen. Die Ravensberger Truppen lagern jetzt in den Orten, die ihr aufgegeben habt. Ihr werdet die Orte wieder einnehmen, und wir werden jeden Ort auf dem Weg zur Markburg von Märkern befreien. Dann werden wir die Markburg belagern.«

»Wann?«, wollte Otto wissen.

»Wir reiten morgen früh nach Wiedenbrück und sehen, wie schwer der Schaden ist. Wenn wir uns auf Östrich mit Herzog Heinrich besprochen haben, werde ich Euch Boten senden.«

»Theo, ich will so etwas nicht noch mal erleben, hast du verstanden?«, sagte Otto von Tecklenburg.

✝

»Du bist ein feindlicher Soldat, nicht wahr?« Adelheyd sprach leise in ein Ohr des verwundeten Kriegers in einem der Siechensäle im Spital zu Hamm, als sie ihm Wickeln um den Rumpf legte. Der Mann aus Theos Reihen stöhnte auf, und Adelheyd schien, dass er es machte, um eine Antwort zu umgehen. Sie legte ihm eine Hand auf die Schulter. »Dir wird nichts passieren«, flüsterte sie, »solange wir dich hierbehalten. Wir sind für jeden Menschen da, der unserer Hilfe bedarf.« Sie erhob sich und wollte sich der nächsten Liege zuwenden, als sie von dem Lager die schwache Stimme des Verwundeten vernahm.

»Danke, Schwester.«

Bevor Adelheyd die Reihen verließ, griff sie schnell den blutverschmierten Surcot des Mannes, knüllte ihn so zusammen, dass das Rosenwappen nicht zu sehen war, und strebte zügig dem Ausgang zu. Da plötzlich öffnete sich die Tür zum Siechensaal, und Eberhard von der Mark trat in Begleitung eines schwarzhaarigen Ritters ein. Adelheyd erstarrte vor Schreck, doch sie war geistesgegenwärtig genug, das Haupt zu beugen.

»Schwester Adelheyd, seid gegrüßt.« Eberhard verbeugte sich. Er schien erfreut, sie zu sehen. »Sagt Ihr mir und dem Heermeister, wie es den Männern geht?«

»Wir haben hier dreiundzwanzig Verletzte. Zehn Amputationen. Drei mit schweren Kopfverletzungen. Den Rest werdet Ihr binnen zwei Wochen wieder einsetzen können, Herr.«

»Erlaubt Ihr, dass wir die Männer besuchen?«

Adelheyd machte eine einladende Handbewegung und entschwand augenblicklich durch die Pforte ins Freie. Eilig lief sie zu einem der Feuer, um das Soldaten saßen, und warf den blutigen Surcot hinein. Die Rose verbrannte, ohne dass es jemand bemerkte. Adelheyd atmete tief durch. Warum tue ich das?

10. KAPITEL

Herbstanfang 1232

Die Gefangenen von Wiedenbrück wurden in die Markburg gebracht und nach Lösegeld bewertet, bevor Ado sie auf seine Burgen verteilen ließ. Er rieb sich die Hände. Dass er nur wegen eines Zwischenträgers einer infernalischen Niederlage entgangen war, verdrängte er. Er war stolz. Schmutz zierte seinen gold-weißen Surcot. Er fühlte sich als Mann und siegreicher Feldherr. Und in der Tat, die gefangenen Gegner brachten ihm einen ungeheuren Vorteil. Von dem Lösegeld würde er weitere Truppen anheuern. Und das war bitter nötig, denn über das Jahr hatte er nicht mehr als zweitausend Mann aufbringen können.

✝

Das Glück schien den Märkern tatsächlich mehr als gewogen zu sein. Als Theo und seine Freunde in Östrich eintrafen, sah er einen Knappen, den er aus Bensberg kannte. Es ist etwas vorgefallen, war sein erster Gedanke. Als er die Halle betrat, blickte ihn Rydenkasten mit besorgter Miene an und wies mit einem Nicken hinauf zu Heinrichs Kemenate. Theo stieg die Treppe nach oben, klopfte und trat ein. Heinrich war dabei, seine Sachen zu packen.

»Was ist, Oheim? Warum packst du?«

»Mein Bruder Wilhelm ist gestorben. Ich muss nach Limburg.«

»Oh, mein Gott. Wie das?«

Der Herzog zuckte mit den Schultern.

»Das hier«, er hob einen prall gefüllten Beutel in die Höhe, »lasse ich hier.« Scheppernd ließ er ihn auf einen Tisch sausen. »Was ist im Norden geschehen?«, fragte er dann, und Theo berichtete ihm.

Als er geendet hatte, begleitete Theo Heinrich nach draußen. »Oheim, ich habe zwei Bitten.«

»Und die wären?«

»Du erzähltest mir einst, in Lennep macht ihr Stoffe.«

»Die besten weit und breit.«

»Ich bitte dich, für meine Gefährten und Sergeants die roten Surcots von Isenberg fertigen zu lassen. Ado soll denken, ich sei überall.«

Heinrich lächelte. »Und der zweite Wunsch?«

»Bring meinen Bruder Friedrich mit und lass ihn bei Irmgard auf Neuenberg.«

✣

»Wie werden wir jetzt weitermachen?«, sprach Mogrod, als suche er Rat bei den anderen, als sie am Abend um den großen Kartentisch standen.

»Ravensberg befindet sich wieder auf seiner Burg«, sagte Ante, und Glander ergänzte: »Die Märker scheinen die Orte nördlich der Lippe aufgegeben zu haben.«

»Die Lippe als Grenzfluss«, warf Lamot ein.

»Also kann Sapientis vorrücken.«

»Aber erst im Frühjahr. Wer soll die armen Tröpfe durch den Winter füttern?«, rief Grull.

»Das ist richtig«, sagte Theo nachdenklich, »in diesem Jahr geht nichts mehr.«

»Wir brauchen einen Kundschafter«, sprach Ante, »der ständig Nachrichten zwischen den Heeren hin- und herbringt …«

»… und«, fügte Mogrod hinzu, »an unseren Beratungen teilnimmt.«

»Wir machen es genauso wie die Mark«, sprach Lamot. »Wir ziehen eine Grenze.« Er beugte sich über die Karte. »Iserlohn ist märkisch. Das Haus Letmathe gehört uns, Östrich, Berchum, Hörde und Holzen auch.« Er zog mit dem Finger eine imaginäre Linie weiter über Huckarde und Holthausen. »Am Oberhof von Mertens Familie endet unsere Grenze.«

Mogrod ließ ein bewunderndes Pfeifen vernehmen und lobte seinen Bruder. »Das ist gut.«

»So können wir unsere Stärken einsetzen«, sprach Theo, und Ante ergänzte: »Alle Vasallen bleiben an ihren Orten und sichern ihre Lehen.

»So halten wir die Feinde in der Mark«, folgerte Mogrod.

»Wir nehmen ihnen die Burgen Volmarstein und Blankenstein ab.«

»Auf Blankenstein sitzt dieser Lupert.«

»Es ist sein Lehen, aber er ist bei Ado in der Mark.«

»Was hat er gegen dich, Theo? Hast du gesehen, wie er dich in der Ruhr angebrüllt hat? Der war völlig von Sinnen.« Lieven äußerte sich besorgt: »Das war mehr als der Hass gegen einen Feind.«

»Als hättest du seine Mutter geschändet«, vollendete Mogrod in seiner bildhaften Sprache.

Theo schaute die Freunde an. Er hob die Schultern, als wolle er sagen »Ich weiß es nicht«. »Wie auch immer«, setzte er den Plan fort. »Wir reiten zu unseren Leuten und ziehen die Grenze gegen die Mark, wie Lamot gesagt hat.«

»Wie befestigen sie die Grenze?«, fragte Ante.

»Das muss jeder selbst entscheiden. Wichtig ist, dass sie keinen Märker, seien es Truppen oder Spione, durchlassen«, sagte Lamot.

Theo nahm einen Helm über dem Kaminsims herunter und hob die Eisenhaube mit dem geschmiedeten Wolfsgebiss vor aller Augen. »Rydenkasten, habt ihr die Helme früher auf euren Raubzügen benutzt?«

»Ja, Herr«, antwortete Rydenkasten und fügte verschmitzt hinzu: »Wir haben unserem Ruf etwas nachgeholfen. Die Masken und Zierstücke machten es uns leichter ...« Rydenkasten zögerte.

»... an Beute zu kommen.« Theo nickte. »Wir brauchen viele solcher Helme. Kannst du dich darum kümmern?«

»Ja, natürlich, Herr.« Rydenkasten wies in Richtung der Schmiede.

Theo blickte in die Runde. »Wir werden sie zerreißen wie Wölfe, Brüder.«

Die Gefährten verstanden, und Zuversicht mischte sich unter die ernsten Gesichter.

»Die Mark hat uns einmal geschlagen, aber nicht den Krieg gewonnen. Wir sind noch da, und ich glaube an uns.«

Augenblicklich erfüllte ein donnerndes »Jaaa!« die Halle und erweckte die Gemeinschaft zu neuem Tatendrang. »Wir werden gemeinsam alle Vasallen einschwören. Dann reite ich nach Wiedenbrück, und wir besprechen die neuen Pläne«, rief Theo in den Jubel hinein.

In den nächsten Tagen hielt wieder eine gewisse Leichtigkeit Einzug auf Östrich. Die Schmiede arbeitete auf Hochbetrieb. Die Gefährten übertrafen sich gegenseitig in der Grimmigkeit ihrer Helmzier und sprangen wild um einander herum. Die Bewohner scharten sich um die wilden Krieger, sie trugen Bierfässer herbei, brieten Fleisch über großen Feuern, redeten über die alten Zeiten und schauten den Übungskämpfen zu.

✝

Bei Regen ritten Graf Ado, Lupert und Ludwig von Ravensberg durch das Severinstor in Cöln ein. Wenig später erreichten sie den Domplatz. Durch das geschäftige Treiben bahnten sie sich ihren Weg zum erzbischöflichen Palast, wo Molenark und sein Stadtvogt ihre Gäste aus der westfälischen Provinz erwarteten.

»So, Ihr wollt unsere Unterstützung«, stellte Molenark nach dem Austausch von Höflichkeiten fest. »Ihr habt gesiegt. Im Moment sieht es doch gut aus!«

»Mit Glück haben wir gesiegt.«

»Warum mit Glück?«, fragte der suspendierte Erzbischof.

»Ein Trupp, angeführt von einem Ritter, fiel wie aus dem Nichts zur Dämmerung in einen Flecken unweit des isenbergisch-limburgischen Belagerungsheeres ein. Am nächsten Tag hätten sie uns in die Zange genommen. Es wäre eine Frage der Zeit gewesen, und wir hätten –«

Ado unterbrach Lupert. »Wir haben die Unruhe für einen Ausbruch genutzt, und nur deshalb haben wir sie über die Ruhr zurückschlagen können.«

»Der Ritter war dieser Grull von Lynn, darauf wette ich meine rechte Hand«, merkte Eppendorf befriedigt an.

Lupert wandte den Blick und merkte auf.

»Und Ihr sagt, Ihr hättet keine Unterstützung durch mich?«, befleißigte sich Molenark, seinen Bonus einzuheimsen. »Außerdem habe ich Euch die Schwestern aus Essen vermittelt, und ich habe die verbündeten Ritterschaften der Isenberger zu den Friesen geschickt. Wie undankbar seid Ihr eigentlich?«

Ado schaute mit Gram zu den in Blei gefassten Butzenscheiben des erzbischöflichen Palasts.

»Wie ich hörte, habt Ihr viele Gefangene bei Wiedenbrück gemacht …?«

»Wenn Ihr denkt, dass ich Euch nun für Truppen bezahle, werter Erzbischof, irrt Ihr. Die Nonnen kosten mich schon ein Vermögen.«

Molenarks Lächeln gerann wie saure Milch.

Schnell bemühte sich Ravensberg zu vermitteln. »Dennoch, wir haben die Orte nördlich der Lippe aufgegeben und sind immer noch in Bedrängnis.«

»Was wollt Ihr? Kommt zur Sache!«

»Dem Isenberger soll Einhalt geboten werden, und zwar von oberster Stelle«, sagte Ado derart scharf, dass Ravensberg die Augen verdrehte und zur Kassettendecke des Saals hinaufschaute.

»Auf welcher Grundlage?«, brüllte Molenark verärgert.

»Euer Schwert ist das der Diplomatie – angeblich«, brüllte Ado seinerseits, »also benutzt es!«

»Erst wenn sich ein Grund bietet, Graf!«, rief der Erzbischof.

»Sollte Euer Volmarstein angegriffen werden, ehrwürdiger Vater, werde ich ebenfalls die Grundlagen genauestens prüfen. Ich hoffe, wir verstehen uns.«

»Macht Euch keine Sorgen. Ich werde den Herrn von Witten um Beistand bitten. Wie ich höre, Graf, ist er alles andere als gut auf Euch zu sprechen. Wie macht Ihr das nur immer, frage ich mich?«

✝

Ein Zug Graugänse bahnte sich vor bleiernen Wolken kreischend seinen Weg gen Süden. Die Vasallen sperrten die Wege und Straßen mit Schlagbäumen ab. Reiter patrouillierten in den Wäldern. Die Ritter von Hörde, Berchum und Garenfeld nahmen das Rittergut Ergste mehr oder weniger kampflos in Besitz.

Währenddessen machte sich Theo mit seinen Brüdern und einer weiteren Hundertschaft nach Arnsberg auf. Auf dem Weg stoppten sie bei Ortliv. Der »Burgmann« war erfreut über die neuen Pläne und die bare Münze, die Theo ihm übergab. Gemeinsam saßen sie im dunklen Saal der Palisadenburg auf dem Schleipenberg und zeichneten den Aufriss einer neuen steinernen Festung. Mit dem Eifer der neuen Aufgaben vor sich, verabschiedete Ortliv seinen jungen Herrn.

✝

»Lass mich in Ruhe und kümmere dich um deine Angelegenheiten«, setzte sich Eberhard von der Mark erbost zur Wehr. »Wir haben eine Abmachung, Lupert. Respekt! Hast du schon vergessen? Dein Vorschuss bei mir ist schon lange aufgebraucht!«

Eberhard ließ Lupert stehen. Die Kampfpause tat ihm nicht gut. Seit Lupert bemerkt hatte, dass Eberhard immer wieder zum Spittel hinüberritt, fragte er ihn aus oder machte herausfordernde Bemerkungen über Adelheyd – wie eben.

Warum sollte Eberhard nichts mit Adelheyd anfangen? Schließlich war sie die Enkelin des großen Grafen von Sayn, einem der alles überstrahlenden Ritter des Reiches. Das hatte er durch geschicktes Fragen von Schwester Adda herausgefunden. Und Sayn war über den Erzbischof gewissermaßen mit der Mark im Bunde. Und die Verwandtschaft mit meiner Ururgroßtante Berta von Sayn ist eher ein weiterer Grund der

Fürsprache als ein Hindernis, dachte Eberhard. Vater hätte bestimmt nichts gegen diese praktische Allianz.

Eberhard schaute sich um, als er über die Wiesen zum Hamm ritt. Luperts Augen schienen nicht auf seinem Rücken zu kleben. Er freute sich auf Adelheyds Stimme, die sanft wie ein Kuss für ihn war. Jedes Mal, wenn sie ihm begegnete, hoffte er auf ein Zeichen der Zuneigung – so auch heute.

✣

»Joachim«, flüsterte Adelheyd, »heute Nacht!« Ernst fixierte sie den fremden Soldaten, den sie seit Bönen im Lazarett auf dem Hamm deckte. Zwischen ihnen war mittlerweile ein vertrautes Einvernehmen gewachsen.

Joachim nickte ihr unauffällig zu, während Adelheyd sich dem nächsten Soldaten zuwandte.

Adelheyd ging über den Hof. Sie erreichte das Haupthaus, in dem alle Geräte und Vorräte aufbewahrt wurden, in dem die Schwestern wohnten, in dem behandelt und operiert wurde und in dem Salben und Tinkturen hergestellt wurden. Von außerhalb des Spitalbezirks hörte sie den Hufschlag eines einzelnen Pferdes. Sie öffnete die Pforte und ging in das Haus.

»Adda«, rief sie, »ich bin fertig drüben.«

»Dann geh zu den Schwestern und hilf ihnen.«

Die Nonne zeigte zu den Novizinnen, die Leinen in lange Streifen schnitten. Andere Schwestern waren dabei, die Streifen aufzuwickeln. Adelheyd freute sich, endlich wieder der heiteren Gemeinschaftsarbeit nachgehen zu können, anstatt sich den Bemerkungen und Anzüglichkeiten der rohen Männer auszusetzen, als Eberhard das Gebäude betrat.

»Schwester Gulda, der junge Herr!«, rief sie und wollte ihrer Arbeit nachgehen.

»Adelheyd«, hielt Eberhard sie zurück, »wie geht es Euch?«

Adelheyd verbeugte sich.

»Nicht doch.«

»Seid gegrüßt, Juncherr. Gut, danke.«

Gulda ließ auf sich warten, und Eberhard nutzte die Gelegenheit für ein Gespräch. »Wie ist der Stand? Könnt Ihr schon einige entlassen, Schwester?«

»Schwester Gulda hat den Überblick, Herr.« Adelheyd kam ein Gedanke. »Es kommen gar keine Verletzten mehr. Habt Ihr denn gesiegt?«, schmeichelte sie dem Juncherren und tat einen kurzen Augenaufschlag.

»Wir haben in Bönen und Wiedenbrück einen Vorteil errungen, aber ich denke, es wird weitergehen.«

»Wann?«

Eberhard hob die Schultern. »Ihr seht ja«, er zeigte in Richtung der Lippe, während er ihr zuzwinkerte und scherzte: »Die Tecklenburger können jeden Augenblick rüberkommen.«

»Gott bewahre«, tat sie erschrocken, »ich hörte, es sind schreckliche Krieger, besonders die Isenberger.«

»Woher nehmt Ihr dieses Wissen?«

»Die Männer erzählen so einiges.«

»Was erzählen sie?«

»Sie tragen schreckliche Wolfsmasken, die verzaubert sind und ihnen besondere Kraft verleihen, und kommen des Nachts in die Lager und töten.«

»Verzaubert. Die haben wohl zu viel auf den Kopf bekommen. Sie sollen gesund werden und nicht so viel reden«, brüskierte sich Eberhard.

»Ein angsteinflößender Feind also?«

»Wenn die Männer es sagen. Ich verstehe es allerdings nicht. Bisher haben sich die Isenberger ziemlich dumm angestellt.«

»Euer Glück.«

Eberhard schaute verdutzt.

»Sie fürchten besonders ihren Anführer, sagen die Männer.«

»Heinrich von Limburg?«

»Nein, er heißt Theo.«

»Theo von Isenberg.«

»Kennt Ihr ihn?«

»Ich habe ihn zweimal gesehen. Die Männer könnten recht haben.«

»Warum das?«

»Er wurde in Ramersdorf zum Krieger gemacht. Ein schlimmer Ort. Er ist mein Großcousin. Aber unsere Häuser haben sich schon lange voneinander entfernt, und der Streit hier geht auch um die Besetzung seiner Lande.«

»Zu Recht?«

Eberhard schwieg.

Schnell lenkte Adelheyd ein. »Ihr Männer, immer kämpfen und siegen wollen.« Sie lachte, während Eberhard auf ihre Lippen schaute. »Und wir müssen euch dann wieder zusammenflicken.«

»Ich hoffe, dass Theo gleich tot ist, wenn Lupert ihn zerstückelt hat, und ihn niemand mehr zusammenflicken muss.«

»Warum Lupert?«

»Er hasst ihn.«

»Er hasst Theo? Warum das?«

»Er hat seinen Vater getötet.«

✝

»An Eurer Jugend wird es liegen, dass Euren Leuten bei Bönen die Disziplin abhandengekommen ist. Unzähligen meiner Vasallen liegt das Lösegeld schwer auf den Taschen. Bei Otto und Ludolf wird es nicht anders sein«, beschwerte sich Bernhard von der Lippe auf Burg Rheda.

Theo musste seinen Missmut im Zaum halten, während Mogrod Grull böse Blicke zuwarf. »Im Bündnisfall würden wir ebenso zu Euch stehen und das Lösegeld begleichen, wenn es dazu käme«, sprach Theo. »So will es der Treueschwur.«

Der Freiherr von der Lippe fraß den Ärger in sich hinein.

»Bernhard, ich werde mit Heinrich sprechen, wenn er wieder da ist. Jetzt ist es aber wichtig, dass das Bündnis weiterhin zusammensteht. Kann ich auf Euch zählen?« Theo schaute dem Freiherrn geradewegs in die Augen.

»Aus unserem Hause ist noch nie ein Oberhaupt eidbrüchig geworden. Wir stehen zu unserem Wort. Das ist unser innerstes Wesen, unsere Stärke.«

»Gut. Kann ich Euch dann unseren weiteren Plan darlegen?«, fragte Theo mit einem Blick auf Lieven.

Dieser breitete eine Kopie der großen Karte vor dem Edelherrn aus.

Bernhard überwand seinen Gram und beugte sich über den Wirrwarr aus Strichen, Punkten, angedeuteten Wäldern und Flüssen. »Ihr habt mein Ohr, Theo.«

✝

Jetzt, im Altweibersommer, spannen die Jungspinnen ihre langen Fäden in den lauen Wind und ließen sie in der sanften Sonne fliegen. Einer der Wachmänner am Ufer der Lippe fluchte lauthals. »Wie das juckt! Überall hast du das Zeug.« Er fuchtelte um seinen Kopf herum, als wolle er die unsichtbare Plage verscheuchen.

Adelheyd und Gertrud trugen einen Korb nasser Leinenwäsche fort vom Ufer an den Wachmännern vorbei.

»Schön den Helm auflassen«, scherzte Gertrud kess mit dem Mann, der eben noch geflucht hatte, »dann fangt Ihr auch nichts im Haar.« Die beiden Novizinnen kicherten.

»Euch kann das ja nicht passieren mit Euren Schleiern.«

»Aber so erfahrt Ihr weder von den menschlichen Nöten noch von seinen Freuden«, spöttelte der andere.

Gertrud streckte ihm die Zunge heraus, und die beiden Mädchen suchten, den Korb zwischen sich, kichernd das Weite. Kurz darauf erreichten sie die Siechensäle. Da plötzlich packte Adelheyd eine eiserne Faust am Arm, und ein schwarzer Schatten schob sich über sie.

»Scher dich zum Teufel«, herrschte Lupert Gertrud an.

Augenblicklich nahm diese den Korb in beide Hände und rannte davon.

Adelheyd schlug mit dem Rücken gegen die Wand des Siechenhauses. Ängstlich weiteten sich ihre Augen. »Ich habe –«, wollte sie sich mit Worten retten.

»… mit Eberhard geschlafen, du kleine Metze?«, sagte Lupert

ihr keuchend ins Gesicht. Sein Atem stank sauer nach Wein und Fleisch.

»Nein!« Adelheyd wollte schreien, doch der Heermeister presste ihr seinen Handschuh auf den Mund. Ihr Atem stob feucht darauf. Sie sog die Luft wieder ein, sie roch nach Leder.

Lupert nahm den Zeigefinger der anderen Hand zwischen die Zähne und zog an dem Handschuh. Zwei-, dreimal, dann fiel er zu Boden. »Du bist das Liebchen vom Gräflein.«

»Nein«, presste sie durch den Handschuh hervor.

Lupert raffte ihr Gewand. »Ich warne dich: Verschenk deine Jungfräulichkeit nicht an das Bürschlein. Wenn du einen richtigen Schwanz spüren willst, dann kommst du zu mir, hörst du?«

Adelheyd spürte, wie seine Hand sich zu ihrer Scham hinaufarbeitete. Sie wand sich in panischer Angst. Unvermittelt spürte sie seine Zunge auf ihrer Wange. Der Luftzug kühlte die feuchte Haut, als er absetzte. Seine Finger spielten mit ihren Lippen, um sie zu öffnen. Ihr kamen die Tränen.

»Oh, das kleine Häschen weint. Liebstes Kind, wenn du Angst hast ...« Er zerrte ihre Haube zurück, das Haar rutschte hervor. Sie sah eine Klinge aufblitzen, die untere Hand gab ihre Scham frei, er fasste eine Locke und schnitt eine Strähne ab. »... kommst du zu mir. Bei mir passiert dir nichts. Beim Gräflein schon. Dafür sorge ich.«

»Herr!«, schrie eine Frauenstimme.

Lupert wich ein wenig, doch ohne Unrechtsbewusstsein zu zeigen, zurück. Beide schauten sie in Addas wütende Züge.

»Was macht Ihr da?«

Lupert gab Adelheyd nun vollends frei.

»Schert Euch davon, sofort.«

»Sonst tut Ihr was, Schwester?« Bei den Worten zeigte das Messer in Luperts Hand direkt zwischen Addas Augen. Doch er ließ von allem ab und klemmte sich die Haarsträhne belustigt zwischen Oberlippe und Nase. »Ahhh.« Er sog den Duft ein, dann schloss er genießerisch die Augen und schlenderte leichten Schrittes davon.

Zitternd rutschte Adelheyd an der Wand, an der sie immer

noch stand, hinunter. Tränen rannen ihr über die Wange. Ihr Körper bebte, sie weinte, erleichtert darüber, der Schande noch einmal entkommen zu sein.

✝

Am Abend lief Adelheyd zum Ufer der Lippe. Lupert hatte den Spitalbezirk verlassen, darüber hatte sie sich Sicherheit verschafft. Der Schreck des Tages steckte ihr noch in den Gliedern. Warum half sie dem Fremden? Was würde Lupert mit ihr anstellen, wenn sie entdeckt würde? Sie brachte sich unnötig in Gefahr. Was sollte es? Es gab sicher einen tieferen Grund, und wenn es auch nur der Bestrafung des märkischen Heerführers diente. Sich gut zuredend, schritt sie zwischen den Siechensälen auf die Uferwiese zu. Alle hundert Schritt sah sie einen Soldaten mit dem Gesicht zur anderen Uferseite gewandt.

»He, Wache!«, wisperte sie.

»Ach, Ihr seid es, Schwester. Was macht Ihr hier? Es wird dunkel. Ihr solltet nicht hier sein«, rief der Wachmann, nicht ohne einen Ausdruck beschützerischen Stolzes, wieder von der jungen Novizin aufgesucht worden zu sein. Ein zweiter Soldat kam herbei.

»Ich habe wohl am Ufer Wäsche liegen lassen. Könnt Ihr mir zeigen, wo es gewesen sein könnte? Ich kann sie nicht sehen.«

Erfreut nahmen die beiden Wachen Adelheyd in ihre Mitte. Mit Fackeln gingen sie zum Ufer und suchten nach den Wäschestücken. So bemerkten sie nicht, wie sich in sicherer Entfernung von ihnen das Wasser der kalten Lippe kräuselte, als Joachims Körper sachte hineinglitt und den Fluss durchschwamm.

✝

Am nächsten Tag erreichte Herzog Heinrich die Östricher Burg. Trotz Nieselregens herrschte Geschäftigkeit. Noch nicht abgesessen, polterte er: »Wo ist der Juncherr?« Dabei schaute er sich im Burghof um. Eine Rotte Schweine umgarnte Dona, die einen Krug voll Essensreste unter dem Arm trug und diese vor Heinrichs Augen herausfordernd auf einen Haufen Unrat kippte, worauf sich die Ferkel, geschäftig grunzend, darüber hermachten. Der säuerlich Gestank kroch in Heinrichs Nase.

»Er ist nach Wiedenbrück und Steinfurt geritten, Herr«, entgegnete ihm Gerulf schnell.

»Wann kommt er zurück?«

»Heute oder morgen, vielleicht übermorgen. Genau können wir es nicht sagen. Sie sind nun vierzehn Tage fort, Herr. Es dauert bestimmt nicht mehr lange.«

Heinrich brummte etwas vor sich hin und ging hinauf, um sich in der Kemenate einzurichten, die für ihn freigehalten wurde.

✝

Tatsächlich trafen Theo und die Gefährten einen Tag nach Heinrichs Ankunft auf Östrich ein. Heinrich war mit Cedric zur Baustelle der neuen Burg geritten. Als er zurückkam, hatte sich seine Laune aufgehellt. »Ein schöner Bau wird die Burg an der Lenne.«

»Nicht wahr, Heinrich?« Theo war erfreut, seinen Unterstützer zurück zu wissen. »Geht es voran?«

»Die Mauerfundamente des Bergfrieds gucken schon aus der Erde.«

Sie setzten sich an die große Tafel vor dem Haupthaus, die als Treffpunkt diente. Die Gefährten erfrischten sich am Brunnen und gesellten sich nacheinander dazu. Dona trug Essen auf, worauf die Gemeinschaft einem lauten Abendmahl mit wilden Geschichten frönte.

»Kommt, Freunde, nun ist genug gefeiert«, wollte Theo das Gelage beenden. »Legt euch ein paar Stunden nieder und schlaft.«

»Warum das?«, gab sich Heinrich, dem die Feierlaune ins Gesicht geschrieben stand, enttäuscht.

Rydenkasten schaute den Herzog an. »Heute Nacht fallen

die Wolfsmänner wieder in die Mark ein.« Dann stand er auf und suchte wie alle Gefährten seine Bettstatt auf.

Der Herzog blieb verdutzt zurück.

Als die Nacht heraufzog, verließ ein Zug rot gewandeter Reiter Östrich. An Theos Seite trottete Fenrir dahin. Bei Ergste passierten sie die Grenzwachen Albert von Hördes.

✠

Lupert von Bönens Rücken schmerzte. Den ganzen Tag war er mit Eberhard die Grenze abgeritten. Sie hatten versucht, eine Schwachstelle an der neuen Grenzlinie zu finden. »Obwohl wir sie bei Bönen schlimm verprügelt haben, sind ihre Linien dicht gestaffelt.«

»Wie viel Kriegsvolk mag dahinter lagern? Was denkst du?«

Lupert zuckte mit den Schultern und wendete sein Pferd, um zurückzureiten.

Später wälzte er sich unruhig auf seinem Lager hin und her. Tief in der Nacht zwang ihn seine Blase ins Freie. In weitem Strahl und unter zufriedenem Stöhnen erleichterte er sich. Da plötzlich drangen Waffenlärm und Schreie an sein Ohr. Schnell beendete er sein Geschäft und rannte in sein Zelt zurück. Mit Schwert und Schild stürzte er wieder hinaus ins Freie.

Zelte brannten, Reiter stürmten durch die Reihen und verwüsteten das Lager. Ein Reiter mit der roten Rose auf der Brust hielt auf ihn zu. Ein eiserner Wolfskopf fletschte die Zähne. Lupert wollte erstarren. Doch dann hieb der Reiter nach ihm. Lupert parierte mit dem Schild. Er schaute um sich und sah, wie ein riesenhafter Hund an der Seite eines anderen Eisenmannes im roten Surcot wie ein sengender Pflug durch das Lager stürmte. Einer kurzen Böe gleich, waren die Wolfsreiter über das Lager gekommen, und ebenso schnell wie ein Wind sich legen kann, hatten sie es wieder verlassen. Zurück blieben zerstörte Gerätschaften, brennende Zelte und verängstigte Krieger.

Lupert lief mit einigen Männern zum Rand des brennenden Lagers und spähte in die Dämmerung.

»Sie sind um das Lager herumgeritten«, sagte einer seiner schwarzen Krieger, »und von Osten eingefallen.«

Lupert zeigte zum Horizont, wo er den Ritter und den Wolf erblickte.

»Seht, Herr, der Wolfsmann«, rief einer seiner Ritter bang, »das ist der Isenberger mit seinem Höllenhund.«

Wie gebannt blickten sie zu der Anhöhe, von der Reiter und Hund zu ihnen herunterblickten.

»Das ist kein Hund«, meldete sich Stevens Stimme aus dem Hintergrund, »das ist ein Wolf.«

»Ein Wolf?«, fragte Lupert.

»Ja. Der Juncherr von Isenberg ist geschickt. Die Menschen hier fürchteten einst die Wolfsmänner und erzählen sich schaurige Geschichten über sie. Es waren Vertriebene von Altena, die sich in den Wäldern versteckt hielten. Einige Jahre trieben sie um ihren Anführer Rydenkasten ihre Wilderei und überfielen die Bauern. Friedrich hat ihnen auf Östrich eine Heimstatt gegeben. Nun wollen sie Angst und Schrecken unter unseren Truppen säen.«

»Das ist ihnen gelungen. Grauenhaft, wenn sie auf einen losstürmen mit ihren Wolfshelmen.«

»Das ist nun schon der achte Überfall auf unsere Lager.«

»Wir müssen dem ein Ende machen«, sprach Lupert düster in die Finsternis.

»Lasst mich ein Kommando aufstellen, Herr. Mit Rydenkasten habe ich noch eine Rechnung zu begleichen.« Mit bitterer Miene schlug sich Steven auf sein lahmes Bein.

»Gut, dann besorge dir, was du dazu brauchst.«

»Das werde ich, Herr«, schwor der Mann in der schwarzen Rüstung.

11. KAPITEL

Herbst 1232

Eberhard von der Mark starrte zum schweren purpurnen Samt seines Bettbaldachins hinauf. Die Kerze auf seinem Nachttisch war abgebrannt, und kaltes silbriges Mondlicht durchflutete hell sein Gelass. An Schlafen war in dieser Nacht nicht zu denken. War Lupert an Kühnheit nicht zu überbieten, oder war er einfach nur verrückt? Hermann von Loen würde töten, wenn es ihm befohlen würde, und er würde keine Gnade kennen. Und wenn es um Iserlohn ging, wüsste Eberhard nicht, ob Hermann vor seinem Vater, dem Grafen, haltmachen würde. Lupert aber würde töten und Lust dabei empfinden. Was auch immer ihn mit Lupert gemeinsam handeln ließ, es würde niemals mehr als Abkommen und Geschäfte sein. Vertrauen werde ich ihm niemals.

Eberhard zuckte zusammen.

Ein Wolf heulte ganz in der Nähe. Er klang so einsam und bedrohlich nahe, dass Eberhard voll des Schreckens an der Kordel seines Bettes zupfte, um im nächsten Augenblick seine so weit von ihm entfernte Hand wieder unter der Decke in Sicherheit zu bringen. Wie ein undurchsichtiges, lautloses Fallgitter senkte sich der Vorhang.

Eberhard zog sich die Decke bis unters Kinn. Gott sei Dank gibt es die Wassergräben. Der Wolf kann nicht rein. Er schämte sich seiner Gedanken, und gleichzeitig holte ihn der Schatten einer Erinnerung ein.

Theo hat auch einen Wolf. Einen Schatten, der ihn beschützt, wenn er auf seine Raubzüge geht. Er ist ein Raubritter, ein Räuber! Und trotzdem singen die Barden Lieder über ihn, und die Mädchen träumen davon, in seinem Arm zu liegen. Sicherlich fleht Adelheyd in ihren Träumen, dass er ihre Brust mit seiner Zunge umspielt, seine Hand den Weg hinunter zu ihrer Scham findet. Eberhard hasste den Gedanken, und dennoch regte es sich zwischen seinen Beinen.

✝

»Herr, dort unten fließt ein Bach oder Fluss, denke ich.«

»Das hätte selbst mein Pferd geahnt«, entgegnete Lupert seinem Knappen ungnädig und schluckte gerade noch »du Tropf« hinunter.

Der Tropf, der nun das Gesicht in der Dunkelheit verzog, war Giselher, der Zweite seines Namens, Sohn des Herrn von Schwerte, der sich von der Isenberger Sippe abgewandt hatte und sich jetzt »von Altena« nannte.

Vor einer Stunde waren sie in die Krumme Grafschaft eingedrungen. Ihr Unternehmen war gefährlich, denn hier patrouillierten die Grenzer der Isenberger. Sie kamen zu dem Bach, wo sie unter einem schützenden Felsen einen guten Lagerplatz fanden. Ohne ein Feuer zu entfachen, kauerte sich die Gleve an den Fels. Ein paar Stunden des Wartens und des Dösens lagen vor den Männern, bevor sie ihr Werk verrichten konnten.

Dass wir uns hier bewegen wie Eindringlinge, fluchte Lupert in Gedanken und schüttelte den Kopf. Unter Vater wäre so etwas nicht passiert. Er hätte alle Posten zerschlagen, kroch es durch seine Gedanken. Aber wen klagte er an? Nur sich selbst, den Heermeister der Mark! Den Sohn des großen Ludolf von Bönen. Die Erkenntnis möglicher Versäumnisse berührte ihn peinlich, und die Verantwortung, seinem Vater mindestens das Wasser reichen zu müssen, drückte ihn nicht erst seit heute. Ist es nicht reichlich unvorsichtig, selbst die Anschläge hinter den Grenzen zu verüben? Bei dem Gedanken bekam Lupert es mit der Angst zu tun. Wenn sie mich töten …, fuhr es ihm in den Sinn. Na, zur Schnecke kann mich der Graf dann immerhin nicht mehr machen. Was aber, wenn sie mich fangen? Folter … Nein, Lösegeld, sie werden Lösegeld erpressen. Dann allerdings zieht der Graf mir das Fell über die Ohren. Ach was, versuchte er, sich Mut zuzusprechen, dieser Theo reitet auch hinter unsere

Linien. Was er kann, muss ich auch können – dieses eine Mal noch. Denn Lupert beschloss, in Zukunft dieser Gefahr aus dem Weg zu gehen, wollte sich doch Steven um die Wolfsmänner kümmern, und Wölfe traf man am besten des Nachts.

✝

Emsige Eichhörnchen schleppten Nuss um Nuss in ihren Kogel. Ein herber Wind stürmte kalt. Das Laub fiel von den Bäumen und wurde tiefer in den Wald hineingetragen. Die kleinen Tiere waren flink und verbargen ihre Gesichter, als sie die alte Eiche hinaufliefen. Als sie den Eingang erreichten, kroch aus dem Loch ein schönes Rotkehlchen. Die Nüsse fielen zu Boden, und mit ihren Pfoten stießen und stopften die Eichkater den hübschen Vogel zurück in den Bau. Während von innen ängstliches Flehen herausdrang, zeigten sich die Eichfüchse. Der eine trug einen Krötenkopf, der andere ein Ottergesicht und der Letzte das Antlitz eines Fuchses. Dann schlug eine Glocke und wurde lauter und lauter.

»Theo, wach auf!« Das Läuten zeigte die Laudes an, und Lieven rüttelte an Theos Schulter. »Albert der Jäger ist heute Morgen hergekommen. In der Nacht haben Märker in der Krummen Grafschaft den Hombrucher Hof niedergebrannt. Die Bauern wurden allesamt getötet.«

Theo fuhr auf und war hellwach.

12. KAPITEL

Herbst und Winter 1232

Er spürte, dass etwas sein Gesicht berührte. Wieder und wieder. Ja, es wurde betupft. Er versuchte, die Augen zu öffnen, und vernahm eine Frauenstimme. »Er bewegt sich. Schnell. Lauf zur Mutter Oberin.«

Als Mathilde den Siechensaal im Kloster Elsey betrat, hatte Joachim die Augen bereits aufgeschlagen. Bei ihrem Anblick stotterte er voller Überraschung: »Herrin … Wie, wie komme ich hierher – zu Euch?«

»Die Schwestern haben dich im Wald gefunden, Joachim Eiselhard.«

»Oh nein. Ich muss eingeschlafen sein.«

»Woher hast du die schreckliche Verletzung in der Seite?«

»Ich wurde verwundet in der Schlacht um Bönen, Herrin.«

»Ich bin nicht deine Herrin. Nicht mehr, Joachim. Rede mich mit Mutter oder Schwester an«, sagte Mathilde. »Also, du warst bei dem Trupp der Plünderer dabei, der den ganzen Plan zunichtegemacht hat«, stellte sie streng fest.

Joachim schlug die Augen nieder. »Herrin, es ist schlimm. Wir wurden verführt und gezwungen.«

»Verführt und gezwungen.« Sie lachte bitter. »Man sollte wenigstens zu seinen Verfehlungen stehen.«

»Uns wurde Beute versprochen, dafür schäme ich mich. Und ebenso wurde uns gedroht.« Dabei fuhr sich Joachim mit den Fingern vor der Kehle her. Die umstehenden Schwestern wendeten sich mit Entsetzen ab.

»Geht raus, alle«, schimpfte Mathilde und machte eine Handbewegung, als wollte sie Federvieh in sein Gehege scheuchen.

»Herrin, ich muss zu Eurem Enkel Theo, und es darf nicht –«

»Nichts dergleichen wirst du«, fuhr sie ihm über den Mund. »Du bist nicht in der Lage zu gehen noch zu reiten, aber ich werde jemanden nach Östrich schicken und deinen Herrn holen lassen.«

Joachim setzte zum Sprechen an. »Und es wird niemand anders davon erfahren?«

Mathilde nickte nur und verließ die Kemenate.

✝

Sie saßen wieder um die große Karte auf der Tafel, auf der sie vor Stunden noch gespeist und getrunken hatten. »Mit unseren gesamten zweitausend Mann werden wir von da«, Heinrich deutete auf den Reichshof Ergste, »eine Schneise der Verwüstung in die Mark ziehen, wenn uns nicht wieder jemand verrät.«

»Gut, wenn wir das geschafft haben, werden Otto, Ludolf und Bernhard über die Lippe setzen und das Hamm besetzen.« Theo zeigte auf die sternförmige Anordnung von Kästchen, die Gebäude andeuteten.

»Herr!« Gerulf kam vom Tor herüber.

Theo sah, dass dort ein Mann zu Pferd wartete. Neugierig wandten sich alle Köpfe dem Reiter zu. »Wer ist der Mann?«

»Ein Bote aus Elsey. Er sagt, er möchte Euch allein sprechen.«

»Er soll herkommen. Ich habe keine Geheimnisse vor meinen Gefährten.«

»Allein. Nur Euch«, beharrte Gerulf.

Theo machte eine Armbewegung in Richtung des Tores. Der Mann setzte sich in Bewegung und kam herüber, während sich Theo erhob, um ihn zu empfangen.

»Herr, ich bin aus dem Kloster Elsey.« Unsicher schaute der Reiter in die Runde. »Mir wurde aufgetragen, Euch etwas unter vier Augen zu sagen.«

»Bei so viel Aufmerksamkeit, die er schon auf sich gezogen hat, wird es schwer sein, das Geheimnis auch geheim zu halten.« Heinrich lachte, doch es hörte sich so an, als wäre er beleidigt, dass nicht wenigstens er den Boten mit anhören sollte.

»Komm herein.« Theo zeigte zur Tür der großen Halle.

Der Mann stolperte fahrig an Theo vorbei, und sie gingen

ins Innere. Alle Teilnehmer der Beratung schauten den beiden neugierig hinterher. Nach kurzer Zeit schon kam Theo mit dem Boten wieder heraus. »Ich reite zum Kloster. Wer kommt mit?«

Grull hob sofort die Hand, dann Lieven, Ante und Mogrod.

»Wir reiten nicht in den Krieg, nur zu meiner Großmutter«, meinte Theo lachend. »Lieven und Mogrod, ihr kommt mit.«

»Habt ihr gesehen, wie schnell Grull dabei sein wollte?«, stichelte Mogrod, als sie den Östricher Burgberg hinabstiegen. »Ich bin gespannt …«

»Du immer mit deinen Gespenstern«, sagte Lieven.

Theo ritt ohne ein Wort vorweg.

Mogrod tat beleidigt. »Ich habe recht, wirst sehen!«

Bald erreichten sie Elsey, und während Mathilde Theo in Empfang nahm, wartete Mogrod bei der Klosterküche. Lieven folgte Theo und Mathilde.

»Herr, ich bin Joachim Eiselhard. Ich diente Eurem Vater treu und ergeben.«

»Ich kenne dich, Joachim«, sprach Theo. »Was bringst du mir?«

»Eine wichtige Nachricht aus jener Nacht, Herr …« Joachim blickte so, als müsse Theo wissen, welche Nacht er meinte.

»Aha?«, machte Theo.

Doch bevor er weitersprechen konnte, flüsterte Lieven: »Fragt sich, ob er gekauft ist.«

Theo schaute seinen Bruder an. Vielleicht war es gar nicht so schlecht, dass der Soldat Misstrauen spürte. Joachim schaute Lieven an, und Theo bedeutete ihm, die Kemenate zu verlassen. Er wartete, bis sich die Tür schloss. »Nun, sprich!«, forderte er Joachim auf.

»Ich wurde bei Bönen verwundet, Herr.«

»Warst du bei den Plünderern?«

»Es war kein Plündern, Herr.«

»Was dann?«

»Uns wurde zwar Beute versprochen. Aber uns wurde gesagt, dass wir den Anweisungen der Befehlsleute zu folgen hätten, wenn Gefahr drohte, und das sei der Fall.«

Theo hörte aufmerksam zu.
»Er drohte uns mit dem Tod, wenn wir nicht folgten.«
»Und wer war es, der euch das befahl?«
»Es war …«
Es klopfte.

✝

Zur gleichen Zeit flatterte eine Taube aus Cöln in den Taubenschlag auf Burg Altendorf. Graf Engelbert hörte das Klingeln des Glöckchens, das von dem gefiederten Neuankömmling kündete. Er krümmte sich, als er hustete, und legte das Tuch, das er über den Kopf gezogen hatte, beiseite. Aus der Steingutschale auf seinem Arbeitstisch stieg heißer Wasserdampf auf, und es roch nach Minze und Salbei. Um diese Jahreszeit, dachte er. »Diese zugige Burg«, fluchte er aus Ärger über die Feuchtigkeit, die unter den Bodenplatten nach oben drückte und in jeder der schiefersteinernen Wände saß. Er nahm die Füße von dem heißen Kupferkessel unter dem Tisch und erhob sich unter Ächzen. Diese Burg nimmt mir die Lebenskraft. Er sehnte sich nach einem warmen Bischofssitz.

In seinen Filzpantoffeln schlurfte er über die kalten Steinplatten zu der Tür, die in den kleinen Hof der Burg führte. Er öffnete, und ein wärmender Sonnenstrahl begrüßte seine bleiche Haut. Er ging zu dem Taubenhaus. »Gurrr, Gurrr«, wollte er machen, doch ein Husten überfiel ihn wieder. Die Tauben wichen ängstlich vor seiner bleichen, zittrigen Hand zurück. »Komm her, meine Kleine. Ah, Elise, du bist es. Komm her, komm, komm.« Dann griff er nach dem Vogel und holte ihn aus dem Verschlag. Mit einem Finger streichelte er der Taube über den Kopf und die weichen Schultern. »Was bringst du mir, mein Schatz?« Er zog die Rolle von ihrem Fuß und steckte den Vogel zurück durch das offene Törchen in das Taubenhaus.

Engelbert las. Probst Gotfryd war wieder zurück in Cöln. Er hatte eine Audienz bei Seiner Exzellenz erhalten, allerdings hatte der Papst ihn nur mit der Versicherung nach Cöln zurückgesandt, er werde im Sinne des Reiches und der Kirche entscheiden.

Engelbert schaute zum Himmel. Sonnendurchschienene weiße Wolken vor hellem Blau zogen langsam dahin. Er hat übergeordnete Entscheidungen zu treffen. Sicher an oberster Stelle, und das gefährdet er nicht zu unseren Gunsten. Unser Haus hat eben nicht mehr den Stellenwert wie einst. In Zeiten, da sein Vaterbruder Ado von Altena Erzbischof von Cöln gewesen war, wäre ein Abgesandter aus Isenberg niemals ohne Antwort fortgeschickt worden. Aber das war lange vorbei, und der Limburger Zweig der Familie war beim Papst verschrien.

Engelbert ging zurück in seine Gemächer. Soll ich selbst nach Östrich reisen? Er ließ sich schwer in seinen Lehnstuhl sinken. Nein, das lässt diese lästige Erkältung nicht zu. Er nahm ein kleines Pergament und schrieb eine Nachricht für Theo.

✝

»Juncherr Grull«, sprach Joachim verlegen.

Theo hatte bisher gestanden. Nun ließ er sich auf einen Schemel sinken. Seine Gabe hatte ihn nicht getäuscht, doch nun hatte er Gewissheit. »Die ganze Zeit habe ich es gewusst«, wiederholte er abwesend seine Gedanken. Ohne ein weiteres Wort wollte er den Raum verlassen, doch Joachim rief ihm nach: »Herr!«

Theo ergriff den Riegel. Er drehte sich um und sah, dass Joachim ihm ein Tuch entgegenhielt. Theo betrachtete den Stoff. In Gedanken nahm er es Joachim langsam aus der Hand. Er erkannte das Leinen. Doch nun war es umsäumt mit einem goldenen Faden. Er ließ es durch beide Hände gleiten. Die eine Seite war frei gelassen, auf die andere war ein schreitender Löwe gestickt – der Löwe von Sayn.

»Das Tuch gab mir eine Schwester, die mir zu entkommen half. Sie sagte, es solle Euch zum Zeichen sein, falls Ihr meiner Rede nicht Glauben schenken solltet.«

»Ich glaube dir. Ich weiß es schon seit langer Zeit, Joachim.« Damit wandte sich Theo endgültig um und ging hinaus.

Die Brüder lehnten kauend am Brunnen des Klosterhofs. »Und?«, fragte Mogrod, als sie Theo sahen.

Doch dieser bestieg bleich sein Pferd, ohne zu antworten.

Die verstörten Gefährten saßen ebenfalls auf, und kurz darauf sprengten sie aus dem Tor.

Ohne dass Theo auch nur ein Wort sagte, erreichten sie Östrich. Dort stapfte er in Richtung des steinernen Hauses. »Alle sollen in die Halle kommen!«, rief er.

Als er eintrat, kam Heinrich aus seiner Kemenate, vom Radau geweckt. »Was ist, Theo?«

»Wir haben den Verräter«, sagte er kurz und setzte sich an die lange Tafel.

Die Freunde kamen, gefolgt von Rydenkasten und Gerulf, herein. Als der große Rat vollzählig war, schauten alle zu Theo.

Er ließ den Blick durch die Runde wandern, dann stoppte er und sah dem Bruder die angespannte Gewissheit, dass er enttarnt war, an. »Ein Mann«, begann Theo mit schwerer Zunge, »der bei Bönen verletzt wurde, hat es zurückgeschafft.«

Die Freunde schauten einander an.

»Er war in dem Trupp der Kämpfer, die in Bönen eingefallen sind. Er hat überlebt und sagte, dass sie nicht zum Plündern dort gewesen seien, sondern einen wichtigen Auftrag zu erfüllen hatten.«

»Aber –«, wollte Mogrod ansetzen, doch Theo redete weiter.

»Grull!« Er fasste den Bruder scharf ins Auge, während sich alle Köpfe abrupt Grull zuwandten. »Hast du die Männer zu den Waffen gerufen und nach Bönen geführt?«

Grull blickte betreten auf die Tafel vor ihm. Er hob den Kopf. »Ja«, entwich es seinem Mund. Sein starrer Gesichtsausdruck glich einer Totenmaske. Er hatte kaum geendet, da waren schon alle Brüder über ihm und prügelten wie besessen auf den Verräter ein.

»Lamot!«, brüllte Theo. »Steck den Dolch weg!«

»Hinsetzen!«, donnerte Heinrich.

Die Prügelei erstarb. Zerzauste Gestalten erhoben sich aus dem Gemenge, nur Grull krümmte sich am Boden. Er blutete stark und war beinahe ohnmächtig, doch Theo packte ihn am Wams, hob seinen Schemel auf und zog ihn auf selbigen zurück.

Grull wankte im Sitzen. Er sah grauenhaft aus. Seine Nase war gebrochen, eine kahle Stelle zeigte sich am Kopf, Haarbüschel standen zu Berge, ein Auge war gänzlich geschwollen, und er blutete beim Ohr.

»Raus!«, schrie Theo. »Alle! Ich will mit Grull allein sein!«

✝

Draußen hatten sich alle um Cedric geschart, als dieser begonnen hatte, die Geschehnisse um Grulls und Theos Väter zu erzählen.

»Ich öffnete die Kammer des Herrn von Lynn. Gerulf und ich, glaube ich, drangen in das Innere ein. Große Hunde kläfften uns entgegen. Wir hieben sie zusammen, da rief eine Stimme: ›Mit welchem Recht dringt ihr hier ein?‹ Bevor wir antworten konnten, kam Friedrich an uns vorbeigestürmt und donnerte: ›Verräter!‹ Der Freiherr wusste sofort, weswegen wir da waren. Er bat um Schonung, doch Friedrich fragte: ›Warum, Lynn? Warum sollte ich Euch verschonen?‹ Der Herr von Lynn sagte, die Schlacht von Bouvines habe sie zu Bettlern gemacht und die Mächtigen müssten die geschröpften Ritter entschädigen. Aber die Welfen hätten sich aus dem Staub gemacht, und mittellos habe er keinen anderen Rat gewusst, als das Bündnis zu verraten.«

»Das Bündnis? Meinst du Sapientis?«

»Ja«, bestätigte Cedric kurz, »doch Friedrich sagte: ›Genau von einem solch Mächtigen wollen wir uns befreien, und Ihr verratet uns für ein paar cölnische Münzen.‹ Es fiel Friedrich schwer, Lynn zu töten, das hat er mir später gesagt – er mochte ihn. Deshalb habe er ihm ein gnädiges Ende bereitet, sagte er. Lynn habe nichts gespürt, das versichere ich euch. Ich habe so etwas nie wieder gesehen.« Cedric strich sich mit dem Zeigefinger über die Nasenspitze, als wollte er sagen »Passt auf«, und ein jeder hing gespannt an seinen Lippen. »Friedrich schaute Lynn in die Augen, das Schwert in der Hand, dann drehte er sich um, gerade so, als wollte er Grulls Vater davonkommen lassen. Plötzlich wirbelte er herum und mit ihm das Schwert. Der Kopf des Freiherrn flog in hohem Bogen in das weiße Bettleinen und guckte mit demselben Blick, mit dem er Friedrich zuvor angeschaut hatte.«

»Wie seid ihr entkommen?«, wollte Mogrod aufgeregt wissen.

»Wir waren ein Haufen so gut wie ihr jetzt. Wir waren nicht in Ramersdorf, aber wir haben in Italien Vico, Viterbo, Viascone geknackt, und wir waren in Bouvines. Hätte ich Grulls ganzen Namen gewusst, ich hätte sofort mit Theo gesprochen …«

Beredtes Schweigen trat ein, so als müsste sie die Verbindung zwischen Grull, Theo und den Nebeln der Vergangenheit erst begreifen.

»Trennt Theos Schwert nun auch Grulls Haupt von seinem Rumpf?«, fragte Glander nach einer Weile.

✝

»Grull, sag mir, warum hast du das nur getan?« Theo suchte in Grulls Gesicht nach einer Antwort. »Wir sind doch Brüder.«

Das Blut um Grulls Augen wurde dünnflüssig, und aus tränenvollem Blick schaute er auf.

»Es muss etwas Schwerwiegendes sein, wenn ein Bruder einen anderen verraten will.«

»Will?«, wiederholte Grull kaum hörbar. »Weißt du, wie arg ich mit mir gerungen habe, dich zu verraten, unsere Gemeinschaft aufs Spiel zu setzen? Es hat nichts mit dir zu tun.«

»Womit dann?«

»Dein Vater hat meinen Vater ermordet.«

Theo schaute erschrocken. »Ist das wahr?«

»Ja«, kam es leise aus Grulls Mund, »aber ich hasse dich dafür nicht, Theo, obwohl ich wegen dir ohne Vater und in Armut aufwuchs.«

»Nicht?«

Grull schüttelte den Kopf. »Ich tat es, weil ich gezwungen wurde.«

»Hast du etwas mit meinem Schicksalspfad zu tun?«

Grull nickte.

»Ich wäre fast gestorben!« Theo starrte Grull an.

In Grull brachen alle Dämme. Er warf sich auf den Tisch. Sein Körper bebte vor Gram und Unglück.

Theo kam näher. Er zog einen Schemel heran und setzte sich neben den zitternden Körper. Theo wollte eine Hand auf Grulls Schulter legen. Er zögerte. Doch dann fand die Hand die zuckende Schulter des Bruders. »Wer hat dich gezwungen?«

»Mein Oheim und meine Mutter.«

»Warum?«

»Sie bekommen Geld dafür.« Grull wischte sich die Tränen von den Wangen und schaute verschämt zur Seite.

»Von wem?«

»Sie sagen, es sei besser, wenn ich das nicht wüsste … Aber ich habe einen Verdacht.«

»Du hast einen Verdacht?«

»Es muss mit diesem Fuchs zusammenhängen, den wir damals in Cöln getroffen haben. Er hat dich und mich erkannt. Aus irgendeinem Grund kannte er unser gemeinsames Schicksal. Ich denke, er hat sein Wissen zu barer Münze gemacht.« Mit schmerzverzerrtem Gesicht betastete Grull sein Ohr.

»Grull, warum –«

»Warte.« Grull hob die andere Hand. »Die Spur endet bei diesem Stadtvogt« Er dachte nach. »Eppendorf heißt er.«

»Der Cölner Stadtvogt? Er ist ein Mann des Erzbischofs, und der ist mit dem Grafen von der Mark im Bunde.«

»Na ja, einer davon könnte meiner Familie Geld zahlen. Vielleicht auch ein anderer hoher Herr. Ich weiß es nicht.«

Theo stand auf. »Ich rufe die anderen rein.«

✝

Als der große Rat wieder beisammensaß, starrten alle auf Grull – einige voller Hass und Ablehnung, einige konnten nicht fassen, wie entstellt er dasaß, und wieder andere warteten gespannt auf das, was jetzt komme.

Kurz fasste Theo die Unterredung zwischen ihm und Grull zusammen, dann sagte er: »Ihr wisst nun, warum Grull tat, was er tat. Ich frage euch, wie würdet ihr entscheiden an meiner Stelle?«

Eisiges Schweigen erfüllte die Halle, doch Herzog Heinrich durchbrach die Stille. »Egal, wie und was. Wenn du vor deinesgleichen noch gelten willst, muss er sterben.«

Theo schaute in die Runde, während Grulls Haupt gen Boden geneigt war. Er sah die blutige Schläfe.

Rydenkasten, Mogrod und Lieven nickten.

Gerulf, Lamot, Glander und Ante schauten, als wögen sie Grulls Leben gegen seinen Tod ab.

»Nein, Heinrich, ich verliere mein Gesicht nicht, wenn ich meinen Bruder verschone. Mein Vater schonte den Verrat seines Vaters nicht. Sein Tod brachte neues Unglück. Soll ich die Blutspur unserer Familien fortsetzen? Den Tod zu wählen muss die letzte Wahl sein, das wurde uns in Ramersdorf beigebracht. Wie ruhmreich ist ein Rumpf ohne Kopf?« Theo schaute in das Rund. »Nein, mein Bruder muss leben.«

Ein Raunen ging durch die Gruppe.

Heinrich empörte sich. »Unsinn, was für ein Zeug! Ein Zeichen musst du setzen!«

»Ich werde ein gutes Schwert nicht opfern. Aber, Grull«, dabei hob der Angesprochene matt das Haupt, »du wirst die Gelegenheit bekommen, deine Ehre wiederherzustellen.«

Alle Männer im Saal schauten die beiden Brüder aufmerksam an. Noch verstanden sie anscheinend nicht, was hier vor sich ging. Allein Heinrich stand kopfschüttelnd auf und stampfte die Stufen ins obere Stockwerk hinauf. Mit einem Donnern schlug die Tür zu seiner Kemenate ins Schloss.

Am nächsten Morgen hörten sie ein Poltern aus Herzog Heinrichs Kemenate. Kurz hoben sie den Blick. Dann flog Heinrichs Tür auf. Die Treppe knarzte unter seinen schweren

Stiefeln, als der Herzog sie herunterstieg. In seinem Gesicht war sein Unmut zu lesen, als er in die große Halle heruntersah.

»Da sitzt ihr in eurem Gleichmut!«, rief er mit schwerer Zunge vom Wein des Vorabends. »Und, ist hier vielleicht auch einer von Benrath unter euch?«

Die Gefährten schauten sich fragend an, während Heinrichs Blick wie ein Bannstrahl durch die Runde wanderte. »Der soll sich gleich melden, damit ich ihn aufschlitzen kann. Denn sein Vater hat uns auch verraten, und besorgt habe ich es ihm.« Er setzte sich, seine Missstimmung zur Schau stellend, auf seinen Lehnstuhl am Kopf der Tafel und schnitt sich ein Stück Blutwurst ab. Dazu brach er sich ein Stück Lemmerbrot vom Laib.

Die Luft war zum Schneiden. Die Brüder wandten sich wieder dem Essen zu, in der Hoffnung, der Herzog möge nun die Stille erhalten. Doch den Gefallen tat Heinrich ihnen nur eine Weile. Dann zeigte er unbestimmt mit dem Stück Brot in der Hand in die Runde. »Eines sage ich euch, mein Plan hätte hingehauen, wenn nicht dieser Verrat gewesen wäre.«

Verschlagen suchten sich Glanders und Lamots Blicke, und auch Antes und Mogrods fanden sich.

»Wir greifen erneut an.« Theo fühlte sich zwiegespalten, als er die Worte sprach. »Wir rennen Schwerte nieder, und am nächsten Morgen ziehen wir vor die Markburg.«

Alle schauten sich verwirrt an. Nur Heinrichs Miene verriet, dass Theo seinem Oheim aus der Seele sprach. »Theo«, mahnte ihn Friedrichs Stimme, »du weißt, dass das völlig kopflos ist. Die Markburg liegt viele Meilen weg. Die Märker formieren sich schnell und zuhauf, hören sie von dem Angriff. Du musst zu dir stehen, jetzt, sonst sind morgen viele Frauen ohne Männer und Söhne. Und du verlierst die Grafschaft.«

Doch Theo überging seines Vaters Stimme. Er spürte Furcht in sich. Furcht, sein Oheim könne ihm seine Unterstützung entziehen. Er musste Lösegeld aufbringen und neue Ausrüstung kaufen. Alle hatten sie Zweifel. Unter den Gefährten fand sich kein einziger, der es wagte, dem Herzog zu widersprechen. Doch Theo wusste, es wäre an ihm gewesen – nur an ihm. Er fühlte sich elend. Grüblerische Gedanken zerrten an seiner Selbstachtung. Mit Worten zu kämpfen, hatte man sie in Ramersdorf nicht gelehrt.

Am Abend begegneten Theo und Lieven im Halblicht der heraufziehenden Dunkelheit einer Gestalt. Lieven, der den Bruder als Erster erkannte, rief: »Mogrod, wohin willst du?«

Mogrod hatte seine Ausrüstung umgehängt und eine Wolldecke unter den Arm geklemmt. »Lieber schlafe ich im Stall, als noch eine Nacht mit einem Verräter«, dabei deutete er über seine Schulter, »meine Kammer zu teilen.«

»Mogrod!«, drängte Theo. »Geh zurück. Ich habe Grull vergeben. Also tue du es auch!«

»Niemals, Theo. Mach, was du für richtig hältst, du hast hier das Sagen. In meinem Ansehen bist du nicht gestiegen.«

»Er wird sich entschulden«, rief Theo.

»Und was ist mit den Regeln, die sie uns in Ramersdorf mitgegeben haben? Wenn du uns verrätst, stirbst du durch die Hand eines Bruders«, zitierte Mogrod Meister Geradus.

Es war zwecklos. Von nun an verbrachte Mogrod die Nächte in der Scheune. Doch Grulls Verrat war nur eine von Theos Sorgen. Eine Schlacht war verloren, aber nicht der Krieg. Was war jetzt zu tun? Die Blätter färbten sich bereits, und der Winter würde bald an den Toren rütteln. Ein neuer Plan musste her. Dafür musste er die letzten Standorte der Heere kennen, die Rückzugsorte und, und, und. Die Heere waren vorübergehend aufgelöst worden, doch in dem engen Netz von Stützpunkten patrouillierten vergrößerte, stark bewaffnete Gleven. Die Festen beschränkten sich auf die Stammburg Mark, Bilstein, Syburg und eine große Zahl fester Häuser und Rittergüter wie Adey, Villigst, Gerkendahl und Hennen. Das abgelegene Altena hatte so gut wie keine Bedeutung, und Volmarstein und auch Luperts Blankenstein waren in Theos Hände gefallen. Die Befestigung der gestohlenen Grafschaft stützte sich zudem auf befestigte Städte wie Neuenrade, Iserlohn mit dem Bilstein, Unna, Kamen, Lünen, Brakel und Bockum. Alle Städte und alle umliegenden Dörfer waren gut bewacht. Sogar das Stift Essen im Nordwesten beherbergte märkische Mannschaften, und womöglich drohte auch von dort Gefahr, wenn etwa von Ravensberg Truppen nach Essen verlegt wurden und von dort aus angriffen. Die Gefahr der Entdeckung war so groß wie nie.

Trotzdem ritten Theo, seine Gefährten und Gerulf mit seinen besten Männern den ganzen Herbst über immer wieder in die Gebiete der Mark. Mal als Reisende getarnt, mal unbemerkt im Schutz der Wälder und Haine oder der Dunkelheit. In allen Flecken lagen nach Bönen zusätzliche Mannschaften. Es war schwer, sich ungesehen zwischen diesen zu bewegen. Dennoch trugen sie von jedem ihrer Ausflüge alles zusammen, was helfen konnte, einen neuen Plan zu entwerfen, und nächtens wurden sie zu den gefürchteten Wolfsmännern.

An einem windigen Herbsttag lagen sie in einem hohen Wald und schauten auf die erzbischöfliche Rodenburg, über dem Ort Menden gelegen. Auf den Wappenröcken der Wachen sahen sie die schlichten schwarzen Kreuze des Erzbistums. Doch zu ihrer Verwunderung sahen sie auch das märkische Schach, das sich in die Wachmannschaften gemischt hatte – und das nicht zu knapp.

Kurz bevor sie den Rückweg nach Östrich antreten wollten, sahen sie, wie sich eine große märkische Reiterei den Weg hinauf zur Burg schlängelte. Die Gefährten schauten sich mit ernster Miene an. In der Burg waren sicherlich mehr als vierhundert märkische Soldaten, wenn nicht mehr. Ein gefährlicher Rückzugsraum, vom dem stets ein unbemerktes Manöver ausgehen konnte, und sie konnten das Nest nicht ausheben. Denn würde Theo die erzbischöfliche Burg angreifen, hätte er ebenso gut nach Cöln reiten und den erzbischöflichen Palast in Schutt und Asche legen können. Nein, er musste einen anderen Weg finden, diesen Gefahrenherd lahmzulegen.

Heinrich und die Verbündeten mussten abermals ihre Schatullen öffnen, zerstörtes Gerät ersetzen, neue Truppen anheuern und vor allem die Geiseln aus der Niederlage vom Sommer auslösen.

✣

Zu Eberhards Nutzen war es, dass sein Vater durch den Freikauf der Gefangenen nun viel Geld in den Händen hielt, das er für seinen Vater zur Aufrüstung investieren musste. War er geschickt, würde er Ados Nähe gewinnen. Doch so geschickt Eberhard die Dinge des Krieges und der Finanzen auch handhabte, bei Adelheyd blieben seine tiefsten Wünsche und kühnsten Träume ungehört. Schlimmer noch, verbarg sie sich anscheinend vor ihm.

✣

Doch nicht Eberhard war der Anlass für Adelheyds Rückzug. Dazu füllten ihr wichtigere, neue Gedanken die Tage. So ging sie still dem Frauenhandwerk und der Einkehr nach, die die raue Zeit, wie die Jahreswende genannt wurde, mit sich brachte. Sie mochte die Sanftheit und Muße, die der stürmische Herbst wie eine Mauer zwischen das flimmernde Geschnatter des Sommers und die ruhigen Tage legte. Jene beschauliche Zeit, aus der sich die Dinge der Zukunft herauslesen ließen: Dinge über das kommende Jahr, die Ernte, Pestilenz, Kriege und andere Plagen, aber auch über Wünsche und eigene Sehnsüchte. Häufig holten sie die Begegnungen mit Theo ein. Gemeinhin verfluchte sie jeden dieser Gedanken an ihn, doch sooft sie auch auf Knien vor dem Altar in der kleinen Kapelle oder in ihrer Kemenate für seine Verschonung betete, so oft drängte sich sein Antlitz in ihre Sinne. Hat er das Tüchlein bekommen?

Viele ihrer Nächte waren unruhig, und sie wälzte sich in ihrer schmalen Bettstatt hin und her, während sich ihre Tagesgedanken in ihren Träumen fortsetzten.

In einer Nacht hörte sie das Heulen eines Wolfes, und sie war sich sicher, dass es der große Wolf war, den Theo an seiner Seite hatte. Sooft sie den Gedanken auch verbannte, des Nachts schlich sich auch der Wolf in ihre Träume. Mal verheerten er und Theo die Mark, mal steckten sie das Hamm in Brand, mal zog der Wolf die Lefzen hoch und knurrte ohne Laut, mal zog Theo ihr den Knebel enger und nahm ihr die Luft zum Atmen. Die

Binde des Knebels hatte Adelheyd behalten und sie ebenfalls bestickt. Von ihrem Kopfkissen war das Stück Stoff mit jedem neuen Traum daruntergewandert, von dort unter die Strohmatratze und von dort unter das Bettgestell. Jeden Morgen jedoch holte sie es hervor, barg es über den Tag in ihrem Ärmel und ging ihrer Arbeit nach.

Dies ging den ganzen Winter so, und sie war froh, als der Schnee zu schmelzen begann und sich die Frühjahrssonne endlich zeigte. Was wird das Jahr wohl bringen? Wann werde ich ihn endlich wiedersehen? Denkt er überhaupt an mich?

13. KAPITEL

Frühjahr 1233

Endlich, es war bereits April, erreichte Archidiakon Hugo von Rheims mit zwei anderen Inquisitoren und Gefolge Cöln – allesamt hohe, distanzierte Herren. Scholaster Henricus hatte auch immer ein hohes Amt bekleiden wollen, doch Gotfryd von Sankt Gereon war noch jung und ihm vor acht Jahren vorgezogen worden. Außerdem war die Probstei ein Durchlaufsitz für die jungen Zweitgeborenen aus den adligen Familien. Auch Engelbert, der Bruder des Grafen Friedrich von Isenberg, war hier Probst gewesen, bevor er Bischof von Osnabrück wurde. Henricus würde wohl auf Lebenszeit Scholaster bleiben, während am Dom Stein für Stein ersetzt wurde und er andere kommen und gehen sah.

Im kleinen Klosterteich von Sankt Gereon blickte er in sein Spiegelbild – fahle graue Züge. Erschrocken griff er die lederne Mappe mit den Pergamenten für Probst Gotfryd und eilte aus dem Patio in den Kreuzgang zu Gotfryds Gemächern. An der Tür angekommen, hob er ein Ohr an die Schnitzereien des massiven Eichenholzes. Im Inneren hörte er bekannte Stimmen und einige Wortfetzen.

»Rodenburg … Überfälle … raushalten … absichern … nichts machen.«

Henricus klopfte und vernahm sogleich ein »Herein!«. Er öffnete und verharrte erstaunt. »Hochwürdiger Engelbert«, rief er.

»Bruder Henricus!« Engelbert von Isenberg hatte sich in seinem Sessel zu ihm gedreht. Scholaster Henricus sah ihm sofort an, dass der Herr ungünstige Nachrichten zu verdauen hatte. Er kannte Engelbert gut genug.

»Herr, ich habe eine Nachricht, die Euch vielleicht aufzuheitern vermag.«

Die beiden schauten Henricus, der zu ihnen vortrat, gespannt an.

»Sprecht, Bruder«, forderte der Probst ihn auf.

»Die Untersuchungskommission aus Rheims ist endlich eingetroffen.«

»Sehr gut«, rief Probst Godfryd, »sie werden Molenarks Einfluss auf Eure Sache ausreichend beschneiden, Engelbert, glaubt mir. Und wir«, dabei schaute er zu Henricus, »werden sie bestens versorgen, mit allem, was sie benötigen.«

Henricus nickte Engelbert aufmunternd zu.

Damit erhoben sich die Herren. Die Hand auf Engelberts Schulter, führte Godfryd seinen Gast aus dem Arbeitsgemach.

✝

Einst waren die Herren auf Schwerte die Waffenschmiede der Grafschaft Isenberg gewesen. Doch, wie Ricbertus von Schwerte es beschrieben hatte, spaltete sich das Haus Schwerte bald danach. Ricbertus' Sippe hielt es weiterhin mit dem Hause Isenberg, während sich Giselher und seine Söhne auf die Seite der Mark hatten ziehen lassen.

Zum Zeichen ihrer neuen Gefolgschaft nannte sich Giselhers Sippe nun »von Altena«. Mit dem Heerführer der Südmark, Hermann von Loen, stellten die Brüder von Altena also eine Streitmacht von sechshundert Bauern, Berittenen und einigen Rittern. Südlich der Ruhr unterhielten sie einige feste Rittergüter.

Das Jahr 1233 würde die Entscheidung bringen, und zwar zugunsten der Mark. Da waren sich die Heerführer um Ado sicher, als Hermann von Loen aus der Mark gekommen war und ihnen befohlen hatte, ihre Heere wieder aufzustellen. Heute nun hatten sie aus den unzähligen Gütern südlich der Ruhr ihre Ritter in den Lürwald gerufen. Um die Mittagszeit zog von der Wasserburg Gerkendahl eine große Schar von Reitern und Bauernvolk zur Rheinermark. Der Platz war mit Bedacht gewählt. Denn von hier aus konnten sie die Ruhrauen von

Schwerte bis Ergste einsehen. Als das Lager eingerichtet war, zog bereits die Dämmerung herauf.

✣

Adelheyd wälzte sich hin und her, als wehrte sie sich gegen irgendetwas. Sie fühlte sich merkwürdig schwach, so als sei sie dem, der neben ihr kniete, ausgeliefert. Es war der Wolfsmann. »Du bist mein Feind«, sagte sie. »Du tötest unsere Männer. Männer, die Frau und Kind daheim haben.« Kälte zog in ihren Körper. Ihre Arme und Beine waren fahl und bläulich. »Ich will hier nicht mein Ende finden. Nein, ich will hier nicht erfrieren«, wisperte sie leise. Er konnte es nicht hören, da war sie sich sicher. Doch er fasste sie mit seinen behaarten Händen an ihren Schultern und Armen. »Nein, nicht. Du Scheusal! Du willst mich nur benutzen.«

Die Wärme kam zurück, zumindest dort, wo er sie berührte. Doch er ließ sie wieder los. Nein, nur das nicht!, durchfuhr es sie. Sie spürte die Kälte gierig durch ihre Adern fließen. Sie blickte in seine Augen und die grünen Kristalle darin. Er zögerte, als fechte er einen inneren Kampf. Obwohl sie den Wolfsmann fürchtete, legte sie ihre Stirn an seine Brust. »Bitte«, schluchzte sie, »geh nicht, bleib bei mir.«

Dann war er bei ihr, und sie spürte, dass es kein besseres Ende als in den Armen dieses Mannes geben konnte. Sie drückte ihren Kopf an ihn. »Ich darf dich nicht lieben«, flüsterte sie.

»Wer sagt, dass es nicht sein darf?«, flüsterte er zurück.

»Ich. Du bist ein Wolf«, sagte sie und hörte den ruhigen Schlag seines Herzens. Wie gut seine Nähe tut, dachte sie. Sie presste sich enger an ihn. Ein Kribbeln entwuchs aus ihrem Bauch wie die Flügelschläge samtiger Falter. Langsam zog sie ihre Hände zurück und blickte an dem Körper hinunter, der sie umschlungen hielt. Die Haare waren nun weniger, und menschliche Haut zeigte sich. »Du bist es«, sagte sie und schaute wieder in die blaugrünen Tore zu seiner Seele. Die Kälte wich aus ihr. »Du begehrst mich und ich dich, aber es darf nicht sein«, flüsterte sie.

»Warum nicht?«, fragte er.

»Du bist der Feind meines Herrn und meiner Herrin«, sagte sie.

»Sie haben meiner Familie alles genommen – die Vogteien und unser Land«, sagte er.

»Bist du dann mein Schicksal?«, fragte sie.

»Bist du meines?« Er streichelte ihre Beine bis hinauf zu den Schenkeln. Die Farbe kam zurück. Sie schob sich von ihm fort, und augenblicklich kam die Kälte zurück. Sein Blick glühte, seine Finger strichen über ihren Bauch. »Nein …«, wollte sie sich wehren. Seine Hände glitten zu ihren Brüsten. Sie wurden rosig und weich. Er will mich, dachte sie, und gleichzeitig durchfuhr sie: Und was viel schlimmer ist, ich will ihn. Sie biss sich auf die Lippen. Das seltsame Ziehen in ihrem Magen war ihr fremd. »Geh nicht«, flüsterte sie. »Ich werde dich holen«, sagte er, und seltsam getröstet fiel sie in einen ruhigen Schlaf.

✣

Im Morgengrauen, zwei Tage nachdem die Märker sich im Lürwald eingerichtet hatten, überschritten die Truppen Heinrichs und Theos die Grenze zum märkischen Stammland. Es regnete. Theo war in sich gekehrt. Er war eingeknickt wie ein Strohhalm. Zum Preis von Heinrichs Unterstützung, zum Preis von Grulls Leben hatte er nachgegeben. Jetzt war nichts mehr zu ändern. Aber wäre sein Plan besser gewesen, als Dörfer zu besetzen und sich zur Markburg vorzutasten? Immerhin, das jetzige Vorgehen entsprach zumindest seinem Gedanken, wichtige Nester der Mark zu nehmen, um dann die Belagerung zu beginnen. Es änderte nichts: Er war schwach gewesen, zu viele Gedanken hatten seine Tore mürbe gemacht. Theo spürte Leere in sich.

Im weiten morastigen Uferland der Ruhr erblickten sie im Osten vor dem hellen Band des anbrechenden Tages Sankt Viktor mit dem umgebenden kleinen Ort.

Heinrich hob den kettenbewehrten Arm. »Wir nehmen den Kirchenbezirk. Das Dorf Schwerte lassen wir in Ruhe. Wir legen die Armee um Sankt Viktor wie Mandelmilch, die um einen süßen Honigkloß fließt«, sagte er genüsslich.

Theo fand, dass Heinrichs Bild nicht so recht zu der Herausforderung passen wollte. Er strich mit der Hand durch sein nasses Haar und zog die Brünne über den Kopf. In den grünen Augen seines Oheims sah er Zuversicht – das Grün der Limburger. Er musste an seine Mutter denken.

»Geh und gib Befehl zur Eroberung«, sprach der Herzog weiter. Dann lenkte Heinrich sein Pferd zu seinen Truppen, und auch Theo trieb sein Ross zu den Gefährten. Mit einer Handbewegung schickte er Lieven los, um seinen Truppen ebenfalls den Angriff zu befehlen.

Langsam näherte sich das Heer unter grauem Himmel dem Kirchenbezirk von Schwerte. Die Glocke von Sankt Viktor meldete den Feind mit emsigem Klang. Im Dorf kam Unruhe auf. Soldaten wimmelten wie Ameisen umher. Für die Übermacht war es ein Leichtes, das klevische Kirchenlehn einzunehmen.

✝

»Da«, rief Glander, »schaut! Da kommen welche!«

Die Gefährten liefen zur Mauer, über die Glander nach Südosten zeigte. Aufgeregt fuhr er sich durchs nun halblange Haar. Sie sahen, wie ein nicht kleines Heer von vielleicht sechs- oder siebenhundert Mann den Hügel zur Ruhr herabflutete. Die ersten Reiter hatten die Ruhrbrücke bei Villigst schon erreicht. Wie eine riesige Natter glitt die Reiterschar auf die Ruhrwiesen zwischen Fluss und Ort.

»Merten«, rief Theo, »blas Alarm!«

»Zu den Waffen, Männer!«

Theo lief zum Xantener Hof, während das Horn erschallte. »Oheim, wir werden angegriffen, schnell! Sie sind schon in den Ruhrauen.«

Heinrich sprang auf, legte sein Schwertgehänge um, während ihm Cedric mit dem roten Löwenschild und Helm ins Freie folgte.

»Wie sollen wir vorgehen?«, hörte Theo seine Gefährten fragen. Sie standen beieinander und warfen ihre Vorschläge in die Runde.

»Bogenschützen«, schlug Lamot vor. »Wir müssen die Angreifer ausdünnen, bevor wir aufeinandertreffen.«

»Viel Fußvolk, wir müssen das Heer auseinanderziehen, die Breite nutzen«, meinte Mogrod.

»Der Boden ist feucht und tief«, gab Ante zu bedenken.

»Bögen«, höhnte Heinrich, bevor die jungen Ritter einen Plan erdenken konnten, und trat näher. »Eine offene Feldschlacht! So ist es nach des Ritters Geschmack. Wir sind weit überlegen an Zahl. Wir zermalmen sie im Feld. Das wird ein Schlachtfest! Also, auf die Pferde und los!«, befahl er frohen Mutes.

Schon bestiegen die Limburger die Rösser und griffen die Lanzen aus den Händen ihrer Knappen. In Scharen strömten sie aus dem Xantener Hof. Das Kriegsvolk ließ vom Bau des Lagers ab und lief zu den Speeren und Spießen.

»Los«, rief Theo verärgert, »sagt allen Bescheid. Es bleibt uns nichts anderes übrig, als Heinrich wieder zu folgen.«

Nie wieder werde ich mich von ihm derart überrumpeln lassen, schwor er sich jedoch. Im Moment allerdings war ihm die treue Gefolgschaft wichtiger, als in den Ruf schwacher Zögerlichkeit zu kommen. Und als Theo Ketten auf Leder, Beinschienen, Spieße, bunte Schabracken und Helme mit Bändern und blitzendem Helmschmuck sah, ließ er sich vom siegessicheren Funkeln in den hungrigen Augen der Krieger mitreißen. Farbenfroh und mutig flogen die Kämpen auf die Auen und stürmten so dem märkischen Heer entgegen.

Die Brüder von Altena schickten Reihen von Reitern mit Lanzen vor. Heinrichs Reihe krachte schon in sie hinein, da erkannte Theo die Falle. Einzelne Reiter drangen durch und prallten auf die Reihe dahinter. Hinter den Reihen hatten die Märker einen Abstand von vielleicht dreißig Schritt oder weniger gelassen, gerade so viel, dass die Rösser, hatten sie ein Treffen hinter sich, nicht genug Geschwindigkeit aufnehmen konnten, um mit neuer Wucht anzurennen. Die Reiter, die durchkamen, sahen sich einer Übermacht von Angeln und Haken gegenüber. Sie waren leichte Beute.

Alle Gefährten sahen, wie die limburgischen Ritter von ihren Rössern gezogen wurden. Sie reckten die Schwerter in den Himmel und stürmten nach vorn. »Wir müssen ihnen zu Hilfe kommen!«

»Auf, schnell!« Ortliv, Gerulf und Rydenkasten folgten ihnen mit ihren Horden aus Reitern und Lanzenträgern.

In den Auen zwischen der Ruhr und ihren Bächen entbrannte ein Gezerre und Geschiebe. Das Fußvolk verhakte sich in großen Klumpen ringender, schlagender und stechender Leiber. Blut spritzte ins nasse Gras, sickerte ein und färbte die Auen rot. Rufe und Schreie erfüllten das Schlachtfeld. Reiter ritten in Reiter und hieben aufeinander ein. Es war die Apokalypse.

Theos Männer wurden der Tücke des Untergrundes gewahr. Die Pferde kämpften sich durch Schlamm und Morast und ermüdeten schneller, als sie den Ort des Schreckens erreichen konnten. Ihr Ritt glich einem Alptraum. Märkische Ritter nahmen kurzen Anlauf und prallten in sie hinein. Wer stürzte, war verloren, denn das märkische Fußvolk war nahe, während die eigenen Lanzenläufer weit zurücklagen.

Sie waren nun mitten im Getümmel. Theo sah Heinrich, der auf seinem Pferd um sich hieb, Lanzen kappte, immer auf der Hut, nicht von ihnen erfasst und von den Haken hinabgezogen zu werden. Die nachfolgenden Ritter konnten nicht mehr in das Durcheinander märkischer und Limburger Truppen reiten und um sich hauen, wollten sie nicht eigene Männer treffen. Viele der Limburger waren bereits in der ersten Welle der Schlacht gefallen. Rydenkastens Bogenschützen mussten die Bögen lassen, die Schwerter ziehen und herbeistürmen. Der märkische Keil bohrte sich tief in Limburger Trauben.

Mitten im Getümmel waren Theo und seine Gefährten von den Schlachtrössern gestiegen und hieben nieder, was sich ihnen in den Weg stellte. Der matschige Grund durchnässte die Stiefel und machte ein Vorwärtskommen schwer, doch roter Regen flog von ihren Schwertern.

Hinter dem märkischen Kriegsvolk rückten langsam Reitertruppen vor. Sie brauchten keine Wucht. Sie hieben mit Schwertern und stachen mit langen Lanzen auf die roten Krieger von Limburg und Isenberg ein, während deren Sturm im Morast erstickt war. So machten die Schwerterbrüder die zahlenmäßige Unterlegenheit durch die Staffelung ihrer Schlachtreihen wett. Rote Surcots waren von weißen nicht mehr zu unterscheiden. Die Luft war erfüllt vom Todesklirren der Gefechte.

Am frühen Nachmittag war das Schlachtfeld übersät von Körpern, abgehauenen Köpfen, Beinen, Füßen, Händen und Armen. Pferde scheuten, laut wiehernd, und trabten ziellos umher. Dann erlahmten die Kräfte und mit ihnen die Schlacht. Um Theo und seine Mannen lag ein Heer von Erschlagenen und um ihr Leben Keuchenden. Doch so viel sie auch rangen, es kamen immer neue Feinde auf sie zu. Sie mussten Pferde finden und fliehen. Lange konnten sie dem Feind nicht mehr standhalten.

»Auf die Pferde!«, rief Glander.

»Sammelt euch!«, rief Theo. Er schaute sich nach den Freunden um, konnte einige ausmachen, rief Rückzugkommandos und konnte selbst ein märkisches Pferd beim Zügel fassen. Während er aufstieg, schlug er nach Gegnern, die ihn bedrängten und riefen: »Fasst ihn, den Isenberger!«

Die Gefährten waren nun die Nachhut, während Heinrich von Limburg mit den Seinen in Richtung Ergste floh. Auf blutrotem Grund mussten sie die Rückzugsgefechte gegen die nachrückenden Märker annehmen.

»Das ist die Rose Isenbergs! Schnell, kommt alle!« Durch lautes Rufen gellten die Märker immer mehr Kriegsvolk herbei.

Die roten Surcots versammelten sich um Theo. Rydenkastens Truppen und die anderen stark geschwächten Gleven kamen herbei, als sie sahen, dass sich alles um Theos Flucht scharte. Im Zickzack zogen sich die Brüder kämpfend zurück. Sie sahen bereits die Dächer der Ergster Burg, als das Drücken und Pressen der Verfolger urplötzlich erstarb. Sie schauten nach vorn, und wie aus dem Nichts stürmten ihnen die roten Löwen entgegen. Theo sah, wie Cedric und Truppen Heinrichs mit neuen Lanzen an ihnen vorbeistürmten. Die roten Rosen kamen hinter die Frontlinie. Sie waren gerettet – fürs Erste.

»Auf, auf, zurück!« Die Brüder trieben die Truppen an, Heinrich beizustehen. Nicht alle folgten mehr, doch waren es genug, um die Märker zur Umkehr zu bewegen. Eigene Fußsoldaten liefen vereinzelt über die Schneise der Verheerung zurück auf sicheren Boden. Einige wurden noch von den zurückstürmenden Märkern niedergestreckt.

Die Brüder tauschten kurze Blicke. Sie waren sich einig und ritten zum Schlachtfeld zurück. Sie mussten so viele Soldaten wie möglich hinter ihre Linie bringen. Als sie die Mitte des Schlachtfeldes erreichten, fuhr ihnen ein Schrei durch Mark und Bein. »Glander!«

Lamot sprang vom Pferd und fiel auf die Knie. Dort lag Glander, umringt von toten Märkern, zwei davon quer über ihm. Ein Speer ragte lang aus dem Gewühl von Menschenkörpern, Waffen und Rüstungen. Auf allen vieren rollte Lamot die Leichen zur Seite. »Glander, Glander! Ich komme. Ich bin gleich da!«

Theo kam herbei, sprang in vollem Galopp vom Pferd und kniete neben Lamot, der beide Hände um den Schaft des Speers in Glanders Bauch gelegt hatte.

Mit wirrem Blick schaute Lamot Theo an. »Soll ich …?« Er meinte, ob er den Speer herausziehen sollte.

»Nein, nein!«, stieß Theo hervor.

»Wie sollen wir ihn dann mitnehmen?«

Alle Brüder waren nun um Glander versammelt. Wie tot lag er da, aber ein leichter Luftzug ging durch Nase und Mund.

»Holt Lanzen, los! Es liegen genug herum.«

Sie stoben auseinander und kamen mit Lanzen und Waffenröcken zurück. Aus beidem bauten sie eine Trage.

»Was machen wir mit dem Speer?«

»Ja, er wird ihn umbringen!« Theo zog sein Schwert und

betrachtete die blutige Schneide. »Lamot, halte fest. Lieven, Mogrod, ihr haltet den Stiel. Lieven, du unten. Mogrod, du höher.«

Lieven und Mogrod griffen zu.

»Nehmt die Köpfe weg und haltet gegen den Ruck«, sagte Theo. »Ich schlage den Schaft durch.«

»Nein!«, schrie Lamot, doch im selben Moment schlug Theo zu.

Verdutzt hielt Mogrod das lange Ende des Speers in den Händen.

»Schnell, legt ihn auf die Trage.«

Lieven und Lamot nahmen Glander auf und legten ihn auf das bespannte Gestänge. Lamot schob mit Grulls Hilfe die Stangen in seine Steigbügel, und Lieven tat dasselbe mit Theos Hilfe. Mit Riemen verknoteten sie die Stangen und machten sich auf, Glander ins Kloster Elsey zu bringen.

✝

Den ganzen Tag waren schon Schwerverwundete in das Spital auf dem Hamm eingeliefert worden. Die Schwestern waren durch Mönche aus dem Kloster Cappenberg und Bader aus dem Umland verstärkt worden. Dennoch führten das Leid, die Schreie, die Todesfälle und die Amputationen bei Heilern und Helfern zu namenloser Erschöpfung. Nun dunkelte es. Auf dem Platz zwischen dem großen Haus und Portal flammte ein breiter Feuerberg, und es roch nach verbranntem Fleisch und Blut.

Im großen Saal hatte Adelheyd die Öllampen gerade wieder aufgefüllt, sodass das Licht die blutbeschmierten Tische ausreichend erhellte. Mönche schleppten Körbe mit Beinen und Armen nach draußen und kippten sie in das große Feuer. Schwestern wischten das Blut von den frei gewordenen Tischen.

»Das Wasser ist dreckig. Bringt bitte neues«, wies Adelheyd zwei Gehilfen an, während sie sich die Hände wusch.

Von draußen kamen zwei Knechte herein und legten einen Verwundeten auf einen der Tische. Der Mann schrie und wand sich. Immer wieder ging seine Hand zu seiner linken Seite. Sein weißer Wappenrock war von Blut durchtränkt, genau wie der Mull, der ihm reichlich daraufgelegt worden war. Gerhard, der Medicus aus dem Sayner Stift zu Cöln, verstand sich besonders auf schwierige Operationen, Amputationen überließ er daher anderen.

Adelheyd hielt dem wimmernden Soldaten den Schlafschwamm vor Nase und Mund. Das Klagen erstarb, und Entspannung durchfloss den Körper. Ein Segen, dachte Adelheyd. Erst schlagt ihr euch die Köpfe ein, und dann kommt ihr so kläglich zu uns. So traurig es war, sie belächelte die Dummheiten des männlichen Gebarens. Sie erkennen das Gesicht des Glücks nicht, auch nicht, wenn es vor ihnen steht. Dieser Theo ist nicht besser, war sie sich sicher.

Sie wandte ihren Blick dem Medicus zu, um seine Anweisungen zu empfangen. Dieser nahm gerade den Mull herunter und warf ihn in einen Korb. Sie wollte gerade einen ihm wohlwollenden Gedanken denken, da zerschnitt er die blutdurchtränkte Cotta, und Gedärm quoll aus dem waagerechten Schnitt. Nur das Leinen hatte das Innere noch im Rumpf gehalten. Adelheyd stockte der Atem.

Medicus Gerhard fing die Innerei auf. »Schnell, wir müssen ihn drehen. Hol etwas zum Unterlegen«, wies er sie an.

Adelheyd lief zu einem der Regale und kam mit zwei Leinen zurück. Gerhard nahm sie und legte sie dem Mann unter, sodass er darauf auf der rechten Seite zum Liegen kam. Behände setzte der Abt an den Wundrändern zwei Klammern an. »Halte die Wunde offen«, wies er Adelheyd an und übergab die Klammern. Dann griff er in die Öffnung und holte das Gedärm aus dem Leib.

Adelheyd erschrak. Es stank bestialisch, doch sie beobachtete weiter, was Gerhard tat.

Kot war aus dem zerschnittenen Darm in die Bauchhöhle gequollen. Gerhard griff mit einer Knochenzange nach einem Stück Mull und begann, den Kot aus dem Körper zu holen. »Wasser!« Dann tupfte er mit feuchtem Mull, und zum Schluss goss er sogar Wasser in die Bauchhöhle.

»Bruder Albertus!« Er bedeutete ihm mit einem Nicken herzukommen. »Wir müssen ihn drehen. Das Wasser muss raus. Bring eine große Schale her.« An Adelheyd gewandt, sagte er: »Halte das Gedärm, dass es nicht herauskommt.«

Sie rollten den Mann um eine halbe Drehung nach links und schütteten das dreckige rote Wasser in einen Trog am Boden. Dann brachten sie den Körper wieder in die alte Position. Gerhard tupfte die Reste der unbestimmbaren Brühe aus dem Inneren, dann wandte er sich dem außen liegenden Gedärm zu und begann, es zu untersuchen. Ernst und skeptisch runzelte er die Stirn. Der Darm war an vielen Stellen zerschnitten. »Das sieht schlecht aus. Aber wir versuchen es, Schwester.« Sein kurzer Blick sollte Adelheyd offensichtlich aufheitern. »Auch hier müssen wir säubern. Nimm dafür eine Zange mit feuchtem Mull.«

Während Adelheyd zu tupfen begann, nahm sich Gerhard den ersten Abschnitt vor, den sie gesäubert hatte. Begierig verfolgte sie jeden seiner Handgriffe. Sie bewunderte dieses Handwerk, sie bewunderte diesen Mann.

»Wir bräuchten Branntwein. Aber der ist aus. Das könnte ihn das Leben kosten.« Der Medicus beendete die Operation. Dann nickte er Adelheyd, die den Verband auflegte, zu. »Gut gemacht, Schwester. Wie ist dein Name?«

»Adelheyd.«

»Gut, Adelheyd. Bring ihn raus und mach eine Pause. Die hast du dir verdient.«

»Und ihr, Herr?«

Gerhard warf ihr einen Blick zu, der alles sagte. Ein neuer Mann wurde hereingetragen. Während sich der Medicus wusch, wurde der Tisch abgewischt und der Schreiende daraufgelegt. Adelheyd verließ den Saal, lief neben den Trägern her und begleitete den schlafenden Krieger zu seinem neuen Platz in einem der Siechenhäuser. Sie wollte wissen, wo er lag, damit sie später nach ihm sehen konnte.

✝

Ortliv und der wieder genesene Joachim legten Glander in die Krankenstube zu Elsey. Sie schnitten Glander aus der Rüstung, zogen das Kettenhemd über den blutigen Lanzenstumpf.

Schwester Aurelia betrachtete die Wunde. Sie bewegte ratlos den Schaft und wandte sich zu Mathilde, die hinter ihr stand. »Er steckt in seinem Beckenknochen fest, Herrin.«

»Könnt Ihr ihn rausziehen?«, fragte Theo voller Sorge.

»Nein, Ihr habt auch gut daran getan, dies zu unterlassen. Es wird viel Schmutz in die Wunde gekommen sein. Zum Glück blutet er nicht mehr stark. Keine große Ader ist getroffen, denke ich. Aber, Juncherr, mir fehlt die Kenntnis, im Inneren nachzusehen. Ich kann nur die Wunde versorgen.«

»Zieht Ihr die Speerspitze denn nicht heraus?«

Aurelia schüttelte den Kopf. »Wenn die Därme verletzt sind, dann kann er binnen kurzer Zeit sterben.«

»Ihr müsst ihn retten!«, flehte Lamot.

Doch die Schwester schüttelte den Kopf. »Das übersteigt meine Fähigkeiten, junger Herr.«

Verzweiflung ins Gesicht geschrieben, schauten die Brüder auf die Wunde.

»Schwester Adelheyd müsste jetzt hier sein«, sprach Joachim.

Theo fuhr herum. »Was sagst du? Warum das?«

»Sie kann Tote zum Leben erwecken. Seht mich an, Herr. Ich bin der lebende Beweis.«

Theo knuffte Lamot auf den Oberarm. »Komm, Bruder, wir holen sie!«

»Theo, ihr seid völlig entkräftet. Esst erst etwas. Sei nicht leichtsinnig«, mahnte ihn seine Großmutter.

Doch Theo war entschlossen. Er entledigte sich seines Waffengehenks und zog seinen roten Surcot aus. Dann nickte er Lamot und Lieven zu, während er den Schwertgurt wieder anlegte. Schweigend und entschlossen taten die Brüder es ihm gleich.

Draußen riefen Mogrod und Grull: »Wohin, Theo?«

»In die Mark.«

»Warum wollt ihr wieder in die Höhle des Löwen. Seid ihr irre?«

»Hier können sie Glander nicht helfen«, sagte Lamot. »Und die Schwestern dort können es vielleicht.«

»Habt ihr etwas von Ante gehört?«, fragte Theo zurück.

Merten schüttelte den Kopf.

»Ich komme mit«, sagte Grull.

Theo schaute Lamot an. Seine Augen spien Hass. »Nein, Grull«, wies Theo ihn zurück, »deine Stunde wird kommen.« Mit diesen Worten stiegen sie auf und sprengten in die dunkle Nacht.

14. KAPITEL

Frühjahr 1233

Adelheyd kam aus dem Siechenhaus, wohin sie den Mann mit der Bauchwunde gebracht hatten. Das Feuer waberte, und sie roch den Gestank verbrannten Fleisches. Menschenfleisch – doch das war zur Normalität für sie alle geworden. Das Tor stand offen. Leiterwagen mit Schreienden und Stöhnenden rollten herein und hielten vor einem der Säle.

»Ladet sie hier ab und bringt sie da rein!«, befahl ein blutverschmierter Krieger den Kriegsknechten. Sogleich fuhr er Adelheyd an: »Was sitzt du hier rum?«

Adelheyd erhob sich von der Bank, auf der sie Platz genommen hatte und an sonnigen Tagen mit Gertrud getuschelt und sich gesonnt hatte. Sie ging auf den Ritter zu. »Nicht dorthinein, Herr. Es ist zu voll da drinnen. Bringt sie dorthin.« Sie zeigte auf einen der weniger belegten Siechensäle, öffnete die Tür und wies den Männern Plätze zu.

Der Saal war überfüllt. Stickiger Odem stob ihnen entgegen, Schreie zerrten an ihren Gemütern, und Jammern und Stöhnen waren zu hören. Zwischen die Liegen waren überzogene Strohballen geschoben worden, und auf einen betteten sie den Neuankömmling.

»Schwester, nehmt Euch Verbände und was Ihr sonst braucht, und folgt uns aufs Schlachtfeld«, ordnete der erschöpfte Ritter ohne jegliche Art von Höflichkeit an.

Adelheyd sah in den Wagen. Blut, wohin sie nur schaute. Flugs trug sie den Knechten auf: »Dahinten das Stroh, holt einen Ballen und verteilt ihn auf der Pritsche.«

Der schwarze Ritter lachte höhnisch. »Für so etwas haben wir keine Zeit. Wisst Ihr, was da draußen los ist?« Aber er ließ die Knechte gewähren.

Adelheyd betrachtete den Mann. Er trug den schwarzen

Surcot, der nur die Garde Luperts von Bönen kleidete. »Seid Ihr einer von Luperts Männern?«

Der Ritter nickte. Die Knechte kamen mit dem Ballen und warfen ihn in den Leiterwagen.

»Hat die Garde des Heermeisters Verluste?«

Der Mann lachte spöttisch. »Da muss schon jemand anderes kommen als dieser Theo Wolfskind. Wir sind besser als sie.«

Adelheyd senkte den Blick und stieg auf. Der Knecht auf dem Kutschbock ließ das Pferd antraben, und bald holperte der Wagen aus dem Tor nach Westen.

✠

Auf dem Schlachtfeld wimmelten suchende Lichter. Die Plünderer taten ihr Werk. Hunderte schwarzer, krächzender Schatten stiegen in den dunklen Himmel auf, sobald sie sich näherten. Theo, Lamot und Lieven hielten an und bedienten sich der Wappenröcke dreier toter Märkern. »Weiter ostwärts«, trieb Theo sie an, und sie ritten vorbei an am Boden liegenden, stöhnenden Kriegern und den Zügen der in die Mark zurückwandernden Soldaten.

Dann erreichten sie das Schlachtfeld zwischen Villigst und Schwerte. Das Jammern und Flehen von Bauernweibern, die ihre Männer und Söhne gefunden hatten, lag ebenso wie das Schreien der Verwundeten über den Auen. Hier und da sah Theo die Fledderer von einem schwarzen, entseelten Haufen zum nächsten durch die Dunkelheit huschten. Dann wiederum gab es unterschiedlichste Fuhrwerke mit an Stangen befestigten Lichtern, die träge von Ort zu Ort rumpelten. Theo beobachtete, wie sie manches Mal anhielten, dann wurden Körper auf die Ladeflächen gehoben, und der jeweilige Wagen holperte weiter. Theo lenkte sein Pferd zu einem dieser Wagen, eine Schwester war darauf und nahm einen Verwundeten entgegen. Lieven und Theo schauten sich an.

»Und wenn sie hier auf dem Schlachtfeld statt im Spital ist?«

Theo näherte sich vorsichtig dem Wagen und rief die Nonne an: »Schwester, ist Eure Mitschwester Adelheyd hier bei Euch?«

»Seht Ihr sie, Herr Ritter?«, sagte die Nonne kurz und abweisend. Dann wandte sie sich wieder ihrer Arbeit zu.

»Wir müssen zuerst hier suchen«, sagte Theo zu seinen Brüdern. Sie ritten von Wagen zu Wagen. Doch nirgends war Adelheyd zu finden. »Also auf zum Spital«, sagte Theo missmutig.

Sie ritten zum anderen Ende des Schlachtfeldes. Schwerte lag nun zu ihrer Linken. Die Rauchsäule war zu einem ärmlichen Qualmen geworden. Ein Wagen, eskortiert von einem Ritter, holperte ihnen entgegen. Darauf saß aufrecht eine schlanke Nonne. Theo, Lieven und Lamot hatten den Wagen erreicht und hielten an, um ihn passieren zu lassen, da hörten sie ein erstauntes Flüstern. »Theo?«

Der schwarze Ritter schreckte sofort aus seinem Trott auf. »Was sagt Ihr da, Schwester?« Der Ritter kam näher.

Adelheyd stand nun auf dem Wagen. Sie hielt sich die Hände vor den Mund.

Schwerter zischten aus den Scheiden. Die Knechte sprangen vom Wagen und suchten das Weite, der schwarze Ritter hingegen trieb seinen Hengst an und wollte herumkommen. Doch zu spät.

Wie eine vorschnellende Schlange schoss Lamot an Adelheyd vorbei auf die Pritsche des Wagens und warf sich von dort auf das Pferd des Reiters. Ein Dolch blitze auf, und fast im selben Augenblick rutschte der Ritter mit einem gurgelnden Laut aus dem Sattel. Adelheyd schrie auf. Da war Lieven auch schon auf dem Wagen und packte sie.

»Wir haben Euch gesucht. Wir brauchen Eure Hilfe«, sprach Theo mit gehetzter Bestimmtheit zu ihr.

»Meine Hilfe? Dafür tötet Ihr?«, schrie sie, bebend vor Wut.

»Es ist Krieg! Er hätte uns verraten, und er ist ein Feind«, rechtfertigte sich Theo.

»Und Ihr seid meine Feinde!« Sie versuchte, sich Lievens Griff zu entziehen.

»Fessele sie, Lieven«, befahl Theo.

»Das braucht Ihr nicht. Was wollt Ihr?«

Lamot war vom Pferd des toten Ritters abgestiegen und führte es herbei. Lieven schob Adelheyd von der Wagenfläche zu dem Destrier hin.

»Steigt bitte auf, Schwester«, bat Lamot sie galant.

»Du sollst ihr nicht den Hof machen!«, sagte Theo verärgert.

Lamot schaute verwundert erst zu Theo, dann zu Lieven, dann zu Adelheyd.

Ohne ein Wort stieg Adelheyd auf.

»Gib mir die Zügel, Lamot!« Theo streckte fordernd seine Hand aus.

Adelheyd musterte ihn abschätzig.

»Wir reiten schnell, also halt dich fest«, riet Theo ihr und gab seinem Hengst die Sporen. Dann sprengten sie davon, zurück über das Schlachtfeld, vorbei an dem Jammern und Stöhnen.

Doch schon nach kurzer Zeit hörte Theo Adelheyds empörtes Fluchen. »Gib mir sofort die Zügel, du Rüpel!«

Theo ritt ungerührt weiter.

»Los, mach schon!«, schimpfte sie wieder von hinten.

Theo verlangsamte und schaute sie an.

»Wenn ich fliehe, holt ihr mich sowieso wieder ein, also kann ich auch selbst reiten. Ich nehme an, je schneller wir dein Ziel erreichen, desto besser.«

Lamot schaute Lieven an, als wollte er fragen: Kennen sich die beiden? Lievens langes Gesicht lächelte schief zurück.

Den Rest des Weges jagten sie dahin wie im Flug, wobei Theo Adelheyds Ritt staunend bewunderte. Sie erreichten Kloster Elsey in der Dunkelheit.

»Und was soll ich hier?«, wollte Adelheyd wissen.

»Komm!« Theo zog sie grob am Arm mit sich.

»Lass das, du Scheusal!« Adelheyd riss sich los und straffte sich. Erhobenen Hauptes und ohne ihn eines Blickes zu würdigen, schritt sie an Theo vorbei.

Lamot und Lieven brachten sie zu Glander, während Theo nichts anderes übrig blieb, als hinterherzutrotten. Als er in die Kemenate kam, sah er Glander leichenblass und leblos dort liegen. Mathilde und Aurelia hatten ihn gesäubert und zugedeckt. Der Lanzenstumpf jedoch ragte heraus und hob die Decke wie ein Zelt an.

Adelheyd hatte die Situation sofort erfasst. Sie kniete am Bett nieder und schlug die Decke zurück. Der Schaft war von einem Kranz aus Mull umschlossen. Sie nahm ihn ab und schaute zu Mathilde, dann zu Theo. »Und da holt ihr mich?« Ihre Hand griff nach Glanders ebener Stirn, dann zur Halsschlagader. »Er lebt, und er ist stark.«

Theo fragte: »Ist der Jäger noch da?«

Lieven ging hinaus und kam kurz darauf mit einem Mann zurück.

»Joachim«, rief Adelheyd erstaunt, »du hast es geschafft!« Sie legte ihm kurz die Hand auf den Unterarm. »Aber ich bin doch kein Medicus.« An Theo gewandt sagte sie: »Ich habe so etwas noch nie gemacht.«

»Dann ist es jetzt das erste Mal.« Theo blickte sie unumwunden an und fügte hinzu: »Keiner hier wird es besser können.« Er sah Erschrecken in ihrem Gesicht.

»Lass das! Schau mich mich nicht so an! Dieser Blick wie grüne Armbrustbolzen. Zweimal schon hast du sie auf mich abgeschossen. Das ist unheimlich; das macht mir Angst.«

»Entschuldige«, sagte Theo verlegen.

»Und ja, zweimal war ich schon dabei, als am Bauch operiert wurde«, beantwortete Adelheyd nun Theos Frage.

»Versuch es, Kind«, redete Mathilde ihr gut zu. »Ich bleibe dabei, und wir helfen dir, wo wir können.«

»Dann brauche ich saubere Instrumente, Klammern und vor allem Nadel und Faden. Aber Faden vom Tier, bitte … Und Mull … Massen davon, und Leinen. Und einen Sud vom Schierlingskraut.«

Mathilde gab Aurelia ein Zeichen, und die Nonne verschwand zusammen mit Lieven, um das Verlangte zu holen.

»Er ist schwach.«

»Wir sind zäh. Hab keine Angst. Er wird durchkommen.«

Adelheyd warf Theo einen kühlen Blick zu. »Zäh also. Zu

mir hat Luperts Ritter gesagt, dass sie besser seien als ihr. Jetzt liegt er tot auf der Wiese, weil der da«, beiläufig deutete sie auf Lamot, »ihm die Kehle durchgeschnitten hat.«

Mathilde schaute Lamot entsetzt an und wich einen Schritt von ihm zurück. Lamot war sichtlich unwohl in Anwesenheit der Frauen.

»Was hätte er machen sollen?«, verteidigte Theo ihn. »Du hast den Mann aufgeschreckt, weil du meinen Namen nanntest.«

»Ach was, es gibt nicht nur einen Theo, bilde dir das nicht ein.«

Theo schüttelte ungläubig den Kopf, während sich Mathilde über den Streit wunderte. »Kennt ihr euch?«

Adelheyd machte sich an Glander zu schaffen. »Er hasst dich«, merkte sie wie nebenbei an.

»Wer hasst mich? Ado?«

»Lupert«, entgegnete sie knapp, während sie die Wunde untersuchte.

»Ja, ich weiß.«

»Auch warum?«

»Nein«, brachte Theo zögerlich hervor.

»Du hast seinen Vater getötet.«

Theo ging seine Toten durch. Wie vom Donner gerührt stockten seine Gedanken. Lamot und ihm kam es gleichzeitig, und wie aus einem Munde sagten sie: »Der Schicksalspfad.«

Ado steckt tatsächlich hinter allem, verstand Theo plötzlich das intrigante Netzwerk seines Großonkels.

Adelheyd schaute verwundert zu den zweien auf und fuhr sodann ungetrübt fort: »Und weissagen kannst du auch noch. Ich kann nicht sagen, ob er es schafft.«

Aurelia und Lieven brachten die Sachen herbei.

»Dann noch Wasser, bitte. Unmengen, abgekocht, und Schalen. Große und kleine.«

Wieder liefen Aurelia und Lieven aus dem Raum.

»Alle, die helfen, müssen saubere Hände haben. Es darf nicht der geringste Schmutz in die Wunde kommen. Ich schneide zuerst den Bauch auf.«

Sie nahm ein Skalpell und deutete den Schnitt an. »So … er hat starke Bauchmuskeln. Vielleicht muss ich einen Muskel durchschneiden. Wenn nicht, haltet Ihr, Schwester, mit den Klammern die Wunde offen.« Sie zeigte auf die Klammern, die Mathilde fein säuberlich auf einem Tablett bereitgelegt hatte. »Wenn ich die Spitze herausziehe, muss es schnell gehen. Vielleicht ist kein Kot in den Bauchraum gedrungen, weil der Speer drinsteckte. Ich brauche dann kurz genug Platz, um das Gedärm herauszuholen.« Sie schaute zu den Umstehenden auf, als suche sie jemanden für die nächste Aufgabe aus. Mit einem sachlichen Blick sagte sie zu Theo: »Wenn Kot austritt, während ich ziehe, nimmst du ihn mit Instrumenten und Tupfern weg, hörst du?«

Theo trat ob der schwierigen und abstoßenden Aufgabe beklommen näher. Doch er nickte.

»Hast du so etwas schon gemacht?«, fragte Adelheyd streng.

»Dergleichen nicht, aber Ähnliches.«

»Wo?«

»In Welheim.«

»Also los.« Sie setzte das Skalpell an. Ein roter Strich zeichnete sich auf der blassen Haut ab. Dann der zweite Schnitt. Die Muskulatur kam zum Vorschein. Der dreckige eiserne Stumpf ragte wie der Fremdkörper, der er war, aus den weißen, rosafarbenen und roten Strukturen. Das Eisen der Speerspitze schimmerte bleiern. Adelheyd legte die Klammern an die Muskelstränge. Leise ächzend, zog sie sie auseinander. »So, jetzt halten!«

Mathilde und Aurelia kamen herbei und hielten je eine der Seiten offen. Nun setzte Adelheyd von der eisernen Spitze aus noch zwei Schnitte, womit sie das Bindegewebe zu dem Gedärm öffnete. »Achtung.« Sie legte das Skalpell beiseite. »Ich ziehe jetzt die Spitze heraus. Theo, du musst zur Stelle sein.«

Adelheyd fasste nach dem Holzschaft und übte einen Zug aus. Dann, nach einem kleinen Ruckeln, brach die Spitze aus dem Beckenknochen. »Weiter öffnen«, bat sie Mathilde und Aurelia, als sie die blutverschmierte Spitze beiseitegelegt hatte.

Sie grub ihre Hände in die Öffnung. Gestank stob empor, und

die braunen Darmschlingen kamen zum Vorschein. Adelheyd zog sie heraus. Kot quoll aus den Löchern, die der massive Wurfspeer hinterlassen hatte. Theo schabte mit Löffeln die verdaute Masse fort und tupfte nach.

»Ich habe schon Hände gesehen, die sich ungeschickter anstellen.« Adelheyd zwinkerte Theo zu. »Es darf nur nicht in die Wunde, was draußen quillt, das lass laufen.«

Theo rümpfte die Nase. Hätte Glander doch nur Hirse gegessen, es würde nicht so stinken, dacht er. Adelheyd schmunzelte in die blutige Öffnung hinein. In der Herringer Heide wirkte sie noch so unschuldig, doch jetzt … Theo betrachtete sie in ihrem Tun mit einem Gemisch aus Ehrfurcht und Neugierde. Wie schön sie ist.

»Mehr Licht!«, rief Adelheyd.

Lamot verließ den Raum.

»Ich schaue, ob Kot in der Bauchhöhle ist.« Lieven hielt ein Öllicht über Adelheyds Kopf. »Wenig«, stellte sie fest. »es ist wenig drin.«

»Was weißt du über die märkischen Truppen? Wie viel Mann haben sie unter Waffen?«

Adelheyd stutzte. Mit funkelndem Zorn in den Augen schaute sie zu Theo. »Bin ich deine Gefangene?«

»Nein, warum fragst du?«

»Dann zwing mich nicht, zur Spionin zu werden. Für diesen Lupert wird es eine Freude sein, mir Gewalt anzutun, um zu erfahren, ob ich geredet habe, bevor er mich tötet.«

»Wer sagt denn, dass du zurück in die Mark musst?«

»Wer sagt denn, dass ich hierbleiben werde?«

Ich, dachte Theo.

»Oder bin ich doch deine Gefangene?«, fragte Adelheyd. Ohne eine Antwort abzuwarten, fügte sie an: »Wir spülen trotzdem … Wir müssen ihn auf die rechte Seite drehen.«

Theo schwieg beschämt. Er hatte die Gefahr, in die er sie gebracht hatte, nicht überschaut. Lamot, der mit mehreren Öllampen auf dem Arm zurückgekommen war, half Theo, Glander zu drehen.

»Anheben! Die Öffnung muss offen bleiben. Eine Schale hier ans Bett!«, rief Adelheyd ihre knappen Anweisungen.

Lieven hielt die Schale neben die offene Wunde, dorthin, wo Adelheyd mit einem Nicken hinwies.

Aus einer Schale goss sie Wasser in die Wunde. »Habt ihr Branntwein?«

Aurelia schaute hilflos, niemand war mehr da, der helfen konnte.

»Lauft, Schwester«, sagte Lieven und übernahm die Klammer von ihr.

»Hier, untersuche den Darm nach Wunden und säubere sie.« Adelheyd drehte die Schlingen und zeigte neue Löcher. Theo tat, wie ihm geheißen, während Adelheyd ihn aus dem Augenwinkel beobachtete. Theo registrierte das Schmunzeln in ihrem Gesicht.

Nach kurzer Zeit trat Aurelia mit einem Fässchen unter dem Arm wieder in die Kemenate. Sie hatten Glander schon einmal gedreht. In der Schale schimmerte eine rotbraune, fettige Suppe. Aurelia füllte den Alkohol in eine andere Schale und gab sie Adelheyd. Großzügig goss diese davon in die Öffnung. »So, wieder ausschütten!«

Theo und Lamot drehten Glander zu der Schale hin. Das Gemisch, jetzt sauberer, floss in den Bottich.

Adelheyd nahm Mull mit einer Zange und tupfte die Bauchhöhle aus. Dann nahm sie neuen Mull, tauchte ihn in den Branntwein und betupfte die Wundränder. »Jetzt die Verletzungen des Gedärms.«

Theo zeigte ihr, was er gefunden hatte.

»Nur fünf«, sagte sie, »er hat Glück.« Sie begann, mit einer Nadel und dem feinen Tierdarm die Wunden zu schließen.

»Kann ich kurz mit Lamot rausgehen, Schwester?«

»Geht ruhig«, sprach Adelheyd, ohne den Blick von der Wunde zu heben. »Aurelia, übernimmst du?«

Draußen sog Theo die frische Abendluft ein. Mehr niedergeschlagen denn erschöpft sank er auf ein Fass nieder, das dort stand. Mag wenden sich das Blatt, rezitierte er stumm und kleinmütig seinen eigenen kühnen Vers, denn die letzte Schlacht ist nicht geschlagen heut. Er hob den Blick. Durch die bunten Fenster der Kirche funkelte ein Licht zu Lamot und ihm herüber.

Er drückte sich vom Fass ab und ging erschöpft in Richtung der Kirchenpforte. Lamot folgte ihm, den Blick forschend und besorgt auf ihn geheftet. Als Theo die Pforte aufzog, sagte er: »Lamot, zum ersten Mal weiß ich nicht weiter.«

Lamot wirkte beklommen und schwieg.

Während sie auf den Kerzenschein, der den Altarraum erhellte, zugingen, legte Theo nach. »Zweimal geschlagen.«

»Aber unsere Truppen sind nicht geschlagen«, erwiderte der Freund.

»Ich weiß nicht, was mit Herzog Heinrich ist. Du kennst seine Launen.«

»Du meinst, er schmeißt hin?«

Theo nickte. Die Pforte öffnete sich, und Aurelia huschte suchend herein. Sie tastete sich durch das Dunkel, bis sie die beiden gefunden hatte. »Herr«, wisperte sie, »wo seid Ihr denn? Schwester Adelheyd ist gleich fertig.«

»Ja«, vertröstete Lamot sie, »wir kommen. Einen kurzen Moment noch.« Er fasste Theo am Arm. »Ich mit meinem großen Maul hätte schon lange den Schwanz eingezogen. Theo, jetzt kommt es auf dich an. Du musst den Herzog in unseren Reihen halten. Das ist es, was zu tun ist. Auch wenn du nicht so fühlst, zeige dich ungebrochen und stark, hörst du? Du bist der Einzige, der das vermag.«

Theo reagierte nicht.

»Theo, hörst du?«

Aurelia drängte. »Ihr Herren!«

»Lass mich noch einen Moment hier, Lamot. Geht schon vor. Ich komme sofort.«

Besorgt schaute Lamot den Freund an, dann folgte er der Schwester und ließ seinen Gefährten vor dem Altar zurück.

Als Theo den Schlag der Tür hörte, hob er den Kopf Richtung Friedrichs Grab und ging zielstrebig hinüber. Vor der Platte sank er auf die Knie. Vater, was soll ich nun tun? Ohne Heinrich schaffe ich es nicht. Vater? – Stille. Nichts kam von dem Stein.

Theo ließ sich vornüberfallen und fuhr verzweifelt mit den Fingern durch die gemeißelten Lettern. Er roch den kalten Sandstein. »Schweige! Atme! Ruhe ist es, was du hier bekommst. Schweige jetzt!« Die Stimme war in seinem Kopf, aber es war, als wäre es nicht Friedrich, der zu ihm sprach, sondern sein eigener Geist. Die Verstörung eines unvorbereitet Verlassenen wollte ihn ergreifen, und ihm war nach weinen zumute. Doch stattdessen tat Theo, wie ihm die Stimme, seine innere Stimme, auftrug. Er schloss die Augen, atmete und schwieg.

So verharrte er eine Weile, bis sich tatsächlich Ruhe in ihm ausbreitete. Er spürte, wie die Mattigkeit zurückging. Er stand auf, verließ den Stein, die Kirche und stand wieder vor der hohen Stube des Gästerefektoriums. Kurz hielt Theo inne, dann hob er den Riegel an und trat ein.

Drinnen war es fast geschafft. Als Adelheyd den letzten Stich getan hatte, sank sie vor Erschöpfung auf das blutverschmierte Bett.

Mathilde hob sie hoch. »Aurelia, komm schnell, hilf mir. Sie ist wahrscheinlich schon Tage auf den Beinen.«

Doch Theo war schon zur Stelle.

»Hoch in meine Kammern«, sagte Mathilde voller Liebe für das Mädchen, das so aufopferungsvoll für Glander gekämpft hatte.

»Lieven, fass an. Großmutter, geh voraus.«

✝

Seine Hände waren hoch über seinem Kopf an einen Ring gekettet. Seine Füße reichten kaum auf den Boden, wo sein zerschlissenes Kettenhemd und sein zerrissener roter Surcot lagen. Blut lief von seinem Rücken über sein Gesäß und seine Beinen in den Staub. Lupert hatte sich seines Kettenhemdes und des schwarzen Surcots entledigt und stand mit Beinlingen und nacktem Oberkörper hinter seinem Opfer. Bei jedem Schlag spritzte das Blut, und nur ein leises Stöhnen zeugte davon, dass der Gefangene noch am Leben war.

Als er aus dem Palas getreten war, hatte Eberhard das Knallen einer Peitsche durch den Torbogen der Vorburg gehört. Er hatte innegehalten und gelauscht. Dann hatte er ein paar Schritte vor gemacht und durch den Bogen geschaut. Entsetzen!

Er sah Lupert einen Schluck Wasser oder Wein aus einer Flasche nehmen. Dann holte der Heermeister aus und ließ die Peitsche auf den Rücken des Gefangenen niedersausen. Eberhard verharrte fassungslos. Was für eine Bestie bist du, Lupert!

Er lief in die Vorburg. »Es ist genug, Lupert!«, herrschte er den Heermeister an. »Du hast sicher schon die vierzig Hiebe überschritten.« Er blickte auf den von Striemen völlig zerfurchten Rücken. »Außerdem wird dir der Mann keine Auskünfte mehr geben können, wenn du ihn totschlägst.«

Tollwütiger Hass brannte in Luperts Augen.

Eberhard trat näher und beäugte das Gesicht des Gefangenen. »Das ist nicht mein Großvetter, Lupert.« Und mehr zu den Soldaten sprach er: »Bindet ihn los!« Eberhard nahm all seinen Mut zusammen und trat nahe an den Heermeister heran. Lupert stank nach Schweiß, Blut und Wein. »Bring den Gefangenen in den Kerker und verhör ihn dort. Was sollen die Männer von dir denken?«

»Das ist der Krieg, Juncherr Eberhard!«, spottete Lupert. »Aber davon wisst Ihr ja nichts.« Nach Zustimmung heischend, Peitsche und Flasche in den Händen, ließ er einen auffordernden Blick durch das Rund kreisen. Doch die Männer um sie herum senkten beschämt die Augen. Eberhard ging neben dem roten Surcot in die Knie und betrachtete ihn nachdenklich.

✝

Nach dem Sieg auf dem Schlachtfeld schickte Ado erneut den hinkenden Boten nach Cöln zu Erzbischof Molenark. »Exzellenz, die Märker haben gesiegt, aber Theo von Isenberg hat den Xantener Hof niedergebrannt und Eure Burg Volmarstein genommen.«

»Mit Feuer kennt er sich aus«, bemerkte der suspendierte

Erzbischof. »Das ist phantastisch! Scholaster!«, rief er, und Henricus von Sankt Gereon kam herein.

»Heute schreiben wir endlich den Brief an den Papst zu Ende«, befahl er ihm. »Also schreibt. ›Die unheilige isenbergisch-limburgische Allianz, der ebenso die Grafen von Tecklenburg und Steinfurt sowie die Herren von der Lippe beistehen, hat erneut meinen märkischen Verbündeten, Graf Ado von der Mark, auf das Gemeinste angegriffen und unser geliebtes Kirchengut zu Schwerte bis auf die Grundmauern zerstört.‹«

»Exzellenz, ein paar Scheunen sind abgebrannt«, erlaubte sich der Bote einzuwerfen.

»Ach was!« Der Erzbischof machte eine ärgerliche Handbewegung. »Du bist entlassen, Mann, und sag deinem Herrn Dank und dass ich nun das Meine tun kann.« Erneut machte er eine Handbewegung, woraufhin der Bote, sein lahmes Bein nachziehend, den Raum verließ. Erzbischof Heinrich schaute ihm nach und schüttelte den Kopf. »Warum schickt Ado mir immer diesen Krüppel? Will er mein Herz erweichen? Wo waren wir?«

»›Bis auf die Grundmauern zerstört‹, Herr«, gab Henricus das Stichwort.

»Ah ja … Grundmauern zerstört. ›Wir ersuchen Euch nun eindringlichst, uns und unseren Verbündeten in diesen schweren Zeiten schlimmster Bedrängnis beizustehen. Ferner, Eure Heiligkeit, erlaube ich mir … erlaube ich mir‹«, der Erzbischof stützte den Kopf in die Hände und richtete sich sodann wieder auf, »›darauf hinzuweisen, dass Limburg und seine Verbündeten mich, den Cappenberger und Märker Vogt weiterhin bedrängen und heute wie vormals Ausgaben für das Zurückschlagen dieser frechen Friedensstörer aufzubringen sind, da sie den Frieden im Land und das Erzbistum selbst schwer bedrohen.‹«

Bruder Henricus schaute aus seinen trüben blaugrauen Augen zum Erzbischof herüber. »Exzellenz?«

»Das war es.«

Adelheyd sah in die grünen Kristalle, die es nur einmal auf dieser Welt gab. Unverwechselbar und einzigartig. Es war Theo, der sie anlächelte und unversehens auf den Mund küsste. Sie wand sich und stöhnte: Nein, geh weg. Plötzlich spürte sie, dass es nicht der Abscheu war, der sie quälte, sondern der sündige Wunsch, sich mit Theo zu vereinen. Im nächsten Moment beugte er sich über sie, und seine Kristalle brannten sich in ihre Seele. Ihre ganze Welt stand kopf. Adelheyd spürte seine Küsse, so intensiv, wie sie nie irgendetwas zuvor gespürt hatte. Sie spürte seine Kraft. Sie schlang ihre Beine um seinen Rücken. Sie spürte ihn in sich. Oh Gott, dachte sie, ich gebe mich ihm hin. Es darf nicht sein. Sie schmeckte seine Lippen, umschlungen in wildem Tanz. Mit jeder Bewegung ihrer Lenden schwand jegliche Fremdheit, jeder Abscheu, bis nichts mehr zwischen ihnen war. Es gab nur noch sie.

»Warum hast du das getan?«, fragte sie atemlos.

Er zögerte. »Weil ich nicht weiß, ob ich es jemals wieder tun kann«, gab er zur Antwort.

Sie blickte in seine entspannten Züge und fühlte sich verletzt. Er sollte sie aus einem anderen Grund begehren: aus Liebe. »Machst du das immer so«, rächte sie sich, »dass du deine Gefangenen entjungferst?«

»Nein, ich habe es noch nie getan«, war seine Antwort, »und meine Gefangene bist du nicht.«

✠

Theo wachte an Adelheyds Bett, hielt ihre Hand und beobachtete ihren unruhigen Schlaf. Nicht nur Sorgen um die Novizin bevölkerten seine Sinne wie Wolken einen Regenhimmel. Er machte sich Vorwürfe, weil sein Zaudern Hunderte Leben ausgelöscht hatte. Womöglich war der Krieg verloren. Durch meine Furcht, das Wort zu ergreifen und meine Wahrheit zu sagen. Eine weitere Sorge beschlich ihn. Herzog Heinrich hatte Zweifel an ihrer Mission geäußert. Der einzige Trost in diesen Stunden lag direkt neben ihm.

Theo schaute Adelheyds ebenes blasses Gesicht an. Wie durch ein Dornengebüsch kämpfte er sich zu ihr vor, bis seine Nähe zu ihr die bangen Gedanken beiseiteschob. Sie ist so schön. »Lauf nicht weiter fort vor mir«, sprach er zu der Schlafenden. »Hörst du?«

Der Sieg über Ado oder ihre Liebe, dachte er, für ihn gab es keine Frage. Doch, dachte er weiter, schließt das eine das andere aus?

Erst tief in der Nacht sank sein Kopf endlich auf Adelheyds Bettstatt. Als Lieven Theo vor dem ersten Hahnenschrei weckte, fand er seinen Kopf immer noch auf Adelheyds Hand gebettet.

✠

Adelheyd schlief den kommenden Tag durch. Erst am Abend erwachte sie und kam zurück in die hiesige Welt. Sie roch frisches Leinen, und sie spürte einen Druck auf der Hand. Ein warmer Windhauch fiel durch ein offenes Fenster auf ihr Gesicht. Alles war so friedlich. Sie versuchte, die Augen zu öffnen. Es gelang nicht. Es muss schon nach der Prim sein, oder bin ich gar nicht mehr in dem Erdenkreis? Vor dem warmen Gezwitscher der Singdrosseln draußen hörte sie eine Stimme.

»Sie bewegt die Augenlider. Gleich wacht sie auf.«

Das war die nette Mutter Oberin. Sie wollte sie sehen. Adelheyd schlug die Augen auf.

Mathilde legte ihr die Hand auf die Stirn. »Wie geht es dir, meine Tochter?«

»Wart Ihr die ganze Zeit an meinem Bett, Mutter?«

In einem Ausdruck von Güte und Freundlichkeit schüttelte Mathilde den Kopf. »Nein, ich habe meinen Enkelsohn vor der Dämmerung abgelöst.«

Adelheyd schaute zum Fenster. Ein Schatten der Enttäuschung huschte über ihr Gesicht. »Er ist Euer Enkel?«

Mathilde nickte. »Keine Sorge, mein Kind. Er wird zurückkommen – hoffe ich.«

»Warum sagt Ihr das?«

»Ach, nichts«, sagte die Mutter Oberin, doch konnte sie ihre Besorgnis nicht unterdrücken. »Du musst dich jetzt ausruhen, Kind. Hast du Hunger? Willst du etwas essen und trinken?«

»Bitte, Mutter. Was ist passiert?«

»Ado von der Mark ist wohl mit seinem gesamten Heer im Anmarsch. Lieven kam und hat Theo geholt.«

Adelheyd war, als fühlte sie seine Gegenwart und Wärme noch in dem Raum. Sie überlegte.

»Du kannst bleiben, Kind. Hier bist du sicher. Und ich kann einen Medicus wie dich gut gebrauchen. Dass du Menschen öffnest, das bleibt in unseren Mauern, dafür habe ich schon gesorgt.« Mathilde schob das kleine Tuch, das an ihrem Kopfende lag, in ihr Sichtfeld. »Das hatte Theo die ganze Zeit bei sich. Ich soll es dir geben.«

Adelheyd nahm das Tuch, das sie einst bestickt hatte. Eine rote Rose war dazugekommen. Sie drückte den Stoff unter ihre Nase und sog den Geruch von Leder, Rauch und Schweiß ein. Ist das sein Duft? Es riecht wunderbar, dachte sie.

»Aus welchem Hause stammst du, Kind? Wie ist dein Name?«

»Adelheyd. Mein Vater ist Johann von Sponheim-Sayn, Mutter.«

»Weiß Theo, wer du bist?«

Adelheyd verneinte. »Ich denke nicht. Höchstens bringt er mich mit dem Grafen von Sayn in Verbindung. Doch …« Sie schwieg.

»Doch was?«

»Ich wage kaum, es Euch zu sagen.«

»Sprich, Kind. Ich kann Geheimnisse für mich behalten.«

Adelheyd schaute zum Fenster. Tränen rannen ihr die Wange hinunter.

»Adelheyd, was bedrückt dich so?«

Sie schluchzte unglücklich. »Er ist ein Mörder, und doch bin ich ihm zugetan.«

»Du willst also nicht den Schleier nehmen?«

»Vielleicht doch.«

»Theo ist kein Mörder.«

»Doch, das ist er.« Sie nickte unter Tränen. »Er hat die Burg Zülpich in Brand gesetzt und Menschen getötet.«

»Ich weiß.« Mathilde seufzte. »Solange ich denken kann, begleitet mich diese Art von Gottlosigkeit. Doch sag mir, wer in dieser Welt ist besser? Ist Ado von der Mark kein Mörder? Wie wäre es, wenn du auf unserer Seite stündest? Was würdest du dann sagen?«

Adelheyd beharrte. »Theo streift des Nachts mit diesem Wolf durch die Mark, tötet und verschwindet im Nebel der Dämmerung. Aufseiten eines solchen hinterhältigen Menschen kann ich nicht stehen.«

Jetzt schaute Mathilde sie mit Zorn in den blauen Augen an. »Er ist ein Ritter, und er hat Zülpich für seinen Oheim Heinrich von Limburg einnehmen müssen, um die Cölner Truppen, übrigens die deines Großvaters, von Bensberg abzulenken. Und wie ich höre, hat er es gut gemacht.«

»Gut gemacht?« Adelheyd lachte bitter auf.

»Die Feuer in der Stadt wurden schnell gelöscht und die Bevölkerung verschont. Letzteres war Theos Bedingung an seinen Oheim.«

»Ja, ich weiß. Ich war gerade in der Burg, als er sie in Brand steckte.«

»Du warst dort?«, fragte Mathilde ungläubig. »Dann weißt du es ja am besten.«

Adelheyd schwieg. Sie musste zugeben, sie hatte von blutigen Belagerungen gehört. Die von Zülpich wurde gerühmt, vergleichsweise unblutig gewesen zu sein.

✝

Spärliches Licht erhellte den Kerker. Er konnte kaum auf dem Schemel sitzen. Seine Haut ebenso wie seine Hände, die blutüberströmt an den Holztisch geheftet waren, schienen vor Schmerz zu schreien. Zwei große Nägel ragten aus einer jeden Hand hervor.

»Es wird nur mehr Schmerzen geben, wenn du weiter deinen Namen verschweigst.« Lupert schlug zu. Seine Hand landete im Gesicht des Gefangenen. »Sterben wirst du so oder so. Aber du kannst einen guten oder einen grauenvollen Tod wählen.«

»So oder so«, presste der junge Ritter mit der Narbe in seinem länglichen Gesicht hervor, »wird er Euch bis in Euer Grab verfolgen.« Sein Kopf sank auf den Tisch vor ihm.

»Nett, dass du dich um mich sorgst, aber mach dir um meine Seele keine Sorgen.« Lupert stand auf. Er ging zu einem Holzstapel beim Feuer. »Gut.« Er nahm ein paar Späne und einen Hammer, dann kam er zurück. Er setzte sich dem Gefangenen gegenüber und schaute ihn an. Während er »Wie …« sagte, setzte er dem Folteropfer einen Span unterhalb eines Fingernagels an und trieb ihn mit Wucht in den Finger. Ein schier endloser Schrei erfüllte das Gewölbe. »… ist dein Name?«

Der Ritter starrte Lupert mit all seinem Schmerz in die Augen. »Wozu?«, brüllte er zurück

»Damit ich deinem Herrn auf dem Schlachtfeld deinen Namen ins Ohr flüstern kann, wenn ich ihn besiegt habe.«

»Niemals«, ächzte der Geschändete, »werdet Ihr etwas aus meinem Mund erfahren, Bestie!«

Lupert setzte den zweiten Holzspan an, blickte dem Ritter in die Augen und schlug zu. Erneut ein markzertrennender Schrei.

»Töte mich!«

»Später«, sprach der Heermeister der Mark genüsslich, »wir haben noch acht.«

Dem Ritter rollte eine Träne aus dem Auge und lief über die lange Narbe auf seiner blutverkrusteten Wange.

✠

Theo hatte einen Plan gefasst. Die Entscheidung hatte ihn größte Überwindung gekostet, denn er riskierte alles.

Als er Heinrich begegnete, nahm er den letzten Rest seiner

wenigen Kraft zusammen. »Du packst?«, stellte er mehr fest, als dass er fragte.

Heinrich musterte seinen Neffen. »Du warst leichtsinnig. Zurückzureiten und dein Leben zu gefährden, um Fußvolk zu retten. Und dann diese Sache mit Glander Speersnyder.« Sauertöpfisch schüttelte Heinrich sein Haupt. »Theo, ich bin zu einem Schluss gekommen. Ich weiß nicht, warum, aber es scheint, als sei mit Unglück behaftet, was wir uns vorgenommen haben.«

Der Moment, den Theo so gefürchtet hatte, war da. »Oheim, bevor du weitersprichst … Wir geben die Grenze auf. Wir räumen Blankenstein …«

Heinrich hob das Haupt – müde, wie es Theo schien. Sein Oheim war müde vom vergeblichen Kämpfen, müde von der Zugluft im Sattel. Er war ganz in Gedanken versunken.

»Du hörst mir ja gar nicht zu!«, sagte Theo erzürnt.

»Theo, gib auf. Es wird nicht zu deinem und meinem Schaden sein. Ich habe bereits andere Pläne.«

Theo zog die Augenbrauen empor.

»Ich verheirate dich nach Brabant.«

Theo erstarrte.

»Immerhin in eines der besten Häuser im Reich. Sie werden mich mit deiner Mitgift für meinen Aderlass hier in deinem Land entlohnen und dich in ihre Mitte aufnehmen. Wenn du willst, wirst du einer meiner Burgmannen in Lennep, Bensberg oder wo du willst.«

»Wie kommst du dazu …?« Theo spürte Zorn in sich aufsteigen.

»Ich bin dein Oheim und müsste das nicht einmal mit dir besprechen!«

»Du willst meinem Lehen und der Essener Vogtei entsagen?«

»Welchem Lehen? Dein Land ist verloren, begreif das endlich, Junge! Unser Heer zählt bald weniger Kriegsvolk als Ados.«

Theo überlegte fieberhaft.

»… und das, obwohl wir doppelt so stark waren am Anfang.«

»Oheim, ich habe dir Zülpich gebracht. Ich brauche noch einen Versuch.«

»Ich verstehe nicht.«

»Wenn wir Ado besiegen, bringe ich dir mein Land und werde dein Vasall.«

Heinrich stutzte.

»Aber dafür verschacherst du mich nicht an Brabant.«

»Auch wenn ich mich darauf einlasse, wie willst du Ado ohne mich schlagen?«

»Nicht ohne dich.«

»Theo, ich ziehe ab …«

»Das kannst du auch, aber halte dein Heer zusammen, noch ein einziges Mal.«

Heinrich musterte seinen Neffen schweigend und erhob sich langsam.

»Abgemacht?«

Der Herzog deutete ein Nicken an, als er sich der Treppe zuwandte, doch sicher war dadurch nichts. Ohne ein weiteres Wort stieg er die knarrenden Treppenstufen hinauf, und doch wünschte Theo, dass Heinrich jetzt bliebe, ihm die Hand auf die Schulter legte und ihm versicherte, dass alles gut werden würde. Stattdessen hörte er nur die Tür von Heinrichs Kemenate ins Schloss fallen. Voller Erschöpfung ließ er den Kopf auf den Tisch in der großen Halle sinken, und um ihn herum breitete sich hoffnungslose Leere aus.

Am folgenden Morgen rüstete Theos Heer und machte sich auf zur kleinen Wasserburg Ergste, die in den nächsten Tagen zu ihrem Hauptquartier werden sollte.

✝

Im fernen Rom hatte Papst Gregor einen offenen Brief an den deutschen Adel, Ritter, Bürger, Ministrale und Diener der Cölner Kirche aufgesetzt. Boten trugen ihn in deutsche Lande, und auch Ado von der Mark las ihn laut und mit großem Interesse.

»Edle, Bürger von Cöln, Ministrale, alle die Ihr im Dienste der Cölner Kirche steht.
Ich kann nicht hinnehmen, dass während ich Untersuchungen gegen Euren Erzbischof Heinrich eingeleitet habe, die Bedränger um den Herzog von Limburg und den Juncherren von Isenberg Kirchengüter zerstören und ansonsten die Sicherheit im ganzen Erzbistum gefährden und erzbischöfliche Verbündete im Herzogtum Westfalen bedrängen.
Um die Untersuchungen der Kommissare gegen den Cölner Erzbischof nicht zu stören und damit das Cölner Erzbistum unversehrt bleibe, ordne ich an, dass Erzbischof Siegfried von Mainz und der Bischof Bernhard von Paderborn die Cölner Kirche gegen ihre Bedränger schützen mögen. Erzbischof Theoderich von Trier habe ich befohlen, darüber zu wachen, dass der Cölner Erzbischof Heinrich keine weiteren Anleihen aufnehme, Kirchengüter veräußere oder verpfände, bis der Prozess gegen ihn zu Ende ist.
Gregorius zu Rom XVI VII MCCXXXIII«

Ado von der Mark schlug auf den Tisch. »Jetzt ist Theo erledigt. Potz Blitz! Das hat Heinrich von Molenark gut hinbekommen – auch wenn es ihn den Kopf kostet. Ich danke Gott.« Er sandte ein Stoßgebet zum Himmel. Frohgemut reichte Ado das Pergament Eberhard, der das Schreiben schnell überflog. »Schick nach Lupert. Jetzt machen wir ihm den Garaus, diesem Würstchen, diesem Bengel! Jetzt wird er uns nicht mehr herausfordern, unsere Lager überfallen und plündern, meine Leute meucheln, während sie schlafen. Morgen schlägt seine letzte Stunde. Ich denke, Lupert kann jetzt seinen Schwur erfüllen. Wir verfolgen Theo, bis wir ihn im letzten Winkel finden, in dem er sich versteckt hält. Wenn ich ihn in meinen Händen halte, werde ich ihm eigenhändig die Kehle aufschlitzen.«

Eberhard steckte seine Nase wieder in den Brief, tat, als ob er darin lese, und fragte sich: Wenn ich einmal nicht spure, würde er das Gleiche mit mir machen?

✢

Tatsächlich war die päpstliche Bulle in Ergste ebenfalls angekommen. Engelbert hatte sie von Probst Gotfryd erhalten und unverzüglich zu Theo gebracht.

Aus dem Deutschordenshaus Molinheim holten Mogrod und Lieven die letzten hundert der dreihundert nun bestens ausgebildeten Krieger zurück.

Eifrig trafen Theo und die Gefährten die letzten Vorbereitungen, schickten Boten in den Norden, empfingen Spione, verschoben Truppen und verringerten vor der Nase der Märker die Besatzungen.

Die Märker bedrängten sie immer dreister und häufiger. Es gab kleinere Überfälle, und auch wenn es Tote gab, wich Theo eher zurück, als dass er die Märker verfolgte. Obwohl die Wolfsmänner hier und da noch zuschlugen, schien Theo wie ein angeschossener Vogel am Boden. So abwegig war der Vergleich nicht. Denn die Ungewissheit, ob sein Oheim da sein würde, wenn er ihn brauchte, zerrte an Theos Nerven wie hungriges Getier. Hätte er Heinrich doch einen Schwur abgenommen. So hing alles in der Luft.

In diesem unguten Schwebezustand gefangen, trug er tagsüber Stärke und Entschlossenheit zur Schau, des Nachts dann, wenn alles ruhte, suchten ihn Armeen von Zweifeln heim. Auch wenn niemandem die tiefen grauen Ringen unter Theos Augen entgehen konnte, hatte ein jeder sein Vertrauen in seine Hände gelegt. Er konnte alles verlieren oder gewinnen. Verlor er, verlor er Adelheyd und auch sein Land mit allem Besitz. Gewann er, winkte Lehnsabhängigkeit, aber auch Adelheyd – falls sie ihn überhaupt wollte.

15. KAPITEL

Sommer 1233

Etwa eine Woche nach Eingang der päpstlichen Bulle und zähem Warten rückte die gesamte märkische Streitmacht vor und lagerte in Sichtweite von Ergste.

Grull wohnte seit dem Tag seiner Enttarnung allein. Genauso auch hier. Es war unerträglich. Bei jeglicher Gelegenheit zeigten ihm die Brüder, dass sie ihn mieden. So zog er in seiner Kemenate den roten Surcot mit der Rose auf der Brust aus, faltete ihn sorgfältig und verstaute ihn in seinem Reitsack, der sonst auf seinem Sattel hinter ihm Platz fand. Wehmütig stellte er ihn in einen Winkel der engen Kemenate und ließ ihn zurück. Er war sich sicher, dass er ihn nicht mehr benötigen würde.

Währenddessen saß Einhard, wie so oft, mit den Brüdern und Knappen am Feuer und erzählte wahre und erfundene Geschichten. Wie immer hing ein jeder an seinen Lippen. Grull hörte die Stimmen und sah die Gefährten im Feuerschein. Wehmut stieg in ihm auf. Der Einsiedler erzählte, wie Perceval in der Gralsburg die entscheidende Frage stellte, die Hunderte Glückssucher vor ihm nicht zu stellen vermochten, woraufhin König Anfortas ihn zu seinem Nachfolger bestimmte.

Niemand bemerkte Grull. Einhards Stimme verlor sich, während Grull sich vom Feuerschein entfernte. Die Nacht war kühl, doch im Osten zeigte sich schon ein gelbrotes Band am Horizont. Nur mit dem Kettenhelm und der Helmbrünne bewehrt, verließ Grull Ergste. Zu den Feuern der Märker war es nicht weit.

»Halt!«, rief eine Wache ihn an. »Wer seid Ihr, und was wollt Ihr?

»Bring mich zu deinem Herrn. Ich habe ihm etwas Wichtiges zu sagen«, sprach Grull bestimmt. Er hob die Arme und sagte etwas versöhnlicher: »Seht, ich bin ohne Waffen.«

»Kommt Ihr von den Limburgern?«

»Woher sonst?«

»Pass bloß auf, Freundchen, sonst schiebe ich dir meine Halmbarte zwischen die Rippen.«

»Bring mich zu deinem Herrn, oder ich schiebe dir deinen lächerlichen Spieß in den Arsch«, erwiderte er. Offensichtlich glaubte der Wachmann ihm, denn er blinzelte misstrauisch zu Grull herüber. »Also, was ist?«

»Steigt ab!«, befahl der Wachsoldat.

Grull tat, wie ihm geheißen.

»Geht vor! Aber langsam.«

Grull trat ins Lager.

»Geradeaus, zum großen Zelt da!«

Grull sah im Augenwinkel, wie die Wache ihm den Weg mit dem Spieß deutete.

»Bleibt stehen!«, befahl der Soldat, als sie das Zelt erreicht hatten. Der Mann ging zum Zelteingang, wo der grüne Schild Bönens hing. Er klopfte darauf. »Herr, Herr! Bitte kommt heraus. Ein Limburger Reiter verlangt nach Euch.«

Im Inneren des Zeltes wurden die Schnallen gelöst. Ein verschlafenes Gesicht kam zum Vorschein. »Was willst du?«, fragte der Mann und schaute dabei Grull von oben bis unten an.

»Sagt dem Herrn bitte, dass er kommen soll«, bat der Soldat vorsichtig.

Der Kopf verschwand wieder im Zeltinneren.

»Warte hier und beweg dich nicht vom Fleck«, befahl der Wachmann mutig, jetzt, da er wieder das Sagen hatte.

Nach einer Weile kam Lupert von Bönens schwarzer Schopf zum Vorschein. Eine Fackel hochhaltend, betrachtete er Grull umständlich. »Was störst du mich im Schlaf? Was willst du?«

»Ich bin Grull von Lynn.«

»Grull von Lynn«, flossen die Worte nun geschmeidiger über Luperts Lippen. »Hat der Isenberger dich geschickt?«

Grull schüttelte das Haupt. »Wie Ihr wisst, bin ich der Mark verpflichtet.« Er machte einen Gesichtsausdruck, als wolle er dem Heermeister vor die Füße spucken. »Und habe dem Grafen bereits meine Dienste erwiesen.«

»Wie?«, fragte Lupert kurz und prüfend.

Grull forschte in seinem Gesicht. Weiß er es tatsächlich nicht? »Hauptsächlich, indem ich Attentätern Theos Aufenthalt verriet.«

Augenblicklich zeigte Luperts Miene tiefen Schmerz.

Was hat er?, fragte Grull sich. Aber er sprach weiter. »Und dann habe ich die Belagerung Eurer Burg vereitelt, indem ich am Vorabend Unruhe stiftete, woraufhin Ihr einen Ausbruch wagen konntet und die Limburger geschlagen habt. Erinnert Ihr Euch nun?«

»Also warst du es tatsächlich.«

»Ja, ich war das.«

»Und was willst du jetzt?«

»Ich habe Neuigkeiten für Euch und Euren Herrn.«

»Gut«, sagte Lupert gedehnt und überlegte. »Der Tag dämmert bereits. Wir gehen gleich … Komm!«, befahl er Grull und ging zu einem noch größeren Zelt in nächster Nähe. »Sag deinem Herrn«, sprach er die Zeltwache an, »dass ich ihn sprechen will.«

»Jetzt, Herr?«

»Ja, jetzt.« Lupert zeigte nach Osten, wo ein flacher Sonnenschlitz über die Lande schaute. Der Mann verstand und wandte sich um. Er öffnete das Zelt und sprach ins Innere. Bewegung kam auf.

Der Tag graute, und die Sonne war fast vollständig am Horizont zu sehen. Eberhard hatte schlecht geträumt, und die Sorge um Adelheyd drückte ihn seit Tagen. Er trat schläfrig aus seinem Zelt. Sein Vater, Lupert und die schwarze Kohorte standen um einen fremden Jüngling. Als er näher kam, hörte er ihre Worte.

»Heinrich von Limburg hat die Grafschaft aufgegeben und ist mit seinen Truppen abgezogen. Theo steht noch mit schwachen Truppen bei Ergste. Volmarstein und Blankenstein wurden aufgegeben.«

»Warum sollen wir dir glauben, Grull von Lynn?«, wollte Ado wissen. »Es könnte eine Falle sein.«

Grull blickte dem untersetzten Grafen in seine Krötenaugen. »Ihr könnt es nicht wissen. Ich kann nur meine Taten darlegen, wie ich es schon gegenüber dem Herrn von Bönen tat.«

»Und die wären?«

»Ich habe Attentätern die Reihenfolge einer Prüfung von Ramersdorf genannt und damit den Ort, wo der Herr von Isenberg getötet werden konnte. Ich habe dem Herrn von Richzemulenheim des Junggrafen Aufenthalt verraten, worauf ihn erzbischöfliches Kriegsvolk gefangen nahm. Dass er noch lebt, ist nicht mein Verschulden.«

»Was sonst?«, sprach Ado barsch. »Von alldem weiß ich nichts.«

»Ich habe Euch«, fuhr Grull, um Beharrlichkeit bemüht, fort, »vor der Einnahme Eurer Burg und damit vor der Niederlage geschützt.«

»Pah, Hochstapler. Wie das?«, fragte Ado spöttisch.

»Ich war es, der das Dorf angegriffen hat. So konntet Ihr die Verwirrung nutzen, um die Allianz zu schlagen. Nach der Niederlage von Schwerte sind Theos Truppen völlig geschwächt und am Boden. Ihr könnt sie jetzt überrennen, vielleicht sind es noch ein, zwei Nächte, bevor sie sich im Bergischen Land in Sicherheit gebracht haben. Um Euch das zu sagen, habe ich mein Leben aufs Spiel gesetzt.«

»Weshalb tust du das?«

»Warum ich meinen Herrn verrate?«

Ado nickte.

»Das müsstet Ihr am besten wissen, oder zahlt Ihr meiner Familie dafür nicht eine Rente?«

»Also gut, Freiherr von Lynn. Ich glaube Euch. Kommt herein.« Ado lud ihn mit einer ausladenden Armbewegung in sein Zelt ein.

Eberhard bemerkte, wie Grull den Grafen musterte. Er versuchte wohl einzuschätzen, ob der Märker es ernst meinte, und auch Eberhard selbst wusste es nicht.

Lupert flüsterte ihm zu: »Glaubst du ihm?«

Eberhard schüttelte den Kopf. »Ich bleibe vorsichtig.«

Auch Lupert nickte. »Ich auch, und quälen werde ich ihn nachher.« Dabei schmunzelte er Eberhard diebisch zu, während dieser die Augen verdrehte. »Was von Schwester Adelheyd gehört?«

Eberhard schüttelte den Kopf und folgte Grull und Ado ins Zelt.

»Dann zeigt mir«, sprach Ado, schon auf die ausgebreitete Karte blickend, »wo Theo noch Truppen hat, wo wir einfallen und wo wir ihn schlagen können.«

Draußen wurden Mannschaften geweckt, und die Männer erhielten den Befehl, sich bereit zum Angriff zu machen.

✝

Theo hatte Lamot, seinen besten Sprecher, in der Nacht zu Herzog Heinrich gesandt – ohne Heinrichs Heer waren sie verloren. Nun lehnten Lieven und Theo auf Ergste an den Zinnen des Wehrturms und schauten nach Osten. Vor Stunden hatten sie Mogrod, der vor lauter Rastlosigkeit einen Tagesmarsch auf dem runden Plateau des Wehrturms in Angriff genommen hatte, entnervt mit einem Botenritt beauftragt und durch Ortliv ersetzt. Aber in den nebligen Ruhrauen tat sich nichts. Mal hörten sie das Käuzchen, dessen Schrei seit Tagen zu den ihnen vertrauten Geräuschen zählte, mal sahen sie einen Reiher, wie er mit kräftigen Schlägen aufstieg, eine gewisse Wegstrecke über die nebligen Wiesen segelte, um beim nächsten sumpfigen Tümpel zu landen und dort weiterzufischen.

Lieven kam durch die Turmluke zurück, und der Duft frischen Brotes begleitete ihn.

Ortliv lächelte den Knappen dankbar an, riss ein Stück von dem Laib und reichte es Theo, während er fragte: »Meinst du, du kannst Grull vertrauen?«

✝

»Nein! Nein!« Der Schrei ging durch Mark und Bein. Grull waren die Hände auf den Rücken gebunden, und er saß seit Stunden draußen vor Ados Zelt auf einem Schemel ohne Lehne.

»Haltet ihn fest!«, sagte Lupert und schlug zu. Er traf Grull am Jochbein. Schwer getroffen ging der Gefangene zu Boden. »Heb ihn auf!«

»Wasser!«, rief Ado mit quäkender Stimme.

Ein Knecht kam mit einem Eimer dreckigen Wassers herbei. Ado zeigte auf den benommen am Boden Liegenden. Mit Freude und voller Wucht schüttete der Knecht Grull das Wasser ins Gesicht, grobes Lachen erhob sich. Grull keuchte. Sein Wangenknochen brannte wie Feuer. Er schüttelte sich und röchelte, während er zu Ado, Lupert und Eberhard aufschaute: »Wo, wo ist sein Körper?«

»Verscharrt. Wer weiß es? Ist das wichtig?«, sprach Eberhard von der Mark.

»Du Schwein!«, schrie Grull und sprang auf, um ihn niederzureißen. Ein Lanzenende traf ihn, und Grull ging wieder zu Boden.

»Macht schon! Das ist ja lächerlich.« Ado zeigte auf die Kiste und dann auf die Spitze einer Lanze. Einen von Luperts Rittern, der die Lanze halten sollte, wies er an: »Und du siehst zu, dass du die ganze Zeit, bis wir den Juncherrn von Isenberg vor uns haben, hinter mir reitest. Verstanden?«

Der Ritter schaute zu Lupert, während dieser ihm zunickte.

Dann befahl Ado den anderen umstehenden Rittern: »Setzt ihn auf ein Pferd. Und dann reiten wir los. Ich habe nicht den ganzen Tag Zeit.«

✢

Nach Stunden des Wartens zeigte Ortliv Scharfauge plötzlich in die Ferne. »Da, schaut!«

»Was?« Die anderen beiden schauten angestrengt zum Horizont. Vor dem roten Himmelsband wippten untrüglich schwarze Punkte, die länger und länger wurden.

»Lanzen«, sagte Ortliv.

Dann sahen sie die ersten Reiter, denen eine ganze Armee folgte. Wenig später füllten sie die gesamte Breite des Blickfeldes aus.

»Sie kommen!« Die Gefährten eilten den Turm hinunter und liefen in den Hof. »Macht alle Rösser klar! Haltet euch für die Jagd bereit.«

»Aufsitzen!« Theo hatte die Hand gehoben. »Los, Ausbruch!«

Theos, Rydenkastens, Ortlivs und Gerulfs Gleven preschten über die Zugbrücke der Ergster Burg in die Ruhrauen.

Rydenkasten blies sein Horn, und von allen Grenzpunkten meldeten Hörner das Signal weiter. Eine wilde Flucht der isenbergischen Scharen ins Hinterland setzte ein.

»Sie fliehen, wie Lynn gesagt hat. Ihnen nach!« Ado gab seinem Pferd die Sporen.

»Herr, Vorsicht«, rief Lupert. Doch genau wie seine Kohorte und Eberhard folgte er seinem Lehnsherrn.

Grull schaute auf den Kopf vor sich und schrie innerlich. Er musterte Luperts Gleve. Halsabschneider, Schergen. Doch sie hatten ihn in ihrer Gewalt. Einer der Ritter führte ihn am Zügel mit sich. Schwach, geschunden, mit schmerzendem Körper und willenlos wurde er in die alten isenbergischen Lande gezerrt – die märkische Streitmacht im Rücken.

Im Norden überquerte die Nordallianz bei Lünen die Lippe und strömte nach Südwesten. Die Bewegungen kamen einem Exodus gleich. Bauernvolk schaute verwundert, als die Kriegsvölker die bergischen Lande erreichten.

Teile der märkischen Truppen nahmen die verlassenen Burgen Blankenstein und Volmarstein ein. Hier war das Land unübersichtlicher als in der flachen Mark. Grüne wellige Hügel zogen sich quer zur Marschrichtung. Allein das Tal der Ennepe verlief in einem langen breiten Bett.

✠

Es war Nachmittag, als Theo das erzbischöfliche Schwelm passierte. Die Märker waren wenige Meilen hinter ihm. Doch das bergische Land war für Ado bereits Feindesland. Rydenkastens Späher meldeten, dass sich Lupert an der Grenze für die Nacht einrichtete. So ließ auch Theo in sicherem Abstand zu den märkischen Feuern lagern.

✝

Adelheyd ging hinunter zu Aurelia. Die füllige Nonne behandelte sie seit der Nacht, in der sie Glander geholfen hatte, fast wie eine Heilige. Adelheyd war diese Sonderbehandlung vor den anderen Schwestern unangenehm. Sie rang mit sich. Was würde Adda sagen, wenn sie nicht zurückkehrte? Nun, es war Krieg. Es ging drunter und drüber. In dem heillosen Durcheinander wäre sie nicht die Erste, die verloren ging. Trotzdem hätte sie versuchen müssen, Reißaus zu nehmen. Schließlich stand sie, wenn man so wollte, bei Graf Ado in Lohn und Brot. Was würde die Mutter Oberin sagen, wenn er sich beschwerte? Oh, mein Gott, steh mir bei! Sie hatte gesehen, wie Lupert fahnenflüchtigen Bauern eines Morgens die Köpfe hatte abschlagen lassen – einem nach dem anderen. Dabei hatten sie wahrscheinlich nur kurz auf ihren Höfen nach dem Rechten sehen wollen. Und vergessen, wie er sie mit seinen unzüchtigen Berührungen eingeschüchtert hatte, hatte Adelheyd auch nicht.

Ein bisschen schien ihr deshalb die Aussicht, in diesem so wundervollen Kloster bleiben zu dürfen, wie die Rettung. Sie schätzte Mutter Mathilde, Aurelia, die mürrische Schwester Spindaria, all die lieben Menschen. Niemand kommandierte sie herum, wie die strenge Gulda es gelegentlich tat. Adelheyd wollte nicht ungerecht sein, Gulda war immer gut zu ihr gewesen, und gelernt hatte sie in der Mark so viel, was sie hier nicht konnten. Doch hier war sie in seiner Nähe, in der Nähe dieses wortkargen Mordbrenners. Sollte das etwa eine glückliche Fügung sein? Wieder stürzten sie die immer gleichen Zweifel in neue Unsicherheit.

»Schwester.« Aurelia schaute erschrocken drein. »Was ist mit Euch? Ist Euch nicht gut?«

»Ach, nein, nein, es ist nichts ... Wie geht es Glander Speersnyder?«

»Schaut selbst«, sagte die Nonne, verschworen dreinschauend.

Adelheyd öffnete die Tür zu der Kemenate. Glander lag blass und flach in dem Bett. Er war wach und schaute sie aus roten Augen an. Alles war weiß und sauber. Man hatte das Bett gewechselt. Gut so, dachte Adelheyd.

»Schwester«, flüsterte er schwach. »Ihr seid also meine Retterin.«

Sie setzte sich auf die Bettkante und nahm seine Hand. »Wie geht es Euch, Herr?« Seine Hand war warm. Sie tastete seine Stirn ab. Er hatte Fieber.

»Schmerzen, starke Schmerzen«, stöhnte er.

Sie hob die Decke an. »Ich muss Euch untersuchen.« Sie löste den Verband. Die Blase, die am Ende des Schilfrohres befestigt war, war voller Flüssigkeit. Die Wunde war rot, der Bereich drum herum aufgebläht. »Es ist gut«, sagte Adelheyd und wandte sich etwas zu schnell ab.

»Schwester, was ist?«

»Ich bringe Euch Arznei gegen das Fieber, Herr.« Damit verließ sie die Kemenate.

Die gute Aurelia schaute sie freudig an, als sie die Treppe heruntergeklappert kam. »Seht, was Ihr fertiggebracht habt!«

»Er hat Fieber, Aurelia, und starke Schmerzen«, entgegnete sie matt. »Er ist lange nicht über den Berg. Ich hoffe, die inneren Wunden beginnen nicht zu blühen.«

Aurelia hielt sich erschrocken die Hand vor den Mund. »Und ich dachte ...«

Adelheyd schüttelte den Kopf. »Gib ihm alle zwei Stunden von dem Mohnsaft. Ich mache ihm jetzt zwei Tinkturen. Ich bin gleich wieder da, dann zeige ich dir, wie du damit verfährst.«

Adelheyd ging ins Freie. Die Luft war rein und frisch und erfüllt vom Zwitschern der Vögel. Sie winkte Joachim zu, der mit einigen Soldaten für die Bewachung des Klosters zurückgeblieben war. Sie ging hinunter zu Schwester Spindaria.

»Schwester?«, rief sie in den dunklen Keller. Sie hörte Geräusche, dann erschien die wissende Miene der Nonne.

»Schwester Adelheyd.«

»Der junge Glander Speersnyder hat Fieber und Schmerzen. Könnt Ihr mir bitte Weidenrinde für eine Salbe und Kerbel, Knoblauch, Meerrettich, Arnica, Ingwer und etwas Mohn für einen Sud geben?«

Spindaria verschwand wieder zwischen ihren Regalen.

Adelheyd tippelte von einem Fuß auf den anderen. Wo bleibt sie denn?, dachte sie ungeduldig. Doch dann erschien die Schwester mit einem Korb und bezeichnete ihr alle Dinge, die darinnen waren. Adelheyd nahm den Korb eilig entgegen. »Habt Dank, Schwester.« So schnell es ging, lief sie hinüber zur Küche. Der hintere Teil des Gewölbes war zu einer Art Apotheke ausgebaut. Dort mischte sie zweierlei Arzneien und lief mit den kleinen Behältnissen in der Hand zurück zur hohen Stube im Gästerefektorium.

»Wartet, Schwester Adelheyd, ich helfe Euch«, rief Joachim und nahm ihr eines der Behältnisse ab.

»Aurelia«, rief sie, »komm schnell.« Doch die Nonne befand sich schon in dem Zimmer. »Ich hab alles.« Adelheyd zeigte ihr die Mörser. »Nimm den Verband ab.«

Aurelia nahm ihn ab und blickte auf die Wölbung des Bauches.

»Diese Tinktur streichst du jeden Morgen auf die Wunden. Schau, so. … Und wechsele jeden Morgen die Blase aus.« Adelheyd zeigte ihr, wie. »Diesen Sud gießt du nach der Laudes, Terz, Sext und der Non mit heißem Wasser auf … Der Becher muss bis zum nächsten Aufguss ausgetrunken sein.« Sie schaute Glander ernst an.

»Aber Schwester Adelheyd, ich muss zu Theo«, sagte dieser.

»Ihr müsst hierbleiben, sonst gar nichts«, sagte Adelheyd strikt.

Glander drehte den Kopf zur Seite und schloss die Augen. Doch er unternahm einen weiteren Versuch. »Es wird zur

Schlacht kommen, und Lamot wird einen Mann verletzen, den er eigentlich töten müsste.«

Adelheyds Augen blitzten zornig. »Dieser Lamot versteht das Tötungswerk bestens. Unter seiner Hand überlebt so leicht niemand. Seid ohne Sorge, ich habe es mit eigenen Augen mit ansehen müssen. Und Ihr seht jetzt, dass Ihr gesund werdet, anstatt vom Töten zu fabulieren!«

»Er wird ihn in den Arm schlagen«, brachte Glander kraftlos und fiebrig hervor, »aber er muss ihn töten, sonst wird Theo keine Ruhe finden.«

Adelheyd spürte die Wahrhaftigkeit der Worte. Sie wandte sich Joachim zu. »Weißt du etwas über den Krieg?«

»Sie sind nach Ergste gezogen. Mehr weiß ich nicht. Aber ich denke, es geht wieder los.«

»Ah«, sagte Adelheyd nachdenklich.

Joachim beobachtete sie. Dann blinzelte er zu ihr herüber. »Ich weiß, was in Euch vorgeht, Schwester.«

Adelheyd wurde rot. Doch schnell ließ sie ihren Tarnschleier fallen; es war nicht die Zeit für Scharaden. »So kann ich nicht reiten.« Mit langen Armen zeigte sie an ihrem Talar hinunter.

»Dann reitet zu den sieben Gräben. Dort ist mein Quartier. Lasst Euch Beinlinge und Lederzeug aus meiner Truhe geben. Ihr werdet Euch als Jäger gut machen.« Joachim lächelte, woraufhin sie ihn umarmte.

✠

In aller Frühe kam Rydenkasten zu Theo. Die Feuer der Nacht dampften, und die Schwaden zogen nach Osten hinüber. »Herr, die Märker packen.« Rydenkasten hielt inne und nickte nach Westen. Ein Reiter näherte sich dem Lager. Es war Lamot. Die Gefährten liefen zusammen. Anders als sonst war Lamot nicht zu Scherzen oder großen Reden aufgelegt, das sahen sie aus der Ferne.

»Oh Gott, der Herzog ist nicht da«, sprach Mogrod bange.

Der Gefährte erreichte das Lager.

»Lamot!«, rief Lieven.

»Der Herzog steht mit seinem Heer im Tal von Sonnborn.«

Die Gefährten zeigten Erleichterung. Theo sank auf die Knie und schickte ein Stoßgebet zum Himmel. »Dann blas zum Aufbruch – laut, sodass es alle hören.«

Wieder begann das Spiel des vorherigen Tages. Die Isenberger ritten mit einem Vorsprung von zwei, manchmal einer Meile vor den Märkern her. Doch plötzlich, zwischen Terz und Sext, machte das isenbergische Heer halt und formierte sich über die Breite des Tals.

»Die Märker stellen sich in Kampfformation auf«, stellte Mogrod fest.

Ortliv Scharfauge kam zu Theo. »Herr, ich bitte Euch, nicht kopflos zu werden, wenn ich Euch jetzt etwas sage.«

Die Gefährten um Theo wandten sich Ortliv zu. Theo selbst versuchte, in den Augen des Knappen einen Anhalt zu finden. »Sprich, Ortliv! Was hast du gesehen?«

Ortliv positionierte sein Pferd neben Theo und flüsterte ihm etwas ins Ohr. Ein belustigtes Raunen ging durch die Gleven. Nur Lieven versuchte mit Sorge im Gesicht, etwas von Ortlivs Flüstern aufzuschnappen.

Als Ortliv geendet hatte, war alle Farbe aus Theos Gesicht gewichen. Da vernahm er Friedrichs Stimme: »Mahne deine Krieger zur Besonnenheit. Jetzt ist der Moment gekommen, der über Niederlage oder Sieg entscheidet.«

Theo spürte Wut und tiefe Trauer in sich, doch er hielt das Gefühl im Zaum. Er blickte hinüber zu den Märkern. Dann straffte er sich. »Ante ist tot, Brüder. Die Märker haben ihn …« Ein Aufschrei. Doch wie Theo hatten die Gefährten insgeheim mit seinem Tod gerechnet. Trotzdem, die Gewissheit schmerzte unendlich. »Sie schlachten nun seinen Tod aus, Brüder, denn sie haben seine Leiche.« Theo blickte in ihre schmerzerfüllten Augen. »Wir sind Krieger. Wir wissen, was mit uns geschieht, wenn der Feind unsere Körper hat.«

»Theo, sag es uns. Was haben sie mit ihm gemacht? Sprich, endlich!«, drängte Mogrod.

»Egal, was die Märker machen, wir lassen uns nicht locken, hörst du?« Theo blickte in die Runde und wiederholte scharf: »Wir lassen uns nicht locken, hört ihr!«

»Theo, sprich, was haben sie mit ihm gemacht?«

»Was würden wir mit Bönen oder einem seiner Männer machen, um die Märker herauszufordern, hm?«

Die Mischung aus Furcht und Trauer lag in ihren Augen. »Ihn auf eine Staffel binden und aufs Pferd setzen.«

Mogrod wandte sich ab, als sei ihm übel. »Aufspießen«, kam das Wort aus seinem Mund.

»Sie haben«, offenbarte Theo ihnen nun die Wahrheit, »seinen Kopf auf einen Spieß gesteckt, und sie zeigen ihn uns, damit auch wir kopflos werden, Brüder. Aber stattdessen«, Theos Blick kreiste wartend und warnend durch das Rund der Gefährten, »schlagen wir ihnen die Köpfe ab!«

Wütende Stille machte sich breit und lud die Männer auf. Doch die Nachricht ging von dem inneren Ring in den nächsten und weiter und weiter. Dann hielt Theo Klingsor in die Höhe und brüllte: »Mors marka est!«

Wie ein Echo hallte es wider, dass es weit über das Land zu hören war, »Mors marka est!«, und ging über in den Schlachtruf »De Isenberge! Isenberge! Isenberge!« Mit dem Takt der Rufe schlugen die Krieger ihre Waffen auf ihre Schilde, und der Westwind trug das Dröhnen hinüber zu den märkischen Linien.

✠

»Hört Ihr, Herr? Sie stacheln sich zur Schlacht an.«

Endlich!, dachte Ado. »Fertig machen!«, brüllte er durch das Lager. »Lanzen sollen spleißen, Helme splittern. Blut soll fließen! Heute werden wir sie endgültig zermalmen, mit Stumpf und Stiel die Sippe vernichten! Endlich, endlich, endlich!« Hastig bestieg er sein Pferd. Der Schlachtruf der Märker, »De marka!«, ging durch die Reihen, bis Ado das Signal zum Vormarsch brüllte: »Vorwärts!«

Hörner erklangen, Reiter setzten ihre Pferde in Bewegung,

dahinter schlugen die Fußtruppen mit gezogenen Waffen im Rhythmus ihrer Schritte auf ihre Schilde. Der Friede des Wuppertals, in das sie einströmten, wurde zerrissen vom Hörnerklang, Hufschlag, wilden Rufen und Trommeln des Kriegsvolkes.

»Herr, gebt mir wenigstens ein Schwert«, rief Grull Lupert zu. Doch der schüttelte nur den Kopf.

»Damit du es uns in den Rücken haust? Einen Teufel werde ich tun.«

Einhard, Pierre und Fenrir folgten dem kriegerischen Treiben von den Höhenzügen des bergischen Landes.

»Schau«, Pierre zeigte hinunter ins Tal, »sie reiten in den Tod!«

Als die Wälder einen Blick freigaben, sah Einhard einige Reiter auf die vorrückenden märkischen Truppen zureiten. Doch Einhards erfahrenes Auge fiel auf das Fußvolk von Theos Heer. Es war weitergezogen. In schnellem Marsch hatte es sich Meilen die Wupper entlang nach Westen abgesetzt, die Nachhut entschwand schon seinen Blicken. »Komm«, forderte er zum Weitermarsch auf, doch Fenrir hob den Kopf und schlich witternd zurück, dorthin, von wo sie gekommen waren.

Entsetzen war den Brüdern ins Gesicht geschrieben. Sie sahen Antes Kopf auf einer Stange hinter Ado, Lupert und Eberhard aufragen. Seine schlaffen Züge schimmerten blaugrau zu ihnen herüber. Die Heeresfront kreischte vor Wut über Antes unfassbares Martyrium. Dann ging ihr Urlärm in böse Schmährufe und Beleidigungen über, die vom böigen Wind zu den Märkern hinüberhallten, und wie ein Echo der Hölle kam das märkische Kriegsgeschrei zurück.

Die Luft zwischen den Fronten war zum Bersten aufgeladen, die Reihen kaum zu halten. Mit einem wilden Schrei ließ Mogrod sein Ross steigen und sprengte vor.

Die anderen riefen ihm verzweifelt nach: »Mogrod! Bleib! Komm zurück!«

Doch Mogrod flog in wildem Ritt auf die vorrückenden märkischen Linien zu. Er spürte, wie sein Blut die Adern pochend gegen das Leinenvlies unter seiner Helmbrünne presste. Sein Gesicht war heiß. Pfeile zischten ihm entgegen.

Einen Bogenschuss weit vor den märkischen Linien brachte er seinen Destrier abrupt zum Stehen. Das erregte Tier drehte sich einmal um die eigene Achse. Er ließ es steigen. Dann tänzelte es voll Rage hin und her. Mogrod brüllte, sodass es jeder hören konnte, hinüber zu Grull: »Du solltest an seiner Stelle sein, Verräter! Ich werde dich töten!«

✢

Adelheyd ritt der Schneise niedergetretenen Grases, Abfalls und vergessener Gebrauchsgegenstände nach. Sie hatte in der Nacht im Wald nur unter einer Wolldecke geschlafen. Nun sah sie die Nachhut der märkischen Truppen. Um nicht gesehen zu werden, schlug sie sich in die Halbhöhen der bergischen Wälder.

Der wilde Lärm aus dem Tal drang zu Adelheyd hinauf. Sie erklomm eine hohe Eiche, um ins Tal schauen zu können. Einzelne Reiter sprengten aus den Linien vor und fielen, von Pfeilen getroffen, von ihren Rennern.

Sie stieg den Baum hinunter, bestieg wieder ihre Stute und wollte ihr die Sporen geben. »Ha!«, entfuhr ihr ein Schreckensruf, und sie zügelte ihr Pferd. Vor ihr stand der riesige schwarze Wolf. War es der, von dem es hieß, dass er nächtens durch die Mark zog und den Männern die Hälse zerriss? Sie schauderte. Heiser vor Angst brachte sie hervor: »Tu mir nichts, hörst du?« Doch der Wolf schaute nur zu ihr herüber und legte den Kopf schräg.

Geraume Zeit stiller Verhandlung mochte vergangen sein, als es im Gehölz knisterte. Adelheyd schaute in den Wald und dachte: auch das noch. Ein Reiter trat aus dem Wald heraus auf den Hirschpfad, auf dem sie dem Wolf gegenüberstand. »Wer bist du, Jäger?«, rief er.

Nachdem Pierre und Adelheyd sich einander vertraut gemacht hatten, stießen sie zu Einhard und stiegen die Waldberge gemeinsam so weit hinab, dass sie die Ränder des Kampfgeschehens weniger als tausend Fuß vor sich hatten.

»Da ist Theo!«, rief Adelheyd halb verschreckt.

Pierre schaute sie überrascht an. Dann schaute er hinunter zu der Szene.

Theo sprach mit seinen Nächsten, während vorn ein roter Ritter wild vor der Rotte der schwarzen Ritter um Eberhard, Lupert und Graf Ado herumfuchtelte. Dann machte der Ritter kehrt und ritt zu den eigenen Reihen zurück, während Bogenschützen ihm ihre Pfeile hinterherjagten.

»Was steckt da auf dem Speer hinter Graf Ado?«, fragte Adelheyd, die angestrengt und entsetzt in die Tiefe spähte.

»Ante von Forsbachs Kopf«, entgegnete Pierre tonlos.

»Oh, wie schrecklich!«, rief Adelheyd aus und hob vor Entsetzen die Hand vor den Mund. »Was für eine Bestie …«

»Er war einer von Theos engsten Leuten«, ließ Pierre sie wissen. »Das ist der Krieg, edles Fräulein.«

»Sie fliehen«, rief Adelheyd voll Sorge.

Sie sah wie Einhard und Pierre sie verwundert musterten. Sie blickte wieder ins Tal und sah, wie sich Theos Linien nach Westen wandten und Ados Heer ihnen folgte.

16. KAPITEL

Sommer 1233

Das Dorf Sonnborn lag in einer Talmulde. Die gedrungenen Höfe waren verlassen. Statt der Bauern war Heinrich von Limburg mit seiner gesamten Streitmacht auf die Felder gezogen. Ruhig standen Rösser und Truppen. Nur vereinzelt hallten das Schnauben von Pferden und das Rufen der Sergeants durch die Senke. Die roten Wimpel mit dem goldenen Löwen flatterten im Wind. Es war wie die Ruhe vor dem Sturm.

Heinrich und Cedric spähten nach Osten. Sie hörten Rufe, und wenig später kamen Theos Fußtruppen in Sicht. »Aufstellung!«, rief Heinrich, worauf seine Hauptleute vorritten und sich mit Theos Anführern verständigten.

Daraufhin errichteten Theos Leute mit ihren langen Spießen einen breiten Wall vor den Limburgern. Heinrich verstärkte den kleinen Haufen von vielleicht sechshundert Mann um das Doppelte aus seinen Fußtruppen. Dann rückten die Limburger Reiter bis auf fünfzig Schritt hinter die Reihen des Fußvolkes, die nun fast die Breite des Tals durchmaßen. Und hinter den Reitern postierte er das restliche Fußvolk mit langen Angeln und Widerhaken. In die Anhöhen im Süden und Norden vor der Front schickte er Bogenschützen.

Dann harrten sie der Dinge, bis sie in der Ferne ein dumpfes Vibrieren vernahmen. Die Fahnen und Wimpel hoben sich. Die Lanzknechte umgriffen in unheilvoller Erwartung ihre Spieße, während sich ihnen das Donnern der Hufschläge vieler Pferde unaufhaltsam entgegenschob. Hörner erklangen in der Ferne. Bald stürmten die ersten Reiter in ihr Sichtfeld.

Voller Furcht suchte Adelheyd das Feld ab.

»Ruhig, Kind. Was bringt dich so aus der Fassung?«, fragte Einhard.

Und tatsächlich fragte sie sich selbst: Warum bin ich so von Bangen erfüllt? Ist es Angst um Eberhard? Nein, auf gar keinen Fall. Lupert? Niemals. Theo? Sie blieb sich die Antwort schuldig, denn der, dem ihr letzter Gedanke galt, zeigte sich in dem Wiesengrund. Mit seinen roten Horden sprengte er – sie hatte Pferde mit Reitern noch nie in dieser Geschwindigkeit gesehen – auf die Front seiner eigenen Lanzen zu.

Adelheyd hielt sich die Hände vors Gesicht, als ob sie der Aufprall selbst träfe.

Einhard zählte. »Eins, zwei ... drei!«

Sie hielten den Atem an. Die Soldaten der ersten Verteidigungslinie teilten sich, bildeten eine breite Gasse und legten ihre spitzen Lanzen nieder. Augenblicklich raste Theos Reiterei durch die eigenen Reihen.

✠

Im Angesicht des Todes sagte Grull sich: Wenn mich die Märker nicht töten, dann meine Brüder. Aber ich werde meine Ehre wiederherstellen – tot oder lebend. Er rechnete sich nichts mehr aus, doch er war froh. Die Zeit seiner Einsamkeit, seiner Ausgrenzung würde endlich vorbei sein. Die Fesseln an seinen Handgelenken schmerzten. Er versuchte, sie mit aller Kraft zu weiten.

Vor zwei Abenden waren Theo, Lieven und der Herzog zu ihm gekommen. »Grull«, hatte Theo gesagt, »jetzt kannst du dich von aller Schmach reinwaschen.« Dann hatte er ihm seinen Plan offenbart. Lieber würde Grull sterben, als Theo noch einmal zu verraten.

»Eine Falle!«, kreischte Lupert, als sie die limburgische Streitmacht vor sich sahen. »Herr, kehrt um und nehmt Eberhard mit!« Mit aufgerissenen Augen wandte er sich zu Grull um. »Verräter!«, rief er, und Eberhard hörte es.

In dem Moment schrie Herzog Ado: »Zu spät. Haltet aus und reitet! De Marka! De Marka!« Er zog sein Schwert, gab seinem Ross die Sporen und stürmte seinen Truppen voraus.

Von seinem Herrn entfacht, spornte auch Lupert die Seinen an und hielt auf die Lanzenfront zu. Aus zweitausend Kehlen dröhnte ihr Schlachtruf: »De Marka!«

Einzig Eberhard blieb zurück. »Verräter«, zeterte er und ließ sein Schwert aus der Scheide fahren.

Grull, dem die Hände auf den Rücken gebunden waren, gab seinem Pferd die Sporen und raste in den verblüfften Eberhard. Er spürte Schmerz, dann wurde Grull rücklinks zu Boden gerissen, als sich das Seil am Sattelknauf des Ritters, der ihm befohlen war, spannte. Grull ächzte. Doch er musste auf die Beine kommen. Schon kamen die Fußtruppen von hinten gefährlich nahe.

Sein Aufpasser ruderte mit den Füßen, um zu Grull zu kommen.

Schnell tauchte dieser unter dem Pferd durch. Reiter und Pferd waren nun zwischen Grull und Eberhards Schwert.

»Weg«, schrie dieser außer sich.

Grull stemmte halb seinen Rücken, halb seinen Oberarm gegen Fuß und Steigbügel des Ritters. Als suchte dieser Halt bei Grull, drückte er den Fuß gegen dessen Widerstand. Grull hob an, und der Mann flog in hohem Bogen auf Kopf und Hals von Eberhards Pferd.

Eberhard fluchte und stieß nach dem Ritter, der sodann zu Boden rutschte. Eberhard trieb sein Pferd nach vorn, um auf Grulls Seite zu gelangen.

Wieder tauchte Grull unter dem Ross durch, war bei dem Ritter und trat ihm gegen den Kopf, sodass dieser bewusstlos liegen blieb. Rücklinks ließ Grull sich auf die Schwertseite des Bewusstlosen fallen und nestelte das Schwert heraus. Eberhard war schon fast bei ihm. Das Schwert war halb aus der Scheide gezogen. Grull rieb die Fessel gegen die Klinge, schnitt sich tief in den Unterarm, stöhnte auf, rieb weiter, die Fessel gab nach. Schon schlug Eberhard nach ihm. Das Fußvolk war auf dreißig Schritt herangestürmt.

Grull griff das Schwert, rollte sich unter einem Hieb Eberhards durch, stand und hieb Eberhard auf den Schwertarm.

Schreiend ließ dieser sofort die Waffe fallen und trieb voller Angst sein Pferd fort.

Die Soldaten hatten Grull bis auf zehn Schritte erreicht. In diesem Augenblick sprang er von hinten auf sein Pferd. Soldaten schlugen schon nach ihm, trafen den ledernen Schurz und seine Ketten, dann gab Grull dem Pferd die Sporen und sprengte fort. Doch er machte kehrt und schnitt eine blutige Schneise in die Märker, bis er die Angriffsreihen durchtrennt hatte. Das Fußvolk lag nun hinter ihm, und Grull galoppierte davon, weg vom Schlachtenlärm.

Vorn waren die märkischen Ritter in die Reihen der Allianz gekracht. Zweitausend Märker trieben sich in das gleich starke limburgisch-isenbergische Heer hinein. Lanzen, Spieße, Äxte, Streitkolben, Morgensterne, Schwerter und Schilde trafen in engem Ringen und Schieben aufeinander.

17. KAPITEL

Sommer 1233

Der Lärm drang zu Adelheyd, Einhard und Pierre hinauf.

»Seht dort!« Adelheyd zeigte aus dem Talkessel hinaus.

»Oh, mein Gott!«, rief Einhard, während neue Truppen von Osten heranpreschten. »Märkische Verstärkung!« Angestrengt spähten die drei zu dem sich schnell nähernden Reiterstrom.

»Seht!«, rief Pierre. »Ein Ritter nur in Ketten zuvorderst.«

»Drei rote Seeblätter«, sprach Einhard, »und die rote fünfblättrige Rose von der Lippe. Das sind Otto von Tecklenburg und Bernhard von der Lippe!«

»Unsere Truppen«, entkam es Adelheyd, »Gott sei Dank!«

Einhard und Pierre schauten fast erschrocken zu ihr hinüber, doch dann musste Einhard schmunzeln.

Im Sonnborner Kessel tobte die Schlacht. Die Kräfte wogten hin und her. Heinrich kämpfte im Norden des Kessels, Wilhelm im Süden, dazwischen Theo. Sein schwerer Atem, der nur durch die Löcher seines Topfhelmes entweichen konnte, hallte in Theos Ohren wider. Heißer Schweiß rann in sein Wams. Das nasse Leinen klebte an seinem Körper und engte ihn ein. Der Geruch nasser Ketten mischte sich mit dem der Pferde und des Leders. Durch die Sehschlitze seines Helms nahm er schwarze Schatten wahr, die sich ihm langsam entgegenkämpften. Er tat einen prüfenden Blick um sich. Die Reihen der Lanzenträger und Fußkämpfer waren gelichtet. Doch seine Gefährten waren noch da. Neben ihm hieben Lieven und Mogrod um sich, daneben kämpfte Lamot. Rydenkasten, Ortliv und Gerulf waren verstreut. Merten und sein Vater waren nicht weit. Doch hier, direkt bei ihnen, waren sie den Schwarzen an Zahl unterlegen.

Dann entdeckte Theo Lupert. Ihre Sehschlitze waren aufeinandergerichtet. Eine Wahl gab es nicht mehr. Acht Schwarze standen gegen sechs Rote, als ein schwarzer Ritter mit dem märkischen Schach auf Theo einstürmte. Im selben Moment wurde der vorstürmende Schwarze von dem Ritter mit den senkrechten Haile im Schild zur Seite gerammt. Lupert! Ein Schlag sauste nieder.

Theo fing Luperts Hieb mit dem Schild, wendete sein Pferd und folgte ihm. Wieder drang ein Schwarzer auf ihn ein. Sie jagen mich!, durchfuhr es ihn. Auch seine Gefährten hatten kehrtgemacht. Die Pferde tänzelten umeinander herum. Schwerter krachten auf Schilde und Helme. Ein Kampf zwischen Rot und Schwarz entbrannte.

Klingsor traf einen Schwarzen, der augenblicklich schlaff in den Sattel sank. Auf seiner Schwertseite nahm Theo einen grünen Schemen wahr. Der Hieb sauste nieder, Stahl traf Stahl. Theo machte aus der Parade einen Angriff, indem er sein Schwert durchzog. Lupert keuchte, als Theo ihn an der Brust traf. Theo ließ sein Pferd steigen und wendete. Er sah Luperts glühende Pupillen durch die Schlitze funkeln. Lupert gab seinem Pferd die Sporen und holte zum Schlag aus. Da! Ein Hieb. Luperts Schwert fiel ins Gras. Augenblicklich sank sein Arm nieder, als wolle er mit dem Schwert zu Boden gehen.

»Lamot!«, brüllte Theo außer sich vor Zorn, denn der Bruder hatte in seinen Kampf eingegriffen.

»Töte das Schwert der Mark«, dröhnte Friedrichs Stimme in Theo. »Es wird dich sonst ewig heimsuchen.«

Doch zu spät, ein Ross stürmte in Theos Pferd. Theo presste die Sporen in den Leib seines Tieres, gleichzeitig rammte er dem schwarzen Reiter seinen Ellenbogen gegen den Helm. Der Reiter wurde abgedrängt, und sein Pferd trug Theo in ein anderes Gefecht.

✠

Auf der Halbhöhe entwich Adelheyd ein Schrei, als sie Luperts Arm herunterhängen sah. »Töte ihn doch!«, schrie sie, aber andere Dinge ereigneten sich ohne ihr Eingreifen. »Ich muss hinunter!«

»Nein, Kind«, rief Einhard, doch Adelheyd rannte bereits bergab.

✝

Rydenkasten sah, wie der Schwarze aus dem Gefecht mit Theo zu ihm hingedrängt wurde. Die Augen, die Bewegungen kannte er nur zu gut – Steven! So unvermittelt dieser Moment auch kam, so sehr hatte er ihn erwartet. »Rydenkasten!«, hörte er seinen Namen. Fast gleichzeitig musste er den Hieb parieren. Der Schlag war heftig. So heftig, dass die Klinge durch seine lederne Rüstung mit den eisernen Platten schnitt.

Kurz kippte Rydenkasten nach hinten weg. Der Schwarze setzte zum tödlichen Streich an. Doch Rydenkasten schnellte nach vorn, und mit den Händen griff er den Schild des Eisenmannes, riss und drückte an ihm. Dann schob er sich mit all seinem Gewicht hinüber zu Steven, sodass sie zu Boden stürzten. Ringend rollten sie sich im zerstampften Gras.

✝

Der Schlachtenlärm hatte einiges Landvolk an die Ränder der Schlacht angelockt; unter ihnen am Waldesrand sahen Adelheyd, Einhard und Pierre, wie ein Ritter ohne Surcot die Tecklenburger und Lipper in den Rücken des märkischen Heeres führte und einen Keil hineintrieb. Beinahe bildete die Allianz einen Ring um die Märker, als eine kleine Gruppe um den goldenen Helm Ados gerade noch durch die offene Stelle das Weite suchen konnte. In wilder Hatz floh das märkische Schach gen Osten.

»Seht doch, Ado von der Mark flieht! Wir haben gesiegt!« Einhard war die Erleichterung anzusehen. Seit dem Tod Friedrichs war die Erlösung von seiner Schmach, Friedrich und die ganze Sippe ins Unglück gestürzt zu haben, zum Greifen nahe.

Er sank auf die Knie und presste die Stirn in den Boden. So verharrte er eine Weile. Pierre kniete bei ihm, die Hand auf seinem Rücken. »Lass uns hinuntergehen, jetzt«, sprach Einhard froh. Wie ein junger Mann stob er voran, der erlahmenden Schlacht entgegen.

✝

Rydenkasten lag schwer atmend auf dem toten Körper. Er schnitt den Helmriemen seines Gegners durch und schob ihn dem Schwarzen vom Haupt. »Steven«, sprach er, »jetzt hast du endlich Frieden.«

Sechs schwarze Ritter lagen am Boden. Fünf Rote umringten den Marschall der Mark. Luperts Schwertarm hing schlaff herab.

»Gebt auf, Lupert von Bönen.« Theo löste den Riemen und nahm seinen Helm ab. »Es ist genug Blut vergossen worden.«

Hörner ertönten. Märkisches Fußvolk floh vom Schlachtplatz. Der isenbergische Kriegshaufen drängte sich um die Szenerie.

Lupert schaute geschlagen um sich. Er ließ den Schild vom Arm gleiten, löste den Helm und warf ihn zu Boden. »Du hast meinen Vater getötet«, sprach er, »ich werde nicht ruhen.«

»Er wollte mich töten. Hinterhältig und feige.«

»Töte ihn, Theo«, rief Lamot.

»Ich töte keine verwundeten Gegner«, sprach Theo. Er wandte sich zu Lupert. »Aber wir können unsere Feindschaft in einem Kampf Mann gegen Mann beenden, wenn du wieder genesen und Manns genug bist.«

✝

Vor einer Stunde war Ado von der Mark mit seinem Conroi an ihnen vorbeigeprescht. Doch Schwester Adda und ihre Mitschwestern strebten dem Schlachtfeld entgegen, denn nun begann ihr Kampf um die Überlebenden. Auch Einhard, Pierre und Adelheyd eilten dem grausigen Ort entgegen. Über Tote und in der Erde steckende Lanzen und Schwerter stolperten sie den Lebenden entgegen.

✝

Fußvolk hatte die Märker umringt, während diese, um ihren Anführer geschart, blutend und erschöpft der Dinge harrten. Mit der Kraft jedoch, die ein Sieg verleiht, jubelten die Truppen der Allianz. Grull, Otto von Tecklenburg, Bernhard von der Lippe, Wilhelm und Herzog Heinrich waren zu Theo herübergekommen. Alle umarmten sie sich nach dem glücklichen Ende.

Mogrod bemerkte Grull, der sich bei Bernhard und Otto hielt. »Bruder«, rief er, »komm her. Ich vergebe dir.«

Doch hatten auch die anderen Grull gesehen und drangen auf ihn ein. Sie waren froh, ihren Bruder wieder bei sich zu wissen. Sie trauerten um Ante und dachten an Glander.

»Der Sieg ist unser!«, erhob sich plötzlich eine Stimme über den Jubel. Einhard, Pierre und Adelheyd erreichten die siegreichen, von Kriegern umringten Gefährten. Einhard drängte sich durch die Vielzahl der Krieger und trat mit Fenrir in ihre Mitte. Dreimal hämmerte er mit seinem Wanderstab auf einen am Boden liegenden Schild. Als Stille eintrat, fasste er Theo bei der Schulter und rief: »Endlich hat unser Streben sein Ziel erfüllt! Wir haben viele Opfer zu beklagen, doch habt ihr Ado von der Mark gebrochen! Krieger von Limburg, Tecklenburg, Steinfurt, Lippe, Krieger von Wildenberg und Isenberg, kniet nieder und lasst uns einen Vers beten!«

Selbst Herzog Heinrich beugte das Knie vor dem minderen Manne. Einhard reckte seinen Stab in das Blau des Himmels und hob beschwörend die andere Hand. Dann rief er mit lauter Stimme:

»Der Wind streicht über Trümmer her
und singt das Friedrich-Lied.

Lang, da gab dem Lied die feste Form,
und der stolze Mann hielt der Kirche Gier im Bann.
Als uneinnehmbar sie galt,
die Rose ihre Wimpel zierte.
Doch Kirchengier und Vetternneid
das schöne Lied verdarb.
Nun stehen wir in der Elden Hall,
Nun stehen wir vor der Welten Thron.
Da wird wahr, was uns zu diesen Kriegen zwang.
Nun wird sein unser Herzen Wunsch.
Nicht des Gier'gen Sehnen
und des Lügners Wort nun gelte,
da wir das Knie beugen vor Allvattergott
und halten hoch, was euch verborgen.«

Einhard wollte enden und neigte sein Haupt zur Einkehr, doch plötzlich vernahm er Theos Stimme.

»Nun hat das Blatt gewendet sich,
denn die letzte Schlacht ist geschlagen heut,
viel Blut vergossen ward am Totenberg.
Doch ist die Rose heimgebracht, und
heilig Urteil ist gesprochen.
So blühe Rose unter freiem Geist,
da der Menschen Liebe ewig
deine Botschaft pflegen mag.«

Theo kniete wieder nieder. Einhard tat es ihm gleich. Ein leichter Wind strich über den stillen Ort, hob Wimpel und trocknete Blut und Schweiß auf den betenden Gesichtern.

Nach einer Weile brach Herzog Heinrich die Stille. »Schickt Eure Truppen in die Heimat und folgt mir nach Neuenberg. Wir wollen den Sieg feiern.«

In dem Pulk der Umstehenden entdeckte Theo Adelheyd, ein Getümmel entstand um sie herum, manche sammelten sich um ihre Anführer, manche strebten dem Schlachtfeld zu, um zu plündern. Doch wie damals in Zülpich trafen sich ihre Blicke und tanzten mit dem hellen blauen ihrer Augen.

»Theo!«, rief Herzog Heinrich, und Theo hob den Bann auf.

Die isenbergischen Truppen hatten sich auf dem Schlachtfeld gefunden und feierten ihren Sieg. Da entdeckte Adda ein ihr vertrautes Gesicht in der Menge.

Adelheyd sah Theo noch nach, der in der Masse verschwand. Da hörte sie eine Stimme nach ihr rufen.

»Adelheyd, Adelheyd, Kind, wo bist du gewesen?« Schwester Adda kam eilig auf sie zu.

»Haben sie dir etwas angetan?« Die Nonne betrachtete Adelheyd von Kopf bis Fuß.

Adelheyd wog ab. Dann drückte Adda sie an sich, und trotzig entschied Adelheyd sich: Das ist meine Berufung! Noch einmal wandte sie sich um und suchte nach Theo, doch Adda hatte sie gänzlich vereinnahmt, und Theo war ihren Blicken entschwunden. So verließ sie die feiernden Truppen und machte sich gemeinsam mit ihren Schwestern daran, sich um die Verletzten zu kümmern.

18. KAPITEL

Sommer 1233

Auf Neuenberg ließ der Lärm um sie herum Mogrod und Merten lauter sprechen. »Was machst du jetzt?«

Merten zuckte mit den Schultern und strich über den samtenen Ärmel seines Gewandes. »Ich bin von hier. Vielleicht werde ich Burgmann oder so etwas. Mein Vater wird mit Theo sprechen.«

»Er wird jetzt Graf. Graf Theo.« Mogrod lachte und fuhr sich mit dem Finger über die verheilende Narbe am Hals.

»Und du, was machst du jetzt?«, fragte Merten seinen Bruder.

»Ich weiß es nicht. Ich kehre nach Wied zurück.«

Merten nickte nachdenklich. »Zu zwölft haben wir vor fünf Jahren begonnen …«

»Erst Köbe und Prigge, dann Hannes …«

»Nun, er ist nicht tot«, wandte Mogrod ein und setzte die Liste der Brüder fort, »dann dein Bartosch, dann Raven.«

»Auch sie leben … Aber jetzt Ante.«

»Es war einfach nur grauenvoll.« Mogrod schaute auf seinen Zinnteller. »Jetzt sind wir noch sechs.«

»Sieben«, brachte Merten aus vollem Mund hervor, »wenn du Lieven mitzählst.«

Mogrod nickte und schwieg versonnen.

»Willst du nicht auch bleiben, Mogrod? Sprich mit Theo. Bitte, Bruder.«

Grull, der seine Ohren in das Gespräch gehängt hatte, ansonsten aber für sich saß, füllte sich vom würzigen Wein nach, während Rydenkasten ihm über die Tafel zuprostete. Eine Versöhnung, obwohl er meinen Tod wollte. Er kann es wohl als Erster nachfühlen, was es bedeutet, ausgestoßen zu sein. Grull erwiderte und ließ den Blick durch die Halle gleiten.

Vier Reihen langer Bänke und Tafeln trafen auf die Stirnseite. Dort saßen Heinrich, Theo und seine engsten Vertrauten zu seiner Rechten und Engelbert, Wilhelm und die Mitstreiter aus dem Norden zu seiner Linken. Grulls Auge schweifte weiter durch den weichen Glanz der Abertausenden Kerzen, die die Wimpel und Fahnen der Sieger in gnädigem Licht erstrahlen ließen, während ihre Risse, Schmutz- und Blutspuren wie aus einer verblassten Ewigkeit her mahnten. Dabei war das Morden erst gestern zu Ende gegangen.

Grull musste an Ante denken. Wäre er noch am Leben, wenn ich keinen Verrat geübt hätte? Er kannte die Familie. Antes Besonnenheit, sein nervöses Blinzeln, seit sein Vater im Lüdderich zu Tode gekommen war, und dann wieder seine Entschlossenheit – eigentlich ein Widerspruch. Sollte er hingehen und Antes Mutter seine Taten beichten? Sollte er überhaupt der Welt entsagen und in ein Kloster eintreten, er, der Lügner, der Verräter? Er hasste seinen Oheim und seine Mutter dafür, dass sie ihm das Schicksal des Judas aufgezwängt hatten. Zu ihnen werde ich jedenfalls niemals zurückkehren. Eher ziehe ich durch die Lande und suche meinen Gral, wie Einhard es uns an den Feuern stets erzählt hat. Oder soll ich hierbleiben?

Er liebte Theo. Ja, Theo war sein Bruder. Seine Stärke und sein Zauber ließen Grull zu ihm aufschauen. Theo hatte sein Land zurückgewonnen, das auch durch den Verrat von Grulls Vater verloren gegangen war.

Ich werde immer der Judas sein, bleibe ich hier. Wäre ich doch auf dem Totenberg verreckt! Dann wäre ich jetzt bei Ante.

Voller Grauen über die Vorstellung von dessen fürchterlichem Ende schloss Grull kurz die Augen. Dann nahm er seinen Pokal, sank in seinen Lehnstuhl und blickte durch die heitere Runde seiner Brüder. Mogrod und Merten hatten sich wiedergefunden, seit Bartosch von ihnen gegangen und Merten wieder zu ihnen gestoßen war. Grulls Blick wanderte zu Glander, der leichenblass in einem Lehnstuhl am Ende einer Bank neben Lamot saß.

Da setzte sich Einhard zu Grull. »Was gründelst du hier so allein herum, während alle feiern?«

»Ach, Einhard«, suchte Grull einen Moment lang nach dem Grund. Er kratzte sich am Hals und antwortete mit einer

Gegenfrage. »Du hast oft von dem Gral gesprochen, den nur der findet, der reinen Herzens ist.« Er machte eine kurze Pause, und Einhard ermutigte ihn durch ein Nicken fortzufahren. »Aber kann ich, der ich mich des Verrats schuldig gemacht habe, jemals meinen Gral finden?«

»Aber ja, mein Junge. Höre diesen Vers«, sagte Einhard und sprach: »Komm, komm ... wer immer du bist, Wanderer, Sucher nach der ewigen Heimat, du, der du zauderst und die Flucht liebst, es spielt keine Rolle! Dies ist keine Karawane der Verzweiflung. Komm, auch wenn du deinen Schwur tausendfach gebrochen hast. Komm, komm, noch einmal, komm!«

Grull schaute Einhard zweifelnd an.

»Ich glaub, Theo hat dir vergeben. Du hast Großes vollbracht in den letzten Tagen. Und auch ohne dies – die Gnade Gottes gilt allen, auch dir. Geh, sei bewusst und lass es dir eine Lehre sein: Tue niemals mehr etwas, was gegen deinen Willen ist, und finde deinen Gral. Geh deinen Weg.«

✝

Lamot legte Glander die Hand auf den Arm und sagte: »Du hattest recht mit deiner Vorhersage, es ist passiert. Es war Lupert von Bönen. Ich habe ihm in den Arm geschlagen. Er war der Ritter, den es zu töten galt, anstatt ihn am Leben zu lassen.«

»Hast du mit Theo darüber gesprochen?«

»Nein. Und was will er jetzt noch tun? Blankenstein angreifen?«

»Theo muss wissen, dass er Lupert töten muss, damit ihm keine Gefahr mehr von Lupert droht. Ich werde mit ihm sprechen.« Glander fasste sich an die kahle Stelle zwischen seinem Haar.

»Lass sehen.« Lamot drückte sich ein Stück von seiner Bank hoch und tastete die wulstige Narbe ab, die ihm wie ein roter Regenwurm entgegenquoll. »Tut es noch weh?«

Glander schüttelte den Kopf. »Alles ist wieder gut. Der Bauch hingegen macht mir Sorgen.«

»Du hast auch ein Pech. Erst der Kopf, dann das Gedärm.« Lamot ließ sich wieder auf die Bank sinken. Sie schauten sich in die Augen. »Gott sei Dank, dass du lebst.« Lamots Ausdruck veränderte sich. »Meinst du, Ante hat arge Todesqualen gelitten?«

»Ich weiß es nicht, Bruder. Ich weiß nur, dass es ihm gut geht.«

Lamot schaute zweifelnd, doch anstatt nachzufragen, was Glander meinte, fragte er: »Was wirst du jetzt machen? Bleibst du hier bei uns?

»Bei uns? Du willst also bleiben?«

Lamot nickte. »Es gibt keinen anderen Platz für mich.«

»Ich werde das Schwert niederlegen.«

»Warum? Bist du verrückt?«

»Verrückt? Ich denke nicht. Ich habe meine Bestimmung im Sayner Kloster gesehen. Dort ist mein Platz.«

✝

»Also«, sprach Theo an Lieven gerichtet, »wirst du mir erhalten bleiben, oder gehst du mit deinem Vater zurück nach Limburg?«

Unsicher schaute Lieven einen Moment zu seinem Vater Cedric, der neben ihnen saß, doch dieser sprach mit einer Geste der Arglosigkeit: »Das liegt in Lievens Hand, nicht in meiner.«

»Wenn du erlaubst, Vater, werde ich bei Theo bleiben.«

»Sicher erlaube ich das, Junge.« Cedric schlug Lieven auf die Schulter.

»Weißt du, wer das ist, Cedric?«, fragte Ortliv, der Mogrod freudig vor sich herschob und nicht mehr ganz standfest schien.

Cedric guckte Ortliv mit hochgezogenen Augenbrauen an. »Das ist Mogrod. Ich erkenne ihn ganz genau«, meinte er lachend und ahmte einen Betrunkenen nach. Ortliv und Mogrod waren in die Bank gegenüber gerutscht.

»Du erinnerst dich an die Freunde unseres Herrn Friedrich? Gerhard von Büderich und Conrad von Wied.«

Cedric nickte, während Theo aufhorchte.

»Dies ist sein Sohn! Dies ist Conrads Sohn!« Ortliv hieb Mogrod auf die Schulter, sodass dieser beinahe vornüberkippte.

»Du bist der Sohn Conrads von Wied?« Theo war, als fiele er aus allen Wolken. »Warum hast du nie ein Wort gesagt?«

»Ich wusste es selbst nicht, bis der hier«, wie beiläufig deutete Mogrod auf Ortliv, »mir sagte, dass unsere Väter enge Freunde waren … Als mein Vater starb, war ich erst zehn.«

»Erst zehn«, entfuhr es Theo spöttisch. »Mit zehn kann man schon mal über so was sprechen.«

»Haben wir aber nicht«, gab Mogrod gekränkt zurück.

»Schon gut, Bruder. Ich habe es nicht so gemeint. Willst du denn wieder nach Wied zurück?«

»Ich werde wohl müssen. Ich bin der Älteste.«

»Oh nein, tu mir das nicht an. All die Jahre …«

Doch Mogrod bedeutete ihm, dass alles Zetern, Drängen und Feilschen nichts helfe. »Wir bleiben verbunden, Theo, und werden uns mit Truppen beistehen.«

»Wen soll ich denn dann zum Hauptmann meiner Truppen machen?«

»Ich finde«, sprach Herzog Heinrich, »die dreihundert aus Molinheim unter Gerulf eignen sich bestens für die neue Limburg. Morgen werde ich euch beiden«, dabei deutete er auf Gerulf und Ortliv, »zu Rittern schlagen.«

»He, Herzog, hundert davon gehören mir!«, empörte sich Rydenkasten und fügte gerade noch ein abmilderndes »Herr!« an.

Alle fuhren entsetzt herum, doch Heinrich kannte mittlerweile die Ungeschliffenheit des vierschrötigen Herrn auf Östrich und schien ihm seine Rede nachzusehen. »Sei's drum, Rydenkasten, Euch erhebe ich ebenfalls in den Ritterstand. Und dich, Juncherr Theo, ernenne ich zum Grafen von Limburg.«

Die Brüder sahen Theo seine Beklemmung sofort an, während Heinrich zu glauben schien, er habe eine Salbung vollbracht.

»So war es abgemacht, Oheim«, sprach Theo kühl. »Du hast deinen Sieg, auch wenn du ihn nicht ohne mich und meine Brüder vollbracht hättest.«

»Ohne meine Truppen und mein Wort wäre hier gar nichts

zu gewinnen gewesen!« Heinrich zögerte, dann stand er auf, fasste Theo am Arm und zog ihn unter den hadernden Blicken der anderen mit sich. »Komm, Theo!«

»Graf von Limburg«, sprach Theo draußen erregt, »es gibt noch einige Einzelheiten, die zu besprechen wären.«

»Warum willst du den Namen, aus dessen Geschlecht du stammst, nicht tragen?«, erwiderte Heinrich.

»Ich habe gerade die Lande um den Isenberg wiedergewonnen. Ich werde immer, bis zu meinem Tod, der Graf von Isenberg sein. Mit diesem Namen wurde ich geboren, mit ihm werde ich sterben!«

Heinrich runzelte die Stirn. Dann kratzte er sich am Kopf. »Du stehst aber zu deiner Lehnstreue mir gegenüber?«, fragte er misstrauisch.

Theo entwich ein Stöhnen. Dann nickte er. »Und du dazu, dass du mich nicht nach Brabant verheiratest?«

Der Herzog seufzte ebenfalls. »Es wäre auch mit dem Sieg eine schöne Sache. Und das Mädchen soll sehr hübsch sein.«

»Das interessiert mich nicht.«

»Offensichtlich hast du Zeit gehabt, auf Brautschau zu gehen.«

»Der Krieg offenbart so einiges.«

»Wer ist sie denn, die dein Herz derart entflammt, dass du für sie deine Freiheit in die Waagschale geworfen hast?«

»Das, Oheim, wirst du als Erster erfahren. Sobald ich sie aus der Mark befreit habe.«

»Sie ist in der Mark?« Heinrich überlegte. »Du machst nicht etwa gemeinsame Sache mit Ado und freist eine Märkerin?«

»Gott bewahre. Ich werde sie dir vorstellen, Oheim.«

»Du weißt aber schon, wen du willst?«

»Darauf kannst du Gift nehmen.«

»Aber ist auch sie dir zugetan?«, bohrte Heinrich.

Theo schwieg.

»Nicht? Er hat sie nicht einmal gefragt!«, höhnte Heinrich. »Um Gottes willen, Theo …!«

19. KAPITEL

Sommer 1233

Eberhard stand auf dem Wehr der Markburg und trug seinen Arm in einer Schlinge. Der Hof der Hauptburg, in den er hinabsah, hatte sich in einen Verbandsplatz ausschließlich für die Adligen verwandelt. Er sah, dass auch die Vorburg über und über bespannt war mit leinenen Zeltplanen, die die Verwundeten vor der Sonne schützten.

Auf dem Gang erblickte er Adelheyd. Ihre Arme lagen auf den Zinnen des Wehres, ihr Kinn hatte sie daraufgelegt. Aus matten Augen spähte sie über die Felder, die sich aufmachten, vom satten Grün in das reife Goldgelb der Erntezeit zu wechseln. Mit schmerzverzerrtem Gesicht dachte Eberhard an den Schnitt samt Quetschung, den Grull ihm zugefügt hatte. Ich sage ihr, dass ich in der Schlacht verletzt wurde … Eine gute Partie bleibe ich auch so – trotz des verlorenen Krieges. Theo wird nichts von unserem Land fordern, dachte er, er wird nur das Land seines Vaters zurückhaben wollen.

Bang schaute Eberhard nach Westen. Nicht weniger als Theos Ankunft fürchtete er die Wut seines Vaters. In der Burg war niemand sicher vor Ado, jedem anderen schob er die Schuld an der Niederlage zu. Deshalb hielt Eberhard sich lieber außerhalb der Hallen und Säle auf, auch wenn es heiß war hier draußen, wo die Burghöfe vom Stöhnen der Verletzten und vom faulen Geruch nach Krankheit erfüllt waren.

»Eberhard«, Adelheyd hob den Kopf und straffte sich, »wie geht es Euch?«

»Adelheyd, nenn mich doch endlich bei meinem Namen.«

»Das mache ich doch«, sagte sie mit unschuldiger Miene.

»Ich meine, lass doch endlich die Form. Meine Gefühle für dich sind so stark. Ich mache mir viele Gedanken über unsere Zukunft.«

Eberhard bemerkte Adelheyds Zurückhaltung. Nach einigem Überlegen sagte sie: »Ich werde den Schleier nehmen, Eberhard.«

Eberhard schwieg. Eine beklemmende Stille, in der beide nach einem Ausweg zu suchen schienen, trat ein. Adelheyd schaute unsicher auf die Felder außerhalb der Burg, und als sei ihr Wunsch nach Erlösung erhört worden, regte sich dort etwas. »Ich glaube, es gibt wichtigere Dinge als mich«, sagte sie schnell und deutete mit der Stirn nach Westen.

Fahrig taumelte Eberhard rückwärts, fast stolperte er über eine Unebenheit in einer Diele. Er ließ Adelheyd stehen und rannte, außer sich vor Entsetzen, die Stufen des Wehrgangs hinunter.

✝

Als Adelheyd wieder allein auf dem Wehr stand, dachte sie über Eberhard nach. Wie sollte ich dich jemals lieben können?, überlegte sie und spähte wieder zum Horizont. An der Spitze sah sie die roten Surcots. In der Mitte machte sie Luperts grünes Überkleid aus, daneben – das musste Theo sein. Ihr Herz schlug höher.

Dann hörte sie, wie Graf Ado, gefolgt von Eberhard, wenig später die Treppe zu den Zinnen heraufkam. Mit einem Wink der Hand wies er Adelheyd an zu gehen.

Um die Szenerie dennoch zu beobachten, suchte sie sich im unteren Wehr einen Platz bei einer Schießscharte, indem sie sanft, aber bestimmt einen Soldaten beiseiteschob.

✝

Theo sog den Duft des frühen Morgens ein. Seit den Ruhrauen waren sie dem traurigen Zug der in die Mark rückströmenden Soldaten und den Fuhrwerken, die Tote und Verwundete trugen, begegnet. Vor den Toren der Burg stoppte die Kolonne der Siechen unter Zetern, Jammern und Fluchen, als die Fallgitter rasselnd heruntergelassen wurden.

Heinrich gab ein Zeichen, und der Aufmarsch des isenbergisch-limburgischen Heers verteilte sich zu einem Belagerungsring um die Wasserburg. Dann trieben Heinrich, Theo und Einhard ihre Rösser voran zu der Stelle, auf die Ado und Eberhard von den Zinnen hinabschauten. Eine gespannte Stille breitete sich über der Burg aus. Die Sonne brannte über Schwalben, die hoch am blauen Himmel flogen. Unbeeindruckt schwirrten Elterntiere hier und da unter die Giebel der Dächer, um ihre ungeduldigen Jungen zu füttern. Durch das Schilfrohr der Gräfte fuhr ein sanfter Wind und wiegte die braunen Dolden hin und her.

»Sagt, was Ihr wollt, und dann zieht Eurer Wege«, kam es von der Mauer.

Das ist Ado, wie er leibt und lebt, dachte Theo.

»Soll alle Welt der Schmach Eurer Aufgabe ansichtig werden?«, rief Heinrich.

»Welcher Schmach, Heinrich von Limburg?«

»Der Schmach Eurer Niederlage von Sonnborn und Eurer erbärmlichen Flucht, Graf.«

»Wir haben eine Schlacht verloren, na und?«

»Euer Heer ist vernichtet, und das wisst Ihr so gut wie ich. Also tut nicht so, als ob es noch etwas zu verhandeln gäbe!«

»Ihr wollt Einlass? Den gebe ich Euch nicht«, lenkte Ado ab.

»Fürchtet Ihr derart um Euer Leben?«

»Sagt, was Ihr wollt!«

»Wir können Euch belagern, Euer Land und dann Euch Euer erbärmliches Leben nehmen … Aber wir machen uns nicht schuldig, wie Ihr es getan habt.«

»Was soll das heißen, Limburg?«

»Für Euch bin ich immer noch der Herzog von Limburg, und wenn ich wollte, würde ich Euch den Lehnseid abnehmen, und Ihr stündet unter meinem Befehl!« Heinrich räusperte sich. »Aber Euch will ich gar nicht in meinen Diensten haben … Nein, Ihr erklärt den Frieden, und wir nehmen nur die alten isenbergischen Lande samt ihren Vogteien, oder wir beginnen mit der Belagerung und nehmen Euer Land dazu!«

»Ist das Eure Bedingung?«

»Das ist unser Dekret, wenn Ihr der Belagerung entgehen wollt!«

»Dann bringt mir eine Urkunde, die ich prüfen kann!«

Theo hob die Hand, und Mogrod kam heran. »Bring die Urkunde zum Tor, Mogrod.«

Mogrod wendete sein Pferd und sprengte vorbei an dem Zug der Verwundeten zum Tor der Burg. Theo sah, wie Ado etwas nach hinten raunte und einer der Bogenschützen zum Haupttor lief. »Wenn mein Bote stirbt, Graf, beginnen wir ebenfalls mit der Belagerung.«

Heinrich blickte hadernd zu seinem Zögling.

Wieder sprach Ado etwas nach hinten. Sie warteten eine bange Weile, dann kehrte Mogrod, ohne dass ihm ein Haar gekrümmt worden war, zurück und gab Zeichen, dass sein Auftrag vollzogen war. Erleichtert atmete Theo auf, und auch der Herzog tat einen Seufzer.

Die Forderung bekräftigend, rief Heinrich: »Wir ziehen nicht eher ab, bis wir die gesiegelte Urkunde wieder in den Händen halten!«

Ado wandte sich zur Seite. Offenbar nahm er die Urkunde gerade entgegen.

Zu einer weiteren Bestärkung hob Theo die Hand, und Lamot trieb sein Pferd an. Am Zügel führte er Lupert. »Wenn die Urkunde bis zum Nachmittag nicht hier ist«, rief Theo, »wird Euer Marschall den Abend nicht erleben.«

Eberhard schnellte mit forschendem Blick vor, und auch Ado starrte beeindruckt herüber.

»Wir ziehen uns zurück!«, sagte Theo und verschwand aus ihren Augen.

Adelheyd hatte alles von Theos Augen verborgen beobachtet. Nun sah sie, wie Sergeants umherritten und den Truppen zu lagern befahlen. Auch sah sie, wie Theo und seine Brüder abstiegen. Soll ich hinuntergehen, fragte sie sich, und einfach zu ihm laufen? Nein, wie soll das gehen? Eine Frau, die einem

Mann Avancen macht? Vor aller Augen? Dummes Ding! Ihr Herz pochte unruhig.

»Adelheyd«, Gulda wies mit erhobenem Arm zur Burg hinaus, »komm, Kind, wir müssen uns um die Verletzten vor den Toren kümmern.«

Jetzt, dachte Adelheyd, ist die Gelegenheit da. Eine bessere wird es nicht geben. Sie folgte den Schwestern auf die Zugbrücke. Kurz schaute sie Gertrud an und flüsterte: »Leb wohl.« Dann raffte sie ihren Habit und lief los. Sie rannte über die steinerne Brücke, streifte die Haarhaube ab, lief über das zertretene Gras auf dem Vorfeld der Burg, vorbei an dem Siechenzug, ihr blondes Haar öffnete sich, sie rannte weiter, sie rannte, rannte auf Theo zu.

Lasst uns das herzlose Streben und Weben in der Welt
so einfrieden, dass ein menschenwürdiges Leben möglich wird!
nach Bodo Marquard

Glossar

Abt/Äbtissin – Vorsteher/Vorsteherin eines Klosters. Sie waren Bischöfen gleichgestellt, unterstanden jedoch dem Papst direkt, während Bischöfe dem Erzbischof einer Erzdiözese unterstanden und sich durch bestimmte Aufgaben abhoben. Fürstäbte und -äbtissinnen unterstanden nur dem Kaiser.

Achtblättrige Rose – siehe Gralslinie

Adelindiskreuz – die vom Deutschen Orden benutzte Form des Tatzenkreuzes mit geraden Armen, die nur am äußeren Ende verbreitert sind (schwarz auf weißem Grund)

Armiger – Adliger, ritterbürtiger, heranwachsender, aber noch nicht zum Ritter geschlagener Krieger bzw. Knappe; auch Edelknappe

Balley (lat. ballivus = »Aufseher«, baillivus = »königlicher oder lehnsfürstlicher Beamter«, baiulus = »Lastträger«) – Balley oder Ballei meint einen Verwaltungsbezirk oder eine Ordensprovinz eines Ritterordens. Die Verwaltung einer Ballei des Deutschen Ritter-Ordens unterstand dem Landkomtur.

Bergfried – mhd. für »Berchfrit«; unbewohnter Hauptturm (Wehrturm) einer mittelalterlichen Burg

Bloßfechten – Kampf ohne Rüstung zu Fuß

Conroi – altfranz. für eine Gruppe von etwa fünf bis zehn Rittern, die sich gemeinsam in Waffen übten und kämpften; gemeins. Kleidungsteile (Protouniform), Feldzeichen und Befehle

Cotta – Unterkleid (niderkleit), in einfacheren Kreisen aus Leinen, in höheren Kreisen oft aus feiner Wolle, z.B. flandrischem Wolltuch. Häufig besaß die Cotta überlange Ärmel.

Culinaria – Küchenmeisterin eines Klosters

Destrier – schnelles, wendiges Turnierpferd, durch Züchtung (Schultermaß 120–140 cm) und Ausbildung von hohem Wert; manchmal auch in Schlachten verwendet, jedoch wenig ausdauernd

Deutschmeister (Magister Germaniae) – Seit 1219 Titel des hohen Gebieters des Deutschen Ordens für die deutschen Lande. Steht als Landmeister für Deutschland den Balleien in deutschen Landen vor.

Düren – mhd. für »Düren«, was so viel bedeutete wie »durch Umwallung und Tore befestigter Handels- und Verwaltungsort«

Elevator – lat. für »Heber«, »emporheben«; Bezeichnung für ein chirurgisches Instrument, das allgemein dazu dient, etwas an- oder abzuheben. Man verwendete Elevatorien zum Beispiel zum Aufrichten eingedrückter Knochenteile.

Fides – Glaube (christliche Tugend)

Fortitudo – Tapferkeit (philosophische Tugend)

Fronhof (ahdt. frô = »Herr«) – bezeichnet einen herrschaftlichen Gutshof, der im Zentrum einer mittelalterlichen Grundherrschaft steht

Gambeson – gepolstertes Schutzüberkleid, beim Üben und unter dem Kettenhemd getragen

Gebende – Tuch, das sich weibliche Geistliche um Kinn und Kopf banden. Verhüllt zusammen mit dem Kopftuch das Haar.

Gleve – mhd. für einen Ritter umgebenden Kriegertrupp oder auch eine Gruppe von Rittern um einen Anführer – siehe Conroi

Go-Gericht – ein Rechtsinstitut aus der Sachsenzeit. Der Begriff »Go« wandelte sich später in das Wort »Gau« und bedeutet so viel wie »Landschaft«. Die Macht des Go-Gerichts, das i.d.R. durch den Gografen wahrgenommen wurde, bezog sich auf Streitfälle aller Art. Die Strafen gingen von Leibesstrafen wie körperliche Verstümmelungen und Stockschläge, Ehrenstrafen wie das Anbinden an den Schandpfahl bis zur Todesstrafe.

Gral – Heiliger Gral, Gralslinie – siehe Hintergründe zur abendländischen Gralsmystik unter www.Henning.Isenberg.de/coeln

Gräfte – altwestfälische Bezeichnung für Wassergraben/Burggraben

Großinquisitor – Groß- oder Generalinquisitor, im Mittelalter mit besonderen territorialen Befugnissen

Haile – mittelalterliche Fußfessel für Pferde (Wappen derer von Bönen)

Häresie (altgriech. haíresis) – abweichende Anschauung von den Glaubensgrundsätzen einer Kirche bzw. Religion (Ketzerei)

Halmbarte – Halm = Stange mit eisernem Schaft und geschärftem Bart; Vorläufer der Hellebarde

Halsberge (altdt. halsberc) – schützender Teil der Rüstung am Hals eines Kriegers, im frühen 13. Jh. noch aus Kettenringen analog dem Kettenhemd

Halseisen – Halsring, an einem Stein, meist an einer öffentlichen Stelle wie dem Rathaus, zur Strafverbüßung angebracht

Hamm – mhd. Flurbezeichnung für die spätere Stadt Hamm in Westfalen

Hase und Jäger – mittelalterliches Brennball mit i.d.R. zwei Dreier-Mannschaften

Haus Gerkendahl (lat. Domus Gercinole) – eine Wasserburg und Rittergut nahe der Ruhr (im 18. Jh. abgerissen)

Helmbrünne – Helmunterzug aus Kettengeflecht, verbunden mit der Halsberge, d.h. einem Schutz des Mund- und Kieferbereichs

Hirnhaube – eng anliegende, die Schädeldecke und Stirnpartie schützende Eisenkappe, ab dem frühen 13. Jh. oft verbunden mit Helmbrünne

Hirschfänger – große beidseitig geschliffene, rund 40–70 cm lange Jagdwaffe

Hochmeister – höchstes Amt des Deutschordens. Im Abendland durch die Landesmeister vertreten, da er ursprünglich als höchste weltliche und geistliche Autorität des Ordens im Heiligen Land residierte. Vertretung des gesamten Ordens nach außen, z.B. gegenüber dem Kaiser, Königen und dem Papst.

Hofämter – Kanzler (cancellarius) – Führung der äußeren Geschäfte, Landesherrschaft und Vertreter nach außen; Truchsess (dapifer) – Hofverwaltung und Küchenmeister; Seneschall (senescalcus) – Vorrat und Verpflegung; Kellerer (cellarius) – Kellermeister; Marschall (marescalcus) – Heermeister/-führer; Kämmerer (camerarius) – Vermögens-, Vorrats- und Haushaltsführung, Schatzmeister; Quartiermeister (mansionarius); Mundschenk (buticularius, pincerna) – Tafelamt: Versorgung der herrschaftlichen Tafel mit Wein und anderen Getränken, Verwaltung der Weingärten; Brotmeister (lat. Panetarius, panistarius, pistor) – Tafelamt: zuständig für Brot und Gebäck und für das Wasser und die Tücher zur Reinigung der Hände

Horen – Stundengebete

Hospital – Räume bei einem Kloster, in denen Gäste/Reisende untergebracht und verpflegt wurden; meist nicht innerhalb der Klostermauern

Infant – ab dem 13. Jh. Titel der Kinder der span., port. und franz. Monarchen

Juncherr – Edelknabe, junger Adliger

Juvenes – Jungritter in den ersten Jahren nach ihrer Schwertleite

Katharer (altgriech. katharós) – die Reinen; Anhänger einer radikalen christlichen Glaubensbewegung vornehmlich im Süden Frankreichs (aber auch in Italien, Spanien und Deutschland)

Katharismus – siehe Hintergründe zur abendländischen Gralsmystik

Klamm – enge Schlucht

Knappschaft – zur Waffenausbildung im Dienst eines Ritters oder eines Ritterordens stehender junger Mann

Kommende, auch Komturei – Niederlassung eines Ritterordens

Komtur – Der Komtur übte alle Verwaltungsbefugnisse aus. War dem Landkomtur (auch Bailli) unterstellt. Mehrere Kommenden wurden in einer Ballei (einer Ordensprovinz) zusammengeschlossen.

Landkomtur(ei) – in der Ordenshierarchie über dem Komtur/ der Komturei stehend und dem Deutschmeister untergeordnet

Lenne – Fluss im Sieger- und Sauerland

Lomme – hist. Bezeichnung für ein Fischerboot

Magister Civium – Bürgermeister

Mannloch – türartiger Einlass in/neben einem Tor

Maze – ritterl. Tugend: Demut; Milde, Selbstbeherrschung

Mariæ Heimsuchung – 2. Juli

»De Marca« – märkischer Schlachtruf

Masowien – Kernzelle des heutigen polnischen Staatsgebietes

Münzherr – ein mit dem Recht Münzen zu schlagen ausgestatteter Regionalherr; Kaiser = ob. Münzherr

Olifant – Horn

Palas – zentraler repräsentativer Saalbau einer mittelalterlichen Pfalz oder Burg im 11. bis 13. Jh.

Pfalz – Herrschaftsburg mit repräsentativem Palas, der häufig durch einen romanischen Bogengang mit den Privatgemächern verbunden war

Prußen – mhd. für »Preußen«

(Pfeffer-)Potthast – eine Art westf. Eintopf aus in Schmalz gebratenem Rindfleisch und viel Zwiebeln, gewürzt mit Lorbeerblättern, Nelken und Pfeffer

Renner (engl. courser, frz. coursier) – leichtes, aber starkes Pferd (Schultermaß 140–150 cm), im Mittelalter oft als

Schlachtross, wegen seiner größeren Ausdauer (als die Destriers) auch als Jagdpferd genutzt

Runtzid (frz. roncin) – das weniger wertvolle Allzweck-Pferd des Mittelalters. Es wurde hauptsächlich als Last-, Zug- und Packpferd genutzt. In der Schlacht war es Knappen, Waffenknechten und nicht ritterlichen Kriegern vorbehalten.

Ritanwerk – mhd. für »Reitwerk«, eine vorindustrielle Eisenproduktionsstätte; endete erst mit der Industrialisierung

Rotwelscher – Das Rotwelsch war die Sprache der Fahrenden, Vogelfreien, Bettler und Zigeuner. Es setzt sich aus tschechischen, jiddischen und verunglimpften deutschen Bezeichnungen zusammen und gilt als Geheimsprache des Mittelalters (bsp. Gaunerzinken, malochen).

Scheibenfibel – Spange, mit der der Umhang am Hals zusammengehalten wurde

Schleier – Kopfbedeckung meist weiblicher Geistlicher, die Kopf und zumeist die Schultern bedeckt

Schmökern – eine Hinrichtungsmethode, bei der der Delinquent an einen Pfahl gebunden und auf einem herumgeschichteten Holzstoß verbrannt wurde

Scholaster – Leiter einer Stiftsschule, gehört damit zum Kapitel des Stifts (Stiftsleitung)

Schwert – Die Parierstange oder Hilze bildet mit dem Griff und der Klinge das Kreuz des Schwertes. Der Schnittpunkt wird als »Herz« und »Ort« bezeichnet.

Schwertleite – Im Mittelalter gab es ab dem 8. Jh. unterschiedliche Arten des Ernennungsrituals zum Ritter. Die Schwertleite entsprach in erster Linie der Gürtung mit dem Schwert samt Gehenk. Hinzu konnte die Verleihung der Sporen kommen (daher: »Sich die Sporen verdienen«). Der Ritterschlag kam erstmals im frühen 13. Jh. vor und wird König Wenzel von Böhmen zugeschrieben.

Skapulier – lat. für »Schulterkleid«, Überwurf über Brust und Rücken mancher geistlicher Orden

Spittel – später Spital: Ort zur Aufnahme und Behandlung Sichender, Kranker und Verletzter

Stift – Gemeinschaft von Weltgeistlichen, die um eine Kirche angesiedelt sind. Oft umfassen Stifte Klöster.

Stockziehen – Wettkampf-Spiel, bei dem sich zwei Gegenübersitzende einen Stock zwischen sich greifen und die Füße gegeneinanderpressen. Das Ziel ist, die Beine gegen den anderen auszustrecken.

Stollentruhe – aus Bohlen bestehender Kasten mit Deckel und Stollenfüßen zur Aufbewahrung von Kleidern

Stäupen (westwendisch staup = »Altar«, »Pfahl« oder »Pfosten«) – Bezeichnete ab dem Mittelalter eine unehrenhafte Körperstrafe, bei der der Verurteilte am Pranger bzw. an der Staupsäule geschlagen wurde.

Surkot/Surcot – überlanges Kleid über dem Kettenhemd oder Waffenrock, das häufig das Wappen des Lehnsherrn zierte

Süderberge – ma. für das bergische Land

Sauerland – ma. Bezeichnung Süderland

Tag der heiligen Rosina – 11. März

Tappierer – Vermögensverwalter und Zeugmeister; auch Thesaurar eines Klosters oder Stifts

Tressler – Leiter des Finanzwesens

Topfhelm – annähernd zylindrischer Helmtyp mit Sehschlitzen; auf dem Dritten Kreuzzug (1189–1192) entwickelt und bis ins 14. Jh. gebräuchlich

Urbar – lat. Urbarium, Verzeichnis über Besitzrechte einer Grundherrschaft

vierzig Hiebe – höchstmögliche Strafe ohne ordtl. Go-Verfahren

Villam (lat.) – In Abgrenzung zu Curtis ist die Villam ein nicht befestigtes Dorf.

Volljährigkeit – Die Volljährigkeit wurde im Mittelalter etwa mit siebzehn Jahren erreicht.

Vogt – Im Namen eines Kirchen- oder Landesherrn regierender, meist adeliger Verwaltungsbeamter insbesondere des Mittelalters über eine Vogtei.

wendisch – mittelalterliche Bezeichnung für die slawischen Sprachen

Wolfsangeln – an Bäumen in Sprunghöhe von Wölfen aufgehängte Widerhaken mit Fleischködern

Wendelstein – einem Gebäude vorgelagerter Turm, in dem sich der Treppenaufgang befindet

Werder – Insel, Sandbank, Eiland

Zehnte – Einnahmen des zehnten Teils aus einem Handelsgeschäft durch einen Souverän

Personen

Die Mächtigen des Reiches

Kaiser Friedrich II. – Roger-Friedrich von (Hohen-)Staufen, *1194 in Jesi/Italien, †1250 in Castel Fiorentino/Italien. Stammt aus dem Adelsgeschlecht der Staufer, war ab 1198 König von Sizilien, ab 1212 römisch-deutscher König und von 1220 bis zu seinem Tod Kaiser des Römisch-Deutschen Reiches, ab 1228 auch König von Jerusalem. Er lebte überwiegend im Südreich (achtundzwanzig seiner neununddreißig Herrscherjahre).

Papst Gregor IX. – eigentlich Ugolino dei Conti di Segni, genannt Gregor IX., *um 1167, †1241 in Rom. Gregor erneuerte den Entvogtungserlass, vertrat die Suprematie des Papstes (Stellvertretung Gottes und Machtempfang durch diesen) gegen Kaiser Friedrich II., reformierte die Kirchengesetzgebung, förderte die Orden der Franziskaner und Dominikaner und bekämpfte Häretiker durch die Inquisition.

König Heinrich VII. – Heinrich von (Hohen-)Staufen, *1211 in Sizilien, †1242 in Martirano/Italien. Nach seiner Mündigkeit paktierte er ab 1232 mit dem französischen Königshaus, den süddeutschen Städten und den Lombarden. Als sein Vater, Kaiser Friedrich, ihn ermahnte, reagierte er mit offenem Aufstand und schuf ein Bündnis gegen den Kaiser. Nach fünfzehnjähriger Abwesenheit in Dt. kam Friedrich II. mit einem eindrucksvollen orientalischen Pomp zurück und setzte seinen Sohn ab. Mutmaßlich soll sich der durch lange Haft geschwächte und an Lepra erkrankte Heinrich 1242 in Martirano mit seinem Pferd in einen Abgrund gestürzt haben.

Erzbischof Heinrich von Molenark – *um 1190 auf dem Rittergut Müllenark bei Düren, †1238 in Köln, Heinrich von Müllenark oder Molenark

Hermann von Salza – *1162 in Langensalza/Thüringen, †1239 in Salerno/Italien, von 1210 bis 1239 der 4. Hochmeister des Deutschen Ordens

Theos Gefolgsleute

Dietrich oder Theoderich von Isenberg – (1215–1301) genannt Theo. Sohn Friedrichs von Isenberg und Sophies von Limburg. Er gilt als erster Graf von Isenberg zu Limburg an der Lenne. Neffe Herzog Heinrichs von Limburg-Berg. Führernatur, bester Fechter am Boden und zu Ross und drittbester Werfer unter den Ordensbrüdern zu Ramersdorf. Trägt nach den Prüfungen den Titel »Das Ordensschwert«. Namensbedeutung: lat. Form von Dietrich und Kurzform vom lat. Theoderich.

Friedrich II. von Isenberg – (1217–1247) Bruder Theos, Begründer der Styrumer Linie

Wilhelm von Isenberg – (ca. 1206–1260) Bruder Friedrichs von Isenberg und Onkel von Theo

Heinrich von Limburg-Berg – (1194–1246) Herzog von Limburg und Graf von Berg; Oheim und Lehnsherr von Theo, Anführer und Patron des Bündnisses

Cedric – ehemaliger Knappe Friedrichs, der am Limburger Hofe blieb und Heinrichs Knappe wurde

Otto von Tecklenburg – (1185–1263) Freund Friedrichs von Isenberg und im Bündnis mit Theo und Heinrich

Engelbert von Isenberg – (ca. 1198–1250) Bischof von Osnabrück (1224–1226 und 1239–1250)

Adeleyd von Sayn – (ca. 1222–1296) Theos Liebe und spätere Frau

Ermesinde von Burg Luxemburg – (1186–1247) Ermesinde von Luxemburg, Stiefmutter Heinrichs und Sophies, Großmutter Theos

Weitere

Walram II. Monjoe und Polvache – (1198–1242) jüngerer Bruder Heinrichs von Limburg und Belagerer von Zülpich

Johann I. von Sponheim-Sayn – (ca. 1200–1266) Vater Adeleyds von Sayn

Rydenkasten – Statthalter auf der Burg Östrich

Gerulf – ehemals als Schreiber in Friedrichs Diensten; Krieger auf Burg Östrich

Ortliv – ehemals in Friedrichs Diensten; baute mit anderen die Palisadenburg »Sieben Gräben« auf dem Schleipenberg oberhalb der heutigen Hohenlimburg

Freiherr Ludolf III. von Steinfurt – Verbündeter der Bruderschaft Sapientis

Heinrich von Sankt Gereon – Scholaster im Kloster Sankt Gereon zu Cöln; früher Vertrauter Friedrichs von Isenberg (Theos Vater)

Ricbertus von Schwerte – Vasall von Theo

Bruder Werner – Abt im Stift Sankt Mariä der Minderen Brüder zu Cöln des Grafen Henrik von Sayn

Bruder Wilhelm – Mönch im Stift Sankt Mariä der Minderen Brüder zu Cöln des Grafen Henrik von Sayn

Bruder Gerhard – Mönch im Stift Sankt Mariä der Minderen Brüder zu Cöln des Grafen Henrik von Sayn

Gerhard von Büderich – Medicus im Stift Sankt Mariä

Vogteistift Essen-Werden

Aleidis von Wildenberg – Fürstäbtissin der Essener Stifts Kloster Essen, Werden, Rellinghausen von 1216–1237

Gulda – Nonne im Stift und Leitung des Spittels auf dem Hâm

Adda – Nonne im Stift

Deutschorden Ramersdorf

Graf Henrik III. von Sayn – (1993–1247) Heinrich von Sayn, gen. Henrik, Feldherr aufseiten Molenarks und Stifter der Kommende Ramersdorf

Meister des Ordens

Geradus von Ramersdorf – Komtur der Kommende und Lehensmann Heinrichs von Sayn

Meister Teyvas – Schwertmeister

Meister Ägidijus – Spittelmeister und Meister der Kräuterkunst

Meister Vitgar – der sagenumwobene Schmied; Sohn Vœlunds (Völund)

Meister Eigil – Jagd- und Bogenmeister und Onkel Vitgars; Sohn Vœlunds

Meister Xaver – Wurf- und Baumeister

Meister Herbordus – Rittmeister, Meister im Kampf zu Ross

Ordensbrüder

Bruder Lieven – älterer Ordensbruder und Cêdrics Sohn, später Knappe Theos

Raven von Ravenstein – Ordensbruder und Anführernatur; mhd. für »Rabe«

Ante von Forsbach – Ordensbruder, Anführernatur und zweitbester Werfer; mhd. Kurzform des hlg. Antonius

Mogrod von Wied – Ordensbruder und enger Freund Theos, schlechter Werfer, aber bester Bogenschütze und drittbester zu Pferd, verschlossen und etwas schwer von Begriff; mhd. für »Morgenrot«

Glander Speersneyder – ehrgeiziger Ordensbruder und zweitbester Schwertkämpfer, Cölner Patriziersohn; mhd. für »Glanz«

Lamot de Are – Ordensbruder, bester Messerkämpfer und bester Bogenschütze, Bastard des Grafen von Are, mit heißblütigem Temperament und spitzer Zunge ausgestattet

Merten Vittinghoff – Ordensbruder, bester Stangenkämpfer und zweitbester zu Pferd, etwas raubeinig und einfach

Grull von Lynn – Ordensbruder und Spion der Mark, in seiner Rolle zerrissen; mhd. für »das Grollen«

Bartosch Landemert – Ordensbruder, der nach dem Tjosten gehen muss; Kurzform von Bartholomäus, einem Heiligen

Hannes von Dyre – Ordensbruder, bester Werfer, ausgleichend, genügsam, muss nach dem Schicksalspfad gehen; Kurzform von Johannes dem Täufer

Köbe von Eitorf – Ordensbruder, schmächtig, findig und klug; mhd. von hlg. Jakobus. Im wendischen Sprachkreis heißt »Köbis« so viel wie »Züchter«.

Prigge Pasel – Ordensbruder und guter Messerkämpfer; mhd. für »Stechwerkzeug«

Gefolgschaft Ados von der Mark

Adolf I. von der Mark – (1182–1249) Begründer der Linie von der Mark

Mechgardis von der Mark (geb. von Loen) – zweite Ehefrau Ados von der Mark. Ihr Vater wurde von Friedrich von Isenberg gefangen genommen und verstarb nach fünfjähriger Haft.

Ludolf von Bönen – Als Ministeriale stand er dem Grafen Adolf zu Diensten und ist für die Jahre 1199 bis 1226 in Urkunden als Drost nachweisbar. Er veranlasste den Kauf der Burg Mark. Er befehligte 1225/1226 die Belagerung der Isenburg als Heermeister der Mark. Er starb mutmaßlich 1230/1231. Wappen: rote Haile auf weißem Grund.

Lupert von Bönen – Folgte seinem Vater als Heermeister der Mark nach und bestritt für die Mark die Isenberger Wirren.

Hermann von Lœn – Heermeister in der Sůdermark; Mechgardis' Bruder und Ados Schwager

Eberhard von der Mark – (1210–1241) ältester Sohn Ados und Kämmerer im Krieg gegen Theo

Graf Ludwig von Ravensberg – (*um 1200, reg. 1221 bis †1249) Als Erbteil Juttas, seiner Schwester, verlangten die Tecklenburger die Herausgabe der Herrschaft Vlothos. Die Burg Vlotho verlor er gegen ein Tecklenburger Bündnis.

Giselher II. von Schwerte – Knappe Luperts, Sohn Ricbertus' von Schwerte de Altena

Steven – abtrünniger Knappe Friedrichs von Isenberg, wurde im Friedrich-Lied verletzt und gibt Rydenkasten die Schuld daran

Gefolgschaft Erzbischof Molenarks

Endrich von Eppendorf – eigentlich Heinrich; Stadtvogt von Cöln, oberster Beamter des Erzbischofs

Komtur Gerald – Meister der Glaubensbrüder im Deutschorden und Weihbischof im Domkapitel zu Cöln; Widersacher der Ordensritter

Bischof Bernhard (IV.) von Paderborn – Bernhard zur Lippe war von 1228 bis 1247 Bischof von Paderborn.

Inquisitoren

Conrad von Marburg – (1190–1233) Großinquisitor im Nordreich

Bruder Hugo – Archediakon von Rheims

Ems
Mœnaster
Wasserburg
Stênfœrde
Nienbrügge
Lîppe
Herringer
Heide
Bœnen
Werl
Welheim
Ûnna
Trotmünt
Swêrde
Rûr
Essen
Aegeste
Œstric
Elsêy
Sieben
Gräben
Isenbourgh
Altena
Lennep
Neuenberghe
Rîn
Agger
Cölln
Deutz
Bensberghe
Sieg
Ramserdorf

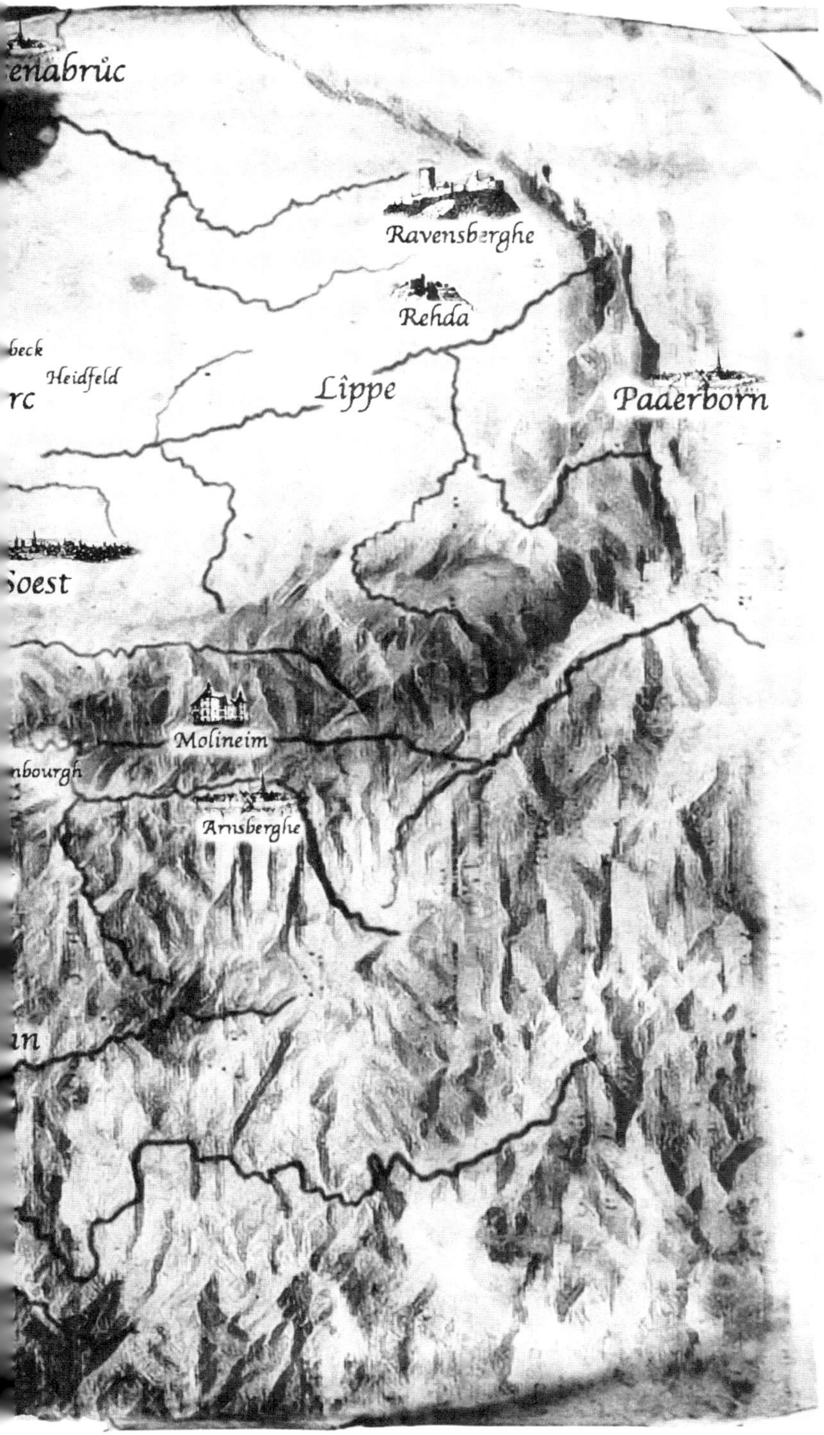
enabrüc
Ravensberghe
Rehda
beck
Heidfeld
rc
Lîppe
Paaerborn
Soest
Molineim
nbourgh
Arnsberghe
in